스파이와 배신자

스파이와 배신자

역사상 가장 중요한 이중 스파이, 올레크 고르디옙스키

벤 매킨타이어 지음 김승욱 옮김

일러두기
• 본문의 각주는 원주이며, 옮긴이의 주는 별도로 표기하였다.

이 책은 실로 꿰매어 제본하는 정통적인 사철 방식으로 만들어졌습니다.
사철 방식으로 제본된 책은 오랫동안 보관해도 손상되지 않습니다.

조애나 매킨타이어(1934~2015)를 추억하며

자신에게는 두 개의 생활이 있다. 하나는 (……) 누구나 볼 수도 있고 알 수도 있는 (……) 그런 생활이다. 다른 하나는 은밀하게 흘러가는 생활이다.

─ 안톤 체호프, 『개를 데리고 다니는 부인』

차례

암호명과 가명

고르노프 GORNOV   올레크 고르디옙스키(KGB)

고름손 GORMSSON   올레크 고르디옙스키(PET)

골드핀치 GOLDFINCH   올레크 리알린(MI5/MI6)

골프플라츠 GOLFPLATZ   영국(독일)

구아르디예체프 GUARDIYETSEV   올레크 고르디옙스키(KGB)

그라운드 GROUND   다리오에게 현금 송금(KGB)

그레타 GRETA   군보르 갈퉁 호비크(KGB)

그로모프 GROMOV   바실리 고르디옙스키(KGB)

글립틱 GLYPTIC   이오시프 스탈린(MI5)

녹턴 NOCTON   올레크 고르디옙스키(MI6)

다니첵 DANICEK   스타니슬라프 카플란(MI6)

다리오 DARIO   신원이 밝혀지지 않은 KGB 불법 스파이(KGB)

드림 DRIM   잭 존스(KGB)

디스어레인지 DISARRANGE   체코 정보 요원 탈출(MI6)

라이언 RYAN   라케트노 야데르노예 나파데니예(소련)

람파드 LAMPAD   MI5-MI6 합동 팀(MI5/MI6)

론 RON   리처드 고트(KGB)

붓 BOOT   마이클 풋(KGB)

선빔 SUNBEAM   올레크 고르디옙스키(MI6)

업타이트 UPTIGHT   MI6(CIA)

에이블 아처 83 ABLE ARCHER 83   나토 기동 훈련

엘리 ELLI   레오 롱(KGB)

엘멘 ELMEN   MI5-MI6 합동 베터니 방첩 작전(MI5/MI6)

엠베이스 EMBASE   고르디옙스키 망명 후 KGB/GRU 인력 추방(영국)

오베이션 OVATION   올레크 고르디옙스키(MI6)

인비저블 INVISIBLE   체코 과학자들의 탈출 작전(MI6)

제우스 ZEUS   게르트 페테르센(KGB)

지그재그 ZIGZAG   에디 채프먼(MI5)

코 COE   베터니 작전(MI5)

코린 KORIN   미하일 류비모프(KGB)

코바 KOBA   마이클 베터니

크로닌 KRONIN   스타니슬라프 안드로소프(KGB)

티클 TICKLE   올레크 고르디옙스키(CIA)

파우스트 FAUST   예브게니 우샤코프(KGB)

퍽 PUCK   마이클 베터니(MI5)

페어웰 FAREWELL   블라디미르 베트로프(프랑스 정보국)

풋 FOOT   KGB/GRU 인력 추방(MI5/MI6)

프리드 FREED   체코 정보 요원(MI6)

핌리코 PIMLICO   고르디옙스키 탈출 작전(MI6)

헤트만 HETMAN   레일라 고르디옙스키와 딸들의 석방 캠페인(MI6)

핌리코 작전 지도

핌리코 작전 1985

올레크 고르디옙스키의
이동 경로

MI6 탈출 팀의 이동 경로
....

0   50 miles
0   75 km   N

함메르페스트

카리갸스니에미

북 해

오울루

핀란드

러시아·소비에트 연방
사회주의 공화국

노르웨이

발리마   비보르크   비보르크에서 남쪽으로 16마일에
위치한 접선 장소

헬싱키

오슬로   스웨덴

스톡홀름   젤레노고르스크   레닌그라드

탈린
에스토니아
SSR

모스크바

세묘놉스코예

런던

리가
라트비아
SSR

덴마크

코펜하겐

발트해

리투아니아
SSR

칼리닌그라드   빌뉴스

벨라루스
SSR

민스크

소비에트
사회주의 공화국 연방

프롤로그
1985년 5월 18일

KGB의 방첩 담당 부서 K부에서 이것은 일상적인 도청 작업이었다.

KGB 장교들이 가족과 함께 사는 모스크바의 고층 아파트, 레닌스키 대로 103번지의 8층 아파트 자물쇠를 따는 데는 1분도 걸리지 않았다. 위아래가 붙은 작업복을 입고 장갑을 낀 두 남자가 아파트를 체계적으로 수색하는 동안 기술자 두 명은 눈에 띄지 않는 도청 장치들을 신속하게 설치했다. 벽지와 굽도리 널 뒤에는 엿듣는 장치를 심고, 수화기 송화구에는 실시간 중계가 가능한 마이크를 끼워 넣고, 거실과 침실과 부엌의 조명등에는 비디오카메라를 설치했다. 한 시간 뒤 그들의 작업이 끝났을 때 이 아파트의 거의 모든 구석에 KGB의 눈과 귀가 심겨 있었다. 마지막으로 그들은 얼굴에 마스크를 쓰고, 옷장 안의 옷과 신발에 방사성 가루를 뿌렸다. 방사능 피해를 주지는 않지만, KGB가 방사능 탐지기를 사용하면 착용자의 움직임을 추적할 수 있는 농도의 방사성 가루였다. 그들은 밖으로 나와 아파트 문을 다시 잘 잠갔다.

몇 시간 뒤 러시아의 고위급 정보 요원 고르디옙스키가 런던에서 출발한 아에로플로트 항공기를 타고 모스크바의 셰레메티예보 공항에 착륙했다.

KGB의 올레크 안토니예비치 고르디옙스키 대령은 한창 전성기를 누리고 있었다. 소련 정보국의 천재인 그는 스칸디나비아, 모스크바, 영국에서 근무하며 거의 단 한 번의 오점도 없이 부지런히 승진을 거듭했다. 이제 마흔여섯 살의 나이에 KGB에서 가장 좋은 보직인 런던 지부장으로 승진해, KGB 국장에게서 정식 임명장을 받기 위해 모스크바로 돌아온 길이었다. 직업 스파이인 고르디옙스키는 소련을 좌지우지하는 그 거대하고 가차 없는 공안 및 정보 네트워크에서 최고의 자리까지 올라갈 생각을 품고 있었다.

단단한 운동선수 같은 몸집의 고르디옙스키는 북적거리는 공항에서 자신 있게 성큼성큼 걸었다. 그러나 마음속에서는 미약한 두려움이 부글거렸다. KGB 베테랑이며 소련의 충실한 비밀 요원인 올레크 고르디옙스키가 사실은 영국의 스파이였기 때문이다.

10여 년 전 영국의 해외 정보국인 MI6에 포섭된, 녹턴이라는 암호명의 정보원은 역사상 가장 가치 있는 첩자 중 한 명임을 스스로 증명했다. 그가 영국 담당관들에게 넘긴 엄청난 양의 정보는 소련의 첩보망을 활짝 열어 보여 주고, 핵전쟁을 피할 수 있게 도와주고, 국제 정세가 몹시 위험한 상황일 때 크렘린의 사고방식에 대한 독특한 통찰력을 서방에 제공해 냉전의 방향을 바꿨다. 로널드 레이건과 마거릿 대처도 이 소련 첩자가 준 엄청난 정보에 대해 브리핑을 받았다. 그러나 그의 진짜 정체에 대해서는 두 지도자 모두 알지 못했다. 심지어 고르디옙스키의 젊은 아내도 남편의 이중생활을 전혀 모르고 있었다.

고르디옙스키가 KGB의 레지덴트(레지덴투라라고 불리던 KGB 해외 지부의 지부장을 지칭하는 러시아어)로 임명되자, 그에 관한 정보를 아는 소수의 MI6 요원은 몹시 기뻐했다. 영국에서 활동하는 소련의 최고위급 정보 요원이 된 고르디옙스키가 소련 첩보망의 가장 내밀한 기밀에 접근해 KGB의 계획에 대해 미리 서방에 알려 줄 수 있을 것으로 생각했기 때문이다. 영국에서 벌어지는 KGB 활동도 무력화할 수 있을 것 같았다. 그러나 고르디옙스키가 갑자기 모스크바로 소환된 것이 녹턴 팀에 불안을 안겼다. 어떤 사람들은 함정을 의심하기도 했다. 런던의 안가(安家)에서 급히 소집된 회의에서 MI6의 담당관들은 고르디옙스키에게 가족과 함께 망명해 영국에 남는 방법을 제안했다. 그 회의의 참석자들은 모두 이번 일에 무엇이 걸려 있는지 알고 있었다. 만약 고르디옙스키가 공식 임명된 KGB 레지덴트가 되어 돌아온다면, MI6와 CIA는 물론 다른 서방 동맹국들도 정보전에서 잭폿을 터뜨리는 셈이었다. 그러나 만약 고르디옙스키가 가는 곳에 함정이 기다리고 있다면, 그는 모든 것을 잃을 터였다. 심지어 목숨까지도. 그는 한참 동안 열심히 고민한 끝에 마음을 정했다. 「돌아가겠습니다.」

MI6 요원들은 고르디옙스키의 비상 탈출 계획을 다시 점검했다. 핌리코라는 암호명의 이 계획은 7년 전 영원히 실행할 일이 없기를 바라며 작성된 것이었다. MI6는 그때까지 소련에서 누군가를 탈출시킨 적이 없었다. 하물며 KGB 관리는 말할 것도 없었다. 정교하고 위험한 탈출 계획은 어디까지나 최후의 수단일 뿐이었다.

고르디옙스키는 위험을 감지하는 훈련을 받은 사람이었다. 내적인 스트레스로 신경이 너덜너덜해진 채 공항을 걷는 동안 그는 사방에서 위험한 징후들을 보았다. 입국 수속을 담당한 관리는 지나치게 오랫동안 그의 서류를 살핀 뒤에야 통과되었다고 손짓했다. 그를 마중 나오기로 한 직원도 보이지 않았다. 마중은 해외에서 들어오는 KGB 대령에 대한 최소한의 예의가 아니었던가? 공항은 감시 때문에 항상 분위기가 딱딱했는데, 그날은 할 일 없이 빈둥거리며 서 있는 것처럼 보이는 평범한 사람들이 평소보다 훨씬 더 많았다. 고르디옙스키는 만약 KGB가 사실을 알고 있다면 자신이 소련 땅에 발을 디딘 순간 체포되어 이미 KGB 감방으로 끌려가고 있을 것이라고 속으로 되뇌면서 택시에 올랐다. KGB 감방으로 끌려간다면 심문과 고문을 당한 뒤 처형될 것이다.

적어도 그가 감지하기에는 자신이 레닌스키 대로의 친숙한 아파트 건물로 들어가 8층까지 엘리베이터로 올라가는 동안 미행이 붙은 것 같지 않았다. 그가 가족과 함께 살던 아파트 안에 들어가는 것은 1월 이후 처음이었다.

8층 아파트 문의 첫 번째 잠금장치는 쉽게 열렸다. 두 번째도 마찬가지였다. 그런데 문이 꿈쩍도 하지 않았다. 세 번째 잠금장치, 이 아파트 건물이 처음 지어질 때 설치된 것으로 열쇠를 넣어 돌리게 되어 있는 구식 잠금장치가 잠겨 있기 때문이었다.

고르디옙스키는 이 세 번째 잠금장치를 단 한 번도 사용한 적이 없었다. 사실 처음부터 그 잠금장치의 열쇠도 갖고 있지 않았다. 그렇다면 다양한 잠금장치에 쓸 수 있는 곁쇠를 가진 사람이 아파트 안에 들어갔다가 나오면서 실수로 세 번째 잠금장치까지 잠가 버렸다는 뜻이었다. 그 사람은 KGB임이 분명했다.

지난 일주일 동안의 두려움이 급속도로 현실이 되었다. 누군가가 이 아파트에 들어가 수색을 하고 십중팔구 도청 장치도 설치해 두었을 것이라는 생각에 모골이 송연해지면서 몸이 굳었다. 그가 의심의 대상이 되었다. 누군가가 그의 정체를 알렸다. KGB가 그를 감시 중이었다. 동료 스파이들이 그를 염탐하고 있었다.

1부

1

KGB

올레크 고르디옙스키의 인생은 KGB 그 자체였다. KGB가 그를 형성하고, 사랑하고, 비틀고, 망가뜨리고, 나중에는 거의 죽일 뻔했다. 소련의 첩보 기관 KGB는 그의 심장과 혈관 속에 자리 잡고 있었다. 평생 이 첩보 기관을 위해 일한 그의 아버지는 매일, 심지어 주말에도 KGB 제복을 입었다. 고르디옙스키 일가는 배정된 아파트 단지에서 마치 스파이 클럽에 소속된 듯한 삶을 살았으며, 요원들만 맛볼 수 있는 특별한 음식을 먹고, 여가 시간에는 다른 스파이 가족들과 어울렸다. 올레크는 KGB의 아이였다.

KGB(〈국가 보안 위원회〉를 뜻하는 Komitet Gosudarstvennoy Bezopasnosti의 머리글자를 딴 이름)는 지금껏 만들어진 모든 정보 기관 중에서 가장 복잡하고 가장 광범위한 곳이었다. 스탈린이 만든 첩보망의 직속 후계자인 KGB에는 국외와 국내 정보 수집, 국내 보안 강화, 국가경찰의 역할이 모두 결합하여 있었다. 억압적이고, 신비에 싸여 있고, 어디에나 존재하는 KGB는 소련인들의 삶 구석구석으로 뚫고 들어가 모든 면을 통제했다. 내부 불만 세력을 뿌리 뽑고, 공산당 지도자들을 지키고, 강력한 적국을 상대로 첩보 활동과 방첩 활동을 하고, 국민을 위협해 비굴한 복종을 받아 냈다. 전 세계에서 간첩을 포섭하고, 전 세계에 스파이를 파견해 군사, 정치, 과학 분야의 기밀을 수집하거나 사들이거나 훔쳐 왔다. 100만 명이 넘는 요원, 간첩, 정보원을 거느리고 한창 위세를 떨치던 시절 KGB 는 소련 사회에 그 어떤 기관보다도 깊은 영향을 미쳤다.

서방 세계의 눈에 KGB라는 머리글자는 공포 정치와 대외 공격 및 체제 전복의 다른 이름이었으며, 얼굴 없는 관료 마피아가 경영 하는 전체주의 정권의 모든 만행을 짧게 줄여서 부르는 말이었다. 그러나 KGB의 엄격한 통치하에 사는 사람들의 시각은 달랐다. 그 들이 공포 속에 복종한 것은 사실이지만, 서구 제국주의와 자본주 의의 공격을 막아 내는 보루, 공산주의를 수호하는 친위대로 KGB 를 우러러보는 마음도 있었다. 이 특권 엘리트 집단에 속한 사람들 은 자부심을 느끼며 경탄의 대상이 되었다. 이 기관에서 한번 일을 시작한 사람은 평생 그 일을 놓지 않았다. 〈전직 KGB 사람이라는 것은 존재하지 않는다.〉[1] 전직 KGB 요원인 블라디미르 푸틴의 말이 다. KGB는 배타적인 집단이었으며, 한번 발을 들이면 결코 떠날 수 없었다. KGB 일부가 되는 것은 그럴 만한 재능과 포부를 지닌 사람 들에게 명예이자 의무였다.

올레크 고르디옙스키는 다른 직업을 단 한 번도 진지하게 고려한 적이 없었다.

그의 아버지 안톤 라브렌트예비치 고르디옙스키는 철도 노동자 의 아들로 태어나 교사로 일하다가 1917년 혁명 이후 헌신적이고

---

1 블라디미르 푸틴이 FSB에서 한 연설. Anna Nemtsova, "A Chill in the Moscow Air," 『뉴스위크』, 2006년 2월 5일 자에서 재인용.

맹목적인 공산주의자로 변신해 이념적 정통성을 엄격히 강요했다. 〈당이 곧 하느님이었다.〉 그의 아들은 나중에 이렇게 썼다. 아버지 고르디옙스키는 신념 때문에 차마 입에 담을 수 없는 범죄에 가담해야 할 때도 결코 흔들림 없이 당에 헌신했다. 1932년에 그는 카자흐스탄의 〈소비에트화〉에 참여해, 소련 군대와 시민을 먹일 음식을 농민들에게서 징발하는 작전을 기획했다. 그 결과 발생한 기근으로 약 150만 명이 죽었다. 안톤은 국가가 초래한 기아를 바로 코앞에서 직접 보았다. 그리고 그해에 국가 보안을 맡은 기관에 들어갔다. 그 다음에는 스탈린의 비밀경찰이자 KGB의 전신인 NKVD, 즉 내무 인민 위원회의 일원이 되었다. 정치부 소속인 그가 맡은 일은 정치적 규율과 세뇌였다. 안톤은 스물네 살의 통계 담당자인 올가 니콜라예브나 고르노바와 결혼해 정보국 엘리트만이 들어갈 수 있는 모스크바 아파트 단지로 이사했다. 첫아이 바실리는 1932년에 태어났다. 고르디옙스키 일가는 스탈린 치하에서 유복했다.

혁명이 내부의 치명적인 위협과 맞닥뜨렸다는 스탈린 동지의 발표가 나오자 안톤 고르디옙스키는 반역자들을 솎아 내는 데 일조하겠다는 각오를 다졌다. 1936년부터 1938년까지 시행된 대숙청은 〈국가의 적〉을 대대적으로 일소하는 작업이었다. 제5열과 숨은 트로츠키주의자로 의심받는 사람들, 테러리스트와 파괴 분자, 반혁명 스파이, 당과 정부의 관리, 농민, 유대인, 교사, 장군, 지식인, 폴란드인, 붉은 군대 군인 등 수많은 사람이 여기에 휩쓸렸다. 대부분 전적으로 무고한 사람들이었다. 편집증 환자처럼 날뛰는 스탈린의 경찰국가에서 가장 확실한 생존 방법은 다른 사람을 비난하는 것이었다. 〈첩자 한 명을 놓치느니 무고한 사람 열 명이 고통받는 편이 낫다.〉 NKVD의 니콜라이 예조프 위원장은 이렇게 말했다. 〈장작을 패다 보면, 작은 조각들이 튀게 마련이다.)[2] 밀고자들이 소곤소곤 누군가의 이름을 대면, 고문과 처형을 맡은 사람들이 움직였다. 시베리아의 강제 수용소는 사람이 많아 미어터질 지경이었다. 그러나 모든 혁명에서 혁명을 시행한 자들 역시 필연적으로 용의자가 된다. NKVD도 내부 직원들을 조사해서 숙청하기 시작했다. 한창 피가 낭자하게 흐르던 무렵에는 고르디옙스키 일가가 살던 아파트 단지가 6개월 동안 열두 번도 넘는 불시 단속을 당했다. 체포는 밤에 이루어졌다. 가장이 가장 먼저 끌려가고, 나머지 가족들은 그다음에 끌려가는 식이었다.

이때 국가의 적 중 일부를 적발한 사람이 바로 안톤 고르디옙스키였을 가능성이 있다. 〈NKVD는 언제나 옳다〉는 그의 말은 전적으로 분별 있는 말이자 완전히 틀린 결론이었다.

둘째 아들인 올레크 안토니예비치 고르디옙스키는 1938년 10월 10일에 태어났다. 대숙청의 기세가 서서히 꺾이고 전쟁의 위협이 다가오던 시기였다. 친구들과 이웃들의 눈에 고르디옙스키 일가는 이념적으로 순수하고 당과 국가에 충성하는 이상적인 소련 시민으로 보였다. 이제 그들은 또한 건강한 두 아들을 키우는 부모이기도 했다. 딸 마리나는 올레크보다 7년 뒤에 태어났다. 고르디옙스키 일가는 안전한 환경에서 특권을 누리며 좋은 음식을 먹었다.

그러나 이런 겉모습을 자세히 살펴보면 균열이 보였다. 표면 아래에 기만이 겹겹이 쌓여 있었다. 안톤 고르디옙스키는 기근, 숙청, 공포 정치와 관련해서 자신이 무슨 일을 했는지 단 한 번도 입에 담지 않았다. 그는 호모 소비에티쿠스, 즉 공산당의 억압이 벼려 낸 유순한 공무원의 가장 훌륭한 표본이었다. 그러나 그의 내면에는 두

2 Simon Sebag Montefiore, *Stalin* (London: Weidenfeld & Nicolson, 2003)에서 재인용.

려움과 공포가 있었다. 어쩌면 죄책감이 그를 갉아먹고 있었을지도 모른다. 올레크는 아버지가 〈겁에 질린 사람〉이었음을 나중에야 깨달았다.

올레크의 어머니인 올가 고르디옙스키는 남편에 비해 덜 유순한 성격이었다. 그녀는 끝까지 당에 가입하지 않았으며, NKVD가 결코 오류를 저지르지 않는다는 말도 믿지 않았다. 그녀의 아버지는 과거 공산주의자들에게 물방앗간을 빼앗겼다. 그녀의 남자 형제는 집단 농업을 비판한 죄로 시베리아 동부의 강제 수용소로 끌려갔다. 그녀는 수많은 친구가 한밤중에 집에서 끌려 나와 사라지는 모습을 직접 보았다. 농민으로서 머릿속에 각인된 상식을 바탕으로 그녀는 국가가 앙심을 품고 변덕스러운 공포 정치를 자행하고 있음을 알아차렸으나 입을 꾹 다물었다.

여섯 살 터울인 올레크와 바실리는 전쟁 시기에 유년 시절을 보냈다. 올레크의 가장 어린 시절 기억 중 하나는 더러운 옷을 입은 독일군 포로들이 모스크바 거리에서 줄지어 끌려가던 모습이었다. 〈덫에 잡혀서 감시받으며 짐승처럼 끌려갔다.〉 아버지 안톤은 군인들에게 당의 이념을 강의하느라 장기간 집을 비울 때가 많았다.

올레크 고르디옙스키는 정통 공산주의의 교의를 성실하게 배웠다. 130 학교에서 그는 역사와 언어에 대한 재능을 일찌감치 드러냈으며, 국내외의 공산주의 영웅들에 대해 배웠다. 서방에 관한 거짓 정보들이 두꺼운 베일처럼 드리워져 있는데도, 그는 외국에 매혹되었다. 여섯 살 때 그는 영국 대사관이 영국과 러시아의 상호 이해를 증진하기 위해 러시아어로 펴낸 선전 자료 「영국의 동맹」을 읽기 시작했다. 독일어도 공부했다. 10대 때는 시책에 따라 콤소몰, 즉 공산주의 청년 동맹에 가입했다.

아버지는 공식적으로 발행되는 신문 세 종을 집으로 가져와, 거기에 실린 공산주의 선전을 유창하게 읊었다. NKVD가 KGB로 바뀌자 안톤 고르디옙스키도 얌전히 따라갔다. 올레크의 어머니는 조용히 반항하는 분위기를 풍겼지만, 가끔 반쯤 속삭이듯이 혼자 쏘아 대는 말로 그 심정을 드러낼 뿐이었다. 공산주의 치하에서 신앙을 갖는 것은 불법이었으므로 올레크 형제는 무신론자로 교육받았다. 그러나 외할머니가 바실리를 몰래 러시아 정교회 성당으로 데려가 세례를 받게 했다. 경악한 아버지가 그 사실을 알아내고 말리지 않았다면, 올레크도 세례를 받았을 것이다.

올레크 고르디옙스키는 가족들이 서로를 사랑하고 관계가 돈독하지만 겉과 속이 다른 가정에서 자랐다. 안톤 고르디옙스키는 당을 숭배하면서, 스스로 용감무쌍한 공산주의의 수호자라고 주장했다. 그러나 그의 내면에는 끔찍한 사건들을 목격하고 겁에 질린 자그마한 남자가 있었다. 올가 고르디옙스키는 KGB 요원의 이상적인 아내였지만 체제에 대한 경멸을 남몰래 간직하고 있었다. 올레크의 외할머니는 불법이 된 하느님을 몰래 숭배했다. 집안의 어른 중 누구도 진정한 내심을 드러내지 않았다. 서로에게도, 다른 사람들에게도. 숨 막히는 획일주의가 지배하던 스탈린 치하의 소련에서도 속으로 몰래 다른 생각을 품는 것은 가능했지만, 가족에게조차 솔직한 생각을 털어놓는 것은 너무나 위험한 일이었다. 올레크는 진정한 내면을 감추면서 주위 사람들을 사랑하는 이중생활을 하는 것, 겉과 속이 다른 인간이 되는 것이 가능하다는 사실을 어렸을 때부터 알게 되었다.

올레크 고르디옙스키는 은메달을 받고 학교를 졸업했다. 콤소몰 지역장인 그는 유능하고 똑똑하고 운동도 잘하고 맹목적인, 소련 체제의 평범한 산물이었다. 그러나 그와 동시에 자신의 마음을 구획으로 나누는 법도 터득해 알고 있었다. 아버지, 어머니, 외할머니 역시 서로 방법은 달랐지만 모두 가면을 쓰고 살았다. 올레크는 어려서부터 비밀에 둘러싸여 있었다.

1953년 스탈린이 죽었다. 3년 뒤에 열린 제20차 당 대회에서 스탈린의 후계자인 니키타 흐루쇼프가 스탈린을 비난하자 안톤 고르디옙스키는 휘청거렸다. 그의 아들은 스탈린에 대한 공식적인 비난이 〈아버지 인생의 이념적, 철학적 기반을 무너뜨리는 데 큰 영향을 미쳤다〉고 믿었다. 안톤은 소련의 변화를 좋아하지 않았지만, 그의 아들은 좋아했다.

〈흐루쇼프 해빙기〉는 짧고 제한적이었지만, 검열이 완화되고 수천 명의 정치범이 석방된 진정한 해방의 시기였다. 젊은 소련인들은 마음이 들떠 희망을 품었다.

올레크는 열일곱 살의 나이로 명문교인 모스크바 국립 국제 관계 대학교에 등록했다. 새로운 분위기에 한껏 고양된 그는 학교에서 다른 학생들과 〈인간적인 면모를 지닌 사회주의〉를 실현하는 방안에 대해 열띤 토론을 벌였다. 하지만 너무 지나쳤다. 체제에 순응하지 않는 어머니의 기질이 그에게도 일부 스며든 탓이었다. 어느 날 그는 자유와 민주주의라는 개념을 잘 알지도 못하면서 옹호하는 순진한 연설문을 썼다. 그리고 그것을 어학실에서 녹음해 동료 학생들 몇 명에게 들려주었다. 그들은 기겁했다. 「이거 당장 없애 버려, 올레크. 두 번 다시 입에 담지도 말고.」 덜컥 겁이 난 올레크는 혹시 학생 중 누가 자신의 〈급진적〉인 견해에 대해 당국에 알리지 않았을지 걱정스러웠다. 학교 안에도 KGB의 첩자들이 있었다.

흐루쇼프의 개혁이 지닌 한계를 잔인하게 보여 준 것은 1956년 소련 탱크가 헝가리로 밀고 들어가 소련 지배에 반대하는 전국적인 봉기를 진압한 사건이었다. 소련의 검열과 선전이 미치지 않는 곳이 없는데도, 봉기가 짓밟혔다는 소식이 소련으로 새어 들어왔다. 올레크는 그 뒤에 이어진 탄압에 대해 이렇게 회상했다. 〈따뜻한 온기가 모두 사라지고, 얼음처럼 차가운 바람이 시작되었다.〉

국제 관계 대학교는 소련 최고의 엘리트 대학으로, 헨리 키신저에게 〈소련의 하버드〉[3]라는 말을 들을 정도였다. 외무부가 운영하는 이 대학은 외교관, 과학자, 경제학자, 정치가, 그리고 스파이를 길러 내는 최고의 훈련 기관이었다. 올레크는 역사, 지리, 경제, 국제 관계를 공부했으나, 모든 학문은 공산주의 이념이라는 프리즘을 통과하며 왜곡된 형태로 전달되었다. 이 학교에서는 세계 어느 대학보다 많은 56개 언어를 가르쳤다. 뛰어난 언어 능력은 KGB에 들어갈 수 있는 확실한 길을 제공해 주었다. 그가 갈망하는 해외여행도 할 수 있었다. 이미 독일어를 유창하게 구사하는 그는 영어 강의를 신청했으나, 정해진 수강 인원을 넘긴 상태였다. KGB에서 근무하고 있던 형이 그에게 스웨덴어를 배우라고 제안했다. 「스칸디나비아 전 지역으로 통하는 문이거든.」 올레크는 형의 조언을 받아들였다.

대학 도서관에는 해외 신문과 정기 간행물 몇 종이 들어와 있었다. 비록 심하게 편집된 상태였어도, 세상을 언뜻 들여다볼 수는 있었다. 올레크는 조심스레 이것들을 읽기 시작했다. 서구에 대해 노골적으로 관심을 보이는 것만으로도 의심받을 수 있었다. 가끔은 밤에 「BBC 월드 서비스」나 「미국의 소리」 방송을 몰래 듣기도 했

3 Tatiana Smorodinskaya, Karen Evans-Romaine, Helena Goscilo (eds.), *Encyclopedia of Contemporary Russian Culture* (Abingdon: Routledge, 2007)에서 재인용.

다. 소련 검열 당국의 방해 전파에도 불구하고 그는 여기서 〈처음으로 진실의 희미한 냄새〉를 맡았다.

모든 인간이 그렇듯이 말년에 올레크는 그동안 쌓인 경험을 바탕으로 과거를 돌아보면서, 자신이 항상 반항의 씨앗을 남몰래 품고 있었으며 자신의 성격이 사실상 운명을 결정한 것 같다고 믿는 경향을 보였다. 하지만 사실이 아니었다. 학창 시절에 그는 아버지와 형처럼 KGB에 들어가 소련을 위해 일하고 싶어 하는 열렬한 공산주의자였다. 헝가리 봉기가 젊은 그의 상상력을 사로잡기는 했으나, 그는 결코 혁명가가 아니었다. 〈나는 여전히 체제 안에 있었지만, 환멸이 점점 커졌다.〉 당시 소련에서 학교를 다니던 많은 학생도 마찬가지였다.

열아홉 살 때 올레크는 달리기를 시작했다. 혼자 고독하게 달려야 한다는 점이 그를 사로잡았다. 오랫동안 일정한 리듬으로 몸을 혹사해야 한다는 점, 자신과 홀로 경쟁하며 스스로 한계를 시험해야 한다는 점도 마찬가지였다. 올레크는 매력적이고 살갑게 여성들을 대하며 작업을 걸 줄도 알았다. 머리칼을 이마 뒤로 모두 넘긴 그는 무뚝뚝한 미남이었다. 이목구비는 솔직하고 다소 부드럽게 보였다. 긴장을 풀고 있을 때는 표정이 엄격해 보이다가도, 그 눈에서 심술궂은 유머가 반짝일 때면 얼굴이 환해졌다. 다른 사람들과 함께 있을 때는 쾌활한 동지애를 보여 줄 때가 많았지만, 내면에는 뭔가 단단한 것이 숨어 있었다. 혼자 있기를 고집하는 성격은 아니어도, 혼자 있을 때 편안하기는 했다. 그는 감정을 겉으로 드러낼 때가 거의 없었다. 언제나 더 나은 사람이 되기 위해 열심인 올레크는 달리기로 〈품성을 함양〉할 수 있다고 믿었다. 그래서 몇 시간 동안 모스크바의 거리와 공원을 달리며 생각에 잠겼다.

그가 친해진 학생 중에 대학 육상 팀 소속으로 역시 달리기를 즐기는 스타니슬라프 카플란이 있었다. 〈스탄다〉 카플란이라고 불리던 그는 체코슬로바키아인으로, 이미 프라하의 카를로바 대학교에서 학위를 딴 뒤 소련 블록의 재능 있는 학생 수백 명 중 한 명으로 국제 관계 대학교에 들어왔다. 바로 얼마 전에야 공산주의에 종속된 여러 나라에서 온 다른 학생들과 마찬가지로 카플란의 〈개성은 아직 억압되지 않았다〉. 올레크가 세월이 흐른 뒤 쓴 글에 나오는 표현이다. 그보다 한 살 위인 카플란은 군사 통역관이 되기 위해 공부 중이었다. 두 청년은 서로의 포부가 충돌하지 않고 생각도 비슷하다는 것을 알게 되었다. 〈그는 자유주의 사상을 갖고 있었고, 공산주의에 대해 대단히 회의적이었다.〉 올레크는 카플란이 솔직하게 털어놓는 의견에 짜릿한 흥분과 미약한 경계심을 느꼈다. 가무잡잡한 미남인 스탄다는 여자들에게 자석 같은 매력을 발휘했다. 스탄다와 올레크는 절친한 친구가 되어 함께 달리기하고, 여자들을 쫓아다니고, 고르키 공원 근처의 체코 식당에서 식사도 했다.

스탄다 못지않게 중요한 영향을 미친 사람은 올레크가 우상처럼 숭배하던 형 바실리였다. 바실리는 당시 전 세계에 깊고 광범위하게 퍼져 있는 소련의 비밀 요원, 즉 〈불법 스파이〉가 되기 위한 훈련을 받고 있었다.

KGB가 해외에서 운영하는 스파이들은 두 종류로 또렷이 구분되었다. 첫 번째 종류는 소련 외교관이나 영사관 직원, 문화 담당관이나 무관, 공인된 언론인이나 무역 대표 등 공식적인 위장 신분을 갖고 활동했다. 외교적인 보호를 받을 수 있다는 것은, 이 〈합법적〉인 스파이들이 설사 발각되더라도 간첩 혐의로 기소될 위험이 없다는 뜻이었다. 그들은 해당 국가에서 외교상 기피 인물 판정을 받고 추방될 뿐이었다. 반면 〈불법 스파이〉(러시아어로 넬레갈니)에게는 공식적인 지위가 전혀 없었다. 대개 그들은 가명으로 만든 가짜 여권으로 돌아다녔으며, 어떤 나라에 배치되든 눈에 띄지 않게 섞여 들어갔다(서구에서 이런 스파이들은 공식적인 위장 신분이 없다는 뜻의 non-official cover를 줄여 NOC라고 불린다). KGB가 전 세계에 심어 놓은 불법 스파이들은 평범한 시민 행세를 하며 신분을 숨기고 파괴적인 활동을 했다. 합법 스파이와 마찬가지로 그들 역시 정보를 수집하고, 정보원을 포섭하고, 다양한 형태의 간첩 활동을 했다. 때로는 오랫동안 〈동면 상태〉로 신분을 숨기고 있다가 활동에 나서기도 했다. 이들은 또한 동서(東西) 사이에 전쟁이 발발할 경우 전투에 나설 준비가 되어 있는 잠재적인 제5열이었다. 그들은 공식적인 레이더에 잡히지 않는 곳에서 활동했으므로, 흔적이 남는 방식으로 자금을 지원받을 수도 없고 외교관의 보안 채널로 통신을 주고받을 수도 없었다. 따라서 대사관에서 신분을 인정받은 스파이들과 달리, 그들은 방첩 수사관들이 추적할 수 있는 흔적을 거의 남기지 않았다. 모든 소련 대사관에는 상설 KGB 해외 지부, 즉 레지덴투라가 있고, 다양한 공식 신분을 지닌 KGB 요원들이 레지덴트(MI6와 CIA의 표현으로는 지부장)의 지휘를 받아 움직였다. 서구 방첩 기관들이 해결해야 할 문제 중 하나는 소련 관리 중 누가 진짜 외교관이고 누가 스파이인지를 가려내는 것이었다. 불법 스파이를 찾아내는 것은 이보다 훨씬 더 힘들었다.

제1주요부는 KGB에서 해외 정보를 담당한 부서였다. 이 부서에 속한 S(〈특별하다〉는 뜻)부가 불법 스파이의 훈련, 배치, 관리를 맡았다. 바실리 고르디옙스키는 1960년에 S부에 공식적으로 영입되었다.

KGB는 국제 관계 대학교 내에도 사무실을 두었다. 여기 소속된 요원 두 명은 자질이 보이는 학생들을 찾는 역할을 했다. 바실리는 여러 언어에 유창한 동생이 자신과 같은 일에 관심을 보일지도 모른다고 상사에게 언급했다.

1961년 초에 올레크 고르디옙스키는 가벼운 대화나 하자며 초대를 받아서 갔다가 제르진스키 광장에 있는 KGB 본부 근처의 어느 건물로 가라는 말을 들었다. 거기서 독일어로 정중하게 그를 인터뷰한 중년 여성은 그의 언어 능력을 칭찬했다. 그 순간부터 그는 그 체제 일부가 되었다. 올레크는 KGB에 들어가려고 애쓰지 않았다. 여기는 지원서를 내고 들어갈 수 있는 곳이 아니었다. 이 기관이 사람을 선택했다.

올레크는 대학 시절이 끝나 갈 무렵 6개월 동안 현장을 경험할 수 있게 동베를린으로 파견되었다. 소련 대사관의 통역관 직책이었다. 첫 해외여행을 앞두고 신이 난 올레크는 동독에 대한 브리핑을 받으러 S부로 오라는 부름을 받았을 때 흥분이 최고조에 이르렀다. 공산당이 통치하는 독일 민주 공화국은 소련의 위성 국가였지만, 아무리 위성 국가라도 KGB의 눈을 벗어날 수는 없었다. 바실리는 이미 그곳에 불법 스파이로 살고 있었다. 올레크는 비공식적으로 자신이 속하게 된 기관을 위해 형과 접촉해서 〈작은 임무〉를 몇 가지 수행해 달라는 말을 기다렸다는 듯 받아들였다. 그는 1961년 8월 12일 동베를린에 도착해 카를스호르스트 근교의 KGB 단지 내에 있는 학생 호스텔로 향했다.

그전 몇 달 동안 서베를린을 통해 서구로 달아나는 동독인들의 물결이 급류로 변했다. 1961년까지 350만 명쯤 되는 동독인들, 즉 동독 인구의 약 20퍼센트가 공산당의 통치에서 도망치는 대탈출에 합류했다.

올레크가 다음 날 아침 깨어 보니, 불도저들이 동베를린을 침공하고 있었다. 동독 정부가 소련 정부의 채근으로 탈출 행렬을 멈추기 위한 과격한 조치를 취한 탓이었다. 동베를린과 동독 전역을 서구와 차단하는 물리적 장벽, 즉 베를린 장벽이 건설되는 중이었다. 이 〈반(反)파시스트 보호 장벽〉은 사실 동독이 국민을 가둬 두려고 세운 교도소 담장이었다. 콘크리트와 철망으로 240킬로미터가 넘는 벽을 세우고 곳곳에 벙커, 차량 파괴용 참호, 사슬 울타리를 설치한 베를린 장벽은 철의 장막의 물리적 현현이었으며, 인간이 세운 고약한 구조물 중 하나였다.

올레크는 동독 노동자들이 차량 통행을 방해하기 위해 경계선을 따라 도로를 뜯어내는 모습과 군인들이 몇 킬로미터나 되는 가시철망을 까는 모습을 지켜보며 경악과 경탄을 느꼈다. 어떤 동독인들은 탈출구가 급속히 닫히고 있음을 깨닫고 자유를 향해 필사적으로 바리케이드를 타 넘거나 국경의 일부인 운하를 헤엄쳐 건너려 했다. 그러나 국경에는 동쪽에서 서쪽으로 넘어가려고 시도하는 사람이 보이면 모두 총으로 쏴버리라는 명령을 받은 경비병들이 줄지어서 있었다. 새로 건설된 장벽은 당시 스물두 살이던 올레크에게 강렬한 인상을 남겼다. 〈물리적 장벽, 그리고 감시탑의 무장 경비병만이 동독인들을 사회주의 낙원에 가둬 두고 그들의 서구 탈출을 막을 수 있었다.〉

하루아침에 베를린 장벽이 세워지는 것을 보고 충격받았어도, 올레크는 KGB의 지시를 충실하게 수행했다. 당국을 두려워하는 것은 본능이고, 복종은 각인된 습관이었다. S부는 과거 KGB의 정보원이었던 어느 독일 여성의 이름을 알려 주었다. 그녀가 계속 정보를 제공할 의향이 있는지 떠보는 것이 올레크의 임무였다. 그는 인근 경찰서에서 그녀의 주소를 알아냈다. 문을 열어 준 중년 여성은 꽃다발을 들고 느닷없이 나타난 청년을 보고도 당황하지 않은 것 같았다. 그녀는 차 한 잔을 마시면서, KGB와 계속 협력할 의사가 있음을 분명히 했다. 올레크는 KGB에 보낼 첫 보고서를 열심히 작성했다. 몇 달이 지난 뒤에야 그는 그날의 진실을 알았다. 〈그 중년 여성이 아니라 내가 시험 대상이었다.〉

그해 크리스마스에 그는 라이프치히에서 가짜 신분으로 살고 있는 바실리와 합류했다. 베를린 장벽이 건설되는 광경을 보고 경악했다는 이야기는 바실리에게 하지 않았다. 그의 형 바실리는 이미 KGB의 정식 요원이었으므로, 그렇게 이념적으로 흔들렸다는 이야기를 좋아하지 않을 것 같았다. 두 형제의 어머니가 자신의 진짜 감정을 남편에게 숨겼듯이, 이 형제도 서로에게 비밀을 갖고 있었다. 올레크는 바실리가 동독에서 무슨 일을 하는지 전혀 몰랐고, 바실리는 올레크의 진짜 생각을 짐작도 하지 못했다. 형제는 「크리스마스 오라토리오」 공연을 함께 보았다. 여기서 〈강렬한 감동〉을 받은 올레크는 이에 비해 소련이 〈영적인 사막〉 같다고 생각했다. 소련에서는 승인된 작곡가의 음악만 들을 수 있고 바흐의 음악처럼 〈계급에 적대적인〉 교회 음악은 퇴폐적인 부르주아 음악으로 금지되어 있었다.

올레크는 동독에서 보낸 몇 달 동안 마음 깊이 영향을 받았다. 유럽이 서로 경쟁 관계인 이념으로 물리적으로도 상징적으로도 갈라져 있는 것을 직접 보았고, 모스크바에서는 누릴 수 없었던 문화적 과실을 맛봤으며, 스파이 활동을 시작했다. 〈내가 KGB에 들어간다면 아마도 하게 될 일을 일찌감치 맛보면서 짜릿한 흥분을 느꼈다.〉

사실 그는 이미 KGB 사람이었다.

모스크바로 돌아온 그에게 1962년 7월 31일부터 KGB로 출근하라는 지시가 내려왔다. 그는 이데올로기에 이미 의문을 품기 시작했으면서 왜 그 이데올로기를 집행하는 기관에 들어갔을까? KGB 일은 해외여행의 가능성을 약속한다는 점에서 매력적이었다. 비밀은 사람을 유혹하는 법이다. 올레크는 또한 포부가 있었다. 어쩌면 KGB가 변할지도 모른다. 그가 변할지도 모른다. 소련이 변할지도 모른다. 게다가 봉급과 특권도 훌륭했다.

올가 고르디옙스키는 둘째 아들이 아버지와 형의 뒤를 따라 정보국에 들어갈 것이라는 사실을 알고 낙심했다. 그녀는 모처럼 소련 정권과 그 정권을 유지하는 억압적인 기관들에 대한 분노를 대놓고 드러냈다. 올레크는 자신이 국내 담당 KGB가 아니라 해외 담당인 제1주요부에서 일하게 될 것이라고 말했다. 그곳은 외국어를 할 줄 아는 똑똑한 사람들이 모여서 전문적인 솜씨와 학식이 필요한 세련된 일을 하는 엘리트 조직이었다. 「거긴 KGB 같지 않아요.」 그는 어머니에게 이렇게 말했다. 「정말로 정보와 외교 쪽 일을 해요.」 올가는 몸을 돌려 방 밖으로 나가 버렸다. 안톤 고르디옙스키는 아무 말도 하지 않았다. 올레크는 아버지의 태도에서 자랑스러워하는 기색을 느낄 수 없었다. 세월이 흘러 스탈린 정권의 억압을 온전히 이해하게 되었을 때, 올레크는 이제 퇴직할 나이가 가까워진 아버지가 당시 〈KGB가 저지른 모든 범죄와 만행이 부끄러워 KGB의 일에 대해 아들과 이야기하기가 두려웠던〉 것인지도 모른다고 생각하게 되었다. 아니면 안톤 고르디옙스키는 KGB의 기둥이라지만 너무 겁에 질려서 아들에게 그런 세계에 들어가지 말라고 경고해 주지도 못하는 이중적인 삶을 유지하느라 안간힘을 쓰고 있었던 건지도 모른다.

민간인으로 보내는 마지막 여름에 올레크는 스탄다 카플란과 함께 흑해 해안에서 열린 학교의 방학 캠프에 참가했다. 카플란은 한 달 더 대학에 남아 있다가 고국으로 돌아가 체코슬로바키아의 막강한 정보국인 StB에 들어가기로 마음을 정한 상태였다. 두 친구는 곧 소련 블록을 위한 첩보 활동에서 동맹이자 동료가 될 예정이었다. 그들은 한 달 동안 소나무 아래에서 야영하며 매일 달리기하고, 수영과 일광욕도 하면서 여자와 음악과 정치에 대해 토론했다. 카플란은 공산주의 체제에 점점 더 비판적인 태도를 보였다. 올레크는 친구가 이렇게 위험한 이야기를 자신에게 털어놓는다는 사실에 기분이 좋았다. 〈우리 둘 사이에는 서로를 이해하는 마음, 신뢰가 있었다.〉

　　체코슬로바키아로 돌아간 직후 카플란이 올레크에게 편지를 보냈다. 자기가 만난 여자들에 대한 뒷공론과 올레크가 체코슬로바키아에 온다면 함께 즐거운 시간을 보낼 수 있을 거라는 이야기(〈우리가 프라하의 주점과 포도주 저장소를 모조리 거덜 내는 거야.〉) 속에 카플란은 대단히 의미심장한 요청을 섞어 놓았다. 〈올레크, 옙투센코가 스탈린에 대해 쓴 시가 실린 『프라우다』 기관지를 갖고 있나?〉 문제의 그 시는 예브게니 옙투센코가 쓴 「스탈린의 후계자들」로, 소련에서 가장 솔직하고 영향력 있는 시인이 스탈린주의를 직접적으로 공격한 작품이었다. 이 시는 스탈린이 〈다시는 일어나지 못하게〉 소련 정부가 조치를 취해야 한다고 요구하면서, 지도층 일부가 여전히 스탈린 시절의 잔인한 과거를 동경한다는 경고를 담았다. 〈과거라는 말은, 복지 태만, 누명, 무고한 사람들의 투옥을 뜻한다. (……)《왜 신경 쓰나?》누군가는 이렇게 말하겠지만 나는 가만히 있을 수 없다. 스탈린의 후계자들이 지상을 거니는 동안에는.〉

이 시가 공산당 기관지에 발표되었을 때 엄청난 반응이 일었고, 체코슬로바키아에서도 발표되었다. 〈우리 국민 중 어느 정도 불만을 품고 있던 사람들에게 강렬한 영향을 미쳤어.〉 카플란은 편지에 이렇게 썼다. 그리고 체코어 번역본과 러시아어 원본을 비교해 보고 싶다고 말했다. 하지만 사실 카플란이 이 편지에 쓴 것은 친구에게 자신도 옙투센코의 감정에 공감하며 그 시인처럼 스탈린의 유산 앞에서 가만히 있지는 않을 것이라고 밝힌 암호문이었다.

KGB의 〈붉은 깃발〉 엘리트 훈련 아카데미는 모스크바에서 북쪽으로 80킬로미터 떨어진 숲속 깊은 곳에 위치했으며, 101 학교라는 암호명으로 불렸다. 조지 오웰의 소설 『1984』에서 당이 죄수가 가장 두려워하는 대상에 죄수를 노출시켜 저항 의지를 꺾어 버리는 지하 고문실 101호를 무의식적으로 연상시키는 얄궂은 이름이었다.

여기서 올레크는 다른 훈련생 120명과 함께 소련 첩보 활동의 가장 깊은 비밀을 배웠다. 첩보와 방첩, 첩자 포섭과 활용, 합법 스파이와 불법 스파이, 첩자와 이중 첩자, 무기, 비무장 격투와 감시, 이 기묘한 직업의 불가해한 기술과 언어 등이었다. 가장 중요한 가르침 중 감시 감지와 회피는 KGB 용어로 프로베르카, 즉 〈드라이클리닝〉이라고 불렸다. 미행당할 때 그 사실을 감지하는 법, 우연인 것처럼 감시를 피하는 방법 등을 배우는 과목이었다. 〈감시를 의식하는〉 것이 눈에 보인다면 훈련된 첩보원임이 드러날 수 있다. 〈첩보 요원은 의심을 살 만한 행동을 하면 안 된다.〉 KGB 교관들은 분명한 목소리로 이렇게 말했다. 〈어떤 외국인이 대놓고 미행을 걱정한다는 사실을 감시 기관이 눈치챘다면, 한층 더 비밀리에, 더 집요하게, 더 독창성을 발휘해서 작업하게 될 것이다.〉[4]

4 Leonid Shebarshin, "Inside the KGB's Intelligence School," Espionage History

감시 없이, 또는 심지어 감시받는 중에도 정보원과 접선할 수 있는 능력이 모든 비밀 작전의 핵심이다. 서방의 첩보 용어로, 정체를 감춘 채 활동하는 요원은 〈블랙〉으로 불린다. KGB 훈련생들은 정확한 장소에서 특정 인물과 만나는 시험, 정보를 특정 장소에 놓아두거나 가져오는 시험, 미행 여부와 방식을 알아내는 시험, 겉으로 드러나지 않게 미행을 따돌리는 시험, 깨끗하게 드라이클리닝을 완수하고 지정된 장소까지 오는 시험을 연달아 치렀다. 의심스러운 인물을 미행하는 기술을 고도로 훈련받은 전문 감시자들로 구성되어 KGB에서 감시를 담당하는 제7부가 이런 시험에 참여했고, 하루가 끝나면 매일 훈련생과 감시 팀이 의견을 교환했다. 프로베르카는 승부욕을 발휘해야 하고, 시간이 많이 들고, 신경을 갈기갈기 찢어 놓는 작업이라 진이 빠졌다. 하지만 올레크는 자신이 이 일에 대단히 소질이 있음을 알게 되었다.

그는 〈신호 장소〉를 설정하는 법, 즉 공공장소에 비밀 신호를 남겨 놓는 법을 배웠다. 예를 들어 가로등 기둥에 분필로 그려 놓은 표시가 평범한 사람들에게는 아무 의미도 없겠지만, 스파이에게는 특정한 시각에 특정한 장소에서 만나자는 뜻이 될 수 있었다. 〈스치는 접선〉은 남에게 들키지 않고 메시지나 물건을 다른 사람에게 전달하는 방법이었다. 〈버려진 편지함〉은 직접적인 접촉 없이 다른 사람이 가져갈 수 있게 특정한 장소에 메시지나 현금을 놓아두는 방법이었다. 올레크는 또한 암호와 부호, 신호 인식, 비밀 표기, 마이크로도트[5] 준비, 사진, 변장술도 배웠다. 마르크스·레닌주의에 젊은

Archive, 2015년 3월 24일 자, https://espionagehistoryarchive.com/2015/03/24/the-kgbs-intelligence-school/.

5 점 크기로 축소한 사진 — 옮긴이주.

스파이들이 더욱 헌신하게 만드는 이념 교육은 물론 경제학과 정치학 수업도 있었다. 올레크의 동료 훈련생 한 명은 이렇게 말했다. 〈진부해진 공식과 개념은 마치 주문 같았다. 매일, 매시간 충성심을 확인하는 의식과 비슷했다.〉 이미 해외에서 복무한 경험이 있는 베테랑 요원들은 서구 문화와 에티켓 강의를 맡아, 신참들에게 부르주아 자본주의를 이해하고 싸울 준비를 시켰다.

올레크는 자신의 첫 첩보명을 선택했다. 소련과 서구의 정보기관들은 가명을 선택할 때 같은 원칙을 사용했다. 본명과 같은 머리글자의 흡사한 이름이어야 한다는 것. 그래야 누가 스파이를 본명으로 부르더라도, 그의 첩보명만 아는 사람들이 잘못 들었나 보다 하고 넘어갈 수 있었다. 올레크 고르디옙스키는 〈구아르디예체프〉라는 이름을 골랐다.

다른 훈련생들과 마찬가지로, 그도 KGB에 영원한 충성을 맹세했다. 「마지막 피 한 방울이 남을 때까지 조국을 수호하고 국가의 기밀을 지키는 일에 저를 바칩니다.」 이 서약을 하면서 그는 어떤 망설임도 없었다. 공산당에도 입당했다. 이것 역시 KGB 요원이 되는 데 필요조건이었다. 많은 사람이 그렇듯이 그도 회의를 품었을지 모르지만, 그것이 전적인 헌신과 열성으로 KGB와 당에 합류하는 데 방해가 되지는 않았다. 게다가 KGB는 짜릿한 직장이었다. 101 학교에서 훈련받던 1년은 오웰의 소설 같은 악몽이기는커녕, 오히려 그의 청춘 시절에서 가장 즐거운 시기, 흥분과 기대에 찬 시기였다. 훈련생들은 뛰어난 머리와 이념에 순종하는 태도뿐만 아니라, 모든 정보기관에 공통적인 모험심 덕분에 선택된 사람들이었다. 〈우리가 KGB를 직장으로 선택한 것은 그곳에서 하게 될 활동에 대한 기대 때문이었다.〉 비밀은 강력한 유대를 낳는다. 부모조차 올레크가 어디서 무엇을 하는지 잘 알지 못했다. 〈제1주요부에 들어가는 것은 대다수 젊은 요원들이 남몰래, 또는 드러내 놓고 꾸는 꿈이지만 그런 영예를 얻는 사람은 소수에 불과했다.〉[6] 올레크와 비슷한 시기에 101 학교에서 교육받았으며 나중에 KGB 장군이 된 레오니드 셰바르신은 이렇게 썼다. 〈그 일은 고유의 전통, 규율, 관습, 특수한 언어를 지닌 독특한 동지애로 정보 장교들을 단합시켰다.〉

1963년 여름 무렵, 올레크는 이미 KGB의 형제애에 완전히 동화되어 있었다. 마지막 숨을 내쉴 때까지 조국을 수호하겠다는 맹세는 진심이었다.

바실리 고르디옙스키는 제1주요부의 불법 스파이 부서인 S부에서 열심히 일하고 있었다. 그는 또한 술고래가 되었는데, 일을 마친 뒤 대량의 보드카를 마시고도 정신을 잃지 않는 능력을 높이 치는 직장이었으므로 그것이 딱히 약점은 아니었다. 불법 스파이 전문가인 그는 다양한 가명으로 여러 곳을 옮겨 다니며 비밀 네트워크를 관리하고, 다른 비밀 정보원에게 메시지와 돈을 전달했다. 바실리는 자신이 무슨 일을 하는지 동생에게 한 번도 말하지 않았지만, 모잠비크, 베트남, 스웨덴, 남아프리카공화국 등 이색적인 장소에 있음을 넌지시 암시했다.

올레크는 형처럼 해외를 돌아다니며 신나는 비밀 활동을 하고 싶었다. 하지만 그가 발령받은 곳은 모스크바의 S부였다. 거기서 그는 불법 스파이들을 위한 서류를 준비하는 일을 맡았다. 1963년 8월 20일 올레크는 실망감을 감추려고 애쓰면서 최고의 정장을 차려입고 KGB 본부로 출근했다. 크렘린 근처에 여러 동의 건물로 이루어진 KGB 본부는 교도소와 문서 보관소를 겸했으며, 소련 첩보 활동

6 Leonid Shebarshin, "Inside the KGB's Intelligence School."

의 분주한 신경 중추였다. 이 단지의 중심에 불길하게 생긴 루뱐카가 있었다. 신바로크 양식의 궁전인 이 건물은 원래 전(全) 러시아 보험사 건물이었으나, 지금은 지하에 KGB 고문실이 있었다. KGB 장교들은 KGB 통제 센터인 이곳을 〈수도원〉 또는 단순히 〈중앙〉이라고 불렀다.

올레크는 멋들어진 외국 어딘가에서 비밀 요원으로 일하는 대신 서류나 뒤적이게 되었다. 문서를 작성하는 〈노예〉나 마찬가지였다. 모든 불법 스파이에게는 그럴듯한 과거를 지닌 가짜 인생, 새로운 신분, 위조 서류가 필요했다. 그들 각자를 유지하고, 지시를 내리고, 경제적 지원을 해주기 위해서는 신호 장소, 버려진 편지함, 스치는 접선을 복잡하게 구성해야 했다. 영국은 신분증 제도와 중앙 등기소가 없어서 불법 스파이를 심기에 특히 좋은 곳으로 평가되었다. 서독, 미국, 오스트레일리아, 캐나다, 뉴질랜드도 주요 표적이었다. 독일과(課)에 배치된 올레크는 존재하지 않는 사람들을 만들어 내면서 하루를 보냈다. 그렇게 2년 동안 이중생활의 세계에 살면서 위조된 스파이들을 바깥세상으로 보내고, 돌아온 스파이들을 만났다.

중앙에는 살아 있는 유령들이 우글거렸다. 이제는 망령이 난 과거 소련 첩보계의 영웅들이었다. S부의 복도에서 올레크는 역사상 가장 큰 성공을 거둔 불법 스파이 중 한 명인 코논 트로피모비치 몰로디, 가명 〈고든 론즈데일〉을 소개받았다. 1943년에 KGB는 죽은 캐나다 어린이 고든 아널드 론즈데일의 신원을 훔쳐 몰로디에게 주었다. 북미에서 자란 덕에 흠잡을 데 없는 영어를 구사하는 몰로디/론즈데일은 1954년 런던에 정착해 주크박스와 풍선껌 기계를 파는 유쾌한 영업 사원 행세를 하면서 사람들을 포섭해 이른바 포틀랜드 스파이망을 만들었다. 여기에 속한 사람들은 해군의 기밀을 수집했다(몰로디가 모스크바를 떠나기 전 KGB 소속의 한 치과 의사가 그의 치아에 필요 없는 구멍을 여러 개 뚫었다. 그가 입을 벌려 KGB가 만들어 준 구강 모양을 보여 주기만 하면 다른 소련 스파이들이 그의 신원을 확인할 수 있다는 뜻이었다).

CIA 첩자의 첩보로 체포된 몰로디는 간첩 혐의로 유죄 선고를 받았지만, 영국 법원은 재판 때도 그의 본명을 확실히 알지 못했다. 올레크와 처음 만났을 때 몰로디는 모스크바에서 간첩 혐의로 체포된 영국인 회사원과 교환되어 모스크바로 돌아온 직후였다. 빌럄 젠리코비치 피셔, 가명 루돌프 에이블도 몰로디와 마찬가지로 전설적인 존재였다. 그는 미국에서 불법 스파이로 활동하다가 징역 30년을 선고받았으나, 1962년에 격추된 U-2[7] 조종사 게리 파워스와 교환되어 소련으로 돌아왔다.

그러나 반(半)은퇴 상태인 소련 스파이 중 가장 유명한 인물은 영국인 킴 필비였다. 1933년에 NKVD에 포섭된 그는 MI6에 근무하면서 KGB에 방대한 양의 정보를 제공하다가 결국 1963년 1월에 소련으로 망명했다. 영국 정부를 깊이 당황하게 만든 사건이었다. 필비는 이제 모스크바의 안락한 아파트에서 여러 사람의 시중을 받으며 살았다. KGB의 한 장교가 〈어느 모로 보나 영국인〉[8]이라고 묘사한 그는 『더 타임스』의 지난 호에서 크리켓 경기 결과를 읽고, 옥스퍼드 마멀레이드를 먹고, 자주 인사불성이 될 때까지 술을 마셨다. 필비는 KGB 내에서 전설로 존경받으며, 영어를 쓰는 장교들을 위한 훈련 코스를 운영하거나, 가끔 특정 사건을 분석하는 등 소련 정

---

7 미 공군의 정찰기 — 옮긴이주.

8 미하일 류비모프의 말. Gordon Corera, *MI6* (London: Weidenfeld & Nicolson, 2012)에서 재인용.

보기관들을 위해 계속 이런저런 일을 했다. 심지어 소련 아이스하키 팀의 사기를 북돋우는 데 참여하기도 했다.

몰로디나 피셔와 마찬가지로 필비도 전설에 매료된 젊은 스파이들에게 강연을 했다. 그러나 KGB 첩보원 생활을 마친 뒤의 삶은 사실 행복과는 거리가 멀었다. 몰로디는 술에 빠져 지내던 중 버섯을 따러 나섰다가 정확한 경위를 알 수 없는 죽음을 맞았다. 피셔는 심한 환멸에 빠졌다. 필비는 자살을 시도했다. 그러나 세 사람 모두 나중에 소련의 우표에 실렸다.

신경 써서 자세히 들여다보면(소련에는 이런 사람이 거의 없었다), KGB의 신화와 현실이 얼마나 대조적인지 자명하게 드러났다. 중앙은 티끌 하나 없이 깨끗하고, 환하게 불이 켜지고, 도덕을 초월한 관료적 기관이었다. 가차 없고 신경질적이면서 또한 청교도적인 이곳에서 아주 사소한 부분까지 꼼꼼히 주의를 기울인 국제적인 범죄 계획이 탄생했다.

소련 정보기관들은 아주 초창기부터 윤리적인 제약과 상관없이 움직였다. KGB는 정보를 수집하고 분석할 뿐만 아니라, 정치적 전쟁, 언론 조작, 역정보, 위조, 협박, 납치, 살인을 계획했다. 제13부, 즉 특수 임무부는 파괴 활동과 암살 전문이었다. 소련에서 동성애는 불법이었지만, 외국의 동성애자들을 함정에 빠뜨리기 위해 KGB는 동성애자들을 포섭했다.

KGB는 뻔뻔할 정도로 파렴치했다. 하지만 점잔을 빼고 위선을 떠는 도덕주의자 같은 곳이기도 했다. 근무 시간에는 술을 마시는 것이 금지되어 있었으나, 근무 시간만 아니면 때를 가리지 않고 엄청나게 술을 마셔 대는 요원이 많았다. 동료들의 사생활에 관한 소문이 회오리바람처럼 돌아다니는 것은 다른 사무실 대부분과 다를 바 없는 풍경이었으나, 중앙에서는 스캔들과 잡담으로 인해 직업이나 목숨을 잃을 수 있다는 점이 달랐다. KGB는 직원들이 국내에서 어떻게 지내는지 멋대로 들여다보았다. 소련에는 사생활이라는 것이 존재하지 않기 때문이었다. 요원들은 반드시 결혼해서 자녀를 낳고 결혼 생활을 유지해야 했다. 결혼한 요원은 아내와 가족들이 국내에 인질처럼 붙잡혀 있으니 해외 근무 중에 망명할 가능성이 낮다는 계산과 통제가 모두 작용한 결과였다.

올레크는 S부에서 일하기 시작한 지 2년 만에 해외에서 신분을 위장하고 활동하는 스파이라는 형의 발자취를 따라갈 수는 없을 것 같다는 결론을 내렸다. 애당초 올레크의 불법 스파이 지원이 반려된 가장 큰 원인이 바실리일 가능성이 있었다. KGB의 논리에 따르면, 가족 중 두 명 이상이 해외에서 근무하는 경우, 특히 두 명이 같은 나라에 배치되면 망명 가능성이 높아질 수 있었다.

올레크는 권태와 좌절감을 느꼈다. 모험과 짜릿함을 줄 것 같았던 일이 실제로는 지독히 지루할 뿐이었다. 그가 서방 신문에서 읽은 철의 장막 너머의 세계에 아슬아슬하게 손이 닿지 않았다. 그래서 그는 결혼을 결심했다. 〈나는 최대한 빨리 외국에 가고 싶었지만, KGB는 미혼 남성을 절대 외국에 보내지 않았다. 나는 서둘러 결혼 상대를 찾아야 했다.〉 독일어를 잘하는 여자를 만난다면 함께 독일에 배치될 수도 있을 테니 이상적이었다.

옐레나 아코피안은 독일어 선생이 되기 위한 공부를 하고 있었다. 나이는 스물한 살, 아르메니아의 피가 절반 섞인 똑똑한 여성으로 날카로운 재치가 있었으며 눈동자는 검은색이었다. 재치 있는 짧은 말로 상대를 납작하게 만드는 솜씨가 일품이었는데, 올레크는 거기서 큰 매력을 느꼈다. 한동안. 두 사람은 공통의 친구 집에서 처음 만났다. 두 사람 사이에 불꽃이 튄 것은 열정 때문이라기보다는 같은 포부 때문이었다. 올레크처럼 옐레나도 해외여행을 갈망했으며, 부모 및 다섯 형제자매와 함께 비좁은 아파트에서 사는 삶과는 크게 다른 인생을 상상했다.

올레크는 전에 몇 번 여자를 사귄 적이 있었지만, 모두 불만족스러운 상태로 짧게 끝났다. 옐레나는 현대적인 소련 여성의 모습을 언뜻 보여 주는 것 같았다. 전에 만났던 여학생들보다 덜 관습적이었고, 어디로 튈지 모르는 유머 감각도 있었다. 그녀는 페미니스트를 자처했다. 1960년대 소련에서 그 용어는 엄격히 금지되었는데도 개의치 않았다. 올레크는 그녀를 사랑한다고 혼자 속으로 되뇌었다.

나중에 올레크가 밝힌 회상에 따르면, 그들은 〈둘 다 깊은 생각이나 자기 성찰 없이〉 약혼한 뒤, 몇 달 만에 화려하지 않은 결혼식을 올렸다. 결혼을 빨리 한 이유는 로맨스와는 별로 상관없었다. 옐레나는 결혼으로 그의 승진 가능성을 높여 주고, 그는 그녀에게 모스크바를 빠져나가는 수단이 되어 줄 터였다. 비록 두 사람 모두 상대에게 인정하지는 않았지만, 이것은 KGB식의 정략결혼이었다.

1965년 말에 올레크가 기다리던 돌파구가 마련되었다. 덴마크에서 불법 스파이들을 관리하는 자리에 사람이 필요해진 것이다. 위장 신분은 비자와 상속 담당 영사관 직원이지만, 실제로는 S부의 현장 작전을 맡은 〈라인 N〉(불법 스파이를 뜻하는 넬레갈니의 머리글자를 딴 이름)을 위해 일하는 직책이었다.

덴마크에서 비밀 간첩들의 네트워크를 관리하는 이 자리에 가겠느냐는 제안이 오자 올레크는 주저 없이 기쁘게 받아들였다. 킴 필비가 1933년 KGB에 포섭된 뒤에 밝힌 심정과 비슷했다. 〈나는 주

저하지 않았다. 엘리트 세력에 합류하겠느냐는 제안이 왔을 때 두 번 생각하는 사람은 없다.)[9]

9 Kim Philby, *My Silent War* (London: MacGibbon & Kee, 1968).

2
고름손 삼촌

올레크와 옐레나 부부는 1966년 1월에 서리가 끼어서 반짝거리는 코펜하겐에 도착했다. 동화 속 세상 같았다.

나중에 한 MI6 요원은 다음과 같이 말했다. 〈소련의 공산주의 체제보다 서구 민주주의가 우월하다는 점을 증명하기 위해 도시 하나를 고른다면, 코펜하겐보다 더 나은 곳은 별로 없을 것이다.〉

덴마크의 수도 코펜하겐은 아름답고 깨끗하고 현대적이고 부유했다. 우중충하고 억압적인 소련에서 방금 도착한 부부의 눈에 그곳은 정말 현실인가 싶을 만큼 매혹적이었다. 매끈한 자동차, 반짝거리는 업무용 건물, 디자이너들이 만든 멋진 가구, 그리고 압도적인 치과 기술로 관리된 이를 드러내며 미소 짓는 북유럽인들. 카페는 북적거리고, 밝은 식당에서는 이국적인 음식이 나오고, 상점에서는 당황스러울 만큼 다양한 물건을 팔았다. 올레크의 굶주린 눈에 덴마크인들은 그냥 밝고 활기가 넘치기만 하는 것이 아니라, 문화적으로도 풍요로운 것 같았다. 처음으로 들어간 도서관에 엄청나게 다양한 책들이 꽂혀 있는 것도 말문이 막힐 만큼 놀라웠지만, 책을 원하는 만큼 빌릴 수 있을 뿐만 아니라 책을 담아 갈 비닐봉지까지 비치되어 있는 것을 보고는 더욱더 놀랐다. 경찰관도 거의 없는 것 같았다.

소련 대사관은 코펜하겐 북쪽 크리스티아니아 거리에 있는 치장 벽토 주택 세 채로 구성되어 있었다. 깨끗한 정원이 넓게 뻗어 있고, 스포츠 센터와 사교 클럽이 갖춰져 있어서 소련 대사관이라기보다는 웅장한 정문이 있는 호텔처럼 보였다. 고르디엡스키 부부는 신축 아파트에 짐을 풀었다. 천장이 높고, 바닥은 나무로 되어 있고, 부엌에 살림살이가 갖춰진 집이었다. 올레크에게는 폭스바겐 비틀 한 대가 배정되었고, 매달 업무에 필요한 접촉자 접대를 위해 250파운드의 현금이 선지급되었다. 코펜하겐에는 음악이 살아 있는 것 같았다. 바흐, 헨델, 하이든, 텔레만…… 소련에서는 이 작곡가들의 음악이 허용되지 않았다. 그는 평범한 소련 국민에게 해외여행이 허용되지 않는 게 당연하다는 생각이 들었다. 완전히 세뇌된 KGB 요원이 아니고서야 그 누가 이런 자유를 맛보고 나서 여기에 남고 싶다는 충동에 저항할 수 있겠는가?

소련 대사관에서 근무하는 스무 명의 관리 중 진짜 외교관은 고작 여섯 명이고, 나머지는 KGB나 소련군 첩보 기관인 GRU 소속이었다. 이곳의 레지덴트인 레오니드 자이체프는 매력적이고 양심적인 요원이었으며, 자기 부하들이 대부분 무능하거나 게으르거나 부정직하다는 사실, 아니 대개 이 세 가지 특징을 모두 갖고 있다는 사실을 모르는 것 같았다. 자이체프의 부하들은 실제 첩보 활동보다는 지급되는 경비에 장난을 치는 데 더 많은 힘을 쏟았다. KGB가 돈을 후하게 지급하는 것은 덴마크인 접촉자들과 친분을 다지고, 정보원을 포섭하고, 간첩이 될 수 있을 것 같은 사람을 끌어들이기 위해서였다. 그러나 이것은 〈부정부패를 자초하는 조치〉임을 올레크는 금방 깨달았다. 요원 대부분은 덴마크인과 만난 이야기를 거짓으로 만들어 냈다. 가짜 영수증을 만들고 거짓 보고서를 쓰는 방법으로 자신에게 지급된 돈을 자기 주머니에 넣었다. 중앙은 코펜하겐에 파견된 직원 중 덴마크어를 유창하게 하는 사람이 거의 없고 심지어 덴마크어를 아예 한 마디도 못 하는 사람도 몇 명이나 되는 이 비정상적인 상황을 알아차리지 못한 것 같았다.

올레크는 자신이 그들과 다르다는 점을 보여 주기로 결심했다. 이미 스웨덴어를 유창하게 구사하는 그는 덴마크어를 공부하기 시작했다. 오전에는 영사관의 위장 신분에 맞게 비자 신청서를 처리하는 일을 하고, 스파이 활동은 점심시간부터 시작했다.

스칸디나비아의 KGB 불법 스파이망은 치밀하지 않았다. 올레크의 업무 중 큰 부분을 차지하는 것은 버려진 편지함에 돈이나 메시지 남기기, 신호 장소 감시하기, 비밀 스파이들과 은밀한 접촉 유지하기 등 행정적인 일이었다. 비밀 스파이 중 대부분은 그가 직접 얼굴을 맞대고 만난 적도 없고 이름도 모르는 사람들이었다. 만약 어떤 불법 스파이가 공원의 특정한 벤치 아래에 오렌지 껍질을 두고 간다면, 그것은 〈내가 위험에 빠졌다〉는 뜻이었다. 반면 사과 심이 떨어져 있다면 〈내가 내일 이 나라를 떠난다〉는 뜻이었다. 이렇게 복잡한 체계 때문에 가끔은 코미디 같은 일이 벌어졌다. 어느 날 올레크는 신호 장소인 공중화장실 창턱에 구부러진 못을 놓아두었다. 어떤 불법 스파이에게 미리 지정된 버려진 편지함에서 현금을 가져가라고 알리기 위해서였다. 그 불법 스파이가 이 메시지를 잘 받았다고 답하려면, 같은 장소에 맥주병 뚜껑을 놓아두어야 했다. 답을 확인하기 위해 그 장소를 다시 찾은 올레크가 본 것은 진저비어[1]의 병뚜껑이었다. 스파이들 사이의 신호 체계에서 진저비어도 평범한 맥주와 같은가? 아니면 여기에 또 다른 의미가 있는 건가? 레지덴투라로 돌아와 동료들과 밤새 열띤 토론을 벌인 끝에 그는 문제의 그 스파이가 두 종류의 병뚜껑을 똑같은 것으로 보았다는 결론을 내렸다.

덴마크에서는 루터 교회 출생 신고와 사망 신고를 받아 커다란 기록부에 손으로 적어 넣었다. 모스크바에서 파견된 숙련된 위조 전문가가 솜씨를 발휘하면, 교회 기록을 변조해 완전히 새로운 신원을 얼마든지 창조해 낼 수 있었다. 올레크는 기록부에 접근하기 위해 성직자들과 친분을 다지기 시작했으며, 여러 교회를 대상으로 건물 침입을 기획했다. 나중에 그는 이렇게 말했다. 〈나는 새로운 영역을 개척하고 있었다.〉 덴마크의 교회 기록부에는 올레크 고르디옙스키가 창조해서 집어넣은 덴마크인들이 다수 포함되어 있다.

한편 그는 정보원, 간첩, 비밀 연락책을 포섭하는 일에도 착수했다. 「그게 우리가 여기서 생활하는 가장 중요한 목적이야.」 자이체프는 그에게 이렇게 말했다. 올레크는 어머니의 결혼 전 성(姓)인 〈고르노프〉라는 가명으로 활동하며 몇 달 동안 덴마크인들과 친분을 다진 끝에, 어느 교사 부부를 설득해 〈살아 있는 편지함〉 역할을 맡기는 데 성공했다. 불법 스파이들과 메시지를 주고받는 것이 그들의 임무였다. 올레크는 덴마크 경찰관 한 명과도 친구가 되었으나, 몇 번 그를 만나고 난 뒤 자신이 그를 포섭하는 건지 아니면 그 반대인지 헷갈리기 시작했다.

올레크가 코펜하겐에 도착하고 1년이 채 안 되었을 때, 기존 직원들과는 상당히 다른 종류의 KGB 요원이 지부에 합류했다. 이 새로

1 저알코올 탄산음료 — 옮긴이주.

운 직원 미하일 페트로비치 류비모프는 인기 좋고, 유쾌하고, 대단히 머리가 좋은 우크라이나인이었다. 그의 아버지는 볼셰비키의 비밀경찰인 체카에서 일한 적이 있었다. 류비모프는 올레크보다 4년 먼저 모스크바의 국립 국제 관계 대학교를 졸업한 뒤, KGB를 위해 「영국의 국민성과 그것을 작전에 이용하는 법」이라는 논문을 썼다. 1957년에는 모스크바에서 열린 세계 청년·학생 축전에서 KGB의 지시로 어떤 미국 여성을 유혹했다. 4년 뒤 런던 주재 소련 대사관의 공보 담당관으로 영국에 배치된 그는 노조, 학생 단체, 여러 주류 단체에서 정보원을 포섭했다. 그는 낭랑한 상류층 말씨의 영어를 구사했으며, 여기에 영국식 옛 표현들을 곁들였다. 그 덕분에 마치 소련에서 온 버티 우스터[2] 같았다. 류비모프는 영국과 관련된 모든 것에 푹 빠져 있었다. 아니, 좀 더 정확히 말하자면 영국 문화에서 자신이 좋아하는 것들, 즉 위스키, 시가, 크리켓, 신사 클럽, 맞춤 트위드 옷, 당구, 뒷공론 등에 푹 빠져 있었다. 영국 정보계는 그에게 〈스마일리[3] 마이크〉라는 별명을 붙여 주었다. 영국은 적인데, 그는 영국을 무척 좋아했다. 1965년에 그가 영국의 암호 담당자를 포섭하려다 실패하자, 영국 보안국은 즉시 그를 포섭하려고 시도했다. 영국의 첩자가 되라는 제의를 거절한 뒤 그는 외교상 기피 인물로 판정되어 모스크바로 송환되었다. 그러나 이런 일을 겪고도 그의 열렬한 영국 사랑에는 흠집 하나 나지 않았다.

1966년 말에 류비모프는 정치 정보(KGB 용어로 〈PR 라인〉) 부

2 영국 작가 P. G. 우드하우스의 작품 주인공. 류비모프는 우스터가 작품 속에서 자주 쓰던 〈What ho!〉, 〈Pip! Pip!〉 같은 표현을 사용했다. 둘 다 짐짓 과장되게 인사를 건넬 때 쓰는 말이다 — 옮긴이주.

3 존 르 카레의 소설에 등장하는 영국의 정보 요원 — 옮긴이주.

장으로 코펜하겐에 배치되었다.

올레크는 류비모프를 보자마자 호감을 느꼈다. 「중요한 것은 승리가 아니라 게임 그 자체야.」 류비모프는 영국에서 살 때 신사 클럽에서 글렌리벳 위스키를 마시며 스파이들을 포섭하던 이야기를 젊은 올레크에게 우렁찬 목소리로 즐겁게 들려주었다. 그는 올레크를 피후견인처럼 데리고 다니면서, 이렇게 묘사했다. 〈역사에 대한 훌륭한 지식이 인상적이었다. 올레크가 바흐와 하이든을 사랑하는 것도 존경할 만한 부분이다. 특히 덴마크에 와 있는 다른 소련인들이 낚시, 쇼핑, 그리고 최대한 많은 물건을 모으는 일에 모든 시간을 쏟는 것과 비교하면 더욱 그렇다.〉

류비모프가 영국을 사랑하게 된 것과 마찬가지로, 올레크는 덴마크와 그 나라의 국민들, 공원, 음악, 그리고 덴마크 사람들이 당연하게 여기는 성적인 자유를 포함한 자유에 반해 버렸다. 덴마크 사람들은 유럽 기준으로 봐도 진보적이라고 할 정도로 성에 대해 개방적인 태도를 취했다. 어느 날 올레크는 코펜하겐 홍등가를 찾았다가 포르노 잡지와 성적인 장난감 등을 파는 상점에 순간적인 충동으로 발을 들여놓았다. 그리고 거기서 동성애 포르노 잡지 세 권을 사서 집에 가져와 옐레나에게 보여 주었다. 〈난 그저 흥미를 느꼈을 뿐이다. 동성애자들이 어떤 행동을 하는지 전혀 몰랐다.〉 그는 이 잡지들을 벽난로 위에 두었다. 소련에서는 누릴 수 없는 자유가 거기 드러나 있었다.

그는 이렇게 썼다. 〈나는 인간으로서 꽃을 피웠다. 아름다움, 무척 활기찬 음악, 훌륭한 학교, 평범한 사람들이 보여 주는 개방적인 태도와 유쾌함에 비하면, 소련이라는 광대하고 황량한 강제 수용소는 일종의 지옥처럼 보일 수밖에 없었다.〉 배드민턴을 시작한 그는 게임을 아주 즐기게 되었다. 특히 배드민턴 경기의 기만적인 요소가 마음에 들었다. 〈셔틀콕이 공중을 날아가다가 마지막 몇 초 동안 속도가 느려지기 때문에, 경기하는 사람이 기지를 발휘해서 공을 때리는 방법을 마지막 순간에 바꿀 수 있다.〉 그는 이 기술을 완벽하게 터득했다. 그 밖에도 그는 클래식 콘서트에 가고, 도서관의 책을 게걸스럽게 읽고, 덴마크 구석구석을 여행했다. 첩보 임무 때문에 여행할 때도 있었지만, 대부분은 순전히 여행의 자유를 누릴 수 있다는 기쁨을 음미하기 위해서였다.

감시당한다는 느낌이 사라진 것은 평생 처음이었다. 하지만 실제로는 감시당하고 있었다.

덴마크 안보 정보국Politiets Efterretningstjeneste(PET)은 아주 작지만 대단히 유능한 기관이었다. 이 기관의 임무는 〈덴마크를 자유롭고 민주적이고 안전한 나라로 유지하는 데 위협이 되는 작전과 활동의 예방, 조사, 격퇴〉로 명시되어 있었다. PET는 올레크 고르디옙스키가 바로 그런 위협 중 하나라고 강력히 의심했으므로, 클래식 음악을 좋아하는 이 소련의 젊은 외교관이 코펜하겐에 발을 딛는 순간부터 그를 감시하고 있었다.

덴마크가 소련 대사관 직원들을 감시하는 것은 으레 있는 일이었지만, 24시간 내내 감시할 수 있는 여력은 없었다. 대사관 내의 전화기 몇 대에 도청 장치를 설치한 것이 고작이었다. 반면 KGB 기술자들은 PET의 무전망에 성공적으로 침투했다. 그들은 대사관 내에서 무전을 도청하며 덴마크의 감시 팀들이 주고받는 메시지를 손쉽게 잡아냈다. 옐레나 고르디옙스키는 이제 남편과 마찬가지로 KGB에 소속되어, 이런 메시지를 듣고 러시아어로 번역하는 일을 하고 있었다. 그 결과 KGB는 PET 감시 차량의 위치를 파악해, 감시가 없는 때가 언제인지 알아낼 수 있었다. 덴마크 측은 의심의 대상인 KGB 장교들을 각각 암호명으로 지칭했다. PET 무선 메시지에서 올레크는 10세기 덴마크 국왕이었던 하랄드 〈블루투스〉 고름손의 이름에서 따온 〈고름손 삼촌〉으로 불렸다.

덴마크 정보국은 (고르노프, 구아르디예체프, 고름손 삼촌 등의 이름을 지닌) 고르디엡스키가 외교관 신분으로 위장한 KGB 스파이라고 거의 확신했다.

어느 날 올레크와 옐레나는 경찰관 친구 부부의 저녁 식사 초대를 받았다. 두 사람이 집을 비운 동안, PET 직원들이 그들의 아파트에 들어와 도청 장치를 심었다. 올레크는 덴마크인 경찰관 부부의 초대를 조금 의심하고 있었으므로, 101 학교에서 훈련받은 대로 아파트 출입문과 문틀 사이에 접착제를 조금 묻혀 놓았다. 저녁 식사를 마치고 집으로 돌아와 보니, 투명한 접착제 봉인이 깨져 있었다. 그때부터 올레크는 집에서도 말을 조심하게 되었다.

양측 모두 불규칙하게 조금씩 서로를 염탐했다. 드라이클리닝 훈련을 받은 KGB 장교들은 덴마크의 레이더망에서 살짝 벗어나는 데 자주 성공했다. 그렇게 올레크를 비롯한 KGB 직원들이 스스로 감시망에서 사라지는 데 성공했다고 믿었으나 실제로는 아닐 때도 많았다.

PET가 코펜하겐의 홍등가를 감시했는지 아니면 올레크를 미행했는지는 알 수 없지만, 어쨌든 그가 문제의 그 상점에 들어가 동성애 포르노 잡지를 사는 모습이 포착되었다. 유부남인 소련의 정보 관계자가 동성애 포르노에 관심이 있다면, 그것을 약점으로 협박하는 것이 가능했다. 덴마크 정보국은 이 사실을 꼼꼼히 기록해서 일부 동맹국에게 전달했다. 서구 정보 파일에 포함된 올레크 고르디옙스키의 이름 옆에 처음으로 물음표가 찍히는 순간이었다.

올레크는 몹시 유능한 KGB 장교로 발전하는 중이었다. 류비모프는 이렇게 썼다. 〈그가 뛰어난 교육, 지식에 대한 갈망, 독서욕, 그리고 레닌처럼 공공 도서관을 찾는 습관 덕분에 동료들 가운데에서 두드러진다는 점에는 이론의 여지가 없었다.〉

그의 세계에 유일하게 구름이 낀 부분은 바로 결혼 생활이었다. 그의 문화생활이 꽃을 피우는 속도만큼 빠르게 결혼 생활은 시들어 가는 것 같았다. 처음부터 온기가 별로 없던 관계가 꾸준히 차가워졌다. 올레크는 아이를 원했지만, 옐레나는 단호히 거부했다. 코펜하겐에 배치되고 1년이 지났을 때, 옐레나는 모스크바를 떠나기 전 올레크에게 의논하지도 않고 아이를 지운 적이 있다는 사실을 털어놓았다. 올레크는 기만당한 기분에 불같이 화를 냈다. 언제나 격렬한 에너지를 지닌 그는 아내가 새로운 풍경과 소리에 이상하게 수동적인 태도로 반응을 보이지 않는다는 사실을 깨달았다. 결혼 생활이 〈사랑보다는 관습에 의한 것〉이라는 생각이 들면서 〈공허감〉이 점점 커졌다. 그는 자신이 여자들을 〈예의 바르게〉 대한다고 묘사했다. 하지만 사실은 많은 소련 남자와 마찬가지로 결혼에 대해 낡은 생각을 하고 있어서 아내가 아무런 불평 없이 요리와 청소를 해주기를 기대했다. KGB의 번역가로 경력을 쌓은 옐레나는 〈여자에게도 살림 말고 더 좋은 할 일〉이 있다고 주장했다. 올레크가 서구 사회에서 접한 새로운 일들에 열린 마음을 갖고 있었는지는 몰라도, 여성 해방에 대해서는 선을 그었다. 그래서 옐레나의 태도를 〈반(反)가정적 성향〉이라고 부르며 점점 좌절감을 느꼈다. 그는 옐레나에게 창피를 줘서 요리에 더 전념하게 할 생각으로 스스로 요리를 배웠다. 그러나 옐레나는 이 사실을 몰랐거나 알았어도 신경을 쓰지 않았던 것 같다. 짧게 되받아치는 그녀의 말솜씨가 옛날에는 재치 있게 보였지만, 이제는 그저 짜증스러울 뿐이었다. 올레크는 자신이 옳다고 믿을 때는 절대로 고집을 꺾지 않았다. 그는 갑갑한 마음을 털어 버리려고 매일 몇 시간 동안이나 혼자 코펜하겐의 공원을 달렸다. 그러고 나서 집으로 돌아오면 너무 지쳐서 싸울 기운이 없었다.

그의 결혼 생활에 이처럼 금이 가고 있을 때, 소련 블록 내에서는 땅이 뒤흔들리는 격변이 일어나고 있었다.

1968년 1월, 체코슬로바키아 공산당의 1등 서기관이자 개혁주의자인 알렉산드르 둡체크가 소련의 굴레에서 벗어나 자유화를 지향하기 위해 여행과 언론에 대한 제한과 검열을 완화했다. 둡체크는 〈인간의 얼굴을 한 사회주의〉를 내세워, 비밀경찰의 권한을 제한하고 서구와의 관계를 개선하며 궁극적으로는 자유선거를 실시하겠다고 약속했다.

올레크는 이런 변화를 지켜보며 점점 마음이 들떴다. 만약 체코슬로바키아가 소련의 손아귀에서 벗어날 수 있다면, 다른 소련 위성 국가들이 그 뒤를 따를 가능성이 있었다. KGB 코펜하겐 레지덴투라 내에서는 체코의 개혁이 지닌 의미를 놓고 의견이 첨예하게 갈렸다. 1956년 헝가리 사태 때처럼 소련이 군사 개입을 할 것이라고 주장하는 사람도 있었지만, 올레크와 류비모프처럼 체코 혁명이 꽃을 피울 것이라고 확신하는 사람도 있었다. 류비모프는 이렇게 썼다. 〈올레크와 나는 소련 탱크가 프라하로 들어가지 않을 것이라고 확신했다. 그래서 투보그 맥주 한 상자를 걸고 내기를 했다.〉평소 정치에는 분명히 거리를 두던 옐레나조차 체코의 상황에 고무된 것 같았다. 올레크는 이렇게 썼다. 〈우리는 체코슬로바키아가 자유

로운 미래를 향한 우리의 희망이라고 봤다. 그 나라뿐만 아니라 우리 나라를 위해서도.〉

모스크바의 KGB 본부는 체코의 개혁 실험을 공산주의 자체에 대한 실존적 위협으로 보았다. 냉전에서 소련에 불리한 쪽으로 저울을 기울일 수 있는 잠재력이 있다고 본 것이다. 체코 국경에 소련 군대가 점점 더 많이 배치되었다. KGB는 크렘린의 신호를 기다리지 않고, 소수의 스파이를 동원해 체코의 〈반혁명〉과 싸우기 시작했다. 이 스파이 중 한 명이 바실리 고르디옙스키였다.

동생은 프라하의 봄이 꽃을 피우는 것을 보며 점점 열광하고 있을 때, 형은 그 꽃봉오리를 잘라 버리기 위해 파견되었다.

1968년 초, 서른 명이 넘는 KGB 불법 스파이들이 체코슬로바키아로 침투했다. KGB 국장 유리 안드로포프는 그들에게 체코의 개혁 운동을 방해하고, 〈반동적인〉 지식인 서클에 침투해 프라하의 봄을 지지하는 저명인사들을 납치하라는 지시를 내렸다. KGB의 공작원들은 대부분 서방 관광객으로 위장하고 체코슬로바키아로 갔다. 체코의 〈선동가들〉이 자신에게 공감하는 것처럼 보이는 외국인에게 계획을 털어놓을 가능성이 높을 것 같아서였다. 그들이 겨냥한 사람들은 지식인, 학자, 언론인, 학생, 작가였다. 밀란 쿤데라와 바츨라프 하벨도 여기에 포함되었다. 이것은 KGB가 바르샤바 조약으로 맺어진 동맹국을 상대로 벌인 최대 규모의 첩보 작전이었다.

바실리 고르디옙스키는 그로모프라는 이름의 서독인 여권을 사용했다. 그는 KGB 요원으로서 용감하게 사람을 납치할 수 있다는 사실을 이미 증명한 바 있었다. 예브게니 우샤코프는 스웨덴에서 여러 해 동안 불법 스파이로 활동하며 혹시 소련이 침공할 경우를 대비해서 그 나라의 지도를 작성하고, 하위 공작원 네트워크를 만들었다. 그러나 1968년에 중앙은 파우스트라는 암호명을 쓰는 이 스파이가 피해망상에 걸렸다는 결론을 내리고 그를 빼내기로 했다. 1968년 4월, 바실리 고르디옙스키는 우샤코프를 약물로 잠재운 뒤 핀란드를 거쳐 모스크바로 빼돌리는 데 성공했다. KGB는 우샤코프를 정신 병원에 넣었다가 풀어 준 뒤 해고했다. 바실리는 〈흠잡을 데 없이 임무를 수행한〉 공로로 KGB 메달을 수상했다.

그다음 달 그는 KGB 동료와 함께 체코 개혁 운동의 지도자 중 바츨라프 체르니와 얀 프로하즈카를 납치하는 일에 착수했다. 저명한 문학사가인 체르니 교수는 학문의 자유를 옹호하는 발언을 했다는 이유로 공산 정권에 의해 카를로바 대학교에서 해고된 상태였다. 작가 겸 영화 제작자인 프로하즈카는 정부의 검열을 공개적으로 비난하며, 〈표현의 자유〉를 요구했다. 두 사람 모두 서독에 살고 있었다. KGB는 이 두 사람이 〈체코슬로바키아의 사회주의 기초를 뒤엎는 데〉 전념하는 〈불법 반국가〉 단체를 이끌고 있다고 (잘못) 확신하고 반드시 두 사람을 제거해야 한다는 결론을 내렸다. 계획은 간단했다. 바실리 고르디옙스키가 체르니와 프로하즈카에게 접근해 친한 사이가 된 뒤, 소련의 암살자가 곧 죽이러 올 것이라고 설득해 〈임시 은신처〉를 제공하겠다고 한다. 그들이 자발적으로 따라오지 않을 경우, 〈특별한 약물〉을 이용해 제압한 뒤 KGB의 특수 작전부 요원들에게 넘기면, 그들이 두 사람을 외교관 번호판을 단 자동차의 트렁크에 실어 동독으로 넘어갈 예정이었다. 외교적 관례에 따라 그런 차량은 대개 수색받지 않았다. 그러나 일은 계획대로 이루어지지 않았다. 바실리가 열심히 부추겼는데도 체르니는 〈자신이 평소보다 더 위험한 상태〉라는 말을 믿으려 하지 않았다. 프로하즈카는 경호원을 대동하고 다녔으며, 체코어밖에 할 줄 몰랐다. 바실리는 체코어를 몰랐다. 2주 동안 두 사람을 설득하려다 실패한 바실리는 납치 계획을 중지했다.

그 뒤 그는 그로모프라는 가명으로 국경을 넘어 체코슬로바키아로 들어가서, 수는 적지만 고도의 훈련을 받은 소련 불법 스파이 무리에 합류했다. 관광객 행세를 하는 그들의 임무는 체코슬로바키아에서 곧 폭력적인 반혁명이 일어날 것 같은 거짓 인상을 심어 주기 위해 일련의 〈도발 작전〉을 시행하는 것이었다. 그들은 체코 〈우파들〉이 서방 첩보 기관의 후원을 받아 폭력적인 쿠데타를 계획하고 있다는 거짓 증거를 여기저기 뿌렸다. 공산주의 타도를 외치는 선동적인 포스터도 위조하고, 포장지에 〈미국산〉이라고 버젓이 표기된 무기들도 일부러 숨겨 두었다. 얼마 뒤 〈발견〉된 이 무기들은 폭동이 임박했다는 증거로 이용되었다. 소련 당국은 심지어 공산 정부를 무너뜨리고 제국주의의 꼭두각시를 심으려는 〈미국의 비밀 계획〉을 알아냈다고 주장하기까지 했다.

바실리는 프라하의 봄을 깎아내리고 파괴하려는 KGB 작전의 선봉에서 활약했다. 아버지처럼 그도 자신이 하는 일이 옳은 것인지 의문을 품지 않았다.

올레크는 형이 체코슬로바키아에 있다는 사실을 전혀 몰랐다. 형이 벌이고 있는 비열한 짓에 대해서는 말할 것도 없었다. 두 형제는 그때도 그 뒤에도 그 일에 대해 이야기한 적이 없었다. 바실리는 자신의 비밀을 지켰고, 올레크도 점점 비밀이 늘어났다. 봄이 가고 여름이 오자 새로운 체코슬로바키아를 향한 행진에 속도가 붙는 것 같았다. 올레크는 모스크바가 절대 군사적으로 개입하지 않을 것이라고 주장했다. 「침공할 수는 없어. 감히 하지 못할 거야.」 그는 이렇게 단언했다.

1968년 8월 20일 밤, 2천 대의 탱크와 20만 명이 넘는 군대가 체코슬로바키아 국경을 넘었다. 소련군이 주력이었지만, 다른 바르샤바 조약국들의 파견대도 포함되어 있었다. 소련이라는 거인에게 맞서는 것은 가망 없는 일이었으므로, 둡체크는 국민들에게 저항하지 말라고 말했다. 아침이 밝자, 체코슬로바키아는 이미 점령된 나라였다. 소련은 〈브레즈네프 독트린〉을 단호하게 보여 주었다. 정통 공산주의를 포기하거나 개혁하려고 시도하는 바르샤바 조약국을 무력으로 제압하겠다는 정책이었다. 프라하의 봄은 끝나고, 소련의 겨울이 새로 시작되었다.

올레크 고르디옙스키는 경악과 혐오를 느꼈다. 성난 덴마크인들이 코펜하겐의 소련 대사관 앞에 모여 침공에 항의하는 시위를 벌이는 것을 보며 그는 수치스러워 견딜 수가 없었다. 베를린 장벽이 세워지는 모습을 지켜볼 때도 큰 충격을 받았지만, 체코슬로바키아 침공은 그가 봉직하는 정권의 진정한 본질을 훨씬 더 노골적으로 보여 주는 증거였다. 공산주의 체제를 떨떠름하게 바라보던 마음이 순식간에 혐오로 변했다. 〈무고한 사람들을 잔인하게 공격하는 것을 보면서 나는 그 체제를 불처럼 강렬히 증오하게 되었다.〉

대사관 로비 구석의 전화기로 그는 집에 있는 옐레나에게 전화를 걸어, 프라하의 봄을 짓밟아 버린 소련을 비난하는 욕설을 급류처럼 쏟아냈다. 「정말로 저지르다니. 믿을 수가 없어.」 그는 눈물을 흘리기 직전이었다. 그는 나중에 〈영혼이 아팠다〉고 회상했지만, 그의 정신은 또렷했다.

올레크는 그 통화를 통해 메시지를 보내는 중이었다. 그는 덴마크 안보 정보국이 대사관 전화를 도청한다는 것을 알고 있었다. PET는 그의 집 전화 역시 도청하고 있었다. 덴마크 정보국은 그가 아내와 나눈 이 위험한 대화를 틀림없이 포착해서, 〈고름손 삼촌〉이 겉으로 보이는 것과는 달리 KGB라는 기계를 맹목적으로 따르는 톱니가 아니라는 점에 주목할 터였다. 그렇다고 그가 딱히 서방에 접근하려던 것은 아니었다. 그보다는 덴마크를 비롯한 서방 국가들의 정보국에 그의 감정을 알리려는 시도, 감정적 측면의 〈스치는 접선〉 같은 것이었다. 나중에 그는 이것이 〈처음으로 서방을 향해 일부러 보낸 신호〉였다고 썼다.

서방은 이 신호를 놓쳤다. 올레크가 손을 뻗었으나 아무도 알아차리지 못했다. 덴마크 안보 정보국이 중간에 가로채서 처리하는 정보가 워낙 많기 때문에, 작지만 의미심장한 올레크의 신호는 눈에 띄지 않고 지나가 버렸다.

체코슬로바키아에서 날아온 우울한 소식을 침착하게 이해하고 나니, 대학 시절 속내를 숨기지 않던 친구 스타니슬라프 카플란이 생각났다. 스탄다는 소련 탱크가 자기 나라로 들어오는 것을 보며 어떤 감정이었을까?

카플란은 격분했다. 소련을 떠난 뒤 그는 프라하에서 내무부에 근무하다가 체코 정보국인 StB에 들어갔다. 반체제 세력에 공감하는 성향을 조심스레 감춘 카플란은 1968년의 상황을 지켜보며 낙담해서 마음이 황폐해졌지만 아무 말도 하지 않았다. 프라하의 봄이 짓밟히면서 대량 이민 바람이 불어, 약 30만 명이 체코슬로바키아를 떠났다. 카플란은 기밀을 수집하면서 그 이민 행렬에 합류할 준비를 했다.

올레크의 덴마크 근무가 끝나 갈 무렵, 모스크바에서 연락이 왔다. 〈작전 활동 중단. 그곳에 남아 분석하되 작전은 이제 없다.〉 모스크바 중앙은 덴마크인들이 올레크 동무에게 지나친 관심을 보인다는 결론을 내리고, 그가 KGB 요원임을 그들이 알아챘을 가능성이 높다고 보았다. 중간에 가로챈 무선 통신 내용을 보면, 올레크가 덴마크에 도착했을 때부터 평균 이틀에 한 번씩 그에게 미행이 붙었음을 알 수 있었다. 소련 대사관 직원 누구보다도 높은 빈도수였다. 소련은 외교 문제를 원치 않았으므로, 올레크는 코펜하겐 근무 기간 중 마지막 몇 달 동안 덴마크에 대한 KGB 안내서를 위해 자료 조사를 하는 일에 투입되었다.

올레크의 경력과 양심이 기로에 서 있었다. 체코슬로바키아에서 벌어진 일에 대한 분노는 계속 부글거렸지만, 아직 이렇다 할 결정으로 굳어지지는 않았다. KGB를 그만두는 것은 생각할 수도 없는 일이었다(십중팔구 불가능했을 것이다). 그래도 그는 불법 스파이를 관리하는 일을 그만두고 류비모프가 일하는 정치 정보부로 옮길 수는 있지 않을까 생각했다. 그러면 덜 비열하고 더 흥미로운 일을 할 수 있을 것 같았다.

올레크는 직업적으로나 개인적으로나 제자리걸음을 하고 있었다. 영사관 업무를 수행하고, 엘레나와 티격태격하고, 공산주의에 대해 남몰래 반감을 품고, 서구 문화를 마구 집어삼켰다. 어느 서독 외교관의 집에서 열린 파티에서 그는 젊은 덴마크 남성과 대화를 하게 되었다. 그 청년은 유난히 친절했으며, 상당히 취한 상태였다. 클래식 음악에 대해 해박한 지식을 갖고 있는 것처럼 보이기도 했다. 그가 함께 술을 마시러 가자고 청했지만, 올레크는 집에 가야 한다면서 정중히 거절했다.

그 청년은 덴마크 정보국의 공작원이었고, 그날의 대화는 올레크를 동성애 함정에 빠뜨리기 위한 첫걸음이었다. 덴마크 당국은 동성애 포르노에 올레크가 관심을 보인 것에 착안해, 첩보 기법 중 가장 유서 깊고 가장 지저분하고 가장 효과적인 미인계를 준비했다. PET는 이 계책이 왜 실패했는지 끝내 알아내지 못했다. 그가 고도의 훈련을 받은 KGB 요원이라서 그 유혹 시도를 알아차린 걸까? 아니면 그들이 내세운 〈미인〉이 그의 취향이 아니었나? 진실은 단순했다. 올레크가 동성애자가 아니라는 것. 그는 상대가 수작을 걸고 있다는 사실조차 알지 못했다.

소설과 달리 첩보 작전이 정확히 계획대로 이루어지는 경우는 드물다. 프라하의 봄이 끝난 뒤 올레크는 서방 정보국에 은근한 신호를 보냈지만 상대가 그것을 알아차리지 못했다. 덴마크 정보국은 잘못된 전제를 바탕으로 그를 함정에 빠뜨리려 했지만 과녁을 한참 벗어나 버렸다. 양측이 각각 서로에게 접근했는데도 접촉이 이루어지지 않았다. 그리고 이제 올레크는 귀국을 앞두고 있었다.

그가 1970년 1월에 돌아간 소련은 3년 전 그가 떠날 때에 비해 훨씬 더 억압적이고 편집증적이며 음침했다. 브레즈네프 시대의 정통 공산주의 통치가 모든 색채와 상상력을 빨아내고 있는 것 같았다. 올레크는 고국의 모습에 진저리를 쳤다. 〈모든 것이 얼마나 추레해 보였는지.〉 줄을 선 사람들, 더러운 건물들, 숨이 막힐 것 같은 관료주의, 공포, 부정부패가 얼마 전 그가 떠나온 덴마크의 밝고 풍요로운 세상과 우울한 대조를 이뤘다. 어디서나 선전을 볼 수 있고, 관리들은 비굴하거나 무례했으며, 모든 국민이 다른 사람들을 염탐했다. 시내에서는 삶은 양배추와 막힌 하수구의 악취가 났다. 제대로 돌아가는 것이 전혀 없었다. 누구도 웃지 않았다. 외국인과 아주 가볍게 접촉하기만 해도 즉시 의심의 대상이 되었다. 그러나 올레크의 영혼을 갉아먹는 것은 바로 음악이었다. 모든 길에 설치된 스피커에서 쾅쾅 울려 나오는 감상적이고 애국적인 음악들. 공산주의 공식에 맞춰 만들어져서 사방에서 시끄럽게 쿵쾅거리는 그 무미건조한 음악들은 스탈린의 소리였다. 올레크는 이 〈전체주의의 불협화음〉에 매일 공격받는 기분이었다.

그는 다시 S부에 배치되었고, 옐레나는 외국 외교관에 대한 도청을 맡은 KGB 제12부에서 일하게 되었다. 그녀가 배치된 곳은 스칸디나비아 국가들의 대사관과 외교관을 도청하는 팀이었는데, 그녀의 계급도 중위로 높아졌다. 결혼 생활은 이제 기껏해야 〈일을 위한 관계〉 정도였지만, 두 사람이 실제로 자기 일에 대해 이야기한 적은 없었다. 아니, 함께 살고 있는 모스크바 동쪽의 우울한 아파트에서 서로 이야기를 나누는 경우가 아예 별로 없었다.

그 뒤 2년은 올레크의 표현을 빌리면, 〈별로 중요하지 않은 과도기〉였다. 비록 승진해서 월급도 많아졌지만 그가 하는 일은 3년 전에 하던 일, 즉 불법 스파이들의 신분을 만들어 주는 일과 크게 다르지 않았다. 그는 미국, 영국, 영연방 국가 등에 배치될 수 있을지도 모른다는 희망을 안고 영어를 배우겠다는 신청서를 냈으나, 덴마크에서 이미 그가 KGB 요원이라는 사실이 들통났으므로 의미가 없다는 답변을 들었다. 그가 서방 국가에 배치될 가능성은 희박했다. 하지만 모로코는 가능할 것 같아서 그는 프랑스어를 배우기 시작했다. 열의는 별로 없었다. 체제에 순응하는 모스크바의 어두운 생활에 푹 잠긴 올레크는 심한 문화적 금단 증상에 시달렸다. 잠시도 가만히 있을 수 없고, 화가 나고, 점점 외로워졌다. 억지로 붙잡혀 있는 것 같았다.

1970년 봄, 영국의 젊은 정보 요원 제프리 거스콧은 얼마 전 캐나다에서 온 〈인물 파일〉을 뒤적이고 있었다. 몸이 호리호리하고 안경을 쓴 그는 여러 언어를 구사할 수 있고, 대단히 똑똑했으며, 끈질긴 성격이었다. 제임스 본드보다는 조지 스마일리[4]에 더 가까운 그는 벌써 삼촌 같은 분위기의 대학 강사처럼 보였다. 하지만 겉과 속이 그만큼 다른 사람도 없었다. 한 동료는 거스콧이 〈소련 첩보계에 역사상 그 누구보다도 많은 피해를 입힌 인물일 것〉이라고 말했다.

런던 남동부에서 어린 시절을 보낸 거스콧의 아버지는 열네 살 때 학교를 그만둔 인쇄공이었다. 노동 계급 출신이라는 이 배경이 MI6에 근무하는 대다수 직원들과 거스콧의 다른 점이었다. 그는 장학금으로 덜위치 칼리지에 다녔으며, 그다음에는 케임브리지에서 러시아어와 체코어를 공부했다. 그가 대학을 졸업한 1961년에 런던에서 열리는 어떤 회의에 그를 초대하는 편지가 느닷없이 날아왔다. 거기서 그는 영국 첩보계의 베테랑을 만났다. 쾌활한 성격인 이 베테랑은 전쟁 때 빈과 마드리드에서 첩보 활동을 했다고 밝혔다. 〈나는 여행을 열망했으므로 이것이야말로 내게 맞는 일인 것 같았다.〉 거스콧은 나중에 이렇게 회상했다. 스물네 살 때 그는 영국 해외 정보국에 이름을 올렸다. 이 정보국의 정식 이름은 비밀 정보국(SIS)이었지만, 외부 사람들은 이곳을 거의 MI6라고 불렀다.

1965년 거스콧은 막 개혁의 물결이 시작되던 체코슬로바키아에 배치되었다. 그곳에서 3년 동안 그는 프리드라는 암호명을 가진 스파이를 관리했는데, 프리드의 정체는 바로 체코 정보국 직원이었다. 1968년 프라하의 봄이 시작되었을 때 거스콧은 이미 런던으로 돌아와 체코슬로바키아의 관리들을 국내외에서 포섭하는 일을 하고 있었다. 소련이 체코를 침공하자 체코 담당자들의 책상에는 불이 붙었다. 〈우리는 기회가 생기는 대로 모두 붙잡아야 했다.〉

4 존 르 카레가 처음부터 제임스 본드와 대조되는 이미지로 창조했다 — 옮긴이주.

거스콧의 책상에 다니첵이라는 암호명으로 놓여 있는 파일은 스타니슬라프 카플란이라는 체코 정보국 하급 관리가 최근에 망명한 일에 관한 것이었다.

카플란은 프라하의 봄 직후 불가리아로 휴가를 떠났다가 자취를 감췄다. 그러고는 얼마 뒤 프랑스에 나타나 프랑스 정보국에 정식으로 망명 신청을 했다. 카플란은 캐나다에 정착하고 싶다고 말했다. 캐나다 정보국은 MI6와 밀접한 관계를 맺고 있었으므로, 런던의 MI6는 카플란의 정보를 듣기 위해 직원을 파견했다. 캐나다는 CIA에도 카플란의 망명을 분명히 알렸을 것이다. 체코에서 온 이 젊은 관리는 적극적으로 협조하려고 했다. 따라서 다니첵 서류가 거스콧의 책상에 도착했을 때는 이미 두께가 몇 인치나 되었다.

서류에서 카플란은 똑똑하고 솔직하며, 〈이성(異性)을 좋아하고 달리기를 즐긴다〉고 묘사되었다. 그는 체코 정보국의 사정과 모스크바에서 학교를 다니던 시절에 대해 유용하고 상세한 정보를 털어놓았다. 망명자들에게 서방 정보국들이 흥미를 가질 만한 사람을 꼽아 보라고 말하는 것은 통상적인 절차였다. 카플란의 파일에는 그가 꼽은 사람 100여 명의 이름이 포함되어 있었는데, 대부분 체코슬로바키아인이었고 소련인은 다섯 명이었다. 그중 한 명이 유독 눈에 띄었다.

카플란은 자신처럼 장거리 달리기를 즐기고 KGB에 들어가기로 예정되어 있던 올레크 고르디옙스키와의 우정에 대해 설명했다. 그는 올레크가 〈분명한 정치적 환멸의 징후〉를 나타냈다고 말했다. 흐루쇼프의 데탕트 시기에 두 친구는 공산주의의 한계에 대해 토론했다. 〈올레크는 닫힌 사람이 아니었다. 과거의 끔찍한 일들을 잘 알고 생각할 줄 아는 사람이며, 카플란과 크게 다르지 않은 사람이

었다.〉

거스콧은 이 이름을 다른 자료에서 찾아본 결과, 그가 1966년에 코펜하겐 영사관 직원으로 발령받았다는 사실을 알게 되었다. PET는 MI6와 가까운 관계였다. 이 덴마크 정보국은 고르디옙스키에 관해 정리한 파일에서 그가 KGB 요원임이 거의 확실하며, 불법 스파이들을 지원하고 있을 가능성이 높다고 보았다. 그의 정체를 밝힐 직접적인 증거는 전혀 없었지만, 그가 여러 차례 감시를 피한 방식을 보면 전문적인 훈련을 받은 듯했다. 그가 여러 성직자 및 경찰관 한 명과 접촉한 정황도 수상쩍었다. 그의 아파트에 도청 장치를 설치한 결과 결혼 생활이 순탄치 않다는 사실이 드러났다. 그가 성적인 물건을 파는 가게에 들어가 동성애 포르노 잡지를 구입한 것을 계기로 〈서투른 협박 시도〉가 있었으나 성과가 없었다. 올레크는 1970년 1월 모스크바로 돌아가 중앙의 목구멍 속으로 사라져 버렸다. 그가 무슨 일을 하는지는 하늘만 아실 터였다.

거스콧은 추적을 잘 피하고 유능하며 어쩌면 동성애자일 가능성이 있고 한때 자유로운 사상을 품었던 이 KGB 요원이 서방에 다시 나타난다면 접근해 볼 가치가 있을 것 같다고 고르디옙스키 파일에 적어 두었다. 이렇게 〈흥미로운 인물〉로 〈점〉 찍힌 올레크에게는 선빔이라는 암호명이 부여되었다.

그러나 영국은 올레크보다 더 가까이 있는 KGB 스파이들을 우선 상대해야 했다.

1971년 9월 24일, 영국 정부는 소련 정보 요원 105명을 추방했다. 역사상 가장 대규모의 스파이 추방이었다. 풋Foot 작전이라는 암호명이 붙은 이 대규모 추방의 분위기가 조성된 것은 이미 얼마 전부터였다. 덴마크와 마찬가지로 영국도 신분이 인정된 소련 외교관,

언론인, 무역 대표 등을 면밀하게 감시하면서 누가 진짜고 누가 스파이인지를 분명하게 파악했다. KGB의 첩보 활동이 점점 뻔뻔스러워졌기 때문에 영국 보안국, 즉 MI5는 그들을 치고 싶어 안달하고 있었다. 방아쇠가 된 것은 소련 편물업계 대표로 행세하던 KGB 요원 올레크 리알린의 망명이었다. 리알린은 KGB에서 혹시 서방과 전쟁이 발발할 경우의 대책 수립을 맡은 파괴 담당 부서 제13부의 최고위급 대표자로, 공산주의 국가에서 생산된 카디건을 파는 일과는 거리가 한참 멀었다. MI5가 그에게 부여한 암호명은 골드핀치[5]였으나, 그의 노랫소리는 카나리아와 비슷했다.[6] 그가 밝힌 비밀 중에는 런던 지하철이 물에 잠기게 하는 계획, 영국의 중요 공인들을 암살하는 계획, 요크셔 해안에 파괴 공작 팀을 상륙시키는 계획 등이 포함되어 있었다. MI5가 줄곧 기다리던 구실을 이 정보가 제공해 주었다. 그때까지 정체가 밝혀진 스파이들이 모두 추방당하면서, 세계 최대의 KGB 지부 중 하나이던 곳이 하루아침에 완전히 사라졌다. KGB는 그 뒤 20년 동안 안간힘을 쓴 뒤에야 비로소 이 레지덴투라를 예전의 모습으로 되돌릴 수 있었다.

소련은 풋 작전으로 완전히 기습을 당한 꼴이었다. 제1주요부도 소스라치게 놀랐다. 모스크바 외곽 순환 도로 근처의 야세네보에 본부가 있는 이 해외 정보부는 브레즈네프 치하에서 급속히 몸집을 불려, 1960년대에 3천 명이던 직원 수가 1만 명 이상으로 늘어나 있었다. 그들은 영국이 실행한 대규모 추방을 커다란 실패로 보았다. 영국-스칸디나비아 담당 과장이 해고되고(KGB 편제에서 이 두 지역은 역사적인 이유로 오스트레일리아, 뉴질랜드와 함께 한 부서가

---

5 오색 방울새 — 옮긴이주.

6 〈sing like a canary〉는 〈술술 실토하다〉는 뜻이다 — 옮긴이주.

담당했다) 드미트리 야쿠신이 새로 그 자리를 맡았다.

〈회색 추기경〉으로 불리는 야쿠신은 귀족 태생이지만 신념이 강한 볼셰비키이며 헌신적인 공산주의자였다. 풍기는 분위기는 귀족 같지만, 목소리는 공기 드릴 같았다. 전쟁 때 그는 탱크 연대 소속으로 참전했고, 소련 농업부에서 돼지 사육을 전문적으로 다루다가 KGB로 옮겨 와서 미국과(課)의 2인자 자리까지 올랐다. KGB 고위 장교 대부분과 달리 그는 희귀 서적을 수집하는 교양 있는 사람이었으며, 자신의 생각을 아주 큰 목소리로 말했다. 올레크는 이 회색 추기경과 처음 접촉했을 때 간이 떨어지는 경험을 했다.

어느 날 밤 올레크는 「BBC 월드 서비스」 방송을 몰래 듣다가, 풋 작전의 여파로 덴마크가 그의 옛 동료 세 명, 즉 외교관 신분으로 위장한 KGB 요원들을 추방했다는 사실을 알게 되었다. 다음 날 오전 그는 덴마크과에서 일하는 친구에게 이 소식을 언급했다. 5분 뒤 그의 전화기가 울리더니, 수화기 속에서 귀가 멀 것 같은 호통이 쏟아져 나왔다. 「고르디옙스키 동무, 덴마크에서 추방이 있었다는 헛소문을 계속 KGB 내부에 퍼뜨리며 돌아다닌다면 처벌이 있을 것이오!」 야쿠신의 목소리였다.

올레크는 해고당할까 봐 두려워했다. 그러나 며칠 뒤 BBC의 보도가 정확했음이 확인되었을 때, 회색 추기경이 그를 자기 사무실로 불러 곧바로 본론을 꺼냈다. 100데시벨쯤 되는 목소리였다. 「코펜하겐에 사람이 필요해. 거기 팀을 재건해야 하니까. 동무는 덴마크어를 할 줄 알지……. 우리 과에서 일하는 게 어떻겠소?」 올레크는 그보다 더 좋은 일이 없을 거라고 더듬더듬 말했다. 「나한테 맡겨.」 야쿠신이 고함쳤다.

그러나 S부의 부장이 올레크를 놓아주려 하지 않았다. 다른 팀의 팀장이 빼내 가려 한다는 이유만으로 부하 직원을 붙잡고 놓아주지 않는 쩨쩨한 상사의 전형이었다.

이렇게 지지부진한 상태에서, 올레크를 KGB로 이끈 형 바실리 고르디옙스키가 갑자기 죽는 바람에 올레크의 승진이 빨라졌다.

바실리는 오래전부터 술을 심하게 마시는 편이었다. 동남아시아에 갔을 때 간염에 걸려 의사에게서 두 번 다시 술은 한 방울도 마시지 말라는 말을 들었으나, 그는 계속 술을 마셨고 서른아홉이라는 나이로 죽음에 이르고 말았다. KGB는 그에게 완전한 군인 장례식을 치러 주었다. KGB 요원 세 명이 자동 소총으로 예포를 쏘고, 국기로 덮은 관이 모스크바 화장장의 바닥 아래로 내려가는 것을 보면서 올레크는 자신이 〈바실코〉라고 부르던 형에 대해 아는 것이 별로 없었다는 생각을 했다. 어머니와 여동생은 바실리에 대해 아는 것이 올레크보다도 더 적었다. 두 사람은 KGB의 중요 인물들이 장례식에 참석한 것에 놀란 마음과 가족을 잃은 슬픔 때문에 서로를 꼭 붙잡고 있었다. 안톤은 KGB 제복을 입고 나와, 조국에 봉사한 아들이 자랑스럽다고 모두에게 말했다.

올레크는 정체를 알 수 없는 형을 조금 무서워하고 있었다. 바실리가 체코슬로바키아에서 했던 불법적인 활동에 대해서는 여전히 아무것도 몰랐다. 겉으로는 두 형제가 친해 보였지만, 사실은 두 사람 사이에 넓은 비밀의 강이 자리 잡고 있었다. 바실리는 훈장을 받은 KGB 영웅으로 죽었다. 따라서 올레크의 주가가 올라가면서, S부를 벗어나 야쿠신의 영국-스칸디나비아과로 가려는 노력에 작은 〈도덕적 레버〉를 제공해 주었다. 〈형님이 S부를 위해 일하다가 세상을 떠났으니, 부장도 내 요청을 거절하기 어려울 것이다.〉 불법 스파이 부서에서는 내키지 않는다는 기색을 있는 대로 드러내면서 그를 보내 주었다. 소련은 덴마크에 비자를 신청하면서, 고르디옙스키가 소련 대사관 2등 서기관으로 코펜하겐에 다시 갈 것이라고 알렸다. 하지만 그의 실제 직책은 과거 미하일 류비모프가 맡고 있던 자리, 즉 KGB 제1주요부의 정치 정보 담당관이었다.

올레크가 KGB 요원이라는 의심을 받고 있었으므로, 덴마크가 비자를 발급해 주지 않을 수도 있었다. 그러나 그들은 올레크의 귀환을 허락한 뒤 면밀히 지켜봐야 한다는 결론을 내렸다. 런던에도 이 사실을 알렸다.

그의 성적 취향 문제가 다시 제기되었다. 올레크는 2년 전 동성애자가 자신에게 접근하려 했다는 사실을 보고하지 않은 듯했다. 만약 그가 보고했다면, 다시 해외로 파견되지 않았으리라는 것이 MI6의 추측이었다. KGB의 뒤틀린 사고 체계에 따르면, 서방 정보국이 겨냥한 요원은 즉시 의심의 대상이 되기 때문이었다. MI6는 올레크가 자신을 유혹하려던 시도를 감추기로 했다고 보았으나, 사실 그는 그런 시도 자체를 눈치채지 못했다. 한 관리는 〈그가 그 일을 비밀로 했을 것이라고 추측했다〉고 썼다. 만약 그가 상사들에게 죄 많은 비밀을 감추고 있다면, 그리고 그의 정치적 성향에 관한 스탄다 카플란의 말이 옳다면, 그에게 한 번 더 접근해 볼 가치가 있었다.

MI6와 PET는 환영 리셉션을 준비했다.

참조

미하일 류비모프의 회고록은 『불한당 레지덴트의 기록Notes of a Ne'er-Do-Well Rezident』(1995)과 『내가 사랑하고 싫어한 스파이들Spies I love and Hate』(1997)에 수록되어 있다. 바실리 고르디옙스키가 체코슬로바키아에서 한 활동에 대해서는 크리스토퍼 M. 앤드루와 바실리 미트로킨이 쓴 『미트로킨 아카이브The Mitrokhin Archive』(1999)를 참고하라.

3

선빔

덴마크 코펜하겐의 MI6 지부장인 리처드 브롬헤드는 자신의 정체가 알려지는 것에 대해 크게 신경 쓰지 않았다.

그는 사립 학교에서 교육받은 구식 영국인으로, 붙임성이 좋은 쾌활한 성격이라서 자기 마음에 든 사람은 〈완벽한 달링〉이라 부르고 마음에 들지 않는 사람은 〈끝내주는 새끼〉라고 불렀다. 브롬헤드는 시인과 모험가 집안의 후손이었다. 혈통은 훌륭하나 땡전 한 푼 없는 집안이기도 했다. 그는 말버러 칼리지를 다녔으며, 독일에서 군복무를 하던 중 예전에 영국인 포로들이 갇혀 있던 수용소에서 독일인 포로 250명을 담당하게 되었다(〈그곳의 지휘관은 올림픽에 출전한 경력이 있는 노잡이었다. 매력적인 사람이었다. 우리는 아주 즐거운 시간을 보냈다〉). 그는 케임브리지 대학교에 들어가 러시아어를 공부했으나, 학교 문을 나서는 순간 단어를 몽땅 잊어버렸다고 주장했다. 그 뒤 외무부에 지원했다가 떨어지고 제과점에 취직하려던 시도마저 실패로 돌아가자 그는 예술가가 되기로 결심하고 런던의 낡아빠진 아파트에서 양파만 먹고 살면서 앨버트 기념비[1] 그림을 여러

장 그렸다. 그때 한 친구가 식민부에 지원해 보는 게 어떻겠느냐고 제안했다(〈그들은 나더러 니코시아²로 가라고 했다. 나는 이렇게 대답했다. 「훌륭하군요. 그게 어디죠?」〉). 키프로스에서 그는 휴 풋 총독의 개인 비서가 되었다(〈정말 재미있었다. 정원에 MI6 직원이 한 명 살고 있었는데, 멋진 친구였다. 그가 나를 MI6로 이끌었다〉). 이렇게 〈회사〉에 들어간 그는 먼저 단단히 위장된 신분으로 유엔 제네바 사무국에 배치되었다가 나중에 아테네로 발령받았다(〈가자마자 거기서 혁명이 발생했다. 하하〉). 마침내 1970년 마흔두 살의 나이로 그는 코펜하겐 MI6의 최고위급 직원이 되었다(〈원래 이라크로 발령받을 예정이었는데, 뭐가 어떻게 된 건지 나도 잘 모른다〉).

키가 크고, 미남이고, 옷차림 또한 흠잡을 데가 없고, 언제나 농담을 던지며 술 한 잔을 나눌 준비가 되어 있는 브롬헤드는 코펜하겐 외교관들의 파티에서 금방 친숙한 인물이 되었다. 그는 자신의 은밀한 임무를 〈해찰〉이라고 표현했다.

리처드 브롬헤드는 실제보다 훨씬 더 멍청하게 보이기 위해 엄청난 노력을 기울이는 영국인 중 하나였다. 사실 그는 대단한 첩보원이었다.

코펜하겐에 처음 도착한 날부터 그는 소련에서 온 적들의 삶을 비참하게 만들어 주는 일에 착수했다. 이 프로젝트를 위해 그와 힘을 합친 사람은 PET의 부국장이며 익살맞은 변호사인 예른 브룬이었다. 브룬은 〈비용이 거의 들지 않고 사실상 탐지가 불가능한 방법으로 동구권, 특히 소련 외교관들과 직원들을 적극적으로 괴롭히며

---

1 영국 빅토리아 여왕이 먼저 세상을 떠난 남편 앨버트 공을 기리기 위해 세운 기념비 — 옮긴이주.

2 키프로스의 수도 — 옮긴이주.

몹시 즐거워했다〉. 브롬헤드가 〈골리기 작전〉이라고 명명한 이 일에 브룬은 휘하의 가장 유능한 부하 직원인 옌스 에릭센과 빈터 클라우센을 배치했다. 〈옌스는 키가 작지만 콧수염을 길게 길렀고, 빈터는 덩치가 대략 커다란 문과 맞먹을 만큼 거대했다. 나는 그 둘을 아스테릭스와 오벨릭스[3]라고 불렀다. 우리는 무서울 정도로 죽이 잘 맞았다.〉

그들이 고른 사냥감 중에 KGB 요원이라는 사실이 이미 알려진 브라초프가 있었다. 클라우센은 그를 미행하다가 그가 코펜하겐의 특정한 백화점에 들어가기만 하면 장내 방송 시스템을 이용해서 이렇게 말했다. 「KGB사의 브라초프 씨는 지금 안내 데스크로 와주시기 바랍니다.」 이런 일이 세 번 반복된 뒤, KGB는 브라초프를 모스크바로 돌려보냈다. 또 다른 사냥감은 KGB 지부의 열성적인 젊은 요원이었다. 그는 덴마크의 국회의원을 포섭하려고 시도했는데, 이 국회의원이 그 사실을 즉시 PET에 알렸다. 〈그 국회의원은 코펜하겐에서 차로 두 시간 거리인 소도시에 살고 있었다. 우리는 그에게 그 KGB 요원에게 전화해 이렇게 말하라고 시키곤 했다. 「즉시 여기로 와줘요. 무서울 정도로 중요한 얘기가 있소.」 그 KGB 요원이 차를 몰고 그의 집으로 오면, 국회의원은 보드카를 잔뜩 먹이면서 헛소리를 늘어놓았다. KGB 요원은 상당히 취한 상태로 차를 몰고 돌아가 긴 보고서를 작성해 올린 뒤 아침 6시에야 비로소 잠자리에 들었다. 그런데 국회의원이 아침 9시에 다시 전화를 걸어 이렇게 말했다. 「즉시 여기로 와줘요. 무서울 정도로 중요한 얘기가 있소.」 결국 그 KGB 요원은 신경 쇠약에 걸려 일을 그만두었다. 하하. 그 덴마

3 프랑스 만화 『아스테릭스』의 등장인물. 아스테릭스는 키가 작지만 꾀가 많고, 오벨릭스는 덩치가 크다 — 옮긴이주.

크인들은 최고였다.〉

올레크의 비자가 발급되었다. MI6는 브롬헤드에게 새로 발령받은 이 사람에게 접근해 가까이 지내다가 적절한 때가 오면 의사를 타진해 보라는 지시를 내렸다. PET는 상황을 계속 알려 달라면서도, 덴마크에서 MI6가 이 일을 맡아야 한다는 데에 동의했다.

올레크와 엘레나 부부는 1972년 10월 11일에 코펜하겐으로 돌아왔다. 마치 고향으로 돌아온 것 같은 기분이었다. 오벨릭스라는 별명으로 불리는 덴마크의 덩치 큰 사복 경찰관이 공항 입국장에서부터 조심스레 두 사람을 미행했다.

정치 정보 담당관은 불법 스파이와는 상관이 없고, 적극적인 비밀정보 수집과 서방 사회를 뒤엎으려는 시도가 주요 임무였다. 이 말은 현실적으로 첩자, 접촉자, 정보원을 물색하고 포섭해서 관리하는 일을 뜻했다. 덴마크 공무원, 선거로 선출된 정치인, 노조 관계자, 외교관, 사업가, 기자 등 소련이 흥미를 느낄 만한 정보에 접근할 수 있는 모든 사람이 포섭 대상이었다. 심지어 덴마크 정보 관계자까지 포섭할 수 있다면 이상적이었다. 다른 서방 국가의 국민들과 마찬가지로 덴마크 국민 중에도 소련의 지시를 기꺼이 따를 만큼 헌신적인 공산주의자는 몇 명 되지 않았다. 그 외에는 돈을 받고 기꺼이 정보를 넘기는 사람(돈은 첩보 세계의 윤활유다), 또는 돈이 아닌 다른 방식의 설득이나 강압이나 유도에 취약한 사람이 있을 뿐이었다. PR 라인의 요원들은 또한 여론에 영향을 미치고, 필요한 경우 역정보를 뿌리고, 여론 형성 계층 중에 친소련 인사를 양성하고, 소련을 긍정적으로 그린 기사(대개 가짜 기사)를 언론에 내보내기 위한 〈적극적인 조치〉도 취해야 했다. KGB는 오래전부터 〈가짜 뉴스〉를 조작하는 어둠의 기술에 뛰어난 솜씨를 보였다. KGB의 분류표에서 외국 접촉자는 중요도에 따라 분류되었는데, 맨 꼭대기에는 보통 이념이나 경제적인 이유로 작정하고 KGB 일을 하는 〈간첩〉이 있고, 그 아래에는 친소련 성향이 있어서 소련을 은밀히 돕는 일에는 기꺼이 나서지만 소련 대사관에서 일하는 상냥한 사람이 KGB 요원이라는 사실은 알지 못할 가능성이 있는 〈비밀 접촉자〉가 있었다. 그보다 아래에는 수많은 공개 접촉자들이 있었다. 2등 서기관으로 위장한 올레크가 업무 중에 어떤 식으로든 만나게 되어 있는 사람들이었다. 단순히 소련에 우호적이어서 쉽게 접근할 수 있는 비밀 접촉자와 조국을 배반할 준비가 되어 있는 첩자 사이에는 큰 차이가 있었다. 그러나 비밀 접촉자가 첩자로 발전할 수도 있었다.

올레크는 덴마크 생활과 문화에 쉽사리 다시 섞여 들어갔다. 미하일 류비모프는 모스크바로 돌아가 영국-스칸디나비아과의 고위직을 맡았고, 올레크는 그의 후임이었다. 그가 새로이 맡게 된 이 첩보 활동에는 짜릿한 재미가 있었지만 좌절도 있었다. 덴마크인들이 너무 착해서 스파이가 되기 힘들고, 너무 정직해서 파괴 활동에 참여할 수 없고, 너무 예의 발라서 이런 속내를 말로 드러내지 못하기 때문이었다. 덴마크인을 포섭하려고 시도할 때마다 올레크는 예의라는 난공불락의 벽에 부딪혔다. 덴마크의 가장 열성적인 공산주의자들조차 반역이라는 말 앞에서는 뒷걸음쳤다.

그러나 예외도 있었다. 그중 한 명인 게르트 페테르센은 덴마크 사회주의 인민당의 지도자였으며, 나중에는 유럽 의회 의원이 되었다. KGB가 제우스라는 암호명을 부여하고 〈비밀 접촉자〉로 분류한 페테르센은 덴마크 외교 정책 위원회에서 뽑아 온 군사 기밀을 소련에 넘겼다. 그는 아는 것이 많고 주량도 아주 셌다. 올레크는 그가

KGB의 돈으로 마셔 대는 맥주와 슈냅스[4]의 양을 보고 화들짝 놀라면서 동시에 감탄했다.

코펜하겐의 신임 레지덴트인 알프레드 모길렙치크는 올레크를 자신의 부관으로 임명했다. 「자네는 머리도 있고, 에너지도 있고, 사람을 상대하는 능력도 있어. 덴마크도 잘 알고, 덴마크어도 할 줄 알지. 내가 무엇을 더 바라겠나?」 그는 이렇게 말하면서 올레크를 소령으로 승진시켰다.

직업적인 면에서 올레크는 KGB의 사다리를 타고 매끈하게 위로 올라가고 있었다. 그러나 그의 내면은 말이 아니었다. 모스크바에서 2년을 보내면서 공산 정권에 대해 느끼는 거리감이 더욱 심해졌고, 덴마크로 돌아온 뒤에는 소련의 속물근성, 부패, 위선에 대한 절망이 깊어졌다. 그는 독서 범위를 더욱더 넓혀, 소련에서는 결코 소유할 수 없는 책들을 수집했다. 알렉산드르 솔제니친, 블라디미르 막시모프, 조지 오웰의 작품들과 스탈린주의의 참상을 적나라하게 폭로한 서방의 역사책들이었다. 카플란이 캐나다로 망명했다는 소식도 틈을 비집고 들려왔다. 체코슬로바키아 군사 법정은 궐석 재판을 열어, 카플란에게 국가 기밀 누설죄로 징역 12년을 선고했다. 올레크는 충격받았으나, 프라하의 봄 이후 자신이 외친 항의의 뜻을 서방이 알아차렸는지 궁금해졌다. 만약 알아차렸다면 왜 아무 반응이 없을까? 만약 서방의 정보국들이 그의 의사를 타진하려 한다면, 그는 그들의 접근을 받아들일까 거부할까? 나중에 올레크는 자신이 이미 마음의 준비를 하고 저쪽 편에서 자신의 어깨를 두드려 주기를 기다렸다고 주장했지만, 현실은 그의 기억보다 더 복잡했다. 원래 항상 그런 법이다.

4 네덜란드에서 생산되는 독한 술 — 옮긴이주.

올레크는 외교관들의 파티에서 키가 크고 붙임성 있는 영국인을 자주 보게 되었다.

리처드 브롬헤드는 덴마크 측이 제공해 준 올레크의 사진 두 장을 갖고 있었다. 한 장은 그가 예전에 덴마크에서 근무할 때 몰래 찍은 것이고, 다른 한 장은 비자 신청서에서 가져온 최근 사진이었다.

〈내가 유심히 살펴본 그 얼굴은 엄격해 보였지만, 불쾌하지는 않았다. 완고하고 강인한 얼굴을 보니, 런던 보고서에 묘사된 상황을 감안하더라도 어떻게 이 남자를 동성애자로 생각할 수 있었는지 상상이 가지 않았다. 서방의 정보 요원이 어떤 식으로든 쉽게 접근할 수 있는 사람 같지도 않았다.〉 브롬헤드는 그 시대 그 계급의 사람들과 마찬가지로, 모든 동성애자가 쉽게 눈에 띄는 행동 양식을 보인다고 믿었다.

두 사람이 처음으로 직접 접촉한 곳은 로드후스라고 불리는 빨간 벽돌 건물, 즉 코펜하겐 시청에서 열린 어느 미술 전람회 개막식이었다. 브롬헤드는 소련 사람들이 올 것이라는 사실을 미리 알고 있었다. 진짜 외교관들과 스파이들이 함께 어울리는 〈외교 오찬 클럽〉의 단골인 그는 소련 관리 여러 명과 친분이 있었다. 〈나는 이르쿠츠크 출신인 작고 끔찍한 남자와 상당히 사이가 좋았다. 한심한 친구였다.〉 브롬헤드는 올레크가 포함된 소련 외교관 무리에서 그 자그마한 이르쿠츠크 사람을 발견하고 한가로이 다가갔다. 〈특별히 신경을 쓰지 않는 척하면서 올레크를 포함한 일행 전체에게 인사를 건넬 수 있었다. 나는 그에게 이름을 묻지 않았고, 그가 자진해서 이름을 말해 주지도 않았다.〉

두 사람은 미술에 대해 더듬더듬 대화를 나누기 시작했다. 〈올레크가 말을 할 때면 엄격한 분위기가 사라졌다.〉 브롬헤드는 이렇게 썼다. 〈그는 잘 웃었는데, 다른 KGB 요원들에게서는 보기 어려운, 진심으로 즐거워 보이는 웃음이었다. 이 신임 관리는 인생을 진심으로 즐거워하는 자연스러운 사람 같았다. 그가 마음에 들었다.〉

브롬헤드는 과녁과 접촉했다고 런던에 보고했다. 가장 큰 문제는 의사소통이었다. 브롬헤드는 러시아어를 거의 다 잊어버렸고, 덴마크어는 더듬더듬 말하는 수준이었으며, 독일어는 아주 조금밖에 알지 못했다. 옛날에 독일인 포로들에게 명령을 내릴 때 쓰던 단어들을 지금 쓰기에는 별로 적절치 않았다. 올레크는 독일어와 덴마크어를 유창하게 구사했으나, 영어는 한 마디도 하지 못했다. 〈우리는 피상적인 수준에서 어찌어찌 대화를 나눴다.〉 브롬헤드는 이렇게 말했다.

소련, 영국, 미국의 대사관들은 서로 등을 맞대고 기묘한 모양의 삼각형을 이루고 있었다. 이 세 대사관 사이에는 묘지가 있었다. 냉혹한 냉전 중이라도 소련과 서방의 외교관들 사이에는 상당한 사교적 교류가 있었으므로, 브롬헤드는 그 뒤로 몇 주 동안 올레크가 참석하는 파티 여러 곳에 자신도 초대받을 수 있게 손을 썼다. 〈우리는 외교 리셉션에서 몇 번 다른 손님들 머리 너머로 서로에게 고개를 끄덕이며 인사했다.〉

경쟁국의 정보 요원을 포섭하려면 복잡하게 움직여야 했다. 너무 노골적으로 접근하면 올레크가 겁을 먹고 물러날 것이고, 그렇다고 너무 은근하게 신호를 보내면 상대가 놓칠 수도 있었다. MI6는 브롬헤드가 이런 일에 필요한 섬세함을 갖추고 있는지 확신하지 못했다. 〈사교성이 아주 좋은 사람이지만, 고삐 풀린 망나니 같은 측면이 조금 있었다. 또한 소련 대사관에도 MI6 요원으로 이미 잘 알려져 있었다.〉 브롬헤드는 타고난 성격에 맞게 그냥 자기가 직접 파티를 열어 올레크를 비롯한 소련 관리 여러 명을 초대하기로 결정했다. 〈PET가 어느 여성 배드민턴 선수를 소개해 주었다. 이 여성과 올레크의 관심사가 같을 것이라고 짐작했기 때문이다.〉 치과 대학 학생인 레네 쾨펜은 나중에 여성 배드민턴 단식 종목에서 세계 챔피언 자리에 오른 인물로, 외모가 몹시 빼어났다. 또한 자신이 미끼로 이용되고 있다는 사실을 전혀 몰랐다. MI6 담당자의 말에 따르면, 그녀의 접근이 〈반드시 성적일 필요는 없었다〉. 그러나 만약 올레크가 이성애자로 밝혀져 배드민턴 이야기가 침대로까지 이어진다면 금상첨화였다. 하지만 그런 일은 일어나지 않았다. 올레크는 술을 두 잔 마시면서 쾨펜과 잠깐 가벼운 이야기를 나눈 뒤 자리를 떴다. 브롬헤드의 예측처럼 올레크는 우호적이지만 접근하기 힘든 인물이었다. 사교적으로도, 스포츠에서도, 성적으로도.

한편 제프리 거스콧은 런던에서 소련을 담당하고 있었다. 그는 그때까지 서방이 포섭한 소련 스파이의 최고 성공 사례인 올레크 펜콥스키를 담당했던 선배 요원 마이크 스토크스와 선빔 문제를 상의했다. 펜콥스키는 군대판 KGB인 GRU 소속 대령이었다. 1960년부터 2년 동안 MI6와 CIA의 공동 관리를 받은 그는 모스크바에서 두 기관의 담당자에게 소련의 과학 정보와 군사 정보를 넘겼다. 그중에는 쿠바에 배치된 소련 미사일 현황도 포함되어 있어서, 존 F. 케네디 대통령이 쿠바 미사일 위기 때 우세를 점할 수 있었다. 1962년 10월에 펜콥스키는 KGB에 체포되어 심문을 당하고, 1963년 5월에 처형되었다. 스토크스는 〈덩치가 거대하고 주변 사람에게 의욕을 불어넣어 주는 사람〉이었으며, 소련 스파이를 포섭해서 관리하는 일에 대해 아는 것이 많았다. 스토크스와 거스콧은 머리를 맞대고 야심 찬 계획을 만들어 냈다. 올레크가 서방에 얼마나 호감을 갖고 있는지 알아보는 〈리트머스 시험〉 계획이었다.

1973년 11월 2일 저녁, 올레크와 옐레나가 막 식사를 끝냈을 때 (전혀 즐겁지 않고, 거의 말이 없는 식사였다), 누가 아파트 문을 크게 두드렸다. 올레크가 문을 열어 보니, 대학을 함께 다닌 체코슬로바키아인 친구 스탄다 카플란이 웃는 얼굴로 서 있었다.

올레크는 놀라서 말을 잃었다가 갑자기 더럭 겁이 났다.

「보제 모이!⁵ 맙소사. 스탄다! 여긴 어쩐 일이야?」

올레크는 스탄다와 악수를 나눈 뒤 집 안으로 안내했다. 이것으로 상황이 돌이킬 수 없게 변한다는 것을 알고 한 행동이었다. 카플란은 망명자였다. 만약 옆집에 사는 KGB 요원 중 한 명이 지금 이 광경을 본다면, 그것만으로도 의심의 근거가 될 터였다. 게다가 옐레나도 있었다. 만약 두 사람의 관계가 탄탄했더라도, KGB의 충성스러운 직원인 옐레나라면 아마 이미 알려진 반역자가 남편을 만나러 온 것을 보고해야 한다는 의무감을 느꼈을 것이다.

올레크는 옛 친구에게 위스키 한 잔을 따라 주고, 옐레나에게 그를 소개했다. 카플란은 지금 캐나다의 보험 회사에서 일하고 있는데, 덴마크인인 여자 친구를 만나러 코펜하겐에 왔다가 외교관 명단에서 올레크의 이름을 발견하고 충동적으로 찾아오게 되었다고 설명했다. 그는 전혀 변하지 않은 것 같았다. 솔직한 표정도 쾌활한 태도도 그대로였다. 그러나 위스키 잔을 든 손이 아주 가늘게 떨리고 있었다. 올레크는 그가 거짓말을 하고 있음을 깨달았다. 카플란이 온 것은 서방의 정보기관이 그를 보냈기 때문이었다. 이것은 시험이었다. 그것도 아주 위험한 시험. 5년 전 프라하의 봄이 짓밟힌 뒤 그가 전화를 걸고 나서 이제야 이렇게 답변을 듣는 건가? 만약

5 〈세상에〉라는 뜻의 러시아어 — 옮긴이주.

그렇다면, 카플란을 보낸 곳은 어디인가? CIA? MI6? PET?

그들의 대화는 순조롭게 이어지지 못하고 자꾸 끊겼다. 카플란은 체코슬로바키아에서 망명해 프랑스를 거쳐 캐나다까지 가게 된 경위를 설명했다. 올레크는 모호한 말을 중얼거렸다. 엘레나는 걱정스러운 표정이었다. 겨우 몇 분 만에 카플란은 잔을 쭉 비우고 일어났다. 「내가 방해가 된 것 같네. 내일 점심때 만나서 제대로 이야기하자.」 카플란은 시내 중심부의 작은 식당을 제안했다.

올레크는 문을 닫고 엘레나에게 돌아서서 카플란이 이렇게 연락도 없이 나타난 것이 이상하다고 말했다. 엘레나는 아무 말도 하지 않았다. 「저 친구가 코펜하겐에 나타나다니, 이런 우연이 있나.」 그는 이렇게 말했다. 아내의 표정을 읽을 수 없었지만, 불안감이 살짝 배어 있는 것이 보였다.

올레크는 미행이 없음을 분명히 확인한 뒤 점심 약속에 일부러 늦게 나타났다. 간밤에 잠을 거의 이루지 못했다. 카플란은 창가의 테이블에서 기다리고 있었다. 전날 밤보다 더 편안해 보였다. 두 사람은 옛날 이야기로 수다를 떨었다. 길 건너편의 카페에서는 건장한 관광객이 안내 책자를 읽고 있었다. 보초를 서고 있는 마이크 스토크스였다.

카플란의 방문은 세세한 계획과 연습을 거친 작품이었다. 〈카플란이 그와 접촉할 이유를 그럴듯하게 꾸며 내야 했다. 하지만 또한 우리가 접촉을 시도하고 있다는 사실을 그가 알아차릴 수 있어야 했다.〉 거스콧의 말이다.

카플란은 망명에 대해, 서방에서 살면서 느끼는 즐거움에 대해, 프라하의 봄에 대해 이야기한 뒤, 올레크의 반응을 가늠해 보라는 지시를 받았다.

올레크는 자신이 평가 대상이 되었음을 알고 있었다. 카플란이 1968년 체코슬로바키아에서 일어난 극적인 사건들을 회상하는 동안 그의 어깨에 잔뜩 힘이 들어갔다. 그는 소련의 침공이 충격적이었다는 말만 했다. 〈나는 극도로 조심해야 했다. 심연의 가장자리를 걷는 기분이었다.〉 카플란이 망명 과정과 캐나다에서 누리는 즐거운 생활에 대해 자세히 설명하는 동안, 올레크는 딱히 티가 나지 않으면서도 계속 말해 보라고 격려하는 듯이 살짝 고개를 끄덕였다. 〈긍정적인 신호를 보내야 하지만, 동시에 이 상황의 고삐를 놓치지 말아야 한다는 생각이 들었다.〉 자신을 시험하기 위해 카플란을 보낸 사람이 누군지 그는 짐작도 하지 못했다. 카플란에게 물어볼 생각도 없었다.

구애할 때는 너무 안달하는 것처럼 보이지 않는 것이 중요하다. 하지만 올레크의 조심스러운 태도는 단순한 구애의 테크닉과는 달랐다. 1968년 체코슬로바키아 사태를 겪은 뒤 자신이 감정을 분출한 것에 서방 정보기관들이 과연 반응을 보일지 줄곧 궁금하긴 했지만, 자신이 그들의 유혹을 원하는지 아직도 전적으로 확신할 수 없었다. 자신을 유혹하려 하는 사람이 누구인지도 알 수 없었다.

점심 식사를 끝내고 두 친구는 악수를 했다. 그리고 스탄다 카플란은 쇼핑하러 나온 사람들 속으로 사라졌다. 결정적인 말은 한마디도 오가지 않았다. 어떤 단언이나 약속도 없었다. 하지만 그날 올레크는 눈에 보이지 않는 선을 넘었다. 그는 이렇게 회상했다. 〈그가 긍정적인 보고서를 쓸 수 있을 만큼 내가 속을 보여 주었다고 확신했다.〉

스토크스는 코펜하겐의 호텔 방에서 스탄다 카플란의 보고를 듣고 런던으로 날아가 제프리 거스콧에게 결과를 알렸다. 카플란이 갑자기 나타난 것에 올레크가 깜짝 놀랐지만 경악하거나 화를 내지는 않았으며, 흥미와 공감을 느끼는 것 같았고, 소련의 체코슬로바키아 침공에 충격받았음을 표현했다는 내용이었다. 그러나 무엇보다 중요한 것은, 올레크가 반(反)공산주의 반역자로 유죄 판결을 받은 인물과 뜻밖에 만나게 된 것을 KGB에 보고할 것 같은 낌새가 전혀 없었다는 점이었다. 〈그것이 몹시 흥미로웠다. 우리가 듣고 싶었던 말이 바로 그거였다. 고르디옙스키는 확실히 극도로 조심하고 있었지만, 만약 그가 그 만남을 보고하지 않는다면 그것은 커다란 첫발을 떼는 행동이었다. 그가 우리를 상대할 생각이 있음을 티 나지 않게 확인할 필요가 있었다. 우연한 만남을 꾸며 내야 했다.〉

리처드 브롬헤드는 〈추워서 얼어 죽을 지경〉이었다. 시각은 아침 7시. 밤새 눈이 내렸고, 기온은 영하 6도였다. 강철 같은 회색 여명이 코펜하겐 상공으로 힘들게 올라오고 있었다. 선빔이라는 암호명과 전혀 어울리지 않는 날씨였다. 브롬헤드는 사흘 연속 아침마다 이 〈터무니없는 시각〉에 코펜하겐 북쪽 교외의 인적 드문 가로수 길에서 난방도 들어오지 않는 아내의 자그마한 차 안에 앉아 있었다. 그는 김이 서린 앞 유리창으로 커다란 콘크리트 건물을 바라보며, 이러다 동상에 걸리는 게 아닌지 걱정했다.

덴마크 당국은 올레크 고르디옙스키가 매일 아침 덴마크 공산주의 청년 모임의 학생 회원인 안나라는 여성과 근처 스포츠 클럽에서 배드민턴을 친다는 사실을 확인했다. 브롬헤드는 외교관 번호판이 달린 자신의 포드 자동차 대신 눈에 잘 띄지 않는 아내의 파란색 오스틴 자동차를 몰고 나와 그곳에서 잠복했다. 클럽의 출입문을 똑바로 바라볼 수 있는 자리에 차를 세우고, 배기구에서 나오는 김이 주의를 끌 수 있기 때문에 시동을 껐다. 처음 이틀 동안 〈올레크와 그 여자는 7시 30분경에 밖으로 나와 악수를 하고 각자 자신의 차로 갔다. 여자는 나이가 젊었고, 검은 머리칼을 짧게 잘랐으며, 운동선수처럼 탄탄하고 호리호리한 몸매였으나 특별히 예쁘지는 않았다. 연인처럼 보이지는 않았어도, 나는 확신할 수 없었다. 공공장소라서 신중을 기하는 것일 수도 있었으니까〉.

영하의 날씨에서 잠복에 나선 지 사흘째인 그날, 브롬헤드는 더 이상 기다리기만 할 수 없다는 결론을 내렸다. 〈발가락이 완전히 얼어붙었다.〉 그는 경기가 끝날 시간을 대충 계산해 보고, 열려 있는 정문을 통해 클럽 안으로 들어갔다. 접수대에는 아무도 없었다. 올레크와 그의 파트너가 이 건물 안의 유일한 사람들인 것 같았다. 만약 그 두 사람이 배드민턴 코트 바닥에서 현행범으로 발각된다면 아주 곤란해질 수 있겠다는 생각이 들었다.

영국의 정보 요원이 시야에 들어왔을 때 올레크는 서브를 넣기 직전이었다. 그는 브롬헤드를 즉시 알아보았다. 트위드 정장에 묵직한 외투를 걸친 그는 텅 빈 스포츠 클럽과 전혀 어울리지 않았고, 누가 봐도 틀림없이 영국인이었다. 올레크는 라켓을 들어 인사한 뒤 다시 공을 칠 자세로 돌아갔다.

그는 브롬헤드를 보고도 놀란 것 같지 않았다. 〈혹시 내가 올 줄 짐작하고 있었나?〉 브롬헤드는 이렇게 생각했다. 〈고르디옙스키만큼 노련하고 관찰력이 좋은 요원이라면, 지난 이틀 중에 하루라도 내 차의 존재를 눈치챘을 가능성이 있었다. 그는 이번에도 역시 상냥한 미소를 지어 보인 뒤, 무서울 만큼 진지하게 경기에 임했다.〉

사실 올레크는 관중석에서 브롬헤드가 지켜보는 가운데 계속 경기를 이어 나가는 동안 머릿속이 제멋대로 소용돌이치고 있었다.

모든 조각이 제자리를 찾아 들어갔다. 카플란이 찾아온 것, 브롬헤드의 집에서 열린 파티, 저 친절한 영국인 관리가 지난 석 달 동안 자신이 참석한 모든 사교 모임에 나타난 것 같다는 사실. KGB는 브롬헤드가 정보 요원일 가능성이 높다고 보았다. 그는 〈외향적인 행동〉과 〈초대를 받든 받지 않았든 대사관 파티에 나타나는 것〉으로 유명했다. 그가 이렇게 이른 시각에 인적 드문 배드민턴장에 나타났다는 사실이 의미하는 것은 딱 하나였다. MI6가 올레크를 포섭하려 한다는 것.

경기가 끝나고 안나는 샤워장으로 갔다. 올레크는 목에 수건을 두르고 한 손을 내민 자세로 천천히 다가갔다. 두 정보 요원은 서로를 가늠해 보았다. 〈올레크는 불안한 기색을 전혀 드러내지 않았다.〉 브롬헤드는 이렇게 썼다. 올레크는 평소 〈자신감이 끓어넘치는〉 이 영국인이 오늘은 무척 진지하다고 생각했다. 두 사람은 러시아어, 독일어, 덴마크어를 섞어서 이야기를 나눴다. 브롬헤드는 어울리지 않는 프랑스어 단어도 몇 개 대화에 끼워 넣었다.

「나랑 얘기를 할 수 있습니까? *tête-à-tête*?[6] 남들이 엿들을 수 없는 곳에서 단둘이 이야기를 나누고 싶은데요.」

「그거 좋지요.」 올레크가 말했다.

「그쪽 기관 사람과 그런 대화를 나눈다면 매우 흥미로울 것 같습니다. 당신은 나와 솔직하게 이야기를 나눌 수 있는 소수의 사람 중 하나 같아요.」

이것으로 두 사람은 한 번 더 선을 넘었다. 올레크가 KGB 요원이라는 사실을 알고 있다고 브롬헤드가 밝힌 것이다.

「점심 어떻습니까?」 브롬헤드가 말을 이었다.

6 〈마주 앉아서〉라는 뜻의 프랑스어 ─ 옮긴이주.

「네, 좋지요.」

「나보다는 당신이 만나러 나오기가 더 힘들 테니, 당신이 적당한 식당을 말해 보세요.」

브롬헤드는 올레크가 이름 없고 눈에 잘 띄지 않는 곳을 만남의 장소로 고를 줄 알았다. 하지만 올레크는 사흘 뒤 외스터포르트 호텔 안의 식당에서 만나자고 제안했다. 대로를 사이에 두고 소련 대사관과 똑바로 마주 보고 있는 곳이었다.

브롬헤드는 아내의 낡은 자동차를 몰고 스포츠 클럽을 떠나면서 상당히 들뜬 상태였다. 하지만 불안감도 있었다. 올레크가 자신의 접근에 별로 흔들리지 않고 이상할 정도로 차분해 보인 것이 문제였다. 자신이 근무하는 대사관 근처의 식당을 고른 것도 마음에 걸렸다. 그곳이라면 마이크를 숨겨 두고, 길 건너편의 대사관으로 대화를 중계할 수 있을 터였다. 소련 관리들이 그 호텔에서 식사할 때가 잦으니, 그들 눈에 두 사람의 만남이 발각될 수도 있었다. 브롬헤드 자신이 상대를 포섭하는 쪽이 아니라 오히려 포섭당하는 쪽일 수도 있겠다는 생각이 처음으로 들었다. 〈올레크의 행동과 식당 선택 때문에 나는 스스로 시작한 게임에서 놀아나고 있는 것 같다는 강한 의심이 들었다. 모든 것이 너무 쉬웠다. 뭔가 이상하다 싶었다.〉

대사관으로 돌아온 브롬헤드는 MI6 본부로 통신을 보냈다. 「세상에, 그자가 나를 포섭하려는 것 같아!」

하지만 올레크는 단순히 자신의 위장 신분에 맞게 행동했을 뿐이었다. 그도 대사관으로 돌아와 레지덴트인 모길렙치크에게 물었다. 「영국 대사관 사람이 점심을 같이 먹자는데, 어떻게 할까요? 받아들일까요?」 이 질문이 모스크바로 전달된 뒤, 곧바로 회색 추기경

드미트리 야쿠신에게서 단호한 답변이 날아왔다. 「받아야지! 적극적으로 굴어. 상대방 정보 요원을 피하지 말고. 만나지 못할 이유가 뭔가? 공격적인 자세를 취해! 영국은 우리가 아주 큰 관심을 갖고 있는 나라야.」 이것이 올레크에게 보험 역할을 했다. 계속 추진해도 좋다는 공식적인 허락이 떨어졌으니, 이제 그는 KGB에 충성심을 의심받을 걱정 없이 MI6와 〈인가된 접촉〉을 할 수 있었다.

첩보 세계의 가장 오래된 책략 중에 〈미끼〉가 있다. 한쪽이 상대편의 누군가를 노리고 다가가 그를 꾀어서 공범으로 만들고 신뢰를 얻은 뒤 그의 정체를 폭로해 버리는 책략이다.

브롬헤드는 자신이 KGB 미끼 작전의 대상이 된 건가 싶었다. 아니면 올레크가 진심으로 그를 포섭하려 하는 걸까? 브롬헤드가 흥미 있는 척하면서, 소련 측이 어디까지 가는지 지켜봐야 할까? 한편 올레크 입장에서는 위험이 훨씬 더 컸다. 카플란의 방문에 이어 브롬헤드가 접근한 것이 모두 정교한 계획의 일부일 수 있었다. 여기서 그가 자신의 패를 보였다가는 속내만 들키게 될 수 있었다. 야쿠신의 허락이 그를 어느 정도 보호해 주기는 하겠지만, 그리 강력한 보호는 아니었다. 만약 올레크가 MI6 미끼 작전에 넘어간다면, KGB에서 그의 경력은 끝이었다. 모스크바로 소환되어, 상대방이 포섭하려 하는 자는 누구든 명백히 의심스럽다는 KGB 논리에 따라 분명히 희생될 터였다.

전후(戰後) CIA에서 편집증 환자처럼 집요하기로 유명했던 방첩 전문가 제임스 지저스 앵글턴은 첩보 게임을 〈거울의 황무지〉라고 표현했다. 올레크의 경우도 이미 여러 거울에 반사되어 이상하게 굴절되고 있었다. 속으로는 자신이 포섭 대상일지 모른다는 생각을 하면서도 브롬헤드는 비록 냉전에서 서로 반대편에 속해 있기는 하지만 그래도 똑같이 정보 관련 일을 하는 사람들끼리 가볍게 이야기나 나누자는 태도를 계속 유지했다. 올레크 역시 속으로는 MI6가 자신을 작전 대상으로 삼았을지 모른다고 의심하면서도 KGB의 상사들 앞에서는 영국 정보 요원과 우연히 만나 어쩌다 보니 점심 식사까지 같이하게 된 것처럼 굴었다.

사흘 뒤 브롬헤드는 두 대사관 사이의 묘지를 걸어서 통과한 뒤 분주한 다그 함마르셸드 거리를 건너서 외스터포르트 호텔로 들어갔다. 그리고 식당에서 〈식당의 출입구를 감시〉할 수 있는 자리에 창문을 등지고 앉았다. PET에도 이 점심 약속에 대해 미리 알렸지만, 브롬헤드는 혹시 올레크가 알아차리고 발을 뺄 수도 있으니 감시자를 두면 안 된다고 강력히 주장했다.

〈나는 식당 안의 사람들을 모두 주의 깊게 살펴보았다. 우리 사무실에 사진으로 정리되어 있는 소련 대사관 직원 중 한 명이라도 그 자리에 있는지 확인하기 위해서였다. 모두 아무것도 모르는 덴마크인이거나 역시 아무것도 모르는 관광객인 것 같았다. 나는 올레크가 정말로 올지 궁금해하면서 의자에 등을 기댔다.〉

올레크는 약속 시간에 정확히 식당으로 들어왔다.

브롬헤드는 〈특별히 불안한 기색〉은 감지하지 못했지만 〈그는 원래 언제라도 행동할 수 있게 긴장한 것처럼 보였다. 그는 곧장 나를 발견했다. 내가 어떤 자리를 예약했는지 이미 들어서 알고 있었나? 이런 생각과 함께 내 머릿속은 스파이답게 열을 내며 돌아가고 있었다. 올레크가 평소처럼 호의적인 미소를 지으며 내게 다가왔다〉.

브롬헤드는 외스터포르트 호텔의 훌륭한 스칸디나비아 뷔페를 즐기기 시작하면서 〈처음부터 우호적인 분위기〉를 느꼈다. 대화 주제는 종교, 철학, 음악을 넘나들었다. 올레크는 상대가 〈내 관심사에 맞는 이야기를 나누려고〉 미리 준비를 잘했다는 사실을 머릿속에 새겨 두었다. KGB가 해외에 많은 요원을 배치한 것이 이상하다고 브롬헤드가 말했을 때, 올레크는 〈애매모호한〉 반응을 보였다. 올레크는 주로 덴마크어를 사용했고, 브롬헤드는 덴마크어, 독일어, 러시아어가 어지러이 뒤섞인 말로 대답했다. 이 잡탕 언어에 올레크는 웃음을 터뜨렸다. 〈악의가 있는 것 같지는 않은〉 웃음이었다. 〈그는 완전히 느긋하게 긴장을 푼 것처럼 보였으나, 우리 둘이 모두 정보 요원이라는 사실을 분명히 의식하고 있었다.〉

커피와 슈냅스가 나왔을 때 브롬헤드가 중요한 질문을 던졌다. 「우리 만남에 대해 보고서를 제출해야 합니까?」

올레크의 대답은 의미심장했다. 「십중팔구 그렇겠죠. 하지만 아주 중립적인 보고서를 쓸 겁니다.」

마침내 공모가 암시되었다. 다리를 모두 휙 내보인 것은 아니지만, 발목을 언뜻 보여 준 수준은 되었다.

그런데도 브롬헤드는 〈그 어느 때보다 혼란스러운〉 상태로 식당을 나섰다. 올레크는 자신이 KGB에 어느 정도 진실을 숨기고 있음을 암시했다. 하지만 그의 행동은 자신이 사냥감이 아니라 사냥꾼이라고 믿는 사람에게 딱 들어맞았다. 브롬헤드는 MI6 본부에 메모를 보냈다. 〈지금까지 일이 너무 쉬워서 걱정스럽다는 뜻과, 그가 나를 포섭하고 싶어서 친절하게 구는 것 같다는 짐작을 강조했다.〉

올레크도 상사들에게 보고서를 보냈다. 길고 무미건조한 이 문서에서 그는 그 만남이 〈흥미로웠〉으나 〈내가 주체적으로 나서는 것이 중요하다는 점〉을 강조하려는 것처럼 꾸며져 있었다는 결론을 내렸다. 회색 추기경은 몹시 기뻐했다.

그러고는 대단히 이상한 상황이 이어졌다. 만남 이후 아무런 일도 없었다는 점.

8개월 동안 전혀 접촉이 이루어지지 않았다. 왜 이런 상황이 이어졌는지는 지금도 수수께끼로 남아 있다.

제프리 거스콧의 말은 이렇다. 〈지금 되돌아보면 이런 생각이 든다. 《그 일이 몇 달 동안 그렇게 묻혀 있었다니, 무섭네.》우리는 덴마크의 보고를, 브롬헤드의 귀환을 기다렸다. 하지만 아무 일도 일어나지 않았다. 브롬헤드는 그 일에서 눈을 떼고 다른 일 두세 건을 추진 중이었다. 게다가 그 일의 가능성이 워낙 희박해서 결코 성사될 것 같지 않았다.〉 어쩌면 브롬헤드의 의심이 그의 의도보다 더 강력한 브레이크 역할을 했는지도 모른다. 거스콧은 이렇게 말했다. 〈너무 강하게, 너무 빨리 밀어붙이면 일이 잘못될 수 있다. 이쪽에서 밀어붙이지 않았기 때문에 일이 잘될 때가 많다.〉 하지만 이 경우에는 MI6가 전혀 밀어붙이지 않은 것이 문제였다. 〈엉망진창이었다.〉

하지만 장기적으로는 그 〈엉망진창〉이 효과를 발휘했다. 올레크는 브롬헤드에게서 아무런 연락도 없이 몇 주가 흐르자 처음에는 걱정했다가, 그다음에는 당황했다가, 그다음에는 상당히 화가 났다가, 마지막에는 이상하게 안도했다. 그 휴지기가 그에게는 곰곰이 생각해 볼 시간이 되었다. 만약 이것이 미끼 작전이었다면, MI6가 훨씬 더 빠르게 달려들었을 것이다. 올레크는 기다리기로 했다. KGB가 자신과 브롬헤드의 접촉 사실을 잊어버리게 해야 할 것 같았다. 연애와 마찬가지로 첩보 활동에서도 약간의 거리, 약간의 불확실성, 한쪽의 마음이 식은 듯한 느낌이 욕망을 자극할 수 있다. 외스터포르트 호텔에서 점심 식사를 한 뒤 8개월 동안 갑갑한 침묵 속에서 올레크의 열의가 점점 자라났다.

1974년 10월 1일, 그 키 큰 영국인이 새벽빛을 받으며 배드민턴 코트에 다시 나타나 또다시 만남을 제의했다. 브롬헤드가 내놓은 이유는 자신이 IRA[7]를 상대하는 작전을 위해 위장 요원으로 북아일랜드에 곧 재배치된다는 것이었다. 그는 몇 달 뒤 떠날 예정이라고 했다. 〈남은 시간이 얼마 없었다. 그래서 더 이상 시간을 낭비하지 않기로 했다.〉 브롬헤드가 나중에 쓴 이 글을 보면, 스스로도 그동안 시간을 허비했음을 잘 알고 있었던 것이 드러난다. 두 사람은 스칸디나비아 항공이 운영하는 SAS 호텔에서 만나기로 했다. 소련 관리들이 드나든 적이 없는 최신식 건물이었다.

올레크가 도착했을 때 브롬헤드는 술집의 바 근처 구석 자리에서 기다리고 있었다. PET 요원인 아스테릭스와 오벨릭스는 얼마 전에 도착해서 바의 반대편 끝에 앉아 있었다. 그들은 야자나무 화분 뒤에서 어떻게든 눈에 띄지 않으려고 애썼다.

〈시계처럼 정확한 평소와 똑같이 1시 종이 울릴 때 올레크가 문 안으로 들어왔다. 내가 선택한 구석 자리의 조명이 어두웠기 때문에 올레크는 잠시 두리번거렸다. 그가 혹시 감시자들을 알아차릴까 봐 나는 재빨리 일어섰다. 그는 친숙한 미소를 지으며 내게로 곧장 다가왔다.〉

그러나 곧바로 분위기가 달라졌다. 〈이제 내가 먼저 나서야 할 때라는 느낌이 들었다.〉 올레크는 나중에 이렇게 회상했다. 〈기대감이 가득했다. 그도 이것을 느끼고 같은 기분이 되었다.〉 브롬헤드가 먼저 수를 두었다. 그는 이것이 단순한 간 보기 이상임을 밝혀도 좋다고 이미 MI6의 허가를 받은 상태였다.

7 북아일랜드를 포함한 아일랜드의 완전한 독립을 주장하는 가톨릭계 무장 조직 — 옮긴이주.

〈주문한 술이 나온 뒤 나는 곧바로 본론을 꺼냈다. 「당신은 KGB 죠. 당신이 KGB의 모든 부서 중에서도 가장 비밀스럽고, 전 세계의 불법 스파이들을 담당하는 제1주요부의 라인 N에서 일했다는 것을 알고 있습니다.」〉

올레크는 놀란 기색을 감추지 않았다.

「당신이 아는 것에 대해 우리에게 털어놓을 준비가 되었습니까?」

올레크는 아무 대답도 하지 않았다.

브롬헤드는 계속 밀어붙였다. 「말해 보세요. 당신 부서에서 PR 라인 부관이 누굽니까? 정치 정보 수집과 간첩 관리의 책임자 말입니다.」

잠시 침묵이 흐르다가 올레크가 환한 미소를 지었다.

「납니다.」

이번에는 브롬헤드가 감탄할 차례였다.

〈세계 평화 등등의 이야기를 나눌까 하고 생각해 보았지만, 올레크에게 그런 헛소리를 늘어놓으면 안 될 것 같다는 직감이 들었다. 하지만 모든 것이 여전히 너무 쉬웠다. 의심에 찬 내 머리는 그를 액면 그대로 받아들일 수 없었다. 내 본능적인 감으로는 그가 대단히 좋은 사람이니 믿어도 될 것 같았지만, 내가 받은 훈련과 KGB 요원들을 상대한 경험을 생각하면 무조건 조심해야 할 것 같았다.〉

방금 이정표를 또 하나 지나쳤음을 두 사람 모두 깨달았다. 〈갑자기 우리는 동료 비슷한 사이가 되었다.〉 올레크는 이렇게 썼다. 〈마침내 우리는 뜻이 분명한 대화를 나누기 시작했다.〉

이때 브롬헤드가 〈리트머스 시험〉을 들고 나왔다.

「안전한 곳에서 나와 은밀하게 만날 수 있습니까?」

올레크는 고개를 끄덕였다.

그러고는 그가 이어서 한 말에 머릿속 신호등 불빛이 노란색에서 초록색으로 찰칵 바뀌었다. 「내가 당신을 만나러 온 것을 아무도 모릅니다.」

첫 만남 이후 올레크는 상사들에게 그 사실을 알리고 보고서도 제출했다. 하지만 이번 만남에는 재가를 받지 않았다. 브롬헤드와 접촉했는데도 그 사실을 비밀로 했다는 것을 KGB에 들킨다면 그는 끝장이었다. 지금 이 만남을 아무에게도 말하지 않았다는 사실을 MI6에 알림으로써 그는 자신이 이쪽 편으로 돌아섰음을 분명히 밝히고 그들의 손에 자신의 목숨을 맡겼다. 완전히 선을 넘어왔다.

〈그것은 커다란 한 걸음이었다.〉 거스콧은 나중에 이렇게 회상했다. 〈불륜을 저지르는 사람이 상대에게 《아내는 내가 여기 온 걸 몰라요》라고 말하는 것과 같았다.〉 올레크는 안도감과 함께 흥분이 팔랑팔랑 밀려오는 것을 느꼈다. 두 사람은 도시 외곽의 술집에서 3주 뒤 다시 만나기로 약속했다. 올레크가 먼저 자리를 뜨고, 몇 분 뒤 브롬헤드가 술집을 나섰다. 덴마크의 정보 요원 두 명은 화분 뒤에서 그제야 모습을 드러냈다.

구애는 끝났다. KGB의 고르디옙스키 소령은 이제 MI6와 한편이 되었다. 선빔이 떠올라 활동하기 시작했다.

그 카타르시스의 순간에 코펜하겐 어느 호텔의 구석진 자리에서, 오랫동안 부글거리던 반항의 가닥들이 모두 하나로 합쳐졌다. 공개적으로는 인정되지 않은 아버지의 범죄에 대해 그가 느끼던 분노, 어머니의 조용한 반항과 외할머니의 비밀스러운 신앙, 그를 키운 체제에 대한 혐오, 서방의 자유를 알고 사랑하게 된 마음, 헝가리와 체코슬로바키아를 억압하고 베를린 장벽을 세운 소련에 대한 부글거리는 분노, 자신이 극적인 운명을 타고났으며 문화적으로 우월하다는 생각, 소련이 더 나아질 수 있을 것이라는 낙관적인 믿음. 이제부터 올레크 고르디옙스키는 뚜렷이 구분되는 두 개의 인생을 동시에 살아갈 것이다. 둘 다 비밀이고, 서로 대적하는 관계였다. 마침내 그가 마음을 굳히고 약속을 한 그 순간에는 특별한 힘이 함께했다. 자신이 지금 하고 있는 일이 틀림없이 옳은 것이라는 견고하고 굳건한 믿음, 영혼을 다 바친 이 도덕적 의무가 그의 인생을 돌이킬 수 없게 바꿔 놓을 테지만 그것은 정당한 배신이라는 믿음이었다.

브롬헤드의 보고를 받은 런던의 MI6 간부들이 잉글랜드 남해안에 있는 포츠머스 근처의 나폴레옹 시대 요새인 포트 몽크턴의 비밀 훈련 기지에 모여 회의를 열었다. 밤 10시에 한자리에 모인 그들은 브롬헤드의 보고서를 살펴보고 행동 방향을 결정할 예정이었다. 〈이것이 도발일 수 있다는 의문이 몇 번이나 제기되었다.〉 제프리 거스콧이 말했다. KGB의 간부급 요원이 정말로 목숨의 위험을 무릅쓰고 MI6 요원으로 알려진 사람을 비밀리에 만났을까? 하지만 KGB가 감히 자기네 요원을 미끼로 쓸까? 팽팽한 토론 끝에 그들은 이 일을 계속 추진하기로 의견을 모았다. 선빔의 조건이 너무 좋아서 믿기 힘들다 해도, 이렇게 좋은 조건을 그냥 넘겨 버릴 수는 없었다.

3주 뒤 브롬헤드와 고르디옙스키는 거의 손님이 없는 어두운 술집에서 만났다. 두 사람 모두 오는 길에 세심하게 드라이클리닝을 했고, 둘 다 〈블랙〉이었다. 그들의 대화는 사무적이었지만 원활하지는 못했다. 언어 장벽이 심각한 장애가 되었다. 영국과 소련의 두 스파이는 이미 관계를 정립했지만, 서로의 말을 제대로 알아듣지 못했다. 브롬헤드는 자신이 곧 코펜하겐을 떠나야 하므로 앞으로는 다른 동료가 이 일을 맡게 될 것이라고 설명했다. 독일어를 유창하게 구사하는 상급 요원이 나올 테니 올레크와 더 쉽게 대화를 나눌 수 있을 터였다. 브롬헤드는 편리한 안가를 골라 두 사람을 소개해 준 뒤 이 일에서 빠질 예정이었다.

코펜하겐 MI6 지부의 서기관은 샬로텐룬의 주택가에 있는 아파트에 살았다. 지하철이 가까워서 교통이 편한 곳인데, 서기관은 적절한 때에 자리를 피해 주겠다고 말했다. 브롬헤드는 3주 뒤 저녁 7시에 아파트 근처 정육점 문간에서 만나자고 올레크에게 제안했다. 〈문간의 그림자 속에 서면 밝은 가로등 불빛을 편리하게 피할 수 있었다. 또한 그 문 근처에 감시자를 배치하기도 힘들었다. 어디든 주변에서 훤히 보이기 때문이었다. 그 시각쯤이면 그 거리에는 인적이 드물 터였다. 모든 덴마크인이 아늑한 집에서 텔레비전 앞에 앉아 있을 때였다.〉

올레크는 7시 정각에 도착했다. 잠시 뒤 브롬헤드가 나타났다. 그는 조용히 악수를 한 뒤 이렇게 말했다. 「갑시다. 길을 알려 줄 테니.」 그 안가, 스파이 용어로는 작전용 비밀 장소Operational Clandestine Premises를 줄여 OCP라고 부르는 그 집까지의 거리는 겨우 200미터 정도였지만, 브롬헤드는 혹시 미행이 있을까 싶어서 일부러 멀리 돌아가는 길을 택했다. 〈춥고 눈이 흩날리는 밤이었다.〉 브롬헤드는 이렇게 회상했다. 두 사람은 외투를 단단히 여미고 있었다. 올레크는 말없이 생각에 잠겼다. 〈납치당하는 것 같다는 걱정은 없었지만, 이제부터는 진짜라는 생각이 들었다. 작전이 정말로 시작되고 있었다. 나는 생전 처음으로 적의 땅으로 들어가는 중이었다.〉

브롬헤드가 아파트 문을 열고 올레크를 안으로 들인 뒤, 독한 위스키와 탄산수를 잔에 따랐다.

「시간이 얼마나 있습니까?」 브롬헤드가 물었다.

「30분쯤.」

「당신이 나타나서 꽤 놀랐습니다. 이렇게 나를 만나는 게 아주 위험한 것 아닙니까?」

올레크는 잠시 침묵하다가 〈신중하게〉 대답했다. 「위험할 수도 있지만, 지금은 그렇게 될 것 같지 않습니다.」

브롬헤드는 여러 언어를 이상하게 뒤섞어서 세심하게 설명해 주었다. 자신이 다음 날 아침에 비행기를 타고 런던에 갔다가 다시 벨파스트까지 날아가야 한다고. 하지만 3주 뒤 돌아와 그 정육점 문간에서 올레크를 만나 이 아파트로 다시 와서 새로운 담당자를 소개해 줄 것이라고 했다. PET 요원 중 소수가 이 상황을 알고 있지만, 이 일은 전적으로 MI6의 소관이었다. 브롬헤드는 올레크의 안전을 위해 영국의 정보 관계자 중 소수에게만 그의 존재가 알려질 것이며, 그들 대다수도 그의 본명을 영원히 모를 것이라고 그를 안심시켰다. 첩보 세계의 용어로, 비밀 작전의 일원이 된 사람은 〈주입indoctrination〉되었다고 말한다. 이번 작전에는 최소한의 인원만이 주입될 예정이었으며, PET나 MI6에 소련 스파이가 있어 모스크바로 보고가 올라갈 가능성에 대비해서 무엇보다도 보안이 강조될 터였다. 영국의 가장 가까운 동맹인 미국의 CIA조차 정보 공유 대상이 아니었다. 〈이처럼 우리에게 유리한 요인들 덕분에 우리는 탄탄한 기초 위에서 우리 관계를 정립하고 진지한 협력을 시작할 수 있었다.〉

브롬헤드는 올레크에게 작별 인사를 하면서, 항상 미소 짓는 얼굴의 이 소련 KGB 요원에 대해 자신이 아는 것이 정말 별로 없다는 생각을 했다. MI6와 협력하기 위해 목숨을 걸 각오까지 되어 있는 듯한 그는 겉으로 보기에 침착한 것 같았다. 돈 이야기는 단 한 번도 나오지 않았다. 올레크 본인의 안전이나 가족의 안전에 대한 말도, 망명하고 싶다는 말도 역시 나오지 않았다. 두 사람은 주로 문화와 음악에 대한 이야기를 나눴다. 정치, 이념, 소비에트 치하의 삶에 대해서는 이야기하지 않았다. 올레크가 협력하겠다고 나선 동기를 입에 올린 적도 없었다. 〈그에게 왜 이런 행동을 하느냐고 나는 한 번도 묻지 않았다. 그럴 시간이 없었다.〉

브롬헤드는 다음 날 아침 MI6의 런던 본부에 도착했을 때에도 여전히 이런 의문에 시달리고 있었다. 소련 블록 담당자를 보니 마음이 놓였다. 〈그는 KGB와 관련된 경험이 아주 많았고, 적절한 조심성도 갖추고 있었다. 하지만 이번 일이 독특한 상황이라며, 반드시 최대한 이용해야 한다는 말도 했다. KGB 요원이 영국의《갑작스러운》접근에 긍정적인 반응을 보인 것은 처음이었다.〉 담당자는 소련 사람들의 의심이 워낙 심해서 진짜 기밀에 접근할 수 있는 사람을 미끼로 내놓을 리가 없다고 말했다. 〈현직 KGB 요원을 그쪽에서 내놓은 적은 한 번도 없었다. (……) 그들은 자기네 요원들이 [서방의] 담당자와 죽이 맞아 달아나는 일이 결코 일어나지 않을 것이라는 믿음이 없었다.〉

MI6의 상사들은 낙관적이었다. 선빔이 획기적인 사례가 될지도 모른다는 것이었다. 올레크는 진짜인 것 같았지만, 브롬헤드는 확신하지 못했다. 올레크는 아직 유용한 정보를 단 하나도 내놓지 않았다. 자신이 이런 행동을 하는 이유를 설명하지도 않았다.

정보원의 담당자를 바꾸려면 복잡한 과정을 거쳐야 했다. 때로는 위험할 수도 있었다. 특히 새로 포섭한 정보원인 경우 위험이 더 컸다. 1975년 1월, 즉 코펜하겐을 떠난 지 3주 뒤 브롬헤드는 〈최대한 조용하고 눈에 띄지 않게 덴마크에 다시 침투〉했다. 그는 먼저 스웨덴 예테보리로 날아가 PET 요원 빈터 클라우센을 만났다. 오벨릭스처럼 〈체구가 거대하고 잘 웃는〉 그의 폭스바겐 조수석에 비좁게 앉은 채로 브롬헤드는 덴마크 국경을 넘어 들어와 코펜하겐의 링비 쇼핑가에 있는 〈별로 특징이 없고 교외 분위기가 나서 적당한〉 호텔에 투숙했다.

올레크의 새로운 담당자인 필립 호킨스는 가짜 여권으로 런던에서 날아왔다. 「만나 보면 마음에 들 겁니다.」 브롬헤드는 호킨스에 대해 올레크에게 이렇게 말해 두었다. 하지만 정말로 그럴 것이라는 확신은 없었다. 〈나는 확실히 그가 싫었다. 내 생각에 그는 끝내주는 새끼였다.〉 이건 정확한 말도 아니고 공정한 평가도 아니었다. 법을 공부한 호킨스는 엄격하고 정확한 사람으로 브롬헤드와는 닮은 구석이 전혀 없었다.

브롬헤드는 정육점에서 올레크를 만나 안가로 안내했다. 그곳에서 호킨스가 기다리고 있었다. 올레크는 이 새 담당자를 가늠해 보았다. 〈키가 크고 신체 조건이 훌륭했다. 그와 함께 있는 것이 즉시 불편해졌다.〉 호킨스는 격식 있고 다소 딱딱한 독일어를 썼으며, 〈적대적이다 못해 거의 위협적인 태도로〉 새 정보원을 바라보는 것 같았다.

브롬헤드는 진지한 얼굴로 올레크와 악수하며 이렇게 나서 줘서 고맙다고 말하고, 행운을 빌어 주었다. 차를 몰고 그곳을 떠나면서 그는 복잡한 심정이었다. 올레크에게 감탄하고 그를 좋아했기 때문에 아쉬웠고, 이것이 KGB의 음모일 수 있다는 의심이 아직 남아 있기 때문에 불안했으며, 이제 자신은 이 일에서 손을 놓게 되었다는 사실에 깊은 안도감을 느꼈다.

〈내 역할이 끝난 것이 기쁘기 그지없었다.〉 브롬헤드는 이렇게 썼다. 〈어쩌면 내가 밑 빠진 《히파럼프 함정》[8]을 만들었고, 내 경력이 그 함정 속으로 반드시 곤두박질칠 것이라는 생각을 머릿속에서 지울 수 없었다.〉

참조

올레크 고르디옙스키의 포섭 과정은 리처드 브롬헤드의 미출간 회고록 『거울의 황무지 *Wilderness of Mirrors*』(T. S. 엘리엇의 시 「게론티온Gerontion」의 구절에서 따온 제목이다)에 묘사되어 있다.

8 히파럼프는 「곰돌이 푸」에 등장하는 코끼리처럼 생긴 동물. 히파럼프 함정은 정계에서 상대를 잡으려고 함정을 판 사람이 오히려 그 함정에 빠지는 경우를 뜻한다 — 옮긴이주.

4
초록 잉크와 마이크로필름

　사람은 왜 스파이가 되는가? 안락한 가정과 친구, 안정적인 직장을 포기하고 위험하고 어스름한 비밀의 세계에 뛰어드는 이유가 무엇인가? 특히 한 나라의 정보국에서 일하던 사람이 상대국을 위해 일하기로 마음을 바꾸는 이유가 무엇인가?

　올레크가 KGB에서 비밀스럽게 변절한 사례와 가장 비슷한 것은 아마 킴 필비의 사례일 것이다. 케임브리지에서 공부한 영국인인 그는 올레크와는 반대 방향으로 움직였다. MI6 요원이면서 비밀리에 KGB를 위해 일했다는 뜻이다. 필비처럼 올레크도 근본적인 이념의 변화를 겪었다. 필비는 공산주의에 끌린 반면, 올레크는 공산주의에 혐오를 느꼈다는 점이 다를 뿐이었다. 그러나 필비는 1940년 MI6에 들어가기 전에 공산주의로 전향했으며, 자본주의 서구에 맞서 KGB를 위해 일하겠다는 분명한 뜻이 있었다. 올레크는 충성스러운 소련 국민으로서 KGB에 들어갈 때, 자신이 언젠가 이 기관을 배신할 줄은 상상도 하지 못했다.

　세상에는 다양한 스파이들이 있다. 어떤 사람들은 이념, 정치, 애국심 때문에 스파이가 되지만 탐욕 때문에 행동으로 나서는 사람이 놀라울 정도로 많다. 경제적 보상의 매력이 그 정도다. 반면 섹스, 협박, 오만, 복수심, 실망감 때문에 첩보의 세계로 끌려 들어오는 사람들도 있다. 비밀스러운 세계에서 맛볼 수 있는 동지 의식과 자신이 남보다 앞서 있다는 독특한 느낌이 동기가 되기도 한다. 용감하고 원칙을 지키는 스파이가 있는가 하면, 욕심 많고 비겁한 스파이도 있다.

스탈린 치하에서 첩보망을 지휘했던 사람 중 하나인 파벨 수도플라토프는 서방 국가에서 첩자를 포섭하려고 나선 부하들에게 이런 조언을 했다. 〈운명이나 타고난 환경 때문에 괴로워하는 사람을 찾아라. 열등감으로 괴로워하고, 권력과 영향력을 갈망하지만 쉽지 않은 주변 여건에 좌절한 못난이들……. 이런 이들은 모두 우리와 협력하면서 독특한 보상을 얻는다. 영향력과 권력을 갖춘 조직의 일원이라는 소속감 덕분에 그들은 주위의 잘생기고 잘나가는 사람들에게 우월감을 느끼게 될 것이다.〉[1] KGB는 사람이 첩자가 되는 네 가지 주요 동기를 오래전부터 MICE라고 불렀다. 돈money, 이념ideology, 강압coercion, 자존심ego의 머리글자를 따서 만든 약어다.

하지만 낭만이라는 요소도 있다. 별도의 비밀스러운 인생을 살 기회. 어떤 사람들은 몽상 때문에 스파이가 된다. 전직 MI6 요원이자 언론인인 맬컴 머거리지는 이렇게 썼다. 〈내 경험상, 정보 요원은 기자보다 훨씬 더 큰 거짓말쟁이다.〉[2] 첩보 활동이라는 말은 망가진 사람, 고독한 사람, 괴짜에게 특히 매력적이다. 하지만 모든 스

---

1 파벨 수도플라토프의 말. Paul Hollander, *Political will and Personal Belief* (New Haven: Yale University Press, 1999)에서 재인용.

2 Malcolm Muggeridge, *Chronicles of Wasted Time* (London: Collins, 1973).

파이는 쉽게 눈에 띄지 않는 영향력, 즉 은밀한 권력을 가차 없이 휘두르며 느끼는 비밀스러운 보상을 갈망한다. 어느 정도의 지적인 속물근성은 스파이 대부분에게 공통적으로 나타난다. 버스 정류장에서 자신과 나란히 서 있는 사람들은 모르는 중요한 사실을 자신은 알고 있다는 비밀스러운 느낌. 첩보 활동에는 상상력이 부분적으로 섞여 있다.

다른 나라의 이익을 위해 자신의 나라를 염탐하겠다는 결정은 보통 스파이가 이성적으로 인식하는 외부 세상과 내면세계가 충돌할 때 우러나온다. 이 내면세계에 대해 스파이 자신은 인식하지 못할 수도 있다. 필비는 순수한 이념의 실행자, 공산주의에 헌신하는 비밀 병사로 자신을 정의했다. 하지만 나르시시즘, 스스로 느끼는 부족함, 아버지의 영향, 주위 사람들을 기만하고 싶다는 강박 또한 동기가 되었다는 사실은 인정하지 않았다. 전쟁 중에 이중 첩자로 활동한 악당으로 지그재그 요원이라 불리던 에디 채프먼은 스스로 애국적인 영웅이라고 생각했다(실제로도 영웅이었다). 하지만 그에게는 또한 탐욕스럽고, 기회주의적이고, 변덕스러운 면도 있었기 때문에 지그재그라는 암호명이 붙었다. 쿠바 미사일 위기 때 서구에 중요한 정보를 넘겨준 소련 스파이 올레크 펜콥스키는 핵전쟁을 막고 싶다는 마음에서 움직였지만, 정보의 대가로 런던의 호텔 방으로 초콜릿과 매춘부를 보낼 것과 여왕을 만나게 해줄 것을 요구했다.

올레크 고르디옙스키를 MI6의 품으로 밀어낸 외부적인 요소는 정치와 이념이었다. 그는 베를린 장벽 건설과 프라하의 봄 압살에 커다란 영향을 받았으며, 서방의 문헌을 많이 읽고, 자기 나라의 진짜 역사에 대해서도 충분히 알고, 민주주의 국가의 자유로운 모습도 많이 보았기 때문에 공산주의자들이 선전하는 사회주의 낙원이 거대한 거짓임을 깨달을 수 있었다. 교조적인 주장에 맹목적으로 복종하는 세계에서 자란 그는 일단 이념을 거부한 뒤에는 개종자 특유의 열성적인 태도로 그 이념을 공격하는 데 온 힘을 다했다. 그의 아버지와 형이 공산주의에 헌신한 그 깊이만큼 공산주의에 깊이 반대하게 된 그의 생각은 두 번 다시 바뀌지 않았다. 체제의 산물인 그는 KGB가 얼마나 무자비하고 잔인한지 직접 경험해서 알고 있었다. 정치적 억압과 어깨를 나란히 한 것은 문화적 속물근성이었다. 그는 문화 애호가답게 서구 클래식 음악에 대한 검열과 소련의 가짜 음악에 극심하게 분노했다. 그는 자신의 인생에 지금보다 더 나은 사운드트랙이 생기기를 원했다.

그러나 올레크를 서방으로 이끈 내면적인 요소는 그렇게 분명하지 않다. 그는 낭만과 모험을 즐겼다. 죄책감에 시달리면서도 언제나 KGB에 복종하던 아버지에게 그가 반발심을 느꼈음은 분명하다. 남몰래 신앙을 지키던 외할머니, 조용히 반항하던 어머니, KGB를 위해 일하다가 서른아홉 살에 세상을 떠난 형 또한 그의 잠재의식에 영향을 미쳐, 그를 반역으로 이끌었을 가능성이 있다. 그는 KGB의 동료들 대다수를 거의 존중하지 않았다. 게으르게 시간만 때우며 속임수를 쓰는 무지한 자들, 정치적 술수와 아첨으로 승진을 따내는 자들이라고 보았다. 그는 대다수의 주위 사람들보다 자신이 더 영리하다는 사실을 알고 있었다. 결혼 생활은 이미 차갑게 식어버렸고, 친한 친구를 사귀기도 쉽지 않았다. 그는 복수와 만족감뿐만 아니라 사랑 또한 원했다.

모든 스파이에게는 사랑받는다는 느낌이 필요하다. 첩보 활동에서 가장 강력한 힘을 발휘하는 요소 중 하나(그리고 첩보 활동에 관한 중요한 믿음 중 하나)는 스파이와 그의 상관, 정보원과 담당관 사이의 감정적인 유대감이다. 스파이는 자신이 필요한 사람이며 비밀스러운 공동체의 일원이라는 느낌을 원한다. 자신이 소중하고 신뢰받는 존재라는 느낌과 보람을 원한다. 에디 채프먼은 영국 및 독일의 담당관들과 모두 친밀한 관계를 형성했다. 필비를 포섭한 아놀드 도이치는 KGB의 스카우터 중 카리스마가 대단하기로 유명했다. 필비는 도이치를 〈놀라운 사람 (……) 그가 나를 볼 때면 이 세상에 나만큼 중요한 존재가 없는 것 같고, 나와 대화하는 것만큼 중요한 일이 없는 것 같다〉[3]고 묘사했다. 애정과 인정에 대한 이런 갈망을 이용하고 조작하는 것은 정보원 관리자에게 가장 중요한 기술 중 하나다. 담당관과 자신의 관계가 정략결혼을 한 부부 사이보다 더 심오하다는 느낌을 받지 못한 스파이는 지금껏 누구도 성공적인 실적을 거두지 못했다. 거짓과 기만 속에서도 진실하고 영속적인 마음의 교류를 느껴야 한다.

고르디옙스키는 영국에서 온 새로운 담당관 필립 호킨스에게서 여러 가지 감정이 뻗어 나오는 것을 느꼈지만, 그중에 애정은 없었다.

괴짜 같고 원기 왕성한 브롬헤드는 〈지독히 영국적인〉 모습 덕분에 고르디옙스키의 마음을 얻었다. 그는 류비모프가 몹시 열성적으로 묘사했던 화려한 영국인 그 자체였다. 반면 스코틀랜드인인 호킨스는 그보다 훨씬 더 냉담했다. 귀리 비스킷처럼 뻣뻣하고 딱딱해서 금방 부서질 것 같았다. 〈그는 미소를 지으며 친절하게 구는 대신 법률가의 눈으로 상황을 바라보는 것이 자신의 의무라고 생각했다.〉 한 동료의 말이다.

3 Genrikh Borovik, *The Philby Files* (Boston: Little Brown, 1944), p. 29.

호킨스는 전쟁 중에 독일인 포로들의 심문을 맡았다. 그 뒤로는 체코와 소련 관련 일들을 여러 해 동안 담당했다. 그가 관리한 사람들 중에는 망명자도 다수 포함되어 있었다. 그러나 무엇보다 중요한 것은, 그가 KGB 내부의 스파이를 직접 담당한 경험이 있다는 점이었다. 1967년 빈에 거주하는 영국 여성이 영국 대사관에 연락해, 새로운 하숙인이 흥미롭다고 보고했다. 젊은 소련 외교관인 그가 서방의 사상에 수용적인 태도를 보이며 공산주의를 상당히 비판하는 것 같다는 내용이었다. 그녀는 그 외교관에게 스키를 가르치고 있다고 했다. 둘이 잠자리하는 사이일 가능성도 높았다. MI6는 그에게 페니트러블[4]이라는 암호명을 부여하고 조사를 시작했다. 그 결과 서독 정보기관인 BND도 〈그를 쫓고 있으며〉 KGB에서 훈련받은 페니트러블에게 이미 접근해 긍정적인 반응을 얻었음을 알게 되었다. 영국과 서독은 페니트러블을 함께 관리하기로 했다. 그때 영국 쪽 담당자가 바로 필립 호킨스였다.

〈필립은 KGB를 속속들이 알고 있었다.〉 한 동료는 이렇게 말했다. 〈정보국 내에서 그가 맡은 역할은 회의적인 시각을 갖는 것이었다. 독일어를 할 줄 알고 시간도 있었으니, 고르디옙스키의 담당자로 그가 가장 먼저 떠올랐다.〉 그는 또한 잘 불안해하는 성격인데, 일부러 공격적인 태도를 드러내 불안감을 감췄다. 그는 올레크의 말이 거짓이 아닌지, 그가 어디까지 정보를 줄 수 있는지, 보상으로 무엇을 원하는지 알아내는 것이 자신의 임무라고 스스로 평가했다.

호킨스는 고르디옙스키를 자리에 앉히고, 법정에서 교차 신문을 하듯이 대화를 시작했다.

「당신의 레지덴트는 누굽니까? 지부에 KGB 요원이 몇 명이죠?」

4 〈침투할 수 있는〉이라는 뜻 — 옮긴이주.

고르디옙스키는 중대한 결정을 내린 자신이 환영과 찬사와 축하를 받을 줄 알았다. 그러나 상대는 새로 포섭한 협력자가 아니라 적 포로를 대하듯이 으름장을 놓으며 그를 심문하고 있었다.

〈심문이 한동안 이어졌는데 나는 기분이 좋지 않았다.〉

고르디옙스키는 이런 생각을 했다. 「이런 것이 영국 정보기관의 진정한 정신일 리 없어.」

심문이 잠시 멈췄다. 고르디옙스키는 한 손을 들고 선언하듯 말했다. 영국 정보기관을 위해 일하겠지만, 반드시 세 가지 조건이 충족되어야 한다고.

「첫째, 나는 KGB 지부의 동료들에게 피해를 입히고 싶지 않습니다. 둘째, 비밀스러운 사진 촬영이나 녹음은 싫습니다. 셋째, 돈 얘기는 하지 마세요. 내가 서방을 위해 일하려는 것은 이득이 아니라 이념적인 확신 때문입니다.」

이번에는 호킨스가 모욕감을 느꼈다. 그의 머릿속 법정에서 교차 신문을 받는 증인은 규칙을 정할 수 없었다. 두 번째 조건에는 확답이 불가능했다. 만약 MI6가 녹음하기로 하더라도 당연히 비밀리에 이루어질 테니, 고르디옙스키는 영원히 그 사실을 알지 못할 터였다. 그가 경제적 보상을 거부한다고 미리 선언한 것은 두 번째 조건보다도 더 걱정스러웠다. 정보원에게 선물이나 돈을 자꾸 안겨 주어야 한다는 것은 첩보 세계의 자명한 원칙이다. 물론 지나친 경제적 보상으로 정보원의 욕심을 부추기거나 의심을 살 만큼 헤픈 씀씀이를 초래하는 것은 금물이다. 그래도 돈을 안겨 주면 정보원은 자신이 가치 있다고 느끼게 되며, 일을 한 만큼 보상이 지급된다는 원칙이 확립된다. 필요한 경우, 돈이 지급된 사실을 지렛대처럼 이용할 수도 있다. 게다가 고르디옙스키가 KGB 동료들을 보호하려

하는 것도 이상했다. 여전히 KGB에 충성하는 건가? 하지만 사실 고르디옙스키가 그런 조건을 내건 데에는 자신을 보호하려는 의도도 포함되어 있었다. 만약 덴마크가 KGB 요원들을 하나둘 추방한다면, 중앙에서는 그들의 정체를 서구에 알린 내부 배신자를 찾으려 할 테고 그러다 보면 결국 고르디옙스키가 발각될 수 있었다.

호킨스는 고르디옙스키의 말을 반박했다. 「지부에서 당신이 어떤 위치에 있는지 이제 우리가 알고 있으니, 우리나 우리 동맹국이 당신네 요원을 추방할 경우 결정을 내리기 전에 심사숙고를 거듭할 겁니다.」 하지만 고르디옙스키는 동료 KGB 요원, 정보원과 불법 스파이의 정체를 밝힐 수 없다며 그들에게는 손을 대지 말라는 뜻을 굽히지 않았다. 「그 사람들은 중요하지 않습니다. 명목상으로는 정보원이라도 전혀 해롭지 않아요. 그 사람들이 곤란해지는 건 싫습니다.」

호킨스는 마지못해 이 조건을 MI6에 전달하겠다고 약속하고, 앞으로 어떤 식으로 연락할지 설명했다. 그는 한 달에 한 번 코펜하겐으로 와서 주말 내내 머무르며 고르디옙스키를 두 번, 적어도 두 시간 동안 만날 예정이었다. 만남의 장소는 지하철 종점에 있는 조용한 지역이자 소련 대사관과는 완전히 반대편인 북쪽의 발레룹에 위치한 또 다른 안가(덴마크 측이 제공하는 장소였지만, 고르디옙스키에게는 이 사실이 전달되지 않았다)였다. 고르디옙스키는 그곳까지 지하철로 가도 되고, 차를 몰고 가서 조금 떨어진 곳에 주차해도 되었다. 그곳이라면 대사관 동료들의 눈에 띌 가능성이 희박했다. 만약 인근에 소련 측 감시자가 배치된다면, 고르디옙스키가 십중팔구 알아차릴 수 있을 터였다. 그보다는 덴마크 측 감시자가 더 문제였다. 고르디옙스키는 KGB 요원으로 의심받는 인물이며, 과거에 PET의 감시를 받은 적이 있었다. 그러니 그가 비밀스러운 만남을 위해 근교로 이동하는 것이 발각될 경우 커다란 경보가 울릴 터였다. MI6가 소련 측 정보원을 관리하고 있다는 사실을 알고 있는 PET 측 사람은 많아야 여섯 명이었다. 그중에서도 고르디엡스키의 이름을 아는 사람은 둘뿐이었다. 한 명은 PET의 방첩 책임자이자 브롬헤드의 오랜 동료인 예른 브룬이었다. 브룬은 고르디엡스키가 영국 측 담당자를 만날 때 자기 부하들이 그를 미행하는 일이 벌어지지 않게 막아 주는 역할을 맡았다. 호킨스는 마지막으로 긴급 전화번호와 비밀 잉크, 긴급 메시지를 보낼 수 있는 런던 주소를 고르디엡스키에게 건넸다.

두 사람 모두 불만스러운 기분으로 안가를 나섰다. 스파이와 담당관의 첫 만남은 즐겁지 않았다.

하지만 웃음기 없고 무뚝뚝한 호킨스를 담당관으로 임명한 것이 어떤 의미에서는 좋은 결과를 낳았다. 그는 프로였고, 고르디엡스키도 프로였다. 호킨스는 자신이 맡은 일과 고르디엡스키의 안전을 지극히 진지한 자세로 대했다. 브롬헤드가 즐겨 쓰던 표현을 빌리자면, 호킨스는 허투루 일하지 않았다.

이렇게 해서 두 사람은 발레룹의 아주 평범한 아파트 건물 3층에 위치한 침실 하나짜리 방에서 매달 한 번씩 만나기 시작했다. 덴마크의 소박한 가구들이 있고, 주방에는 조리 도구가 완벽하게 갖춰져 있었다. 집세는 영국과 덴마크의 정보기관이 공동으로 부담했다. 이 새로운 OCP에서 첫 만남이 있기 며칠 전, PET의 기술자 두 명이 전기 회사 직원으로 변장하고 들어와 천장의 조명등과 전기 소켓에 마이크를 설치하고, 굽도리 널 뒤로 전선을 빼서 침실까지 연결했다. 침대 위의 패널 뒤에는 녹음기를 설치했다. 고르디엡스키가 내건 두 번째 조건의 위반이었다.

처음에는 긴장된 분위기 속에서 만남이 이루어졌으나 점차 긴장이 풀렸고, 시간이 흐르면서 두 사람은 대단한 성과를 거뒀다. 뾰족뾰족한 의심으로 시작된 두 사람의 관계는 서서히 대단히 능률적인 관계로 발전했다. 애정이 아니라 마지못해 서로를 존중해 주는 태도가 이 관계의 바탕이었다. 고르디옙스키는 애정 대신 호킨스의 직업적인 인정을 받아들였다.

상대방의 말이 거짓인지 시험하는 최고의 방법은 이쪽이 이미 답을 알고 있는 질문을 던져 보는 것이다. 호킨스는 KGB의 구조를 잘 아는 사람이었다. 고르디옙스키는 모스크바 중앙 내부에서 복잡한 관료 체제를 구성하고 있는 모든 부서를 놀라울 정도로 정확하게 설명했다. 개중에는 호킨스가 이미 아는 사실도 있었지만, 그가 모르는 정보도 아주 많았다. 사람들의 이름, 직책, 여러 기법, 훈련 방법, 내부의 경쟁 관계와 분쟁, 승진과 강등에 대한 이야기가 워낙 상세해서 고르디옙스키가 정직하다는 사실이 증명되었다. 〈미끼〉라면 감히 이렇게 많은 정보를 드러내지 못할 것이다. 그는 호킨스에게 단 한 번도 MI6의 정보를 묻지 않았을뿐더러, 이중 첩자가 적국의 정보기관에 침투하기 위해 할 법한 움직임을 전혀 보이지 않았다.

MI6 본부의 고위 간부들은 곧 고르디옙스키의 진심을 믿게 되었다. 거스콧은 이런 결론을 내렸다. 〈선빔은 진짜였다. 그는 공정하고 정직했다.〉

고르디옙스키가 불법 스파이를 담당하는 S부, 즉 그가 정치 부서로 옮기기 전에 10년 동안 근무했던 부서의 활동을 아주 상세히 설명하기 시작하자 그들의 믿음은 더욱더 강해졌다. 그는 소련이 평범한 민간인으로 위장한 스파이들을 전 세계에 심어 놓았으며, 〈가짜 신분을 만들기 위해 대단히 정교한 대규모 작전〉을 실행한다고 설명했다. 서류 위조, 기록부 조작, 첩자를 숨기는 방법, 그리고 이 불법 스파이들을 관리하고 지원하고 접촉하는 데 동원되는 복잡한 방법 등이 여기 포함되었다.

매번 만남이 있기 전에 호킨스는 침실 패널을 분리한 뒤, 새 테이프를 넣은 녹음기를 그 자리에 설치했다. 대화 중에 메모도 했지만, 대화가 끝난 뒤 녹음된 내용을 꼼꼼히 받아 적고 독일어에서 영어로 번역했다. 한 시간짜리 녹음 분량을 처리하는 데에는 서너 배나 되는 시간이 걸렸다. 그렇게 만들어진 보고서를 영국 대사관의 하급 MI6 요원에게 넘기면, 그 요원이 보고서와 녹음테이프를 함께 외교 행낭에 넣어 런던으로 보냈다. 외교 행낭은 대사관들이 주재국의 간섭 없이 안전하게 정보를 보내고 받을 때 사용하는 수단으로, 국제적으로 인정받고 있다. 즉 수색을 받지 않는다는 뜻이다. MI6 본부는 호킨스의 보고서들을 애타게 기다렸다. 영국 정보기관이 KGB 내부에 이토록 깊숙이 자리 잡은 스파이를 관리하는 것은 처음이기 때문이었다. 고르디옙스키는 훈련된 정보 요원이었으므로, MI6가 무엇을 원하는지 정확히 알고 있었다. 101 학교에서 대량의 정보를 암기하는 기법들을 배운 덕분에 그는 비범한 암기력을 지니고 있었다.

정보원과 담당관인 두 사람의 관계는 서서히 좋아졌다. 그들은 커다란 커피 탁자를 사이에 두고 앉아서 몇 시간 동안이나 이야기를 나눴다. 고르디옙스키는 진한 차를 마셨는데, 간혹 맥주를 요구하기도 했다. 호킨스는 아무것도 마시지 않았다. 가벼운 대화는 거의 오가지 않았다. 고르디옙스키는 〈엄격한 장로교 목사〉 같은 분위기를 풍기는 이 완고한 스코틀랜드인에게 호감을 느끼기가 힘들었으나 그를 존중했다. 〈그는 쉽게 농담을 나눌 수 있는 사람이 아니었지만 헌신적이고 근면했다. 항상 메모를 하고, 준비를 잘해 오고, 좋은 질문을 던졌다.〉 호킨스는 질문 목록을 만들어서 가져올 때가 많았다. 그러면 고르디옙스키는 그 목록을 암기해서 다음 만남 때까지 답을 알아내려고 애썼다. 어느 날 호킨스가 고르디옙스키에게 그가 설명한 불법 스파이 시스템을 독일어로 정리한 보고서를 검토해 달라고 부탁했다. 고르디옙스키는 감탄했다. 아주 세세한 부분까지 하나도 빠짐없이 기록된 것을 보니 호킨스는 독일어 속기의 달인인 것 같았다. MI6가 아파트에 도청 장치를 설치했을 것이라는 깨달음은 나중에야 찾아왔다. 그는 자신도 같은 행동을 했을 것이라는 생각에, 약속이 깨졌다며 소란을 피우지 않기로 했다.

〈내 머릿속이 한결 편안해졌다.〉 고르디옙스키는 이렇게 썼다. 〈새로 맡은 역할이 내 삶의 한 기준점이 되었다.〉 그는 무려 소련 체제의 토대를 무너뜨리는 것이 바로 자신의 역할이라고 믿었다. 마니교에 나오는 선과 악의 투쟁 같은 이 작전이 궁극적으로 소련에 민주주의를 가져다줘서 소련인들이 원하는 책을 읽고 바흐의 음악을 들으며 자유로이 살 수 있게 될 터였다. KGB 요원으로서 그는 계속 덴마크인들과 접촉을 시도하고, 친(親)소련 언론인들에게 기사를 만들어 주고, 여기저기 빈틈이 많은 코펜하겐 레지덴투라의 정보 수집 시스템을 위해 일반적인 업무를 수행했다. 그가 활동적인 모습을 연출할수록 승진 가능성이 높아졌다. 중요한 정보에 접근하기가 그만큼 쉬워진다는 뜻이었다. 어찌 보면 기묘한 상황이었다. 덴마크에 실제로 피해를 입히지 않으면서 KGB에 자신의 능력을 보여 줘야 하고, 한편에서는 첩보 작전을 실행하면서 동시에 호킨스에게 그 작전을 세세히 알려 김을 빼고, 지나치게 꼬치꼬치 캐묻는 것처럼 보이지 않으면서 유용한 정보를 얻기 위해 눈과 귀를 열어 두어야 했다.

엘레나는 남편이 무슨 일을 꾸미는지 전혀 몰랐다. 〈스파이는 자신에게 가장 가까운 사람과 가장 소중한 사람까지도 속여야 한다.〉 고르디엡스키는 나중에 이렇게 썼다. 하지만 엘레나는 이제 그에게 가까운 사람도, 소중한 사람도 아니었다. 사실 그는 충성스러운 KGB 요원인 그녀가 진실을 알아차린다면 그를 밀고할 것이라고 확신했다. KGB가 반역자들을 어떻게 처리하는지 그는 잘 알았다. 덴마크 법이나 국제법과 상관없이, 특수 작전부 요원들이 그를 붙잡아 약으로 잠재운 뒤 붕대를 칭칭 감아 얼굴을 가린 채 들것에 실어 모스크바로 보내면 그는 심문과 고문을 거쳐 처형될 것이다. 즉결 처형 선고를 소련 사람들은 비샤야 메라, 즉 〈최고 조치〉라고 완곡하게 불렀다. 반역자는 어떤 방으로 끌려가 억지로 무릎을 꿇은 뒤, 뒤통수에 총을 맞고 죽었다. 때로는 KGB가 상상력을 더 발휘하기도 했다. 들리는 이야기에 따르면 펜콥스키는 잠재적인 변절자들에게 본보기를 보여 주기 위해 산 채로 화형되었고 그 모습이 영상에 담겼다고 했다.

이중생활의 압박과 그로 인한 위험 속에서도 고르디엡스키는 홀로 고독하게 소련의 억압에 맞서며 만족했다. 그러던 중 그에게 사랑이 찾아왔다.

레일라 알리예바는 코펜하겐의 세계 보건 기구에서 일하는 타이피스트였다. 아제르바이잔 출신 아버지와 소련인 어머니 사이에서 태어난 그녀는 키가 크고 대단한 미인이었다. 머리칼은 짙은 색이고, 긴 속눈썹 아래 깊숙이 자리 잡은 눈은 갈색이었다. 엘레나와 대조적으로 그녀는 수줍음이 많고 순진했지만, 편안한 곳에서 크게 웃음을 터뜨릴 때면 옆 사람도 따라 웃을 수밖에 없었다. 그녀는 노래를 좋아했다. 집안이 KGB와 관련되어 있다는 점은 고르디옙스키와 비슷했다. 그녀의 아버지 알리는 아제르바이잔 KGB에서 소장 계급까지 올라갔다가 퇴직해서 모스크바로 이주했다. 이슬람 가정이라서 어린 시절에 레일라는 부모의 강력한 보호를 받았다. 어른이 될 때까지 사귄 남자 친구가 몇 명 되지도 않고, 그들 모두 부모의 세심한 심사를 거쳤다. 레일라는 처음에 디자인 회사에서 타이피스트로 일하다가 공산주의 청년 동맹 신문에 기자로 취직했다. 그다음에는 보건부를 통해 세계 보건 기구 사무직에 지원했다. 해외 기구에서 일하고 싶어 하는 소련인이 모두 그렇듯이, 레일라 역시 이념적 성실성에 대한 철저한 조사를 거친 뒤에야 코펜하겐 여행 허가를 받았다. 나이는 고르디옙스키보다 열한 살 아래인 스물여덟 살이었다. 덴마크에 도착한 직후 대사의 아내가 주최한 리셉션에 초대된 레일라는 모스크바에서 무슨 일을 했느냐는 질문을 받았다.

「기자였습니다.」레일라가 대답했다. 「덴마크에 대해서도 글을 쓰고 싶습니다.」

「그럼 대사관 공보관인 고르디옙스키 씨를 만나 봐야겠네요.」

이렇게 해서 올레크 고르디옙스키와 레일라 알리예바는 공산주의 청년 동맹 잡지에 실릴 코펜하겐 슬럼가에 대한 기사를 함께 작성하기 시작했다. 그 기사는 끝내 지면에 실리지 못했지만, 두 사람의 협력 관계는 급속히 깊어졌다.

〈그녀는 사교적이고, 재미있고, 독창적이고, 재치 있고, 사람들의 호감을 사고 싶어 했다. 나는 첫눈에 그녀에게 반했다. 그리고 우리 사랑은 금방 타올랐다.〉 부모의 간섭과 감독에서 자유로워진 레일라는 이 사랑에 마음껏 몸을 던졌다.

〈처음에 그는 아주 잿빛으로 보였다.〉 레일라는 이렇게 회상했다. 〈거리에서 그를 보면 그의 존재를 알아차리기 힘들 것이다. 하지만 그와 이야기를 나누면서 나는 입이 떡 벌어졌다. 너무나 박식한 사람이었다. 눈부신 유머 감각 덕분에 아주 재미있는 사람이기도 했다. 천천히, 천천히 나는 사랑에 빠졌다.〉

잔소리가 심하고 자신을 무시하는 옐레나를 겪은 고르디옙스키에게 성격이 온화하고 소박하며 다정한 레일라는 기운을 북돋우는 약과 같았다. 그는 대인 관계에서 자신과 상대방의 언행을 끊임없이 평가하며 계산하는 데 익숙했다. 반면 레일라는 자연스럽고 외향적이며 솔직했다. 그는 생전 처음으로 사랑받는 기분을 느꼈다. 고르디옙스키는 젊은 연인에게 소련이 금지한 사상과 현실을 담은 새로운 문학 세계를 소개했다. 그의 권유로 그녀는 솔제니친의 『수용소 군도』와 『연옥 속에서』를 읽었다. 어둡고 잔혹한 스탈린주의를 묘사한 작품이었다. 〈그는 자기 서재의 책들을 내게 주었다. 나는 폭포처럼 쏟아지는 진실을 마음으로 받아들였다. 그가 나를 가르쳤다.〉 레일라는 누가 말해 주지 않았는데도 고르디옙스키가 KGB 요원임을 처음부터 알고 있었다. 그가 그런 책에 흥미를 보이는 데에 그보다 더 깊은 반체제 사상이 숨겨져 있을지도 모른다는 생각은 한 번도 하지 않았다.

두 사람은 몰래 만남을 이어 가면서 화려한 계획을 세웠다. 아이를 낳는 상상도 했다. KGB는 불륜에 인상을 찌푸렸고, 이혼은 그보다 훨씬 더 싫어했다. 〈우리의 만남은 완전히 비밀이었다. 우리 관계의 증거가 될 수 있는 사진이라도 누가 내놓는 날에는 그가 심한 처벌을 받을 수 있었다. 24시간 이내에 추방되는 처벌이었다.〉두 사람은 반드시 인내심을 길러야 했다. 하기야 고르디옙스키는 느리고 비밀스러운 구애에 익숙한 사람이었다.

그는 자신의 두 가지 역할을 모두 열심히 수행했다. 배드민턴도 많이 쳤다. 레일라는 아파트에서 룸메이트 두 명과 함께 살았고 옐레나도 집에 있을 때가 많았으므로, 올레크와 레일라는 비밀스럽게 약속을 잡아 은밀하고 스릴 넘치는 밀회를 했다. 그러나 이것이 그에게는 또 다른 기만이자 불안감의 원인이 되었다. 직업적으로도 개인적으로도 옐레나를 배신하고 있었으니까. 둘 중 하나라도 발각된다면 재앙이 될 수 있었다. 그는 자신의 모든 행적을 정확하고 꼼꼼하게 아내에게 숨겼다. 며칠마다 한 번씩 레일라에게 위장된 메시지를 보내 코펜하겐의 여러 호텔을 옮겨 다니며 밀회를 했고, 4주마다 한 번씩 찾아가는 근교의 평범한 아파트에서는 반역을 저질렀다. 1년 동안 그는 소련의 감시와 아내의 의심을 모두 피할 수 있는 시스템을 확립했다. 그동안 레일라와의 관계도 MI6와의 관계도 모두 점점 깊어졌다. 그는 자신이 안전한 줄 알았지만 사실은 아니었다.

어느 겨울날 저녁 덴마크의 젊은 정보 요원이 발레룹에 있는 집으로 돌아가다가 외교관 번호판을 단 자동차가 외교가와는 거리가 먼 골목에 주차된 것을 보았다. 그의 호기심이 발동했다. 정보 요원으로 훈련받았고 열정도 갖고 있던 그는 자동차를 자세히 살핀 끝에 그것이 소련 대사관 차량임을 알아차렸다. 소련 외교관이 주말 저녁 7시에 이 근교에서 뭘 하는 거지?

싸락눈이 내려서 자동차 옆에 발자국이 나 있었다. 그 발자국을 따라 200미터쯤 이동하자 아파트 건물이 나왔다. 그가 그 건물로 다가가는데, 덴마크인 커플이 밖으로 나오다가 그를 위해 예의 바르게 문을 잡아 주었다. 젖은 발자국이 대리석 바닥을 가로질러 계단으로 이어졌다. 정보 요원은 그 발자국을 따라 2층 아파트 문 앞에 이르렀다. 안에서 나지막한 외국어가 흘러나왔다. 그는 이 아파트의 주소와 자동차 번호를 메모했다.

다음 날 아침 덴마크 방첩 담당자인 예른 브룬의 책상에 보고서 한 장이 올라왔다. KGB 요원으로 의심되는 소련 외교관이 발레룹의 아파트에 들른 것이 확인되었으며, 그가 미지의 인물과 독일어로 짐작되는 미지의 언어로 말하는 소리가 들렸다는 내용이었다. 그 보고서의 결론은 이러했다. 〈의심스러운 부분이 있습니다. 우리가 조치를 취해야 합니다.〉

그러나 덴마크 정보 당국의 감시망이 동원되기 전에 브룬이 엔진을 껐다. 문제의 보고서를 파일에서 삭제하고, 열정이 지나친 정보 요원에게는 관찰력이 좋다고 칭찬한 뒤, 그가 가져온 단서를 왜 조사할 가치가 없는지 모호하게 설명해서 〈치워 버렸다〉. 정보기관이 너무 성실한 탓에 진행 중인 작전을 망칠 뻔한 것은 처음 있는 일도 아니었다.

고르디옙스키는 자신의 정체가 발각되기 직전까지 갔음을 알고 충격받았다. 〈그 불운한 사건으로 충격받은 우리는 오랫동안 후유증을 겪었다.〉 그 뒤로 그는 발레룹으로 갈 때는 지하철을 이용했다.

서방에서 원하는 이름들을 알려 주지 않겠다는 그의 고집은 시간이 흐르면서 점점 약해졌다. 애당초 말할 이름이 많은 것도 아니었다. 덴마크에서 활동하는 소련 간첩과 정보원 네트워크는 한심할 정도로 작다는 것이 그의 증언으로 밝혀졌다. 우선 술을 좋아하는 정치인 게르트 페테르센과 덴마크 이민국에서 일하며 가끔 사소한 정보를 넘겨주는 뚱보 경찰관이 있고, 덴마크 전역에 자리를 잡고 제3차 세계 대전을 기다리는 불법 스파이가 여러 명 있었다. 코펜하겐에서 근무하는 KGB 요원들은 실제로 덴마크인들과 접촉하기보다는 경비 지출을 정당화하기 위해 이런저런 사람을 만났다고 이야기를 지어내는 데 훨씬 더 많은 시간을 쏟았다. 고르디옙스키가 알려 준 이 반가운 정보는 PET에도 전달되었다. 덴마크 사람들은 고르디옙스키가 가르쳐 준 소수의 스파이를 당장 쓸어버리지 않았다. 그랬다가는 KGB 내부에 정보원이 있음을 알려 주는 꼴이 될 것 같아서였다. 그래서 PET는 간첩을 소탕하는 대신, KGB와 접촉하는 소수의 덴마크인을 계속 감시하면서 기다려 보기로 했다.

KGB는 덴마크에서 스파이라고 할 만한 사람들을 거의 포섭하지 못했지만, 스칸디나비아의 다른 이웃 나라들에서는 상황이 좀 달랐다.

군보르 갈퉁 호비크는 노르웨이 외무부의 평범한 직원이자 전직 간호사로, 정년퇴직이 가까운 사무원 겸 통역이었다. 그녀는 몸집이 자그마하고, 성격이 다정했으며, 다소 수줍음을 타는 편이었다. 하지만 30년 경력의 스파이로 고액의 보수를 받는 베테랑이기도 했다. 〈국제적 이해를 강화〉한 공로로 소련 우정 훈장을 비밀리에 받은 적도 있을 정도였다. 그녀가 국제적 이해를 강화한 방법은 바로 기밀문서 수천 건을 KGB에 넘기는 것이었다.

호비크의 이야기는 KGB가 사람을 어떻게 조종하는지를 보여 주는 고전적 사례였다. 전쟁 말기, 노르웨이가 아직 나치 점령하에 있을 때 호비크는 보되의 군 병원에서 일하다가 소련군 포로 블라디미르 코즐로프와 사랑에 빠졌다. 그는 자신이 모스크바에 가정이 있는 유부남이라는 사실을 그녀에게 말해 주지 않았다. 그녀는 그가 스웨덴으로 탈출하는 것을 도왔고, 전쟁이 끝난 뒤에는 유창한 러시아어 실력 덕분에 노르웨이 외무부에 들어가 모스크바 주재 노르웨이 대사의 비서로 파견되었다. 거기서 코즐로프와의 사랑에 다시 불이 붙었다. KGB는 두 사람의 로맨스를 알아차리고 밀회 장소로 아파트를 제공해 주었다. 그러고는 노르웨이 측에 두 사람의 간통 사실을 알리겠다, 코즐로프를 시베리아로 추방하겠다고 협박하며 호비크에게 첩자가 될 것을 종용했다. 그녀는 8년 동안 최고 기밀 정보를 대량으로 넘겨주었으며, 오슬로로 돌아와 외무부 청사에서 일하게 된 뒤에도 그 일을 계속했다. 나토의 북쪽 옆구리에 해당하는 노르웨이는 북극 지역에서 소련과 190여 킬로미터에 이르는 국경을 맞대고 있어서, KGB는 이 나라를 〈북쪽으로 가는 열쇠〉로 여겼다. 이 나라는 얼음처럼 사나운 냉전의 현장이었다. 암호명 그레타로 활동하는 동안 호비크는 여덟 명의 KGB 담당관을 적어도 270회 만났다. 모스크바에서 오는 돈과 코즐로프(가 아니라 그녀의 애인인 척하는 KGB 요원)의 메시지도 계속 받았다. 사랑으로 인해 상심한 상태에서 협박을 받아 KGB에 협조하게 된 이 귀 얇은 노처녀는 심지어 공산주의자도 아니었다.

아르네 트레홀트는 호비크와 달리 시선을 끄는 매력적인 사람이었다. 노르웨이에서 인기가 높은 장관의 아들이자 유명한 기자이며 노르웨이에서 강력한 힘을 발휘하는 노동당의 당원이었던 그는 자신의 좌파적 의견을 거침없이 밝히는 화려한 미남이었다. 그는 빠르게 출세했을 뿐만 아니라, 노르웨이의 인기 방송인인 카리 스토레크레와 결혼해 더욱더 이름을 알렸다. 『뉴욕 타임스』는 그를 〈노르웨이 정계의 황금 청년 중 한 명〉이라고 묘사했다. 어떤 사람들은 그가 나중에 총리가 될지도 모른다고 생각하기도 했다.

그러나 1967년 트레홀트가 베트남 전쟁을 신랄하게 반대하면서 KGB가 그에게 주의를 기울이게 되었다. 소련 대사관의 영사 업무 담당 직원으로 위장한 정보 요원 예브게니 벨랴예프가 그에게 접근했다. 트레홀트가 나중에 경찰에서 밝힌 바에 따르면(나중에 이 진술을 철회했다), 오슬로에서 한 방탕한 파티에 참석한 뒤 〈성적인 협박〉 때문에 포섭되었다고 한다. 벨랴예프는 정보의 대가로 현금을 받으라고 트레홀트에게 권유했으며, 1971년 헬싱키의 코크 도르 식당에서 오슬로의 신임 KGB 레지덴트인 겐나디 표도로비치 티토프에게 그를 소개했다. 티토프는 가차 없는 성격 때문에 〈악어〉라는 별명으로 불렸으나, 크고 둥근 안경과 어기적거리는 걸음걸이 때문에 악어보다는 특별히 못된 올빼미와 더 비슷해 보였다. 〈제1주요부에서 가장 뛰어난 아부꾼이라는 평판〉이 그를 따라다녔다. 그리고 트레홀트는 아부를 좋아하는 사람이었다. 공짜 점심도 좋아했다. 그 뒤로 10년 동안 그와 티토프는 KGB의 돈으로 59회 식사를 함께했다. 〈우리는 화려한 점심을 먹으면서 노르웨이 정치와 국제 정치를 논했다.〉 트레홀트는 많은 세월이 흐른 뒤 이렇게 회상했다.

노르웨이는 고르디옙스키의 활동 영역이 아니었지만, KGB는 스칸디나비아 국가들을 하나로 뭉뚱그려서 생각했으므로 각국의 지부들은 서로의 활동에 대해 어느 정도 알고 있었다. 1974년 바딤 체르니라는 KGB 요원이 덴마크에 새로 파견되었다. 모스크바에서 제1주요부 스칸디나비아-영국과에서 근무하던 사람이었다. 체르니는 요원으로서 실력이 그리 뛰어나지 않았고, 상습적인 떠버리였다. 어느 날 그는 KGB가 노르웨이 외무부 내에서 그레타라는 여성 간첩을 관리하고 있다는 말을 실수로 흘렸다. 몇 주 뒤에는 KGB가 노르웨이 정부 내에서 〈훨씬 더 중요한〉 간첩, 〈기자 경력이 있는 인물〉을 포섭했다는 말도 입에 담았다.

고르디옙스키는 이 정보를 호킨스에게 넘겼고, 호킨스는 MI6와 PET에 보고했다.

대단한 가치를 지닌 이 두 건의 정보가 노르웨이 방첩부에 전달되었다. 이 정보를 넘긴 정보원의 신분은 철저히 감춰졌다. 노르웨이 측에는 누가 어디서 이 정보를 알렸는지 밝히지 않고, 그냥 믿을 만한 정보라고만 말해 주었다. 〈이것은 올레크가 일을 하다가 알 수 있는 정보가 아니라 우연히 접한 정보였다. 따라서 우리는 이 정보의 흔적이 그에게 직접적으로 연결되는 일은 없을 것이라는 결론을 내렸다.〉 노르웨이 정부는 감사의 뜻을 표하고, 철저한 경계 태세에 들어갔다. 외무부의 얌전한 고참 사무원 군보르 호비크는 이미 의심의 대상이었다. 고르디옙스키의 정보는 그들의 의심을 결정적으로 확인해 주었다. 젊은 유명 인사 아르네 트레홀트 역시 KGB 스파이로 알려진 인물과 동행한 모습이 포착된 뒤 감시망에 올라 있었다. 두 사람에게 면밀한 감시가 붙었다.

이 노르웨이 사례는 고르디옙스키 같은 첩자를 관리할 때의 핵심적인 과제이자 일반적인 첩보 활동의 난제를 잘 보여 주었다. 정보원에게 피해가 가지 않게 고급 정보를 이용하는 방법에 대한 고민을 말한다. 적진 깊숙한 곳에서 활동하는 간첩이 우리 진영의 간첩들 정체를 밝혀 줄 수는 있지만, 만약 우리가 그 간첩들을 모두 체포해서 무력화하면 적이 자기편에 간첩이 있음을 알아차릴 수 있다. 그러면 그 간첩이 위험해진다. 영국 정보기관은 어떻게 해야 고르디옙스키의 정보를 그에게 피해가 가지 않게 이용할 수 있을까?

MI6는 처음부터 멀리 내다보았다. 고르디옙스키는 아직 젊었다. 그가 제공하는 정보는 이미 훌륭했지만, 세월이 흐르면서 그의 지위가 높아진다면 정보의 질 또한 계속 높아질 수밖에 없었다. 너무 급하게 서두르거나 정보를 독촉한다면 오히려 일이 어그러지고 고르디옙스키 또한 위험해질 수 있었다. 안전이 무엇보다 중요했다. 필비의 재앙 같은 사례는 내부의 배신이 얼마나 위험한지를 영국에 가르쳐 주었다. MI6 내부에서 이 비밀 작전에 주입된 소수의 직원들에게는 꼭 필요한 정보만 전달되었다. PET 내에는 고르디옙스키의 존재를 아는 사람이 훨씬 더 적었다. 그가 제공하는 정보는 필요할 때만 간간이 동맹에 전달되었으며, 그나마도 원래 정보원을 가리기 위해 중간에 다른 사람을 내세웠다. 고르디옙스키는 비밀 정보를 한 움큼씩 대량으로 넘겼지만, MI6는 어디에도 그의 지문이 남지 않게 주의했다.

CIA는 선빔과 관련된 정보를 받지 못했다. 영국과 미국의 이른바 특별한 관계는 첩보 영역에서 특히 따스했으나, 양국 모두 〈반드시 필요한 정보만 전달한다〉는 원칙을 적용했다. 영국이 KGB 내부 깊숙한 곳에 중요한 스파이를 확보했다는 사실을 CIA가 반드시 알 필요는 없었다.

정보기관들은 직원이 한곳에 무한정 오래 머무르는 것을 좋아하지 않는다. 그들이 자칫 너무 편안해질 수 있기 때문이다. 같은 맥락에서 정보원을 관리하는 사람들도 자주 교체된다. 그들이 객관성을 잃어버리거나, 어느 한 정보원과 지나치게 가까워지는 것을 막기 위해서다.

이 원칙에 따라 코펜하겐의 KGB 레지덴트 모길렙치크가 떠나고 고르디옙스키의 옛 친구 미하일 류비모프가 새로 부임했다. 스카치위스키와 트위드 양복, 그리고 영국을 좋아하고 성격이 좋은 그와 고르디옙스키는 재회하자마자 다시 우정을 다지기 시작했다. 류비모프는 두 번째 아내와 살고 있었다. 첫 번째 결혼에 실패한 것이 KGB에서 그의 경력에 약간의 문제가 되기는 했지만, 지금은 다시 상승세를 타는 중이었다. 고르디옙스키는 세상을 비스듬하게 바라보고 속세에 밝은 이 〈다정하고 편안한 친구〉에게 감탄했다. 두 사람은 저녁에 오랜 시간을 함께 보내며 술도 마시고, 문학과 미술과 음악과 첩보 세계에 대한 이야기도 나눴다.

류비모프는 친구이자 피후견인인 고르디옙스키가 앞으로 크게 될 것이라고 보았다. 윗사람들은 고르디옙스키를 〈유능하고 박식하다〉고 생각했으며, 고르디옙스키의 일솜씨도 좋았다. 〈올레크의 행동에는 흠잡을 데가 없었다.〉 류비모프는 이렇게 썼다. 〈내부 경쟁에 일절 관여하지 않았고, 내가 무엇을 요구하든 항상 수행할 준비가 되어 있었으며, 진정한 공산주의자답게 겸손하고, 승진을 위해 몸부림치지 않았다. (……) 대사관 직원 중 일부는 그를 좋아하지 않았다. 그들은 그가 《오만》하고 《너무 영리하다》고 말했다. 하지만 나는 이것을 나쁜 점으로 보지 않았다. 사람들 대부분은 자신이 영리하다고 생각하지 않나?〉 류비모프는 나중에 과거를 되돌아보면서 비로소 확실한 징조들이 있었음을 떠올렸다. 고르디옙스키는 예전과 달리 외교적인 파티에 잘 나가지 않았고, 류비모프를 제외하면 KGB 요원들과 거의 어울리지 않았다. 반체제 문학에도 몰두했다. 〈그의 집에는 우리 나라에서 금지된 일부 작가들의 책이 있었다. 상급자로서 나는 그에게 그 책들을 눈에 안 보이는 곳에 치워 두라고 조언했다.〉 두 사람은 부부 동반으로 식사할 때가 많았는데, 그런 자리에서 고르디옙스키는 농담을 던지고, 다소 과하게 술을 마시면서 행복한 결혼 생활을 하는 척 과시하곤 했다. 어느 날 옐레나가 한 말이 류비모프의 기억에 남았다. 「그 사람은 전혀 외향적이지 않아요. 그 사람이 당신을 진심으로 대한다고 생각하지 마세요.」류비모프는 고르디엡스키 부부의 결혼 생활이 심각한 상태임을 알고 있었기 때문에 이 말에 주의를 기울이지 않았다.

1977년 1월 어느 날 저녁, 고르디엡스키가 여느 때처럼 안가에 도착했을 때 필립 호킨스가 안경을 쓴 청년과 함께 기다리고 있었다. 그는 그 청년의 이름이 닉 베너블스라고 소개하면서, 자신은 곧 다른 곳으로 발령될 테니 이 청년이 자신의 후임이 될 것이라고 설명했다.

이 새로운 담당관이 바로 제프리 거스콧이었다. 7년 전 카플란의 파일을 읽고 고르디엡스키를 잠재적인 포섭 대상으로 점찍은 그 야심가. 거스콧은 그동안 호킨스의 사무를 처리해 주었기 때문에 고르디엡스키 작전에 대해 속속들이 알고 있었다. 하지만 불안하기도 했다. 〈내가 이 일에 대해 아는 것은 많지만 나이가 너무 젊은 것이 마음에 걸렸다. MI6는 해낼 수 있을 것이라고 말했으나, 나는 장담할 수 없었다.〉

고르디엡스키와 거스콧은 보자마자 서로에게 호감을 느꼈다. 거스콧은 러시아어를 유창하게 구사했으며, 두 사람은 처음부터 친한 사이처럼 서로를 대했다. 둘 다 장거리 달리기를 즐긴다는 공통점도 있었다. 하지만 그보다 중요한 것은, 호킨스와 달리 거스콧이 올레크를 정보원으로만 보지 않고 인간으로서 더 존중해 주는 듯하다는 점이었다. 〈모든 면에서 기운을 북돋워 주고, 항상 유쾌하고, 실수를 할 때마다 항상 진심으로 사과했다.〉 고르디엡스키와 죽이 잘 맞는 거스콧이 이제 철저히 비밀 속에 감춰진 이 작전에만 전념하고 있었다. MI6 내부에서 그의 임무에 대해 아는 사람은 그의 사무원과 직속 상사 몇 명뿐이었다. 선빔 작전의 기어가 한 단계 높아졌다.

MI6는 소형 카메라를 주겠다고 제안했다. 고르디옙스키가 그것으로 레지덴투라 내부에서 문서들을 찍어 현상하지 않은 필름을 넘겨주면 어떻겠느냐고. 고르디옙스키는 거절했다. 들킬 위험이 너무 컸다. 〈반쯤 열린 문으로 누가 언뜻 보기만 해도 모든 것이 끝장이었다.〉 영국산 소형 카메라를 소지하고 있다는 사실은 범죄를 증명하는 최고의 증거였다. 게다가 KGB 지부에서 문서를 몰래 빼내 올 다른 방법이 있었다.

모스크바에서는 둘둘 말린 마이크로필름 형태로 메시지와 지시를 보냈다. 소련 외교 행낭으로 이 마이크로필름이 도착하면, 레지덴트 또는 암호 담당 직원(이쪽이 더 자주 이 일을 맡았다)이 필름을 잘라 관련 부서들, 즉 여러 〈라인〉에 나눠 주었다. 불법 스파이 담당은 라인 N, 정치는 PR 라인, 방첩은 KR 라인, 기술은 라인 X 등이었다. 각각의 필름에는 편지, 메모 등 여러 문서가 10여 건쯤 들어 있었다. 만약 고르디옙스키가 점심시간에 이 마이크로필름을 대사관 밖으로 몰래 가지고 나올 수 있다면, 거스콧이 그것을 받아 복사한 뒤 고르디옙스키에게 다시 돌려주는 데 30분도 걸리지 않을 터였다.

거스콧은 MI6 기술부에 요청을 전달했다. 기술부가 위치한 버킹엄셔의 시골 저택 핸슬로프 파크는 나무가 무성한 정원과 철조망과 경비 초소에 에워싸여 있었다. 핸슬로프는 영국 정보기관의 출장소 중에서 가장 비밀스럽고 경비가 가장 삼엄한 곳 중 하나였다(지금도 그렇다). 전쟁 중에 핸슬로프의 연구원들은 보안 무전기, 보안 잉크, 마늘 맛 초콜릿 등 스파이들을 위한 기상천외의 기술 제품들을 만들어 냈다. 특히 마늘 맛 초콜릿은 나치에 점령당한 프랑스에 낙

하산을 타고 침투하는 스파이들의 입에서 프랑스인과 똑같은 냄새가 나게 하려고 만든 물건이었다. 제임스 본드 시리즈의 기술 천재인 Q가 실존 인물이라면 핸슬로프 파크에서 일했을 것이다.

거스콧의 요청은 간단하면서도 어려웠다. 그는 마이크로필름을 비밀리에 신속하게 복사할 수 있고, 크기가 작은 휴대용 장비가 필요하다고 말했다.

상크트 안네 광장은 왕궁에서 멀지 않은 코펜하겐 중심부에 위치한 길쭉한 광장으로 양편에 나무가 늘어서 있었다. 특히 날씨가 좋은 날이면 점심시간에 사람들이 북적거렸다. 1977년 어느 봄날, 정장 차림의 건장한 남자가 공원 한쪽 끝의 공중전화 부스로 들어갔다. 그가 다이얼을 돌리는 동안 배낭을 멘 관광객이 걸음을 멈추고 길을 묻더니 다시 걸어갔다. 그 순간 고르디옙스키는 마이크로필름 한 롤을 거스콧의 재킷 주머니에 슬쩍 넣었다. 예른 브룬은 PET 감시자가 없을 것이라고 분명히 말했다. 근처 벤치에서는 MI6 지부의 하급 직원 한 명이 빈둥거리고 있었다.

거스콧은 인근의 PET 안가로 달려가 2층 침실에 틀어박혀 문을 걸어 잠근 뒤 배낭에서 비단 장갑 한 켤레와 작고 납작한 상자를 꺼냈다. 길이는 15센티미터, 폭은 7.5센티미터로 대략 수첩만 한 크기의 상자였다. 그는 커튼을 치고, 불을 끄고, 둘둘 말린 마이크로필름을 풀어 작은 상자 한쪽 끝에 끼운 다음 반대편으로 통과시켰다.

〈어둠 속에서 손을 놀려야 하니 확실히 손바닥에 땀이 나는 작업이었다. 만약 내가 시간 안에 일을 해내지 못한다면 중간에 그만둬야 한다는 것을 처음부터 숙지하고 있었다. 작업 중에 마이크로필름이 상하기라도 하면 진짜 큰일이었다.〉

처음 스치듯 필름을 주고받은 지 정확히 35분 뒤에 두 사람은 공원의 반대편 끝에서 한 번 더 필름을 주고받았다. 고도의 훈련을 받은 감시 요원 외에는 누구도 알아차리지 못한 채, 필름이 다시 고르디옙스키의 주머니로 돌아왔다.

KGB 레지덴투라에서 MI6의 손으로 흘러가는 문서가 점점 격류 수준으로 늘어났다. 처음에는 모스크바 중앙이 고르디옙스키에게 보낸 PR 라인 지시 사항만 MI6에 전달되었지만, 점차 다른 요원들 앞으로 온 마이크로필름으로 범위가 확대되었다. 요원들은 점심시간에 필름을 가방 안이나 책상 위에 그냥 두고 나갈 때가 많았다.

보상은 엄청났지만, 위험도 그만큼 컸다. 고르디옙스키는 훔친 문서를 한 번 주고받을 때마다 목숨이 오간다는 사실을 알고 있었다. 다른 KGB 요원이 점심을 먹으러 나갔다가 갑자기 돌아와서 자신의 마이크로필름이 사라진 것을 알게 된다면? 또는 고르디옙스키가 원래 자기 것이 아닌 필름을 훔치다가 들킨다면? 대사관 밖에서 마이크로필름을 소지하고 있다가 발각되어도 그는 죽은 목숨이었다. 거스콧은 대수롭지 않다는 듯이, 접선할 때마다 〈아주 긴장이 넘쳤다〉고 말했다.

고르디옙스키는 겁에 질렸으면서도 단호했다. 한 번씩 접선할 때마다 그는 작전에 성공한 도박꾼처럼 황홀해하면서도 행운이 앞으로도 계속될지 걱정했다. 지독하게 추운 날에도 접선을 끝내고 레지덴투라로 돌아올 때면 그는 공포와 흥분으로 땀을 줄줄 흘리며 떨리는 손을 동료들이 알아차리지 못하기를 바랐다. 접선 장소는 일부러 불규칙하게 정해졌다. 공원, 병원, 호텔 화장실, 역. 거스콧은 접선 장소 근처에 차를 세워 두었다. 차 안에서 빛을 막아 주는 천 가방을 이용해 필름을 복사해야 하는 경우를 대비한 조치였다.

모든 주의를 기울였지만 언제 무슨 사고가 일어날지는 알 수 없었다. 한번은 거스콧이 도시 북쪽의 기차역을 접선 장소로 정했다. 그는 역 안의 카페 창가에 앉아 커피를 마시며 고르디엡스키가 나타나 근처 공중전화 부스 안의 선반 아래에 마이크로필름을 두고 가기를 기다렸다. 고르디엡스키는 예정대로 나타나 필름을 두고 사라졌다. 하지만 거스콧이 공중전화 부스에 다다르기 전에 어떤 남자가 그 안으로 들어가 전화를 걸었다. 긴 통화였다. 째깍째깍 시간이 흐르는데 그 남자는 아무것도 모르고 동전을 계속 전화기에 집어넣으며 수다를 떨었다. 필름을 가져와 복사하고 다른 장소에서 다시 접선해 돌려주는 일을 30분 안에 모두 마쳐야 하는데, 그 시간이 빠르게 사라지고 있었다. 거스콧은 공중전화 부스 밖에서 어슬렁거리며 불안한 얼굴을 감추지 않고 발을 동동 굴렀다. 통화 중인 남자는 그를 무시했다. 거스콧이 막 안으로 쳐들어가 필름을 들고 나와야겠다고 생각한 순간 남자가 마침내 전화를 끊었다. 거스콧이 두 번째 접선 장소에 도착했을 때 30분 중 남은 시간은 1분도 채 되지 않았다.

류비모프의 부관이자 절친한 친구인 고르디엡스키는 많은 마이크로필름에 접근할 수 있었으므로 〈테이프 양이 꽃처럼 피어났다〉. 수십 건, 나중에는 수백 건의 문서가 필름에서 추출되고 복사되었다. 암호명, 작전, 지령 등이 상세하게 적혀 있는 문서들이었다. 심지어 덴마크에서 소련이 어떤 외교 전략을 펴고 있는지 고스란히 보여 주는, 소련 대사관이 편집한 150페이지 분량의 기밀문서도 통째로 들어 있었다. MI6는 이 정보들을 조심스레 런던으로 보내서 위장한 뒤 찔끔찔끔 나눠 주었다. 국가 안보와 관련된 정보는 MI5로, 아주 중요한 정보는 외무부로. 영국의 동맹국 중에서는 덴마크만이 선빔 파일에서 직접 정보를 받았다. 데이비드 오언 외무 장관과 제임스 캘러헌 총리에게도 일부 정보(특히 북극 지역의 소련 첩보 활동과 관련된 것)를 보여 주었다. 정보의 출처는 누구에게도 밝히지 않았다.

거스콧은 전보다 자주 덴마크로 날아가 더 오래 머무르며, 한 번에 사흘씩 발레룹의 안가에 있었다. 그와 고르디옙스키는 금요일 점심시간에 마이크로필름 교환 접선을 하고, 토요일 저녁과 그다음 날 오전에 안가에서 만났다. 레일라와의 밀회, 거스콧과의 비밀 만남 때문에 고르디옙스키는 집을 비우는 시간이 점점 더 길어졌다. 옐레나에게는 그녀와 아무런 상관이 없는 KGB의 비밀 업무 때문에 바쁘다고 말해 두었다. 그녀가 그의 말을 믿었는지는 확실하지 않다.

고르디옙스키가 협조 조건으로 내걸었던 사항들은 점차 희석되다가 아예 증발해 버렸다. 그는 자신의 말이 녹음되고 있다는 사실을 알았다. KGB 요원들의 이름을 밝히지 않겠다던 원칙도 버리고, 모든 요원, 모든 불법 스파이, 모든 정보원의 신원을 알려 주었다. 나중에는 돈도 받기로 했다. 거스콧은 영국이 감사의 뜻으로 만일의 경우를 대비해서 런던의 은행에 〈때때로〉 돈을 예치할 것이라고 그에게 말했다. 그 돈은 또한 말로 표현하지는 않았지만 고르디옙스키가 결국 영국으로 망명하게 될 것이라는 의미이기도 했다. 어쩌면 그는 이렇게 번 돈을 평생 쓰지 못할지도 모르지만 상대의 호의를 인정하고 돈을 받았다.

고르디옙스키는 돈보다 더 귀한 인물인 만큼, 그 사실을 보여 줄 수 있는 대단히 상징적인 방법이 있었다. MI6 최고 책임자가 직접 감사의 편지를 보내는 것.

영국의 스파이 중 최고위직에 앉아 있는 모리스 올드필드는 초록색 잉크로 〈C〉라고 서명했다. MI6의 설립자인 맨스필드 커밍이 해군의 습관을 가져와서 처음 채택한 서명 방식이었다. 해군의 선장들은 초록색 잉크로 글을 쓴다. MI6의 역대 최고 책임자들은 모두 이 전통을 따랐다. 거스콧은 올드필드가 고르디옙스키에게 보내는 감사와 축하의 영어 편지를 두꺼운 크림색 종이에 타자로 쳤다. 그리고 올드필드가 거기에 초록색 잉크로 화려하게 서명을 남겼다. 거스콧은 그것을 러시아어로 번역한 뒤, 고르디옙스키를 만났을 때 원본과 번역본을 모두 보여 주었다. 고르디옙스키는 얼굴이 환해져서 그 칭찬의 말을 읽었다. 거스콧은 헤어질 때 다시 그 편지를 가져갔다. 영국의 최고 스파이가 초록색 잉크로 서명한 개인 서신은 고르디옙스키가 기념품으로 간직할 수 있는 물건이 아니었다. 〈그것은 우리가 그를 허투루 생각하지 않는다는 사실을 공식적으로 보여 주고, 개인적인 유대감을 확립하고, 그가 우리 조직 자체를 상대하고 있음을 보여 주는 도구였다. 이 모든 것이 그를 안정시켜 작전이 더욱 성숙해졌다.〉 다음 만남에서 고르디옙스키는 올드필드에게 보내는 답장을 내놓았다. 선빔과 C가 주고받은 서신들은 성공적인 첩보 활동의 토대가 되는 개인적인 유대의 증거로서 지금도 MI6 문서고에 보관되어 있다.

고르디옙스키의 편지는 일종의 신앙 고백이었다.

제가 무책임이나 성격적 불안정성 때문에 이러한 결정을 내린 것이 아님을 강력히 말씀드립니다. 결정에 앞서 오랜 정신적 고민과 감정적 고통을 겪었으며, 제 조국에서 일어나는 일들에 대한 더욱더 깊은 실망감과 저 자신의 경험으로 민주주의와 거기에 수반되는 인류의 관용이 제 조국이 나아가야 할 유일한 길이라는 믿음에 이르렀습니다. 제 조국은 뭐니 뭐니 해도 유럽에 속한 나라입니다. 현 정권은 서구인들이 결코 온전히 이해할 수 없을 만큼 심한 민주주의의 안티테제입니다. 이것을 깨달은 사람은 반드시 용기를 내서, 노예제가 자유의 영역으로 더 파고 들어가지 못하게 행동에 나서야 합니다.

군보르 호비크는 KGB 담당관인 알렉산드르 프린치팔로프와 1977년 1월 27일 저녁에 만나기로 약속을 잡았다. 그녀가 약속 장소인 오슬로 근교의 어두운 골목에 도착하자 프린치팔로프가 기다리고 있었다. 하지만 노르웨이 방첩부 요원 세 명 또한 기다리고 있다가 두 사람을 덮쳤다. 프린치팔로프는 〈격렬한 몸싸움〉 끝에 결국 제압되었고, 그의 주머니에서 약 2천 크로네가 발견되었다. 그레타에게 줄 돈이었다. 호비크는 저항하지 않았다. 처음에 그녀는 소련인인 코즐로프와 사랑하는 사이라는 사실만 인정했으나, 결국 무너졌다. 「이제 어떻게 된 건지 말씀드리죠. 나는 거의 30년 동안 소련 간첩이었어요.」 그녀는 간첩과 반역 혐의로 기소되었으나, 6개월 뒤 갑작스러운 심장 발작으로 세상을 떠났다. 재판이 시작되기 전이었다.

이 사건의 외교적 여파로 KGB 레지덴트인 겐나디 티토프가 오슬로에서 추방되었다. 그리고 노르웨이에서 중요한 간첩이 체포되었다는 소식이 덴마크의 KGB 지부에도 신속히 전달되어, 요원들은 이런저런 추측을 분분히 내놓았다. 그들 중 한 명은 특히 두려움이 자신을 〈차갑게 찌르는〉 것을 느꼈다. 고르디옙스키는 자신이 준 정보가 호비크의 체포로 곧장 이어졌을 것이라고 짐작했다. 이제는 그 일과 관련된 사람들이 모두 면담 대상이 될 터였다. 만약 수다쟁이 체르니가 몇 달 전 아무 생각 없이 고르디엡스키와 그레타에 관한 대화를 나눈 사실을 기억해 내고 용감하게 상부에 보고한다면, KGB의 내부 첩자 사냥꾼들이 추적을 시작할 가능성이 있었다. 몇 주가 지나도 아무 일이 생기지 않자 고르디엡스키는 서서히 긴장을 풀었지만, 그 사건으로 정신이 번쩍 든 것은 확실했다. 그가 넘긴 정보에 서방이 너무 노골적으로 행동에 나선다면, 그것이 그의 파멸로 이어질 수 있었다.

옐레나 고르디엡스키도 바보가 아니었다. 그녀는 남편이 뭔가를 꾸미고 있음을 알아차렸다. 그가 하룻밤 외박을 하거나 주말을 아예 다른 곳에서 보내고 오는 일이 늘어났지만, 그는 무뚝뚝하기 짝이 없는 설명만 내놓을 뿐이었다. 옐레나는 남편이 틀림없이 바람을 피운다고 확신했다. 그래서 화를 내며 비난하자 그는 그런 것이 아니라고 말했지만 별로 설득력이 없었다. 둘 사이에 〈불쾌하고 소란스러운 일〉이 연달아 벌어졌다. 소리가 커서 이웃에 사는 KGB 가족들의 귀에도 틀림없이 들릴 것 같았다. 두 사람은 분노에 차서 아예 입을 닫아 버리는 편을 택했다. 두 사람의 관계는 거의 죽은 거나 마찬가지였지만, 두 사람 모두 덫에 갇힌 꼴이었다. 고르디엡스키처럼 옐레나도 추문 때문에 KGB 내에서 경력에 흠집이 생기는 것을 원하지 않았다. 또한 덴마크에 계속 머물고 싶은 생각도 있었다. 만약 두 사람이 헤어진다면 둘 다 곧바로 다음 모스크바행 비행기에 올라야 할 터였다. 두 사람은 KGB의 규칙에 순응하기 위해 결혼했으니, 역시 KGB 규칙에 따라 하다못해 명목상의 결혼 생활만이라도 유지해야 했다. 하지만 두 사람의 결혼 생활은 이미 캄캄했다.

어느 날 거스콧이 고르디엡스키에게 〈과도한 스트레스〉를 받고 있느냐고 물었다. 덴마크의 도청 장치에 두 사람의 집에서 벌어진 소란과 그릇 깨지는 소리가 잡혔고, 그 사실이 MI6에도 보고되었음이 분명했다. 고르디옙스키는 결혼 생활은 파탄이 난 지경인지 몰라도 자신은 그렇지 않다고 거스콧을 안심시켰다. 그래도 거스콧의 질문은 그가 이제는 친구가 된 사람들에게조차 계속 감시당하고 있다는 사실을 다시 한번 일깨워 주었다.

레일라는 그가 마음을 달랠 수 있는 안식처였다. 무너져 가는 결혼 생활에서는 싫은 것도 우울하게 받아들여야 하기 때문에, 레일라와 함께 보내는 친밀한 시간이 더욱더 달콤했다. 호텔 방을 전전하며 잠깐 만나고 서둘러 헤어져야 하는 상황도 한몫했다. 〈우리는 내가 몸을 뺄 수 있게 되자마자 결혼하기로 계획을 세웠다.〉 고르디옙스키는 이렇게 썼다. 옐레나는 매사에 서투르고 화만 내는 반면, 짙은 색 머리칼의 나긋나긋한 레일라는 부드럽고, 상냥하고, 재미있었다. 그녀는 KGB 가정에서 태어나 자랐다. 아버지 알리는 아제르바이잔 북서부에 있는 고향 샤키에서 20대 초반에 KGB의 일원이 되었다. 모스크바의 어느 가난한 가정에서 일곱 남매 중 한 명으로 태어난 어머니도 역시 KGB 직원으로 전쟁 직후 모스크바에서 훈련받던 중 미래의 남편을 만났다. 그런데도 레일라는 옐레나와 달리 고르디옙스키를 감시하고 평가하는 것처럼 느껴진 적이 전혀 없었다. 그녀의 순진함이야말로 그의 복잡한 현실을 잊게 해주는 해독제였다. 그는 어느 누구도 그녀만큼 사랑한 적이 없었다. 하지만 그는 MI6와도 곡절 많은 비밀 관계를 계속 맺고 있었다. 감정적 욕망과 첩보 활동이 정면으로 충돌했다. 이혼하고 재혼한다면 그의 KGB 경력에 흠이 생길 뿐만 아니라 MI6를 위해 더 가치 있는 정보를 얻을 수 있는 기회도 줄어들 것이다. 사랑은 벌거벗은 진실을 쏟아 내고 열정 속에서 영혼을 있는 그대로 드러내면서부터 시작될 때가 많다. 젊고 사람을 잘 믿는 레일라는 잘생기고 배려 깊은 연인을 전적으로 믿었다. 〈내가 옐레나에게서 그를 훔쳤다는 생각은 한 번도 하지 않았다. 그들의 결혼 생활은 이미 끝난 상태였다. 나는 그를 우상처럼 숭배했다. 그를 우러러보았다. 그는 완벽했다.〉 하지만 그가 그녀에게만 온전히 집중한 적이 한 번도 없다는 사실을 그녀는 몰랐다. 〈내 존재와 생각의 절반은 계속 비밀로 남아 있어야 했다.〉 그는 이중생활 때문에 정말로 마음과 마음이 만나는 결혼 생활은 불가능해질지도 모른다는 생각이 들었다. 〈내가 갈망하는 친밀하고 따스한 관계를 맺을 수 있을까?〉

결국 그는 세계 보건 기구에서 일하는 젊은 사무원과 사귀고 있으며, 그녀와 결혼하고 싶다는 말을 미하일 류비모프에게 털어놓았다. 그의 친구이자 상사인 류비모프는 그에게 공감하면서도 현실적이었다. 직접적인 경험으로 류비모프는 KGB의 청교도들에게 이 사실이 알려진다면 고르디옙스키의 장래가 불투명해질 것을 알았다. 류비모프 본인이 결혼 생활에 실패한 뒤 강등되어 여러 해 동안 무시당하지 않았던가. 〈올레크가 이혼한다면 뒷방에서 단조로운 일이나 하게 될 것이다.〉 그는 이렇게 썼다. 그래서 그는 상사들에게 말을 잘 해주겠다고 약속했다.

고르디옙스키와 류비모프는 한층 더 절친한 사이가 되었다. 1977년 여름, 두 사람은 덴마크 해안으로 함께 주말여행을 갔다. 어느 날 오후 바닷가에서 류비모프는 젊은 KGB 요원으로 런던에서 일하던 1960년대에 자신이 좌파의 다양한 인물들과 친분을 맺었다고 말했다. 그중에는 소련이 〈영향력 있는 간첩〉이 될 잠재력이 있다고 평가한 영국 노동당의 불같은 의원 마이클 풋도 포함되어 있었다. 소련은 그에게 소련에 우호적인 생각들을 불어넣으면, 그가 글과 연설을 통해 전파할 수 있을 것이라고 보았다. 하지만 고르디 옙스키에게 이 이름은 아무 의미도 없었다.

류비모프가 〈평생의 친구〉인지는 몰라도, 동시에 중요한 정보의 원천이기도 했다. 고르디옙스키는 그에게서 얻어 낸 모든 정보를 MI6에 넘겼다. 류비모프의 암호명인 코린 앞으로 직접 보낸 문서들도 거기에 포함되어 있었다. 그러니 그들의 관계는 우정인 동시에 배신이었다. 류비모프는 나중에 이렇게 회상했다. 〈올레크 고르디 옙스키는 나를 호루라기처럼 가지고 놀았다.〉

매번 만남이 끝나면 거스콧은 올드필드에게 직접 그 결과를 보고했다. 어느 날 보고 중에 그는 코펜하겐의 새 지부장이 류비모프에게 말을 걸었는데 두 사람의 관계가 아주 좋아 보인다고 말했다. 「언젠가는 선빔이 덴마크를 떠날 테니, 우리는 그를 대신할 사람을 찾아보아야 합니다. 류비모프보다 나은 사람이 있겠습니까? 영국을 아주 좋아하고, 이미 한번 우리와 관계를 맺은 적이 있으니까요. 마음에 드실 겁니다. 윗사람에게는 아첨하고 아랫사람에게는 교만하게 구는 성격이니 자기보다 높은 사람이 접근하면 좋은 반응을 보일지도 모릅니다.」 이렇게 해서 파격적인 계획이 태어났다. MI6의 수장인 모리스 올드필드가 코펜하겐으로 날아가 KGB 레지덴트를 직접 포섭해 보자는 계획. 그러나 방첩 책임자는 단연코 반대했다. C가 위험을 무릅쓰고 직접 작전에 나설 수는 없다는 것이었다. 게다가 만약 일이 잘못되면 고르디옙스키가 주목받을 수 있었다. 〈그 계획은 중지되었다, 다행히도.〉 한 정보 요원은 이렇게 말했다. 〈미친 계획이었다.〉

고르디옙스키는 이렇게 썼다. 〈이제는 내가 전체주의 정권을 위해 일하는 부정직한 사람이 아니라는 사실에 안도와 행복을 느꼈다.) 그러나 이렇게 정직을 추구하기 위해서는 감정적인 기만, 훌륭한 대의를 위한 사기극, 신성한 이중성이 필요했다. 그는 자기가 알아낸 모든 기밀을 MI6에 넘겨주면서 동료들, 상사들, 가족, 절친한 친구, 사이가 멀어진 아내, 새로 사귄 연인에게는 거짓말을 했다.

참조

호비크와 트레홀트의 사례는 『미트로킨 아카이브』에 묘사되어 있다. 코펜하겐 레지덴투라의 활동에 대해서는 류비모프의 『불한당 레지덴트의 기록』과 『내가 사랑하고 싫어한 스파이들』을 참고하라.

5
비닐봉지와 마스 초코바

워털루역에서 멀지 않은 램버스의 웨스트민스터 브리지 로드에 센추리 하우스가 있었다. 유리와 콘크리트로 지어진 크고 볼품없는 22층짜리 사무용 건물. 특징이라고는 전혀 없는 이 건물을 드나드는 사람들은 인근의 다른 회사원들과 전혀 다른 점이 없었다. 하지만 호기심 많은 관찰자라면 로비의 경비원이 다른 곳보다 더 근육질이고, 훨씬 더 엄중하게 경비를 서고 있다는 사실을 알아차렸을지도 모른다. 이상한 시각에 이 건물 밖에 전화 수리 승합차가 왜 저렇게 많이 서 있는지 모르겠다는 생각을 했을지도 모른다. 이곳 직원들의 근무 시간이 불규칙하다는 사실, 지하 주차장 앞에 차량의 진입을 막는 땅딸막한 전기 말뚝이 설치되어 있다는 사실을 알아차렸을지도 모른다. 그러나 이 호기심 많은 관찰자가 이런 사실들을 모두 알아차릴 만큼 한참 동안 그 건물 근처에 어른거렸다가는 체포되었을 것이다.

센추리 하우스는 MI6의 본부이며, 런던에서 가장 비밀스러운 건물이었다. 공식적으로는 존재하지 않는 건물. 그것은 MI6도 마찬가지였다. 일부러 한없이 평범하게 만든 건물이라, 처음 오는 사람들은 누가 주소를 잘못 가르쳐 준 게 아닌가 하고 헷갈리기 일쑤였다. 〈우리 국에 스카우트돼서 1~2주쯤 이곳에서 일한 뒤에야 비로소 사실을 깨닫는 사람들도 있었다.〉[1] 한 전직 요원은 이렇게 썼다. 일반인들은 아무런 특징이 없는 이 건물의 실체에 대해 여전히 전혀 몰랐다. 실체를 아는 소수의 공무원과 기자들은 침묵을 지켰다.

소련 블록과는 12층 전체를 사용했다. 한쪽 구석에 모여 있는 책상들은 모스크바의 MI6 지부와 연계해서 소련 작전과 간첩들을 관리하는 P5 팀의 자리였다. 이 P5에서도 고르디옙스키를 아는 사람은 세 명뿐이었다. 그 셋 중에 베로니카 프라이스가 있었다.

1978년에 프라이스는 마흔여덟 살이고 미혼이었다. MI6에 헌신적인 그녀는 헛소리를 절대 용납하지 않는, 특히 남자들의 헛소리를 결코 참아 주지 않는, 팔팔하고 실용적이며 전형적인 영국 여성이었다. 제1차 세계 대전에서 심한 상처를 입은(〈평생 동안 아버지의 몸에서 파편 조각들이 떨어져 나왔다〉) 변호사의 딸로 어려서부터 강하고 엄격한 애국심을 배웠으나, 전직 배우인 어머니에게서 물려받은 연극적인 재능도 갖고 있었다. 〈나는 변호사가 되고 싶지 않았다. 여행을 하고 싶었다.〉 속기 실력이 부족해서 외무부에 들어가지 못한 그녀는 MI6의 사무원이 되어 폴란드, 요르단, 이라크, 멕시코에서 근무했다. 베로니카 프라이스에게 타이핑과 서류 정리를 훨씬 뛰어넘는 재능이 있다는 사실을 MI6가 알아차리는 데에는 거의 20년이 걸렸다. 1972년 그녀는 영국 정보기관 최초의 여성 요원 중 한 명이 되기 위한 시험을 치렀다. 5년 뒤에는 P5 팀의 차석 요원으로 발령받아 매일 홈 카운티스에서 센추리 하우스로 출근했다.

1 Anthony Cavendish, *Inside Intelligence* (London: Bloomsbury Publishing, 1987).

그녀는 아버지와 사별한 어머니, 자매인 제인, 고양이 여러 마리, 그동안 수집한 대량의 도자기와 함께 살고 있었다. 프라이스는 무슨 일이든 제대로 해야 한다고 강조했다. 그녀는 대단히 현명했으며, 한 동료의 표현에 따르면 〈항상 하나의 목적에만 매진했다〉. 그녀는 문제를 해결하는 것을 좋아했다. 1978년 봄, 베로니카 프라이스는 고르디옙스키 작전에 주입되었다. MI6가 한 번도 접해 보지 못한 문제, 즉 소련에서 스파이를 몰래 빼내는 문제를 붙잡고 그녀가 씨름하게 된 경위가 이러했다.

몇 주 전 고르디옙스키는 피곤한 모습으로 안가에 도착했다. 뭔가 다른 생각에 몰두하고 있는 것 같았다.

「닉, 내 안전에 대해 생각해 봐야겠어요. 처음 3년 동안은 그런 생각을 하지 않았지만, 곧 모스크바로 돌아가게 될 겁니다. 혹시 내가 의심받게 될 경우를 대비해서, 소련 탈출 계획을 짜줄 수 있습니까? 내가 돌아갔다가 다시 나올 방법이 있을까요?」

불안한 소문이 돌아다니고 있었다. KGB 내부에 첩자가 있다고 모스크바 중앙이 의심한다는 소문. 그 내용 중에 정보가 새는 곳이 덴마크라는 얘기도, 심지어 스칸디나비아라는 얘기도 없었지만, 내부 감찰이 시작될 것이라는 암시만으로도 두려움에 몸이 떨리기에 충분했다. 만약 MI6에 첩자가 침투해 있다면? 필비 같은 사람이 또 영국 정보기관 내에 숨어서 고르디옙스키의 정체를 노출시키려 하는 건가? 그가 또 해외로 발령받을 것이라는 보장은 전혀 없었다. 특히 이혼한다면, 소련 내에 영원히 갇히게 될지도 몰랐다. 고르디옙스키는 필요하다면 탈출할 가망이 있는지 알고 싶다고 말했다.

그를 덴마크에서 빼내는 것은 어린애 장난처럼 쉬운 일이었다. 그가 긴급 연락처로 전화한 뒤 안가에서 하룻밤을 보내는 동안 가짜 여권과 런던행 비행기표만 준비하면 되니까. 하지만 KGB에 그의 정체가 발각되었을 때 모스크바에서 그를 탈출시키는 것은 아주 다른 얘기였다. 십중팔구 불가능한 일이기도 했다.

거스콧은 정신이 번쩍 드는 대답을 했다. 「우리는 아무것도 약속할 수 없어요. 당신이 탈출할 수 있을 거라고 100퍼센트 보장할 수 없습니다.」

고르디옙스키도 성공 가능성이 아주 낮다는 사실을 알고 있었다. 「물론 그렇겠죠. 그건 분명합니다. 그냥 확률만 말해 주세요. 만약의 경우를 위해서.」

소련은 사실상 거대한 교도소였다. 경비가 삼엄한 국경선 안에 2억 8천만 명이 넘는 국민이 갇혀 있고, 100만 명이 넘는 KGB 요원들과 정보원들은 간수였다. 국민들은 항상 감시받았으며, 특히 KGB는 소련 사회의 어떤 부문, 어떤 기관보다도 면밀한 감시의 대상이었다. KGB의 내부 감찰 담당 부서인 제7부의 직원들은 모스크바에만 약 1천5백 명이 배치되어 있었다. 레오니드 브레즈네프의 완고한 공산주의 통치하에서 정권의 의심증이 거의 스탈린 시대 수준으로 높아져, 모두를 모두와 싸우게 하는 스파이 국가가 만들어졌다. 전화는 도청되고, 편지도 당국이 미리 열어 보고, 국민들에게는 언제 어디서든 다른 사람을 고자질하는 일이 장려되었다. 소련의 아프가니스탄 침공과 그로 인한 국제적 긴장 고조는 KGB의 내부 감시를 더욱 강화했다. 〈밤에는 두려움에 떨고, 낮에는 거짓으로 점철된 체제에 열광하는 척 미친 듯이 가식을 떠는 것이 소련 국민들의 영구적인 상황이었다.〉[2] 로버트 콘퀘스트는 이렇게 썼다.

2 Robert Conquest, *The Great Terror: A Reassessment* (Oxford: Oxford University Press, 1990).

소련에 침투해서 첩자를 포섭하고 계속 연락을 유지하는 것은 극도로 힘든 일이었다. 철의 장막 뒤에서 포섭하거나 이쪽에서 침투시킨 소수의 공작원은 어느 날 갑자기 아무런 설명도 없이 사라지곤 했다. 항상 첩자를 경계하는 사회에서 비밀 요원의 수명은 짧았다. KGB는 감시망을 조일 때 잔인할 정도로 신속했다. 그러나 고르디옙스키는 현직 KGB 요원인 만큼, 자신의 안전이 위험해지는 조짐을 미리 알아차리고 아슬아슬하게 탈출을 시도해 볼 수도 있을 것 같았다.

베로니카 프라이스는 바로 이렇게 어려운 과제와 맞서는 일을 즐겼다. 게다가 침투한 첩자를 밖으로 빼내는 일에 이미 전문가 수준의 솜씨를 갖고 있기도 했다. 1970년대 중반에 그녀는 체코의 부부 과학자를 오스트리아로 몰래 빼내는 인비저블 작전을 짠 경험이 있었다. 디스어레인지라는 암호명의 체코 정보 요원을 헝가리에서 빼낸 적도 있었다. 〈하지만 체코와 헝가리에는 KGB가 없었다. 소련은 그 나라들보다 훨씬, 훨씬 더 어려웠다.〉 그녀는 이렇게 말했다. 소련에서는 안전한 곳까지 가야 하는 거리도 훨씬 더 멀었다. 자칫하면 첩자를 잃을 수도 있을 뿐만 아니라, 그 탈출 계획 자체가 소련의 중요한 선전 도구가 될 수도 있었다.

가능한 탈출로 중 하나는 바다였다. 프라이스는 도망자가 위조 신분증을 이용해 소련 항구를 떠나는 여객선이나 상선에 탑승할 수 있는지 알아보았다. 그러나 부두와 항구의 경비가 국경과 공항 못지않았고, 위조 신분증을 만드는 것도 거의 불가능했다. 소련의 공식적인 신분증에는 지폐처럼 복사할 수 없는 워터마크가 들어가 있기 때문이었다. 모터보트를 타고 흑해를 건너 안전한 튀르키예까지 가거나 카스피해를 건너 이란으로 가는 방법도 검토해 보았으나, 소련 순찰선에 걸려 침몰될 가능성이 아주 높았다. 모스크바에서 육상으로 튀르키예 국경이나 이란 국경까지 가는 방법 역시 수백 킬로미터를 이동해야 하는 데다가 경비병, 지뢰밭, 전기 울타리, 철조망 등이 국경을 삼엄하게 지키고 있어 힘들었다.

민감한 물건을 국경 너머로 운반하는 데에는 외교 행낭을 이용할 수 있었다. 주로 서류가 운반되었지만, 약품과 무기 운반도 가능했고 어쩌면 사람을 옮기는 것도 가능할 수 있었다. 외교 행낭이라고 표시된 짐을 여는 것은 엄밀히 말해 빈 협약 위반이었다. 그래서 리비아의 테러리스트들이 이 방법으로 영국에 총을 밀반입했다. 소련은 상자를 가득 싣고 스위스로 향하던 트럭이 검문에 걸렸을 때 이 자동차는 수색을 면제받아야 마땅하다며 외교 행낭의 정의를 확대하려고 시도한 적이 있었다. 스위스는 이 주장을 받아들이지 않았다. 1984년, 얼마 전 실각한 나이지리아 대통령의 처남이었던 외교관은 런던에서 약물에 당해 쓰러진 뒤 눈이 가려진 채로 〈특별 화물〉이라고 표시된 나무 상자에 실렸다. 라고스의 국제 관계부로 가는 화물이었다. 그는 잉글랜드의 스탠스테드 공항에서 세관 관리에게 발견되어 풀려났다. 만약 모스크바 주재 영국 대사관에서 사람 크기의 외교 행낭이 나온다면 반드시 눈에 띌 터였다.

모든 방법이 하나씩 차례로 실행 불가, 또는 터무니없는 위험 판정을 받았다.

하지만 국제 외교의 전통 중에 어쩌면 고르디옙스키에게 유리하게 이용될 수 있는 것이 하나 있었다.

오랜 관습에 따르면, 대사관 직원이 모는 외교관 번호판 차량은 국경을 넘을 때 일반적으로 수색받지 않는다. 외교적 면책 특권의 연장선인 셈인데, 그 덕분에 외교관들은 주재국의 법률에 따른 박

해로부터 보호받으며 안전한 통행을 보장받는다. 그러나 이것은 관습일 뿐 법률이 아니었다. 따라서 소련 국경을 지키는 경비병들은 무엇이든 의심스러운 차량을 수색하는 데 별로 주저하지 않았다. 그래도 그것이 소련을 둘러싼 단단한 장벽에 난 작은 틈이기는 했다. 외교관 차량에 숨은 첩자가 철의 장막에 난 이 틈을 통해 슬쩍 빠져나오는 것이 아주 불가능한 일은 아니었다.

소련과 핀란드의 국경은 모스크바에서 가장 가까운 동서 국경이었다. 그래도 모스크바에서 자동차로 열두 시간을 달려야 하는 거리였다. 서방 외교관들은 휴식과 여가, 쇼핑, 치료를 위해 핀란드를 자주 찾았다. 그들이 대개 자동차를 이용했으므로, 소련의 국경 경비병들은 외교관 차량이 검문소를 통과하는 광경에 익숙했다.

하지만 도망자를 자동차에 태우는 일 또한 어려운 문제였다. 영국 대사관, 영사관, 외교관 관저에는 경찰 제복을 입은 KGB 요원들이 경비를 서고 있었다. 소련인이 들어오려고 하면 이 경비원들이 그들을 불러 세워 수색하고 꼬치꼬치 캐물었다. 게다가 영국 대사관 차량이 어디에 가든 KGB의 감시가 따르는 것은 일상적인 일이었다. 외교관 차량을 정비하는 KGB 정비공들이 차 안에 비밀 도청장치와 추적 장치를 설치하는 것으로 짐작되었다.

베로니카 프라이스는 몇 주 동안 이 문제를 모든 각도에서 살펴본 끝에 여러 가정으로 범벅이 된 계획을 하나 만들어 냈다. 만약 고르디옙스키가 모스크바의 MI6 지부에 탈출이 필요하다고 연락을 취할 수 있다면, 만약 그가 미행 없이 핀란드 국경 근처의 약속 장소까지 자력으로 나올 수 있다면, 만약 MI6 요원이 모는 외교관 차량이 잠깐이나마 KGB의 감시를 따돌리고 그를 태울 수 있다면, 만약 그를 자동차 안에 안전하게 숨길 수 있다면, 만약 소련의 국경 경비병들이 외교적 관습을 존중해 수색 없이 차량을 통과시킨다면……. 그렇다면 그가 핀란드로 탈출할 수 있을지도 몰랐다(그래도 그가 핀란드 당국에 체포되어 소련으로 송환될 가능성은 여전히 남아 있었다).

이것은 모험 중에서도 모험이었다. 하지만 베로니카 프라이스가 생각해 낼 수 있는 최선의 계획이기도 했다. 즉 그들이 실행할 수 있는 최고의 방법이라는 뜻이었다.

MI6의 모스크바 지부장은 핀란드 국경 근처에서 도망자를 만나 차에 태우기에 적당한 장소를 물색해 보라는 지시를 받았다. 그는 쇼핑하러 가는 것처럼 레닌그라드에서 차를 몰고 핀란드로 향했다. 그리고 국경까지 약 58킬로미터가 남은 지점에서 고속 도로 차량 대피소를 찾아냈다. 모스크바에서부터 거리가 836킬로미터임을 알려 주는 표시 기둥과 가까운 곳이었다. 16킬로미터 간격으로 설치된 민병대 초소(국가 자동차 검사관의 약어인 GAI 초소로 불렸다)는 모든 차, 특히 외국 차량의 움직임을 감시했다. 지부장이 찾아낸 차량 대피소는 두 민병대 초소 사이의 거의 중간쯤에 있었다. 만약 KGB의 미행을 따돌린 MI6 차량이 이곳에 몇 분 동안 머무르더라도, 다음 민병대 초소는 그 시간만큼 차가 지체된 것을 알아차리지 못할 가능성이 높았다. 차량 대피소 일대에는 숲이 아주 무성해서, 널찍하게 D 자를 그리며 오른쪽으로 휘어진 도로가 고속 도로에 합류하기 전에 잠시 나무에 가려 보이지 않았다. 런던의 연립 주택 한 채 크기만 한 커다란 바위가 이 차량 대피소의 입구를 표시했다. MI6 지부장은 자동차 창문을 통해 사진을 몇 장 찍은 뒤 남쪽의 모스크바로 계속 차를 몰았다. 만약 KGB가 그를 계속 감시하고 있었다면, 영국 외교관이 이런 외진 곳에서 왜 커다란 바위 사진을 찍었는지 틀림없이 궁금해했을 것이다.

베로니카 프라이스의 계획에는 고르디엡스키가 메시지를 전달하고 싶을 때나 탈출이 필요할 때 알릴 수 있는 〈신호 장소〉도 필요했다.

MI6 지부의 요원 두 명과 사무원 한 명을 포함해서, 모스크바 주재 영국 외교관들은 대부분 쿠투좁스키 대로에 있는 같은 단지에 살았다. 보통 쿠츠라고 불리는 쿠투좁스키 대로는 모스크바강 서쪽에 있는 넓은 길이었다. 이 길의 맞은편에 고딕식 탑처럼 솟아 있는 우크라이나 호텔의 그림자 속에 빵집이 하나 있고, 그 옆에는 버스 시간표, 콘서트 광고, 『프라우다』 등이 있었다. 신문을 읽는 사람들로 붐빌 때가 많은 그 길의 빵집은 특히 경비원이 잘 배치된 맞은편 주택 단지의 외국인들이 자주 찾는 곳이었다.

베로니카의 계획에 따르면, 고르디엡스키가 모스크바에 있는 동안 매주 화요일 저녁 7시 30분에 MI6 지부의 직원 한 명이 신호 장소를 〈순찰〉하게 되어 있었다. 신호 장소는 사실 주택 단지의 일부 지점에서 잘 보이는 위치였다. MI6 요원은 빵을 사러 간다는 핑계로 집에서 나오거나 퇴근 시간을 조정해서 딱 정해진 시각에 신호 장소를 지나갈 터였다.

탈출 계획을 발동시키는 방법은 하나뿐이었다. 고르디엡스키가 7시 30분에 세이프웨이 슈퍼마켓의 비닐봉지를 들고 빵집 앞에 서 있는 것. 세이프웨이 비닐봉지에는 빨간색으로 S자가 크게 찍혀 있으므로, 모스크바의 칙칙한 풍경 속에서 금방 눈에 띌 수 있었다. 서방에서 근무한 경력이 있는 고르디엡스키가 그 봉지를 들고 있는 것은 전혀 이상한 일이 아니었다. 비닐봉지는 귀한 물건이었다. 외국 비닐봉지라면 특히 더 귀했다. 고르디엡스키는 또한 비닐봉지외에도 얼마 전에 구입한 회색 가죽 모자를 쓰고 회색 바지를 입어야 했다. 고르디옙스키가 중요한 세이프웨이 봉지를 들고 빵집 앞에서 기다리는 모습을 발견한 MI6 요원은 초록색 해러즈 백화점 쇼핑백을 들고 킷캣이나 마스 초코바를 먹으며 그 앞을 지나가야 했다. 그것이 그의 탈출 신호를 인지했다는 신호였다. 또한 초콜릿을 먹는 요원은 고르디옙스키처럼 바지든 치마든 스카프든 회색을 몸에 걸쳐야 하고, 그와 시선을 짧게 부딪치되 걸음을 멈추지는 말아야 했다. 〈회색은 눈에 잘 띄지 않는 색이라서 감시인들이 일정한 패턴을 인식하지 못하게 한다. 단점은 모스크바의 길고 우울한 겨울 풍경 속에서는 잘 보이지 않는다는 것이었다.〉

이렇게 탈출 신호가 나오면, 계획은 두 번째 단계로 돌입했다. 사흘 뒤인 금요일 오후에 고르디옙스키는 레닌그라드까지 밤새 달리는 열차에 타야 했다. 엘레나가 함께 올 것이라는 내용은 전혀 없었다. 소련 제2의 도시인 레닌그라드에 도착하면, 레닌이 1917년에 혁명을 시작하기 위해 스위스에서 귀국한 곳으로 유명한 핀란드역까지 택시로 가서 발트해에 면한 도시 젤레노고르스크행 첫 기차를 탄다. 그다음에는 핀란드 국경 쪽으로 가는 버스를 타고 가다가 접선 장소나 그 인근에서 내린다. 접선 장소인 차량 대피소는 국경 도시 비보르크에서 남쪽으로 약 26킬로미터, 국경에서는 약 42킬로미터 떨어진 곳이었다. 차량 대피소에 도착하면 덤불 속에 몸을 숨기고 기다려야 했다.

한편 외교관 차량을 몰고 이동하는 MI6 요원 두 명은 모스크바를 출발해 레닌그라드에서 밤을 보낸다. 정확한 시간은 소련의 관료 체제 때문에 복잡하게 결정되었다. 출발 이틀 전에 공식 여행 허가서를 발급받아야 하고, 외교관 차량에는 특별한 출국용 번호판을 달아야 했다. 이런 일을 해주는 정비소는 수요일과 금요일에만 문을 열었다. 만약 고르디엡스키가 화요일에 신호를 보낸다면, 차량 서류 작업이 금요일 오후 1시까지 마무리될 것이고, MI6 요원들은 그날 오후에 출발해 토요일 오후 2시 30분에 정확히 약속 장소에 도착할 수 있을 터였다. 딱 나흘이 걸리는 셈이었다. 요원들은 소풍을 가는 분위기로 차량 대피소를 향해 차를 몰다가 안전이 확인되면 한 명이 자동차 엔진 덮개를 연다. 고르디엡스키에게 숨어 있던 곳에서 나오라고 알리는 신호다. 그가 즉시 자동차 트렁크 안으로 들어간 뒤, 요원은 소련 국경에 배치되어 있다고 알려진 적외선 카메라와 열 감지기를 피하기 위해 우주 담요로 그를 감싸고 수면제를 준다. 그 상태로 차를 몰아 핀란드 국경을 넘는다.

이 탈출 계획에는 핌리코라는 암호명이 부여되었다.

정보기관 대부분이 그렇듯이 MI6에서도 암호명은 공식적으로 승인된 목록 중 아무 이름이나 임의로 선택해서 붙이는 것이 원칙이었다. 암호명 대부분은 실제로 존재하는 단어들이었는데, 그 암호명이 무엇을 지칭하는지 전혀 짐작할 수 없는 것들로 신중히 선택되었다. 그러나 스파이들은 현실과 공명하거나 아주 미묘한, 또는 그리 미묘하지 않은 단서를 품은 단어를 선택하고 싶다는 유혹에 질 때가 많았다. MI6에서 암호명을 담당하는 사람은 어설라(본명)라는 사무원이었다. 〈우리는 어설라에게 전화해서 목록의 다음 차례에 있는 이름을 불러 달라고 말했다. 하지만 그 이름이 마음에 들지 않으면, 다시 전화해서 더 나은 이름을 얻어 내려고 시도할 수 있었다. 아니면 작전의 다양한 측면들을 표현하는 여러 암호명을 얻어 내서 그중 가장 마음에 드는 이름을 선택하는 방법도 있었다.〉 전쟁 중에 MI5가 스탈린(〈강철의 남자〉라는 뜻)을 부르던 암호명

글립틱은 돌에 새긴 이미지라는 뜻이었다. 독일이 영국을 부르던 암호명은 골프장이라는 뜻의 골프플라츠였다. 때로는 암호명이 위장된 모욕으로 사용될 수도 있었다. CIA가 보낸 전문 덕분에 미국이 MI6를 부르는 암호명이 업타이트[3]라는 사실이 우연히 알려졌을 때 센추리 하우스에서는 몇몇 사람이 코웃음을 쳤다.

핌리코[4]는 어느 모로 보나 영국을 연상시켰다. 만약 이 계획이 성공한다면, 고르디옙스키가 도착할 곳 또한 영국이었다.

거스콧과의 만남에서 고르디옙스키는 핌리코에 대한 설명에 정중하게 귀를 기울였다. 그는 접선 장소의 사진들을 유심히 살피고, 쿠투좁스키 대로에서 탈출 신호를 보내는 방법에 세심하게 주의를 기울였다.

그는 베로니카 프라이스의 탈출 계획을 오랫동안 열심히 생각해 본 뒤, 절대로 성공할 수 없는 계획이라고 선언했다.

〈아주 흥미롭고 상상력이 풍부한 탈출 계획이었지만 너무 복잡했다. 신호 장소의 조건도 너무 상세하고 비현실적이었다. 나는 그 계획을 진지하게 받아들일 수 없었다.〉 그는 이 계획을 일단 암기한 뒤, 앞으로 이 기억을 떠올릴 일이 없기를 속으로 기원했다. 센추리 하우스에도 핌리코가 결코 성공하지 못할 것이라고 말하는 회의주의자들이 있었다. 〈나는 진지하게 생각해 낸 계획인데, 그렇게 생각하지 않는 사람들이 많았다.〉 프라이스는 나중에 이렇게 회상했다.

1978년 6월, 미하일 류비모프가 코펜하겐에서 소련 대사관 내 자기 사무실로 고르디옙스키를 데려가, 그가 곧 모스크바로 돌아가게 되었다고 말했다. 3년에 걸친 그의 두 번째 덴마크 근무가 끝난 것

---

3 〈완고하다〉는 뜻 — 옮긴이주.
4 영국의 지명 — 옮긴이주.

은 놀랄 일이 아니었으나, 그의 결혼 생활, 경력, 첩보 활동과 관련해서 고민할 문제가 많았다.

남편이 오래전부터 어떤 사무원과 바람을 피우고 있다는 사실을 이제 모두 알게 된 옐레나는 모스크바로 돌아간 뒤 이혼하는 데 동의했다. 레일라의 세계 보건 기구 근무도 거의 끝나 가고 있었으므로, 그녀 역시 몇 달 뒤 소련으로 돌아갈 예정이었다. 고르디옙스키는 최대한 빨리 재혼하고 싶었지만, 이혼이 자신의 경력에 어떤 영향을 미칠지 너무나 잘 알고 있었다. 그는 KGB에서 고속으로 승진해 마흔 살의 나이인 지금 스칸디나비아를 담당하는 제3부의 차장이라는 중요한 자리의 승진 대상으로 꼽히고 있었다. 그러나 KGB에서 근무하는 동안 라이벌과 적도 생겼기 때문에, 모스크바 중앙에서 남을 헐뜯어 대는 옹고집들은 튀어나온 돌을 쳐낼 핑계를 찾으려고 안달하고 있을 터였다. 「그들이 자네한테 달려들 거야.」 류비모프는 직접 겪은 일을 바탕으로 그에게 이렇게 경고했다. 「이혼했다고 비난하는 데서 그치지 않고, 부임지에서 바람을 피웠다고 몰아세우겠지.」 레지던트인 류비모프는 고르디옙스키를 〈철저하고 정치적 사고가 올바른 요원, 모든 면에서 뛰어나며 언어에 재능이 있고 보고서를 유능하게 잘 쓰는 직원〉이라고 칭찬하는 보고서를 모스크바에 보냈다. 그는 또한 제3부의 부장에게 보낸 첨부 문서에 고르디옙스키의 결혼 생활에 문제가 있음을 설명하고, 너그러움을 보여 달라고 호소했다. 혹시 〈타격을 완화〉할 수 있을까 싶어서였다. 그러나 모질게 도덕을 강조하는 모스크바 중앙의 분위기를 감안할 때, 고르디옙스키가 오랫동안 미움을 살 가능성이 높다는 사실을 두 사람 모두 알고 있었다.

모스크바로 돌아갈 시기가 가까워지고 직업적인 미래도 불확실해진 그때 고르디옙스키가 차라리 스파이 일을 그만두고 초야에 묻힐 수도 있었을 것이다. MI6는 그에게 언제든 몸을 빼서 영국으로 피신할 수 있음을 분명히 알려 주었다. 그가 어둡고 궁핍하고 억압적인 소련으로 돌아가는 대신 서방으로 망명하고 싶으며, 가능하다면 연인도 함께 데려가고 싶다고 말했어도 MI6는 이해했을 것이다. 그러나 그는 망명 가능성을 생각하지 않은 것 같다. 소련으로 돌아가 최대한 기밀을 수집해서 영국과의 의리를 지키며 때를 기다릴 작정이었다.

「모스크바에서 지내는 동안 무엇을 할 생각입니까?」 거스콧이 그에게 물었다.

「소련 지도자들에 관해 가장 비밀스러운 정보, 가장 중요한 정보, 가장 본질적인 요소를 알아내고 싶습니다.」 고르디옙스키는 이렇게 대답했다. 「체제가 어떻게 돌아가는지도 알고 싶고요. 중앙 위원회가 KGB에도 비밀을 알려 주지 않기 때문에 내가 모든 것을 알아낼 수는 없을 겁니다. 그래도 최대한 알아낼 겁니다.」 이것이 바로 고르디옙스키가 시도한 반란의 핵심이었다. 자신이 증오하는 체제를 더 손쉽게 무너뜨리기 위해 그 체제에 대해 최대한 많은 사실을 알아내는 것.

장거리 달리기와 마찬가지로 성공적인 첩보 활동에는 인내심, 스태미나, 타이밍이 필요하다. 고르디옙스키는 모스크바로 돌아간 뒤 제3부에서 영국과 스칸디나비아 관련 업무를 맡을 가능성이 높았다. 그는 내부에서 KGB를 연구하며, 영국과 서방에 유용할 것 같은 정보를 최대한 모을 생각이었다. 그의 이혼과 재혼을 둘러싼 소란이 가라앉고 나면, 십중팔구 류비모프처럼 KGB 내에서 다시 승진의 사다리를 오르게 될 터였다. 어쩌면 고작 3년 만에 또 해외에 발령될 수도 있었다. 그는 달리기를 할 때처럼 이 구간에서 속도를 조절하며 숨을 고를 작정이었다. 모스크바에서 무슨 일이 생기더라도 그의 활동은 중단되지 않을 것이다. 그는 달리기를 그만둘 생각이 없었다.

KGB 내부 깊숙한 곳에 자리 잡은 첩자는 서방의 모든 정보기관이 궁극적으로 추구하는 목표였다. 그러나 CIA의 리처드 헬름스 국장은 KGB에 첩자를 침투시키는 것이 〈화성에 상주 스파이를 침투시키는 것만큼이나 가망 없는 일〉[5]이라고 보았다. 〈소련 내부에 첩자라는 이름으로 불릴 만한 소련인은 거의 없었다.〉[6] 즉 〈적국의 장기적인 계획과 의도에 대한 믿을 만한 정보가 사실상 존재하지 않는다〉[7]는 뜻이었다. 그런데 이제 영국 정보기관이 KGB 내부의 첩자에게서 모든 정보를 뽑아내 온전히 이용할 수 있는 기회가 생겼다.

하지만 MI6는 정반대의 결정을 내렸다.

고르디옙스키를 첩자로 관리하던 사람들은 첩보 활동의 역사에서 거의 유일무이한 절제와 자기 부정을 보여 주며, 그에게 모스크바에서도 계속 연락하라든가 기밀을 계속 보내라고 부추기지 않았다. 대신 그들은 고르디옙스키에게 일을 쉴 수 있는 기회를 주었다. 그가 모스크바로 돌아간 뒤 그에게 전혀 간섭하지 않기로 한 것이다.

그들의 논리는 간단하고 완벽했다. 덴마크에서 고르디옙스키를

---

5 Richard Helms, William Hood, *A Look Over My Shoulder* (London: Random House, 2003); David E. Hoffman, *The Billion Dollar Spy* (New York: Doubleday, 2015)에서 재인용.

6 Robert M. Gates, *From the Shadows* (New York: Simon & Shuster, 1996); David E. Hoffman, *The Billion Dollar Spy*에서 재인용.

7 CIA의 평가. David E. Hoffman, *The Billion Dollar Spy*에서 재인용.

관리한 것처럼 소련에서도 그를 관리하기는 불가능할 것이다. 모스크바에는 안가도 없고, 기꺼이 뒤를 맡아 줄 우호적인 정보기관도 없고, 그의 정체가 발각될 경우 안심하고 의지할 수 있는 곳도 없었다. 감시가 워낙 철저해서, 정보 요원으로 의심받는 사람들뿐만 아니라 모든 영국 외교관이 끊임없는 감시 대상이었다. 지금까지 소련에서 첩자를 관리해 본 경험을 보면, 지나친 열성이 거의 항상 치명적인 결과를 낳았다. 펜콥스키의 무자비한 최후가 한 예였다. 스파이는 오래되지 않아 모든 것을 감시하는 국가에 정체를 들켜 숙청되었다.

한 MI6 요원은 이렇게 말했다. 〈올레크는 위험에 빠뜨리기에는 너무 귀한 자산이었다. 그가 워낙 귀해서 우리는 자제력을 발휘해야 했다. 소련에서도 그와 계속 연락하고 싶다는 유혹이 어마어마했지만, 우리가 자주 안전하게 연락을 취할 수 있을지 자신이 없었다. 우리 때문에 그가 불에 타버릴 가능성이 높았다.〉

거스콧은 고르디옙스키에게 MI6가 모스크바에서 그와 연락하려 하지 않을 것임을 알렸다. 은밀한 만남을 꾀하거나 정보를 가져가려는 시도는 전혀 없을 테지만, 고르디옙스키 쪽에서 연락할 필요가 생긴다면 연락할 수 있었다.

MI6는 매달 셋째 토요일 오전 11시에 모스크바 중앙 시장 시계탑 아래로 요원을 한 명 보낼 것이라고 말했다. 북적거리는 장소인 만큼, 외국인이 할 일 없이 서 있어도 이상하게 보이지 않는 곳이었다. 요원은 이번에도 역시 해로즈 백화점의 쇼핑백을 들고, 회색이 들어간 옷차림을 하고 있을 것이다. 〈이 조치의 목적은 두 가지였다. 우리가 그에게 계속 신경을 써줄지 올레크가 확신을 얻고 싶다면, 자신의 정체를 드러내지 않은 채 우리 요원을 볼 수 있을 것이다. 만약 그가 스치듯이 접선하며 메시지를 전달하고 싶을 때는 회색 모자와 세이프웨이 봉지로 자신을 드러내면 되었다.〉

그가 모자를 쓰고 봉지를 든 모습으로 나타나면 접선 계획의 2단계가 발동되었다. 그때로부터 세 번째 일요일에 그가 붉은 광장에 있는 성 바실리 성당으로 가서 오후 3시 정각에 성당 뒤편의 나선형 계단을 오른다. 이번에도 상대가 쉽게 알아볼 수 있게 그는 회색 모자를 쓰고 회색 바지를 입어야 했다. MI6 측에서는 회색이 들어간 옷차림을 하고 양손에 회색 물건을 든 요원, 십중팔구 여성 요원을 보내 시간에 맞춰서 계단을 내려오게 할 것이다. 그 좁은 공간에서 서로 교차하는 순간에 그가 그녀에게 쪽지를 전달하면 되었다.

이 스치는 접선은 그가 영국의 안보에 직접적인 영향을 미치는 정보, 예를 들면 영국 정부 내에 소련 첩자가 있다는 정보 같은 것을 찾아냈을 때에만 발동시킬 수 있었다. MI6는 이런 메시지에 답장을 보낼 방법이 없었다.

탈출이 필요해지면, 고르디옙스키가 화요일 저녁 7시 30분에 세이프웨이 봉지를 들고 쿠투좁스키 대로의 그 빵집 앞에 서 있는 것으로 탈출 계획을 발동시킬 수 있었다. MI6는 매주 그 장소를 확인할 예정이었다.

이런 계획들을 연습한 뒤 거스콧은 옥스퍼드 대학교 출판부가 하드커버로 펴낸 셰익스피어 소네트집을 한 권 건넸다. 서방에 나와 있던 소련 사람이 귀국할 때 가져갈 만한 평범한 기념품 같았지만, 사실은 베로니카 프라이스가 선물로 보낸 독창적인 비망록이었다. 뒤표지에 바른 종이 아래에 작은 셀로판지가 있었다. 핌리코 작전의 단계별 시간 계획, 상대를 알아보기 위한 옷차림, 탈출 신호, 836킬로미터 표시 뒤에 나오는 접선 장소, 중요 지점 사이의 거리 등 상세한 내용이 거기에 러시아어로 적혀 있었다. 고르디옙스키는 모스크바의 아파트 책꽂이에 이 책을 꽂아 두었다가, 탈출 시도 전에 책을 물에 흠뻑 적신 다음 그 종이를 벗겨 내고 셀로판지를 꺼내서 작전에 대해 암기했던 내용을 되새길 수 있었다. 베로니카는 보안을 위해 지명을 전부 프랑스 지명으로 바꿔 적었다. 모스크바는 〈파리〉가 되고, 레닌그라드는 〈마르세유〉가 되는 식이었다. 따라서 그가 아직 국경에 도착하지 못한 상태에서 KGB가 그 〈커닝 페이퍼〉를 찾아내더라도, 그의 정확한 탈출로를 알아낼 수는 없을 터였다.

거스콧은 마지막으로 런던의 전화번호 하나를 건넸다. 고르디옙스키가 혹시 소련 밖으로 나오는 경우 안전하다는 판단이 들면 그 번호로 전화해야 한다고 했다. 전화기 앞에는 항상 누군가가 대기 중이었다. 고르디옙스키는 그 번호를 메모가 어지러이 적힌 수첩에 거꾸로 썼다.

그로부터 몇 달 전 고르디옙스키는 스칸디나비아의 정보망을 통해 알아낸 중요한 정보 하나를 거스콧에게 넘겼다. KGB 또는 군부의 GRU, 아니 어쩌면 이 두 기관이 모두 스웨덴에서 중요한 첩자 한 명을 포섭했다는 정보였다. 상세한 부분은 알기 힘들었지만, 그 첩자는 스웨덴의 정보기관 중 한 곳에서 일하는 사람인 듯했다. 정부 소속 정보기관일 수도 있고, 군 정보기관일 수도 있었다. MI6는 덴마크 당국과 이 정보에 대해 의논했고, 곧 조심스러운 조사가 이루어졌다. 〈첩자를 잡아내는 데 시간이 오래 걸리지는 않았다.〉 거스콧은 이렇게 말했다. 〈그의 정체를 거의 확실하게 파악할 수 있는 정보가 금방 충분히 모였다.〉 스웨덴은 중요한 동맹국이었다. 따라서 스웨덴 정보기관이 소련의 손에 뚫렸다는 증거가 너무나 중요해서 반드시 스웨덴에도 알려 줘야 했다. 거스콧은 그 정보를 출처를 밝히지 않은 채 스웨덴에 넘겼고 곧 그에 따른 조치가 취해질 것이라고 고르디옙스키에게 설명했다. 고르디옙스키는 반대하지 않았다. 〈이제 그는 우리가 정보원인 자신의 정체를 감춰 줄 것이라고 믿었다.〉

고르디옙스키와 거스콧은 악수를 했다. 그들은 20개월 동안 누구에게도 들키지 않고 최소한 한 달에 한 번씩 만나 수백 건의 비밀문서를 주고받았다. 〈그것은 진짜 우정, 진짜 호감이었다.〉 거스콧은 세월이 흐른 뒤 이렇게 말했다. 하지만 엄격하게 정해진 한계 안에서 성장한 이상한 우호 관계이기도 했다. 고르디옙스키는 닉 베너블스의 본명을 끝까지 몰랐다. 두 사람이 식당에서 함께 식사를 한 적도 없었다. 〈나는 그와 함께 달리기를 나가고 싶었지만 불가능한 일이었다.〉 거스콧의 말이다. 두 사람의 관계는 전적으로 안가 안에서만 존재했으며, 항상 녹음기가 돌아갔다. 스파이들의 관계가 항상 그렇듯이, 두 사람의 관계 역시 기만과 조작으로 얼룩졌다. 고르디옙스키는 자신이 혐오하는 정권을 무너뜨리려고 애쓰면서 갈망하던 인간적 존엄성을 얻었고, 거스콧은 적의 요새 안 깊숙한 곳에 자리 잡은 첩자를 장기적으로 관리했다. 하지만 단순히 그것만은 아니었다. 두 사람 모두에게. 그들 사이에는 비밀, 위험, 의리, 배신으로 벼려진 강렬한 감정적 유대가 있었다.

고르디옙스키는 셰익스피어 소네트집을 세이프웨이 봉지에 넣어 들고 다시는 오지 않을 안가를 떠나 덴마크의 밤거리로 나갔다. 이제부터는 장거리 관리가 이루어질 것이다. 모스크바에서 고르디옙스키가 원한다면 영국 첩보 기관에 연락할 수 있었지만, MI6는 먼저 그에게 연락을 취할 수단이 없었다. 필요하다면 그가 탈출을 시도할 수도 있었지만, 영국이 먼저 탈출 계획을 발동할 수는 없었다. 그는 이제 혼자 헤쳐 나가야 했다. 영국 정보기관은 가만히 지켜보면서 기다리는 수밖에 없었다.

고르디옙스키가 끝을 알 수 없는 경주에 나설 각오가 되어 있었다면, MI6도 마찬가지였다.

모스크바 중앙의 제1주요부 본부에서 고르디옙스키는 제3부의 부장 앞에 출두해 자신이 이혼할 예정이며 곧 재혼도 할 계획이라고 설명했다. 그리고 자신의 경력이 눈앞에서 쪼그라드는 모습을 지켜보았다. 부장은 우크라이나 출신의 빅토르 그루시코라는 사람으로, 키가 작고 뚱뚱하며 쾌활하고 냉소적인 남자였다. 또한 KGB의 도덕가연하는 문화에 전적으로 순종하는 사람이기도 했다. 「그러면 모든 게 달라지는데.」 그루시코는 이렇게 말했다.

그때까지 높은 하늘을 날던 고르디옙스키는 쿵 하고 땅으로 추락했다. 류비모프가 예측한 그대로였다. 그는 제3부의 차장이 되지 못하고, 인사부로 추방되었다. 강력한 도덕적 비난이 그를 따라왔다. 「임무 중에 바람을 피우다니.」 몇몇 동료가 흡족한 표정으로 이렇게 꼬집었다. 「본분을 망각했잖아.」 그가 맡은 일은 지루하기만 하고 중요하지 않았다. 숙직 명령이 떨어질 때도 많았다. 아직 고위 요원의 지위를 유지하고 있는데도 그에게는 〈확실한 임무〉가 없었다. 또다시 발목이 붙잡힌 상태였다.

이혼은 감정을 배제한 소련식 조치로 신속히 처리되었다. 판사는 옐레나에게 이렇게 말했다. 「당신 남편이 이혼을 원하는 건 남편은 아이를 원하는데 당신은 원하지 않기 때문입니다. 맞습니까?」 옐레나는 이렇게 쏘아붙였다. 「천만에요! 남편은 예쁜 여자랑 사랑에 빠졌을 뿐이에요.」

엘레나는 대위로 승진해, 외국 대사관들을 도청하는 과거의 일을 다시 하고 있었다. 이혼 소송에서 그녀는 피해를 당한 쪽이었으므로, 그녀의 KGB 경력은 전혀 손상되지 않았다. 하지만 그녀는 영원히 고르디옙스키를 용서하지 않았고, 재혼도 하지 않았다. KGB의 고위 여성 요원들이 한자리에 모여 차를 마실 때면, 엘레나는 남편의 부정에 대해 분노를 터뜨리곤 했다. 「그 인간은 위선자, 사기꾼이에요. 가식적인 남자. 모든 종류의 배신이 가능한 사람이라고요.」고르디옙스키가 부정을 저질렀다는 소문이 KGB의 하급자들에게 기세 좋게 퍼져 나갔다. 하지만 사람들 대부분은 엘레나가 이혼당한 뒤 속상해서 그런 말을 한다고 생각했다. 「버림받은 아내가 그럼 무슨 말을 하겠어요?」 제3부의 한 동료는 이렇게 말했다. 「나도 다른 사람도 그 문제를 보고할 생각은 한 적 없어요.」 하지만 누군가는 그런 생각을 한 모양이었다.

고르디옙스키가 귀국하고 한 달 뒤 그의 아버지가 여든두 살의 나이로 세상을 떠났다. 화장으로 치러진 장례식에는 나이 많은 KGB 요원 몇 명만이 참석했다. 장례 전의 밤샘 때 고르디옙스키는 아버지의 집을 가득 채운 30여 명의 친척들 앞에서 아버지가 공산당과 소련을 위해 어떤 일을 했는지 상찬하는 연설을 했다. 하지만 그는 지금 공산주의와 소련 체제를 무너뜨리기 위해 적극적으로 음모에 참여하는 중이었다. 세월이 흐른 뒤 고르디옙스키는 아버지의 죽음이 어머니에게 〈해방〉이었는지도 모르겠다고 회고했다. 그러나 사실 아버지의 죽음으로 남몰래 해방된 사람은 바로 고르디옙스키 자신이었다.

안톤 라브렌트예비치는 1930년대의 기근과 숙청 때 자신이 비밀

경찰로서 무슨 일을 했는지 가족들에게 절대 말해 주지 않았다. 그가 세상을 떠나고 몇 년이 흐른 뒤에야 고르디옙스키는 아버지가 올가를 만나기 전에 결혼한 적이 있으며, 비밀에 부쳐진 그 결혼에서 자녀를 낳았을 가능성이 있음을 알게 되었다. 하기야 올레크 자신도 KGB에서 자신이 무슨 일을 하는지 아버지에게 설명한 적이 없었다. 이제는 서방에 충성을 바치고 있다는 이야기는 말할 것도 없었다. 이 이야기를 들었다면, 구식 스탈린주의자인 아버지는 기겁해서 겁을 먹었을 것이다. 아버지와 아들의 관계를 가득 채운 거짓말들은 무덤까지도 이어졌다. 고르디옙스키는 아버지가 상징하는 모든 것, 즉 잔인한 이데올로기에 대한 맹목적인 복종과 호모 소비에티쿠스의 비겁함을 남몰래 혐오했다. 하지만 아버지를 사랑하는 마음은 여전했다. 자신 또한 물려받은 아버지의 고집스러움에는 존경의 마음도 품고 있었다. 두 사람의 관계에는 사랑과 거짓이 함께 흘렀다.

고르디옙스키는 이혼할 때처럼 신속하고 효율적으로 재혼을 단행했다. 레일라는 1979년 1월에 모스크바로 돌아와 겨우 몇 주 뒤 등기소에서 결혼식을 올렸고, 곧 부모가 사는 아파트에서 가족끼리 식사를 했다. 올가는 아들이 행복한 모습을 보고 기뻐했다. 엘레나는 KGB에서 성공하려고 눈만 반짝이는 것 같아서 처음부터 별로 마음에 들지 않았다. 고르디옙스키와 레일라는 레닌스키 대로 103번지에 있는 KGB 협동조합 소유의 아파트 8층에서 새로운 삶을 시작했다. 〈우리 관계는 친밀하고 따스했다.〉 고르디옙스키는 이렇게 썼다. 〈내가 항상 갈망하던 모든 것이었다.〉 이 결혼의 핵심에 자리한 거짓은 가구를 사고 책꽂이를 설치하고 덴마크에서 가져온 그림을 거는 소박한 가정생활의 즐거움 뒤에 가려졌다. 올레크는 서방의 음악과 자유를 그리워했지만, 레일라는 불만이나 의문 없이 소련식 생활로 돌아왔다. 「밤새 줄을 서서 원하는 물건을 사는 것이 진정한 행복이에요.」 그녀는 이렇게 말했다. 곧 그녀가 임신했다.

고르디옙스키는 제3부의 역사를 집필하는 일에 투입되었다. 소련의 과거 첩보 활동에 대해서는 통찰력을 얻을 수 있지만 현재 진행 중인 작전에 대해서는 아무것도 얻을 수 없는 한직이었다. 딱 한 번 그는 노르웨이 담당자인 동료의 책상에서 OLT로 끝나는 제목의 파일을 본 적이 있었다. 트레홀트의 이름 앞부분이 다른 서류에 가려져 있었다. 아르네 트레홀트가 KGB 첩자로 활동 중임을 암시하는 또 하나의 단서였다. 영국이 들으면 흥미로워할 정보 같았지만, 위험을 무릅쓰고 그쪽에 연락을 취할 만큼 가치가 있는 것 같지는 않았다.

그는 MI6와 전혀 연락하지 않았다. 조국에서 추방당한 사람처럼 살면서 그는 서방에 대한 비밀스러운 충성심을 다지며 고독한 자부심을 느꼈다. 소련을 다 뒤져도 당시 고르디옙스키의 기분을 이해할 수 있는 사람은 아마 딱 한 명뿐이었을 것이다.

킴 필비는 이제 고독하게 늙어 가며 자주 술을 마셔 대는 처지였지만, 머리는 옛날처럼 예리했다. 오랫동안 스파이의 이중생활을 직접 경험했기 때문에, 들키지 않는 법과 첩자를 잡는 법을 필비만큼 잘 아는 사람이 없었다. 그는 KGB 내에서 여전히 전설적인 인물이었다. 고르디옙스키는 필비를 다룬 덴마크 책 한 권을 가져와 그에게 사인을 해달라고 요청했다. 필비는 사인과 함께 이런 말을 적어 주었다. 〈내 좋은 친구 올레크에게 — 활자로 본 것을 절대 믿지 말게! 킴 필비.〉 그들은 친구가 아니었지만, 공통점이 많았다. 필비는 MI6 내부에서 30년 동안 KGB를 위해 일했다. 지금은 반쯤 은퇴한 상태로 안락한 생활을 즐기고 있었지만, 반역에 관한 그의 전문적인 지식과 기술은 여전히 소련 주인들의 손에 쥐어져 있었다.

고르디옙스키가 귀국한 직후 필비는 군보르 호비크 사건을 분석해서 잘못된 점을 평가해 달라는 중앙의 요청을 받았다. 그 베테랑 노르웨이인 스파이가 왜 체포되었을까? 필비는 몇 주 동안 호비크 파일을 열심히 들여다본 끝에, 스파이로 일한 오랜 세월 동안 자주 그랬던 것처럼 올바른 결론을 내렸다. 〈그 첩자의 존재를 알린 정보는 KGB 내부에서 샜음이 틀림없다.〉

빅토르 그루시코는 고르디옙스키를 포함한 고위 요원들을 자기 방으로 불렀다. 〈KGB에서 정보가 새고 있다는 징후가 있다.〉 그루시코는 먼저 이렇게 선언한 뒤, 호비크 사건에 대한 필비의 꼼꼼한 결론을 제시했다. 〈특히 걱정스러운 상황이다. 사건의 추이를 보면, 반역자가 지금 이 방 안에 있을 수도 있기 때문이다. 지금 우리와 함께 앉아 있을 수도 있다.〉

고르디옙스키는 두려움에 펄쩍 뛰어오를 것 같아서 바지 주머니 안에서 다리를 세게 꼬집었다. 호비크는 첩자로 활동하던 오랜 세월 동안 10여 명의 KGB 담당관을 거쳤다. 고르디옙스키는 그 작전에 참여한 적이 한 번도 없었고, 노르웨이 담당도 아니었다. 그런데도 자신이 거스콧에게 넘긴 정보가 곧바로 호비크의 체포로 연결되었다는 확신이 들었다. 이제 거짓의 냄새를 맡을 줄 아는 늙은 영국 스파이 덕분에 의심의 구름이 위험할 정도로 가까이 다가오고 있었다. 목에서 토기가 올라왔다. 그는 충격을 감춘 채 자기 자리로 돌아가며, 자신이 MI6에 알려 준 정보 중 또 무엇이 되돌아와 자신을 위협할지 생각해 보았다.

스티그 베릴링은 비밀 요원의 삶을 〈회색, 검은색, 흰색, 그리고 안개와 갈색 석탄 연기로 탁한 색〉[8]이라고 묘사한 적이 있다. 스웨덴 경찰관, 정보 요원, 소련 첩자로 살아온 그의 삶 또한 칙칙한 색이었다.

베릴링은 경찰관으로 일하다가 SÄPO라고 불리는 스웨덴 정보기관의 감시 팀 일원이 되었다. 스웨덴에서 소련의 첩자로 의심되는 사람들의 활동을 감시하는 것이 그의 임무였다. 1971년 그는 스웨덴 국방 지휘국을 담당하는 SÄPO 연락관으로 임명되어, 스웨덴의 모든 군사 방어 시설에 관한 상세한 정보 등 고급 기밀 정보에 접근할 수 있게 되었다. 2년 뒤 레바논에서 유엔 옵서버로 일하던 중에 그는 베이루트에 파견된 소련 무관 겸 GRU 요원인 알렉산드르 니키포로프와 접촉했다. 그리고 1973년 11월 30일에 처음으로 소련에 문서를 넘기고 3천5백 달러를 받았다.

베릴링이 스파이가 된 이유는 두 가지였다. 하나는 그가 무척 좋아하던 돈, 다른 하나는 상사들의 거만한 태도. 4년 동안 그는 소련에 1만 4천7백 건의 문서를 넘겼다. 스웨덴의 국방 계획, 무기 체계, 보안 암호, 방첩 작전 등이 담긴 자료였다. 소련의 담당관들과 연락할 때는 비밀 잉크, 마이크로 도트, 단파 라디오를 이용했다. 심지어 〈소련 정보국에 정보를 제공한 대가〉[9]라고 표시된 영수증에 서명한 적도 있었다. 이건 그가 KGB의 협박에 취약한 처지가 되었다는 뜻이었다. 베릴링은 상당히 멍청했다.

그러던 중 스웨덴 정보기관에 소련 첩자가 있다는 고르디옙스키의 정보가 들어왔다. MI6 방첩 대장이 스톡홀름으로 날아와 정보기

---

8 AFP, 1995년 6월 28일 자 보도에서 재인용.
9 같은 곳.

관에 스파이가 있다고 직접 알려 주었다.

이때 베릴링은 SÄPO의 조사실장 겸 스웨덴 예비군 장교였다. 소련 군 정보기관의 대령이라는 비밀 신분도 갖고 있었다.

스웨덴 조사관들이 수사망을 조여 왔다. 1979년 3월 12일, 그는 텔아비브 공항에서 스웨덴의 부탁을 받은 이스라엘 정보기관 신 베트 요원들에게 체포되어 SÄPO의 예전 동료들 손에 넘겨졌다. 그리고 9개월 뒤 간첩 혐의로 종신형을 선고받았다. 베릴링은 소련의 주인들에게서 상당한 돈을 받았다. 그가 스웨덴의 국방에 끼친 피해를 복구하는 데에는 2천9백만 파운드가 들 것으로 추정되었다.

고르디옙스키가 지목한 소련 첩자들이 한 명씩 차례로 제거되었다. 그 결과 서방은 십중팔구 더 안전해졌을 것이다. 하지만 고르디옙스키는 아니었다. 제3부 내부의 의심이 고조되고 직장에서의 출세 전망은 침체 상태에 빠진 가운데, 행복한 결혼 생활을 하면서 첫 아이를 기다리던 고르디옙스키로서는 다시 한번 과거와의 단절을 택할 수도 있었다. MI6와 모든 연락을 끊고, KGB가 영원히 진실을 발견하지 못하기를 바라면서 평생 몸을 낮추고 조용히 살 수도 있었다. 하지만 그는 오히려 속도를 높였다. 그의 경력에 새로이 시동을 걸어 줄 필요가 있었다. 반드시 서방 국가에 다시 발령받아야 했다. 어쩌면 그곳이 영국이 될 수도 있었다.

그래서 그는 영어를 배우려고 했다.

KGB는 공식적인 외국어 코스를 통과한 요원들에게 최대 두 개 국어까지 봉급을 10퍼센트 올려 주었다. 고르디옙스키는 이미 독일어, 덴마크어, 스웨덴어를 할 수 있었다. 그래도 그는 영어 강좌에 등록했다. 마흔한 살이라 KGB 영어 강좌에서 가장 나이가 많은 학생이었다. 원래 4년이 걸리는 코스였으나 그는 2년 만에 마쳤다.

KGB 동료들이 면밀히 주의를 기울였다면 고르디옙스키가 경제적 이득도 없는데 왜 그리 서둘러 새로운 외국어를 익히려고 하는지, 왜 갑자기 영국에 커다란 흥미를 보이는지 의아하게 생각했을지도 모른다.

고르디옙스키는 두 권짜리 러시아어-영어 사전을 샀다. 영국 문화에도 흠뻑 빠졌다. 어쨌든 소련 국민에게 허용된 한도 내에서 최대한 그렇게 했다. 그가 읽은 책은 처칠의 『제2차 세계 대전』, 프레더릭 포사이스의 『자칼의 날』, 헨리 필딩의 『톰 존스』 등이었다. 코펜하겐에서 돌아와 제1주요부의 싱크 탱크 수장이라는 대단한 자리에 앉은 미하일 류비모프는 그가 〈자주 들러 가벼운 잡담을 나누다가 영국에 대한 현명한 조언을 구했다〉고 회상했다. 류비모프는 런던 사교 클럽과 스카치위스키의 즐거움에 대해 기꺼이 자세하게 설명해 주었다. 〈어찌나 얄궂은 일인지!〉 류비모프는 나중에 이렇게 썼다. 〈영국 첩자에게 내가 영국에 관한 조언을 하고 있었다니.〉 레일라도 그가 영어 단어를 얼마나 외웠는지 밤에 시험해 보는 식으로 공부를 돕다가 자신도 영어를 조금 익혔다. 〈그의 능력이 너무나 부러웠다. 하루에 서른 개 단어를 외우다니. 정말 머리가 좋았다.〉

류비모프의 제안으로 고르디옙스키는 서머싯 몸의 소설들을 읽기 시작했다. 제1차 세계 대전 때 영국의 정보 요원이었던 몸은 첩보 활동 중에 겪게 되는 도덕적 모호함을 작품에서 훌륭하게 묘사한다. 고르디옙스키는 볼셰비키 혁명 때 러시아로 파견된 영국 스파이 어셴든에게 특히 마음이 끌렸다. 〈어셴든은 선함을 높이 사지만, 그렇다고 악함에 격분하는 사람이 아니었다.〉 몸은 이렇게 썼다. 〈어셴든이 누군가에게 마음을 주기보다는 흥미롭게 지켜본다는 이

유로, 그를 매정한 사람이라고 생각하는 사람들도 있다.〉[10]

고르디옙스키는 영어 실력을 더 높이기 위해 킴 필비의 보고서 번역 작업을 거들었다. 필비는 같은 세대의 공무원들이 그렇듯이, 상류층 영국인 관료 특유의 복잡하게 배배 꼬인 영어를 사용했다. 모음을 길게 늘여서 느릿느릿 나른하게 말하는 이 〈화이트홀 만다린〉[11]은 러시아어로 옮기기가 유독 어려웠지만, 영국 공무원 사회의 불가해한 언어를 익히는 데 유용한 독본이 되었다.

제3부에서 영국-스칸디나비아과는 나란히 자리 잡고 있었다. 고르디옙스키는 자신이 영국 쪽으로 발령받는 데 도움이 될 만한 사람이면 누구든 친분을 쌓아 두려고 노력을 기울였다. 1980년 4월, 레일라가 딸 마리아를 낳았다. 아버지가 된 고르디옙스키는 아이의 탄생을 축하하려고 제3부의 부장인 빅토르 그루시코와 류비모프를 자랑스레 초대했다. 〈그루시코와 나는 그의 장모가 요리한 아제르바이잔의 맛있는 음식들을 대접받았다.〉 류비모프는 이렇게 회상했다. 〈그의 장모는 체카에서 일한 경력이 있는 자기 남편이 얼마나 훌륭한 사람인지 우리에게 말해 주었다. 고르디옙스키는 자신이 덴마크에서 수집한 그림들을 자랑했다.〉

상사에게 기름칠을 할 때 문제점은 상사가 새로운 사람으로 바뀔 수 있다는 것이다. 결국 기름이 아주 많이 낭비되는 셈이었다.

미하일 류비모프가 갑자기 KGB에서 불명예스러운 해고를 당했다. 중앙의 도덕주의자들과 충돌한 것은 고르디옙스키와 같았지만, 그의 죄가 더 컸다. 두 번째 결혼 생활이 삐걱거리는 와중에 다른 요

---

10 서머싯 몸, 『어센든, 영국 정보부 요원』, 이민아 옮김(파주: 열린책들, 2020), 230면.
11 화이트홀은 영국의 중앙 관청가이고, 만다린은 중국의 공용어를 지칭하는 말이다 ― 옮긴이주.

원의 아내와 사랑에 빠졌는데 그걸 발령받기 전에 KGB에 알리지 않은 죄. 그에게는 항변의 기회도 주어지지 않았다. 류비모프는 고르디옙스키에게 유용한 기밀 공급원이었을 뿐만 아니라 보호자이자 조언자이자 동맹이자 절친한 친구였다. 눌러도 쉽게 눌러지지 않는 류비모프는 소설가가 되어 소련의 서머싯 몸이 되겠다고 선언했다.

빅토르 그루시코는 제1주요부의 차장으로 승진했고, 제3부의 부장 자리는 겐나디 티토프가 이어받았다. 전(前) 오슬로 레지덴트로 아르네 트레홀트 담당관이던 그의 별명은 〈악어〉였다. 영국-스칸디나비아과의 새로운 팀장은 니콜라이 그리빈이었다. 매력적인 인물인 그는 1976년 코펜하겐에서 고르디옙스키의 부하 직원으로 근무했으나, 그 뒤로 그를 앞질러 승진했다. 그리빈은 호리호리하고 깔끔한 미남이었다. 파티에서는 기타를 들고 방 안의 사람들이 모두 흑흑 울 때까지 슬픈 러시아 발라드를 연주하곤 했다. 그는 유난히 야망이 커서 상급자들과 친분을 쌓는 솜씨가 남달랐다. 〈상사들은 그를 대단한 친구로 생각했다.〉 반면 고르디옙스키는 그리빈을 기분 나쁜 놈, 〈아첨꾼이자 출세주의자〉로 보았다. 그래도 그에게는 그리빈의 도움이 필요했으므로, 어쩔 수 없이 마구 아부를 쏟아냈다.

1981년 여름, 고르디옙스키는 영어 최종 시험에 합격했다. 아직 유창한 것과는 거리가 먼 실력이었지만, 적어도 원칙적으로는 영국에 발령받을 자격이 생겼다. 9월에 둘째 딸 안나가 태어났다. 레일라는 〈훌륭한 어머니〉이자 주의 깊고 성실한 아내였다. 〈집에서 그녀는 놀라운 솜씨를 부렸다.〉 고르디옙스키는 이렇게 회상했다. 이제 그는 추문의 주인공이 아니었다. 그가 재활의 징조를 처음으로 느낀 것은 부서의 연례 보고서를 작성하라고 지시받았을 때였다. 중요한 회의에 나가는 일도 늘었다. 그래도 MI6와 다시 연락해도 될 만큼 중요한 기밀에 다시 접근할 수 있는 날이 올지 점점 의심스러워졌다.

한편 센추리 하우스의 선빔 팀도 정확히 같은 문제로 고민하고 있었다. 고르디옙스키에게서 귓속말조차 날아오지 않은 세월이 벌써 3년이었다. 쿠투좁스키 대로의 신호 장소 점검은 계속 조심스럽게 이어졌고, 탈출 계획인 핌리코 작전은 상시 대기 상태를 유지했다. 실전 같은 연습이 실시되어, 지부장 부부가 탈출 경로를 따라 헬싱키까지 차를 몰고 간 적도 있었다. 거스콧과 프라이스는 그들이 핀란드 국경을 넘은 뒤 합류해서 북쪽 노르웨이 국경까지 차를 몰았다. 모스크바에서는 매주 화요일 저녁 7시 30분에 MI6 지부의 직원이나 직원의 아내가 눈이 오나 비가 오나 빵집 앞으로 가서 거리를 살폈다. 마스 초코바나 킷캣을 손에 들고 서서, 회색 모자를 쓰고 세이프웨이 봉지를 든 남자가 있는지 찾아보았다. 매달 셋째 토요일에는 해로즈 백화점 쇼핑백을 든 MI6 요원이 중앙 시장의 시계탑 근처에 서서 쇼핑을 하는 척하며 스치는 접선 신호가 오는지 신경을 곤두세웠다. 〈아마 모스크바에서 단 한 개뿐이었을 겨울 토마토 한 개 값으로 내가 지불한 10파운드를 우리 정부가 아직도 지급하지 않았다.〉 한 요원은 이렇게 회상했다.

고르디옙스키는 한 번도 나타나지 않았다.

그해에 제프리 거스콧은 스웨덴의 MI6 지부장으로 임명되었다. 스웨덴어를 구사하는 고르디옙스키가 다시 해외로 파견된다면, 스톡홀름에 나타날 가능성이 있다는 점이 그 인사의 이유 중 하나였다. 고르디옙스키는 해외로 나오지 못했다. 깊은 겨울잠에 빠진 고르디옙스키 작전은 다시 깨어날 기미가 없었다.

그러다 분명한 생명의 증거인 심장 박동이 느껴졌다. 언제나 믿을 만한 덴마크 정보기관 PET 덕분이었다. PET도 고르디옙스키가 어떻게 됐는지 궁금하던 참이었다. 그래서 모스크바를 자주 방문하는 덴마크 외교관에게 다시 모스크바에 갈 일이 생기면 고르디옙스키 동무에 대해 자연스럽게 물어보라고 부탁했다. 덴마크어 실력이 아주 뛰어난 그 매력적인 소련 영사관 직원의 안부가 궁금하다고. 그런데 그 덴마크 외교관이 모스크바에서 파티에 참석했다가 자신감 있고 건강해 보이는 고르디옙스키를 보았다. 외교관은 고르디옙스키가 재혼해서 두 딸의 아버지가 되었다고 PET에 보고했다. MI6에도 이 내용이 신속히 전달되었다.

그러나 PET 보고서에서 가장 의미심장한 요소이자 선빔 팀을 들뜨게 한 요소는 고르디옙스키가 칵테일과 카나페를 먹으며 던진 한마디에 들어 있었다.

그는 미리 연습한 무심한 표정으로 덴마크 외교관을 향해 돌아서서 이렇게 말했다. 「요즘 영어를 배우고 있습니다.」

6
첩자 붓

겐나디 티토프에게는 문제가 있었다. 제1주요부 제3부의 부장인 그는 런던 주재 소련 대사관에 KGB 요원을 한 명 파견해야 했지만 보낼 사람이 없었다. 적어도 겐나디 티토프에게 반드시 납작 엎드릴 거라고 믿고 보낼 사람이 없었다. 그것이 그 자리에 필요한 첫 번째 자격 요건인데.

별명이 악어인 티토프는 대규모 관료 조직에서 흔히 볼 수 있는 사람이었다. 누군가를 장차 노예처럼 부릴 요량으로 후원해 주는 사람. 티토프는 야비하고 교활했으며, 상사에게는 간이라도 빼줄 것처럼 굴고 아랫사람에게는 이죽거렸다. 고르디옙스키가 〈KGB 전체를 통틀어 가장 불쾌하고 가장 인기 없는 요원 중 한 명〉이라고 평가한 그는 그러나 가장 힘 있는 사람 중 한 명이기도 했다. 군보르 호비크가 체포된 뒤 노르웨이에서 추방된 경력이 있는데도 여전히 뛰어난 첩자 담당관이라는 평판 덕분에 아르네 트레홀트를 계속 원거리에서 관리했다. 빈, 헬싱키 등 여러 도시에서 그를 자주 만나 엄청난 점심 식사를 하기도 했다. 티토프는 1977년 모스크바로 돌아온 뒤 상사에게 아부하고 자기 친구들을 중요한 자리에 앉히는 등 사내 정치술을 무자비하게 발휘한 덕분에 신속하게 승진했다. 고르디옙스키는 그를 혐오했다.

중앙은 풋 사건으로 100명이 넘는 KGB 요원들이 추방된 1971년 이후 줄곧 런던 지부를 재건하려고 안간힘을 쓰는 중이었다. 영어가 가능하고 유능한 요원들이 빈자리를 다 채울 수 있을 만큼 많지 않았다. 1930년대에 KGB는 영국 주류 사회에 광범위하게 침투해서 필비를 비롯한 이른바 케임브리지 간첩망을 통해 엄청난 손해를 입혔다. 그런데 이제는 그런 공적을 재현하려 해도 할 수 없다는 점이 KGB에 깊은 좌절감을 안겨 주는 원인이었다. 다양한 불법 스파이들이 영국에 침투했고, 여러 KGB 요원이 언론인이나 무역 대표로 활동하고 있었지만, 공식적인 외교관 신분으로 위장하고 효과적으로 활동할 수 있는 스파이가 부족했다.

1981년 가을, KGB의 영국 PR 라인 부팀장이 런던 주재 소련 대사관에서 참사관으로 위장해 활동하다가 모스크바로 돌아왔다. 그의 후임으로 가장 먼저 고려된 후보는 은밀한 활동을 한다는 MI5의 의심을 받고 있다는 이유로 외무부에서 거부당했다. 좋은 보직인 이 자리를 채울 사람은 해외 경험이 있고, 영어를 할 줄 알고, 합법적인 외교관 경력이 있고, 영국이 즉각적으로 거부하지 않을 인물이어야 했다.

고르디옙스키는 오로지 자신만이 그 기준을 충족할 수 있다는 암시를 여기저기 흘리고 다니기 시작했다. 영국-스칸디나비아과의 신임 팀장인 니콜라이 그리빈은 그를 응원했지만, 티토프는 런던에 자기 사람을 보내고 싶어 했다. 그런데 그때까지 고르디옙스키는 그가 원하는 만큼 그에게 고분고분 굴종하는 모습을 보여 주지 않았다. 한동안 열심히 책략을 주고받으면서 티토프는 자기가 미는 후보를 그 자리에 밀어 넣으려 했고, 고르디옙스키는 열정과 아부와 거짓 겸손함이 적절히 어우러진 태도를 보이려고 애썼다. 눈에 띄지 않게 로비하면서 경쟁자들을 조용히 헐뜯고, 악어가 흐물흐물해질 때까지 아부를 떨었다. 마침내 티토프가 한발 물러섰지만, 영국이 비자를 내줄지 의심스럽다는 태도를 보였다. 「고르디옙스키는 서방에서 잘 알려진 인물입니다.」 그는 이렇게 말했다. 「그쪽에서 바로 거부해 버릴 수도 있지만, 일단 시도는 해봅시다.」

고르디옙스키는 고마움을 넘치도록 표현했다. 하지만 속으로는 곧 악어에게 복수하는 상상을 하며 즐거워했다. 승진을 앞둔 KGB 요원의 아내로서 레일라도 기뻐 어쩔 줄 몰랐다. 그녀의 머릿속에서 영국은 거의 신화에 필적할 만큼 환상적인 나라였다. 두 딸은 쑥쑥 자라고 있었다. 튼튼한 다리로 아장아장 걸어 다니는 마리아는 기운 넘치고 독립적인 아기였다. 안나는 이제 갓 말을 배우기 시작한 단계였다. 레일라는 영어를 잘하는 두 딸에게 좋은 옷을 입혀 런던의 유치원으로 데려다주고, 물건이 넘치는 넓은 슈퍼마켓에서 장을 보고, 오랜 역사를 지닌 그 도시에서 여기저기 돌아다니는 상상을 했다. 소련의 선전에서 영국은 짓밟힌 노동자들과 탐욕스러운 자본가들이 사는 땅이었지만, 이미 덴마크에서 살아 본 경험이 있는 레일라는 서방의 생활이 어떤 것인지 알고 있었다. 게다가 1978년에 세계 보건 기구 회의에 참석한 소련 대표단의 일원으로 잠시 런던에 다녀온 적도 있었다. 함께 모험을 앞둔 많은 부부가 그렇듯이, 외국에서 새로운 생활을 일구게 될 것이라는 전망이 두 사람의 사이를 더욱 돈독하게 만들었다. 두 사람은 널찍한 거리, 언제나 끊이지 않는 클래식 음악 콘서트, 맛있는 식당, 우아한 공원을 들뜬 마음으로 상상했다. 시내를 정처 없이 돌아다니고, 무엇이든 원하는 글을 읽고, 영국인 친구를 새로 사귈 수도 있을 것이다. 고르디옙스키는 코펜하겐에서 만난 영국인들에 대해 레일라에게 이야기해 주었다. 재치 있고 세련된 사람들이며, 웃음과 너그러움이 가득했다고. 그는 덴마크도 좋은 곳이지만, 런던에서는 훨씬 더 행복해질 것이라고 말했다. 4년 전 레일라를 처음 만났을 때 고르디옙스키는 함께 세상을 여행하는 미래를 이야기한 적이 있었다. KGB에서 좋은 평가를 받는 요원이 되어 젊고 아름다운 아내와 점점 늘어나는 아이들을 데리고 다니는 꿈이었다. 이제 그때의 약속이 실현될 것 같아서 그녀는 그를 한층 더 사랑하게 되었다. 그러나 고르디옙스키의 머릿속에는 레일라에게 말하지 않은 상상도 있었다. 런던의 KGB 레지덴투라는 세계에서 가장 활발하게 활동하는 곳 중 하나이니 자신이 가장 중요한 정보를 다루게 될 것이다. 그는 안전하다는 판단이 들자마자 MI6에 다시 연락할 생각이었다. 영국에서 영국을 위해 첩자로 일하다가 어느 날, 어쩌면 금방일 수도 있고 어쩌면 몇 년 뒤일 수도 있는 어느 날, MI6에 이제 할 일을 다 했다고 말할 것이다. 그러고 나면 망명할 수 있을 테니 그때 아내에게 자신의 이중생활을 비로소 밝히고 함께 영국에 남을 것이다. 이 상상을 그는 레일라에게 말하지 않았다.

두 사람 모두에게 런던 발령은 꿈의 실현이었으나, 서로 같은 꿈을 꾸지는 않았다.

고르디옙스키에게 외교관 여권이 새로 발급되었다. 모스크바 주재 영국 대사관에 비자 신청서도 발송되었다. 대사관은 그 신청서를 런던으로 보냈다.

이틀 뒤 MI6의 소련 팀장인 제임스 스푸너가 센추리 하우스의 자기 자리에 앉아 있는데, 하급 요원 한 명이 숨을 몰아쉬며 들어와 선언했다. 「엄청난 소식이 있습니다.」 그녀는 그에게 서류 한 장을 건넸다. 「방금 모스크바에서 들어온 비자 신청서입니다.」 그 문서에 동봉된 편지에는 올레크 안토니예비치 고르디옙스키 동무가 소련 대사관의 참사관으로 임명되어 영국 정부에 신속한 외교관 비자 발급을 요청했다고 적혀 있었다.

스푸너는 날아갈 듯이 기뻤다. 하지만 그의 표정만 봐서는 누구도 그의 기분을 알아차리지 못했을 것이다.

스코틀랜드의 사회 복지사와 의사의 아들인 스푸너는 학창 시절 〈특별히 재능 있는 아이들〉을 위한 클럽에서 활동했다. 옥스퍼드 대학교 역사학과를 최우등 성적으로 졸업한 그는 중세 건축에 특히 열중했다. 〈그는 눈에 띄게 머리가 좋았으며, 판단력이 비범할 정도로 정확했다. 그러나 그가 무슨 생각을 하는지 알기가 어려웠다.〉 그와 함께 학교에 다닌 사람의 말이다. 스푸너는 역시 특별히 재능 있는 사람들의 클럽이라 할 수 있는 MI6에 1971년에 들어왔다. 어떤 사람들은 그가 장차 MI6 국장 자리까지 오를 것이라고 예측했다. MI6는 허세를 잘 부리고, 위험을 무릅쓰더라도 육감을 따르기로 유명하다. 스푸너는 정반대의 인물이었다. 그는 복잡한 첩보 활동에 역사학자(나중에 그는 MI6의 첫 공식 역사서 편찬을 추진했다) 같은 태도로 임해서, 증거를 모으고 사실을 체로 거르고 몇 번이나 생각을 거듭한 뒤에야 결론을 내렸다. 섣불리 판단을 내리기보다는 천천히 점진적으로 꼼꼼하게 문제에 접근하는 편이었다. 1981년에 그는 아직 서른두 살이었지만 이미 나이로비와 모스크바에서 외교관 신분으로 위장하고 MI6 활동을 한 경력이 있었다. 러시아어 실력이 훌륭하고, 러시아 문화에도 푹 빠져 있었다. 모스크바에서 근무하는 동안 KGB가 고전적인 〈미끼〉 작전에 그를 끌어들이려고 소련 해군 장교를 보내 영국을 위한 첩자가 되겠다는 제안을 내놓게 했다. 그 결과로 스푸너의 모스크바 생활이 예정보다 짧게 끝났다. 1980년 초 그는 소련 블록 안팎의 소련 첩자들을 관리하는 팀으로 베로니카 프라이스도 속해 있던 P5를 이끌게 되었다. KGB에서 그와 같은 일을 하는 겐나디 티토프와 그는 여러 면에서 완전히 양극단에 있었다. 티토프와 달리 스푸너는 사내 정치술에 알레르기 반응을 일으키고, 아부에 전혀 영향받지 않고, 혹독할 정도로 일에만 집중했다.

그가 팀을 맡은 뒤 가장 먼저 책상에 올라온 서류 중에 선빔 파일이 있었다.

모스크바에 있는 고르디옙스키가 조용하고 그와 연락할 길도 없는 탓에 고르디옙스키 작전은 어중간한 상태에 머물러 있었다. 〈어떻게 봐도 연락하지 않는 편이 옳았다.〉 스푸너는 이렇게 말했다. 〈전략적으로 아주 좋은 결정이었다. 우리는 장기적인 결과를 노리고 있었다. 물론 앞으로 어떻게 될지는 전혀 알 수 없었다. 그가 런던에 올 거라고 생각할 근거도 없었다.〉

그런데 이제 고르디옙스키가 그 추운 나라에서 영국으로 올 예정이었다. 3년 동안 손을 놓고 있던 제임스 스푸너, 제프리 거스콧, 베로니카 프라이스와 선빔 팀에 다시 시동이 걸렸다. 스푸너는 프라이스를 불러들여 비자 신청서를 보여 주었다. 〈나는 정말 기뻤다.〉 프라이스가 말했다. 그녀에게 이 말은 미치도록 좋아서 어쩔 줄 몰랐다는 뜻이다. 〈굉장했다. 우리가 바라던 일이었다.〉

「가서 생각을 좀 해봐야겠습니다.」 그녀는 스푸너에게 이렇게 말했다.

「너무 오래 생각하지는 마세요.」 스푸너가 말했다. 「이걸 C에게 보내야 하니까요.」

고르디옙스키에게 비자를 발급하는 일은 간단하지 않았다. KGB 요원으로 의심받는 인물은 누구든 자동으로 영국 입국이 금지되는 것이 원칙이었다. 정상적인 상황이라면 외무부가 먼저 예비 조사를 실시하다가 올레크가 코펜하겐에서 두 번 근무했음을 알게 될 것이다. 그러면 덴마크에 정보를 요청하는 것이 일반적인 절차였다. 이 정보를 통해 고르디옙스키가 정보 요원으로 의심받는다는 사실을 알게 되면 영국은 즉시 비자 발급을 거부할 것이다. 하지만 지금은 정상적인 상황이 아니었다. MI6 입장에서는 고르디옙스키의 영국 입국이 지체 없이 무조건 허락되어야 했다. 이민국에 그냥 비자를 발급해 주라고 지시할 수도 있겠지만, 그러면 의심을 살 우려가 있었다. 고르디옙스키가 남들과 다르다는 신호가 될 수 있기 때문이었다. 그에 관한 비밀이 MI6 외부로 흘러 나가는 것은 용납할 수 없었다. 소식을 들은 PET는 기꺼이 돕겠다고 나섰다. 외무부가 곧 고르디옙스키에 관해 문의할 것이라고 MI6가 알려 주자, 덴마크 측은 〈기록을 마사지〉해서 그가 의심받은 적은 있지만 KGB 요원이라는 증거는 없다는 답변을 보냈다. 〈우리가 적당히 의심스러운 구석을 남겨 둔 덕분에 비자가 정상적인 과정으로 발급되었다. 우리는 《그래요, 덴마크 측이 그를 점찍은 적은 있지만 확실하지는 않습니다》라고 말했다.〉 외무부와 이민국이 아는 한, 고르디옙스키는 그냥 평범한 소련 외교관이었다. 어쩌면 조금 무서운 사람일 수는 있어도, 공연히 호들갑을 떨 필요는 없을 것 같았다. 영국 당국이 외교관 비자를 발급해 주는 데에는 평소 적어도 한 달이 걸렸다. 고르디옙스키에게 공인된 외교관으로서 영국 입국을 허가한다는 결정이 내려지는 데에는 고작 22일이 걸렸다.

모스크바의 한 관리는 비자가 너무 빨리 나온 것에 의심을 품었다. 「당신에게 비자가 이렇게 빨리 나오다니 몹시 이상합니다.」고르디옙스키가 여권을 찾으러 갔을 때 소련 외무부의 한 관리가 음침한 얼굴로 이렇게 말했다. 「당신이 어떤 사람인지 분명히 알 텐데요. 당신이 해외에 많이 나갔으니까요. 당신의 신청서를 보고 나는 틀림없이 거부당할 줄 알았는데. 최근 그쪽에서 거부당한 신청서가 워낙 많거든요. 당신은 아주 운이 좋은 사람인 것 같습니다.」 눈이 예리한 그 관리는 이런 의심을 누구에게도 말하지 않은 모양이었다.

KGB의 관료적 업무 처리 속도는 영국보다 훨씬 느렸다. 3개월 뒤에도 고르디옙스키는 소련을 떠나도 좋다는 공식 허가를 여전히 기다리는 중이었다. KGB에서 내부 감찰을 담당하는 K부의 제5부가 고르디옙스키의 과거를 느긋하게 들여다보고 있었다. 혹시 문제가 생긴 건가 하는 생각이 차츰 들 정도였다. 센추리 하우스 사람들의 불안감도 점점 높아지고 있었다. 스웨덴에 있는 제프리 거스콧에게 언제든 연락받는 즉시 런던으로 날아와 고르디옙스키를 마중할 수 있게 대기하라는 지시가 떨어졌으나, 고르디옙스키가 오지 않았다. 뭐가 잘못된 건가?

기다림이 길어지는 몇 주 동안 고르디옙스키는 KGB 본부에서 파일들을 정독하며 알찬 시간을 보냈다. KGB 본부는 내부에서 일하는 사람들을 제외한 모든 이에게 지구상에서 가장 비밀스럽고 도저히 뚫고 들어갈 수 없는 장소였다. 모스크바 중앙의 내부 보안 시스템은 복잡한 동시에 엉성했다. 최고 기밀인 작전 파일들은 부서장실의 자물쇠 달린 캐비닛 안에 보관되어 있었지만, 다른 문서들은 다양한 업무를 담당하는 요원들 각자의 금고와 여러 부서 사무실에 보관되었다. 매일 저녁 요원들은 자신의 금고와 파일 캐비닛을 잠근 뒤 작은 나무 상자에 열쇠를 넣고, 그 상자를 점토 덩어리로 봉인한 다음 거기에 자기만의 스탬프를 찍었다. 옛날에 문서를 밀랍으로 봉인하고 인장을 찍던 것과 비슷했다. 그러고 나면 당직 요원이 상자들을 수거해서 겐나디 티토프의 방에 있는 금고에 넣었다. 그리고 그 금고의 열쇠를 다시 작은 상자에 넣고 당직 요원의 스탬프를 찍어 똑같은 방식으로 봉인한 다음, 24시간 내내 사람이 지키는 제1주요부 서기실에 그 상자를 보관했다. 아주 많은 시간과 아주 많은 점토가 필요한 시스템이었다.

고르디옙스키의 자리는 영국 팀에서 정치를 담당하는 635호실에 있었다. 그 방의 커다란 금속 선반 세 개에는 영국 내의 인물 중 KGB가 첩자, 잠재적인 첩자, 비밀 접촉자로 생각하는 사람들의 파일이 있었다. 635호실에 있는 서류들은 모두 현재 진행 중인 작전과 관련된 것이었다. 중복된 자료들은 중앙 문서고로 옮겨졌다. 선반마다 세 개씩 놓여 있는 마분지 상자 안에 각각 파일이 두 개 들어 있고, 파일은 끈과 점토로 봉인되었다. 어떤 파일의 봉인을 풀기 위해서는 부서장의 서명이 필요했다. 영국 팀의 선반에는 〈첩자〉로 분류된 사람들에 대한 파일 여섯 개와 〈비밀 접촉자〉로 분류된 사람들에 대한 파일 열두 개가 있었다.

고르디옙스키는 이 파일들을 차례로 살펴보면서 KGB가 현재 영국에서 어떤 정치적 작전을 펼치고 있는지 차츰 감을 잡았다. 부팀장인 드미트리 스베탄코는 벼락치기 공부를 하는 거냐며 그를 놀렸다. 「문서를 읽는 데 너무 시간을 낭비하지 마. 영국에 도착하면 거기가 어떤 곳인지 알게 될 테니.」 그래도 고르디옙스키는 성실한 사람이라는 평판이 의심을 상쇄해 주기를 바라며 조사를 계속했다.

매일 부서장의 서명을 받아 파일 하나를 꺼내 봉인을 깨고 KGB가 현재 낚으려 하거나 이미 낚은 영국인의 신원을 새로이 알아냈다.

그 사람들은 엄밀한 의미의 스파이는 아니었다. PR 라인이 주로 추구하는 것은 정치적 영향력과 비밀 정보였으므로, 여론을 선도하는 사람, 정치가, 기자 등 힘이 있는 사람들을 겨냥했다. 은밀한 방식으로 기밀이든 아니든 하여튼 의식적으로 정보를 제공해 주는 사람은 〈첩자〉로 간주되었고, 자신의 행동을 의식하는 정도는 다양하더라도 어쨌든 유용한 정보를 주는 사람은 〈비밀 접촉자〉로 분류되었다. 정보의 대가로 호의, 휴가, 돈을 받는 사람도 있고, 단순히 소련에 호감을 품고 있을 뿐 KGB가 자신을 상대로 작전을 펼치고 있다는 사실을 전혀 모르는 사람도 있었다. 자신에게 암호명이 부여되어 있고, KGB 본부 안의 잠긴 캐비닛 안에 자신의 파일이 있다는 사실을 알면 대경실색할 사람들이 대부분이었다. 그래도 이들은 덴마크의 KGB 지부가 포섭하려 했던 무명의 인물들과는 급이 다른 사람들이었다. 영국은 중요한 국가였으므로, 파일 속 인물 중에는 수십 년 전부터 KGB와 관계를 맺은 사람도 있었다. 또한 이름만 들어도 충격적인 사람들도 있었다.

잭 존스는 가장 존경받는 노조 운동가 중 한 명이며, 고든 브라운 영국 총리가 〈세계에서 가장 위대한 노조 지도자 중 한 명〉[1]이라고 언급한 적이 있는 사회주의 운동가였다. 그도 KGB 첩자였다.

원래 리버풀의 부두 노동자였던 존스는 스페인 내전 때 국제 여단 소속으로 공화파를 위해 싸웠으며, 1969년에는 운수 노동조합 (TGWU)의 사무총장으로 활동하고 있었다. 한때 조합원이 200만 명을 넘는 서방 세계 최대 노조였던 TGWU에서 그는 10년 가까이

---

1 『가디언』, 2009년 4월 24일 자에 실린 잭 존스의 부고에서 재인용.

사무총장을 역임했다. 1977년에 실시된 여론 조사에서 유권자의 54퍼센트는 존스가 영국에서 총리보다 더 영향력이 큰 가장 유력한 인물이라고 대답했다. 온화하고 솔직하고 비타협적인 잭 존스는 노조의 얼굴이었으나, 개인적인 면에서는 의심스러운 구석이 있었다.

존스는 1932년에 공산당에 입당해 적어도 1949년까지 당원 자격을 유지했다. 소련 정보기관이 처음 그에게 접근한 것은 그가 스페인 내전 때 입은 부상으로 요양하고 있을 때였다. 런던 공산당 본부를 도청한 결과를 적은 MI5의 보고서에 따르면, 존스는 〈노조 활동가인 자신을 믿고 전달된 정부 관련 정보와 기타 정보를 당에 넘길 준비〉[2]가 되어 있었다. KGB는 그를 공식적인 첩자 목록에 넣고, 드림(영어의 〈Dream〉을 러시아어로 음역했다)이라는 암호명을 부여했다. 그가 〈동료와 접촉자들에 관한 정보는 물론, NEC(중앙 집행 위원회)와 당의 국제 위원회 위원으로 취득한 노동당 기밀문서〉를 넘긴 1964년부터 1968년 사이의 일이었다. 그는 〈휴가 경비〉를 위한 기부금을 받았으며, KGB는 그를 〈다우닝가 10번지의 현황, 노동당 지도자들, 노조 운동 등에 관해 정보〉를 넘겨주는 〈규율을 아주 잘 지키고 유용한 첩자〉로 보았다. 1968년 프라하의 봄을 계기로 존스는 KGB와의 관계를 끊었지만, 고르디옙스키가 살펴본 파일에 따르면 그 뒤로도 산발적인 접촉이 있었던 듯했다. 존스는 1978년 TGWU에서 물러나면서 작위를 주겠다는 제안도 신랄하게 거부했다. 그러나 여전히 좌파의 강력한 인물이었다. 고르디옙스키는 〈KGB가 그와의 연계를 되살리고 싶어 하는 것이 파일에 분명히 드러나 있음〉을 알아차렸다.

2 Christopher M. Andrew, *The Defence of the Realm: The Authorized History of MI5* (London: Allen Lane, 2009).

그가 살펴본 두 번째 파일의 주인공은 노동당의 좌파 의원인 밥 에드워즈였다. 전직 부두 노동자, 스페인 내전 참전, 노조 지도자, 장기적인 KGB 첩자라는 점이 모두 존스와 똑같은 에드워즈는 1926년 청년 대표단을 이끌고 소련을 방문했을 때 스탈린과 트로츠키를 만났다. 그리고 오랫동안 정치가로 활동하면서 고급 기밀에 접근할 수 있고, 기꺼이 정보를 넘겨주는 정보원임을 증명했다. 나중에 MI5는 에드워즈가 KGB에 〈틀림없이 자신이 손에 넣을 수 있는 모든 정보를 넘겨주려 했을 것〉[3]이라는 결론을 내렸다. 소련은 그의 비밀 활동에 대해 소련에서 세 번째로 높은 훈장인 〈인민의 우정 훈장〉을 비밀리에 수여했다. 당시 그의 담당관이던 레오니드 자이체프(고르디옙스키가 코펜하겐에 있을 때 상사였던 인물)가 브뤼셀에서 에드워즈를 만나 훈장을 직접 보여 준 뒤 다시 모스크바로 가져가 안전하게 보관했다.

이런 거물들 외에 여러 조무래기의 기록도 파일에 들어 있었다. 예를 들어 베테랑 평화 운동가이자 전직 의원이며 노동당 사무총장인 페너 브록웨이 경이 그런 경우였다. 이 〈비밀 접촉자〉는 KGB와 오랫동안 거래하면서 소련 정보기관으로부터 많은 호의를 받았으나 그 보답으로 그다지 가치 있는 결과를 생산하지 못한 듯했다. 1982년 그의 나이는 아흔네 살이었다. 『가디언』의 기자인 리처드 고트에 관한 파일도 있었다. 1964년 왕립 국제 문제 연구소에서 일하던 고트에게 런던 주재 소련 대사관 직원이 접근했다. 그와 접촉한 최초의 KGB 요원이었다. 그는 스치듯 지나간 이 스파이 세계와의 접촉을 즐거워했다. 〈냉전 시대의 첩보 소설을 읽은 사람이라면 누구나 친숙하게 여길 긴장되고 비밀스러운 분위기가 즐거웠다.〉[4]

3 앞의 책.

그는 나중에 이렇게 말했다. 접촉이 다시 시작된 때는 1970년대였다. KGB는 그에게 론이라는 암호명을 부여했고, 그는 소련의 후원으로 빈, 니코시아, 아테네를 여행했다. 그는 나중에 이렇게 썼다. 〈많은 언론인, 외교관, 정치가와 마찬가지로, 나는 냉전 시대에 소련인들과 식사를 함께했다. (……) 비록 나와 내 파트너의 경비를 대주는 형태에 불과했을지라도, 그들의 붉은 돈을 받았다. 당시 상황에서 그것은 비난의 대상이 될 만한 어리석은 짓이었지만, 그때 내게는 그냥 즐거운 우스갯소리처럼 보였다.〉

모든 정보기관이 그렇듯이 KGB도 현실이 뜻대로 되지 않을 때 희망 사항만 좇으며 없는 현실을 만들어 내는 경향이 있었다. 따라서 파일에 수록된 인물 중에는 첩자가 아니라 잠재적인 친(親)소련 성향으로 보이는 좌파 인사에 불과한 사람이 여럿 있었다. 핵 군축 캠페인은 특히 첩자를 포섭하기에 좋은 비옥한 땅으로 간주되었다. 고르디옙스키는 〈이상주의자가 많았다〉면서 〈대부분은 자기도 모르는 사이에 《도움을 주었다》〉고 밝혔다. KGB가 목표로 삼은 사람들에게는 모두 암호명이 부여되었다. 하지만 그것만으로 그들이 첩자가 된 것은 아니었다. 단순히 신문과 정기 간행물에서 뽑아 온 이야기들이 정치 파일에 많이 들어가 있는 것은 첩보 세계에서 흔한 일이다. 런던의 KGB 요원들은 이런 이야기를 매만져서 기밀처럼 보이게 만들었다. 기밀이라는 것은 곧 중요하다는 뜻이었다.

하지만 모든 자료 중에 단연코 눈에 띄는 것이 하나 있었다. 문제의 마분지 상자에는 300쪽 분량의 폴더와 절반쯤 되는 분량의 폴더가 들어 있었다. 낡은 끈으로 묶고, 점토로 봉인해 놓은 이 두 폴더의 파일명은 붓BOOT. 표지에는 〈첩자〉라는 단어가 가위표로 지워

4 리처드 고트, 『가디언』, 1994년 12월 9일 자.

지고, 〈비밀 접촉자〉라는 말이 대신 적혀 있었다. 1981년 12월, 고르디옙스키는 이 파일의 봉인을 깨고 처음으로 서류를 펼쳤다. 첫 번째 페이지는 작성 양식에 따른 소개 글인 것 같았다. 〈나, 상급 작전 요원 이반 알렉세예비치 페트로프 소령은 영국 국민인 첩자 마이클 풋에게 붓이라는 가명을 부여하여 이렇게 파일을 작성한다.〉

첩자 붓은 저명한 작가 겸 웅변가, 베테랑 좌파 의원, 노동당 지도자이며 만약 다음 선거에서 노동당이 승리한다면 영국의 총리가 될 마이클 풋이었다. 이 나라 영국에서 여왕 폐하의 충성스러운 야당을 이끄는 지도자가 KGB에 매수된 첩자였다는 뜻이다.

고르디옙스키는 덴마크에서 근무할 때 미하일 류비모프에게서 들은 이야기를 떠올렸다. 1960년대에 그가 노동당의 유망한 신진 의원을 자기편으로 끌어들이려고 애썼다는 내용이었다. 류비모프는 회고록에서 당시 관련 정보를 알고 있던 사람들의 옆구리를 팔꿈치로 세게 찌르기라도 하려는 듯이, 자신이 그 의원을 포섭한 런던 주점 이름을 〈류비모프와 붓〉[5]이라고 표기했다. 고르디옙스키는 마이클 풋이 영국에서 가장 유명한 정치가 중 한 명이 되었다는 사실을 알고 있었다. 15분 동안 그 파일의 페이지를 넘기면서 그의 맥박이 점점 빨라졌다.

마이클 풋은 정치사에서 독특한 위치를 차지하고 있다. 말년에 그는 조롱거리가 되어 〈워즐 거미지〉[6]라고 불렸다. 그의 추레한 외모, 두꺼운 재킷, 두꺼운 안경, 울퉁불퉁한 지팡이를 빗댄 이름이었다. 그러나 한창때의 그는 20년 동안 노동당 좌파에서 우뚝 솟은 인

5 Helen Womack (ed.), *Undercover Lives* (London: Weidenfeld & Nicolson, 1998)에서 재인용.

6 영국의 어린이 이야기책에 나오는 허수아비의 이름 — 옮긴이주.

물이었으며, 대단히 교양 있는 작가이자 웅변을 토하는 대중 연설 가였다. 또한 강인한 신념을 지닌 정치인이기도 했다. 영국에서 그만큼 국보급 인물이었다. 1913년생인 그는 먼저 기자로 사회에 첫발을 내디뎌서 사회주의 신문인 『트리뷴』의 편집자로 일하다가 1945년에 의원으로 선출되었다. 1974년에는 처음 각료로 임명되어, 해럴드 윌슨 내각의 고용부 장관이 되었다. 1979년에 치러진 선거에서 노동당의 제임스 캘러헌은 마거릿 대처에게 패배했고, 18개월 뒤에는 노동당 당수에서 물러났다. 그리고 풋이 1980년 11월 10일에 노동당 당수로 선출되었다. 〈사회주의에 대한 나의 신념은 언제나 그랬듯이 굳건하다.〉[7] 그는 이렇게 말했다. 영국은 깊은 경기 침체에 빠져 있었다. 대처는 인기가 없었다. 여론 조사에서 노동당의 지지도는 보수당을 10퍼센트 포인트 이상 앞섰다. 1984년 5월로 예정된 차기 총선에서 마이클 풋이 승리해 총리가 될 가능성이 높아 보였다.

이런 상황에서 붓 파일이 공개된다면, 순식간에 모든 것이 끝날 터였다.

페트로프 소령은 확실히 유머 감각이 있는 사람이었는지, 암호명을 고를 때 풋과 붓으로 말장난하고 싶다는 유혹에 저항하지 못했다. 그러나 그것만 제외하면 서류의 내용은 시종일관 진지했다. 거기에는 KGB가 그에 대해 〈진보적〉 인물이라는 결론을 내린 1940년대 말부터 20년에 걸쳐 풋과의 관계가 어떻게 발전해 왔는지 차근차근 묘사되어 있었다. 『트리뷴』의 사무실에서 풋과 처음 만났을 때 KGB 요원들은 외교관 행세를 하며 그의 주머니에 10파운

---

7 "On This Day: 10 November," BBC, http://news.BBC.co.uk/onthisday/hi/dates/stories/november/10/newsid_4699000/4699939.stm.

드(현재 가치로 대략 250파운드)를 슬쩍 찔러주었다. 그는 거절하지 않았다.

그 뒤로 계속 마이클 풋에게 지불된 돈이 목록으로 정리되어 있었다. 날짜, 금액, 돈을 건넨 요원의 이름이 적힌 표준 양식의 서류였다. 고르디옙스키는 이 목록을 죽 훑으면서 대략 계산을 해보았다. 1960년대에 10~14회 돈이 지불되었고, 한 번에 지불된 액수는 100~150파운드였다. 따라서 총액을 어림잡으면 1천5백 파운드, 현재 가치로 3만 7천 파운드(4만 9천 달러)가 넘는 돈이었다. 그 돈이 어디에 쓰였는지는 불분명하다. 나중에 류비모프는 풋이 그 돈을 〈그냥 가졌을지도〉 모른다고 고르디옙스키에게 말했지만, 풋은 돈을 밝히는 사람이 아니었으므로 항상 빈털터리 상태이던 『트리뷴』을 지탱하는 데 썼을 가능성이 높다.

런던 레지덴투라에서 첩자 풋을 관리한 사람들의 명단도 있었다. 본명과 암호명이 모두 적혀 있는 이 서류에서 류비모프의 이름이 즉시 고르디옙스키의 눈에 띄었다. 그의 암호명은 코린이었다. 〈나는 재빨리 명단을 훑어보았다. 내가 아는 사람이 또 있는지, 풋 같은 사람을 관리한 요원들이 누구인지 알아보는 것이 내 목적 중 하나였다.〉 5쪽 분량의 색인에는 풋이 KGB와 대화하면서 언급한 사람들의 이름이 모두 적혀 있었다.

풋과 KGB 담당관의 만남은 대략 한 달에 한 번씩 있었다. 소호의 게이 후사 식당에서 점심을 먹으며 만날 때가 많았다. 모든 만남은 사전에 세심하게 계획되었다. 만남에서 나눌 이야기의 윤곽을 사흘 전 모스크바에서 보내 주었다. 만남의 결과를 기록한 보고서는 먼저 런던의 PR 라인 책임자와 레지덴트가 차례로 읽은 다음 모스크바 중앙으로 보내졌다. 단계를 한 번씩 거칠 때마다 작전에 대한 평가도 이루어졌다.

　고르디엡스키는 보고서 중 두 건을 정독한 뒤 여섯 건의 보고서
는 대충 훑어보기만 했다. 〈나는 그 보고서에 사용된 어법과 문체,
거기에 반영된 관계의 성격에 관심이 있었다. 내가 생각했던 것보
다는 훌륭했다. 대단히 창의적이지는 않았지만, 머리가 뛰어난 사
람이 잘 작성한 보고서였다. 풋과의 관계는 양측이 서로에게 공감
하고 속내를 터놓는, 매우 발전된 단계였다. 그들은 정중한 말투를
사용했으며, 대화에는 상세한 이야기와 진짜 정보가 가득했다.〉 류
비모프는 풋을 관리하고 돈을 건네는 재주가 특히 뛰어났다. 〈미하
일 페트로비치는 봉투에 넣은 돈을 그의 주머니에 찔러 넣었다. 워
낙 행동이 우아해서 그런 동작을 해도 납득이 갔다.〉

　그 대가로 KGB는 무엇을 얻었을까? 고르디엡스키는 이렇게 회
상했다. 〈풋은 노동 운동에 관한 정보를 거리낌 없이 알려 주었다.
어떤 정치인과 노조 지도자가 소련에 우호적인지 알려 주고, 심지
어 소련의 돈으로 흑해에서 휴가를 즐기게 해주면 좋은 노조 지도
자가 누군지도 넌지시 알려 주었다. 핵 군축 캠페인을 앞장서서 지
지하던 풋은 핵무기와 관련해서 어떤 논의들이 이루어지고 있는지
에 대해서도 자신이 아는 바를 알려 주었다. KGB가 그 대가로 영
국의 군축을 주장하는 원고를 넘겨주면 그는 그것을 편집해서 『트
리뷴』에 실었다. 그 기사의 원래 출처가 어디인지는 밝히지 않았다.
1956년 소련이 헝가리를 침공했을 때도 풋은 KGB에 전혀 항의하
지 않았고, 소련에 오면 최고위급 환영을 받았다.〉[8]

　풋은 놀라울 정도로 많은 정보를 갖고 있었다. 노동당 내부의 투

8 Charles Moore, "Was Foot a national treasure or the KGB's useful idiot?," 『데일리
텔레그래프』, 2010년 3월 5일 자.

쟁에 대한 상세한 정보는 물론, 베트남 전쟁, 케네디 암살이 낳은 군사적 결과와 정치적 결과, 디에고 가르시아섬을 미군 기지로 개발하는 문제, 한국 전쟁의 미해결 이슈들을 협의한 1954년의 제네바 회의 등 뜨거운 주제들에 관한 노동당의 태도에 대해서도 정보를 제공했다. 풋은 소련에 정치적 통찰력을 제공해 줄 수 있는 독특한 위치에 있었으며, 소련의 주장을 잘 받아들였다. 소련이 그를 조종하는 방식은 섬세했다. 〈요원은 마이클 풋에게 이런 식으로 말했다. 「풋 씨, 이러이러한 내용이 대중에게 알려지면 유용할 것이라는 결론을 우리 쪽 분석 요원들이 내렸습니다.」 그러고 나서 이어지는 말은 이렇다. 「제가 자료를 좀 준비했는데…… 마음에 들면 가져가서 쓰세요.」 그들은 장차 풋의 신문과 기타 여러 신문에 어떤 기사를 실으면 좋을지 의논했다.〉 풋에게 소련의 선전이 날것 그대로 전달되고 있다는 사실은 양쪽 모두 인정한 적이 없었다.

붓은 독특한 종류의 첩자였다. KGB가 생각하는 첩자의 정의에 정확히 맞아떨어지지는 않았다는 뜻이다. 그는 소련 관리들과의 만남을 숨기지 않았다(그렇다고 널리 광고하지도 않았다). 대중에게 알려진 공인인 만큼 어차피 은밀한 만남이 불가능하기도 했다. 그는 〈여론의 창조자〉였으므로, 단순한 첩자라기보다는 영향력을 발휘하는 사람에 더 가까웠다. KGB가 자신을 내부적으로 첩자로 분류했다는 사실을 풋은 몰랐을 것이다. 지적인 독립성을 계속 유지했고, 국가 기밀은 누설하지 않았기 때문이다(당시 그는 그런 기밀에 접근할 권한도 없었다). 그는 『트리뷴』에 대한 소련의 후한 지원을 받아들이면서 자신이 진보 정치와 평화를 위해 일하고 있다고 믿었음이 틀림없다. 심지어 자신을 상대하는 소련인들이 KGB 요원이며, 자신에게 정보를 주는 한편 자신이 제공한 정보를 모스크바로 전달하는 일도 하고 있다는 사실을 몰랐을 수도 있다. 이 짐작이 옳다면 그는 말문이 막힐 만큼 순진한 사람이었다.

1968년에 붓 작전의 기조가 바뀌었다. 프라하의 봄 이후 풋은 소련을 강렬히 비판했다. 하이드 파크에서 열린 항의 시위에서 그는 이렇게 선언했다. 「소련의 행동은 사회주의에 대한 최악의 위협이 바로 크렘린에서 나온다는 사실을 확인해 줍니다.」[9] 그 뒤로는 더 이상 돈이 건너오지 않았다. 붓의 지위도 〈첩자〉에서 〈비밀 접촉자〉로 강등되었다. 만남의 횟수도 점점 줄어들다가, 풋이 노동당 당수로 출마했을 무렵에는 만남 자체가 사라졌다. 그러나 1981년 KGB는 붓 작전이 아직 열려 있으며, 부활의 가능성도 있다고 보았다.

붓 파일을 본 고르디옙스키는 확신했다. 〈KGB는 1968년까지 마이클 풋을 첩자로 간주했다. 그가 우리에게서 직접 현금을 받았다는 사실은, 우리가 그를 첩자로 생각해도 정당하다는 뜻이었다. 첩자가 돈을 받는 것은 우리에게 아주 좋다. 그것이 관계를 강화해 주는 요소이기 때문이다.〉

풋은 법을 어기지 않았다. 소련 스파이도 아니었다. 그러니 조국을 배신한 것은 아니었다. 하지만 그는 KGB의 지시를 받았고, 그들의 돈도 비밀리에 받았다. 그리고 적국이자 전체주의 독재 국가인 소련에 정보를 제공했다. 만약 당 안팎의 정치적 경쟁자들이 그와 KGB의 관계를 알게 되었다면, 그가 쌓아 온 경력이 순식간에 파괴되고 노동당도 목이 잘리면서 영국의 정치계를 바꿔 놓을 추문에 불이 붙었을 것이다. 그렇지는 않더라도 풋은 최소한 선거에서 반드시 패배했을 것이다.

레닌이 〈쓸모 있는 바보〉라는 말을 만들어 냈다고 알고 있는 사

9 마이클 풋이 1968년 6월에 하이드 파크 집회에서 한 연설.

람이 많다. 러시아어로 〈폴레즈니 두라크〉인 이 말은 자기도 모르는 사이에 이용당해서 선전을 널리 퍼뜨리는 사람, 또는 자신을 조종하는 사람의 목적에 찬동하는 사람을 뜻한다.

마이클 풋은 KGB에 쓸모가 있었고, 완전히 바보스러웠다.

고르디옙스키가 풋 파일을 읽은 때는 1981년 12월이었다. 그다음 달에 그는 그 파일을 다시 읽으면서 그 내용을 최대한 암기했다.

부팀장인 드미트리 스베탄코는 고르디옙스키가 영국 파일에 아직도 파묻혀 있는 것을 보고 깜짝 놀랐다.

「뭘 하는 건가?」그가 불쑥 물었다.

「파일을 읽고 있습니다.」고르디옙스키는 사무적인 목소리를 내려고 애썼다.

「꼭 읽어야 하는 거야?」

「철저히 준비해야 할 것 같아서요.」

스베탄코는 별로 감탄한 기색이 아니었다. 「그런 파일을 읽으면서 시간을 낭비하지 말고, 쓸모 있는 보고서나 좀 쓰는 게 어때?」그는 이렇게 쏘아붙이고는 밖으로 나갔다.

1982년 4월 2일, 아르헨티나가 남대서양의 영국 전초 기지인 포클랜드섬을 침공했다. 야당 지도자이자 평화의 사도인 마이클 풋조차도 아르헨티나의 공격에 맞서 〈말이 아닌 행동〉을 보여 줘야 한다고 요구했다. 마거릿 대처는 침략자를 물리치기 위한 기동대를 파견했다. 모스크바 중앙에서는 포클랜드 전쟁으로 인해 반(反)영 감정이 격렬히 분출되었다. 그렇지 않아도 대처는 소련에서 증오의 대상이었는데, 포클랜드 전쟁은 영국의 제국주의적 오만을 보여 주는 또 하나의 사례였다. 〈KGB의 적대감은 거의 히스테리 수준이었다.〉고르디옙스키는 이렇게 회상했다. 그의 동료들은 용감한 아르헨티나가 영국을 물리칠 것이라고 확신했다.

영국이 전쟁 중일 때, 고르디옙스키는 KGB 내에서 혼자 영국 편을 들었다. 자신이 비밀리에 충성을 맹세한 그 나라에 과연 발을 디딜 날이 오기는 할지 걱정스러웠다.

KGB의 제5부가 마침내 고르디옙스키에게 영국에 가도 좋다는 허가를 내주었다. 1982년 6월 28일, 그는 런던행 아에로플로트 항공기에 올랐다. 아내 레일라와 이제 각각 두 살과 9개월이 된 두 딸도 함께였다. 마침내 영국으로 향하게 되어 마음이 놓이고, 빨리 MI6와 다시 접촉하고 싶어서 마음이 급했다. 하지만 미래는 여전히 불투명했다. 만약 그가 영국을 위해 성공적으로 임무를 수행한다면 결국은 망명할 수밖에 없을 테니 어쩌면 두 번 다시 소련에 돌아오지 못할 수도 있었다. 어머니와 누이동생을 두 번 다시 만나지 못할 수도 있었다. 만약 정체가 발각된다면 소련으로 돌아오겠지만, 그때는 KGB의 감시를 받으며 심문과 처형을 앞둔 상태일 것이다.

비행기가 이륙하는 순간 고르디옙스키의 마음속에는 지난 4개월 동안 KGB 문서고에서 긴장 속에 비밀스레 읽은 문서들의 내용이 무겁게 쌓여 있었다. 알아낸 사실들을 글로 메모하는 것은 너무 위험해서 엄두를 내지 못했다. 그래서 영국에서 활동하는 모든 PR 라인 요원의 이름, 런던 주재 소련 대사관에서 근무하는 모든 KGB 요원의 이름이 그의 머릿속에만 들어 있었다. 〈제5의 사나이〉[10]의 신원을 알려 주는 증거, 소련으로 망명한 킴 필비의 활동, 노르웨이의 아르네 트레홀트가 소련의 스파이라는 추가 증거도 머릿속에 있었다. 그러나 무엇보다 중요한 것은 KGB가 마이클 풋에 대해 작성한

---

10 킴 필비를 포함해서 소련 간첩으로 활동했던 케임브리지 5인방 중 신원이 밝혀지지 않은 한 사람 — 옮긴이주.

붓 파일의 상세한 내용을 그가 암기했다는 점이었다. 그것은 영국 첩보 기관에 줄 깜짝 선물이자, 정치적으로 엄청난 폭발력을 지닌 폭탄이었다.

참조

붓 파일의 상세한 내용은 1995년 2월 고르디옙스키와의 회고록 인터뷰에 들어 있다. 『선데이 타임스』 문서 보관실 소장.

2부

7
안가

겉으로 보기에 올드리치 에임스는 그냥 평범하게 불행한 CIA 요원이었다. 그는 술을 너무 많이 마셨고, 결혼 생활은 느리고 잔잔하게 미끄러지듯이 무너지고 있었다. 돈이 충분했던 적은 한 번도 없었다. 냉전의 변방인 멕시코시티에서 소련 스파이를 포섭하는 그의 업무는 놀라울 정도로 재미가 없었고, 성과도 별로 없어서 버지니아주 랭글리의 CIA 본부에서 귀찮은 요구들이 끊임없이 날아왔다. 에임스는 자신의 노력이 제대로 평가받지 못하고, 봉급도 너무 적고, 섹스도 제대로 즐기지 못하는 삶을 살고 있다고 생각했다. 얼마 전에는 질책도 많이 받았다. 어느 크리스마스 파티에서 술에 취했다는 이유로, 깜박 잊고 금고를 잠그지 않았다는 이유로, 소련 첩자의 사진이 든 서류 가방을 기차에 두고 내렸다는 이유로. 그의 근무 기록에는 그가 한결같이 평범하고, 언제나 이류급 솜씨를 보여 주며, 눈에 잘 띄지 않게 게으름을 피운다는 사실만이 적혀 있을 뿐이었다. 키가 크고 마른 몸매에 두꺼운 안경을 쓰고, 언제 봐도 스스로 자신이 없어 보이는 콧수염을 기른 그는 다른 사람들과 함께 있을 때 잘 눈에 띄지 않았고 군중 속에서는 아예 투명 인간 같았다. 에임스에게는 특별한 구석이 하나도 없었다. 아마도 그것이 문제였던 것 같다.

애칭이 릭인 에임스의 마음속 깊은 곳에서는 냉소주의가 단단한 염증이 되어 서서히 자라나고 있었다. 그 속도가 너무 느려서 아무도, 특히 에임스 자신도 알아차리지 못했다.

한때는 에임스도 큰 꿈을 꾸었다. 1941년에 위스콘신주 리버 폴스에서 태어난 그는 1950년대에 시리얼 상자에 그려진 목가적인 꿈같은 근교에서 유년 시절을 보냈다. 나름대로 우울증, 알코올 의존증, 조용한 절망도 존재하는 삶이었으나 그런 것은 모두 가려졌다. 그의 아버지는 학자로 사회에 첫발을 내디뎠으나 어쩌다 보니 버마에서 CIA를 위해 일하게 되었다. 미국 정부가 비밀리에 자금을 대는 버마의 간행물에 돈을 전달해 주는 것이 그의 임무였다. 에임스는 어렸을 때 〈성자〉라는 별명을 지닌 사이먼 템플라가 나오는 레슬리 차터리스의 스릴러를 읽으며 자신이 〈용감하고 정중한 영국 모험가〉가 된 상상을 했다. 그는 스파이처럼 보이려고 트렌치코트를 입었고, 마술을 연습했다. 사람들을 속이는 것이 좋았다.

에임스는 머리가 좋고 상상력이 풍부했지만, 현실은 언제나 그의 희망과 달랐다. 그가 생각하는 응분의 보상을 그에게 주지도 않았다. 시카고 대학교에서 성적 불량으로 퇴학당한 뒤 그는 한동안 배우 아르바이트를 했다. 그는 자기보다 높은 자리에 있는 사람들에게 반발하는 성격이었다. 〈그가 하기 싫어하는 일을 누가 시키면 그는 아무 말 없이 그냥 그 일을 하지 않았다.〉 그와 함께 일했던 사람의 말이다. 그는 간신히 대학을 졸업한 뒤, 아버지의 조언으로 어찌어찌 CIA에 들어갔다. 「거짓말은 나쁜 것이지만, 공공의 이익에 도움이 된다면 괜찮지.」 아버지는 점점 진해지는 버번 향기 속에서 이렇게 말했다.

CIA의 하급 요원 훈련 코스의 목적은 복잡하고 힘든 첩보 세계에서 임무를 수행할 때 애국심에서 우러난 헌신을 하게 만드는 것이었다. 하지만 효과가 이것만 있는 것은 아니었다. 에임스는 때로는 도덕을 마음대로 변형시킬 수 있음을 배웠다. 미국 법이 다른 나라의 법보다 우선한다는 것, 욕심 많은 스파이가 이념이 투철한 스파이보다 더 가치가 높다는 것도 배웠다. 〈그들이 일단 돈이라는 갈고리에 걸리고 나면, 그들을 유지하기도 부리기도 더 쉽기〉 때문이었다. 에임스는 〈사람의 취약점을 평가하는 능력〉이 첩자 포섭을 좌우한다고 믿게 되었다. 상대의 약점을 파악하고 나면 그를 함정에 빠뜨려 조종할 수 있었다. 불충은 죄가 아니라 작전 도구였다. 〈첩보의 요체는 신뢰의 배반이다.〉 에임스는 이렇게 단언했다. 틀린 생각이었다. 첩자를 성공적으로 관리하는 데에는 신뢰의 유지, 즉 기존의 충성심을 더 고결한 충성심으로 바꾸는 것이 가장 중요했다.

에임스는 동서 첩보전의 중심지인 튀르키예에 배치되어 앙카라에서 소련 첩자들을 포섭하며 훈련 때 배운 것을 실천에 옮겼다. 그는 자신이 타고난 스파이 관리자라는 결론을 내렸다. 〈상대에게 초점을 맞추고 관계를 확립하며, 나 자신과 상대를 조종해서 목적하던 상황을 만들어 내는 능력〉이 있기 때문이었다. 하지만 상사들은 그의 업무 성과를 기껏해야 〈만족스러운〉 정도로만 평가했다. 프라하의 봄 이후 그에게 밤새 수백 장의 포스터를 붙이라는 지시가 떨어졌다. 〈68년을 기억하라〉는 슬로건이 적힌 포스터를 붙인 것은 튀르키예 국민이 소련의 침공에 분노했다는 인상을 풍기기 위해서였다. 그는 포스터 다발을 쓰레기통에 던지고 술을 마시러 갔다.

에임스는 1972년 워싱턴으로 돌아와 러시아어 강좌를 듣고, 4년 동안 소련-동유럽부에서 일했다. 그곳이 행복한 직장은 아니었다. 리처드 닉슨이 1972년 워터게이트 강도 사건에 대한 연방 조사를 막기 위해 CIA를 동원했다는 사실이 밝혀지자 지난 20년 동안 CIA가 한 일에 대한 일련의 조사가 시작되면서 CIA는 위기에 빠졌다. 〈수치스러운 비밀〉이라고 불리게 된 조사 결과 보고서에는 CIA의 권한을 한참 벗어나는 불법적인 활동들이 줄줄이 밝혀져 있었다. 언론인 도청, 강도, 암살 음모, 인간을 대상으로 한 실험, 마피아와의 공모, 체계적인 국내 민간인 사찰 등이 여기 포함되었다. 이 보고서에 따르면, 안색이 시체처럼 창백하고 난을 수집하는 취미를 가진 제임스 앵글턴 CIA 방첩 책임자는 킴 필비가 서방의 정보기관들을 상대로 대규모 침투 작전을 지휘하고 있다는 잘못된 믿음에 사로잡혀 내부 첩자를 잡아내겠다고 나섰다가 하마터면 CIA를 무너뜨릴 뻔했다. 앵글턴은 결국 1974년에 강제 퇴직을 당했지만, 심각한 의심증이라는 후유증이 남았다. CIA는 스파이 전쟁에서도 뒤처지고 있었다. 〈앵글턴이 이끄는 방첩 팀의 지나친 열정 덕분에 우리는 소련 내부에 첩자라고 불릴 만한 소련인을 거의 갖고 있지 않았다.〉[1] 에임스와 같은 시기에 CIA에 들어와서 나중에 CIA 국장이 된 로버트 M. 게이츠의 말이다. 그 뒤로 10년 동안 CIA는 전면적인 개혁에 나섰지만, 에임스가 처음 입사했을 때의 CIA는 가장 바닥에 떨어진 상태여서 사기도 조직도 형편없고 대체로 신뢰받지도 못했다.

1976년에 에임스는 뉴욕으로 발령받아 소련 첩자를 포섭하는 일을 하다가 1981년 멕시코시티에 배치되었다. CIA는 그의 음주 습

---

1 Robert M. Gates, *From the Shadows*.

관뿐만 아니라 일을 질질 끄는 습관과 불평불만에 대해 알고 있었지만, 그를 해고해야 한다는 말은 어디서도 언급되지 않았다. CIA 근무 경력이 벌써 20년에 가깝기 때문에 그는 정보국이 어떻게 돌아가는지 잘 알았으나 CIA 요원으로서는 정체 상태에 머물러 있었다. 그는 이것을 자신을 제외한 모두의 탓으로 돌렸다. 멕시코에서 첩자를 포섭하려는 시도에서도 그는 성과를 거의 올리지 못했다. 그런데도 동료들과 모든 상사를 바보로 취급했다. 〈내가 하는 일은 대부분 쓸데없는 일이다.〉 그는 이렇게 사실을 인정했다. 에임스는 잘 생각해 보지도 않고 동료 정보 요원인 낸시 세지바스와 속전속결로 결혼했다. 그러나 고르디옙스키의 첫 번째 결혼과 마찬가지로 이 결혼 생활 역시 싸늘했다. 아이도 생기지 않았다. 에임스가 멕시코시티로 부임할 때 낸시는 함께 오지 않았다. 에임스는 별로 좋아하지도 않는 여자들과 여러 차례 바람을 피웠으나 만족하지 못했다.

1982년 중반 무렵 에임스는 불만 많고, 외롭고, 성마른 사람으로 점점 굳어지고 있었다. 그러나 워낙 게으르고 술을 많이 마셔서 이런 추락을 막기 위해 뭔가 조치를 취할 능력이 없었다. 그러다 로사리오가 그의 인생에 등장하면서 반짝 불이 켜졌다.

마리아 델 로사리오 카사스 두퓨는 콜롬비아 대사관의 문화 담당관이었다. 프랑스 출신의 가난한 콜롬비아 귀족 집안에서 태어난 로사리오는 당시 스물아홉 살로 박식하고 쾌활하며 유혹적인 여자였다. 구불구불한 머리카락은 검은색이고 미소는 눈부셨다. 〈그녀는 담배 연기 때문에 퀴퀴한 방에 들어온 한 줄기 신선한 바람 같았다.〉 당시 멕시코시티에서 일하던 미국 국무부 직원은 이렇게 말했다. 로사리오는 또한 성숙하지 못한 성격에 가난하고 욕심이 많았다. 그녀의 집안은 한때 시골에 넓은 땅을 소유했고, 그녀 자신은 최고의 사립 학교에 다녔다. 유럽과 미국에서 유학한 적도 있었다. 콜롬비아의 엘리트였다는 뜻이다. 하지만 이제는 집안이 빈털터리였다. 〈어렸을 때 주위에 부유한 사람이 많았다.〉 그녀는 이렇게 말했다. 〈하지만 우리는 부자였던 적이 없다.〉 로사리오는 이런 상황을 바꿔 놓을 생각이었다.

그녀와 릭 에임스는 외교가의 디너파티에서 처음 만났다. 두 사람은 바닥에 주저앉아 현대 문학에 대해 열띤 토론을 벌이다가 그의 아파트로 갔다. 로사리오는 에임스가 미국의 평범한 외교관이라고 생각했으므로, 어느 정도 돈이 있을 것이라고 보았다. 릭은 그녀가 〈똑똑하고 아름답다〉고 생각하고 금방 사랑에 빠졌다는 결론을 내렸다. 〈우리의 섹스는 환상적이었다.〉 그는 이렇게 말했다.

새로 사귄 미국인 애인이 이미 유부남이고 무일푼이며 CIA 스파이라는 사실을 로사리오가 알아차렸을 때 어쩌면 그녀의 열정도 조금 누그러졌는지 모른다. 「그런 인간들하고 뭘 하는 거예요?」 그녀는 그를 다그쳤다. 「왜 당신의 시간과 재능을 낭비하고 있어요?」 에임스는 최대한 빨리 낸시와 이혼하고 로사리오와 결혼하겠다고 약속했다. 그렇게 미국에서 새로운 삶을 시작해 〈영원히 행복하게〉 살자고 했다. CIA에서 쥐꼬리만 한 봉급을 받는 처지에 이것은 돈이 아주 많이 드는 약속이었다. 낸시와 이혼하는 데에도 돈이 많이 들 텐데, 그 뒤에 사치스러운 취향의 로사리오와 살다 보면 파산할 수도 있었다. 그는 로사리오에게 CIA를 그만두고 다른 일을 시작하겠다고 말했지만 사실은 마흔한 살의 나이에 그럴 의욕도 기운도 없었다. 대신 릭 에임스의 소란스러운 머릿속 어딘가에서, 봉급도 짜고 만족스럽지도 않은 CIA 생활로 많은 돈을 벌어들일 계획이 만들어지기 시작했다.

올드리치 에임스가 돈을 많이 버는 미래를 설계하고 있을 때, 세계 반대편 런던에서는 챙이 달린 가죽 모자를 쓴 땅딸막한 남자가 켄싱턴 팰리스 가든스 13번지의 소련 대사관에서 슬그머니 빠져나와 서쪽의 노팅 힐 게이트로 향했다. 그러나 몇백 미터를 가다가 돌아선 그는 곧바로 오른쪽 길로 들어선 뒤 금방 왼쪽으로 방향을 꺾어 어느 주점으로 들어갔다. 그리고 1분 뒤 주점 옆문으로 걸어 나왔다. 마침내 어느 골목에 다다른 그는 빨간색 공중전화 부스에 들어가 묵직한 문을 닫고, 4년 전 코펜하겐에서 받은 번호를 돌렸다.

「여보세요! 런던에 잘 오셨습니다.」 제프리 거스콧이 미리 러시아어로 녹음해 둔 말이 들려왔다. 「전화 주셔서 감사합니다. 우리는 당신을 만날 날을 고대하고 있습니다. 먼저 며칠 동안 느긋하게 쉬면서 런던 생활에 익숙해지시지요. 7월 초에 연락합시다.」 녹음된 목소리는 그에게 7월 4일 저녁에 다시 전화하라고 권유했다. 거스콧의 목소리를 들으니 〈엄청나게 마음이 놓였다〉.

MI6가 올레크 고르디옙스키를 관리하기 시작한 것은 8년 전이었다. 이제 고르디옙스키가 왔으니 MI6에는 KGB 런던 지부 내부에 심어진 열정적이고 노련한 스파이가 생긴 셈이었다. MI6는 너무 서두르다가 일을 망치지 않으려고 조심했다.

고르디옙스키 가족은 소련 대사관 직원들만 살고 있는 켄싱턴 하이 스트리트의 아파트 건물에서 침실 두 개짜리 아파트에 재빨리 보금자리를 꾸몄다. 레일라는 낯선 환경에 홀린 듯이 넋을 잃었지만, 고르디옙스키는 뜻밖의 실망감을 느꼈다. 영국은 그가 리처드 브롬헤드에게 포섭되었을 때부터 줄곧 그의 목표였으므로, 그는 그동안 매력적이고 세련된 도시의 모습을 상상했다. 현실은 상대가 되지 않는 화려한 상상이었다. 런던은 코펜하겐보다 훨씬 더 더러

윘고, 모스크바와 비교해도 그리 깨끗하지 않았다. 〈나는 모든 것이 훨씬 더 깔끔하고 매력적일 줄 알았다.〉 그래도 영국에 도착했다는 사실 자체가 〈영국 정보기관과 내게 모두 엄청난 승리〉였다. MI6는 그가 도착한 사실을 틀림없이 알고 있을 테지만, 그는 일부러 며칠 뒤에야 전화를 걸었다. 만에 하나 그가 KGB의 감시를 받고 있을 가능성 때문이었다.

런던에 도착한 다음 날 아침, 고르디옙스키는 소련 대사관까지 400미터를 걸어가서 도어맨에게 갓 발급된 통행증을 내밀었다. 그리고 KGB 레지덴투라로 안내되었다. 맨 꼭대기 층에 자리 잡은 레지덴투라는 비좁고, 담배 연기가 자욱하고, 요새처럼 강화된 곳이었으며, 서로에 대한 불신으로 분위기가 딱딱했다. 이곳의 지배자는 강박적으로 의심이 많은 사람으로, 귀에 거슬리고 무뚝뚝한 〈국 Guk〉이라는 이름으로 통했다.

명목상으로는 소련 대사관 1등 서기관이지만 사실은 KGB 레지덴트인 아르카디 바실리예비치 국 장군은 2년 전 영국에 부임했으나 그동안 이곳에 동화되는 것을 애써 거부했다. 지독히 무식하고, 야망은 말도 못하게 크고, 술에 취해 있을 때가 많은 그는 모든 종류의 문화적 관심을 지적인 가식으로 여겨 거부했다. 책, 영화, 연극, 미술, 음악이 모두 그의 거부 대상이었다. 국이 KGB의 방첩(KR)부에서 두각을 나타낸 것은 발트 국가들에서 소련의 지배에 반대하는 민족주의자들을 숙청한 때였다. 그는 암살의 옹호자이자 전문가였으며, 서방으로 도주한 도망자들을 일소해 버리자고 직접 제안했다는 사실을 즐겨 자랑했다. 이 도망자 중에는 뉴욕 유대인 방어 연맹의 회장과 스탈린의 딸도 포함되어 있었다. 국은 오로지 러시아 음식만 먹는 대식가였으며, 영어는 거의 할 줄 몰랐다. 런던에 오기 전에는 모스크바시 KGB 지부의 지부장이었다. 미하일 류비모프와는 대조적으로 그는 영국과 영국인을 싫어했다. 그러나 그가 누구보다 싫어하는 상대는 빅토르 포포프 소련 대사였다. 교양과 약간의 맵시를 갖춘 외교관인 그는 국이 싫어하는 모든 것을 대변하는 인물이었다. 국은 사무실에 틀어박혀 보드카를 마시고 줄담배를 피우며 포포프를 욕할 때가 많았다. 그럴 때면 그는 포포프를 무너뜨릴 새로운 방법들을 궁리했다. 그가 모스크바로 보낸 정보들은 대부분 순전히 지어낸 것이었다. 그는 모스크바에서 날뛰는 음모론을 부채질할 만한 내용들을 영리하게 지어냈다. 1981년 3월에 새로 등장한 중도 좌파 정당인 사회 민주당(SDP)이 사실은 CIA가 만든 정당이라는 식이었다. 고르디옙스키는 자신의 새로운 상사인 국을 이렇게 요약했다. 〈거대하게 부풀어 오른 덩어리 같은 남자. 머리는 평범하고 질 낮은 잔꾀만 풍부하다.〉

국보다 좀 더 머리가 좋은 동시에 더 위협적인 인물은 방첩 대장이자 국이 가장 신뢰하고 속을 털어놓는 상대인 레오니드 예프레모비치 니키텐코였다. 기분이 내킬 때는 매력적으로 굴 줄도 아는 그는 냉혹한 미남이었다. 노란빛이 감도는 깊숙한 눈은 놓치는 것이 거의 없었다. 니키텐코는 런던에서 좋은 평가를 받으려면 국의 비위를 맞춰야 한다고 일찌감치 마음을 정했으나, 노련하고 체계적이고 교활한 방첩 요원이었다. 런던에서 3년 동안 경험을 쌓으면서 영국 정보기관이 움직이는 방식에 대해서도 많은 것을 깨달았다. 〈세상에 그런 업무가 없다.〉 니키텐코는 MI5 및 MI6와 싸울 때를 되돌아보며 이렇게 단언했다. 〈우리는 정치인이다. 우리는 군인이다. 하지만 무엇보다도 우리는 놀라운 무대에 선 배우다. 나는 첩보 활동보다 더 좋은 일을 생각할 수 없다.〉[2] 고르디옙스키에게 문제가 될 수 있는 인물을 꼽는다면 바로 니키텐코였다.

고르디옙스키의 직속 상사인 PR 라인 책임자는 이고르 표도로비치 티토프(겐나디와 친척 관계는 아니다)였다. 머리가 점점 벗어지는 중이고, 줄담배를 즐기며, 몹시 까다로운 성격인 그는 봐도 봐도 질리지 않을 정도로 서구의 포르노 잡지를 좋아했다. 소호에서 산 포르노 잡지들을 외교 행낭에 넣어 모스크바에 있는 KGB 친구들에게 선물로 보내 주기도 했다. 티토프는 대사관의 공식적인 외교관이 아니라 러시아 주간지 『뉴 타임스』의 특파원으로 신분을 위장해 활동했다. 모스크바에 있을 때 티토프를 알게 된 고르디옙스키는 그를 〈진정 사악한 사람〉으로 생각했다.

이 세 명의 상사가 레지덴트의 사무실에서 고르디옙스키를 기다리고 있었다. 그들의 악수는 미지근하고, 인사말은 형식적이었다. 국은 새로 부임한 직원을 보자마자 교양 있어 보인다는 이유로 반감을 품었다. 니키텐코는 아무도 신뢰하지 않도록 훈련받은 사람의 눈으로 그를 바라보았다. 티토프는 새로 부임한 부하 직원을 잠재적인 라이벌로 보았다. KGB는 심히 부족적인 공동체였다. 국과 니키텐코 모두 KR 라인 출신이라서 방첩 전문가의 사고방식이 머릿속에 박혀 있었으므로 새로 부임한 직원을 본능적으로 위협으로 간주했다. 별로 자격도 갖추지 못한 자가 〈남을 밀어내고 억지로〉 이 자리에 들어왔다는 것이 그들의 판단이었다.

의심증은 선전, 무지, 비밀주의, 두려움에서 태어난다. 1982년 KGB 런던 지부는 지구상에서 가장 의심증이 깊은 곳 중 하나로 심리적 압박과 강박에 시달리고 있었으나, 그런 심리 상태의 기반이 된 것은 대체로 공상일 뿐이었다. KGB는 모스크바에 와 있는 다

2 Milt Bearden, James Risen, *The Main Enemy* (London: Random House, 2003).

른 나라 외교관들을 염탐하는 데 엄청난 시간과 노력을 쏟는 만큼, MI5와 MI6도 런던에서 틀림없이 똑같은 일을 하고 있을 것이라고 생각했다. 영국 정보기관이 KGB 요원으로 의심되는 자들을 감시하고 미행한 것은 사실이지만, 소련 측이 상상한 삼엄한 감시와는 거리가 멀었다.

하지만 KGB는 소련 대사관 전체가 계속 엄청난 염탐 작전의 대상이라고 확신했다. 정보를 캐내려는 노력이 눈에 보이지 않는다는 사실은 영국 정보원들의 실력이 무척 좋을 것이라는 확신을 강화해 줄 뿐이었다. 소련 대사관과 인접한 네팔 대사관과 이집트 대사관이 〈도청 기지〉로 의심되었으므로, 요원들은 그 두 대사관과 붙어 있는 벽 근처에서 말하는 것이 금지되었다. KGB는 또한 스파이들이 눈에 띄지 않는 곳에 숨어서 망원 렌즈를 들고 건물을 드나드는 사람을 모두 추적하고 있을 것이라고 보았다. 영국이 대사관 지하에 도청 장비를 설치하려고 켄싱턴 팰리스 가든스 지하에 특수 터널을 뚫었다는 말도 돌아다녔다. 자판 두드리는 소리를 도청 장치가 포착해서 문서 내용을 알아낼 수 있다는 이유로 전기 타자기는 금지되었다. 심지어 수동 타자기도 권장되지는 않았다. 역시나 자판을 두드리는 소리로 인해 비밀이 새어 나갈 우려가 있기 때문이었다. 모든 벽에는 경고문이 붙어 있었다. 〈이름이나 날짜를 큰 소리로 말하지 마시오.〉 창문은 모두 벽돌로 막아 버렸다. 국의 사무실만 예외였는데, 거기서는 창문에 이중으로 끼워진 두 유리창 사이의 공간을 향해 미리 녹음된 소련 음악이 소형 스피커에서 흘러나왔다. 그 때문에 공간이 떨리는 듯한 독특한 소리가 작게 들려와서 사무실 안이 한층 더 초현실적인 분위기를 띠었다. 비밀 대화는 모두 사방을 금속으로 두르고 창문도 하나 없는 지하 사무실에서 이루어졌다. 1년 내내 습기가 많고 여름에는 찜통이 되는 방이었다. 건물 중간층에 있는 사무실에서 일하는 포포프 대사는 KGB가 자신의 대화를 엿듣기 위해 천장을 통해 도청 장치를 설치해 두었을 것이라고 믿었다(실제로 그랬을 가능성이 높다). 국은 개인적으로 런던 지하철을 강박적으로 의심했으므로 결코 지하철역 안에 발을 들여놓지 않았다. 역에 설치된 광고판 중 일부에 쌍방향 거울이 포함되어 있고, MI5가 그 거울을 통해 KGB의 움직임을 낱낱이 추적하고 있다는 믿음 때문이었다. 국은 어딜 가든 항상 자신의 상아색 메르세데스 자동차를 이용했다.

고르디옙스키는 자신이 새로 부임한 곳이 축소판 스탈린 세상임을 깨달았다. 런던의 다른 곳과 유리된 이 공간에서는 불신, 쩨쩨한 질투, 험담이 들끓었다. 〈시기심, 사악한 사고방식, 음험한 공격, 음모, 비난, 이 모든 것의 규모가 엄청나서 모스크바 중앙은 여학교처럼 보일 정도였다.〉

KGB 지부는 정말로 고약한 직장이었다. 하지만 고르디옙스키의 머릿속에서 KGB는 이미 가장 중요한 직장이 아니었다.

1982년 7월 4일, 고르디옙스키는 지난번과는 다른 공중전화 부스로 가서 MI6에 다시 전화를 걸었다. 미리 통보를 받고 대기 중이던 교환실에서는 그의 전화를 즉시 12층으로 연결해 주었다. 이번에는 제프리 거스콧이 직접 전화를 받았다. 두 사람의 대화는 즐거웠으나 현실적이었다. 〈다음 날 오후 3시에 만납시다. 소련 스파이들이 가장 숨어 있지 않을 것 같은 곳에서.〉

슬론가의 홀리데이 인은 런던에서 가장 재미없는 호텔로 유명했다. 이 호텔에서 유일하게 눈에 띄는 점은 매년 〈올해의 다이어트〉 경연 대회를 연다는 점뿐이었다.

약속한 시각에 고르디옙스키는 호텔 회전문으로 들어서자마자 로비 저편에 있는 거스콧을 발견했다. 그 옆에는 50대 초반의 우아한 여자가 함께 앉아 있었다. 금발을 깔끔하게 정리하고, 실용적인 신발을 신은 그 여자가 바로 베로니카 프라이스였다. 그녀는 5년 전부터 이 작전에 참가했으나, 고르디옙스키의 얼굴은 흐릿한 사진과 여권 사진으로만 보았을 뿐이었다. 그녀가 거스콧의 옆구리를 찌르며 속삭였다. 「저기 왔어요!」 거스콧은 마흔세 살인 고르디옙스키가 예전보다 나이 들어 보인다고 생각했지만, 건강한 것 같았다. 영국인 담당관을 발견한 고르디옙스키의 얼굴에 〈연한 미소〉가 스쳤다. 거스콧과 프라이스는 자리에서 일어나 고르디옙스키와 눈을 마주치지 않은 채 호텔 뒤편으로 이어진 복도를 걸어갔다. 미리 의논한 대로 고르디옙스키는 그들의 뒤를 따라 호텔 뒷문으로 나가서 아스팔트로 포장된 주차장을 가로질러 계단을 통해 주차장 1층으로 올라갔다. 환히 웃는 얼굴의 거스콧이 뒷문을 열어 놓은 자동차 옆에서 기다리고 있었다. 고르디옙스키를 만난 뒤 재빨리 자리를 뜰 수 있게 프라이스가 전날 밤 계단 문 옆 출구 근처에 세워 둔 차였다. 오늘의 만남을 위해 특별히 구매한 이 포드 자동차에는 MI6와 전혀 상관이 없는 번호판이 붙어 있었다.

고르디옙스키가 안전하게 차에 오른 뒤에야 그들은 인사를 나눴다. 거스콧과 고르디옙스키는 뒷좌석에 앉아 러시아어로 빠르게 대화를 나누며 오랜 친구처럼 가족들의 안부를 물었다. 운전대를 잡은 프라이스는 차가 많지 않은 도로에서 자신 있게 차를 몰았다. 거스콧은 자신이 해외에 있다가 고르디옙스키를 맞이하기 위해 런던으로 돌아왔다고 설명했다. 미래를 위한 계획을 세우고, 새로운 담당관에게 고르디옙스키를 인계할 준비를 하는 것도 이번에 그가 할 일이었다. 고르디옙스키는 고개를 끄덕였다. 차가 해로즈 백화점, 빅토리아 주점, 앨버트 박물관을 지나 하이드 파크를 가로지른 다음 베이스워터에 새로 지어진 아파트 단지의 앞마당으로 들어가 지하 주차장으로 향했다.

베로니카는 아무것도 모르는 부동산 중개인들과 함께 몇 주 동안 웨스트런던을 뒤진 끝에 안가로 쓰기에 딱 적당한 건물을 찾아냈다. 현대적인 건물의 3층에 있는 침실 하나짜리 아파트는 줄지어 늘어선 나무들 덕분에 바깥의 시선이 차단되어 있었다. 지하 주차장 출구는 건물 안으로 직접 이어져서, 누구든 고르디옙스키를 미행하던 사람이 그의 차가 주차장으로 들어가는 것을 보더라도 그가 어떤 아파트로 들어갔는지 알 수 없게 되어 있었다. 건물 뒤편 정원에는 급히 도망쳐야 할 때 쓸 수 있는 출입문도 있었다. 그 문을 통해 건물 뒤편 골목으로 나가면 켄싱턴 팰리스 가든스로 갈 수 있었다. 소련 대사관까지의 거리 또한 상당히 멀어서, 고르디옙스키가 여기 있다가 다른 KGB 요원들 눈에 우연히 띌 가능성은 희박했다. 하지만 거리가 지나치게 먼 것도 아니어서 그가 차를 몰고 와서 담당관을 만난 뒤 켄싱턴 팰리스 가든스로 돌아가는 데 두 시간이 채 걸리지 않았다. 근처에는 맛있는 음식을 직접 만들어 파는 식품점도 있었다. 프라이스는 이렇게 주장했다. 〈반드시 분위기 좋고, 어느 정도 품격 있는 아파트를 구해야 했다. 브릭스턴의 후줄근한 장소는 맞지 않았다.〉 아파트에는 멋진 현대식 가구도 갖춰져 있었다. 물론 도청 장치도 있었다.

일단 거실에 자리를 잡고 앉은 뒤, 프라이스가 분주히 움직이며 차를 내왔다. KGB에는 여성 담당관이 사실상 없다시피 하기 때문에 고르디옙스키는 프라이스 같은 여성을 만난 적이 없었다. 〈그는 곧바로 그녀가 마음에 든 기색이었다.〉 거스콧은 이렇게 말했다. 〈올레크는 여자를 보는 눈이 있었다.〉 고르디옙스키가 영국식 차를 정식으로 맛보는 것 또한 이번이 처음이었다. 프라이스는 자신과 같은 계층의 또래들과 마찬가지로, 차를 마시는 것을 신성하고 애국적인 의식으로 여겼다. 거스콧은 그녀의 이름을 〈진〉이라고 소개했다. 고르디옙스키는 그녀의 얼굴에 〈품위와 명예라는 영국의 전통적 특징이 그대로 구현되어 있는 것 같았다〉고 회상했다.

거스콧은 작전 계획의 개요를 설명했다. 고르디옙스키가 여기에 동의한다면, 그는 한 달에 한 번씩 점심때 이 아파트에서 MI6의 담당관을 만나게 될 것이다. 점심시간에는 KGB 요원들이 접촉자들과 (아니, 좀 더 정확히 말하자면 자기들끼리) 식사와 포도주를 즐기러 나가기 때문에 지부가 텅 비었다. 그러니 고르디옙스키가 자리를 비우더라도 눈에 띄지 않을 터였다.

거스콧이 켄싱턴 하이 스트리트와 홀랜드 파크 사이에 있는 어느 주택의 열쇠를 고르디옙스키에게 주었다. 그가 위험을 감지했을 때 숨을 수 있는 피난처였다. 원한다면 가족을 데려올 수도 있었다. 만약 정해진 만남을 취소하고 싶거나 MI6 요원을 급히 만나야 하거나 긴급한 도움이 필요할 때는 런던에 처음 도착해서 전화를 걸었던 그 번호로 다시 전화해야 했다. 교환실에는 24시간 직원이 근무하고 있으므로, 교환원이 당직 팀으로 전화를 연결해 줄 수 있었다.

거스콧은 고르디옙스키를 안심시킬 중요한 계획을 하나 더 제시했다. 모스크바에서 탈출하기 위한 계획인 핌리코 작전을 그가 런던에 있는 동안에도 계속 대기시키겠다는 것. KGB는 휴가를 후하게 주는 편이었으므로, 요원들은 매년 겨울에는 4주 동안, 여름에는 최대 6주 동안 휴가를 내고 고향으로 돌아가는 경향이 있었다. 어쩌면 고르디옙스키가 소련으로 급히 소환될 수도 있었다. 거스콧은 언제든 그가 모스크바에 가 있을 때는 MI6 요원들이 쿠투좁스키 대로의 빵집과 중앙 시장에 있는 신호 장소를 계속 확인하면서 세이프웨이 봉지를 든 남자가 있는지 찾아볼 것이라고 말했다. 심지어 그가 소련에 없을 때에도 MI6 요원들은 계속 정해진 장소를 확인할 예정이었다. KGB는 모스크바에 와 있는 모든 영국 외교관을 철저히 감시하고 아파트를 도청했다. 또한 우크라이나 호텔 꼭대기 층과 외국인들이 사는 아파트 건물 옥상에 설치된 감시 기지들이 그들의 움직임을 지켜보았다. 그러니 외교관들이 일상에서 조금이라도 어긋난 행동을 하면 눈에 띌 우려가 있었다. 고르디옙스키가 모스크바에 있을 때 정기적으로 그 빵집 앞을 지나가던 외교관들이 그가 없는 동안 그 행동을 멈췄다가 그가 돌아왔을 때 다시 그 빵집 앞을 지나간다면, KGB가 이 패턴을 알아차릴 수 있었다. 따라서 MI6는 그가 소련에 오기 전에도 소련을 떠난 뒤에도 계속 그 장소를 확인할 계획이었다. 핌리코 작전 같은 계획은 몇 달, 또는 몇 년 동안 유지되는 것이 이 업계의 엄격한 규칙이었다.

고르디옙스키 작전이 이제 새로운 국면에 접어들었으므로 암호명도 바뀌어 선빔은 녹턴(링컨셔주의 마을 이름)이 되었다.

MI6는 런던 주재 KGB 스파이를 관리해 본 경험이 한 번도 없었으므로 이 상황 자체가 새로운 도전이었다. 자매기관인 MI5의 위협도 적지 않았다. MI5는 런던에 와 있는 소련 사람 중 KGB 요원으로 의심되는 모든 사람의 움직임을 감시할 책임이 있었다. MI5에서 감시를 맡은 A4과가 베이스워터의 수상한 장소에서 은밀한 만남을 갖는 고르디옙스키를 포착한다면, 틀림없이 조사에 나설 터였다. 그러나 고르디옙스키를 감시하지 말라는 포괄적인 명령을 내리는 건 그가 보호 대상임을 분명하게 알려 주는 꼴이었다. 두 경우 모두 이번 작전의 보안에 치명적인 위협이 될 수 있었다. 영국에서 이렇게 중요한 작전을 진행할 때 MI5에 알리지 않는 것은 불가능했다. 따라서 MI5와 공동으로 이 작전을 진행하면서 MI5의 국장을 포함한 고위 관리 몇 명만 〈주입〉시키자는 결정이 내려졌다. 그러면 고르디엡스키가 MI5의 감시 대상이 되었을 때 MI6에도 그 정보가 전해져서, 감시 팀 없이 만남을 가질 수 있게 상황을 조정할 수 있었다.

MI5와 MI6가 이렇게 협력하는 것은 전례 없는 일이었다. 이 두 정보기관의 의견이 항상 일치하는 것만은 아니었다. 아마도 스파이를 잡는 일과 스파이를 관리하는 일을 양립시키기가 쉽지 않고, 때로는 두 임무가 서로 중복될 뿐만 아니라 심지어 갈등을 빚는 경우도 있기 때문일 것이다. 두 정보기관은 각자 독특한 전통, 행동 규칙, 기법을 갖고 있었다. 경쟁의식이 아주 깊어서 일에 방해가 될 때도 많았다. 역사적으로 MI6의 일부 인사들은 국내를 담당하는 MI5를 경찰보다 별로 나을 것이 없고 상상력과 열정이 부족한 조직으로 낮잡아 보는 경향이 있었다. 한편 MI5는 해외 정보를 담당하는 요원들을 사립 학교 출신의 실수 많은 모험가로 보았다. 그리고 두 기관 모두 상대 기관에서 〈비밀이 잘 샌다〉고 생각했다. 게다가 MI5가 MI6 요원 킴 필비를 오랫동안 조사하면서 두 기관의 상호 의심이 한층 깊어져 명백한 적대감으로 변했다. 그러나 녹턴 작전을 위해 그들은 서로 협력해야 했다. 하루하루 고르디엡스키를 관리하는 것은 MI6의 책임이고, MI5에서는 선택된 소수만이 이 작전에 대한 정보를 계속 받으면서 보안 문제를 담당하기로 했다. MI6가 이 작전과 관련된 기밀을 이처럼 외부에도 알리기로 결정한 것은 전통과 어긋난 놀라운 조치이자 도박이었다. MI6와 MI5가 공유하는 고르디옙스키 관련 정보에는 람파드(그리스 신화에 나오는 지하 세계의 님프)라는 암호명이 부여되었다. MI6 내부에서 녹턴에 대해 아는 사람은 소수였다. MI5에서 람파드에 대해 아는 사람은 그보다도 더 소수였다. MI6와 MI5에서 이 둘에 대해 모두 알고 있는 사람은 기껏해야 총 열두 명을 넘지 않았다.

이렇게 규칙에 대한 합의가 이루어지고 찻잔이 치워진 뒤, 고르디옙스키가 앞으로 몸을 기울이며 4년 동안 축적된 기밀들을 풀어놓기 시작했다. 모스크바에서 수집해 머릿속에 저장해 두었던 정보가 한없이 쏟아져 나왔다. 사람들의 이름, 날짜, 장소, 계획, 첩자, 불법 스파이. 거스콧은 날듯이 글자를 받아 적었다. 가끔 분명히 확인할 게 있을 때에만 고르디옙스키의 말을 중단시켰다. 고르디옙스키에게 정보를 재촉할 필요는 거의 없었다. 그는 거대한 기억의 저장고 속을 한 발, 한 발 꾸준히 뒤지며 돌아다녔다. 첫 번째 만남에서는 고르디옙스키의 기억 저장고 표면만 훑고 지나갔지만, 시간이 흐르면서 긴장이 풀리자 그는 일정한 속도로 시원하게 떨어지는 폭포처럼 기밀을 쏟아 냈다.

사람들은 누구나 기억을 자주 되새길수록 기억이 현실에 가까워진다고 믿는다. 하지만 항상 그런 것은 아니다. 대부분은 자신이 기억하는 과거를 끄집어내어 말한 뒤 그 이야기를 고수하거나 거기에 살을 붙인다. 고르디옙스키의 기억력은 이런 것과 달랐다. 그의 기억은 일관성이 있을 뿐만 아니라, 점진적이고 융합적이었다. 〈한 번씩 만날 때마다 세세한 부분들을 점점 더 덧붙여서 점차 사실을 구축해 나갔다.〉 베로니카 프라이스는 이렇게 말했다. 사진 같은 기억력을 지닌 사람이 정확한 흑백사진 같은 이미지 한 장만을 머릿속에 간직한다면, 고르디옙스키의 기억은 점으로 이루어진 점묘화 같았다. 그 점들을 하나로 모아 거대한 캔버스에 채워 넣으면 생생한 색깔의 그림이 완성되었다. 〈올레크는 대화를 기억하는 재능이 탁월했다. 타이밍, 전후 맥락, 실제로 오간 말을 기억했다. (……) 그는 암시에 휘둘리지 않았다.〉 그는 심지어 야간 근무 때 다른 요원들과 나눈 대화까지도 기억하고 있었다. 고도의 훈련을 받은 정보 요원인 만큼 그는 어쩌면 중요할 수 있는 정보와 불필요한 정보를 구분할 줄 알았다. 따라서 잘 포장된 정보를 분석까지 마친 상태로 내놓았다. 〈그는 예리한 통찰력, 의미를 파악하는 뛰어난 이해력을 지니고 있다는 점에서 남달랐다.〉

만남은 한 달에 한 번씩 정해진 패턴을 따라가다가, 어느 시점부터 2주에 한 번이 되었고, 나중에는 매주 한 번이 되었다. 고르디옙스키가 안가에 도착할 때마다 미리 와 있던 거스콧과 프라이스가 그를 따스하게 맞이하며 가벼운 점심을 차려 주었다. 〈그는 여전히 문화 충격으로 힘들어했다. 본질적으로 적대적인 KGB 지부에서 근무하는 것도 힘든 일이었다.〉 거스콧은 이렇게 회상했다. 〈그의 머릿속에는 많은 지식이 저장되어 있었다. 우리의 가장 중요한 목표는 그가 뒤로 물러나지 않게 하는 것이었다. 우리는 그를 안심시키려고 몹시 안달했다.〉

1982년 9월 1일, 고르디옙스키가 안가에 도착했더니 거스콧과 프라이스 옆에 제3의 인물이 있었다. 숱이 줄어드는 검은 머리와 말쑥하고 진지한 외모를 지닌 젊은 남성이었다. 거스콧이 러시아어로 그를 〈잭〉이라고 소개했다. 고르디옙스키가 제임스 스푸너와 처음으로 악수를 나누는 순간이었다. 두 사람은 즉시 서로에게 신뢰를 느꼈다.

제임스 스푸너는 유창한 러시아어 실력과 작전 솜씨로 거스콧이

스톡홀름으로 돌아간 뒤 자연스레 이 작전을 맡을 후보가 되었다. 원래는 독일 발령이 예정되어 있었으나, 대신 그에게 제시된 것이 녹턴 작전이었다. 〈나는 약 2분 만에 승낙했다.〉 고르디옙스키와 스푸너는 조용히 서로를 가늠해 보았다.

〈그는 내가 미리 꼼꼼한 브리핑을 듣고 예상했던 모습 그대로였다.〉 스푸너는 이렇게 말했다. 〈젊고 활기 있고 유능하고 절제되고 일에 잘 집중하는 사람.〉 이 설명은 스푸너 자신에게도 그대로 적용될 수 있었다. 두 사람은 성인이 된 뒤로 줄곧 첩보 세계에 깊이 발을 담갔고, 첩보 활동을 역사라는 프리즘으로 바라보았으며, 비유적으로도 실제로도 같은 언어를 사용했다.

〈나는 한 번도 그를 의심한 적이 없다. 전혀.〉 스푸너는 이렇게 말했다. 〈설명하기 어렵지만, 무엇을 믿고 무엇을 믿지 말아야 하는지 그냥 알게 된다. 스스로 판단을 내리는 것이다. 올레크는 전적으로 믿을 만하고 정직한 사람이었으며, 올바른 동기가 그를 움직였다.〉

고르디옙스키는 스푸너가 〈일급 정보 요원이지만 정말로 상냥하고, 감정과 감수성이 충만하고, 개인적으로도 윤리적인 원칙 면에서도 정직한 사람〉임을 곧바로 알아보았다. 나중에 그는 스푸너를 가리켜 〈내가 만난 최고의 관리자〉였다고 말했다.

고르디옙스키에게 영국은 아직 〈이국적이고 낯선〉 곳이었지만 MI6와의 만남이 거듭되면서 점점 패턴이 만들어졌다. 베이스워터의 아파트는 국이 지휘하는 KGB 레지덴투라의 가차 없는 내부 싸움과 적대적인 의심증에서 벗어날 수 있는 피난처가 되어 주었다. 식사는 베로니카가 인근 델리에서 주로 소풍용 음식으로 준비해 주었는데, 가끔 청어 절임과 비트 같은 러시아의 별미 음식과 맥주 한두 병이 들어 있기도 했다. 스푸너는 항상 커피 탁자 위에 녹음기를 놓아두었다. 숨겨진 도청 장치가 제대로 작동하지 않을 때를 대비한 조치이자, 이 일에 집중하는 전문가적인 태도를 보여 주는 행동이기도 했다. 만남 시간은 최대 두 시간이었으며, 매번 헤어지기 전에 다음 만남의 약속을 잡았다. 그러고 나서 스푸너가 녹음된 내용을 글로 옮겨 영어로 번역해서 보고서를 작성했다. 밤늦게까지 일할 때가 많았는데, 센추리 하우스 내에서 주의를 끄는 것을 피하기 위해 집에서 작업했다. 또한 MI6의 동료들에게 그의 실제 업무를 숨기기 위해, 그는 해외여행이 필요한 해외 작전에 투입된 것으로 알려져 있었다. 그가 작성한 녹취록은 다양한 〈고객들〉을 위해 보고서를 캐낼 수 있는 광맥이 되었다. 각각의 보고서는 MI6의 일반적인 원칙에 따라 한 분야씩만 다뤘다. 이런 식으로 한 번의 만남에서 스무 건의 보고서가 작성된 적도 있었는데, 개중에는 단 한 문장으로 이루어진 짧은 보고서도 몇 건 있었다. 녹턴 작전의 산물을 대조하고, 분석하고, 나누고, 위장하고, 분배하는 일은 MI6 내에서 재능 있는 냉전 전문가가 이끄는 특수 팀이 맡았다.

고르디옙스키는 자신의 기억을 체계적으로 파고 들어가 기억을 정제하고 축적했다. 이렇게 3개월 동안 그는 모든 기억을 세세한 부분까지 샅샅이 훑었다. 그 결과 MI6 역사상 가장 규모가 큰 〈작전 다운로드〉가 이루어져 KGB의 과거, 현재, 미래 계획에 대해 놀라울 정도로 꼼꼼하고 포괄적인 통찰력을 얻을 수 있었다.

고르디옙스키는 MI6 역사 속의 악마들을 하나씩 차례로 퇴치했다. 그는 킴 필비가 여전히 KGB를 위해 일하고 있지만 임시직 분석가일 뿐이며, CIA의 제임스 앵글턴이 상상한 것처럼 모르는 것이 없는 총지휘자는 결코 아니라고 설명했다. 영국의 권력자들은 필비 같은 스파이가 또 자기들 사이에 숨어 있는 것이 아닌지 오랫동안 걱정했고, 타블로이드 신문들은 이른바 〈제5의 사나이〉를 찾으려는 무자비한 사냥에 나서서 수많은 사람을 후보로 내세워 그들의 경력과 인생을 망가뜨렸다. MI5를 버리고 나온 전직 요원이자 『스파이 캐처 *Spycatcher*』의 저자인 피터 라이트는 전(前) MI5 국장 로저 홀리스가 소련 첩자라는 가설에 집착해, 일련의 내부 감찰을 촉발했다. 커다란 피해를 남긴 감찰이었다. 고르디옙스키는 홀리스의 누명을 결정적으로 벗겨 주면서 그 음모론에 종지부를 찍었다. 그는 전직 MI6 요원이며 1964년에 소련 첩자임을 이미 자백한 존 케언크로스가 바로 제5의 사나이라고 확인해 주었다. 영국이 공상 때문에 스스로를 꽁꽁 묶는 광경을 구경하면서 모스크바 중앙은 당황과 재미를 동시에 느꼈으며, 그 광경이 워낙 기괴해서 KGB는 영국이 음모를 꾸미는 것 같다고 의심하기까지 했다는 것이 고르디옙스키의 설명이었다. 그는 겐나디 티토프가 영국 신문에 또 그 마녀사냥 기사가 실린 것을 보고 이렇게 말했다고 전했다. 「이 사람들은 왜 로저 홀리스를 들먹이는 거야? 말도 안 돼. 이해할 수가 없네. 이건 틀림없이 우리를 겨냥한 영국의 특별한 수작이야.」 20년 동안이나 이어진 첩자 사냥은 터무니없이 파괴적인 시간 낭비였다.

고르디옙스키는 KGB 문서고를 조사한 덕분에 다른 수수께끼들도 해결해 줄 수 있었다. 1946년에 소련 스파이가 발각된 적이 있었다. 그러나 암호명이 엘리라는 사실만 밝혀졌을 뿐 정식으로 신원이 드러난 적은 없었는데, 그는 전쟁 전에 케임브리지 대학교에서 공산주의에 포섭되었으며 제5의 사나이처럼 정보 요원 경력이 있는 레오 롱이었다. 전쟁 중에 영국의 원자탄 연구에 참여했던 이탈리아의 핵물리학자 브루노 폰테코르보는 자진해서 KGB를 위해 7년 동안 일하다가 1950년에 소련으로 망명했다. 고르디옙스키는 또한 노르웨이의 스파이인 아르네 트레홀트가 지금도 활동 중임을 밝혔다. 트레홀트는 노르웨이가 뉴욕의 유엔에 파견한 대표단의 일원으로 활동하다가 지금은 노르웨이로 돌아가 합동 참모 대학에서 연구 중이었다. 이곳에서 민감한 정보에 많이 접근할 수 있었으므로, 그는 그런 정보를 KGB에 넘겼다. 노르웨이 정보국은 고르디옙스키가 1974년에 그의 정체를 처음 넌지시 알려 준 뒤로 계속 그를 감시 중이었으나 아직 체포하지는 않았다. 그를 체포했다가는 정보의 출처에 직접적인 의심을 살 우려가 있다는 영국의 주장이 여기에 어느 정도 영향을 미쳤다. 영국은 노르웨이에 정보의 출처가 누구인지도 알려 주지 않았다. 그런데 이제 트레홀트의 목에 걸린 올가미가 점점 죄어들기 시작했다.

MI6 고위 요원 몇 명이 센추리 하우스에 모여 녹턴 담당관들에게서 첫 보고를 청취했다. 그들은 감정을 쉽게 드러내는 사람들이 아닌데도, 〈흥분과 기대감〉이 방 안에 퍼져 있었다. 이 고위 간부들은 영국에 KGB 첩자들이 거대한 첩보망을 구성하고 있다는 정보를 기대했다. 케임브리지 5인방 같은 공산주의 스파이들이 영국을 내부에서부터 파괴하려고 지도층에 침투해 자리를 잡았다는 정보 같은 것. 그들은 1982년의 KGB가 그 어느 때 못지않게 강력하다고 보았다. 그러나 고르디옙스키는 그렇지 않음을 입증했다.

KGB가 영국에서 포섭한 첩자, 접촉자, 침투시킨 불법 스파이가 소수에 불과하며 그들 중에 심각한 위협이 될 만한 사람이 전혀 없다는 사실은 안도감과 실망감을 동시에 안겼다. 고르디옙스키는 KGB 문서고에 노조 지도자 잭 존스, 노동당 의원 밥 에드워즈의 파일이 활성화되어 있음을 밝혔다. 그는 또한 『가디언』의 기자 리처드 고트, 원로 평화 운동가 페너 브록웨이처럼 KGB의 돈이나 향응을 제공받고 소련에 호의적인 태도를 보이는 〈접촉자들〉도 알려 주었다. 그러나 스파이 사냥꾼들 입장에서 보면, 뒤를 쫓을 만한 거물급 이름은 거의 없었다. 특히 걱정스러운 것은 고르디옙스키가 제프리 프라임의 이름을 들어 본 적이 없는 것 같다는 점이었다. 영국 정보기관에서 통신과 신호 정보를 다루는 GCHQ(정부 통신 본부)의 분석가인 제프리 프라임은 바로 얼마 전 소련 첩자로 체포된 인물이었다. 만약 고르디옙스키가 KGB의 모든 파일을 보았다는 말이 사실이라면, 왜 프라임의 파일은 없었을까? 그는 1968년부터 소련 첩자가 된 사람인데. 답은 간단했다. 프라임은 KGB의 영국-스칸디나비아과가 아니라 방첩부에서 관리하던 사람이라는 것.

런던, 스칸디나비아, 모스크바에서 KGB가 어떤 활동을 하는지 고르디옙스키가 상세히 설명해 준 덕분에, 영국은 자신이 상대해야 하는 소련이라는 적이 신화에 나오는 3미터짜리 거인이 아니라 흠도 있고 서투르고 비능률적인 존재임을 알게 되었다. 1970년대의 KGB는 확실히 한 세대 전의 KGB와 달랐다. 헌신적인 첩자들이 많이 포섭되었던 1930년대의 이념적 열기 대신 지금은 겁에 질린 순응이 자리를 잡았고, 그로 인해 아주 다른 종류의 스파이가 만들어졌다. KGB는 여전히 광대하고, 자금이 풍부하고, 가차 없는 조직이었다. 가장 뛰어난 사람들을 요원으로 데려올 수 있는 능력도 있었다. 그러나 이제는 기회주의자, 아첨꾼, 상상력이 빈약하고 게으른 출세주의자들이 많은 자리를 차지하고 있었다. KGB는 여전히 위험한 적이었지만, 이제 취약점과 결점이 드러났다. 또한 현재 쇠퇴기에 접어드는 중이었다. 반면 서방의 정보기관들은 새로운 포부를 품고 활기를 띠기 시작했다. MI6는 1950년대와 1960년대에 스파이 스캔들을 겪으면서 힘을 잃고 방어적으로 웅크려 있었으나 이제 서서히 몸을 일으키고 있었다.

자신감과 흥분의 전율이 MI6 전체에 퍼졌다. 지금의 KGB는 이길 수 있을 것 같았다.

그러나 고르디옙스키가 가져온 보물 중에, 영국 정보기관과 안보기관의 최고위급 인사들이 허리를 똑바로 세우고 침을 꿀꺽 삼키게 한 정보가 하나 있었다.

마이클 풋이 KGB와 어울린 것은 이미 먼 과거의 일이었다. 고르디옙스키는 첩자 붓의 중요성을 과장하지 않으려고 주의를 기울였고, 제프리 거스콧은 이 사건을 평가하면서 자신의 뜻을 분명히 밝혔다. 풋은 오래전 〈역정보 목적〉으로 이용당했을 뿐이며, 스파이나 〈스스로 의식하고 활동한 첩자〉가 아니었다고. 그러나 1980년부터 그가 야당 지도자가 되어 영국의 지도자 자리를 놓고 마거릿 대처에게 도전하고 있다는 점이 문제였다. 어쩌면 그가 늦어도 1984년쯤 치러질 총선에서 총리가 될지도 몰랐다. 이런 상황에서 그가 KGB와 금전적인 관계를 맺은 적이 있다는 사실이 드러나면, 풋의 신뢰성이 파괴되고 선거에서 이길 가능성도 사라질 것이다. 어쩌면 역사의 방향이 바뀔 수도 있었다. 그가 위험할 정도로 좌파에 기울어져 있다고 생각하는 사람이 이미 많았지만, KGB와 접촉했다는 사실이 알려지면 그의 이념적인 지향이 훨씬 더 불길한 색채를 띨 터였다. 사실이 밝혀지면서 풋이 극단적으로 순진하고 어리석은 사람처럼 보이는 것만으로도 충분히 파괴적일 텐데, 선거 열기가 고조되면 그가 KGB에 매수된 본격적인 스파이처럼 그려질 수도 있었다.

〈이 정보의 민감성이 걱정스러워서, 이것이 당리당략에 이용되지 않게 해야 할 것 같았다.〉 스푸너는 이렇게 말했다. 〈우리 나라는 이념적으로 깊이 분열되어 있었지만, 이 정보가 주류 정치계에 흘러들어가지 않게 막아야 한다는 생각이 들었다. 우리가 깔고 앉아 있는 정보에는 오해의 소지가 너무나 컸다.〉

풋에 관한 정보는 국가 안보와 관련해서 심각한 의미를 지니고 있었다. MI6는 MI5의 존 존스 국장에게 이 정보를 넘기고 다음 행보의 결정을 맡겼다. 〈그건 그들이 결정할 일이었다.〉

로버트 암스트롱 경은 내각 장관으로서 행정 사무의 수장이며 총리의 수석 정책 보좌관이었다. 정보기관들을 감독하고 그들과 정부의 관계를 감독하는 일도 그의 책임이었다. 암스트롱은 영국 관가의 성실성을 상징하는 살아 있는 화신으로서 정치적 중립을 지키며 해럴드 윌슨 정부와 에드워드 히스 정부에서 모두 총리 수석 비서관으로 일했다. 또한 대처가 가장 신임하는 보좌관 중 한 명이기도 했다. 하지만 그렇다고 해서 그가 대처에게 무엇이든 전부 말한 것은 아니었다.

MI5 국장은 마이클 풋이 한때 KGB에 매수된 접촉자인 첩자 붓이었다고 암스트롱에게 알렸다. 두 사람은 이 정보가 정치적으로 큰불을 일으킬 가능성이 너무 커서 총리에게 알리지 말아야 할 것 같다고 의견을 모았다.

오랜 세월이 흐른 뒤 이 일에 대한 질문을 받은 암스트롱은 정부의 훌륭한 전통에 따라 신중하고 모호한 답을 내놓았다. 〈마이클 풋이 노동당 지도자가 되기 전에 KGB와 접촉한 적이 있다고 여겨진다는 사실, 『트리뷴』이 모스크바로부터 십중팔구 KGB의 돈으로 재정적인 지원을 받은 것으로 여겨진다는 사실을 나도 알고 있었다. (……) 고르디옙스키가 이것을 확인해 주었다. 이 정보가 외무 장관

이나 총리에게 어느 정도나 전달되었는지는 알지 못한다.〉

암스트롱은 나중에 영국 정부가 피터 라이트의 폭로성 회고록 출판을 막으려다 실패한 〈스파이캐처 재판〉에 핵심 증인으로 불려 나왔다. 그는 〈진실 절약economical with the truth〉[3]이라는 표현을 만들어 냈다. 실제로 마이클 풋에 관한 진실을 배포할 때 그 자신이 절약 정신을 발휘한 것 같다. 마거릿 대처나 대처의 최고위 보좌관들에게 이 사실을 알리지 않았다. 공직자 중 누구에게도, 보수당이나 노동당에도 말하지 않았다. 미국을 비롯한 영국의 동맹국에도 전혀 말하지 않았다. 누구에게도 말하지 않았다.

터지지 않은 폭탄을 넘겨받은 암스트롱은 그것을 자기 주머니에 계속 넣어 둔 채, 풋이 선거에서 지면 문제가 저절로 해결될 것이라는 희망을 품었다. 베로니카 프라이스는 말을 고르지 않았다. 〈우리가 그걸 파묻어 버렸다.〉 그래도 MI6 내부에서는 마이클 풋이 선거에서 이길 경우 어떻게 할 것인지를 놓고 논의가 이루어졌다. 그들은 KGB와의 이력이 있는 정치인이 영국 총리가 된다면 여왕에게 알려야 한다고 의견을 모았다.

고르디옙스키가 가져온 정보 보따리에는 풋 파일보다 훨씬 더 위험한 요소가 하나 더 있었다. 세상을 바꾸는 데서 그치지 않고 아예 파괴해 버릴 수도 있는 KGB의 기밀이었다.

1982년에 냉전은 핵전쟁이 정말로 일어날 것처럼 보일 정도로 다시 달아오르고 있었다. 고르디옙스키는 서방이 핵 버튼을 누르기 직전이라는 잘못된 생각을 크렘린이 진지하게 믿고 있다고 밝혔다.

---

3 〈진실을 말하지 않으려 하다〉, 〈거짓말하다〉라는 뜻 — 옮긴이주.

참조

올드리치 에임스의 생애와 관련해서 가장 많이 참고한 책은 피트 얼리의 『스파이의 자백 *Confessions of a Spy*』(1997), 그리고 산드라 그라임스 등이 쓴 『반역의 서클 *Circle of Treason*』(2012) 등이다.

8
라이언 작전

1981년 5월, KGB의 유리 안드로포프 국장은 고위 간부들을 소환한 비밀회의에서 놀라운 발표를 했다. 미국이 핵폭탄을 먼저 발사해 소련을 지워 버릴 계획이라는 내용이었다.

동과 서는 핵전쟁을 시작한 쪽이 누구든 상관없이 일단 핵전쟁이 시작되면 양편이 모두 확실하게 전멸할 것이라는 위험 때문에 20년이 넘도록 핵전쟁을 자제해 왔다. 그러나 1970년대 말 무렵 서방이 핵 군비 경쟁에서 앞서 나가면서, 긴장 속에 유지되던 데탕트 대신 다른 형태의 심리적 대결이 시작되었다. 그리고 크렘린은 서방의 선제적인 핵 공격으로 인한 파괴와 패배를 두려워하게 되었다. 1981년 초 KGB는 새로 개발된 컴퓨터 프로그램을 이용해서 지정학적 상황에 대한 분석을 실시한 뒤, 〈세계 무력의 상관관계〉가 서방에 이로운 쪽으로 움직이고 있다는 결론을 내렸다. 소련은 아프가니스탄 개입으로 엄청난 비용을 치르고 있었고, 쿠바도 소련의 자금을 고갈시켰다. 반면 미국에서는 CIA가 소련을 상대로 공격적인 비밀 작전을 시작하고, 대규모 군비 증강이 진행 중이었다. 이러다가는 소련이 냉전에서 질 것 같았다. 크렘린은 오랜 세월에 걸친 스파링으로 기진맥진한 권투 선수처럼 단 한 번의 가차 없는 공격으로 경쟁이 끝날 것을 두려워했다.

소련이 갑작스러운 핵 공격에 취약하다는 안드로포프 KGB 국장의 믿음은 합리적인 지정학적 분석보다는 개인적인 경험에서 우러나왔을 가능성이 높다. 1956년 헝가리 주재 소련 대사 시절 그는 강력해 보이던 정권이 얼마나 순식간에 무너질 수 있는지 직접 목격했다. 헝가리의 봉기를 탄압하는 데 그가 핵심적인 역할을 하기도 했다. 그리고 10여 년 뒤 프라하의 봄 때 안드로포프는 다시 〈극단적인 조치〉를 촉구했다. 〈부다페스트의 학살자〉로 불리던 그는 무력과 KGB의 억압을 굳게 믿었다. 루마니아 비밀경찰 수장은 그를 가리켜 〈공산당 대신 KGB로 소련을 다스리려 한 사람〉[1]이라고 말했다. 새로 취임한 레이건 정부의 자신감 있고 강력한 자세는 위험이 임박했음을 예고하는 듯했다.

따라서 안드로포프는 진정한 의심증 환자가 모두 그렇듯이, 자신의 두려움을 확인해 줄 증거를 찾아 나섰다.

라이언RYAN(러시아어로 〈핵미사일 공격〉을 뜻하는 라케트노 야데르노예 나파데니예의 머리글자를 딴 이름) 작전은 평화 시에 소비에트가 실행한 최대 규모의 첩보 작전이었다. 소련 지도자인 레오니드 브레즈네프가 옆에 앉아 있는 가운데, 안드로포프는 놀라서 말문이 막힌 KGB 요원들을 향해 미국과 나토가 〈적극적으로 핵전쟁을 준비하고 있다〉고 발표했다. 그는 핵 공격이 임박했다는 징후를 찾아내 일찌감치 경고하는 것이 KGB의 임무라고 말했다. 소련이 기습당하는 것을 막기 위해서였다. 그렇다면 공격이 임박했다는

---

1 Ion Mihai Pacepa, "No Peter The Great," 『내셔널 리뷰』, 2004년 9월 20일 자에서 재인용.

증거가 발견될 경우 소련이 먼저 공격할 수도 있다는 뜻이 여기에 암시되어 있었다. 안드로포프는 소련 위성 국가에서 자유를 억압했던 경험으로, 최고의 방어가 공격이라는 확신을 갖고 있었다. 선제 공격에 대한 두려움이 선제공격을 도발하는 역할을 한 것이다.

라이언 작전은 안드로포프의 과열된 상상력에서 태어났다. 그의 상상은 꾸준히 자라서 KGB와 군 첩보 기관인 GRU 내에서 일종의 강박으로 변하면서 수많은 인력을 잡아먹었다. 초강대국 사이의 긴장도 무서울 정도로 고조되었다. 라이언 작전에는 심지어 좌우명도 생겼다. 〈네 프로제롯! 놓치지 마라!〉 1981년 11월 미국, 서유럽, 일본, 제3세계 국가들의 KGB 현장 지부에 라이언 작전의 첫 번째 지시가 내려갔다. 1982년 초 모든 레지덴투라가 받은 명령은 라이언 작전을 최우선 순위에 두라는 것이었다. 고르디옙스키가 런던에 도착하던 무렵, 라이언 작전은 이미 스스로 추진력을 얻어 굴러가고 있었다. 그러나 그 작전의 바탕이 된 것은 심각한 오해였다. 미국은 선제공격을 준비하고 있지 않았다. KGB는 서방이 공격을 계획 중이라는 증거를 사방에서 찾아다녔지만, MI5의 공식 역사에 따르면 〈그런 계획은 존재하지 않았다〉.[2]

라이언 작전을 시작하면서 안드로포프는 첩보의 첫 번째 규칙을 어겼다. 자신이 이미 믿고 있는 사실에 대한 확인을 결코 요구하지 않는다는 규칙. 히틀러는 디데이에 적군이 칼레로 상륙할 것이라고 확신했으므로, 그가 파견한 스파이들도 (연합국 측이 심은 이중 첩자들의 도움으로) 같은 내용을 그에게 보고했다. 그것으로 노르망디 상륙 작전의 성공이 확보된 셈이었다. 토니 블레어와 조지 W. 부시는 사담 후세인이 대량 살상 무기를 갖고 있다고 믿었으므로, 그

2 Christopher M. Andrew, *The Defence of the Realm*.

두 나라의 정보기관들도 당연히 그런 결론을 내렸다. 현학적이고 독재적인 유리 안드로포프는 핵 공격이 임박했다는 증거를 KGB 부하들이 찾아낼 것이라고 철석같이 믿었으므로, 부하들은 그런 증거를 찾아냈다.

고르디옙스키도 모스크바를 떠나기 전에 라이언 작전에 대한 브리핑을 받았다. 센추리 하우스의 소련 전문가들은 KGB의 이 광범위한 작전에 대한 이야기를 들었을 때 처음에는 회의적인 태도를 보였다. 미국과 나토가 먼저 공격을 개시할 수 있다고 믿을 만큼 크렘린의 노인들이 서방의 도덕을 잘못 이해하고 있다고? 이건 KGB의 괴짜 베테랑 요원이 내놓은 헛소리 아닌가? 아니면 혹시 서방이 뒤로 물러서서 군비 확충의 규모를 줄이게 만들기 위해 일부러 역정보를 흘린 건가? 정보 전문가들은 고르디옙스키의 말을 선뜻 믿지 않았다. 제임스 스푸너는 속으로 생각했다. 〈모스크바 중앙이 정말로 현실과 그렇게 동떨어져 있다고?〉

그러나 1982년 11월에 안드로포프가 레오니드 브레즈네프의 뒤를 이어 소련 지도자가 되었다. KGB 국장 출신으로 공산당 서기장에 선출된 최초의 인물이었다. 그 직후 각 레지덴투라에는 라이언 작전이 〈이제 특별히 중요〉해졌으며, 〈특히 시급한 단계에 올라섰다〉는 공문이 날아왔다. 물론 KGB 런던 지부에도 아르카디 국(그의 가명인 예르마코프가 사용되었다) 앞으로 〈절대 친전(親展)〉이라는 말과 〈최고 기밀〉이라는 말이 붙은 전문이 도착했다. 고르디옙스키는 이 전문을 주머니에 넣고 몰래 대사관을 빠져나와 스푸너에게 넘겨주었다.

〈소련에 대한 나토의 핵미사일 공격 준비 태세를 밝혀내기 위한 상시 작전 명령〉이라는 제목이 붙은 이 전문은 라이언 작전의 청사진이었다. 서방의 공격 태세와 관련해서 KGB가 경각심을 가져야 하는 다양한 징후들이 거기에 포함되어 있었다. 이 문서는 서방의 선제공격을 소련이 두려워한다는 말이 진실이었으며, 깊숙이 자리 잡은 그 믿음이 점점 커지고 있다는 증거였다. 이 문서에는 이렇게 적혀 있었다. 〈라이언 작전에 따라 주적[미국]의 준비 계획을 모두 밝혀내고, 소련에 대한 핵무기 사용이 결정될 것 같다는 징후나 핵미사일 공격 준비가 즉시 이루어지고 있다는 징후를 지속적으로 감시하기 위해 레지덴투라가 체계적으로 움직이게 하는 것이 이 명령의 목적이다.〉 문서에는 잠재적인 공격 징후 스무 가지가 열거되어 있었는데, 개중에는 논리적인 것도 있고 어처구니없는 것도 있었다. 이 명령에 따라 KGB 요원들은 〈핵 관련 핵심 결정권자〉를 면밀히 감시해야 했는데, 이 결정권자 중에는 이상하게 교회 지도자와 최고위 은행가가 포함되어 있었다. 핵 저장소, 군사 시설, 대피로, 방공호뿐만 아니라 공격 결정이 내려질 수 있는 장소 또한 면밀한 감시 대상이었다. 정부, 군대, 정보기관, 민방위 조직 내에서 첩자를 포섭하는 것도 시급한 일로 규정되었다. 심지어 밤에 핵심 관청 건물에 불이 몇 개나 켜져 있는지 세어 보라는 지시도 있었다. 관리들이 공격을 준비한다면 밤새 불이 꺼지지 않을 터였다. 정부 주차장에 주차된 자동차 대수도 헤아려야 했다. 예를 들어 펜타곤에 주차된 차들이 갑자기 늘어난다면, 미국이 공격을 준비하고 있다는 신호일 수 있었다. 병원도 감시 대상이었다. 적이 선제공격에 대한 상대의 보복을 예상하고 다수의 사상자가 발생하는 경우에 대비할 것으로 예상되기 때문이었다. 도살장도 비슷한 수준의 감시 대상이었다. 만약 도살되는 가축의 수가 급격히 증가한다면, 서방이 아마겟돈에 앞서서 햄버거를 비축하고 있다는 징후일 수 있었다.

가장 이상한 명령은 〈혈액은행에 보관된 혈액 양〉을 감시하다가, 정부가 혈액을 사들이고 혈장을 비축하기 시작하면 보고하라는 것이었다. 〈구입하는 혈액의 양이 증가하고 가격도 올라간다면, 라이언 작전에 대한 대비가 시작되고 있다는 중요한 징후일 수 있다. (……) 수천 곳에 이르는 혈액 접수 센터의 위치와 혈액 가격을 파악하고, 조금이라도 변화가 있으면 기록해 둔다. (……) 혈액 접수 센터의 수와 혈액 가격이 갑자기 급격하게 치솟는다면 즉시 중앙에 보고하라.〉

물론 서방에서는 많은 평범한 사람들이 헌혈을 한다. 그들에게 지급되는 것은 쿠키 한 개뿐이며, 때로는 주스 한 잔이 곁들여지기도 한다. 그러나 크렘린은 자본주의가 서구인들의 생활 구석구석에 스며들었을 테니 〈혈액은행〉이 정말로 혈액을 사고파는 은행일 것이라고 믿었다. KGB 지부에 나와 있는 사람들은 누구도 감히 이 기초적인 오해를 바로잡아 줄 엄두를 내지 못했다. 위계질서가 강하고 비겁한 조직에서 자신의 무지를 드러내는 일보다 더 위험한 것은 상사의 어리석음을 지적하는 일이다.

고르디옙스키와 동료들은 처음에 이 독특한 요구 사항들을 보고하찮게 생각했다. 중앙이 또 잘못된 정보로 무의미한 일을 벌여 라이언 작전을 만들어 냈다고 보았기 때문이다. KGB에서도 통찰력과 경험이 많은 요원들은 서방 사람들이 핵전쟁을 좋아하지 않는다는 사실을 잘 알고 있었다. 나토와 미국의 기습 공격은 말할 것도 없었다. 국도 〈중앙의 요구에 립 서비스만〉 했을 뿐이며, 중앙의 요구를 〈어이없다〉고 생각했다. 그러나 소련 정보기관의 세계에서는 상식보다 복종의 힘이 더 강했으므로, 전 세계의 KGB 지부들은 적대적인 전쟁 계획이 만들어지고 있다는 증거를 얌전히 찾아 나섰다. 그리고 필연적으로 그런 증거를 찾아냈다. 모든 인간의 행동은, 아주 샅샅이 훑듯이 들여다보면 점점 의심스러워 보일 수 있다. 외무부 건물의 불 켜진 창문 하나, 국방부 건물의 주차 공간 부족, 호전적으로 변신할 수 있을 것 같은 성직자. 존재하지도 않는 소련 공격 계획의 〈증거〉가 점점 축적됨에 따라, 크렘린이 이미 두려워하던 일이 정말로 사실처럼 보였기 때문에 의심증이 더 깊어진 중앙은 증거를 요구하는 새로운 명령들을 내려보냈다. 이렇게 허구적인 믿음은 스스로 영원한 생명을 얻는 법이다. 고르디옙스키는 이것을 가리켜 〈정보 수집과 평가의 늪, 해외 지부들은 자신이 믿지 않는 정보라도 경각심을 일으키는 정보를 보고해야 한다는 의무감을 느꼈다〉고 말했다.

몇 달이 흐르는 동안 라이언 작전은 KGB를 지배하는 단 하나의 강박이 되었다. 거기에 레이건 정부의 말투 또한 미국이 한쪽으로 기울어진 핵전쟁을 향해 공격적으로 나아가고 있다는 크렘린의 확신을 더욱 굳혀 주었다. 1983년 초 레이건은 소련을 〈악의 제국〉이라고 비난했다. 게다가 서독에 퍼싱 II 중거리 탄도 미사일 배치가 임박해지면서 소련의 두려움은 한층 더 커졌다. 이런 무기는 〈초(超) 기습 선제공격 능력〉을 갖고 있기 때문에 미사일 사일로 등 소련의 목표물들을 고작 4분 만에 느닷없이 때릴 수 있었다. 모스크바까지 미사일이 날아오는 시간은 약 6분으로 추정되었다. 만약 KGB가 공격 전에 넉넉한 시간을 두고 조짐을 알아차릴 수 있다면, 모스크바는 〈보복 조치를 취하는 데 (……) 필수적인 선제 행동 시간〉을 얻을 수 있을 터였다. 다시 말해서 소련이 선제공격을 하겠다는 뜻이었다. 3월에 로널드 레이건이 내놓은 발표는 이런 선제적인 보복 조치를 모두 무력화하겠다는 위협이었다. 미국의 전략 방위 구상,

즉시 〈스타워즈〉라는 별명이 붙은 이 계획은 우주에 기반을 둔 무기와 위성을 이용해, 날아오는 소련 핵미사일을 격추할 수 있는 방어 막을 만드는 것이었다. 이 계획이 실현된다면 서방은 난공불락이 될 수 있고, 미국이 보복을 두려워하지 않고 공격을 시작하는 것도 가능해진다. 안드로포프는 미친 듯이 화를 내며 미국이 〈핵전쟁에서 이길 것이라는 희망을 품고 최선의 방식으로 핵전쟁을 풀어놓을 새로운 계획을 만들어 내고 있다. (……) 미국의 행동이 전 세계를 위험에 빠뜨리고 있다〉고 비난했다. 그리고 라이언 작전을 확대했다. 안드로포프와 그에게 복종하는 KGB 부하들에게 이것은 소련의 생존이 걸린 문제였다.

처음에 MI6는 라이언 작전을 KGB의 무능을 보여 주는 또 하나의 반가운 증거로 해석했다. 유령 같은 계획의 증거를 찾는 데 몰두하다 보면, KGB가 더 효과적인 첩보 활동에 쓸 시간이 별로 없을 것이라는 계산이었다. 그러나 시간이 흘러 양측의 말에 점점 심한 분노가 깃들게 되면서, 크렘린의 걱정을 단순히 시간을 낭비시키는 공상이라고 치부해 버릴 수만은 없다는 점이 분명해졌다. 어떤 나라가 분쟁이 임박했다고 믿고 두려워한다면, 먼저 치고 나올 가능성이 점점 높아진다. 라이언 작전은 냉전의 대결 상태가 얼마나 불안정해졌는지를 가장 분명한 방식으로 보여 주었다.

미국의 강경 자세가 소련의 의심을 더욱 부채질하는 바람에, 이러다가는 세상이 핵전쟁으로 인한 아마겟돈으로 끝나 버릴 것 같았다. 그러나 미국의 대외 정책 분석가들은 소련이 선전을 위해 일부러 과장된 표현을 하는 것이며, 그들의 경고성 표현은 오랫동안 이어져 온 허세 대결의 일환이라고 가볍게 생각해 버리는 경향이 있었다. 그들의 생각과 달리, 미국이 핵전쟁을 시작할 계획을 짜고 있다는 안드로포프의 말은 진심이었다. 그리고 영국은 소련에서 온 스파이 덕분에 그 사실을 알고 있었다.

크렘린의 걱정이 비록 무지와 의심증에서 싹튼 것이기는 해도 진심이라는 사실을 미국에도 알려 줘야 할 것 같았다.

영국과 미국 첩보 기관의 관계는 형제 관계와 조금 비슷하다. 서로 친하지만 경쟁심이 있고, 서로 잘 지내면서도 질투하고, 서로를 응원하면서도 싸움을 벌이기 일쑤라는 점이 그렇다. 영국과 미국은 모두 과거에 공산주의자가 고위직에 침투한 사건을 겪었으며, 서로 상대를 다 믿으면 안 될 것 같다는 의심을 계속 품고 있었다. 이미 확립된 합의에 따라 두 나라는 중간에 가로챈 적국의 통신 정보를 공유했으나, 인간 정보원에게서 수집한 정보의 공유에는 그리 후하지 않았다. 미국도 영국도 모두 상대가 전혀 알지 못하는 스파이들을 보유하고 있었다. 이런 정보원에게서 나온 〈생산물〉은 꼭 알아야 하는 사람에게만 제공되었는데, 〈꼭 알아야 하는 사람〉의 정의는 언제든 바뀔 수 있었다.

라이언 작전에 대해 고르디옙스키가 밝힌 사실들은 상대에게 도움을 주되 진실은 절약하는 방식으로 CIA에 전달되었다. 그때까지 녹턴의 자료는 MI6와 MI5 내의 〈주입된〉 관계자들에게만 배포되었다. PET, 총리실, 국무 조정실, 외무부에는 특별한 이유가 있을 때에만 공유되었다. 그런데 이 범위를 넓혀서 미국 정보기관도 포함시키자는 결정은 이 작전의 중요한 전기가 되었다. MI6는 그 정보가 어디서 왔는지, 누가 제공했는지 밝히지 않았다. 정보원의 중요성을 일부러 실제보다 깎아내리고 신분을 조심스럽게 위장해 출처가 어딘지 알 수 없게 했다. 〈평범한 CX[정보 보고서]처럼 간추려서 편집한 자료를 넘기자는 결정이 내려졌다. 우리는 정보의 출

처를 위장해야 했다. 그래서 런던이 아닌 다른 곳의 중급 관리가 제
공한 정보라고 말했다. 최대한 아무것도 아닌 것처럼 보여야 했다.〉
그러나 미국은 그 정보의 진정성과 신뢰성을 전혀 의심하지 않았다.
이것은 신뢰성과 가치가 높은 최고급 정보였다. MI6는 이 정보가
KGB 내부에서 나온 것이라고 CIA에 밝히지 않았지만, 애당초 굳
이 밝힐 필요가 없었을 것 같다.

　이렇게 해서 20세기에 가장 중요한 정보 공유 작전 중 하나가 시
작되었다.

　MI6는 조용한 자부심을 안고 천천히 조심스럽게 고르디옙스키
의 기밀 정보들을 미국에 찔끔찔끔 넘겨주었다. 영국 정보기관은
인간 정보원을 관리하는 일에 오래전부터 자부심을 품고 있었다.
미국에는 돈과 기술이 있을지 몰라도, 영국은 사람을 이해했다. 아
니, 그렇게 믿고 싶어 했다. 고르디옙스키 작전은 필비로 인해 계속
남아 있던 창피함을 어느 정도 씻어 주었으므로, 영국은 영국식 우
쭐거림을 살짝 섞어서 정보를 넘겨주었다. 미국 정보 관계자들은
감탄과 흥미와 감사를 느끼면서도, 동생이 잘난 척하는 것 같아서
살짝 짜증을 냈다. CIA는 자신들이 알아야 할 정보를 다른 기관이
결정하는 상황에 익숙하지 않다.

　고르디옙스키가 가져온 정보가 더 풍부하고 상세해지면서 나중
에는 결국 미국 정부의 최상부에까지 전달되어, 대통령 집무실 안
에서 결정되는 정책에도 영향을 미쳤다. 그러나 영국이 소련의 높
은 자리에 있는 첩자를 보유하고 있다는 사실을 아는 미국 정보 요
원은 극소수에 불과했다. 그런 정보 요원 중 한 명이 올드리치 에임
스였다.

　에임스는 멕시코에서 돌아온 뒤 CIA에서 조금 나은 대우를 받았

다. 로사리오와 함께 워싱턴 근교인 버지니아주 폴스 처치에 정착한 뒤 1983년에 그는 근무 기록에 틈새가 많은데도 CIA 소련 작전을 담당하는 부서의 방첩부장으로 승진했다. 에임스는 CIA에서 착실히 승진하고 있었지만, 점점 커지는 불만을 잠재우기에는 속도가 너무 느렸다. 로사리오는 그의 청혼을 받아들였으나, 그가 전처와 이혼하는 데 드는 돈이 너무 많아서 파산할 것 같았다. 에임스는 신용 카드를 새로 만들자마자 새 가구를 사느라 5천 달러를 긁었다. 로사리오는 실망해서 그에게 호소했다. 콜롬비아의 집에 전화도 자주 걸었다. 전화 요금만 매달 400달러였다. 아파트는 비좁았다. 에임스가 모는 차는 낡아 빠진 볼보였다.

에임스가 생각하기에 고작 4만 5천 달러밖에 안 되는 연봉은 자신이 매일 다루는 기밀의 가치를 생각할 때 하찮아도 너무 하찮았다. 레이건이 임명한 정력적인 신임 CIA 국장 빌 케이시 휘하에서 소련 담당 부서는 새로운 생명을 얻어 철의 장막 뒤에서 약 스무 명의 스파이를 관리하고 있었다. 에임스는 그들 모두의 신원을 알았다. CIA가 모스크바 외부의 통신을 도청해 엄청난 양의 정보를 빨아내고 있다는 사실도 알았다. 기술부에서 컨테이너를 개조해, 시베리아 횡단 철도에서 핵탄두를 운반하는 기차들 옆을 지나치며 정보를 수집할 수 있게 만들었다는 사실도 알고 있었다. 그는 또한 MI6가 고위급 첩자를 보유하고 있으며, 그 첩자가 KGB 내부 인물일 가능성이 높은데 영국 측이 그의 신원을 감추고 있다는 기밀을 아는 사람 중 하나였다. 그 밖에도 그가 아는 기밀은 아주 많았다. 그러나 워싱턴의 여러 술집을 전전하며 버번을 마시는 동안 그가 가장 절감한 사실은 자신이 빈털터리라는 것이었다. 자동차도 새것으로 한 대 사고 싶었다.

영국에 온 뒤로 6개월이 흐르는 동안 고르디옙스키의 이중생활은 기분 좋은 일상으로 굳어졌다. 레일라는 남편의 은밀한 활동에 대해서는 전혀 눈치채지 못하고, 새집을 이리저리 살피며 즐거워했다. 딸들은 하룻밤 새에 영국 아이가 되기라도 했는지, 인형에게 영어로 말을 걸었다. 고르디옙스키는 런던의 공원과 주점을 사랑했다. 이국적이고 알싸한 향신료 냄새가 나는 켄싱턴의 중동 식당도 좋아했다. 옐레나와 달리 요리를 좋아하는 레일라는 영국의 상점에서 구할 수 있는 요리 재료가 얼마나 많은지 모르겠다고 항상 감탄했다. 집안일과 자녀 양육은 전적으로 레일라의 몫이었다. 그녀는 여기에 불만을 품기는커녕, 한동안 해외에서 살 수 있다니 정말 운이 좋다는 말을 자주 했다. 모스크바에 사는 가족과 친구를 그리워했지만, 곧 고향으로 돌아갈 테니 걱정할 필요는 없었다. 소련 외교관의 해외 근무가 3년을 넘는 경우는 거의 없었다. 레일라가 향수에 잠길 때마다 올레크는 화제를 바꾸려고 했다. 자신이 영국의 스파이이며, 고향으로 돌아가는 일은 없을 것이라는 사실을 언젠가는 반드시 아내에게 말해 주어야 했다. 하지만 지금 그녀를 스트레스와 위험에 노출시킬 필요는 없지 않나? 그는 레일라가 소련의 관습을 따르는 훌륭한 아내라고 속으로 되뇌었다. 자신의 기만을 밝혀야 할 때가 되면, 그녀가 충격을 받아 한동안 불행에 잠기겠지만 결국은 그 사실을 받아들일 것 같았다. 어쨌든 조만간 그녀에게 진실을 알려야 했다. 그래도 그 시기를 가능한 한 늦추는 편이 좋을 것 같았다.

그들은 영국 수도에서 맛볼 수 있는 예술에 푹 빠져서, 클래식 음악 콘서트에 가고, 전시회 오프닝에 참석하고, 연극을 보았다. 그는 자신이 서방의 스파이가 된 것은 변절이 아니라 문화적 반체제 행위라고 믿었다. 〈작곡가 쇼스타코비치가 음악으로 싸운 것처럼, 작가 솔제니친이 글로 싸운 것처럼, KGB 사람인 나는 나의 첩보 세계에서 움직일 수밖에 없었다.〉 그는 기밀을 무기로 싸웠다.

매일 아침 그는 홀랜드 파크에서 달리기를 했다. 그리고 매주 한 번 정도 요일을 바꿔 가며 동료들에게 접촉자와 점심 약속이 있다고 말했다. 그런 날이면 MI5의 감시자들은 다른 곳으로 옮겨졌다. 그는 차에 올라 베이스워터의 안가로 향했다. 그 집의 지하 차고에 들어간 뒤에는, 외교관 번호판을 숨기기 위해 차에 커버를 씌웠다.

모스크바 중앙은 이제 마이크로필름으로 지시를 보내지 않았으므로, 고르디옙스키는 매번 서류를 몰래 가지고 나와야 했다. 어떤 때는 서류 다발을 통째로 가지고 나오기도 했다. 그는 사무실이 완전히 빌 때까지 기다렸다가, 서류를 주머니에 몰래 넣었다. 그가 고를 수 있는 서류들은 아주 많았다. 중앙의 여러 부서가 런던 레지덴투라의 많은 직원에게 경쟁하듯 지시를 쏟아 내고 있었다. 대사관 안에만 KGB 요원이 스물세 명, 소련 무역 대표부에 신분을 위장한 요원이 여덟 명, 기자로 위장한 요원이 네 명 있었고, 그 밖에 GRU가 배치한 군 정보 요원 열다섯 명과 불법 스파이도 있었다. 〈중앙은 엄청난 양의 정보를 만들어 냈는데, 나는 그중 무엇이든 자유로이 선택해서 넘길 수 있었다.〉

고르디옙스키가 안가에 들어와서 스푸너에게 보고하는 동안 베로니카 프라이스는 점심 식사를 준비했다. 그리고 MI6의 사무원으로 온화한 매력과 엄청난 업무 효율을 자랑하는 세라 페이지는 침실에서 모든 문서를 사진으로 찍었다. 고르디옙스키의 기억을 채굴하는 작업이 끝나면, 대화의 초점은 현재 진행 중인 작전으로 옮겨 갔다. 〈우리는 아주 빠르게 진행 중인 일들에 빠졌다.〉 스푸너는 이렇게 말했다. 〈그는 지난번 만남 이후 있었던 모든 일에 대한 최신 소식을 가져왔다. 그동안 있었던 일, 지시, 방문자, 지역적인 활동, 레지덴투라 동료들과의 대화.〉 훈련된 관찰자인 고르디옙스키는 쓸모 있어 보이는 모든 것을 머릿속에 메모해 두었다. 중앙에서 온 지시, 라이언 작전과 관련된 최신 요청과 보고서, 불법 스파이들의 활동과 그들의 신원에 대한 단서, 친분을 다질 대상, 첩자 포섭, 직원 변동……. 그는 뒷공론과 소문도 가져왔다. 동료들의 생각, 음모, 일과가 끝난 뒤에 하는 일, 음주량, 잠자리 상대, 같이 잠자리에 들고 싶어 하는 대상 등을 알려 주는 토막 소식들이었다. 「당신은 KGB 레지덴투라의 추가 멤버와 같아요.」고르디옙스키는 스푸너에게 이렇게 말했다.

때로 베로니카 프라이스가 핌리코 작전을 상세히 되짚어 주었다. 혹시 고르디옙스키가 갑자기 모스크바로 소환되어 탈출이 필요해질 경우를 위해서였다. 이 탈출 계획은 처음 작성된 뒤 몇 차례 중대한 수정을 거쳤다. 고르디옙스키는 이제 두 자녀를 둔 유부남이었다. 따라서 MI6는 탈출용 차량을 한 대가 아니라 두 대 준비할 예정이었다. 각각의 자동차 트렁크에 어른 한 명과 아이 한 명이 숨고, 아이들에게는 강력한 수면제를 주사해 탈출 과정에서 받을 정신적 충격을 줄여 주기로 했다. 베로니카 프라이스는 탈출 도중 고르디옙스키가 직접 딸들에게 약물을 주사해야 하는 경우를 대비해서 그에게 주사기와 오렌지를 주고 주사를 놓는 방법을 연습하게 했다. 몇 달에 한 번씩 그는 딸들의 몸무게를 재서 모스크바의 MI6 지부에 보고해야 했다. 몸무게에 맞춰 수면제의 양을 조절해야 하기 때문이었다.

고르디옙스키 작전은 저절로 리듬을 얻어 굴러갔지만, 긴장감은 견디기 힘들었다. 어느 날 안가에서 만남이 끝난 뒤 고르디옙스키는 근처 코노트 거리에 세워 둔 자동차를 가지러 갔다(이날은 지하 주차장에 차를 세우지 않았다). 그런데 놀랍게도 뚱뚱한 국이 운전하는 상아색 메르세데스가 그를 향해 도로를 달려오는 것이 보였다. 국이 자신을 발견했다고 생각한 고르디옙스키는 식은땀을 흘리며 자신이 대사관에서 멀리 떨어진 이 주택가에 왜 왔는지 설명할 핑계를 즉시 만들어 내려고 했다. 하지만 국은 그를 보지 못한 것 같았다.

정치인 중에 고르디옙스키 관련 기밀을 아는 사람은 세 명뿐이었다. 마거릿 대처는 고르디옙스키가 영국에 도착하고 꼬박 6개월 뒤인 1982년 12월 23일에 녹턴 작전에 주입되었다. 전혀 가공하지 않은 정보가 〈빨간 재킷〉이라고 불리는 특별한 빨간색 서류철 안에 정리되어 총리와 외교 보좌관, 총리의 개인 비서만이 열쇠를 갖고 있는 파란 상자 안에 놓였다. KGB의 런던 지부에 MI6의 첩자가 있다는 정보가 대처에게 전달되었다. 첩자의 이름은 전달되지 않았다. 내무 장관인 윌리엄 화이트로는 한 달 뒤 첩자의 존재를 전달받았다. 내각의 각료 중에서 이 정보를 알게 된 또 한 사람은 외무 장관이었다. 제프리 하우는 외무 장관으로 취임한 뒤 녹턴의 자료, 특히 라이언 작전에 관한 자료를 보고 〈크게 감탄〉했다. 〈소련 지도자들은 자기들의 선전을 정말로 믿었다. 《서방》이 소련의 전복을 위해 음모를 꾸미고 있으며, 그 목표를 달성하기 위해 어떤 수고도 마다하지 않을 것 같다고 진심으로 두려워했다.〉[3]

MI6를 위한 고르디옙스키의 첩보 활동은 몹시 순조로웠지만, KGB 내에서 그의 상황은 수렁에 빠진 것 같았다. 지부장인 국과 그

---

3 Geoffrey Howe, *Conflict of Loyalty* (London: Pan Books, 1994).

의 부관인 니키텐코는 그에게 적대감을 숨기지 않았다. 직속 상사인 이고르 티토프도 처음부터 끝까지 우호적이지 않았다. 하지만 그의 동료들이 모두 의심증에 물든 속물인 것은 아니었다. 대단히 뛰어난 사람도 있었다. PR 라인에서 함께 일하는 동료이며 나이가 30대인 막심 파르시코프는 레닌그라드에서 활동하는 예술가의 아들로, 고르디옙스키와 비슷한 문화적 취향을 갖고 있었다. 그들은 정치 팀에서 나란히 놓인 책상에 앉아 일하면서 라디오 3에서 흘러나오는 클래식 음악을 들었다. 파르시코프는 고르디옙스키가 〈똑똑하고 기분 좋은 사람이며, 문화에 대한 학식이 남다르다〉고 생각했다. 파르시코프가 감기에 걸렸을 때 고르디옙스키는 영국 약국에서 얼마 전에 발견한 코막힘 약 오트리빈을 그에게 소개해 주었다. 〈우리는 클래식 음악과 오트리빈에 대한 사랑으로 하나가 되었다.〉 파르시코프는 이렇게 썼다. 하지만 그는 고르디옙스키의 내면에 불안이 있음을 감지했다. 〈나를 비롯해서 그와 가까이 지내는 동료들이 보기에 올레크는 런던에 온 뒤 처음 몇 달 동안 틀림없이 뭔가 심각하고 불안한 일을 겪고 있는 것 같았다. 그는 극도의 불안감과 압박에 시달리는 듯했다.〉 긴장해서 말을 아끼는 태도가 남들과 달랐다. 파르시코프는 다음과 같이 말했다.

레지덴투라의 윗사람들은 처음부터 그를 싫어했다. 그는 남들처럼 술을 마시지도 않고, 아는 것이 너무 많고, 우리와 달랐다. 소련의 명절을 기념하는 전형적인 파티가 작은 중앙실에서 열린 광경을 상상해 보자. 모든 것이 정해진 그대로다. 식탁에는 샌드위치와 과일, 남자들이 마실 보드카와 위스키, 여자들이 마실 포도주가 있다. 레지덴트부터 시작해서 사람들이 차례로 건배를 한다. 고르디옙스키는 자진해서 집사 역할을 하며 사람들의 잔이 빌 때마다 술을 채워 준다. 자기 잔만 빼고. 그의 잔에는 적포도주가 들어 있을 뿐이다. 그는 한번도 동료들과 정말로 친하게 지낸 적이 없었다. 어떤 사람들은 그것을 이상하게 보았지만 나는 이렇게 생각했다. 뭐, 어때, 여기 직원 중에는 다양한 사람들이 있는데. 한 요원의 아내는 고르디옙스키를 견딜 수 없이 싫어했다. 그 이유를 말로 설명하지는 못했지만, 그가 왠지 〈잘못되고〉, 〈부자연스럽고〉, 〈두 얼굴을 가진〉 사람 같다고 했다.

파르시코프는 험담에 별로 신경 쓰지 않았다. 〈나는 워낙 게을러서 레지덴투라의 훌륭한 동료를 헐뜯는 데 끼어들 생각이 없었다.〉파르시코프는 실적이 떨어지는 것이 고르디옙스키의 가장 큰 문제였다고 회상했다. 그의 영어는 아직도 한심한 수준이었다. 점심시간에 비교적 규칙적으로 외부에 나가 사람을 만나는 것 같았지만, 새로 가져오는 정보는 별로 없었다. 그가 도착한 지 몇 달 안 돼서, 뒷소문에 흠뻑 잠긴 레지덴투라 사람들이 올레크는 이 일을 감당할 능력이 없는 것 같다고 수군거리기 시작했다.

고르디옙스키도 자신이 허우적거리고 있음을 알고 있었다. PR 라인의 전임자가 그에게 여러 접촉자를 물려주었지만, 그는 거기서 유용한 정보를 얻어 내지 못했다. 중앙이 첩자라고 밝힌 유럽 외교관과 접촉해 봤으나, 〈그는 후한 식사에만 기꺼이 응할 뿐 조금이라도 흥미로운 이야기는 하나도 해주지 않았다〉. 포섭이 가능할 것 같은 대상으로 지목된 사람 중에는 에든버러 리스의 노동당 의원인 론 브라운이 있었다. 예전에 노조를 조직하는 일을 했던 그는 아프가니스탄, 알바니아, 북한의 공산주의 정권들을 소리 높여 지지한 덕분에 KGB의 시선을 끌었다. 그는 난폭한 행동으로 의회 관리자들과 자주 마찰을 빚었으며, 나중에 자기 정부(情婦)의 속옷을 훔치고 그녀의 아파트를 엉망으로 만들어 버린 죄로 노동당에서 축출되었다. 리스에서 태어난 브라운은 아주 심한 스코틀랜드 말씨를 썼다. 그는 화려하고 유쾌한 사람이었으나, 소련 사람들은 그의 사투리를 거의 이해할 수 없었다. BBC 방송의 영어도 쉽게 알아듣지 못하는 고르디옙스키는 여러 차례 브라운에게 점심을 대접하며 다 알아듣는 척 고개를 끄덕였지만, 사실은 열 단어 중 한 개밖에 알아듣지 못했다. 브라운은 계속 사투리로 떠들어 댔다. 〈나한테 그의 말은 아랍어나 일본어와 똑같았다.〉 고르디옙스키는 레지덴투라로 돌아와, 브라운이 했을 거라고 짐작되는 말을 기반으로 완전히 이야기를 지어내 보고서를 작성했다. 브라운이 그와 대화하면서 최고 기밀을 누설했을 수도 있고, 그냥 축구 얘기나 했을 수도 있었다. 브라운이 유죄인지 무죄인지는 도저히 알아들을 수 없는 심한 스코틀랜드 사투리에 가려 영원한 역사의 수수께끼로 남을 것이다.

옛 접촉자들을 되살려 관계를 다지는 것은 새로운 접촉자를 찾는 일만큼이나 힘들었다. 밥 에드워즈는 이제 여든 살에 가까웠다. 의원 중 최고령이고 KGB의 친구가 된 것을 여전히 뉘우치지 않는 그는 과거 이야기를 즐겁게 재잘재잘 떠들어 댔지만, 새로운 정보는 거의 알지 못했다. 고르디옙스키는 옛 노조 지도자인 잭 존스와의 연락도 되살려 그의 아파트에서 그를 만났다. 이미 오래전에 은퇴한 존스는 점심 식사 대접과 가끔 건네는 현금을 기쁘게 받았지만, 정보원으로서는 〈전혀 쓸모가 없었다〉. 중앙은 저명한 〈진보주의자들〉을 자주 알려 주었다. 핵 군축 캠페인의 조운 러독과 방송인 멜빈 브래그가 그런 사람들이었다. 중앙은 제대로 접근하기만 한다면 그들이 소련의 첩자가 되어 줄 가능성이 있다고 믿었다. 많은 일에서 그랬듯이, 이 일에서도 KGB의 믿음은 틀렸다. 고르디옙스키는 여러 주 동안 노동당, 평화 운동, 영국 공산당, 노조 등의 주변을 떠돌며 새로운 접촉자를 만들려고 시도했으나 실패했다. 6개월이 흐른 뒤에도 그는 이렇다 하게 보여 줄 만한 성과가 없었다.

국과 한편인 레지덴투라의 수석 분석가는 고르디옙스키의 일솜씨를 혹평하며, 그가 무능한 놈인 것 같다고 투덜거렸다. 고르디옙스키는 〈형편없는 실적 때문에 비판을 받을까 봐〉 두려워서 연례 휴가 때 모스크바로 돌아가기가 겁난다고 파르시코프에게 털어놓았다. 중앙은 냉정했다. 〈걱정만 하지 말고 계속 일해라.〉

고르디옙스키의 상황이 녹록하지 않았다. 레지덴트에서도 그를 싫어하고, 대사관에서도 별로 호감을 보이지 않았다. 그는 새로운 직책, 새로운 언어, 새로운 도시와 씨름하며 어떻게든 좋은 인상을 주려고 애썼다. 게다가 영국을 위한 정보도 모아야 했기 때문에, KGB 일에 쏟을 시간이 부족했다.

고르디옙스키의 이런 곤경이 MI6에 뜻하지 않은 딜레마를 안겼다. 만약 그가 귀국 명령을 받는다면, 이제 막 세상을 바꿀 만큼 중요한 정보를 생산해 내기 시작한 서방의 가장 중요한 스파이 작전이 중단될 것이다. 이 작전은 고르디옙스키의 직업적 성공에 달려 있었다. KGB에서 그가 좋은 실적을 거둘수록 승진 가능성이 높아져 유용한 정보를 더 많이 접하게 될 터였다. 그의 KGB 활동을 밀어줄 필요가 있었다. MI6는 전례가 없는 두 가지 방법으로 그를 돕기로 했다. 하나는 그의 과제를 MI6가 대신 해주는 것이고, 다른 하나는 그를 방해하는 자들을 치워 주는 것이었다.

MI6 소련 담당 부서 내 녹턴 팀의 젊은 요원인 마틴 쇼퍼드에게 고르디옙스키가 동료와 상사에게서 좋은 평을 얻게 만들라는 임무가 떨어졌다. 모스크바 근무를 마치고 돌아온 지 얼마 되지 않은 쇼퍼드는 러시아어를 구사할 수 있었으며, 녹턴 작전에서 들어온 정치 정보 보고를 맡고 있었다. 그는 고르디옙스키가 KGB에 넘길 만한 정보를 모으기 시작했다. 그가 정치 정보 수집에 전문가다운 솜씨를 지녔다고 중앙이 납득할 만큼 질이 좋으면서도, 실제로 소련에 도움이 되지는 않을 정보가 필요했다. 첩보 세계의 용어로 이런 정보는 〈닭 모이〉라고 불린다. 진짜지만 심하게 피해를 주는 정보는 아니라서 첩자의 성의를 증명하기 위해 적에게 넘겨줄 수 있는 정보. 양이 많아서 포만감을 주지만, 영양가는 별로 없는 정보. 영국 정보기관은 제2차 세계 대전 중에 세심하게 걸러 낸 엄청난 양의 정보를 이중 첩자들을 통해 독일에 넘기면서 이런 닭 모이를 만들어 내는 전문가가 되었다. 그 정보에는 진실, 반(半)진실, 거짓이 섞여 있었지만 정보의 진위를 가리기는 어려웠다. 쇼퍼드는 고르디옙스키가 접촉자나 다른 정보원으로부터 캐낼 수 있을 것 같은 정보들을 잡지나 신문 같은 공개된 자료를 뒤져 찾아냈다. 남아프리카공화국의 아파르트헤이트 상황 요약, 영미 관계 현황, 보수당 회의 언저리에서 수집한 내부 소문 등이었다. 여기에 약간의 상상력을 덧붙이면, 요원이 수집한 정보처럼 보이게 만들 수 있었다. 〈그가 사무실을 비우고 밖에 나가 사람을 만나는 것을 정당화할 수 있을 만큼 레지덴투라에 넘겨줄 자료가 필요했다. 그의 신뢰성을 높이고 움직임을 정당화하는 것이 중요했다. 그가 만나는 사람들과의 대화에서 나올 수 있는 가벼운 이야기들이 어떤 종류인지 우리는 알고 있었다.〉 외부로 유출해도 되는 정보에 대한 MI6의 요구가 워낙 강력해서, MI5의 담당 부서인 K6는 애를 먹었다. 〈고르디옙스키 작전의 역사에서 두 기관 간에 마찰이 생긴 이유는 이것이 거의 유일하다.〉쇼퍼드가 매주 4분의 3페이지 분량으로 정보를 요약해 타자로 작성해 주면, 고르디옙스키는 그것을 가지고 레지덴투라로 돌아가 KGB의 언어로 번역한 뒤 자기 나름의 세세한 정보를 몇 가지 덧붙여 상사들에게 넘겼다. 그리고 MI6가 준 커닝 페이퍼는 갈기갈기 찢어 화장실 변기에 넣고 물을 내렸다.

그러나 고르디옙스키에게 닭 모이를 제공하는 것은 그의 직장 경력을 살찌우는 방법의 하나일 뿐이었다. 그가 일을 잘하고 있다고 상사들이 믿게 만들려면, 비록 가치는 없을망정 진짜 정보를 제공해 줄 수 있는 진짜 상대들을 만날 필요가 있었다. 정보의 출처를 밝히지 않은 채 대량의 정보를 계속 가져온다면 궁극적으로 의심을 살 터였다. 고르디옙스키만의 〈비밀 접촉자〉가 필요하다는 뜻이었다. MI6는 그런 접촉자를 몇 명 주선해 주었다.

MI5 내에서 K4는 소련에서 감시해야 할 목표물을 찾아내 감시와 미행을 하는 방첩 활동을 담당했다. KGB와 GRU 요원, 그들이 포섭한 사람, 불법 스파이 등 영국에서 활동하는 첩자들을 기회가 생길 때마다 무력화하는 것도 그들의 일이었다. 그러다 보니 〈접근 공작원〉을 이용할 때가 많았다. 접근 공작원이란 스파이로 의심되는 대상과 접촉해 그의 신임을 얻은 다음 그의 이야기를 유도하고 정보를 빼내면서 그에게 공감하는 척, 포섭이 가능한 척 구는 민간인을 뜻한다. 그러다 보면 스파이가 스스로 정체를 밝히기도 했다. 만약 그가 불법 스파이라면 당국이 체포에 나설 수 있었고, 외교관 신분으로 위장해 영국에 온 거라면 추방령을 내릴 수 있었다. 그러나 이런 작전의 궁극적인 목적은 스파이를 꾀어 공범으로 만든 뒤 소련의 정보를 캐오는 스파이가 되도록 설득하거나 협박하는 것이었다. 〈통제된 접촉자〉라고도 불리는 이 접근 공작원들은 K4에 비밀리에 포섭되어 눈에 보이지 않는 첩보전에 한 손을 거드는 평범한 사람들이었다. 그들은 사실상 미끼였다. 또한 기본적으로 소련 정보 요원이 포섭하고 싶어 하는 종류의 사람이기도 했다. 1980년대 초에 K4는 수십 명의 비밀 접근 공작원을 이용해서 소련의 목표물들을 대상으로 수십 건의 작전을 동시에 수행하고 있었다.

키가 크고 머리칼이 진한 색이며 멋진 외모를 지닌 로즈메리 스펜서는 의사당 중심부인 스미스 스퀘어 32번지에 있는 보수당의 중추 신경 센터, 보수당 중앙국에서 자주 볼 수 있는 인물이었다. 마흔두 살인 스펜서는 조사부의 국제 파트에서 일했으며, 포클랜드 전쟁에 관한 프랭크스 보고서 작성에 한몫을 했다. 사람들은 그녀가 당과 결혼했다고 다소 마뜩잖은 듯이 말하곤 했다. 그녀는 쾌활하고 머리가 좋았으며, 조금 외로워 보였다. KGB가 요원들에게 포섭 대상으로 장려하는, 정보를 많이 아는 정계 인물의 유형에 딱 부합하는 사람이었다. 조사부의 이 쾌활한 독신 여성이 사실은 MI5의 비밀 공작원이었음을 보수당의 동료들이 알았다면 너무 놀라서 비틀거렸을 것이다.

고르디옙스키는 로즈메리 스펜서를 의회 관련자들의 파티에서 처음 만났다. 우연한 만남이 아니었다. 그는 보수당의 쾌활한 조사부 직원을 잘 찾아보라는 언질을 미리 받았고, 스펜서는 소련 외교관으로 위장한 KGB 요원이 접근할 수 있으니 만약 그가 다가오거든 친해지려고 애쓰는 것처럼 보여야 한다는 말을 미리 들었다. 두 사람은 점심 약속을 하고 다시 만났다. 고르디옙스키는 어느 때보다 매력적인 모습이었다. 그는 그녀가 MI5의 접근 공작원임을 알았고, 그녀도 그가 KGB 요원임을 알았다. 하지만 그가 MI6를 위해 일하고 있다는 사실은 알지 못했다. 두 사람은 또 만나서 점심을 함께 먹었다. 그 뒤로도 한 번 더. MI5에서 스펜서를 담당한 사람은 그녀에게 어떤 정보를 넘겨도 되는지 조언해 주었다. 너무 민감한 정보는 안 되고, 그녀가 일하면서 접한 흥미로운 정보들, 보수당 내부에서 떠돌아다니는 단편적인 소문 등 닭 모이를 몇 조각 넘기면 된다고 했다. 고르디엡스키는 이런 이야기를 보고서로 작성했다. 여기에는 스펜서가 해준 이야기뿐만 아니라 MI6가 제공해 준 다른 정보도 포함되었다. 인맥이 넓은 보수당 당직자면 말해 줄 수 있을 만한 정보들이었다. KGB는 당연히 감탄했다. 고르디엡스키가 보수당 중앙국 내에서 중요한 인물을 새로운 정보원으로 개척하고 있다니. 어쩌면 그 사람이 비밀 접촉자로, 심지어는 첩자로까지 발전할 수 있을지 모를 일이었다.

고르디엡스키와 스펜서의 관계는 탄탄한 우정으로 발전했으나, 그것 역시 속임수의 일환이었다. 그녀는 자기가 그를 속이고 있다고 믿었고, 그는 그녀의 그런 생각을 내버려 두는 것으로 그녀를 속였다. 그는 KGB 내에서 자신의 입지를 다지기 위해 그녀를 이용하고 있었다. 그녀는 자신이 소련에 일격을 날리는 중이라고 생각했다. 속임수와 부드러운 감정이 결합된, 첩보 세계 특유의 관계였다. 영국 보수당의 조사부 직원과 소련 외교관이 우정을 쌓았는데, 사실은 두 사람 모두 비밀 스파이인 상황. 그들은 진정한 애정을 품고 있으면서도 서로에게 거짓을 말했다.

KGB 레지덴투라 내에서 고르디엡스키의 평판이 급속히 좋아졌다. 국조차도 그에게 호의적으로 변하는 것 같았다. 모스크바 중앙으로 보내는 보고서에는 레지덴트가 서명하게 되어 있는데, 고르디엡스키의 활약 덕분에 국의 평가도 좋아지기 시작했다. 파르시코프는 고르디옙스키의 행동이 눈에 띄게 달라졌음을 알아차렸다. 〈그는 팀에 점차 익숙해져서 사람들과 관계를 구축하기 시작했다.〉 자신감과 여유도 늘어난 것 같았다. 그러나 고르디옙스키의 직속 상사인 이고르 티토프는 그의 성공을 좋아하지 않았다. PR 라인을 이끄는 그는 부하인 고르디옙스키를 항상 위협으로 보았으며, 고르디옙스키가 많은 정보를 담은 보고서를 쓰고 다수의 정보원을 새로 확보하자 이 부하 직원의 승진을 방해하자는 결심이 더욱더 굳어졌다. 고르디옙스키는 상승세를 타고 있었으나 티토프가 그를 방해했다. 그래서 MI6가 그를 제거했다.

1983년 3월, 영국은 이고르 티토프를 외교상 기피 인물로 선포하고 즉시 출국하라고 명령했다. 고르디옙스키는 이 계획을 미리 들어서 알고 있었다. 의심을 피하고자 GRU 요원 두 명도 〈외교관 지위와 양립할 수 없는 행동〉을 한 혐의로 동시에 추방되었다. 이 표현은 첩보 활동을 완곡히 일컫는 말이다. 티토프는 불같이 화를 내며 기자들에게 거짓말을 했다. 「나는 스파이가 아닙니다.」[4] KGB 지부에서 그가 떠나는 것을 보며 아쉬워한 사람은 거의 없었다. 놀란 사람은 더 적었다. 그전 몇 달 동안 서구 여러 나라는 스파이들을 추방하느라 부산을 떨었다. 또한 티토프가 정말로 KGB 요원임을 시사하는 증거가 아주 많았다.

티토프가 제거되자 고르디옙스키는 그의 자리를 차지할 유력한 후보로 부상했다. 계급도 중령으로 높아졌다.

자기들이 관리하는 스파이를 KGB 내에서 승진시키려는 MI6의 계략이 완벽하게 효과를 발휘했다. 1983년 중반 무렵, 고르디옙스키는 인기도 없고 자칫 쫓겨날 수도 있는 실패작에서 레지덴투라의

4 『뉴욕 타임스』, 1983년 4월 2일 자.

떠오르는 별이 되어 있었다. 첩자를 잘 포섭하고 정보 수집에도 뛰어나다는 평판도 생겨났다. 그가 이렇게 만들어진 승진을 하는데도, 그를 의심하는 사람은 하나도 없었다. 파르시코프는 이렇게 말했다. 〈모든 것이 아주 자연스럽게 보였다.〉

레지덴투라 내에서 정치 정보 책임자가 된 고르디옙스키는 이제 PR 라인의 파일에 접근할 수 있기 때문에, MI6가 이미 의심하던 사실을 확인해 줄 수 있었다. 영국 주류 세계에 침투한 소련의 세력이 한심할 정도로 보잘것없다는 사실. 〈포섭된 첩자〉로 분류되는 사람은 고작 여섯 명(대부분 나이가 아주 많았다)에 불과하고, 〈비밀 접촉자〉는 아마 열두 명쯤(대부분 정말 중요하지 않은 인물) 되는 것 같았다. 이들 중 많은 사람이 〈요원들이 바삐 활동하는 것처럼 모스크바에 보이기 위해 서류에만 적어 둔〉 〈종이 첩자〉였다. 어딘가에 필비 같은 인물이 또 숨어 있지는 않았다. 이런 정보를 확인하는 것보다 더 긍정적인 사실은 고르디옙스키가 승진한 덕분에 라인 X(과학과 기술 담당), 라인 N(불법 스파이 담당), KR 라인(방첩과 보안 담당) 등 다른 부서들의 활동에 대해 더 많은 것을 알게 되었다는 점이었다. 고르디옙스키는 KGB의 비밀들을 조금씩, 조금씩 열어서 MI6에 넘겨주었다.

레일라가 KGB에 시간제 직원으로 합류하면서 정보원이 하나 더 생겨났다. 아르카디 국에게 사무원이 한 명 더 필요해졌는데, 레일라는 빠르고 유능한 타이피스트였다. 그녀는 아이들을 오전 놀이방에 맡기고 레지덴투라로 출근하라는 지시를 받았다. 그때부터 국의 보고서를 타자로 정리하는 것이 레일라의 일이 되었다. 그녀는 국에게 감탄했다. 〈그는 공작새 같았다. KGB에서 장군이 되는 것은 정말로 대단한 일이다. 나는 한 번도 의문을 품지 않고 그의 지시에 따라 타자만 쳤다.) 그녀는 저녁 식사 때 자신이 그날 어떤 서류를 타자로 정리했고, 사무원들 사이에는 어떤 소문이 도는지 남편에게 이야기해 주었다. 이렇게 하루 일을 말하는 동안 남편이 열심히 귀를 기울인다는 사실은 알지 못했다.

파르시코프는 새로 승진해 상사가 된 고르디옙스키가 얼마나 행복해 보이는지, 그리고 얼마나 너그러운지 알아차렸다. 「여러분, 향응비로 돈을 쓰세요.」 고르디옙스키는 부하들에게 이렇게 말했다. 「올해 우리는 접촉자들을 위한 향응과 선물에 돈을 너무 쓰지 않았습니다. 이렇게 돈을 안 쓰면 내년에는 예산이 깎일 겁니다.」 이건 경비에 손을 대도 좋다는 뜻이었다. 일부 동료들은 곧장 이 말을 실천에 옮겼다.

고르디옙스키는 만족감과 자신감을 느낄 이유가 충분했다. 승진도 했고, 자리도 탄탄하게 확보했다. 자신이 수집한 정보는 영국 총리의 책상까지 자주 도달했고, 그는 자신이 증오하는 공산주의 체제를 안에서 공격하고 있었다. 무엇도 잘못될 우려가 없었다.

1983년 4월 3일, 부활절 일요일에 아르카디 국이 외출했다가 홀랜드 파크 42번지의 아파트로 돌아와 보니 편지함에 봉투 하나가 들어 있었다. 거기에는 최고 기밀문서가 들어 있었다. MI5가 지난달 티토프와 GRU 요원 두 명을 추방하기 위해 작성한 준비 서면으로, 그 세 사람이 소련 정보 요원으로 판명된 경위가 상세히 적혀 있었다. 이 문서를 보낸 사람은 더 많은 기밀을 제공하겠다면서, 자신과 접촉하는 방법을 동봉한 편지에 자세히 적어 놓았다. 편지에 서명한 이름은 스탈린의 젊은 시절 별명 중 하나인 〈코바〉였다.

영국 정보기관 내부의 누군가가 소련을 위한 첩자가 되겠다고 제의한 편지였다.

참조

라이언 작전에 대한 핵심적인 자료는 고든 S. 바라스의 『대냉전 *The Great Cold War*』 (2009), 네이트 존스가 편집한 『에이블 아처 83 *Able Archer 83*』(2016)에 수록된 벤 B. 피셔가 쓴 글 「냉전의 수수께끼 A Cold War Conundrum」이다. 막심 파르시코프에 대한 이야기는 미간행 회고록에 포함되어 있다.

9
코바

아르카디 국은 어디서나 위협과 음모를 보았다. 런던의 KGB 지부장인 그는 소련 동료들의 머릿속에서도, 런던 지하철의 광고판에서도, 영국 정보기관의 보이지 않는 계략 속에서도 그것을 보았다.

〈코바〉의 편지는 의심 많은 그를 광란 상태로 몰아넣었다. 편지에 적힌 설명은 상세하고 명확했다. 코바는 국에게 협조할 의향이 있다면 피커딜리 지하철역에서 피커딜리 라인의 3, 4번 플랫폼 계단 오른쪽 난간 꼭대기에 압핀 하나를 꽂아 놓으라고 말했다. 그러면 코바가 그 신호를 받았다는 표시로 옥스퍼드 거리 근처 애덤 앤드 이브 코트에 줄지어 늘어선 공중전화 부스 다섯 개 중 가운데 부스의 전화선에 파란색 접착테이프를 붙여 놓겠다고 했다. 그러고 나서 코바는 비밀 정보를 담은 필름을 양철통에 담아 옥스퍼드 거리 아카데미 영화관의 남자 화장실 물탱크 뚜껑 아래에 테이프로 붙여 놓을 예정이었다.

국이 답을 줘야 하는 기한은 22일 뒤인 4월 25일까지였다.

그는 처음 이 대단한 편지를 훑어본 뒤 MI5의 〈미끼〉일 것이라는 결론을 내렸다. 자신을 함정에 빠뜨려 KGB에 망신을 준 다음 자신이 추방되게 만들려고 일부러 도발하는 것이라고. 그래서 그는 편지를 무시했다.

국은 자기 집이 MI5의 감시를 받고 있을 것으로 생각했다. 물론 옳은 생각이었다. 영국 정보기관에 근무하는 진짜 스파이라면 이 사실을 알 테니 그의 집 앞까지 꾸러미를 운반하다가 들키는 위험을 무릅쓰려 하지는 않을 것 같았다. 코바가 MI5의 감시 스케줄을 직접 알 수 있는 위치에 있어서 일부러 감시자가 없는 부활절 일요일 자정 이후를 골라 편지를 가져왔을 것이라는 생각은 미처 하지 못했다.

국은 이렇게 뻔한 계략을 곧바로 알아차린 자신을 칭찬하며 꾸러미를 치워 버렸다.

하지만 코바는 국의 무시를 그냥 넘기지 않았다. 두 달 동안 침묵이 이어지다가 6월 12일 한밤중에 두 번째 꾸러미가 국의 편지함을 통해 집 안으로 쿵 하고 떨어졌다. 이번 것은 훨씬 더 흥미로웠다. 런던에서 활동하는 모든 소련 정보 요원의 이름이 담긴 2페이지짜리 MI5 문서. 각각의 스파이에 대해 〈신분이 완전히 밝혀짐〉, 〈어느 정도 밝혀짐〉, 〈KGB 지부 소속으로 의심〉이라는 등급도 매겨져 있었다. 이번에도 동봉된 편지에는 더 많은 기밀 자료를 제공해 주겠다는 제안, 그리고 새로운 연락 시스템과 자료 전달 장소에 대한 제안이 적혀 있었다. 국이 접촉을 원한다면 7월 2일이나 4일 점심시간에 상아색 메르세데스 벤츠를 하노버 광장 북쪽의 주차 미터기 앞에 세워 두는 것이 신호였다. 상대는 이 신호를 보고 7월 23일에 어느 고장 난 가로등 발치에 필름이 든 초록색 칼스버그 맥주 깡통을 놓아둘 것이다. 갓이 없고 한쪽으로 기울어진 이 가로등은 웨스트

런던 그린퍼드의 호센든 길과 나란히 뻗은 보도에 있었다. 국이 유스턴 역 옆의 멜턴 거리에 있는 세인트 제임스 가든스 첫 번째 입구 오른쪽 문기둥 발치에 오렌지 껍질 한 조각을 놓아두면 바로 맥주 깡통과 그 안의 물건을 받았다는 신호였다. 이번에도 편지에 서명된 이름은 코바였다.

국은 방첩 담당인 레오니드 니키텐코를 대사관 다락방으로 불러 문을 닫은 뒤, 보드카를 마시고 담배를 피우며 이 정체불명의 꾸러미를 해부했다. 국은 이것이 서투른 음모라는 주장을 굽히지 않았다. 스스로 일을 해주겠다고 나서는 스파이는 포섭 대상으로 이쪽에서 점찍은 상대보다 더 의심을 사는 법이다. 코바가 보낸 문서에는 KGB가 이미 아는 정보밖에 없었다. 정확하지만 도움이 되지 않는 정보, 다시 말해서 닭 모이였다. 이번에도 국은 코바가 일부러 국이 확인할 수 있는 정보만을 제공해서 자신의 진심을 보여 주고 있다는 생각을 하지 못한 듯하다. 니키텐코는 이것이 MI5의 도발이라는 주장을 국만큼 확고하게 믿지 않았다. 문서는 진짜 같았다. 영국 정보기관이 레지덴투라의 〈전투 서열〉을 완벽하게 그린 차트였다. 물론 정확했다. 〈신호 장소〉와 〈버려진 편지함〉을 이용하는 방식도 충분히 복잡해서 상대가 들키고 싶어 하지 않는다는 사실을 알 수 있었다. 니키텐코가 보기에 상대의 제안은 진짜 같았지만, 상사의 말을 반박하기에는 그의 포부가 너무 크고 그의 성격이 워낙 신중했다. 모스크바 중앙에 조언을 구하자 명령이 내려왔다. 아무것도 하지 말고 어떻게 되는지 두고 보라.

고르디엡스키는 〈지부에서 뭔가 이례적인 일이 생겨나고 있다〉는 것을 느꼈다. 국과 니키텐코가 자기들끼리 사라지는 일도, 모스크바로 긴급한 연락을 보내는 일도 잦아졌다. 국은 그야말로 음모를 꾸미는 사람 같은 표정이었다. 의심증 때문에 비밀주의에 흠뻑 빠진 사람치고 국은 때로 놀라울 정도로 신중하지 못한 행동을 했다. 허풍도 심했다. 6월 17일 오전에 그는 고르디옙스키를 자기 방으로 부른 뒤 문을 닫고 엄숙하게 물었다. 「아주 특별한 것이 있는데 보겠나?」

국은 복사한 종이 두 장을 책상 위에서 고르디옙스키 쪽으로 밀었다. 「보제 모이!」 고르디옙스키는 작게 중얼거렸다. 「세상에. 어디서 난 겁니까?」

그는 KGB 요원들의 명단을 훑어보다가 자신의 이름을 발견했다. 〈어느 정도 밝혀짐〉 등급이었다. 그는 그 의미를 즉시 알아차렸다. 이 명단을 작성한 사람이 누군지는 몰라도, 그가 KGB 요원이라고 확신하는 상태는 아니었다. 이 문서를 넘겨준 사람이 누군지는 몰라도, 그가 비밀리에 영국의 스파이 노릇을 하고 있다는 사실을 알 리는 없었다. 만약 그 사실을 알았다면 자신의 신분이 노출되는 것을 막으려고 국에게 고르디옙스키의 정체를 밝혔을 것이다. 코바가 기밀에 접근할 수 있는 사람인 것은 분명했지만, 고르디옙스키가 이중 첩자라는 사실은 알지 못했다. 아직은.

「상당히 정확한데요.」 그는 문서를 다시 넘겨주며 말했다.

「그렇지.」 국이 말했다. 「놈들이 일을 잘했어.」

고르디옙스키는 보고서 담당자인 슬라바 미슈스틴에게서 번역을 도와 달라는 요청을 받고 그 문서를 더 자세히 살펴볼 수 있었다. 미슈스틴은 영국이 KGB 사람들에 대해 〈이렇게 정확한 정보〉를 수집했다는 사실에 놀라움을 금치 못했다. 고르디옙스키는 이 정보의 출처가 어디인지 짐작이 갔다.

하지만 그는 경계심보다는 당혹감을 더 많이 느끼고 있었다. 홀랜드 파크 42번지로 한밤중에 꾸러미를 가져다 놓는 것이 진심 어린 제안보다 도발로 보인다는 국의 주장에 그도 어느 정도 공감했다. 영국 정보기관이 뭔가를 꾸미고 있음이 분명했다. 하지만 그들이 미끼 작전을 시도한 거라면, 스푸너가 왜 미리 말해 주지 않았을까? MI5는 영국에서 활약 중인 KGB 요원들을 모두 정확히 찾아냈다고 정말로 KGB에 알릴 생각일까?

그는 점심시간에 슬쩍 빠져나와 긴급 번호로 전화를 걸었다. 베로니카 프라이스가 즉시 전화를 받았다. 「뭐가 어떻게 돌아가는 거예요?」 고르디옙스키는 다짜고짜 이렇게 물은 뒤, 국의 아파트에 배달된 정체불명의 문서에 대해 설명했다. 베로니카는 잠시 침묵하다가 이렇게 말했다. 「올레크, 만나서 이야기해요.」

한 시간 뒤 고르디옙스키가 안가에 도착하니 제임스 스푸너와 베로니카 프라이스가 기다리고 있었다.

「당신들이 이런 일을 할 사람이 아닌 건 알지만, 누군가가 우리한테 장난을 치고 있어요.」 그가 말했다.

그러고 나서 그는 스푸너의 표정을 보았다. 「세상에! 설마 이게 진짜라고요?」

베로니카가 말했다. 「우리가 아는 한 현재 진행 중인 도발 작전은 없어요.」

고르디옙스키는 나중에 MI6의 반응을 〈전형적으로 차분했다〉고 묘사했다. 하지만 영국 정보기관에 근무하는 누군가가 소련의 스파이가 되겠다고 자발적으로 나섰다는 사실을 알게 된 소수의 사람들은 소스라치게 놀라는 동시에, 끔찍한 기시감을 느끼고 있었다. 필비, 홀리스 등 과거의 스파이 스캔들 때처럼 영국 정보기관은 이제 내부 첩자 사냥에 나서서 반역자를 뽑아내야 했다. 그런데 그 내부 첩자가 조사의 낌새를 알아차린다면, KGB 레지덴투라 내의 누군가가 영국 측에 슬쩍 정보를 흘려줬음을 깨닫게 될 수 있었다. 그러면 고르디옙스키가 위험해졌다. 이 〈자발적인 스파이〉는 기밀문서를 볼 수 있고 첩보원들이 자주 쓰는 수법에 대해서도 잘 아는 것으로 보아 정보기관 내에서 상당한 위치에 있음이 분명했다. 위험한 기밀이 소련으로 넘어가기 전에 그/그녀를 막아야 했다. MI5와 MI6에는 수천 명의 사람들이 일하고 있었다. 코바는 그들 중 한 명이었다.

그러나 그 뒤에 이어진 강력한 조사에서 영국 정보기관은 다른 것을 모두 압도하는 이점을 하나 갖고 있었다.

그 정체 모를 스파이는 고르디옙스키가 이중 첩자라는 사실을 몰랐다. 만약 코바가 녹턴 팀의 일원이라면 절대 그런 식으로 소련에 접근하지 않았을 것이다. 고르디옙스키가 곧바로 MI6에 그 사실을 알릴 것임을 그도 알 테니까. 따라서 그 스파이는 먼저 국에게 고르디옙스키의 정체를 폭로해 자신의 안전을 확보했을 것이다. 하지만 그는 그렇게 하지 않았다. 따라서 반역자 색출을 위한 조사는 반드시 고르디옙스키의 비밀을 알기 때문에 완전히 믿을 수 있는 요원들만의 손으로 이루어져야 했다. 내부 첩자 사냥에는 엘멘(오스트리아 티롤의 작은 도시)이라는 암호명이 붙었다.

고르디옙스키 작전에 주입된 소수의 MI5 직원에게 내부 첩자를 맡는 일이 할당되고, MI5 방첩부인 K의 존 데버렐 부장이 조사 지휘를 맡았다. 그들은 데버렐의 방을 본거지 삼아, MI5 내 다른 직원들의 접근을 차단한 채 자료를 파헤쳤다. 비밀 조직의 비밀 부서 안에 있는 비밀 팀이었다. 〈팀 소속이 아닌 사람들은 누구도 평소와 다른 점을 깨닫지 못했다.〉 엘멘 팀은 스스로 〈내저스Nadgers〉라는 별명을 지었다. 이 속어의 뜻은 모호하지만, 스파이크 밀리건이 1950년대에 「군 쇼The Goon Show」[1]에서 특정할 수 없는 질병이라는 뜻으로 만들어 낸 말인 것 같다. 내저스는 또한 고환의 속어이기도 하다.

일라이자 매닝엄불러는 어느 파티에서 스카우트되어 1974년에 MI5 직원이 되었다. 첩보 관련 일은 이미 그녀의 유전자에 새겨져 있었다. 전직 법무 장관인 그녀의 아버지가 MI6의 이중 첩자이던 조지 블레이크를 포함해서 과거 여러 첩자를 기소한 적이 있었다. 제2차 세계 대전 때는 어머니가 전서구를 훈련시키는 일을 했다. 이 비둘기들은 나치에 점령된 프랑스로 전달되어 레지스탕스가 영국으로 메시지를 보내는 데 이용되었다. 전적으로 믿음직하고 신중하다는 이유로 선발된 그녀는 일찌감치 고르디옙스키 작전에 주입되어 소규모인 람파드 팀에서 그가 덴마크 시절 가져온 정보를 분석하는 일과 MI6와 연락하는 일을 맡았다. 1983년에 그녀는 MI5 인사부 소속이었으므로, 첩자를 찾아내기에 이상적인 위치에 있었다.

매닝엄불러는 남자들이 지배하는 이 세계의 경쟁을 뚫고 정점에 올라 2002년에 MI5 국장이 되었다. 영국 사립 학교 여학생들처럼 건강하고 열정적인 태도는 겉모습뿐이었다. 원래 그녀는 솔직하고, 자신감 넘치고, 지극히 영리한 사람이었다. MI5 내의 성차별과 편견에도 불구하고 그녀는 이 조직을 〈나의 운명〉이라고 부르며 열렬히 충성했다. 따라서 영국 정보기관 내에 또 반역자가 생겼다는 소식에 큰 충격을 받았다. 〈내 직장 생활 중 가장 고약한 시절이었다. 특히 첩자가 누구인지 모르던 초창기 때가 심했다. 승강기에 오

---

1 밀리건이 공동 기획자 겸 작가 겸 주요 출연자로 참여한 영국 라디오의 코미디 프로그램 — 옮긴이주.

른 뒤 주위를 둘러보며 과연 누구일까 생각하곤 했기 때문이다.〉동료들 사이에서 의심받는 것을 피하려고 내저스는 하루 일과가 끝난 뒤 매닝엄불러의 어머니 소유인 이너 템플의 아파트에서 자주 만났다. 팀원 한 명은 만삭이었다. 사람들은 그녀 배 안의 아기에게 〈어린 내저〉라는 별명을 지어 주었다.

정보기관 사람들에게 정체를 알 수 없는 반역자를 찾기 위한 내부 조사만큼 고통스럽고 힘든 일은 없다. 필비가 MI6의 자신감에 끼친 피해는 KGB의 첩자로서 입힌 피해보다 훨씬 더 크고 더 오래갔다. 내부 첩자는 단순히 불신을 조장하는 데서 그치지 않는다. 그들은 이단자처럼 믿음의 응집력 자체를 무너뜨린다.

매닝엄불러를 비롯한 내저스 팀원들은 인사 파일을 꺼내 놓고 반역자 후보의 범위를 좁혀 가기 시작했다. 소련 스파이 세 명을 추방한 사건의 개요를 담은 MI5 문서는 외무부, 내무부, 다우닝가 10번지에 배포되었다. 소련 정보 요원들의 이름을 모두 기록한 차트는 MI5의 소련 방첩 부서인 K4가 작성해 비밀 세계의 다양한 부서에 50부를 보냈다. 내부 첩자 사냥꾼들은 먼저 이 두 문서에 모두 접근할 수 있는 사람들을 추려 내기 시작했다.

이 조사가 전속력으로 진행 중이던 6월 말에 고르디옙스키는 가족과 함께 모스크바로 돌아갔다. 결코 휴가를 즐길 기분은 아니었지만, 연례 휴가를 거부한다면 즉시 의심을 살 터였다. 위험이 너무 컸다. 코바가 아직 잡히지 않았으니, 그가 고르디옙스키의 정체를 언제든 알아내서 국에게 폭로할 위험이 있었다. 만약 고르디옙스키가 모스크바에 있는 동안 이런 일이 벌어진다면, 런던으로 돌아오지 못할 수도 있었다. 혹시 그가 연락을 시도하거나 탈출 신호를 보낼 경우에 대비해서 MI6 모스크바 지부에 경보가 발령되었다.

한편 내저스는 지금 생각해 보니 영국 정보기관에 근무한다는 사실 자체가 웃기지도 않는 농담처럼 보이는 한 남자에게 점점 주목하고 있었다.

그 남자 마이클 존 베터니는 불행하고 불안정하며 항상 혼자 다니는 사람이었다. 옥스퍼드 대학교 시절 그는 무릎을 굽히지 않고 발을 높이 들어 행진하는 군인들 흉내를 내며 돌아다니고, 축음기로 히틀러의 연설을 크게 틀었다. 트위드 옷에 투박한 가죽신을 신고 파이프로 담배를 피웠다. 〈은행 관리자 같은 옷차림으로 나치 돌격대원이 되는 꿈을 꾸었다.〉[2] 당시 그와 함께 학부에 재학 중이던 학생의 말이다. 한번은 그가 파티 후에 자기 몸에 불을 붙인 적도 있었다. 잠깐이지만 칫솔처럼 짧고 뻣뻣한 콧수염을 기른 적도 있는데, 여자들이 별로 좋아하지 않았다. 그는 북부 사투리가 섞인 말씨도 상류층 말씨로 바꿨다. 나중에 작성된 조사 보고서에는 〈상당한 열등감과 불안감을 지닌 사람〉으로 묘사되어 있다. 널뛰는 불안감은 정보 요원에게 이상적인 조건이 아니지만, 그래도 그는 옥스퍼드 재학 시절 이미 스카우트 대상으로 낙점돼 1975년에 MI5 직원이 되었다.

정해진 초보자 교육을 받은 뒤 그는 갑자기 수심이 깊은 물속에 던져지듯 북아일랜드에서 테러와 싸우는 일을 하게 되었다. 가톨릭 신자인 그는 자신이 그 일에 잘 맞는 사람인지 스스로도 의문이었으나, MI5는 그의 걱정을 무시했다. IRA 내부에서 활동하는 첩자 관리, 전화 도청, 아주 적대적인 주점에서 불쾌한 사람들과 대화하기 등 그가 맡은 일은 무자비하고 복잡하고 지극히 위험했다. 조금만 잘못 움직이면 벨파스트의 뒷골목에서 머리에 총알이 박힐 수도

2 『더 타임스』, 1998년 5월 29일 자.

있음을 그는 알고 있었다. 이 일은 베터니에게 정신적 외상을 남겼고, 그의 일솜씨도 그리 좋지 않았다. 그는 1977년에 아버지를, 1년 뒤에는 어머니를 잃었다. 이렇게 연달아 부모님이 돌아가셨는데도 베터니의 벨파스트 근무 기간은 오히려 연장되었다. 일라이자 매닝엄불러는 그의 파일을 살펴보면서 경악했다. 〈우리가 베터니를 지금의 모습으로 만들어 놓았다. 그는 북아일랜드의 경험에서 결코 회복하지 못했다.〉 그는 사투리를 쓰고, 자신의 것이 아닌 이미지를 연기하는 사람이었다. 가족도, 친구도, 사랑도, 확고한 신념도 없는 그는 대의를 찾아 헤매면서 자신에게 전혀 맞지 않는 일을 계속했다. 〈그는 진짜가 아니었다.〉 매닝엄불러는 이렇게 말했다. 첩보 세계의 독특한 스트레스와 비밀주의가 그를 현실에서 더욱더 먼 곳으로 밀어 버렸을 수도 있었다. 베터니가 다른 일을 택했다면 평탄하고 만족스러운 삶을 살았을 가능성이 높았다.

런던으로 돌아온 그는 훈련 부서에서 2년을 보낸 뒤 1982년 12월에 MI5의 K4로 발령받았다. 영국 내 소련의 첩보 활동을 분석하고 대응하며, 접근 공작원도 관리하는 부서였다. 그가 혼자 사는 집에는 플라스틱으로 만들어진 커다란 성모상과 많은 러시아 성상(聖像), 서랍 하나를 채운 나치 전쟁 훈장, 광범위하게 수집한 포르노가 있었다. 내성적인 성격으로 고립되어 살아가는 그는 MI5의 여성 직원들을 설득해 잠자리를 함께하려고 몇 번이나 시도했지만 성공하지 못했다. 파티 때는 가끔 술에 취해 고함을 질러 대기도 했다. 「나는 지금 엉뚱한 편에서 일하고 있어.」 「내가 은퇴하면 내 다차[3]로 날 만나러 와.」 국에게 처음 문서가 도착하기 6개월 전에 베터니는 런던 웨스트엔드의 보도에서 발견되었다. 일어서지도 못할 정도로 만

3 러시아의 시골 별장 — 옮긴이주.

취해서 길에 앉아 있었다. 공공장소에서 주정을 부린 혐의로 경찰에 연행된 그는 경찰관들에게 고함을 질렀다. 「당신은 날 체포할 수 없어. 난 스파이야.」 그는 벌금 10파운드를 선고받았다. MI5는 그의 사직서를 수리하지 않았다. 그것이 실수였다.

마이클 베터니는 국가 기밀에는 반경 1.5킬로미터 이내로 접근하는 것을 금지해야 하는 인물이었다. 하지만 그는 서른두 살 때 이미 8년 경력의 정보 요원으로 MI5 소련 방첩 부서에서 중간 간부로 일하고 있었다.

그가 궤도를 이탈하고 있다는 징후가 이미 분명히 드러났으나 사람들은 그것을 무시했다. 그는 가톨릭 신앙을 어느 날 갑자기 잃어버렸다. 1983년에 그는 독한 술을 하루에 한 병씩 비워 댔기 때문에 상사가 술을 좀 줄이라고 〈호의적인 조언〉을 해줄 정도였다. 그러나 다른 조치는 취해지지 않았다.

반면 베터니는 나름대로 행동에 나섰다. 그는 기밀문서의 내용을 암기하거나 메모해 두었다가 런던의 남쪽 근교에 있는 연립 주택인 자신의 집에서 타자로 정리해 사진을 찍었다. 야근을 할 때면 항상 카메라를 가져와 무엇이든 손에 넣을 수 있는 파일을 사진으로 찍어 두었다. 몸수색은 한 번도 당하지 않았다. 동료들은 존 르 카레의 소설에 나오는 거물급 스파이 이름을 따서 그를 스마일리라는 별명으로 불렀다. 하지만 그와 동시에 그에게서 〈우월감과 거만함〉을 감지하기도 했다. 많은 스파이가 그렇듯이 베터니도 옆에 나란히 앉아 있는 스파이보다 더 중요한 기밀을 알고 숨겨 두기를 원했다.

K4에는 요원 네 명이 근무하고 있었다. 그중 두 명이 고르디옙스키 작전에 주입된 상태였다. 베터니는 나머지 두 명에 속했지만, 사실상 MI5 조직 내의 가장 큰 기밀과 나란히 앉아 있는 셈이었다.

KGB의 런던 레지덴투라에 MI6의 스파이가 있다는 기밀.

나중에 베터니는 자신이 1982년에 마르크스주의로 전향했다면서, 순전히 이념적인 신념 때문에 KGB를 위해 일하고 싶어졌다고 강력히 주장했다. 그는 자신을 정당화하는 긴 보고서에서 자신의 행동을 정치적 순교로 밝게 색칠했다. 억울함, 음모론, 독선적인 분노가 기묘하게 합성된 결과물이었다. 그는 대처 정부가 〈레이건 정부의 공격적이고 독불장군 같은 정책을 노예처럼 지지〉하고 있으며, 〈이미 가진 것이 너무 많은 자들에게 더 큰 부를〉 주기 위해 일부러 실업률을 높이고 있다고 비난했다. 그러면서 자신의 행동은 세계 평화를 위한 것이고, MI5는 〈사악하고 부도덕한 방법〉을 사용하고 있다고 주장했다. 〈소련 정부와 당을 제거하는 데서 그치지 않고 소련의 사회 구조를 모두 파괴하기 위해서다.〉 그는 혁명가의 과장된 표현들을 사용했다. 〈나는 세상 모든 곳의 동지들에게 외친다. 결심을 새로이 다지고, 역사적으로 필연적인 승리를 위한 노력을 배가하라고.〉

베터니의 마르크스주의는 그가 구사하는 상류층 말씨처럼 인위적이었다. 그는 처음부터 필비처럼 헌신적인 공산주의자가 아니었다. 그가 소련, 공산주의의 필연적인 전진, 억압받는 프롤레타리아에 특별히 호감을 느꼈다는 증거는 별로 없다. 한번 그가 무심코 속내를 드러낸 적이 있었다. 〈내가 세상에 영향을 미쳐야 한다는 과격한 생각이 들었다.〉 베터니가 원하는 것은 돈도, 혁명도, 세계 평화도 아니었다. 사람들의 관심이었다.

따라서 KGB가 그의 존재를 알아주지 않았을 때 그는 더욱더 큰 상처를 입었다.

베터니는 국의 편지함에 처음 문서를 넣어 둔 뒤 그가 아무런 반응을 보이지 않자 극도로 놀랐다. 그는 피커딜리역에 여러 번 가봤지만 난간에 꽂혀 있는 압핀이 보이지 않자 자신이 선택한 버려진 편지함과 신호 장소가 소련 대사관에 너무 가까웠던 것 같다는 결론을 내렸다. 그래서 두 번째로 연락을 취할 때는 런던 중심부에서 벗어난 장소를 지정했으며, 연락 날짜를 몇 주 뒤로 정하고, K4에서 가장 비밀스러운 최근 문서 중 하나를 제공했다. 그러고 나서 반응을 기다리며 술을 마셨다.

나중에 되돌아보면, 베터니는 이미 몇 년 전에 위험 요소로 파악됐어야 하는 인물이었다. 그러나 세계에서 가장 강력한 정보기관인 CIA, MI6, KGB가 모두 각각 다른 시기에 내부자의 배신에 취약한 상태였다. 자세히 살펴봤다면 그 배신자가 몹시 수상쩍다는 사실이 두드러지게 드러났을 것이다. 정보기관들은 뛰어난 통찰력과 냉철한 유능함으로 유명하지만, 직원 후보들을 철저히 조사하는데도 다른 대규모 조직과 마찬가지로 엉뚱한 사람을 고용해서 데리고 있을 가능성이 있었다. 냉전 중인 양편의 정보원들은 모두 술을 많이 마셨다. 술에 취해 현실을 흐릿하게 잊어버리는 것으로 스트레스를 풀 때가 많았기 때문이다. 첩자와 첩자 관리자의 관계는 특히 힘들지만, 마음의 빗장을 풀어주고 분위기를 유쾌하게 만들어 주는 술이 윤활유 역할을 할 때가 많다. 정부의 다른 기관과 달리 정보기관은 상상력이 풍부한 사람들을 채용하는 경향이 있다. 윈스턴 처칠은 그들을 가리켜 〈코르크 따개 같은 정신〉을 지녔다고 말한 적이 있다. 만약 영리함, 괴짜 기질, 지나친 음주가 배신의 가능성을 알려 주는 징후라면, 전시(戰時)와 전후(戰後)에 영국과 미국에서 활동한 스파이 중 절반은 의심의 대상이 되었을 것이다. 그러나 KGB는 조금 달랐다. 만취하는 것과 개성을 드러내는 것에 모두 공식적으로 인상을 찌푸리는 기관이었다. 고르디옙스키의 배신이 들키지 않은 것은 그가 술을 마시지 않았고 겉으로는 당에 순응했기 때문이다. 반면 베터니는 고르디옙스키와 정반대였기 때문에 들키지 않았다.

내저스 팀은 내부 첩자 용의자를 세 명까지 좁혔다. 그중에 베터니의 이름이 가장 위에 있었다. 그러나 그를 감시하는 데에는 문제가 따랐다. 베터니는 A4의 감시조를 아주 잘 알았고, 미행을 감지하는 훈련이 되어 있었다. 만약 그가 감시자를 한 명이라도 알아차린다면 그것으로 끝이었다. 게다가 감시조도 베터니와 아는 사이라서, 충동을 이기지 못하고 자신이 동료 직원을 감시 중이라는 말을 MI5의 다른 직원에게 누설할 우려가 있었다. 따라서 MI5의 전문가들 대신에 MI6의 녹턴 팀을 배치하자는 결정이 내려졌다. 이 팀에는 베터니가 아는 사람이 하나도 없었다. MI5 국장은 MI5 작전에 MI6 직원들을 쓰자는 안을 곧바로 거부했다. 그러나 데버렐은 이 지시를 무시했다. 그래서 고르디옙스키 작전을 수행하는 MI6 요원들이 베터니를 미행하며 그의 반역 행위를 잡아내려 시도하게 되었다.

베터니에게는 내저스가 좋아하지 않는 이름인 퍽이 암호명으로 부여되었다. 〈셰익스피어와의 연관성[4]에 대해서는 모든 팀원이 너무나 부적절하다고 봤고, 그 단어 자체도 앵글로·색슨의 유명한 욕설과 너무 비슷해서 마음이 편치 않았다.〉

7월 4일 오전에 다 해진 옷을 입은 추레한 커플이 사우스런던 근교의 쿨즈던 빅토리아 로드 한쪽 끝에서 정처 없이 어슬렁거리고 있었다. 남자는 MI6에서 소련 블록 작전을 담당하는 P5의 사이먼

4 퍽은 셰익스피어의 희곡 『한여름 밤의 꿈』에 등장하는 요정의 이름이다 — 옮긴이주.

브라운이고, 여자는 고르디옙스키의 탈출 계획을 짠 베로니카 프라이스였다. 진주 장신구에서부터 스웨터와 카디건 차림에 이르기까지 점잖은 생활에 익숙한 프라이스는 이런 위장 작전에 잘 맞지 않았다. 그녀는 위장용 옷을 입으며 이렇게 선언했다. 「내가 잡역부의 모자를 빌려 왔어요.」

8시 5분에 마이클 베터니가 5번지의 집에서 나와 문 앞에서 걸음을 멈추고 길 양편을 살펴보았다. 〈그 순간 나는 그놈이 범인임을 알아차렸다.〉 브라운은 이렇게 말했다. 〈죄가 없는 사람이라면 그렇게 감시자가 있는지 살펴보는 짓은 하지 않는다.〉 베터니는 허름한 옷을 입은 두 사람을 한 번 흘깃 보기만 했다. 쿨즈던 타운에서 출발한 8시 36분 열차에 올랐을 때도 같은 칸 저편에 있는 임신부를 알아차리지 못했다. 빅토리아역에서 커즌 거리의 MI5 건물까지 걸어가는 10분 동안 그를 미행한 대머리 남자도 마찬가지였다. 그날 베터니는 두 시간 동안 밖에서 점심을 먹었으나, 도중에 점심시간을 맞아 몰려나온 사람들 사이로 사라져 버렸다. MI5는 KGB의 레지덴트가 마침내 그의 제안을 받아들이겠다는 신호로 자동차를 광장 북쪽에 세워 두었는지 확인하려고 그가 하노버 광장으로 간 건지 확인할 수 없었다. 어쨌든 국의 자동차는 그날 그 자리에 없었다.

갑갑함과 점점 커지는 불안감에 시달리던 베터니는 KGB의 협조를 이끌어 내기 위해 한 번 더 시도해 보기로 했다. 7월 10일 자정이 지난 뒤 그는 국의 편지함에 세 번째 편지를 넣었다. 여기에는 앞서 보낸 꾸러미들을 받았는지, 그리고 소련은 어떤 반응을 보일 건지 알려 달라는 요청이 적혀 있었다. 그는 7월 11일 오전 8시 5분에 소련 대사관 교환원에게 전화를 걸어 국의 이름을 대며 그를 바꿔 달라고 하겠다고 제안했다. 그리고 국에게 반드시 그 전화를 받아 코바의 기밀 보따리에 관심이 있는지 여부를 말로 명확히 표현해 달라고 말했다.

MI5가 국의 집을 왜 면밀히 감시하지 않았는지, 그래서 결국 이 스파이가 세 번째로 편지를 전달하는 것을 놓친 이유가 무엇인지는 지금도 알 수 없다. 당시 고르디옙스키는 모스크바에 있었으므로, 영국 친구들에게 최신 상황을 슬쩍 알려 줄 수 없었다. 어쨌든 베터니는 다양한 방식으로 심한 정신적 스트레스를 드러내며 스스로 범죄자가 되어 가고 있었다. 어쩌면 모종의 신경 쇠약을 겪고 있었을 가능성도 있다. 7월 7일에 그는 동료들과 국에 관한 이야기를 하며 〈강박적인〉 태도를 보였다. 그날 그는 KGB 레지덴트인 그를 MI5가 포섭해야 한다고 제안했다. 그다음 날에는 KGB가 〈귀한〉 정보를 제공하겠다는 사람이 나서도 거부할 것이라고 말했다. 그는 특정 KGB 요원들에 대해 이상한 질문을 던지면서, 자신의 소관이 아닌 파일들에 관심을 드러내기 시작했다. 킴 필비를 포함해서 과거에 활동했던 스파이들의 동기에 대해 장황한 말을 늘어놓기도 했다.

7월 11일 아침에 그는 공중전화로 소련 대사관에 전화를 걸어 자신이 〈코바 씨〉라고 밝힌 다음, 국을 바꿔 달라고 말했다. 국은 전화 수신을 거절했다. 베터니는 국에게 세 번이나 귀한 선물을 주었으나, 국은 매번 그것을 삐딱하게 바라보았다. 첩보의 역사에서 이렇게 기회를 허비한 사례는 거의 없다.

사흘 뒤 베터니는 MI5의 동료에게 이렇게 물었다. 「만약 영국 정보 요원이 국의 집 문 안으로 편지를 집어넣는다면 그가 어떤 반응을 보일 것 같아?」 이것이 결정적이었다. 마이클 베터니가 바로 코바였다.

그러나 정황 증거뿐이었다. 그의 전화기에 도청 장치를 설치했으나 이렇다 할 결과가 나오지 않았다. 그의 집을 대충 서둘러 수색했을 때도 범죄의 증거가 될 만한 것은 나오지 않았다. 베터니는 전문가의 솜씨로 자신의 행적을 숨기고 있었다. 그를 기소해서 유죄 판결을 얻어 내려면 MI5가 그가 반역을 저지르는 현장을 직접 잡아내거나 그에게서 자백을 받아야 했다.

고르디옙스키 일가는 휴가를 마치고 8월 10일에 런던으로 돌아왔다. 귀환 후 처음으로 베이스워터 안가에 왔을 때 고르디옙스키는 MI5가 내부 첩자 용의자를 확실히 가려냈지만 아직 체포하지는 않았다는 말을 들었다. KGB 레지덴투라에서 그는 정체불명의 코바가 내건 미끼에 그동안 진전이 있었는지 가볍게 물어보았으나 새로운 이야기가 전혀 없었다. 그는 평소처럼 KGB를 위해 접촉자들을 확보하고 MI6를 위해 정보를 수집하는 생활을 다시 시작하려 했으나, 영국 정보기관 내부에서 아직도 스파이가 자유로이 돌아다니고 있다는 사실 때문에 일에 집중하기가 힘들었다. 그 첩자는 국에게 처음 편지를 보낼 때 고르디옙스키가 영국 첩자라는 사실을 몰랐음이 분명했다. 하지만 그동안 이미 4개월이 넘는 시간이 흘렀다. 그사이에 코바가 그 사실을 알아냈을까? 국이 코바를 받아들였을까? KGB 동료들이 지금도 그를 감시하면서 그가 실수하기만을 기다리고 있을까? 첩자가 체포되지 않은 채 하루가 지날 때마다 위험이 커졌다. 고르디옙스키는 유치원으로 딸들을 데리러 가고, 레일라와 외식을 하러 나가고, 바흐의 음악을 듣고, 책을 읽으면서 전혀 흔들리지 않는 척했다. 그러나 불안감이 꾸준히 커졌다. 그 첩자가 그를 잡아내기 전에 MI6의 친구들이 그 이름 없는 첩자를 잡을 수 있을까?

한편 베터니는 국의 답변을 기다리다 지쳤는지, 자신의 불법적인 상품을 다른 곳에 팔기로 한 것 같았다. 사무실에서 그는 대규모 KGB 레지덴투라가 있어서 냉전 시대 첩보전의 중심지였던 빈으로 휴가를 갈 생각이라고 슬쩍 말을 흘렸다. 그의 사무실 수납장을 수색해 보니, 풋 작전으로 영국에서 추방된 어느 KGB 요원이 언급된 문서가 나왔다. 그 요원이 현재 살고 있는 곳이 오스트리아였다. 베터니가 도망칠 생각인 것 같았다.

MI5는 그를 잡아들여 심문해 보기로 결정했다. 엄청난 도박이었다. 만약 베터니가 모든 것을 부인하며 사표를 낸다면, 그가 영국을 떠나는 것을 합법적으로 막을 길이 없었다. 베터니를 직접 다그쳐 자백을 받아 내는 계획, 암호명이 〈코COE〉인 그 작전이 오히려 역풍을 일으킬 수도 있었다. 〈우리는 성공을 보장할 수 없다.〉 MI6는 베터니가 가진 패를 잘 쓰기만 한다면 〈하루 만에 자유로이 풀려날〉 수도 있다고 경고했다. 무엇보다 베터니의 소환이 고르디옙스키의 신변에 영향을 미치는 일만은 막아야 했다.

9월 15일에 베터니는 가위 거리에 있는 MI5 본부로 소환되었다. 긴급한 방첩 사건 때문에 회의가 열릴 예정이라고 했다. 그러나 그는 도착하자마자 맨 위층의 아파트로 끌려갔다. 존 데버렐과 일라이자 매닝엄불러가 증거들을 베터니 앞에 펼쳐 놓았다. 국의 집을 찍은 사진도 거기에 포함되어 있었다. 그가 문서들을 전달할 때 현장에서 그것을 본 사람이 있다는 뜻으로 내놓은 사진이었다. 물론 실제로 그를 본 사람은 없었다. 베터니는 충격을 받아 〈눈에 띄게 불안해〉 보였으나, 자제력을 잃지 않았다. 그는 이 첩자라는 자가 무슨 짓을 했다는 것이냐며 가정법으로 물어볼 뿐, 자신이 무슨 짓을 한 것 같은 티는 전혀 내지 않았다. 그는 자백하는 것이 자신에게 이롭지 않을 것 같다고 지적했다. 암묵적인 시인이었으나, 자백이라고 하기는 어려웠다. 설사 그가 죄를 인정했어도, 그것이 증거로 채택되지는 못했을 것이다. 그가 체포된 상태가 아니었고, 변호사도 동석하지 않은 탓이었다. MI5는 그에게서 먼저 모든 이야기를 듣고 정식으로 체포해서, 법적인 권리를 읽어 준 뒤 다시 자백을 받아 내려고 했다. 하지만 그는 입을 열지 않았다.

도청 장치가 그들의 대화를 아래층의 감청실로 전달했다. MI5와 MI6 고위 요원들이 그곳에서 단어를 한 마디도 놓치지 않으려고 목을 쭉 뺐다. 〈무엇도 시인하지 않으려고 애쓰는 그의 말을 듣는 것이 고통스러운 경험이었다.〉 그들 중 한 명은 이렇게 말했다. 베터니는 불안한 성격인지 몰라도 어리석지는 않았다. 〈베터니가 허세를 부려서 무사히 빠져나가게 될 것 같다는 걱정이 정말 현실로 다가왔다.〉 저녁이 되자 모두들 기진맥진했지만, 돌파구는 전혀 보이지 않았다. 베터니는 그 꼭대기 층 아파트에서 밤을 보내라는 제안을 받아들였다. 하지만 MI5는 그를 구금할 법적인 권리가 없었다. 점심 식사를 거부한 베터니가 저녁 식사도 거절했다. 대신 위스키를 한 병 달라고 하더니 꾸준히 마셔 댔다. 매닝엄불러를 포함한 세 명의 담당자는 공감하는 표정으로 그의 말에 귀를 기울이며 〈가끔 앞뒤가 다른 질문을 던졌다〉. 베터니는 MI5가 수집한 〈증거들〉에 감탄하면서도 사실을 시인하지는 않았다. 어느 시점부터 그는 영국을 〈당신들〉로, 소련을 〈우리〉로 지칭하기 시작했다. KGB 요원들에게 영국이 그들을 감시하고 있다고 알려 주고 싶었다고 시인하기도 했다. 하지만 자백은 하지 않았다. 새벽 3시에 그는 마침내 침대에 쓰러지듯 누웠다.

다음 날 아침 매닝엄불러가 그에게 아침 식사를 만들어 주었으나 그는 먹지 않았다. 수면 부족, 숙취, 허기에 엄청나게 나쁜 성격까지 겹쳐서 베터니는 자백할 생각이 전혀 없다고 선언했다. 그러더니 갑자기 가정법을 버리고 일인칭으로 대화를 시작했다. 냉전 시대에 자기보다 앞서 활약한 스파이인 킴 필비와 조지 블레이크에게 공감하는 태도도 보였다.

데버렐이 방에 없을 때, 11시 42분에 베터니가 심문자들을 향해 선언했다. 「모두 자백해야 할 것 같습니다. K 부장에게 내가 자백하고 싶어 한다고 전하세요.」그렇게 오랫동안 죽어라 입을 다물고 있다가 갑자기 이렇게 흔들린 것은 충동적인 베터니에게 완벽하게 어울리는 행동이었다. 그로부터 한 시간도 안 돼서 그는 로체스터로 경찰서에서 모든 것을 자백하고 있었다.

그의 집인 빅토리아 로드 5번지를 제대로 수색하니 그의 간첩 혐의를 입증하는 증거가 나왔다. 필립스 전기 면도기 상자 안에 그가 빈에서 접촉하려 했던 KGB 요원들의 상세 정보가 들어 있었다. 석탄을 넣어 두는 지하 창고에서는 돌무더기 아래에 숨겨 둔 사진 장비가 발견되었다. 세탁실 선반에는 기밀 자료를 찍어 아직 현상하지 않은 필름이 있었다. 최고 기밀에 대해 손으로 쓴 메모도 마분지 상자 속 유리잔들 아래에서 발견되었다. 쿠션 안에는 타자로 작성한 메모들이 꿰매어져 있었다. 베터니는 이상한 말을 하며 죄를 뉘우쳤다. 「내가 보안국을 엄청 곤란하게 만들었어. 그럴 생각이 아니었는데.」

영국 정보기관 내에서 첩자가 또 발견된 사건은 보안국의 승리로 그려졌다. 마거릿 대처는 MI5 국장에게 〈사건을 잘 처리했다〉고 치하했다. 내저스는 고르디옙스키에게 직접 메시지를 보내 〈우리가 당신에게 얼마나 따스한 감정을 느끼는지〉 강조했다. 고르디옙스키도 스푸너를 통해 보낸 답장에서 언젠가 MI5의 이 사건 담당 요원들에게 직접 감사 인사를 할 수 있기 바란다고 말했다. 「그런 날이 정말로 올지 안 올지 잘 모르겠습니다. 어쩌면 안 올 수도 있겠죠. 그래도 이 생각을 어딘가에 기록해 두고 싶습니다. 그들은 그들이야말로 민주주의의 진정한 수호자라는 말의 의미를 가장 직접적으로 구현하는 사람들이라는 나의 믿음을 뒷받침해 주었습니다.」

마거릿 대처는 이번에 스파이를 잡는 데 고르디옙스키가 어떤 역할을 했는지 알고 있는 유일한 내각 구성원이었다. 영국 정보기관 내에서는 내저스만이 그동안의 일을 정확히 알았다. 언론이 미친 듯이 날뛰는 와중에 현명한 역정보가 퍼졌다. 베터니의 반역 행위에 대한 힌트를 〈신호 정보〉(즉 감청)에서 얻었다거나, 보안국 내에 첩자가 있다는 말을 소련 측이 보안국에 직접 해줬다는 내용이었다. 한 신문은 이런 소문을 근거로 오보를 냈다. 〈베터니의 접근에 질린 런던의 소련인들은 그가 전형적인 미끼 공작원이라 믿고, 베터니가 시간 낭비를 하고 있다는 말을 MI5에 해주었다. 그제야 MI5가 베터니를 조사하기 시작했다.〉 내부에 혹시 또 첩자가 있을지도 모르니 진짜 정보원으로부터 그의 주의를 돌리기 위해 MI5는 베터니의 접근에 대한 정보가 소련 대사관의 정식 외교관에게서 나왔다고 암시하는 가짜 보고서를 만들었다. 소련은 모든 것을 부인하며, KGB 첩보전에 관한 이야기는 냉소적으로 조작된 선전이며 〈소-영 관계의 정상적인 발전을 해치는 것이 목적〉이라고 주장했다. KGB 지부의 국은 MI5가 자신에게 망신을 주려고 이 사기극을 연출했다는 믿음에 매달렸다(이렇게 생각하지 않았다면 자신이 엄청난 실수를 저질렀다고 시인할 수밖에 없었을 것이다). 고르디옙스키는 베터니의 정체를 알린 진짜 정보원으로 자신이 의심받는 낌새를 전혀 감지하지 못했다. 〈국이나 니키텐코가 나를 코바와 연결시킨 적은 한 번도

없었을 것 같다.〉

온갖 추측이 난무하면서 수많은 신문이 베터니 사건에 대한 선정적인 보도를 쏟아 내는 와중에, 진실은 단 한 번도 표면으로 떠오르지 않았다. 바로 베터니가 공무상 비밀법을 열 번이나 위반한 혐의로 브릭스턴 교도소에서 재판을 기다리게 된 것은 바로 올레크 고르디옙스키 때문이라는 진실.

참조

베터니 사건에 대해서는 크리스토퍼 M. 앤드루의 『왕좌를 지키기*The Defence of the Realm*』(2009)와 당시 신문을 참고했다.

10
콜린스 씨와 대처 부인

철의 여인 대처는 소련에서 온 스파이에게 호감을 품게 되었다.

그녀가 올레크 고르디옙스키를 직접 만난 적은 없었다. 그의 본 명도 몰라서, 그를 항상 〈콜린스 씨〉라고 불렀다. 설명하기 힘든 고 집이었다. 그가 소련 대사관 내에서 첩자로 활동한다는 사실을 알 고 긴장이 심하겠다며 걱정했고, 그가 〈언제든 벌떡 일어나서〉 망명 할 수도 있겠다고 생각했다. 그때가 되면, 그와 그의 가족을 반드시 잘 보살펴야 한다고 총리는 강조했다. 이 소련인 스파이는 단순히 〈정보라는 알을 낳는 닭〉이 아니라 극도의 위험 속에서 자유를 위해 일하는 영웅이자 반쯤은 상상 속의 인물이었다. 그의 보고서가 오 면, 총리의 개인 비서가 번호를 매기고 〈최고 기밀 친전〉이라는 말 과 〈UK 아이즈 A〉라는 표시를 붙여 전달했다. 다른 나라와 공유하 면 안 되는 기밀이라는 뜻이었다. 총리는 그의 보고서를 빨아들일 듯이 읽었다. 〈단어 하나하나를 찬찬히 읽으면서 주석을 달고 질문 을 적었다. 그렇게 총리가 직접 표시를 하고, 밑줄을 긋고, 느낌표나 논평을 붙여 보고서를 돌려주었다.〉 대처의 전기를 쓴 찰스 무어는

그녀가 〈비밀 그 자체와 첩보 세계의 낭만에 흥분할 줄 아는 사람〉
이었다고 말했다. 하지만 그녀는 그 소련인 스파이가 독특하고 귀
한 정치적 시각을 제공해 준다는 것도 알고 있었다. 〈고르디옙스키
의 보고서는 (……) 다른 정보와 달리 소련 지도자들이 서구적인 현
상들에, 그리고 그녀 자신에게 어떤 반응을 보였는지 그녀에게 전
해 주었다.〉 그는 크렘린의 머릿속을 들여다볼 수 있는 창문을 열어
주었고, 대처는 감사의 마음을 안고 홀린 듯이 그 창문 너머를 들여
다보았다. 〈대처 총리가 고르디옙스키에게 한 것만큼, 영국 총리가
영국 첩자에게 개인적인 관심을 쏟은 적은 없는 것 같다.〉

　영국 정보기관이 코바를 사냥하는 동안 KGB는 1983년 선거에서
대처가 반드시 패배하게 하려고 열심히 움직였다. 크렘린이 보기에
대처는 〈철의 여인〉(소련의 군 신문이 대처를 모욕할 생각으로 만
들어 낸 별명이지만 대처 본인은 아주 좋아했다)이었으므로, KGB
는 그녀가 권력을 잡은 1979년부터 줄곧 그녀를 무너뜨리기 위한
〈적극적인 방법들〉을 기획했다. 좌파 성향의 언론인들에게 부정적
인 기사를 공급해 주는 것도 그 방법 중 하나였다. KGB가 아직 좌
파와 연락이 닿아 있었기 때문에, 소련 정부는 선거에서 노동당에
유리한 결과가 나오도록 영향을 미칠 수 있을 것이라는 환상에 계
속 매달렸다. 노동당 당수는 당시에도 KGB 파일에 여전히 〈비밀 접
촉자〉로 분류되어 있었다. 소련은 현대의 흥미로운 전조를 보여 주
려는 듯, 더러운 술수와 비밀스러운 훼방을 이용해 민주적인 선거
를 휘저어서 자신들이 선택한 후보에게 이로운 결과를 만들어 낼
준비가 되어 있었다.

　만약 노동당이 선거에서 이겼다면, 고르디옙스키의 처지가 참으
로 기상천외하게 변했을 것이다. 한때 KGB의 현금을 기꺼이 받던

자가 총리로 앉아 있는 정부에 KGB의 기밀을 넘기는 꼴이 되었을 테니까. 과거 첩자 붓이었던 마이클 풋의 비밀은 계속 철저한 비밀로 남았다. 선거를 휘저으려는 KGB의 노력도 아무런 영향을 미치지 못해서, 6월 9일 선거에서 마거릿 대처는 대승을 거뒀다. 그 전해에 포클랜드에서 거둔 승리가 한껏 뒷받침해 준 선거 결과였다. 크렘린의 사고방식에 대해 고르디옙스키가 건네준 통찰력으로 비밀리에 무장하고 새로이 업무를 시작한 대처는 냉전으로 주의를 돌렸다. 그리고 몹시 걱정스러운 광경을 보았다.

1983년 하반기에 동서는 어쩌면 종말을 불러올 수도 있는 무장 분쟁을 향해 돌진하는 것처럼 보였다. 〈레이건식 말투와 소련의 의심증이 합쳐져서 어쩌면 치명적일 수도 있는 조합〉을 이룬 것이 이런 분위기를 더욱 부채질했다. 레이건 대통령은 영국 의회에서 한 연설에서 〈마르크스·레닌주의를 역사의 잿더미 위에 남겨 두겠다〉[1]고 약속했다. 미국은 신속하게 군비를 증강하면서 일련의 심리 작전을 병행했다. 소련 영공 침범, 나토가 소련의 군사 기지에 얼마나 가까이 접근할 수 있는지를 보여 주는 은밀한 해군 작전 등이 심리 작전에 속했다. 이 작전들은 소련의 불안감에 불을 지피겠다는 목적을 성공적으로 수행했다. 그 결과 라이언 작전에 한층 더 박차가 가해지면서, KGB 지부들에 미국과 나토가 기습 핵 공격을 준비 중이라는 증거를 찾아내라는 지시가 빗발쳤다. 8월에는 제1주요부의 부장(나중에 KGB 국장이 되었다)인 블라디미르 크류치코프가 직접 레지덴투라들에 전문을 보내, 소련 영토에 〈핵무기와 생화학 무기를 지닌 파괴조가 비밀리에 침투〉하는 등의 전쟁 준비 상황을 감시하라고 지시했다. 수상쩍은 활동을 충실하게 보고한 지부에는 칭

1 로널드 레이건이 1982년 6월 7일에 영국 의회에서 한 연설.

찬이 내려왔다. 보고하지 않은 지부들은 날카로운 비판과 더불어 더 열심히 하라는 지시를 받았다. 국은 〈소련에 대한 미국과 나토의 구체적인 기습 핵미사일 공격 계획〉을 밝혀내려는 노력에 〈부족함〉이 있었다고 시인할 수밖에 없었다. 고르디옙스키는 라이언 작전을 〈웃기는 짓〉으로 치부했지만, MI6에 보낸 보고서에는 소련 지도자들이 진심으로 두려워하고 있음을 확실히 명시했다. 그들은 전투를 각오했으며, 선제공격에 생존이 달렸다고 믿을 만큼 공황 상태에 빠져 있었다. 이때 동해에서 발생한 비극적인 사고가 상황을 더욱 급격히 악화시켰다.

1983년 9월 1일 새벽에 소련 요격기가 소련 영공으로 잘못 들어온 대한항공 여객기 KAL 007편을 격추했다. 이 사건으로 승객과 승무원 269명이 모두 목숨을 잃었다. 동서 관계는 위험한 수준으로 급전직하했고, 소련은 처음에 격추와의 관련성을 부인했으나 나중에는 그 비행기가 일부러 소련을 도발하려는 미국의 작전으로 소련 영공을 침범한 첩보기였다고 주장했다. 로널드 레이건은 이 〈한국 여객기 학살〉이 〈야만적인 행위이며 (……) 비인간적인 만행〉이라고 비난해 국내외의 분노에 불을 지피며, 나중에 한 미국 관리가 〈자신이 철저히 옳다는 기쁨〉[2]이라고 묘사한 상태를 즐겼다. 의회도 국방비 증액에 동의했다. 한편 소련은 KAL 007편 사건에 대한 서방의 분노를 만들어진 도덕적 히스테리로 해석하며, 공격의 준비 절차로 보았다. 그래서 크렘린은 사과하지 않고, 오히려 CIA가 〈도발적인 범죄 행위〉를 저질렀다고 비난했다. 런던의 KGB 지부에는 그 어느 때보다도 긴급한 전문들이 번쩍번쩍 쏟아졌다. 공격이 시

---

2 당시 미국 국방부 차관이었던 헨리 E. 캐토 주니어의 발언. 『로스앤젤레스 타임스』, 1990년 11월 11일 자에서 재인용.

작될 경우 소련의 자산과 국민을 보호하고, 그것이 미국의 탓임을 분명히 하고, 소련이 생각하는 음모론을 뒷받침하는 정보를 수집하라는 지시가 담겨 있었다. 런던 KGB 지부는 나중에 〈남한 여객기와 관련된 반(反)소 캠페인을 방해하려 노력〉했다는 중앙의 칭찬을 받았다. 그때 이미 병이 들어 병상에 누워 있던 안드로포프는 이른바 미국의 〈터무니없이 군국주의적인 정신병〉을 거세게 비난했다. 고르디옙스키는 이 전문들을 대사관에서 몰래 가지고 나와 MI6에 넘겼다.

KAL 007편 격추 사건은 한국 조종사와 소련 조종사의 인간적인 무능에서 비롯된 일이었다. 그러나 고르디옙스키가 MI6에 제출한 보고서는 점점 고조되는 긴장과 상호 몰이해의 압박 때문에 평범한 비극이 위험한 정치 상황을 더욱 악화시킨 과정을 분명하게 보여 주었다.

극도의 불신과 오해, 공격성이 뒤섞여 끓고 있는 이 냄비 속에 어떤 사건이 하나 더 첨가되면서 냉전은 실제 전쟁의 문턱으로 치달았다.

〈에이블 아처 83〉은 나토 기동 훈련의 암호명이었다. 1983년 11월 2일부터 11일까지 실시된 이 훈련의 목적은 점점 갈등이 심해지다가 핵 공격에까지 이르는 상황을 모의 체험하는 것이었다. 이런 종류의 군사 연습은 양측 모두 과거 몇 번이나 한 적이 있었다. 에이블 아처 훈련에는 미국과 서유럽 나토 국가들의 병력 4만 명이 참가했으며, 이들의 배치와 조정은 암호화된 통신으로 이루어졌다. 지휘부는 주황색 군(바르샤바 조약국)이 유고슬라비아로 군대를 보낸 뒤, 핀란드와 노르웨이를 차례로 침공하고 마침내 그리스에까지 이르러 청군(나토)이 동맹국들을 방어하는 상황을 가정했다. 가

상의 갈등이 고조되면서 전통적인 전쟁이 점점 격화되어 화학 무기와 핵무기까지 동원되자 나토가 핵 발사 절차를 연습할 수 있게 되었다. 실제 무기가 배치되지는 않았다. 그러나 KAL 007편 사건 이후 열기가 아직 가라앉지 않은 상태라서, 크렘린의 걱정 많은 사람들은 상황을 훨씬 더 불길하게 해석했다. 진짜 전쟁, 즉 안드로포프가 3년여 전부터 예언하고 라이언 작전으로 찾아내고자 했던 선제 핵 공격 준비를 은폐하기 위한 미끼라고 본 것이다. 그렇지 않아도 KGB가 핵 공격의 징후를 포착하려고 애쓰는 순간에 하필이면 나토가 진짜 같은 핵 공격 시뮬레이션을 시작한 셈이었다. 게다가 에이블 아처에는 전례 없는 다양한 특징들이 있어서, 이것이 단순한 훈련이 아닐 것이라는 소련의 의심은 더욱 굳어졌다. 한 달 전 미국과 영국 사이의 비밀 통신이 폭발적으로 증가한 것(사실은 미국의 그레나다 침공에 대한 반응), 서방 지도자들의 첫 참여, 유럽에 있는 미군 기지들에서 장교들의 이동 패턴이 달라진 것 등이 그런 특징이었다. 로버트 암스트롱 내각 장관은 이 훈련이 〈소련의 주요 휴일에 실시되었고, 단순한 훈련이 아니라 실제 군사 활동의 형태를 띠었기〉 때문에 소련이 그토록 경계심을 드러냈다고 나중에 대처 총리에게 보고했다.

11월 5일에 런던 레지덴투라는 중앙의 전문을 수령했다. 미국과 나토가 선제공격을 결정하면, 7~10일 사이에 미사일이 공중을 날아올 것이라고 경고하는 내용이었다. 국에게는 핵 기지, 통신 센터, 정부 벙커 등 핵심 시설에서 〈평소와 다른 활동〉을 감지하기 위해 긴급 감시를 시행하라는 지시가 떨어졌다. 특히 관리들이 〈언론에 알리지 않고〉 전쟁 준비를 위해 정신없이 일하고 있을 다우닝가 10번지의 감시가 중요했다. KGB가 요원들에게 〈정치, 경제, 군사 엘리트들)이 가족을 런던에서 내보내고 있다는 증거를 확인하라고 지시한 것은 그들 자신이 무엇을 우선적으로 생각하는지를 잘 보여 준다.

고르디옙스키가 MI6에 넘긴 이 전문은 소련이 이번 군사 훈련에 평소와 달리 몹시 걱정스러운 반응을 보이고 있음을 서방에 처음으로 보여 주었다. 이틀 (또는 사흘) 뒤 KGB 레지덴투라들에 또다시 쏟아진 전문은 미군 기지들에 비상 경계령이 떨어졌다는 잘못된 정보를 담고 있었다. 중앙은 이에 대해 다양한 해석을 제시했다. 〈그중 하나는 핵 선제공격 카운트다운이 에이블 아처라는 엄폐물 아래에서 이미 시작되었다〉는 것이었다(사실 미군 기지들은 베이루트에서 미군을 상대로 일어난 테러 때문에 보안을 강화했을 뿐이다). 고르디옙스키의 정보가 서방의 손에 들어온 때가 너무 늦어서 훈련을 중단할 수는 없었다. 이때 소련은 이미 핵전쟁을 준비 중이었다. 동독과 폴란드의 전투기에 핵무기가 장착되었고, 서유럽을 겨냥한 SS-20 미사일 약 70기가 비상 대기에 들어갔으며, 핵 탄도 미사일을 실은 소련 잠수함들이 적의 감지를 피해 북극의 얼음 아래에 배치되었다. CIA는 발트 3국과 체코슬로바키아에 군사 활동이 있다고 보고했다. 일부 분석가들은 소련이 실제로 ICBM 발사 준비를 했으나 마지막 순간에 발사를 중지했다고 보고 있다.

11월 11일에 에이블 아처가 예정대로 끝나자 양측도 천천히 총을 내렸다. 그 무시무시한 대결 상태, 일반 대중은 알지도 못했고 굳이 일어날 필요도 없었던 그 상태 역시 끝을 맺었다.

당시 세계가 전쟁에 얼마나 가까이 다가가 있었는지에 대해서는 역사가들의 의견이 엇갈린다. MI5의 공인 역사서에는 에이블 아처가 〈1962년의 쿠바 미사일 위기 이후 가장 위험했던 순간〉[3]으로 묘사되어 있다. 이것이 단순한 훈련임을 소련이 처음부터 알고 있었으며, 핵전쟁을 준비한 것은 흔한 새도복싱에 불과했다고 주장하는 사람들도 있다. 고르디옙스키 자신은 차분했다. 〈나는 모스크바의 의심증이 점점 커지는 현실이 여기에 이렇게 걱정스러운 형태로 반영되었다고 생각했기 때문에, 다른 징후가 없는 상태에서는 긴급히 걱정할 요인이 아니라고 보았다.〉

그러나 영국 정부 내에서 고르디옙스키의 보고서와 모스크바에서 연달아 날아온 전문을 읽은 사람들은 핵 재앙을 아슬아슬하게 피했다고 믿었다. 제프리 하우 외무 장관은 다음과 같이 말했다. 〈고르디옙스키 덕분에 우리는 실제 핵 공격에 대해 소련이 비상하고도 진정한 두려움을 갖고 있음을 추호도 의심하지 않게 되었다. 나토는 그것이 훈련에 불과하다는 사실을 소련이 추호도 의심하지 않게 훈련의 일부 측면을 일부러 변화시켰다.〉[4] 사실 일반적인 훈련 과정을 바꿨기 때문에 오히려 의도가 불길한 것 같다는 인상이 더 깊어졌을 수도 있다. 합동 정보 위원회(JIC)는 이후에 내놓은 보고서에서 다음과 같은 결론을 내렸다. 〈적어도 일부 소련 관리들/장교들이 에이블 아처를 (……) 진짜 위협으로 잘못 해석했을 가능성을 배제할 수 없다.〉

마거릿 대처는 크게 걱정했다. 소련의 두려움과 레이건의 말투가 합쳐져서 정말로 핵전쟁이 일어날 수도 있었지만, 미국은 자신들이 일부 기여한 그 상황에 대해 잘 모르고 있었다. 총리는 〈서구의 의도를 오해한 소련이 과잉 반응을 보일 위험을 제거하기 위해〉 뭔가 조치를 취해야 한다는 지시를 내렸다. 외무부에는 〈나토의 기습 공

---

3 Christopher M. Andrew, *The Defence of the Realm*.
4 Geoffrey Howe, *Conflict of Loyalty*.

격에 대한 소련의 오해라는 문제와 관련해서 미국에 어떤 방식으로 접근해야 할지 긴급히 고려하라〉는 지시가 떨어졌다. MI6는 〈고르디옙스키가 밝힌 사실들을 미국과 공유〉하는 데 동의했다. 그렇게 해서 녹턴 자료의 배포 범위가 넓어졌다. MI6는 KGB가 기동 훈련을 전쟁 발발의 의도적인 전주곡으로 생각했다는 점을 CIA에 구체적으로 알려 주었다.

「그 사람들이 어떻게 그런 걸 믿을 수 있는지 모르겠군.」 로널드 레이건은 에이블 아처 훈련 중에 크렘린이 핵 공격을 정말로 두려워했다는 말을 듣고 이렇게 말했다. 「하지만 생각해 볼 필요는 있겠어.」[5]

사실 레이건은 핵전쟁으로 종말이 오는 상황에 대해 이미 상당히 생각해 본 적이 있었다. 한 달 전 그는 미국 중서부의 도시가 핵공격으로 파괴되는 내용을 담은 영화 「그날 이후」를 보고 〈크게 우울해〉졌다. 에이블 아처가 끝난 직후에는 핵전쟁의 〈엄청나게 무시무시한〉 충격을 설명하는 국방부 브리핑에 참석했다. 그런 전쟁에서 설사 미국이 〈승리〉한다 해도, 1억 5천만 명의 미국인이 목숨을 잃을 가능성이 높다고 했다. 레이건은 그 브리핑을 가리켜 〈가장 정신이 번쩍 드는 경험〉이었다고 말했다. 그날 밤 그는 일기에 이렇게 썼다. 〈내 생각에 소련인들은 (……) 공격을 받을 것이라는 의심증이 너무 심해서 (……) 이쪽에는 그런 짓을 하려는 사람이 아무도 없다고 우리가 그들에게 말해 주어야 한다.〉

레이건과 대처 모두 냉전을 평화로운 서구 민주주의에 대한 공산주의의 위협으로 이해했다. 고르디옙스키 덕분에 두 사람은 소련의

---

5 Don Oberdorfer, *From the Cold War to a New Era* (Baltimore: Johns Hopkins University Press, 1998).

공격성보다 불안감이 세계에 더 위험할 수 있음을 이제 알고 있었다. 레이건은 회고록에 이렇게 썼다. 〈3년이라는 세월은 소련인들에 대해 놀라운 사실을 내게 가르쳐 주었다. 소련 위계 구조의 꼭대기에 있는 많은 사람이 미국과 미국인들을 진심으로 두려워한다는 것. (……) 나는 많은 소련 관리가 우리를 단순히 적으로 두려워하는 것이 아니라, 자기들에게 먼저 핵무기를 날릴 수 있는 잠재적 공격자로 두려워한다는 사실을 조금씩 깨달았다.〉[6]

에이블 아처는 전환점이었다. 서구 언론과 대중이 알아차리지 못한 사이에 냉전 시대의 무시무시한 대결이 벌어진 그 순간은 느리지만 확실히 감지되는 해빙의 계기가 되었다. 레이건 정부는 반(反)소련 발언의 수위를 조절하기 시작했다. 대처는 모스크바에 손을 내밀기로 결심했다. 〈총리는 《악의 제국》이라는 말을 넘어서서, 서방이 어떻게 냉전에 종지부를 찍을 수 있을지 생각해야 할 때가 왔다고 보았다.〉 한 고위급 보좌관의 말이다. 크렘린의 의심증도 특히 안드로포프가 1984년 2월에 세상을 떠난 뒤 수그러들기 시작했다. KGB 요원들은 긴장을 늦추지 않고 여전히 핵전쟁 준비의 징후를 찾아보아야 했지만, 라이언 작전의 동력은 서서히 시들어 갔다.

고르디옙스키도 여기에 어느 정도 역할을 했다. 그때까지 그가 밝힌 기밀들은 아주 엄밀한 선별을 거쳐 조금씩 미국에 공유되었다. 하지만 이제는 그가 가져온 정보가 더 많이 CIA와 공유될 예정이었다. 물론 정보의 출처는 여전히 꼼꼼하게 위장되었다. 에이블 아처 기간 동안 소련이 경계령을 내렸다는 정보가 〈나토의 주요 훈련을 감시하는 임무를 맡은 체코슬로바키아 정보 요원〉에게서 나왔다고 알리는 식이었다. 고르디옙스키는 MI6가 자신의 정보를 CIA와

6 『워싱턴 포스트』, 2015년 10월 24일 자에서 재인용.

공유한다는 소식에 기뻐했다. 〈올레크가 원한 일이었다.〉 그의 영국 측 담당관 중 한 명은 이렇게 말했다. 〈그는 강한 영향을 미치고 싶어 했다.〉 그의 소원대로 되었다.

CIA도 소련 내에 스파이를 여럿 보유하고 있었으나, 〈소련의 심리에 대한 진짜 통찰력〉을 이만큼 제공해 줄 수 있는 사람은 없었다. 〈선제공격이 언제든 일어날 수 있을 것이라는 진정한 불안감이 드러난 문서〉를 제공해 줄 수 있는 사람도 없었다. CIA의 정보 담당 부국장 로버트 게이츠는 고르디옙스키의 정보를 바탕으로 한 보고서를 읽고, CIA가 놓친 것이 있음을 깨달았다. 〈그 보고서를 읽고 내가 가장 먼저 생각한 것은 우리가 정보 측면에서 중대한 실패를 했을지도 모른다는 점, 그리고 거기서 더 나아가 에이블 아처 때 우리가 어쩌면 핵전쟁 문턱까지 다가갔을 수도 있는데 그 사실을 몰랐다는 것이 가장 무시무시하다는 점이었다.〉[7] 여러 해가 흐른 뒤 에이블 아처 사건에 대해 CIA 내부에서 작성한 기밀 요약 보고서에 따르면, 〈고르디옙스키의 정보는 레이건 대통령에게 깨달음을 주었다. (……) MI6를 거쳐 워싱턴에 때맞춰 도착한 고르디옙스키의 경고만이 일이 악화되는 것을 막았다.〉[8]

에이블 아처 때부터 고르디옙스키의 정치 보고서에서 핵심만 모은 자료가 정기 요약본 형태로 로널드 레이건에게 전달되었다. 그것을 보면 단 한 명에게서 나온 정보임이 분명했다. 게이츠는 나중에 이렇게 썼다. 〈소련의 우리 정보원들은 주로 군대와 군사 R&D에 대한 정보를 제공해 주는 사람들이었다. 고르디옙스키가 우리에게 준 것은 지도자들의 사고방식에 대한 정보였다. 우리에게는 아

7 Robert M. Gates, *From the Shadows*.
8 Nate Jones (ed.), *Able Archer 83* (New York: The New Press, 2016).

주 희귀한 정보였다.〉 레이건은 보고서를 읽고 〈크게 감탄〉했다. 소련 체제 깊숙한 곳 어딘가에서 누군가가 목숨을 걸고 전해 준 정보임을 알기 때문이었다. MI6가 공유해 준 정보는 〈CIA에서 지성소처럼 취급되어, 소수의 사람만이 엄격한 조건하에 종이 문서로 읽었다〉.[9] 그러고 나면 문서를 다시 모아서 대통령 집무실로 보냈다. 고르디옙스키의 정보는 〈긴장을 늦추는 데서 그치지 않고, 냉전을 끝내기 위해 더 큰 노력을 기울여야 한다는 레이건의 신념〉을 뒷받침해 주었다. CIA는 이 정보를 고마워하면서도, 과연 누가 이렇게 꾸준히 정보를 전달해 주는지 호기심을 이길 수 없어 갑갑해했다.

스파이들은 자신이 하는 일에 대해 과장된 주장을 펼치기 일쑤지만, 사실은 첩보 활동이 지속적으로 세상에 영향을 미칠 때가 많지 않다. 정치인들이 기밀 정보를 귀하게 취급하는 것은 그것이 기밀이기 때문이다. 하지만 기밀이라고 해서 공개적으로 접근할 수 있는 정보보다 반드시 더 신뢰성이 있는 것은 아니다. 오히려 신뢰성이 더 떨어질 때가 많다. 만약 적이 우리 측에 스파이를 심어 놓았고 우리도 적 진영에 스파이를 심어 놓았다면, 세상이 아주 조금 더 안전해질 수는 있어도 궁극적으로 우리는 출발점을 벗어나지 못한다. 〈내가 그것을 안다는 사실을 네가 안다는 것을 나도 안다……〉라는 식의 불가해하고 측량할 수 없는 스펙트럼 어딘가에 머무른다는 뜻이다.

하지만 아주 가끔 역사에 심오한 영향을 미치는 스파이들이 있다. 예를 들어 에니그마 암호의 해독은 제2차 세계 대전 종전을 적어도 1년은 앞당겼다. 연합군의 시칠리아 침공과 노르망디 상륙 작전은 성공적인 첩보전과 전략적인 기만술의 뒷받침을 받았다.

9 Gordon Corera, *MI6*.

1930년대와 1940년대에 스탈린은 소련이 서방 정보기관에 침투한 덕분에 서방을 상대할 때 중대한 이점을 누릴 수 있었다.

세상을 바꿔 놓은 스파이들의 전당에는 소수의 선별된 사람들만 들어가 있다. 그 사람 중 한 명이 올레크 고르디옙스키다. 그는 역사적으로 중요한 시기에 KGB의 내부를 열어젖혀, 소련 정보기관이 무슨 일을 하는지(그리고 하지 않는지)뿐만 아니라 크렘린이 무엇을 생각하고 어떤 계획을 꾸미는지까지 보여 주었다. 그 덕분에 서방은 소련에 대한 사고방식을 바꿨다. 고르디옙스키는 목숨을 걸고 조국을 배신해 세상을 조금 더 안전한 곳으로 만들었다. 기밀로 분류된 CIA 내부 검토서는 에이블 아처 사건을 〈냉전의 마지막 격동〉이라고 표현했다.

수천 명의 사람들이 1984년 2월 14일 유리 안드로포프의 장례식을 위해 붉은 광장을 가득 메웠다. 그 자리에 참석한 해외 귀빈 중에는 우아한 조문용 의상을 입은 마거릿 대처도 있었다. 모스크바의 추위를 물리치기 위해 외투 밑에 넣어 둔 뜨거운 물병 덕분에 평소보다 아주 살짝 살찐 것처럼 보였다. 그녀는 그 장례식이 동서 관계를 위해 〈하늘이 주신 선물〉이라고 조지 H. W. 부시 부통령에게 말한 적이 있었다. 그날 그녀는 일부러 위세를 드러냈다. 다른 서방 지도자들은 장례식에 〈주의를 기울이지 않고 잡담〉을 했으며, 심지어 안드로포프의 관이 무덤 속으로 내려질 때 숨죽여 키득거리기까지 했지만, 대처는 내내 〈그 자리에 맞게 엄숙한〉 모습을 유지했다. 덩치가 큰 영국인 경호원이 주머니에 뭔가를 불룩하게 넣은 채로 (KGB는 무기일 것이라고 짐작했다) 대처를 따라 크렘린의 리셉션 장까지 와서 총리가 갈아 신을 하이힐 한 켤레를 휙 꺼냈다. 대처는 안드로포프의 후계자이지만 나이도 많고 건강도 나쁜 콘스탄틴 체르넨코와 40분 동안 이야기를 나누면서 〈근본적인 군축 협정을 맺을 수 있는 기회가, 어쩌면 마지막일 수도 있는 기회가 왔다〉고 말했다. 대처는 체르넨코가 너무나 구식이라서 깜짝 놀랐다. 공산당의 과거를 보여 주는, 살아 있는 화석 같았다. 〈제발 좀 젊은 소련인을 찾아서 데려와 봐.〉[10] 돌아오는 비행기 안에서 그녀는 보좌관들에게 이렇게 말했다. 사실 영국 관리들은 소련 측에서 대화 상대가 될 수 있는 사람을 이미 찾아낸 상태였다. 그는 정치국의 떠오르는 별 미하일 고르바초프였다.

대처는 고르디옙스키가 한 손을 거든 대본에 따라 자신의 역할을 완벽히 연기했다. 장례식 전에 제임스 스푸너가 고르디옙스키에게 물었다. 대처가 소련에 가서 어떤 모습을 보여야 하겠느냐고. 고르디옙스키는 예의와 상냥함을 강조하면서, 소련인들이 예민하고 방어적이라고 경고했다. 〈올레크는 총리가 어떻게 행동해야 하는지 완전한 브리핑을 해주었다.〉 고르디옙스키 작전의 〈생산물〉을 분석하고 배포하는 일을 맡았던 MI6 요원의 말이다. 〈검은 원피스에 모피 모자를 쓰고 연단에 선 총리는 몹시 진지해 보였다. 매혹적인 연기였다. 총리는 그들의 심리를 꿰뚫어 보고 있었다. 올레크가 없었다면 훨씬 더 강인한 모습을 보였을 것이다. 올레크 덕분에 총리는 자신의 패를 최고로 활용하는 법을 알 수 있었다. 그것이 그들의 눈에 띄었다.〉

런던 주재 소련 대사관에서 포포프 대사는 KGB 요원들을 포함한 대사관 직원들을 모아 놓은 자리에서, 대처 총리의 장례식 참석이 모스크바에서 지극히 좋은 반응을 얻었다고 말했다. 「그 자리에

10 Charles Moore, *Margaret Thatcher* (London: Allen Lane, 2013).

맞는 총리의 섬세한 배려와 뛰어난 정치적 두뇌가 깊은 인상을 남겼습니다.」 포포프는 이렇게 말했다. 「대처 총리는 자신을 초청한 사람들의 마음을 얻으려고 비상한 노력을 기울였습니다.」

장례식 전후에 영국은 완벽한 정보를 얻을 수 있었다. 고르디옙스키가 소련인들을 응대하는 법에 대해 총리에게 브리핑하고, 장례식 뒤에는 소련인들의 반응을 보고했기 때문이다. 스파이들은 대개 사실만을 제공하고, 분석은 그 정보를 받는 상대에게 맡긴다. 그러나 고르디옙스키는 독특한 시각 덕분에 KGB의 생각, 희망, 두려움을 서방에 해석해 줄 수 있었다. 〈그것이 올레크가 기여한 것의 핵심이다.〉 MI6의 분석가는 이렇게 말했다. 〈상대의 머릿속으로 들어가는 것, 그들의 논리와 합리성 속으로 들어가는 것.〉

고르디옙스키의 정보에는 긍정적인 것도 있고 부정적인 것도 있었다. 중요한 기밀, 사전 경고, 통찰력은 긍정적인 정보지만, 영국 주재 KGB 지부가 구제 불능이며 지부장만큼이나 둔하고 무능하고 거짓말쟁이라는 사실을 확인해 준 것은 부정적인 정보였다. 하지만 이것도 똑같이 유용했다. 아르카디 국은 중앙의 상사들을 멸시하면서도 그들이 요구하는 일이라면 아무리 터무니없는 것이라도 즉시 수행하려고 나섰다. 그리넘 커먼에서 순항 미사일 시험이 있었다는 소식을 BBC 방송에서 들은 그는 그 시험에 대해 미리 알고 있었던 것처럼 서둘러 보고서를 꾸몄다. 영국에서 대규모 반핵 시위가 벌어졌을 때는 KGB의 〈적극적인 조치들〉이 그 시위를 촉발했다고 거짓 주장을 펼쳤다. 런던에 거주하는 소련 국민 두 명, 즉 무역 대표부의 한 명과 어느 관리의 아내 한 명이 자살하는 일이 벌어지자 국의 의심증은 과열 상태로 접어들었다. 그는 두 사람의 시신을 모스크바로 돌려보내면서 독살 여부를 가리라고 지시했다. 그리고 KGB

의 과학자들은 독살이라고 순순히 확인해 주었다. 한 명은 스스로 목을 맸고, 다른 한 명은 발코니에서 투신했는데도. 고르디옙스키는 이것 〈또한 소련의 의심증이 스스로 신경증을 부채질하고 있다는 징후〉라고 생각했다. 국은 베터니 사건에서 자신이 보인 무능을 꼼꼼히 은폐하기 위해, 그 일이 애당초 영국 정보기관이 정교하게 꾸며 낸 책략인 것처럼 모스크바에 보고했다.

국은 기밀을 철저히 지켰으나, 고르디옙스키는 대사관 내에 떠도는 소문에서부터 정치적으로나 국가적으로 중요한 정보에 이르기까지 유용한 정보들을 엄청나게 많이 확보할 수 있었다. KGB는 영국 내에서 여러 불법 스파이를 운용했다. 그 일을 맡은 라인 N은 레지덴투라 내에서 반(半)독립적으로 활동했지만, 고르디옙스키는 지하 첩보망에 대한 정보를 확보할 때마다 MI5에 슬쩍 흘려주었다. 광부 파업이 절정이던 1984~1985년에 고르디옙스키는 전국 광부 노조(NUM)가 소련과 접촉해서 경제적 지원을 요청했음을 알게 되었다. KGB는 광부들에 대한 자금 지원에 반대했다. 고르디옙스키도 소련 정부가 쟁의 행위에 자금을 지원한다는 사실이 드러난다면 〈바람직하지 않고 비생산적인〉 일이 될 것이라고 KGB 동료들에게 말했다. 그러나 소련 공산당 중앙 위원회는 소련 무역 은행에서 100만 달러가 넘는 돈을 송금할 것을 승인했다(이 돈을 받는 쪽인 스위스 은행의 의심을 사서 송금이 실제로 이루어지지는 않았다). 대처는 광부들을 〈내부의 적〉이라고 비난했다. 외부의 적이 그들의 파업을 경제적으로 지원하려 했다는 사실이 밝혀지면서 이런 편견이 더욱 강화되었음이 분명하다.

고르디옙스키는 첩보 레이더로 모스크바와는 거리가 먼 다른 적들도 잡아냈다. 1984년 4월 17일, 이본 플레처라는 여성 경찰관이

런던 중심부의 세인트 제임스 광장에서 리비아 인민국People's Bureau[11]에서 날아온 기관총탄에 맞아 숨졌다. 다음 날 KGB 레지덴투라는 중앙에서 보낸 전문을 수신했다. 〈그 총격을 카다피가 직접 지시했다는 믿을 만한 정보〉를 전하면서, 〈동베를린 주재 리비아 정보국 지부에서 보낸 경험 많은 청부 살인자가 비행기로 런던까지 날아와 총격을 감독했다〉고 보고하는 내용이었다. 고르디옙스키는 이 전문을 즉시 MI6에 전달했고, 그 덕분에 영국이 강력하게 반응해야 한다는 주장에 힘이 실렸다. 대처 정부는 리비아와 외교 관계를 단절하고, 카다피의 무뢰배들을 추방해 리비아의 테러리즘을 영국에서 효과적으로 말살했다.

때로는 천천히 무르익는 정보도 있다. 고르디옙스키가 아르네 트레홀트의 첩보 활동에 대해 MI6에 처음 알린 것은 1974년이었지만, 노르웨이 정보국이 행동에 나서는 데에는 10년이 걸렸다. 정보원을 보호해야 한다는 것도 일이 늦어진 이유 중 하나였다. 그동안 노르웨이 좌파의 매력적인 스타인 트레홀트는 노르웨이 외무부에서 공보 책임자 자리까지 올라갔다. 1984년 초 고르디옙스키는 노르웨이가 이제 트레홀트를 덮칠 준비가 되었다는 소식을 들었다. 혹시 작전에 반대하느냐는 질문도 함께 날아왔다. 트레홀트가 체포되는 경우 최초의 첩보를 제공한 그의 안전에 문제가 생길 수도 있기 때문이었다. 고르디옙스키는 주저하지 않았다. 「말할 것도 없습니다. 그는 나토와 노르웨이의 반역자이니, 반드시 최대한 빨리 체포해야 합니다.」

트레홀트는 1984년 1월 20일 오슬로 공항에서 노르웨이 방첩대장의 손에 체포되었다. 그의 KGB 담당관이자 지난 13년 동안 점심

---

11 카다피가 다스리던 시절 리비아가 자국의 대사관을 부르던 이름 — 옮긴이주.

식사 파트너였던 겐나디 〈악어〉 티토프를 만나러 빈으로 향하던 길이라고 알려졌다. 그의 서류 가방 안에서는 약 65점의 기밀문서가 발견되었다. 집에서도 800점의 문서가 발견되었다. 처음에 그는 간첩 혐의를 부인했지만, 그가 티토프와 함께 있는 모습을 찍은 사진을 보여 주자 격하게 속을 게워 낸 뒤 이렇게 말했다. 「내가 무슨 말을 하겠습니까?」[12]

노르웨이 정보국은 티토프도 붙잡아서 거래를 제시했다. 만약 그가 이쪽 편으로 전향하거나 서방으로 망명한다면, 미화 50만 달러를 주겠다는 조건이었다. 그는 이 거래를 거부하고 추방당했다.

트레홀트는 오슬로, 빈, 헬싱키, 뉴욕, 아테네에서 소련과 이라크 첩보원들에게 기밀을 넘겨 노르웨이에 〈회복할 수 없는 피해〉를 끼친 혐의로 기소되었다. KGB의 돈 8만 1천 달러를 받은 혐의도 있었다. 신문들은 그를 〈크비슬링Quisling 이후 노르웨이의 가장 큰 반역자〉로 묘사했다. 제2차 세계 대전 중 나치의 부역자였던 크비슬링의 이름은 〈반역자〉라는 뜻의 영어 단어로도 쓰이고 있다. 판사는 트레홀트가 〈자신의 중요성에 대해 비현실적이고 과장된 의견〉을 품고 있었다고 보았다. 그는 반역 혐의로 징역 20년을 선고받았다.

1984년 늦여름 제임스 스푸너가 다른 곳으로 발령받아 떠나고, 사이먼 브라운이 그의 후임이 되었다. 소련을 담당하는 P5를 이끌던 브라운은 러시아어를 구사할 수 있으며, 과거에 부랑자로 위장해 베터니의 뒤를 밟은 적이 있었다. 그는 1979년 모스크바 지부장 시절에 녹턴 작전에 참여하게 되었다. 탈출 작전인 핌리코를 위해 신호 장소를 감시하는 것이 그의 책임이었다. 고르디옙스키가 스푸너를 처음 만났을 때처럼 브라운을 만나자마자 죽이 잘 맞지는 않

12 AP, 1985년 2월 26일 자.

았다. 두 사람이 처음 만난 날 베로니카는 점심 식사로 셀러리를 내놓고 불에 주전자를 올렸다. 브라운은 긴장한 상태였다. 〈나는 이런 생각을 했다. 내가 러시아어를 유창하게 하지 못하면 저 사람이 나를 바보로 생각할 텐데. 하지만 그날 녹음된 테이프를 나중에 돌려 보니, 들리는 것이라고는 주전자에서 물이 끓으면서 점점 커지는 휘파람 같은 소리와 어떤 남자가 우적우적 셀러리를 먹는 소리뿐이어서 기가 막혔다.〉 MI6의 사무원 세라 페이지는 그런 만남이 이루어질 때마다 항상 참석했다. 언제나 조용하고 침착하며 안심이 되는 존재였다. 〈마음을 가라앉혀 주는 그녀의 존재가 다소 위험한 분위기를 부드럽게 달래 주고 인간적으로 만드는 데 큰 역할을 했다.〉

고르디엡스키는 KGB에서 원래 하던 일, 즉 정치적 접촉자들과 친분을 다지는 일을 계속했다. 진심으로 소련을 좋아하는 사람도 있고, 로즈메리 스펜서처럼 유용한 닭 모이를 제공해 주는 사람도 있었다. 고르디엡스키가 사실은 영국 정보국을 위해 일하는 이중 첩자라는 사실을 모른 채 MI5에 이용당해 그에게 정보를 제공하는 역할을 하는 통제된 접근 공작원은 보수당 중앙국에서 근무하는 스펜서 외에도 더 있었다. 핀칠리의 그레이터 런던 지방 의회 보수당 의원이자 첼시 보수 연합의 전직 회장인 네빌 빌도 같은 사례였다. 그는 고르디엡스키에게 지방 의회의 문서들을 제공했다. 기밀도 아니고 내용도 상당히 지루했지만, 관공서의 정보를 빼내는 고르디엡스키의 솜씨를 보여 주는 또 다른 증거였다.

중앙은 이런저런 사람을 포섭하면 어떻겠느냐고 자주 의견을 제시했지만, 대부분 완전히 비현실적이고 가능성이 희박한 제안이었다. 1984년 중앙은 고르디엡스키에게 직접 전문을 보내 과거의 첩자 붓, 즉 마이클 풋과 다시 연락하라고 지시했다. 선거에서 참패한 뒤 풋은 노동당 당수직에서 물러났으나, 의원직은 유지하면서 계속 좌파를 이끌고 있었다. 중앙의 전문은 비록 풋이 1960년대 말 이후로 KGB와 전혀 연락을 주고받지 않았지만 〈접촉을 재개하는 것이 유용할 수 있다〉고 지적했다. 하지만 만약 MI6가 관리하는 스파이가 영국에서 가장 원로급인 정치인을 적극적으로 포섭하려 하다가 들통 난다면, 대단한 장관이 펼쳐질 터였다. 「꾸물꾸물 시간을 끌어요.」 MI6는 이렇게 조언했다. 「할 수 있다면 발을 빼시고요.」 고르디옙스키는 파티에서 풋에게 말을 걸어 그의 과거를 알고 있다고 〈부드럽게〉 밝힌 뒤 그의 생각을 떠보겠다고 중앙에 답장했다. 그러고는 아무것도 하지 않았다. 중앙이 그 생각을 잊어버리기를 바랄 뿐이었다. 실제로 중앙은 잊어버렸다. 한동안은.

처음 2년 동안 녹턴 작전은 첩보 및 방첩 보고서 수천 건을 생산했다. 겨우 문장 몇 개 길이의 보고서도 있고, 몇 페이지나 되는 보고서도 있었다. MI6는 이 보고서들을 분류해서 MI5, 마거릿 대처, 관련 부처와 외무부에 나눠 주었다. 나중에는 CIA에 제공되는 보고서의 양이 점점 늘어났다. 동맹국 중에도 가끔 방첩 관련 단서를 받아 보는 곳이 있었으나, 그것은 중요한 이해관계가 걸려 있을 때에만 해당되는 일이었다. CIA는 특별한 〈우호국〉 카테고리에 속했다.

MI6는 고르디옙스키에게 크게 만족했다. KGB도 마찬가지였다. 모스크바의 고위 간부들은 그가 PR 라인을 지휘하면서 꾸준히 보내오는 정보에 감탄했다. MI6가 KGB를 만족시키기 위해 닭 모이 중 흥미로운 정보를 그에게 충분히 제공해 준 덕분이었다. 심지어 국조차도 기뻐했다. 이 유능한 부하 때문에 자신의 첩보원 생활이 곧 불명예스러운 끝을 맞을 것이라는 사실은 전혀 몰랐다.

마이클 베터니의 재판이 1984년 4월 11일 중앙 형사 법원에서 시작되었다. 경비는 삼엄하기 그지없었고, 법원 창문에도 가림막이 설치되었으며, 경찰이 대거 배치되었다. 재판 중 의논이 필요해질 때를 대비해서 MI5 본부와 연결된 도청 방지 전화기도 마련되어 있었다. 증거들이 워낙 고급 기밀이라서 재판은 대부분 방청객이나 기자 없이 비공개로 이루어졌다. 베터니는 줄무늬 정장을 입고 얼룩덜룩한 넥타이를 맸다. 그는 자신의 동기가 〈순수하고 이념적〉이었으며 〈동성애자도 아니고, 협박을 당하지도 않았고, 이익을 위해 일한 것도 아니었다〉고 주장했다.

5일 동안 증언을 들은 뒤 베터니에게 징역 23년이 선고되었다.

「피고는 반역 행위를 했습니다.」 수석 재판관인 레인 경은 판결문을 낭독하면서 이렇게 말했다. 「여러 면에서 피고가 미숙한 사람이라는 사실이 내 눈에는 아주 분명히 보입니다. 또한 피고가 독선적이고 위험한 사람이라는 점도 확실히 알 수 있습니다. 피고는 필요하다면 소련 측에 여러 사람의 이름을 서슴지 않고 밝혔을 것이고, 그로 인해 한 명 이상이 거의 확실하게 목숨을 잃었을 수 있습니다.」

언론은 스스로 공산주의자 스파이라고 주장한 베터니의 말을 받아들였다. 〈점진적이지만 끝에 이르러서는 압도적이었던 정치적 개종〉을 거쳤다는 주장을 더 쉽게 이해할 수 있었기 때문이다. 신문들은 베터니에게서 자신이 보고 싶은 것을 보았다. 〈트위드를 즐겨 입는 바보가 못된 반역자가 되었다.〉『선』지는 이렇게 외쳤다. 〈정보 냉전은 결코 수그러들지 않는다.〉『더 타임스』는 이렇게 말했다. 『데일리 텔레그래프』는 호모포비아라는 매듭 속에 스스로를 함께 묶어 베터니가 동성애자라고 암시하려 했다. 그가 은근히 믿을 수 없는 사람이라는 뜻이었다. 〈베터니는 예술가연하는 동성애자 대학생 모임과 어울리며 즐거워한 것 같다.〉 좌파 성향의 『가디언』은 베터니에게 가장 우호적이었다. 〈그의 상상 속에서 그는 영국과 서방이 새로운 세계 대전 속으로 비틀비틀 걸어 들어가는 것을 막으려고 MI5에서 일하는 자신의 위치를 이용한 사람이었다.〉 워싱턴의 미국 주류 사회는 영국 정보기관이 또 내부 첩자의 사냥감이 된 것에 초조해했다(그러면서 조용히 킬킬거렸다). 「대통령은 진심으로 놀라셨습니다.」 백악관 대변인은 이렇게 말했다. CIA의 한 소식통은 『데일리 익스프레스』에 이렇게 말했다. 〈영국 정보기관들의 보안에 대해 다시 생각해 보아야 한다.〉 안보 위원회는 이 사건에 대한 조사를 실시하면서, 불안정한 베터니가 위험하다는 사실을 감지하지 못한 MI5를 비난했다. 『더 타임스』는 심지어 MI5와 MI6를 하나의 정보기관으로 통합해야 할 때가 온 건지도 모른다는 의견까지 내놓았다. 〈어차피 KGB는 국내외에서 모두 활동하는 기관이다.〉

그러나 어느 신문도 짐작하지 못한 사실은, MI5 출신으로 사상 처음 유죄 판결을 받은 반역자의 존재를 폭로한 사람이 KGB 내부에서 활동하는 MI6 스파이라는 것이었다. 고르디옙스키는 정보의 재앙으로부터 영국을 구했으며, 그의 직업적 성공의 길도 더욱 탄탄해졌다.

법정 증언에서 아르카디 국이 KGB 지부장이라는 사실이 공표되었다. 이 풍채 좋은 소련인이 안경을 쓴 아내와 함께 켄싱턴의 집을 나서는 모습을 찍은 사진도 공개되었다. 1면에 그의 사진을 크게 실은 신문들은 이런 제목을 달았다. 〈스파이 국〉, 〈제2차 세계 대전 이후 처음으로 KGB가 보안국 내부의 첩자를 포섭할 수 있었던 기회를 거절하는〉 대실수를 저지른 소련의 스파이 대장. 국은 이런 관심을 오히려 즐기면서 〈스타 영화배우처럼 자랑스럽게 돌아다녔다〉.

이것은 그를 치워 버릴 완벽한 기회였다. 그가 사라지면 고르디엡스키가 KGB의 위계질서 속에서 더 높이 올라가 더 많은 기밀을 접할 수 있는 길이 훤히 열릴 터였다. MI6는 국의 즉각 추방을 요구했다. 그러나 영국 관리들은 또 외교적인 소동이 벌어지는 것을 별로 원하지 않았다. MI6의 방첩 및 보안부의 신임 부장(DCIS) 크리스토퍼 커웬은 국을 제거할 기회가 두 번 다시 오지 않을 것이라고 지적했다. 〈국은 항상 KGB의 첩자 관리 작전에 직접 관련되지 않으려고 지극히 주의를 기울였는데, 앞으로는 더욱더 조심할 가능성이 높다.〉[13] MI5에서 이런 주장에 반대하는 사람들은 바로 얼마 전 모스크바에 배치된 신임 보안 담당관이 국의 추방 이후 보복 추방을 당할 것이 거의 확실하다는 점을 지적했다. 그러나 MI6는 그런 대가를 치를 가치가 있다고 강력히 주장했다. 국이 사라진다면 니키텐코의 임기도 거의 끝나 가는 마당이니 고르디엡스키가 런던의 KGB 지부를 완전히 맡게 될 가능성이 있었다. 〈여기에 걸린 것이 아주 크다.〉 한 고위 간부는 이렇게 말했다. 〈이 나라를 상대로 한 KGB의 작전에 대한 모든 정보, 또는 사실상 모든 정보에 접근할 기회가 여기에 걸려 있다.〉 대처 총리가 외무부에 보낼 서한의 초안이 마련되었다. 국의 신분이 공개적으로 드러났으니 그를 반드시 추방해야 한다는 내용이었다. 이 편지에 국Guk의 이름을 〈Gouk〉으로 표기한 것은 영리한 한 수였다. 영국 신문 중 유일하게 『데일리 텔레그래프』만이 그의 이름을 이렇게 표기했다. 대처 총리는 그 신문을 읽는 사람이었다. 이 편지가 외무부에 은근히 전달하고자 하는 힌트는 이런 것이었다. 총리가 조간신문에서 이 소련 스파이 대장에 관한 기사를 읽고 그가 추방되었으면 하시니, 만약 외무부가 그의

---

13 Christopher M. Andrew, *The Defence of the Realm*.

추방을 계속 막는다면 총리의 심기가 불편해질 것이다. 이 방법이 통했다.

1984년 5월 14일, 국은 〈외교관 지위와 양립할 수 없는 활동〉을 했다는 이유로 외교상 기피 인물로 선포되었다. 가방을 챙겨 영국을 떠날 때까지 그에게 주어진 말미는 일주일이었다. 예상대로 소련은 모스크바에 새로 부임한 MI5 직원을 즉시 추방하는 반응을 보였다.

국이 떠나기 전날 저녁에 소련 대사관에서 송별 파티가 열렸다. 많은 음식과 술이 나오고, 떠나는 레지덴트를 기리는 발언들이 연달아 이어졌다. 고르디옙스키는 자신의 발언 차례가 되자 아부를 마구 쏟아 냈다. 〈틀림없이 내 말이 너무 매끄럽고 아주 조금 진실하지 않은 것처럼 들렸을 것 같다.〉 국은 비틀거리며 자리에서 일어나 투덜거리듯이 말했다. 「자네가 대사에게서 아주 많은 것을 배웠군.」 대사관 직원들은 위선적인 장광설을 늘어놓는 대사의 재주를 자주 농담거리로 삼았다. 국은 이미 상당히 취했는데도 자신이 떠나는 것을 고르디옙스키가 기뻐하고 있음을 감지했다. 그다음 날 모스크바로 날아간 국 장군의 이름은 완전히 사라져 버렸다. 그는 스스로 주목의 대상이 되면서 KGB에 창피를 주었다. 그의 엄청난 무능보다도 그 점이 훨씬 더 용서할 수 없는 죄였다.

레오니드 니키텐코는 지부장 서리로 지명된 뒤 즉시 그 자리를 완전히 자기 것으로 만들기 위한 작전을 시작했다. 고르디옙스키는 부지부장이 되어 KGB 지부의 전문과 파일에 더 많이 접근할 수 있게 되었다. 새로운 정보가 MI6에 갑자기 홍수처럼 쏟아졌다. 이제 궁극의 보물이 손을 뻗으면 닿을 곳에 있었다. 고르디옙스키가 어떻게든 레지덴트의 방에 입성한다면, 지부의 모든 기밀을 마음대로 가져올 수 있을 것이다. 방해물은 니키텐코뿐이었다.

레오니드 니키텐코는 KGB에서 가장 영리한 사람 중 하나였으며, 자신의 직업을 천직으로 여기는 소수파에 속했다. 그는 나중에 KGB의 방첩 부서인 K부의 부장이 되었다. 그를 만난 적이 있는 CIA 관리는 그에 대해 〈가슴이 두툼한 곰 같은 남자, 활기가 가득했다. (······) 드라마 같은 스파이 게임을 사랑했으며, 스파이로서 솜씨가 좋다는 사실에는 의문의 여지가 없었다. 이 비밀의 세계가 그에게는 집 같아서, 그는 스스로 설정한 무대에서 스스로 대본을 쓴 역할을 연기하는 배우처럼 매 순간을 즐겼다〉[14]고 묘사했다. 이 노란 눈의 방첩 전문가는 영국에서 4년이 넘는 세월을 보냈으므로 모스크바 순환 근무를 할 시기를 이미 넘긴 상태였다. 그러나 그는 그동안 탐내던 레지덴트 자리를 노리고 있었다. KGB에서 해외 근무 기간은 보통 3년이었지만 때로는 중앙이 그 기간을 늘려 주기도 했으므로, 그는 자신이 레지덴트 자리에 딱 맞는 사람임을 입증하기 위해 활발히 움직이기 시작했다. 아니, 좀 더 정확히 말하자면 고르디엡스키가 그 자리에 맞지 않는다는 사실을 보여 주려는 활동이었다. 두 사람은 처음부터 서로를 좋아하지 않았다. 그런데 이제 국의 자리를 두고 전쟁이 벌어졌으니, 반감은 더욱 강렬해질 뿐이었다.

MI6는 이번에도 끼어들어서 니키텐코를 외교상 기피 인물로 지정해 고르디엡스키 앞에 탄탄대로를 마련해 줘야 할지 고민했다. 도미노 효과가 작동하고 있었다. 녹턴 작전에 참여한 요원들은 이 암호명을 따서 〈녹턴 효과〉라고 말장난을 했다. 니키텐코를 쫓아내는 전략은 유혹적이었다. 만약 고르디엡스키를 지부장 자리에 올려놓는다면, 그가 런던에 근무하는 동안 최고의 결과를 만들어 낼 터

14 Milton Bearden, James Risen, *The Main Enemy*.

였다. 또한 근무 기간이 끝난 뒤에 그가 망명하면 그만이었다. 그러나 MI6는 얼마간 논의를 거친 끝에, 니키텐코를 추방하는 것은 조금 지나친 조치라서 〈어쩌면 역효과〉를 낳을 수도 있다는 결론을 내렸다. KGB 요원 두 명을 연달아 추방하는 것은 당시의 열띤 분위기를 감안할 때 이상하지 않은 일이었지만, 고르디옙스키의 직속 상사 세 명을 모두 제거한다면 이상하게 보일 수 있었다.

고르디옙스키와 가장 가까운 동료 막심 파르시코프는 그가 이제 〈본연의 모습을 찾은 것 같다〉고 생각했다. 〈부지부장으로 승진한 순간부터 올레크는 더 부드러워지고, 더 자유로워진 것처럼 보였다. 행동도 더 차분하고 자연스러워졌다.〉 어떤 사람들은 그가 거만해졌다고 보았다. 그의 친구이자 옛 동료인 미하일 류비모프는 해고된 뒤 모스크바로 돌아가 작가로 새로운 삶을 살아 보려고 애쓰는 중이었다. 〈그와 나는 편지를 주고받았는데, 그가 즉시 답장하지 않는 것에 화가 났다. 때로는 내가 두 통을 보낼 때 그는 한 통밖에 보내지 않기도 했다. 권력은 사람을 망가뜨린다. 그리고 런던 부지부장은 굉장한 자리다.〉 류비모프는 고르디옙스키가 비밀스러운 일 두 가지를 동시에 해내면서 또 한 번의 승진까지 노리느라고 얼마나 바쁜지 전혀 알지 못했다.

그의 가족은 런던에서 행복하게 자리를 잡았다. 딸들은 영어를 유창하게 구사하고 성공회 유치원을 다니면서 빠르게 성장했다. 1세기 전 카를 마르크스도 자기 자식들이 영국 생활에 금방 적응하는 것을 보고 깜짝 놀란 적이 있었다. 〈아이들은 그 소중한 셰익스피어의 나라를 떠난다는 생각만으로도 경악한다. 골수까지 영국인이 되었다.〉[15] 마르크스 부인의 말이다. 고르디옙스키도 자신이 영

15 Gareth Stedman Jones, *Karl Marx: Greatness and Illusion* (London: Allen Lane, 2016).

국인 소녀 두 명의 아버지가 되었음을 깨닫고 마르크스와 비슷하게 놀랐지만, 동시에 기쁨도 느꼈다. 레일라도 영국 생활을 점점 더 많이 즐기고 있었다. 영어 실력도 좋아졌지만, 영국인 친구를 사귀기는 쉽지 않았다. 남편을 따라와 있는 아내들이 혼자 영국인과 함께 다니는 것은 금지된 일이었기 때문이다. 동료들 사이에서 항상 신경을 곤두세우고 있는 고르디옙스키와 달리, 레일라는 KGB 그룹 안의 사람들과 쉽게 어울리며 다른 대사관 직원의 아내들과 함께 차도 마시고 즐겁게 수다도 떨었다. 「나는 KGB 요원 집안에서 자랐어요.」 한번은 그녀가 이렇게 말했다. 「아버지도 KGB 요원, 어머니도 KGB 요원, 내가 자란 동네의 거의 모든 사람이 KGB 직원이었죠. 친구들 아버지도 모두 KGB 요원이었어요. 그래서 나는 KGB가 괴물 같다고 생각하거나, KGB를 무시무시한 존재로 생각한 적이 한 번도 없어요. KGB는 그냥 내 인생 전체, 내 일상이었어요.」[16] 그녀는 남편의 빠른 승진을 자랑스러워하면서, 지부장이 되려는 남편의 포부를 격려했다. 그는 다른 곳에 정신이 팔린 것처럼 보일 때가 많았고, 가끔 허공을 뚫어져라 바라보기도 했다. 마치 다른 세계에 생각이 고정돼 있는 것 같았다. 그는 또한 항상 손톱을 씹어 댔다. 어떤 날은 유난히 흥분해서, 불안감과 스트레스로 팽팽히 긴장한 것처럼 보이기도 했다. 레일라는 그가 중요한 일을 하다 보니 압박감에 시달리는 탓일 거라고 생각해 버렸다.

고르디옙스키는 레일라의 구김살 없는 성격, 활기, 가정에 헌신적인 태도를 사랑했다. 그녀의 순진함과 다정함, 세속적인 의심을 할 줄 모르는 성격은 그가 견뎌야 하는 거짓의 뒤틀림을 완화해 주는 해독제였다. 비록 자신만이 알고 있는 비밀과 거짓말을 그녀에

16 이고르 포메란체프와의 라디오 인터뷰, 「라디오 리버티」, 2015년 9월 7일 자 방송.

게 털어놓지는 못했지만, 그는 그때만큼 그녀를 가까이 느낀 적이 없었다. 〈내 결혼 생활은 정말 행복했다.〉 그는 이렇게 회상했다. 때로는 그녀에게 자신의 비밀을 알려서 그녀를 공범으로 만들면 결혼 생활이 진실하고 완전해지지 않을까 하는 생각이 들었다. 그가 결국은 영국으로 망명하게 될 테니, 그때가 되면 그녀도 사실을 알게 될 것이다. 그때가 되면 아내가 어떤 반응을 보일 것 같으냐고 MI6가 조심스레 물어보았을 때 그는 강한 반응을 보였다. 「아내는 받아들일 겁니다. 훌륭한 아내예요.」

때로 그는 레일라 앞에서 터놓고 소련 정부를 비판했다. 한번은 감정에 조금 휩쓸려서 공산 정권을 〈나쁘고, 틀렸고, 범죄적〉이라고 묘사해 버렸다.

「아유, 입 좀 다물어요.」 레일라가 쏘아붙였다. 「말뿐이지 어떻게 할 수도 없는데, 그런 말을 해봤자 무슨 소용이에요?」

고르디옙스키는 화가 나서 마주 쏘아붙였다. 「내가 할 수 있는 일이 있을지도 모르지. 내가 뭔가 했다는 사실을 언젠가 당신이 알게 될지도 모르잖아.」

그러고는 너무 늦기 전에 그는 자제력을 발휘했다. 〈나는 거기서 멈췄다. 말을 계속했다면 아내에게 더 많은 것을 털어놓거나 힌트라도 줬을 거라는 확신이 들었다.〉

나중에 그는 이렇게 회상했다. 〈아내는 그런 이야기를 들어도 이해하지 못했을 것이다. 누구도 이해하지 못했을 것이다. 누구도. 나는 아무에게도 털어놓지 않았다. 그런 건 불가능했다. 철저히 불가능했다. 외로웠다. 몹시 외로웠다.〉 그의 결혼 생활 한복판에 그렇게 고독이 숨어 있었다.

고르디옙스키는 아내를 몹시 사랑했지만, 아내를 믿고 진실을 털어놓을 수는 없었다. 레일라는 여전히 KGB였다. 하지만 그는 아니었다.

그해 여름 모스크바에서 휴가를 보내던 중에 고르디옙스키는 그의 미래에 대한 〈고위급 논의〉를 위해 제1주요부 본부로 불려갔다. 덴마크에서 기타를 아주 잘 치던 청년이었으나 이제는 영국-스칸디나비아과를 이끌고 있는 니콜라이 그리빈은 〈상냥함 그 자체〉인 태도로 승진 선택지 두 개를 내밀었다. 모스크바로 돌아와 차장으로 승진하는 것과 런던 지부장이 되는 것. 고르디옙스키는 정중하지만 단호하게 두 번째 선택지가 더 좋다는 뜻을 표현했다. 그리빈은 참을성을 가지라고 조언했다. 「누구든 지부장의 자리에 가까워질수록 위험이 커지고, 계략도 더 치밀해집니다.」 하지만 그는 고르디옙스키를 전적으로 지원해 주겠다고 약속했다.

두 사람의 대화가 정치로 옮겨 갔을 때, 그리빈은 공산당의 하늘로 밝게 떠오르고 있는 새로운 별 미하일 고르바초프에 대해 호감을 드러냈다. 농촌에서 콤바인을 조종하던 사람의 아들인 고르바초프는 공산당 조직 내에서 빠르게 승진해, 쉰 살도 되기 전에 정식 정치국원이 되었다. 그가 다 죽어 가는 체르넨코의 후계자가 될 가능성이 높다고 많은 사람이 예상했다. 그리빈은 KGB가 〈고르바초프에게 미래를 거는 것이 최선이라는 결론을 내렸다〉고 말해 주었다.

마거릿 대처도 같은 결론에 도달했다.

고르바초프는 그녀가 바라던 정력적인 소련 지도자인 것 같았다. 소련의 편협한 원로들과 달리 소련 블록 너머까지 여행한 적이 있는 그는 미래의 비전이 있는 개혁가였다. 영국 외무부는 그의 속내를 여러 차례 떠보았고, 1984년 여름 고르바초프는 돌아오는 12월에 영국을 방문해 달라는 초대를 받아들였다. 대처 총리의 개인 비서 찰스 파월은 그의 방문이 〈차세대 소련 지도자들의 머릿속에 들어가 볼 수 있는 독특한 기회〉[17]를 제공해 줄 것이라고 말했다.

영국 방문은 고르디옙스키에게도 기회였다. 런던 지부의 정치 정보 담당자로서 그는 고르바초프가 영국에서 어떤 상황과 맞닥뜨릴지 모스크바에 브리핑할 책임이 있었다. 영국 첩자로서는 소련의 방문 준비 상황을 MI6에 브리핑해야 했다. 첩보 역사상 유일하게, 양편을 모두 염탐하고 양편에 모두 보고함으로써 두 세계 지도자의 만남을 얼개부터 짤 수 있는 스파이가 된 셈이었다. 고르디옙스키는 대처 총리에게 무슨 말을 해야 하는지 고르바초프에게 조언하면서 동시에 대처 총리가 고르바초프에게 무슨 말을 해야 하는지 제안할 수 있었다. 만약 두 사람의 만남이 잘 진행된다면, 고르디옙스키가 지부장이 될 가능성이 높아질 것이다. 그러면 그가 얻을 수 있는 정보도 횡재 수준으로 많아질 터였다.

소련의 차기 지도자가 런던을 방문한다는 소식에 KGB 런던 지부는 법석을 떨며 그를 맞을 준비를 했다. 모스크바에서는 정치, 군사, 기술, 경제 등 영국 생활의 모든 면에 대한 상세한 정보를 요구하는 전문들이 홍수처럼 쏟아져 들어왔다. 계속 이어지는 광부 파업에 특히 관심이 많았다. 광부들이 이길 것 같은가? 그들은 자금을 어떻게 조달하는가? 물론 소련에서 파업은 금지되어 있었다. 중앙은 고르바초프가 자신을 초대한 영국인들에게서 무엇을 기대해야 하는지, 영국 정보기관이 뜻밖의 불쾌한 일들을 계획하고 있다면 어떤 일일지 상세히 보고하라고 요구했다. 1956년에 흐루쇼프가 런던을 방문했을 때 MI6는 그가 묵는 호텔에 도청 장치를 설치하고, 그의 전화 통화를 감시했다. 심지어 잠수부를 보내 그가 타고 온 소련 배

17 Charles Moore, *Margaret Thatcher*.

의 외피를 조사하기까지 했다.

불신의 전통은 양편에 모두 깊게 배어 있었다. 고르바초프는 소련 체제의 산물이며, 헌신적인 당원이었다. 반면 대처는 소리 높여 공산주의에 반대하며, 공산주의는 부도덕하고 억압적이라고 비난했다. 〈크렘린에 양심이 있는가?〉[18] 1년 전 대처는 미국의 윈스턴 처칠 재단에서 한 연설에서 이런 질문을 던졌다. 〈삶의 목적이 무엇인지 그들이 자문할 때가 있을까? 모두 무엇을 위한 삶인지? (······) 없다. 그들의 신조는 양심의 불모지라서 선과 악의 자극에 반응하지 않는다.〉 역사는 고르바초프를 자유로운 진보주의자로 그리고 있다. 나중에 그는 글라스노스트(개방)와 페레스트로이카(개조)를 외치며 소련을 변화시켜, 결국 소련의 해체로 이어질 움직임에 시동을 걸었다. 그러나 1984년에는 그런 미래가 거의 보이지 않았다. 대처와 고르바초프는 정치적, 문화적으로 거대한 구렁을 사이에 두고 서로 맞은편에 서 있었다. 두 사람의 만남이 성공할 것이라고는 결코 장담할 수 없었다. 친선을 위해서는 섬세한 외교와 내밀한 공작이 필요했다.

KGB는 영국 방문에서 고르바초프의 입지를 강화할 수 있는 기회를 보았다. 「최고의 브리핑 자료를 보내 줘요.」 그리빈은 고르디옙스키에게 이렇게 말했다. 「그러면 마치 그가 뛰어난 머리를 지닌 것처럼 보일 겁니다.」

고르디옙스키는 팀원들과 함께 작업을 시작했다. 〈우리는 정말로 소매를 걷어붙였다.〉 막심 파르시코프는 이렇게 회상했다. 〈영국의 정책에 대해 기본적으로 중요한 모든 측면과 영국 측 참가자들의 상세한 정보를 담은 심층 비망록을 작성했다.〉 고르디옙스키는

18 Https://www.margaretthatcher.org/document/105450.

모스크바의 KGB에 보내기 위해 수집해서 니키텐코에게 준 정보를 모두 MI6에도 넘겼다. 또한 MI6는 고르디엡스키가 모스크바에 보낼 보고서에 쓸 수 있는 정보를 제공해 주었다. 대처와 고르바초프가 논의하게 될 주제, 광부 파업처럼 서로의 의견이 어긋나거나 일치할 수 있는 논점들, 관련 인물들을 상대하는 법 등이었다. 영국 정보기관이 사실상 다가올 만남의 의제를 설정하고 양편에 모두 브리핑을 해주고 있는 셈이었다.

미하일 고르바초프는 아내 라이사와 함께 1984년 12월 15일 런던에 도착했다. 그의 방문 기간은 8일이었다. 마르크스가 영국 도서관에서 『자본론』을 썼던 자리를 방문하는 순례 일정을 포함해서 쇼핑과 관광 시간도 마련되었지만, 그의 방문은 기본적으로 외교적인 전환책이었다. 냉전에서 서로 대적하는 사이인 두 사람은 영국 총리의 시골 별장인 체커스에서 연달아 회담하면서 서로의 의사를 타진했다. 매일 저녁 고르바초프는 3~4페이지 분량의 상세한 비망록을 요구하면서 〈다음 날 회담의 방향에 대한 예측〉도 담아 달라고 말했다. KGB에는 그런 정보가 없었지만, MI6에는 있었다. 모스크바의 상사들에게 고르디엡스키의 가치를 보여 주는 동시에, 양측이 회담에 대해 같은 의견을 갖게 만들 완벽한 기회였다. MI6는 제프리 하우 외무 장관을 위해 외무부가 작성한 브리핑 자료를 입수했다. 장관이 고르바초프와 그의 일행에게 제기할 논점들이 정리된 자료였다. MI6는 이 자료를 고르디엡스키에게 넘겼고, 고르디엡스키는 KGB 지부로 달려가 문서를 서둘러 러시아어로 번역해 정리한 뒤 보고서 담당관에게 넘겨 그날의 비망록에 포함시키게 했다. 「좋았어!」 니키텐코는 이 문서를 읽고 이렇게 말했다. 「우리한테 딱 필요한 자료야.」

제프리 하우의 외무부 브리핑 자료가 미하일 고르바초프의 KGB 브리핑 자료가 된 것이다. 〈단어 하나하나 그대로 옮겨졌다.〉

고르바초프의 영국 방문은 커다란 성공을 거뒀다. 서로 이념이 다른데도 대처와 고르바초프는 코드가 잘 맞는 것 같았다. 물론 긴장된 순간도 있었다. 대처가 손님에게 자유로운 기업 정신과 경쟁의 장점에 대해 설교한 순간이 그랬다. 고르바초프는 〈소련 체제가 우월하다〉고 강력히 주장하면서 대처에게 소련 국민들이 얼마나 〈즐겁게〉 살고 있는지 직접 와서 보시라고 초대했다. 두 사람은 물리학자 안드레이 사하로프 등 소련 반체제 인사들의 운명과 군비 경쟁을 놓고 언쟁을 벌였다. 특히 긴장이 넘쳤던 어느 날의 대화에서 대처는 소련이 영국 광부들의 파업 자금을 대고 있다고 비난했다. 고르바초프는 그렇지 않다고 부인했다. 「소련은 NUM에 송금한 적이 없습니다.」 그는 이렇게 말하고 나서 소련 대표단의 일원인 선전 담당관을 곁눈질로 슬쩍 보고는 말을 덧붙였다. 「제가 아는 한은 그래요.」 이건 거짓말이었다. 대처 총리도 그걸 알았다. 지난 10월에 고르바초프 본인이 파업 광부들에게 140만 달러를 제공하는 계획에 직접 서명한 적이 있었다.

하지만 이렇게 말로 결투를 벌이면서도 두 지도자는 사이가 좋았다. 마치 같은 대본을 바탕으로 움직이는 사람들 같았다. 어떤 의미에서는 그것이 사실이기도 했다. 고르바초프에게 제출되는 KGB의 일일 브리핑 자료는 〈감사의 뜻이나 만족감을 나타내는 밑줄이 군데군데 그어진 상태로〉 되돌아왔다. 고르바초프가 자료를 상세히 읽고 있다는 뜻이었다. 〈양쪽 모두 우리한테 브리핑을 받고 있었다.〉 MI6의 분석가는 이렇게 말했다. 〈우리는 새로운 일을 하고 있었다. 정보를 왜곡하지 않고, 관계를 이어 가면서 새로운 가능성을 열기 위해 정보를 이용하려 진심으로 애쓰는 일. 몇 명 되지 않는 우리들이 역사의 첨단에서 놀라운 시간을 보내고 있었다.〉

지켜보던 사람들은 〈손에 잡힐 듯 뚜렷한 인간적인 화학 반응〉을 느꼈다. 고르바초프는 회담을 끝내면서 〈정말로 만족스러웠다〉고 선언했다. 대처도 같은 기분이었다. 〈그의 성격은 무표정한 얼굴로 복화술을 구사하는 것 같은 일반적인 소련 기관원들과 달라도 그렇게 다를 수가 없었다.〉 고르디옙스키는 〈모스크바에서 들뜬 반응이 왔다〉고 MI6에 보고했다.

대처 총리는 레이건에게 보내는 서신에 다음과 같이 썼다. 〈그는 확실히 함께 일할 수 있는 사람이었습니다. 사실 그가 조금 마음에 들 정도였어요. 그가 소련에 완전히 충성한다는 사실에는 의심의 여지가 없지만, 귀를 기울이고 진심 어린 대화를 나눈 뒤 마음을 정할 준비가 되어 있습니다.〉[19] 대처가 사용한 표현은 고르바초프의 영국 방문을 표현하는 캐치프레이즈가 되었다. 장차 소련에 등장할 활기찬 지도자를 짧게 표현하는 말이기도 했다. 〈함께 일할 수 있는 사람.〉 고르바초프는 체르넨코가 세상을 떠난 뒤 1985년 3월에 마침내 그의 자리를 이어받았다.

양측이 이처럼 돌파구를 마련할 수 있었던 데에는 고르디옙스키의 공도 있었다.

중앙은 흡족해했다. KGB가 선호하는 차기 지도자 후보인 고르바초프가 정치가의 자질을 보여 주었고, 런던 레지덴투라의 일솜씨도 뛰어났다. 니키텐코는 〈그 여행을 아주 잘 보좌했다〉는 특별 칭찬을 받았다. 그러나 공의 대부분은 고르디옙스키에게 돌아갔다. 그는 많은 영국인 소식통에게서 수집한 정보를 바탕으로 무척 상세하고

---

19 대처 총리가 레이건 대통령에게 보낸 서신, 영국 국립 기록 보존소, 2014년 1월.

알찬 브리핑 자료를 만들어 낸 유능한 정치 정보 담당자였다. 이제 그는 가장 유망한 후임 레지덴트 후보였다.

하지만 KGB와 MI6 모두를 위해 일을 잘해 냈다는 만족감을 느끼면서도, 고르디옙스키의 마음속에는 불안감이 날카로운 사금파리처럼 박혀 있었다.

고르바초프의 영국 방문 일정이 한창 진행 중일 때 니키텐코가 고르디옙스키를 불렀다. 지부장 대리인 그의 책상에는 고르바초프가 메모를 덧붙여 돌려보낸 비망록들이 놓여 있었다.

KGB의 방첩 전문가인 니키텐코는 노란 눈으로 흔들림 없이 고르디옙스키를 바라보았다. 「흠. 제프리 하우에 대한 아주 좋은 보고서야.」 니키텐코는 이렇게 말하고 나서 잠시 쉬었다가 다시 이었다. 「외무부 문서 같단 말이지.」

참조

고르디옙스키에 대한 마거릿 대처의 시각을 보려면 찰스 무어가 쓴 『마거릿 대처 *Margaret Thatcher*』(2015)를 참고할 것. 에이블 아처 작전에 대해서는 고든 S. 바라스의 『대냉전』, 그리고 네이트 존스가 편집한 『에이블 아처 83』를 참고할 것.

11

러시안룰렛

CIA 소련과장 버턴 거버는 소련과의 첩보전에서 현장 경험을 많이 쌓은 KGB 전문가였다. 오하이오주 출신으로 몸이 호리호리하고 자기주장이 강하며 성격이 외골수인 그는 과거의 편집증에 다친 적이 없는 신세대 미국 정보 요원 중 한 명이었다. 그는 이른바 거버 규칙을 확립했는데, 서방을 위해 첩자가 되겠다는 제안을 모두 진지하게 받아들이고 모든 단서를 조사해 봐야 한다는 규칙이었다. 늑대를 연구하는 이상한 취미를 갖고 있는 탓인지, KGB 사람을 뒤쫓을 때는 확실히 교활한 측면이 있었다. 그는 1980년에 CIA 모스크바 지부장으로 부임했다가 1983년 초에 워싱턴으로 돌아와 CIA에서 가장 중요한 부서를 맡았다. 철의 장막 뒤에서 스파이를 관리하는 부서였다. 스파이는 아주 많았다. 빌 케이시 CIA 국장의 지휘로 1970년대의 불확실성이 사라지고, 강렬한 활동과 상당한 성과의 시대가 도래했다. 특히 군사 분야에서 그런 변화가 눈에 띄었다. 소련 내에서 CIA가 은밀하게 진행 중인 작전은 100개가 넘었다. 활동 중인 스파이도 최소한 스무 명으로 어느 때보다 많았다. GRU,

크렘린, 군 고위층, 과학 연구소 내부에 모두 스파이가 있었다. CIA의 스파이망에는 KGB 요원도 여러 명 포함되었으나, MI6에 고급 정보를 직접 제공해 주는 정체불명의 첩자만 한 존재는 없었다.

버턴 거버는 소련을 염탐하는 일과 관련해서 알아 두어야 할 지식을 모두 알고 있었지만, 중요한 예외가 하나 있었다. 영국이 KGB 내에 갖고 있는 스파이의 정체. 거버는 이것이 내내 마음에 걸렸다.

MI6가 제공해 주는 자료를 보면서 거버는 감탄과 흥미를 느꼈다. 첩보 활동에서 느끼는 심리적 만족감은 자신이 상대방은 물론이고 동맹들보다도 더 많은 사실을 알고 있다는 데서 온다. 모든 것을 포용하는 세계적인 시각을 갖고 있는 CIA는 자신이 알고 싶은 모든 것을 무조건 알아낼 권리가 있다고 생각했다.

영국과 미국의 정보기관들은 서로 밀접한 관계를 유지하면서 상부상조했지만, 동등하지는 않았다. 엄청난 자원과 전 세계에 뻗어 있는 스파이망을 지닌 CIA의 정보 수집 능력과 경쟁할 수 있는 곳은 KGB뿐이었다. CIA는 미국의 이익에 도움이 될 때는 동맹국과 정보를 공유했으나, 모든 정보기관이 그렇듯이 정보원만은 철저히 보호했다. 정보 공유는 쌍방향으로 이루어졌다. 그러나 일부 CIA 요원들은 미국이 모든 것을 알 권리가 있다고 생각했다. MI6는 최고급 정보를 제공해 주었다. 그러나 CIA가 그 정보의 출처를 알고 싶다고 아무리 암시해도 거절만이 돌아올 뿐이었다. 그 정중함과 고집이 짜증스러웠다.

CIA의 암시는 덜 섬세해졌다. 어느 크리스마스 파티에서 CIA 런던 지부장인 빌 그레이버가 MI6의 소련 블록 담당자에게 슬금슬금 다가갔다. 〈그는 나를 붙잡고 벽으로 밀어붙이더니 이렇게 말했다. 「그 정보원에 대해 좀 더 말해 줄 수 있어요? 이 정보가 믿을 만하다

는 확신이 필요하거든. 워낙 끝내주게 섹시한 정보라서 말이지.」〉

MI6 직원은 고개를 저었다. 「누군지는 말해 줄 수 없습니다. 하지만 온전히 믿어도 되는 사람이니까 안심하셔도 됩니다. 그 사람은 이 정보가 진짜라고 확인해 줄 수 있는 자리에 있어요.」 그레이버는 뒤로 물러났다.

비슷한 시기에 MI6는 CIA에 한 가지 부탁을 했다. 오래전부터 MI6의 고위 간부들은 성능 좋은 비밀 카메라를 개발해 달라고 기술 부서에 로비하고 있었다. 그러나 MI6 이사회는 언제나 경비를 이유로 퇴짜를 놓았다. 그래서 MI6는 여전히 구식 미녹스 카메라를 사용하고 있었다. 하지만 CIA는 스위스의 시계 기술자를 영입해서 평범한 라이터 속에 숨길 수 있는 소형 카메라를 개발했다고 알려져 있었다. 28.575센티미터의 실과 핀을 함께 이용하면 이 카메라로 완벽한 사진을 찍을 수 있었다. 먼저 껌을 이용해서 실을 라이터 바닥에 고정한다. 실 끝에 달린 핀을 서류 위에 놓으면 이상적인 초점 거리가 계산되고, 라이터 맨 뒤의 버튼을 누르면 찰칵 하고 사진이 찍혔다. 핀과 실은 옷깃 뒤에 숨겨서 가지고 들어갈 수 있었다. 라이터는 어느 모로 보나 수상한 구석이 없었다. 심지어 담배에 불도 붙일 수 있었다. 이건 고르디옙스키가 사용하기에 이상적인 카메라였다. 언젠가 망명할 때가 왔을 때, 그가 이 카메라를 집으로 가져가 〈금고를 다 비우듯이〉 모든 서류를 사진으로 찍을 수 있을 것이다. CIA는 빌 케이시에게까지 이 안건을 보고한 끝에, MI6에 이 카메라를 한 대 제공해 주기로 마침내 결정을 내렸다. 그러나 카메라를 넘기기 전에 CIA와 MI6 사이에 흥미로운 대화가 오갔다.

CIA: 특정한 목적이 있어서 이걸 원하는 겁니까?

MI6: 내부에 사람이 있습니다.

CIA: 우리도 그 정보를 받을 수 있는 겁니까?

MI6: 꼭 그렇지는 않습니다. 보장할 수는 없습니다.

MI6가 요구에도 감언이설에도 뇌물에도 반응하지 않았기 때문에 거버는 갑갑했다. 영국에 아주 실력 있는 스파이가 있음이 분명한데, 그들이 그의 존재를 숨기고 있었다. 그 뒤 에이블 아처를 평가한 CIA 비밀 보고서에는 다음과 같은 내용이 있었다. 〈[CIA에] 도달한 정보는 (……) 일차적으로 영국 정보기관에서 왔으며 파편적이라서 불완전하고 모호했다. 게다가 영국은 정보원의 신원을 보호했다. (……) 그의 진실성을 독자적으로 확인할 수 없었다.〉[1] 이 정보는 대통령에게까지 전달되었으니, 그 출처를 모른다는 사실이 창피할 따름이었다.

따라서 거버는 상부의 승인을 얻어 신중한 첩자 추적을 시작했다. 1985년 초 그는 CIA 조사관에게 영국이 보유한 거물급 스파이의 신원을 밝혀내라고 지시했다. 이런 움직임은 무슨 일이 있어도 MI6에 들키지 말아야 했다. 거버는 이것을 배신으로 보지 않았다. 동맹에 대한 염탐이라는 생각은 더욱더 없었다. 그는 이것이 신중하고 합법적인 교차 확인으로 허술한 부분을 단단히 동여매는 일이라고 믿었다.

올드리치 에임스는 CIA에서 소련 방첩 활동을 지휘하고 있었다. 나중에 CIA 소련과의 수장이 된 밀턴 비어든은 이렇게 썼다. 〈버턴 거버는 영국의 정보원 신원을 반드시 밝혀내겠다는 생각에 소련 및 동유럽 방첩 팀장 올드리치 에임스에게 그 일을 맡겼다.〉[2] 나중에

---

1 Nate Jones (ed.), *Able Archer 83*.

거버는 에임스에게 직접 그 조사를 해달라고 말한 것이 아니라, 〈그런 확인을 하는 데 재능이 있는〉 익명의 다른 요원에게 부탁했다고 주장했다. 이 말이 사실이라면, 그 요원은 에임스 방첩 팀장과 함께 일했을 것이다.

에임스의 직함만 들으면 대단한 것 같지만, 소련과에서 스파이를 찾아내고 적의 침투에 취약한 작전이 무엇인지 평가하는 일을 맡은 그의 팀은 뒷방 신세로 간주되었다. 케이시 국장이 이끄는 CIA에서 그 팀은 〈재능이 애매한 부적응자들을 위한 쓰레기장〉이었다.

마흔세 살의 에임스는 머리가 희끗희끗하고, 치아가 안 좋고, 술을 너무 많이 마시고, 돈이 아주 많이 드는 약혼녀가 있는 정부 관료였다. 그는 매일 폴스 처치에 있는 작은 월세 아파트를 나서서 CIA 본부가 있는 랭글리까지 출근길 정체를 뚫고 힘들게 도착했다. 그 다음에는 자기 자리에 앉아 〈미래에 대한 어두운 생각에 빠져들었다〉. 에임스는 무려 4만 7천 달러나 되는 빚이 있었다. 그래서 은행을 터는 공상을 했다. 내부 평가서에는 〈개인위생 문제에 태만하다〉고 적혀 있었다. 점심시간에는 거의 매일 한참 동안 자리를 비웠다. 로사리오는 〈남아도는 시간에 릭의 돈을 쓰면서〉 돈이 모자란다고 투덜거렸다. 직장에서 에임스의 경력은 한자리에 머물러 있었다. 앞으로 그가 승진할 길은 없는 것 같았다. CIA가 그를 실망시켰다. 그는 상사인 버턴 거버에게도 원망을 품었다. 로사리오를 데리고 뉴욕 여행을 하면서 공금을 썼다는 이유로 거버에게 질책을 들었기 때문이었다. CIA가 에임스의 문제를 벌써 알아차렸어야 마땅한데, MI5의 베터니처럼 단순히 이상한 행동을 하고 술을 많이 마시고 근무 기록이 매끈하지 않다는 이유만으로는 그를 의심하기에

2 Milton Bearden, James Risen, *The Main Enemy*.

부족했다. 에임스는 CIA에서 낡았지만 친숙한 가구와 같았다.

에임스는 직위와 연차 덕분에 소련을 겨냥한 모든 작전에 관한 파일을 볼 수 있었다. 하지만 한 다리 건너서 CIA에 가치 높은 정보를 보내 주는 소련 스파이가 있었다. 그의 신원은 알려지지 않았지만, 영국이 관리하는 고위급 첩자였다.

광대한 소련 정부 조직 안에서 스파이 한 명의 신원을 밝혀내는 것은 어마어마한 작업이었다. 셜록 홈스의 말을 인용하자면, 〈일단 불가능한 것들을 걸러 내고 나면, 그 뒤에 남은 것이 무엇이든 아무리 거짓말 같은 것이라 해도 반드시 진실일 수밖에 없다〉. 지금 CIA가 하려는 일이 바로 이것이었다. 모든 스파이는 단서를 남긴다. CIA의 탐정들은 지난 3년 동안 그 미지의 영국 첩자가 제공한 정보를 샅샅이 훑었다. 소거법과 삼각법으로 그의(또는 그녀의) 신원을 알아내기 위해서였다.

그들의 조사는 십중팔구 이런 식으로 진행되었을 것이다.

MI6가 라이언 작전에 대해 제공한 상세한 정보는 정보원이 KGB 요원임을 암시했다. 영국 쪽에서는 그 자료를 제공한 사람이 중급 관리라고 말했지만, 정보의 질을 보면 고위급 인물인 듯했다. 보고서가 정기적으로 날아오는 것은 그 사람이 MI6와 자주 만난다는 뜻이었다. 그렇다면 그가 소련 밖에 있을 가능성이 높았다. 어쩌면 아예 영국에 거주 중일 수도 있었다. 그가 〈영국에 관한 정보를 깊이 아는〉 것처럼 보인다는 사실이 이 육감을 뒷받침해 주었다. 개별 스파이의 신원은 그가 생산한 정보를 통해 알아낼 수 있지만, 그가 생산하지 않은 정보도 단서가 되었다. 영국이 건네주는 정보에는 기술 정보나 군사 정보가 별로 없었다. 하지만 고급 정치 정보는 아주 많았다. 그렇다면 그가 제1주요부의 PR 라인에서 근무할 가능성이 높았다. KGB 내부의 첩자라면 틀림없이 서방에서 소련을 위해 일하는 첩자들 여러 명을 지적해 주었을 것이다. 그렇다면 최근 소련이 첩자를 잃은 곳이 어디인가? 노르웨이의 호비크와 트레홀트. 스웨덴의 베릴링. 그러나 소련 스파이의 신원이 가장 극적으로 노출된 곳은 영국이었다. 마이클 베터니의 체포와 재판은 많은 보도를 통해 알려졌다.

CIA는 KGB의 구조를 아주 잘 알고 있었다. 제1주요부의 제3부는 스칸디나비아와 영국을 함께 담당했다. 그렇다면 최근의 패턴은 그 부서에 근무하는 사람을 가리키는 것 같았다.

이미 신원이 알려진 KGB 첩자와 첩자로 의심받는 사람들이 수록된 CIA 데이터베이스를 저인망식으로 훑었다면 호비크와 베릴링이 체포되었을 때는 스칸디나비아에 있었고, 트레홀트와 베터니가 붙잡혔을 때는 영국에 있었던 사람이 딱 한 명뿐임을 확인했을 것이다. 마흔여섯 살의 소련 외교관인 그는 1970년대 초에도 덴마크 정보기관의 레이더에 잡힌 적이 있었다. CIA가 다른 정보와 교차 검증을 해보았다면, 스탄다 카플란에 대한 자체 파일에서 올레크 고르디옙스키라는 이름을 찾아냈을 것이다. 그리고 그 이름을 더 자세히 들여다보았다면, 덴마크 당국이 그를 KGB 요원일 가능성이 높은 사람으로 보았으나 영국은 1981년에 자체 규칙을 대놓고 어겨 가며 그를 진짜 외교관으로 인정해 비자를 내주었다는 사실이 드러났을 것이다. 영국은 또한 얼마 전 아르카디 국 KGB 지부장을 포함해서 여러 명의 KGB 요원을 추방했다. 자기들의 스파이를 위해 일부러 승진의 길을 닦아 준 건가? 마지막으로 1970년대 덴마크에서 작성된 CIA 기록을 조사한 결과 〈덴마크의 한 정보 요원이 예전에 MI6가 1974년 코펜하겐에서 근무 중이던 KGB 요원을 포섭했다는 말을 실수로 흘린 적)[3]이 있음이 드러났다. CIA는 런던 지부에 전문을 보내 올레크 고르디옙스키가 모든 조건에 맞는 사람임을 확인했다.

3월이 되자 버턴 거버는 영국이 오랫동안 숨겨 온 스파이의 정체를 알아냈다고 확신했다.

CIA가 MI6에 작지만 만족스러운 직업적 승리를 거둔 기분이었다. 영국은 미국이 모르는 걸 자기만 알고 있다고 생각했지만, 이제는 CIA가 뭔가를 안다는 사실을 MI6가 모르고 있었다. 원래 첩보 게임이 이런 것이다. CIA는 올레크 고르디옙스키에게 임의로 티클이라는 암호명을 부여했다. 무해하고 사소한 국제적 경쟁에 어울리는 중립적인 이름이었다.

런던에서 고르디옙스키는 점점 커지는 설렘을 안고 모스크바에서 날아올 소식을 기다렸다. 너무 긴장해서 속이 불편해질 정도였다. 그는 지부장 자리를 차지할 수 있는 가장 유리한 위치에 있었지만, 중앙은 여느 때처럼 시간을 끌었다. 고르바초프 방문 기간 중 이례적으로 정보가 풍부한 고르디옙스키의 브리핑 자료에 대해 니키텐코가 던진 불길한 말이 계속 그를 괴롭혔다. 그는 행적을 충분히 위장하지 못한 자신을 속으로 호되게 나무랐다.

1월에 〈고위급 브리핑〉을 위해 모스크바로 오라는 지시가 떨어졌다.

영국 정보기관은 그 소식을 듣고 논란을 벌였다. 니키텐코의 은근한 협박을 생각하며 이것이 함정일까 봐 걱정하는 사람들이 있었다. 그를 추운 나라에서 데려와 망명을 주선해야 할 때가 아닐까?

3 Pete Earley, *Confession of a Spy* (New York: Putnam, 1997).

고르디엡스키는 이미 고결하게 자신의 책임을 다했다. 몇몇 사람은 그가 소련으로 돌아가게 내버려 두는 것이 너무 위험한 일이라고 주장했다. 〈그것이 잠재적으로 노다지가 될 수는 있었다. 하지만 일이 잘못되면, 우리는 그냥 고위급 첩자 한 명을 잃는 것이 아니었다. 우리는 정보의 보물 상자를 깔고 앉아 있으면서도, 올레크에게 피해가 가지 않게 모든 정보를 캐내 공유할 방법이 없어서 그때까지 제한적으로만 정보를 배포하고 있었다.〉

하지만 그동안 노리던 자리가 이제 시야에 들어왔고, 고르디엡스키 본인도 자신만만했다. 모스크바에서 위험 신호가 전혀 오지 않았다는 것이었다. 모스크바의 호출은 그가 니키텐코와의 권력 투쟁에서 이겼다는 증거일 가능성이 높았다. 〈우리는 너무 크게 걱정하지 않았고, 그도 마찬가지였다.〉 사이먼 브라운은 이렇게 회상했다. 〈그의 승진을 확인받는 과정이 느려서 걱정이었으나, 그는 십중팔구 아무 일 없을 것이라고 보았다.〉

그래도 고르디엡스키에게 이제 일을 그만둬도 된다는 제안을 하기는 했다. 〈우리는 그에게 말했다. 진심이었다. 지금 물러나고 싶다면 물러나도 된다고. 만약 그가 물러났다면 우리는 씁쓸한 실망을 맛보았을 것이다. 하지만 그는 우리만큼 열정적이었다. 큰 위험은 없을 것 같다고 했다.〉

그가 떠나기 전 마지막 만남에서 베로니카 프라이스는 핌리코 작전을 단계별로 찬찬히 연습했다.

고르디엡스키가 모스크바의 제1주요부 본부에 도착하자 니콜라이 그리빈이 그를 열렬히 환영하며, 그가 〈국의 후임이 될 최고의 후보로 선정되었다〉고 말했다. 공식 발표는 그해 말에나 나올 예정이었다. 며칠 뒤 그는 KGB 내부 회의에서 〈런던 지부장 지명자 고르디옙스키 동지〉로 소개되었다. 그리빈은 KGB 동료들에게 그의 임명 사실이 너무 일찍 밝혀졌다며 펄펄 뛰었지만, 고르디옙스키는 승진 소식이 새어 나가 알려졌다는 사실에 안도와 기쁨을 느꼈다.

기술 첩보전을 담당하는 라인 X의 KGB 대령 블라디미르 베트로프의 운명에 관한 소식이 들려왔어도 고르디옙스키의 만족감에는 아주 작은 흠집이 났을 뿐이었다. 베트로프는 파리에서 여러 해 동안 일하다가 프랑스 정보국의 스파이가 되었다. 페어웰이라는 암호명이 붙은 그는 4천 건이 넘는 문서와 정보를 제공해, 프랑스에서 KGB 요원 47명이 추방되는 결과를 낳았다. 1982년 모스크바에서 베트로프는 주차된 차에 탄 채로 여자 친구와 격한 말다툼을 벌였다. 경찰관이 소란스러운 소리를 듣고 창문을 두드렸을 때, 베트로프는 간첩 혐의로 체포되는 줄 알고 경찰관을 찔러 죽였다. 그러고는 수감 중에 자신이 체포되기 전 〈큰일〉에 관여했다는 말을 부주의하게 흘렸다. 조사 결과 그가 어떤 반역을 저질렀는지가 모두 드러났다. 페어웰이라는 불운한 암호명을 지닌 그는 고르디옙스키가 런던으로 돌아가기 며칠 전인 1월 23일에 처형되었다. 베트로프는 잔인하고 광적인 성격 때문에 불행을 자초했지만, 그의 처형은 서방의 간첩으로 활동하다 붙잡힌 KGB 반역자들의 운명을 되새겨 주었다.

1985년 1월 말에 고르디옙스키가 새로운 자리에 임명되었다는 소식을 갖고 런던으로 돌아오자 MI6 사람들은 마음껏 기뻐 날뛰었다. 아니, 그의 일이 철저한 기밀이 아니었다면 정말로 기뻐 날뛰었을 것이다. 베이스워터 안가에서 이루어지는 만남은 전과 달리 다급하고 흥분된 분위기였다. 그들이 관리하는 첩자가 런던의 KGB 지부를 차지하는 전례 없는 쿠데타가 일어나기 직전이었다. 그 자리에 앉으면 지부 내의 모든 기밀에 접근할 수 있었다. 그리고 이곳 근무를 마치면 그는 틀림없이 더 높은 자리로 승진할 터였다. 그가 곧 다시 승진할 것이라고 짐작할 수 있는 조짐들이 있었다. 어쩌면 그가 KGB 장군이 될지도 모르는 일이었다. 36년 전 킴 필비는 워싱턴의 MI6 지부장까지 올라갔다. 서구 권력의 심장부에 KGB 스파이가 자리를 잡은 셈이었다. 그런데 이제는 MI6가 KGB에 같은 일을 돌려주고 있었다. 판세가 바뀌었다. 무한한 가능성이 열린 것 같았다.

고르디옙스키는 들떠서 멍한 상태로 임명 사실에 대한 공식 확인이 날아오기를 기다렸다. 막심 파르시코프는 친구의 달라진 모습 하나를 보고 확실히 이상하다는 느낌을 받았다. 〈숱이 적고 희끗희끗하던 머리카락이 갑자기 노란색이 섞인 붉은색으로 변했다.〉소련식으로 희끗희끗하던 고르디옙스키의 머리카락이 하루아침에 이국적인 펑크 머리가 되었다. 동료들은 몰래 키득거렸다. 「젊은 애인이라도 생겼나? 아니면, 설마, KGB 런던 지부장 자리에 앉기 5분 전에 올레크가 게이가 된 거야?」 파르시코프가 어쩌다 머리가 그렇게 되었느냐고 조심스럽게 물어보자, 올레크는 조금 민망해하면서 아내의 염색약을 샴푸로 착각해서 잘못 썼다고 설명했다. 고르디옙스키의 새 황토색 머리카락과 레일라의 어두운색 머리카락은 서로 아주 달랐으므로 전혀 설득력이 없는 설명이었다. 《샴푸를 착각한 실수》가 일상이 되자 우리는 더 이상 그에게 묻지 않았다.〉 파르시코프는 이렇게 결론지었다. 〈누구나 각자 이상해질 권리가 있다.〉

니키텐코는 모스크바로 돌아올 준비를 하라는 지시를 받았다. 영국 경험이 고작 3년밖에 안 되는 부하가 자기를 뛰어넘었음을 알고 격분한 그는 아주 공들여서 불성실하게 그를 축하해 주었다. 고르디엡스키가 공식적으로 지부장 자리에 앉는 것은 4월 말이었다. 그때까지 니키텐코는 최대한 비협조적이고 불쾌하게 굴면서 상사들의 귀에 독을 떨어뜨리고, 기회가 있을 때마다 누구에게든 신임 지부장을 헐뜯었다. 그보다 더 걱정스러운 것은, 지부장 내정자가 볼 권리가 있는 전문들을 그가 넘겨주지 않았다는 점이다. 이건 아마 사소한 복수에 불과할 거다. 고르디엡스키는 이렇게 속으로 되뇌었지만, 니키텐코의 태도를 보면 질투보다 더 고약한 냄새가 났다.

고르디엡스키와 녹턴 팀의 입장에서 볼 때 작전은 독특한 림보에 들어와 있는 상태였다. 니키텐코가 KGB 본부의 방첩 부서에 마련된 새 일자리를 향해 마침내 런던을 떠난 뒤에야 고르디엡스키가 KGB 금고의 열쇠를 손에 넣을 것이고, MI6 역시 그제야 풍성한 수확을 확실히 거둘 수 있을 터였다.

고르디엡스키의 지부장 취임까지 12일이 남았을 때 올드리치 에임스가 KGB에 정보를 주겠다는 제안을 했다.

에임스는 호전적이었다. 그의 입에서도 냄새가 나고, 그가 하는 일에서도 악취가 났다. 그는 CIA가 자신의 가치를 제대로 알아주지 않는다고 생각했다. 하지만 나중에 그는 자신의 행동에 대해 더 간단한 설명을 내놓았다. 〈돈 때문에 한 일이다.〉 로사리오가 니먼 마커스 백화점에서 쇼핑을 하고 고급 식당에서 식사를 하며 쓰는 돈을 감당해야 했다. 침실이 하나뿐인 아파트에서 벗어나고 싶은 생각도, 전처와의 사이를 돈으로 해결한 뒤 화려한 결혼식을 하고 싶은 생각도, 승용차를 당당히 소유하고 싶은 생각도 있었다.

에임스는 자신이 누릴 자격이 있다고 생각하는 아메리칸 드림을 돈으로 사기 위해 KGB에 미국을 팔아넘기기로 했다. 고르디엡스키는 한 번도 돈에 관심을 가진 적이 없지만, 에임스는 오로지 돈에만 관심이 있었다.

4월 초에 에임스는 소련 대사관에 근무하는 세르게이 드미트리예비치 추바힌이라는 사람에게 전화를 걸어 만나자고 제안했다. 추바힌은 대사관에서 일하는 KGB 요원 마흔 명 중 한 명이 아니었다. 군축 전문가라서 CIA의 〈관심 대상〉이었으며, 친분을 다져 두면 좋은 상대로 간주되었다. 에임스는 러시아 관리를 만나 접촉자가 될 가능성이 있는지 떠보려 한다고 동료들에게 말했다. CIA와 FBI가 모두 그 만남을 〈승인〉해 주었다. 추바힌은 4월 16일 오후 4시 메이플라워 호텔의 술집에서 만나자는 제안을 받아들였다. 워싱턴 16번가에 있는 소련 대사관에서 멀지 않은 곳이었다.

에임스는 긴장했다. 메이플라워의 술집에서 기다리는 동안 그는 보드카 마티니를 한 잔 마시고, 두 잔을 더 시켜서 마셨다. 한 시간이 지나도 추바힌이 나타나지 않자 에임스는 〈임기응변〉을 발휘하기로 했다. 그래서 약간 흔들리는 걸음으로 코네티컷 애비뉴를 걸어 소련 대사관까지 가서 추바힌에게 주려던 꾸러미를 접수대 직원에게 전달한 뒤 떠났다.

그 작은 꾸러미는 KGB 워싱턴 지부장인 스타니슬라프 안드로소프 앞으로 되어 있었다. 그 안에 들어 있는 봉투에는 안드로소프가 작전 때 사용하는 가명인 〈크로닌〉 앞으로 손으로 쓴 메모가 들어 있었다. 〈저는 H. 올드리치 에임스이고, CIA에서 소련 방첩 팀장을 맡고 있습니다. 뉴욕에서 근무할 때는 앤디 로빈슨이라는 가명을 썼습니다. 5만 달러가 필요한데, 그 돈을 받는 대가로 우리가 현재 소련 안에서 작업 중인 첩자 세 명에 대한 정보를 드립니다.〉 그가 적은 이름들은 모두 소련이 CIA에 〈미끼〉로 내놓은 사람들이었다. 상대에게 포섭될 것처럼 굴었지만 사실은 KGB가 심은 사람들이라는 뜻이다. 〈그들은 진짜 반역자가 아니었다.〉 나중에 에임스는 이렇게 말했다. 즉 그들의 이름을 밝혀도 누가 피해를 입거나 CIA 작전이 망가지지는 않는다고 그는 자신을 달랬다. 봉투 안에는 CIA 내부 전화번호부에서 찢어 낸 페이지 하나도 들어 있었다. 에임스의 이름에 노란색 펠트펜으로 밑줄이 그어져 있었다.

에임스는 자신의 말이 진심임을 확인해 줄 네 가지 요소가 포함되도록 접근 계획을 공들여 짰다. 첫째, 현재 진행 중인 작전에 대한 정보는 단순히 미끼로 나선 사람이 줄 만한 것이 아니었다. 둘째, 뉴욕에서 근무할 때 사용했기 때문에 KGB도 알 만한 가명을 밝혔다. 셋째, 지부장의 비밀 암호명을 알고 있음을 드러냈다. 넷째, 자신이 CIA에서 일한다는 증거를 보여 주었다. 이 정도면 틀림없이 소련의 관심을 끌어 돈을 벌 수 있을 터였다.

KGB가 어떻게 돌아가는지 알기 때문에 에임스는 즉시 반응이 올 거라고는 기대하지 않았다. 〈자발적인 스파이〉에 대해 모스크바에 보고하고 조사를 통해 이것이 미끼일 가능성을 알아본 뒤에야 중앙이 그의 제안을 받아들일 것이다. 〈나는 그들이 긍정적인 반응을 보일 것이라고 확신했다.〉 그는 나중에 이렇게 썼다. 〈실제로도 그랬다.〉

2주 뒤인 1985년 4월 28일에 올레크 고르디옙스키는 런던에서 근무하는 KGB 요원 중 가장 직위가 높은 런던 지부장이 되었다. 니키텐코에게서 그 자리를 넘겨받는 과정이 독특했다. 전통에 따라, 니키텐코는 중요 기밀문서가 든 서류 가방을 잠근 채로 두고 떠났다. 그가 모스크바행 비행기에 무사히 몸을 실은 뒤 올레크는 그 가방을 열어 보았으나 안에는 고작 종이 두 장이 들어 있는 갈색 봉투

하나뿐이었다. 마이클 베터니가 2년 전 국의 편지함에 밀어 넣었던 편지들의 복사본. 영국의 모든 신문이 그 편지 내용을 이미 보도한 뒤였다. 이건 장난인가? 국의 무능을 암시하는 기념품? 경고? 아니면 니키텐코가 불길한 메시지를 전하려는 건가? 그가 나를 믿지 못해 기밀로 분류되는 것이라면 무엇이든 두고 떠날 수 없다고 생각한 건가? 하지만 그런 경우라면 왜 은근하게 힌트를 남기고 갔겠는가? 그보다는 니키텐코가 그토록 탐내던 자리에 앉은 경쟁자를 뒤흔들려고 이런 행동을 했을 가능성이 가장 높았다.

MI6도 어리둥절했다. 〈우리는 최고의 보석을 기대했으나 얻지 못했다. 우리는 내각 각료 중에 오래전부터 KGB의 첩자로 활동한 사람이 있다는 사실을 알게 될지, 아니면 베터니 같은 사람을 더 발견하게 될지 여러 생각을 했지만 아무것도 얻지 못했다. 마음이 놓이면서도 실망감이 섞여 들었다.〉 고르디옙스키는 레지덴투라의 파일들을 읽으면서 MI6를 위해 신선한 정보의 보고(寶庫)가 될 만한 것을 찾기 시작했다.

에임스의 예측대로 KGB는 그의 제안에 빨리 응답하지 않고 시간을 끌었지만, 마침내 돌아온 답변은 열광적이었다. 5월 초 추바힌이 에임스에게 전화를 걸어 〈5월 15일에 소련 대사관에서 만나 술이나 한잔하다가 근처 식당에서 점심을 먹자〉고 가볍게 제안했다. 사실 추바힌은 열광적이지도 가볍지도 않았다. 그는 진짜 군축 전문가였으므로, 속임수가 난무하고 위험한 첩보 게임에 끌려 들어가고 싶은 생각이 전혀 없었다. 「이런 더러운 일은 그쪽 사람들이 하게 해요.」 에임스에게 연락해 약속을 잡으라는 지시를 받고 그가 한 말이었다. KGB는 재빨리 그의 생각을 바로잡았다. 에임스가 그를 지목했으니, 그는 원하든 원치 않든 첩보 게임을 해야 했다.

KGB는 그전 3주 동안 바삐 움직였다. 에임스의 편지는 소련 대사관의 방첩 책임자인 빅토르 체르카신 대령에게 곧바로 전달되었다. 체르카신은 이 편지의 중요성을 알아차리고 제1주요부의 크류치코프 부장에게 심하게 암호화한 전문을 〈버스트〉 전송으로 보냈다. 크류치코프 부장이 이것을 듣고 KGB의 빅토르 체브리코프 국장에게 보고하자 국장은 군산(軍産) 위원회에서 5만 달러를 인출하는 것을 즉시 승인했다. KGB는 다루기 힘든 짐승이었지만, 그래도 필요할 때는 빨리 움직일 줄 알았다.

5월 15일 수요일에 에임스는 저쪽의 요청대로 소련 대사관에 다시 나타났다. CIA와 FBI에는 군사 전문가인 추바힌과 친분을 다지려는 노력을 계속 이어 가는 것이라고 미리 알려 두었다. 〈내가 무슨 짓을 하는 건지 잘 알고 있었다. 반드시 제대로 해내야겠다고 생각했다.〉 그는 이렇게 말했다. 추바힌은 대사관 로비에서 에임스를 만나, KGB 요원 체르카신에게 소개해 주었다. 체르카신은 에임스를 데리고 지하의 작은 회의실로 갔다. 둘 사이에는 한 마디도 오가지 않았다. 체르카신은 미소 띤 얼굴로 몸짓을 동원해 회의실에 도청 장치가 있을지도 모른다는 뜻을 전달한 뒤 에임스에게 메모 한 장을 넘겼다. 〈우리는 당신의 제안을 아주 기쁘게 받아들입니다. 추바힌을 중간 매개로 이용해 우리 만남을 위장했으면 합니다. 추바힌이 당신에게 돈을 전달하고 함께 점심을 먹을 수도 있을 겁니다.〉 메모 뒷면에 에임스는 이렇게 썼다. 〈오케이. 대단히 감사합니다.〉

하지만 그것이 전부가 아니었다.

모든 담당관이 새로 포섭한 스파이에게 물어볼 수밖에 없는 질문이 하나 있다. 우리 기관에 침투한 자를 압니까? 우리 조직 내에 당신의 신원을 알아낼 수 있는 당신 측 스파이가 있습니까? 고르디엡스키도 영국을 위해 스파이가 되겠다고 말한 순간 이 질문을 받았다. 체르카신은 고도의 훈련을 받은 사람이었다. 그러니 에임스에게 그가 충성의 대상을 바꾸기로 했다는 사실을 알아내 CIA에 보고할 만한 스파이가 KGB 내에 있는지를 깜박 잊고 물어보지 않는 것은 상상할 수 없는 일이다. 에임스 자신도 이런 질문을 예상하고 있었을 것이다. 그는 그들이 물어볼 그런 첩자를 10여 명이나 알고 있었고, 그중 두 명은 소련 대사관 안에 있었다. 그는 또한 영국이 가장 직위가 높은 스파이 한 명을 별도로 관리 중이라는 사실도 알고 있었다.

에임스는 그때는 아직 고르디엡스키의 이름을 밝히지 않았다고 나중에 주장했다. CIA 명부에 있는 모든 소련 첩자의 정체를 그가 체계적으로 KGB에 알려 준 것은 한 달이 더 지난 뒤였다. 2005년에 출판된 회고록에서 체르카신은 고르디엡스키에 대한 중요한 첩보는 에임스가 아니라 어둠 속에 가려진 정보원에게서 나왔다고 주장했다. 〈워싱턴에서 활동하는 영국 언론인〉이었다. CIA는 그의 주장이 KGB의 인상을 좋게 만들려는 역정보라면서 〈거짓 단서의 특징을 모두〉[4] 갖추고 있다고 말한다.

고르디엡스키 작전을 연구한 정보 분석가들 대부분은 에임스가 처음 소련 측과 접촉하던 시기에 KGB 최고위층에 영국 정보기관을 위해 일하는 첩자가 있다는 사실을 밝혔다고 입을 모은다. 그 당시 그가 고르디엡스키의 이름을 몰랐을 수는 있다. 만약 그가 직접 그의 신원을 밝히기 위한 조사를 한 것이 아니라면 몰랐을 가능성이

---

4 Sandra Grimes, Jeanne Vertefeuille, *Circle of b Treason* (Annapolis: Naval Institute Press, 2013).

더 높다. 그러나 MI6가 관리하는 스파이, 자신들이 티클이라는 암호명을 붙인 그 스파이의 신원에 대한 조사가 진행 중이라는 사실은 분명히 알았을 것이다. 따라서 그가 소련 대사관 지하에서 말 한마디 주고받지 않는 만남을 하던 중에 종이에 경고처럼 갈겨쓰는 식으로 이 정보를 넘겼을 가능성이 아주 높다. 설사 아직은 이름을 밝히지 않았다 해도, 이 정도 정보만으로도 KGB가 K부의 사냥개들을 풀어놓기에는 충분했을 것이다.

에임스가 지하의 회의실에서 올라와 보니, 추바힌이 로비에서 기다리고 있었다. 「점심을 먹으러 가죠.」 그가 말했다.

두 사람은 조 앤드 모 식당의 구석 자리에 앉아 이야기를 하면서 술을 마셨다. 〈술을 마시며 한참 동안 이어진〉 그 점심 식사 동안 정확히 무슨 말이 오갔는지는 불확실하다. 에임스는 군축 문제에 대해 토론했다고 나중에 주장했지만, 별로 신빙성이 없다. 마티니를 세 잔이나 네 잔째쯤 마실 때 에임스가 영국이 관리하는 스파이가 KGB 내부에 있다는 사실을 확인해 주었을 가능성이 있다. 그러나 그는 나중에 이렇게 주장했다. 〈내 기억이 좀 흐릿하다.〉

식사가 끝날 무렵, 에임스보다 훨씬 적은 양의 술을 마신 추바힌이 종이가 가득 든 비닐 쇼핑백을 건넸다. 「당신이 흥미를 느낄 만한 보도 자료를 좀 담았습니다.」 그는 FBI가 지향성 마이크로 듣고 있을 가능성에 대비해서 이렇게 말했다. 추바힌은 에임스와 악수한 뒤 대사관으로 서둘러 돌아갔다. 에임스는 몸속에서 술이 출렁거리는데도 자기 차에 올라 집으로 향했다. 조지 워싱턴 파크웨이에서 포토맥강을 굽어보는 멋진 지점에 이르렀을 때, 그는 차를 세우고 쇼핑백을 열어 보았다. 다양한 대사관 공문서 아래 바닥에 직사각형으로 포장된 꾸러미가 있었다. 작은 벽돌 크기만 했다. 그는 한

쪽 귀퉁이를 찢었다. 그리고 〈완전히 들떠 버렸다〉. 그 안에 든 것은 100달러 지폐 500장이었다.

그가 돈을 세는 동안 소련 대사관에서는 추바힌이 체르카신에게 점심 식사 때 오간 대화를 보고했다. 체르카신은 체브리코프가 직접 봐야 한다고 표시한 전문을 또 암호화해서 〈버스트〉 전송으로 보냈다.

에임스가 집에 도착했을 무렵에는 KGB 역사상 가장 대규모의 사람 사냥이 이미 진행 중이었다.

5월 16일 목요일, 즉 에임스가 체르카신과 처음 만난 다음 날, 런던의 신임 KGB 지부장 책상에 모스크바의 긴급 전문이 도착했다.

올레크 고르디옙스키는 그 전문을 읽으면서 두려움이 차가운 바늘처럼 온몸을 찌르는 것 같았다.

〈레지덴트 임명을 확인하기 위해 이틀 뒤 긴급히 모스크바로 와서 미하일로프 동지 및 알료신 동지와 중요한 회의를 하기 바람.〉 이 두 이름은 KGB 국장과 제1주요부 부장인 빅토르 체브리코프와 블라디미르 크류치코프가 작전 때 사용하는 가명이었다. 그리고 이 소환 명령을 내린 곳은 KGB 수뇌부였다.

고르디옙스키는 사무원에게 약속이 있다고 말한 뒤, 가장 가까운 공중전화로 달려가 MI6 관리자와의 긴급회의를 요청했다.

몇 시간 뒤 그가 베이스워터의 안가에 도착하자 사이먼 브라운이 기다리고 있었다. 〈그는 걱정스러운 표정이었다.〉 브라운은 이렇게 회상했다. 〈걱정하는 기색이 역력했지만, 당황하지는 않았다.〉

그 뒤 48시간 동안 MI6와 고르디옙스키는 그가 KGB의 소환에 응해 모스크바로 갈 것인지, 아니면 여기서 작전을 접고 가족과 함께 모습을 감출 것인지를 놓고 이야기를 나눴다.

〈올레크는 각각의 방안에 대한 찬성과 반대 주장을 풀어놓았다. 그가 가장 먼저 내세운 주장은 그 부름이 이례적이지만 반드시 의심해야 할 정도로 이례적이지는 않다는 것이었다. 그 부름을 논리적으로 설명할 수 있는 이유들이 아주 많았다.〉

그가 지부장으로 임명된 뒤 모스크바 쪽은 줄곧 이상하게 조용했다. 그리빈이라면 적어도 축하 편지 정도는 보낼 것 같았는데. 이보다 더 걱정스러운 것은 고르디옙스키가 지부장의 통신 암호가 들어 있는 아주 중요한 전문을 아직 받지 못했다는 점이었다. 하지만 KGB 지부의 동료들은 그를 의심하는 기색을 전혀 드러내지 않으며, 오히려 그의 마음에 들려고 열심히 애쓰는 것 같았다.

고르디옙스키는 모두 쓸데없는 걱정이 아닌가 하는 생각이 들었다. 어쩌면 그가 국의 자리에 앉으면서, 그의 의심증까지 물려받은 것 같기도 했다.

MI6에서는 여러 사람이 이 상황을 도박사의 딜레마에 비유했다. 「칩을 잔뜩 모아서 쌓아 뒀다고 칩시다. 그걸 전부 룰렛 한 판에 걸겠습니까? 아니면 딴 돈을 챙겨 그 자리를 떠나겠습니까?」 승산을 계산하는 것은 결코 쉬운 일이 아니었다. 게다가 여기에 걸린 판돈이 천문학적이었다. 게임에서 이긴다면 KGB의 가장 내밀한 기밀이라는 유례없는 보물을 얻겠지만, 패한다면 고르디옙스키를 영원히 잃어버릴 수 있었다. 아니면 그가 그냥 행방불명된 채로 몇 달 동안 살았는지 죽었는지 알 수 없게 될 수도 있었다. 그동안 그가 갖고 있는 정보를 이용하거나 널리 배포하는 것은 불가능했다. 그리고 고르디옙스키 본인에게 그 상황은 궁극적으로 죽음을 의미할 터였다.

메시지의 어조가 조금 이상했다. 독단적이면서도 정중했다. KGB

전통에 따라 레지덴트를 임명하는 사람은 국장 본인이었다. 영국은 그중에서도 특히 중요한 나라였다. 체브리코프는 올레크의 승진이 결정된 1월에 모스크바를 비운 상태였으므로, 이번 소환은 단순한 공식 확인 절차, 즉 KGB 최고 책임자의 〈안수〉 의식에 불과할 수도 있었다. 어쩌면 그가 아직 KGB에서 완전한 〈임명〉을 받지 못한 탓에 니키텐코가 정보를 제대로 남겨 놓지 않고 암호 전문도 오지 않은 것일 수 있었다. 만약 KGB가 그를 반역자로 의심한다면, 이틀의 말미를 주기보다 당장 본국으로 불러들이지 않았을까? 어쩌면 그가 공연히 겁을 먹지 않게 일부러 이틀의 말미를 준 것일 수도 있었다. 만약 그가 스파이라는 사실을 본부가 이미 알고 있다면, 납치 전문가인 제13부의 불한당들을 보내 그를 소련으로 끌고 가지 않았을까? 하지만 이번 소환이 그냥 일상적인 일이라면 왜 그는 미리 이야기를 듣지 못했을까? 겨우 3개월 전에 그는 이 새로운 직위에 대해 완전한 설명을 들었다. 더 이상 무슨 이야기가 필요한 걸까? 무엇이 그리도 중요하고 긴급해서 그 의미를 전문으로 설명하지도 못하는 걸까? 고르디옙스키를 소환한 사람은 KGB 국장이었다. 이건 경계하고 긴장해야 하는 일일 수도 있고, 그가 대단한 평가를 받고 있다는 징후일 수도 있었다.

브라운은 KGB의 입장이 되어서 생각해 보려고 했다. 〈만약 그들이 사실을 100퍼센트 확신하고 있다면, 이런 식으로 행동하지 않았을 것이다. 그가 도망칠 위험이 있으니까. 그들은 시간을 끌면서 그에게 닭 모이를 제공하며 때를 기다렸을 것이다. 더 전문가다운 방식으로 그를 불러들였을 수도 있었다. 어머니가 돌아가셨다는 둥 거짓말을 꾸며 내는 방식으로.〉

MI6와 고르디옙스키는 만남에서 확실한 결론에 이르지 못했다.

고르디옙스키는 다음 날인 5월 17일 금요일 저녁에 안가에서 다시 만나자는 말을 받아들였다. 그때까지 그는 모스크바행 일요일 비행기표를 예매하고, 아무 일도 없는 척할 것이다.

막심 파르시코프가 점심 약속을 위해 대사관 주차장에서 차를 몰고 나가는데, 놀랍게도 고르디옙스키가 〈몸을 던지듯이 자동차 앞을 가로질러 열린 창문 밖에서 들뜬 목소리로 말했다. 「모스크바로 오라는 부름을 받았어. 점심 식사 마치고 와서 나랑 얘기 좀 하세」〉. 두 시간 뒤 파르시코프가 그의 사무실로 가자 이 신임 레지덴트는 〈불안한 듯이 서성거리고〉 있었다. 고르디옙스키는 체브리코프의 최종적인 축복을 받으러 오라는 부름을 받았다고 설명했다. 그것 자체는 이상한 일이 아니었지만, 소환이 전달된 방식이 이상했다. 「누구도 내게 미리 개인 서신을 보내서 이런 일이 있을 거라고 알려 주지 않았어. 어쩔 수 없지. 내가 가서 며칠 동안 지내며 상황을 알아보는 수밖에. 내가 자리를 비운 동안 자네가 내 대리를 맡아 주게. 자리를 지키면서, 내가 돌아올 때까지 아무것도 하지 마.」

센추리 하우스에서는 〈고관들〉이 C의 사무실에 모여 상황에 대해 의논했다. 신임 국장인 크리스토퍼 커웬, MI5의 소련 블록 담당자 존 데버렐, 고르디옙스키 담당관인 브라운이 이 회의의 참석자였다. 다들 긴장한 기색은 없었다. MI6의 일부 직원들은 그때 깊은 걱정을 품고 있었다고 나중에 주장했지만, 스파이들도 다른 사람과 마찬가지로 과거를 돌아볼 때는 자신이 처음부터 다 꿰뚫어 보고 있었다고 주장하는 경향이 있다. 고르디옙스키 작전은 승리의 문턱에 서 있었고, 이 작전에 가장 밀접하게 관련된 베로니카 프라이스와 사이먼 브라운은 일을 중단할 명확한 이유를 찾지 못했다. 데버렐은 KGB가 내부 첩자를 적발했다는 징후를 전혀 발견하지 못했다고 보고했다. 〈그가 모스크바로 가는 것이 안전한지 여부를 확실히 알 수 없다는 결론을 내렸다.〉 그들은 최종 결정을 고르디옙스키 본인에게 맡기기로 의견을 모았다. 그에게 모스크바로 꼭 돌아가야 한다고 강요하지도 않고, 이만 수건을 던지고 게임을 포기하라고 권하지도 않겠다는 뜻이었다. 〈그건 책임 회피였다.〉 MI6의 한 요원은 나중에 이렇게 주장했다. 〈그의 목숨이 걸렸으니 우리가 그를 보호했어야 했다.〉

도박에 성공하기 위해 가장 중요한 요소는 직관이다. 육감은 우리가 앞으로 일어날 일을 예측할 수 있게 해주고, 상대의 마음도 읽을 수 있게 해준다. KGB가 도대체 무엇을 알고 있을까?

사실 모스크바 중앙은 아는 것이 거의 없었다.

방첩을 담당하는 K부의 빅토르 부다노프 대령은 〈KGB에서 가장 위험한 사람〉이라는 것이 일반적인 의견이었다. 1980년대에 그는 동독에서 근무했는데, 당시 그의 휘하에 있던 젊은 요원 중 한 명이 바로 블라디미르 푸틴이었다. K부에서 부다노프가 맡은 일은 〈평소와 다른 일들〉[5]을 조사하고, 제1주요부 내 여러 부서의 보안을 유지하고, 부패한 직원을 제거하고, 첩자를 소탕하는 것이었다. 빈약하고 생기 없는 외모의 헌신적인 공산주의자인 그는 여우의 얼굴과 고도로 훈련된 변호사의 머리를 갖고 있었다. 그는 체계적이고 꼼꼼한 방식으로 업무를 수행했다. 자신은 징벌을 내리는 사람이 아니라, 규칙을 지키기 위해 노력하는 탐정이라는 것이 그의 생각이었다. 〈우리는 항상 법조문을 엄격히 따랐다. 적어도 내가 소련 KGB의 방첩 부서와 정보 부서에서 일할 때는 그랬다. 소련 영토에

---

5 빅토르 부다노프와의 인터뷰, 2007년 9월 13일, http://www.pravdareport.com/history/13-09-2007/97107-intelligence-0/.

서 시행되는 법을 어길 수도 있는 작전을 시작한 적은 단 한 번도 없었다.〉그는 증거와 연역법으로 첩자를 잡아내려고 했다.

부다노프는 KGB 내부에 고위급 첩자가 있다는 말을 상사들에게서 들었다. 그 첩자의 이름은 아직 밝혀지지 않았지만 활동 장소는 알 것 같았다. 영국 정보기관이 관리하는 첩자라면, 런던 레지덴투라의 누군가일 가능성이 있었다. 노련한 방첩 요원인 레오니드 니키텐코는 런던을 떠나기 전에 고르디옙스키의 신뢰성에 의문을 제기하는 비판적인 보고서를 연달아 보냈다. 에임스의 첩보에 니키텐코의 미확인 의심이 덧붙여지면서 신임 레지덴트에게 관심이 쏠렸는지도 모른다. 고르디옙스키가 의심의 대상이기는 해도, 유일한 용의자는 아니었다. 니키텐코 본인도 의심의 대상이었다. 파르시코프 역시 의심받고 있었으나, 아직 모스크바의 소환을 받지는 않았다. 그 밖에도 의심받는 사람들이 있었다. MI6의 손은 전 세계에 뻗어 있으니, 첩자 또한 어디에든 있을 수 있었다. 부다노프는 고르디옙스키가 첩자라고 확신하지 못했다. 하지만 그가 일단 모스크바에 돌아온다면, 그가 도망칠까 봐 걱정할 필요 없이 유죄인지 무죄인지 확인할 수 있을 터였다.

다음 날인 5월 17일 금요일 아침에 모스크바 중앙에서 고르디옙스키 앞으로 두 번째 긴급 전문이 도착했다. 조금은 안심이 되는 말이 거기 적혀 있었다. 〈모스크바 여행과 관련해서, 영국 및 영국 문제에 대해 이야기해야 한다는 점을 명심하고 풍부한 사실들을 동원해 구체적인 토론을 할 준비를 잘 갖출 것.〉여느 때처럼 정보를 지나치게 요구하는 평범한 회의가 열릴 것이라는 뜻인 듯했다. 겨우 석 달 전 권좌에 앉은 고르바초프는 그 전해에 영국을 방문해 성과를 거둔 뒤로 영국에 관심이 아주 많았다. 그리고 체브리코프는 절차 준수에 까다로운 사람으로 알려져 있었다. 어쩌면 걱정할 일이 아닐 수도 있었다.

그날 저녁 고르디옙스키는 안가에서 담당자들을 다시 만났다. 베로니카 프라이스가 훈제 연어와 빵을 내놓았다. 녹음기도 돌아가고 있었다.

사이먼 브라운이 상황을 정리했다. MI6가 입수한 정보 중에, 올레크의 소환에 이상한 부분이 있다는 징후는 전혀 없었다. 하지만 만약 고르디옙스키가 지금 당장 망명을 원한다면 얼마든지 그렇게 할 수 있었다. 그와 그의 가족은 평생 동안 보호와 보살핌을 받을 것이다. 반면 만약 그가 일을 계속하기로 한다면, 영국이 그에게 영원한 신세를 지는 셈이었다. 고르디옙스키 작전은 갈림길에 서 있었다. 여기서 그만두더라도 그들은 지금까지 딴 엄청난 돈을 들고 은행으로 갈 수 있었다. 하지만 만약 그가 KGB 국장에게서 직접 레지덴트로 임명된 뒤 모스크바에서 돌아온다면, 그들은 훨씬 더 큰 잭폿을 터뜨릴 수 있었다.

브라운은 나중에 이렇게 회상했다. 〈만약 그가 가지 않기로 결정했다면 누구도 그의 마음을 돌리지 못했을 것이다. 우리도 그런 시도를 하지 않았을 테고. 우리의 진심을 그가 깨달았던 것 같다. 나는 불편부당해지려고 최선을 다했다.〉

그는 안가에서 자신의 발언을 이렇게 끝맺었다. 「일이 심상치 않다 싶으면 지금 그만두세요. 궁극적으로 결정은 당신 몫입니다. 하지만 만약 당신이 모스크바로 돌아갔다가 일이 잘못된다면, 우리가 탈출 계획을 실행할 겁니다.」

두 사람이 똑같은 말을 들어도 완전히 다른 뜻으로 해석하는 것은 언제나 있을 수 있는 일이다. 그때도 그랬다. 브라운은 올레크에게 황금 같은 기회를 낭비하는 꼴이 될 수 있음을 일깨워 주면서도 탈출구가 있음을 알려 주었다고 생각했다. 고르디옙스키는 그의 말을 모스크바로 돌아가라는 지시로 받아들였다. 그는 자신이 이미 충분한 역할을 했으니 명예롭게 물러나도 된다는 말을 담당관이 해 주지 않을까 바라고 있었다. 하지만 브라운은 지시받은 대로 그런 말은 하지 않았다. 결정은 고르디옙스키의 몫이었다.

고르디옙스키는 한참 동안 웅크린 채 가만히 있었다. 생각에 깊이 빠졌는지 아무 말도 하지 않았다. 그러다 그가 입을 열었다. 「지금 우리는 아슬아슬한 고비 앞에 있습니다. 여기서 일을 그만둔다면 지금껏 내가 한 모든 일과 의무를 포기하는 겁니다. 위험은 있지만 통제된 위험입니다. 나는 그 위험을 감수할 각오가 돼 있습니다. 돌아가겠습니다.」

MI6의 한 요원은 이렇게 말한다. 〈올레크는 자신이 계속 활동해 주기를 우리가 바란다는 사실을 알고 용감하게 그 뜻을 따랐다. 명확한 위험의 징후가 없었으니까.〉

탈출 계획을 고안한 베로니카 프라이스는 이제 완전히 일에 몰두하는 상태가 되었다.

그녀는 핌리코 작전을 처음부터 끝까지 고르디옙스키와 함께 다시 한번 되짚어 보았다. 고르디옙스키는 접선 장소의 사진들을 다시 머릿속에 넣었다. 겨울에 찍힌 사진들이라, 차량 대피소 입구의 커다란 바위가 눈을 배경으로 도드라져 보였다. 나무에 이파리가 무성할 때도 이곳을 알아볼 수 있을지 의심스러웠다.

고르디옙스키가 영국에서 활동한 기간 중에도 이 탈출 계획은 항상 준비 상태를 유지했다. 모스크바에 새로 배치되는 MI6 요원들은 모두 이 계획에 대해 상세하고 꼼꼼한 브리핑을 받고, 핌리코라는 이름의 스파이(그의 실제 이름은 결코 말해 주지 않았다) 사진을 보고, 스치는 접선 절차와 그를 차에 태우는 지점과 탈출에 대한 지시를 받았다. 탈출과 인식 신호로 이루어진 복잡한 팬터마임이었다. MI6 요원들과 배우자들은 영국을 떠나기 전 길퍼드 근처의 숲으로 불려 가 자동차 트렁크에 들어갔다가 나오는 법을 연습했다. 이 이름 없는 스파이와 그의 가족들을 구출할 때 정확히 어떤 일이 필요한지 직접 체험하기 위해서였다. 일을 시작할 때 요원들은 영국에서 핀란드를 거쳐 소련까지 차를 몰고 가야 했다. 탈출 경로, 접선 장소, 국경을 넘는 과정을 직접 익히기 위해서였다. 사이먼 브라운은 1979년에 처음으로 국경 경비 초소를 자동차로 통과할 때, 기둥에 까치 일곱 마리가 앉아 있는 것을 헤아리고는 곧바로 까치 수를 헤아리는 옛 동요를 떠올렸다. 〈절대 말하면 안 되는 비밀 하나에 일곱.〉

고르디옙스키가 모스크바에 있을 때마다, 그리고 그가 떠난 뒤 몇 주와 돌아온 뒤 몇 주 동안, MI6 팀은 일주일에 한 번이 아니라 매일 저녁 쿠투좁스키 대로의 신호 장소를 확인해야 했다. 연락을 보내기에 가장 좋은 때는 화요일 밤이었다. 탈출 팀이 겨우 나흘 뒤인 토요일 오후에 접선 장소까지 갈 수 있기 때문이었다. 하지만 응급 상황이라면 요일과 상관없이 언제든 계획을 가동할 수 있었다. 예를 들어 금요일에 연락이 온다면, 탈출이 이루어지는 것은 그다음 주 목요일이었다. 자동차 번호판을 제공해 주는 정비소의 영업 시간이 제한되어 있기 때문이었다. 한 요원은 이 계획이 영국 스파이들에게 어떤 추가 부담으로 느껴졌는지를 생생하게 설명했다. 〈1년에 18주쯤, 무슨 일이 벌어질지 예측할 수 없는 그 기간 동안 매일 밤 우리는 버스 시간표와 콘서트 시간표가 함께 붙어 있는 곳 근처의 그 빵집을 확인해야 했다. 핌리코가 나타난다면 그곳에서 나타날 텐데, 우리는 항상 그 순간을 두려워했다. 겨울이 최악이었다. 너무 어둡고 안개가 짙어서 반드시 그 빵집 앞을 걸어서 지나가야만 확인할 수 있었다. 길가로 쓸어서 쌓아 놓은 눈 더미가 어찌나 높은지 30미터 이상 떨어진 거리에서는 사람을 거의 알아볼 수가 없었다. 게다가 아내가 빵을 사오는 걸 깜박 잊었다며,《미안하지만 영하 25도의 날씨에 밖으로 나가서 떨이로 남은 오래된 빵을 사다줄래?》라고 말해서 나왔다는 핑계를 일주일에 과연 몇 번이나 써먹을 수 있겠는가?〉

핌리코 작전을 준비하는 일은 MI6 지부에서 가장 중요한 임무 중 하나였다. 모스크바에 자주 오지도 않는 스파이 한 명을 구하기 위해 헌신적으로 작성된 탈출 계획을 항상 준비하고 있어야 했다. 모든 MI6 요원은 손이 닿는 곳에, 자기 아파트에 회색 바지 한 벌, 초록색 해로즈 백화점 쇼핑백, 킷캣과 마스 초코바를 마련해 두었다.

계획에 마지막 손길이 한 번 더 가해졌다. 만약 고르디엡스키가 모스크바에 도착한 뒤 곤란한 처지가 되었음을 알게 된다면, 런던의 집에 있는 레일라에게 전화를 걸어 아이들이 유치원에 잘 다니고 있느냐고 묻는 것으로 MI6에 신호를 보낸다는 안이었다. 전화기가 도청되고 있으므로, MI5가 그 통화를 들을 것이다. 따라서 이 신호 전화가 오면 MI6에 그 사실이 통보되어 모스크바 팀에 최고 수준의 경보를 발령할 수 있었다.

마지막으로 베로니카 프라이스가 고르디엡스키에게 작은 꾸러미 두 개를 건넸다. 한 꾸러미에는 알약이 들어 있었다. 「정신을 맑게 유지하는 데 도움이 될 거예요.」 그녀가 말했다. 다른 꾸러미는 세인트 제임스의 담배 장수인 제임스 J. 폭스에게서 사온 코담배 쌈지였다. 그가 자동차 트렁크로 들어가면서 그 쌈지 안의 가루를 몸에 뿌리면, 국경 초소의 냄새 맡는 개들이 그의 체취를 알아보지 못하게 될 수 있었다. 만약 KGB가 그의 옷이나 신발에 화학 물질을 뿌려 놓았더라도, 그 가루가 냄새를 위장해 줄 가능성도 있었다. 런던에서 활동하는 MI6 요원들이 국경 건너편의 핀란드 땅에 있는 외진 접선 장소에서 기다리고 있다가 올레크를 영국으로 후다닥 데려가는 것이 계획의 마지막 단계였다. 베로니카는 그 순간이 온다면 자신이 직접 그곳으로 나가 그를 맞이하겠다고 말했다.

그날 저녁 고르디옙스키는 레일라에게 〈최고위급 회의〉를 위해 모스크바로 갔다가 며칠 뒤 런던으로 돌아오겠다고 말했다. 그는 불안하고 열성적인 표정이었다. 〈레지덴트로 확실히 확인받을 것이라는 말에 나도 들떴다.〉 그가 손톱을 하도 씹어 대서 속살이 드러난 것이 그녀의 눈에 들어왔다.

1985년 5월 18일 토요일은 세 나라 수도에서 치열한 첩보전이 벌어진 날이었다.

워싱턴에서 올드리치 에임스는 현금 9천 달러를 자신의 계좌에 입금했다. 로사리오에게는 오랜 친구에게서 빌린 돈이라고 말했다. 반역을 저지르며 느낀 흥분이 점차 가라앉으면서 현실이 인식되었다. CIA의 스파이 중 누구라도 그가 KGB에 접근했음을 알아차리고 사실을 폭로할 가능성이 있었다.

모스크바에서는 KGB가 고르디옙스키를 맞을 준비를 했다.

빅토르 부다노프는 레닌스키 대로의 아파트를 철저히 수색하라고 지시했지만, 범행의 증거라고 볼 만한 것이 전혀 발견되지 않았다. 수상쩍은 서방 문학 작품만 잔뜩 나왔을 뿐이었다. 멋지게 편집된 셰익스피어 소네트집은 별로 주의를 끌지 못했다. K부의 기술자들은 전화기를 포함해서 아파트 안에 눈에 띄지 않는 도청 장치를 설치했다. 조명 장치에는 카메라를 숨겼다. KGB의 열쇠 전문가는 나가는 길에 아파트 출입문을 조심스레 잠갔다.

그동안 부다노프는 고르디옙스키의 인사 파일을 샅샅이 훑었다. 이혼 한 번을 빼면, 겉으로 보기에 흠잡을 데 없는 기록이었다. 훌륭한 KGB 요원의 아들이자 동생인 그는 KGB 장군의 딸과 결혼했으며, 재능과 성실함으로 높은 자리까지 차근차근 올라온 헌신적인 당원이었다. 그래도 자세히 살펴본 끝에 고르디옙스키 동무의 다른 면이 드러난 것 같다. KGB의 조사 서류가 공개되는 일은 없을 테니, 조사관들이 정확히 언제 무엇을 알아냈는지는 알 수 없다.

하지만 부다노프가 곱씹을 자료가 아주 많았다. 고르디옙스키가 대학 시절 절친하게 지낸 친구가 나중에 서방으로 망명한 체코인이었다는 점. 고르디옙스키 본인이 금지된 문학 작품을 포함해서 서방 문화에 관심이 많았다는 점. 그를 가리켜 두 얼굴의 사기꾼이라고 단언한 전처의 말. 그가 런던으로 부임하기 전에 문서 보관소에서 영국과 관련된 파일을 모조리 꺼내 읽은 점. 그리고 영국이 수상쩍을 만큼 신속하게 그의 비자를 내준 점.

CIA가 이미 그랬듯이, 부다노프도 이런 기록에서 패턴을 찾아보려 했다. KGB는 스칸디나비아에서 귀한 정보원을 많이 잃었다. 호비크, 베릴링, 트레홀트. 고르디옙스키가 덴마크에서 이 첩자들의 존재를 알아차리고 서방 정보기관에 알렸을까? 그다음에는 마이클 베터니가 있었다. 니키텐코에게 물어보면, 고르디옙스키가 KGB를 위한 첩자가 되겠다는 베터니의 이상한 제안을 알았을지 확인할 수 있었을 것이다. 영국은 놀라울 정도로 신속하게 베터니를 잡아들였다.

　고르디옙스키의 근무 기록에서는 또한 흥미로운 흔적도 몇 가지 발견되었을 것이다. 영국에 부임한 뒤 처음 몇 달 동안 그의 실적이 너무 형편없어서 그를 귀국시키자는 말까지 나올 정도였다. 그런데 갑자기 그가 접촉하는 인물들의 범위가 뚜렷하게 넓어지면서, 정보 보고서의 깊이와 질도 향상되었다. 영국 정부가 이고르 티토프와 아르카디 국을 짧은 기간 안에 연달아 추방한 것이 당시에는 별일 아닌 것처럼 보였지만 이제는 아니었다. 부다노프는 또한 니키텐코가 과거에 의심을 품었다는 사실도 알게 되었을 가능성이 있다. 특히 고르바초프의 방문 기간 동안 마치 영국 외무부 브리핑 자료를 그대로 복사한 듯한 보고서를 만들어 냈다는 점이 눈에 띄었을 것이다.

　고르디옙스키의 인사 파일 깊숙한 곳에는 또 다른 잠재적 단서가 숨어 있었다. 1973년 덴마크에서 두 번째로 근무하던 중에 고르디옙스키는 영국 정보기관과 직접 접촉한 적이 있었다. 이미 MI6 요원으로 신원이 밝혀진 리처드 브롬헤드가 그에게 접근해 점심을 함께 먹자고 청한 일. 고르디옙스키는 정해진 절차에 따라 레지덴트에게 이 사실을 알려 정식 허락을 얻은 뒤에 코펜하겐의 호텔에서 브롬헤드를 만났다. 이 만남 뒤에 작성한 그의 보고서에는 만남의 성과가 없는 것처럼 적혀 있다. 사실일까? 브롬헤드가 11년 전에 이미 고르디옙스키를 포섭한 걸까?

　정황 증거는 확실히 고르디옙스키에게 불리했지만, 아직 유죄를 결정적으로 입증할 정도는 아니었다. 부다노프는 나중에 『프라우다』와의 인터뷰에서 〈KGB의 제1주요부에서 근무하는 수백 명의 요원 중에서 내가 직접 밝혀낸〉 사람이 고르디옙스키라고 자랑했다. 하지만 그의 인사 파일을 조사하던 단계에서 부다노프에게는 아직 확실한 증거가 없었다. 꼼꼼한 법률가 같은 성격 때문에 그는 스파이를 현장에서 붙잡거나 완전한 자백을 얻어 내야만 만족할 수 있을 것 같았다. 가능하다면 그를 현행범으로 붙잡은 뒤 완전한 자백을 받아 내는 편이 더 좋았다.

런던 센추리 하우스 12층의 녹턴 팀은 흥분과 불안을 동시에 느꼈다.

〈불안감과 함께 엄청난 책임감이 느껴졌다.〉 사이먼 브라운은 이렇게 말했다. 〈어쩌면 그가 죽음을 향해 가는 것을 우리가 묵인하고 있는 건지도 모른다는 생각. 나는 그가 돌아가는 것이 옳은 결정이라고 생각했다. 그렇지 않았다면 가지 말라고 그를 설득하려 했을 것이다. 그가 돌아가는 것은 계산된 위험, 통제된 도박인 것 같았다. 하기야 우리는 이 일을 처음 시작할 때부터 위험을 감수하고 있었다. 그것이 이 일의 선천적인 특성이다.〉

떠나기 전에 고르디옙스키가 KGB를 위해 완수해야 하는 일이 하나 있었다. 영국에 막 도착해서 다리오라는 암호명으로 활동하는 불법 스파이를 위해 버려진 편지함을 지정해 주는 일. 레지덴투라의 라인 N 요원이 보통 불법 스파이들의 활동을 관리하지만, 이번 일은 상당히 중요해서 신임 지부장이 직접 나서야 했다.

3월에 모스크바의 KGB 본부는 추적이 불가능한 20파운드 지폐로 8천 파운드를 보내면서 이 돈을 다리오에게 전달하라고 지시했다.

현금이 도착하자마자 다리오에게 그냥 넘겨줘도 될 텐데, KGB는 정교한 방법을 고안해 낼 수 있다면 결코 단순한 방법을 선택하지 않았다. 그라운드 작전은 이렇게 과도하게 복잡한 작전의 교훈적인 예였다.

먼저 레지덴투라의 기술부가 속이 텅 빈 벽돌을 만들었다. 그 안에 돈을 숨길 예정이었다. 다리오가 돈을 받을 준비가 되었다는 신호로 미국 대사관 인근의 오들리 광장 남쪽 편에 있는 가로등 기둥에 파란색 분필로 표시를 남기면, 고르디옙스키가 그 벽돌을 비닐봉지에 담아서 들고 나가 블룸즈버리의 공원인 코람스 필즈 북쪽 편 높은 울타리 옆 길가에 놓아두어야 했다. 다리오가 서드베리 힐의 밸럿 박스 주점 근처 콘크리트 기둥 꼭대기에 껌 덩어리를 붙여 놓으면 돈을 무사히 받았다는 신호였다.

고르디옙스키가 이 작전을 브라운에게 상세히 설명해 주자, 브라운은 이 정보를 MI5에 넘겼다.

5월 18일 토요일 저녁에 고르디옙스키는 딸들을 데리고 코람스 필즈로 놀러 나갔다. 그리고 저녁 7시 45분에 벽돌이 든 비닐봉지를 바닥에 놓았다. 근처에 있는 사람이라고는 아기를 유모차에 태워 밀고 가는 여자 한 명과 자전거를 타다가 자전거 체인을 손보고 있는 남자 한 명뿐이었다. 여자는 MI5의 최고 감시 전문가 중 한 명이었다. 유모차에는 카메라가 숨겨져 있었다. 자전거를 손보는 남자는 K부를 이끄는 존 데버렐이었다. 몇 분 뒤 한 남자가 빠른 걸음으로 나타났다. 그가 몸을 숙여 가방을 집으면서 아주 잠깐 동작을 멈췄을 때 유모차 안의 비밀 카메라가 그의 얼굴을 찍었다. 데버렐은 서둘러 북쪽으로 걸어가는 남자를 뒤쫓았지만, 남자는 킹스 크로스 지하철역 안으로 들어가 버렸다. 데버렐은 급히 자전거를 묶어 두고 에스컬레이터를 뛰어 내려갔지만 너무 늦었다. 남자는 이미 군중 속으로 사라진 뒤였다. MI5는 런던 북서부의 별 특징 없는 주점 앞 콘크리트 기둥에 씹던 껌을 붙여 놓은 사람을 찾아내는 데에도 실패했다. 다리오는 훈련을 잘 받은 사람이었다. 고르디옙스키는 그라운드 작전을 성공적으로 완수했다고 보고하는 전문을 모스크바로 보냈다. 자신이 이처럼 민감한 임무에 포함되었다는 사실만으로도 신뢰받고 있다고 믿을 수 있었다.

아직은 뒤로 물러나 몸을 뺄 시간이 있었다. 하지만 일요일 오후에 그는 아내와 딸들에게 작별 키스를 했다. 이들을 두 번 다시 만나지 못할 가능성도 있다는 사실은 그도 알고 있었다. 이런 심정을 드러내지 않으려 애썼지만, 레일라에게 키스하는 순간이 평소보다 조금 더 길었고 딸 안나와 마리아를 안아 주는 팔에는 힘이 조금 더 들어갔다. 그는 택시에 올라 히스로 공항으로 향했다.

5월 19일 오후 4시, 올레크 고르디옙스키는 모스크바행 아에로플로트 항공기에 몸을 실었다. 엄청나게 용감한 행동이었다.

참조

KGB가 에임스를 관리한 방식에 대해서는 빅토르 체르카신이 쓴 『스파이 관리관Spy Handler』(2005)을 참고하라. 다리오 작전에 대해서는 크리스토퍼 M. 앤드루와 올레크 고르디옙스키가 함께 쓴 『본부의 지침Instruction from the Centre』(1991)을 참고할 것.

3부

12
고양이와 쥐

모스크바에 도착한 고르디옙스키는 아파트의 잠금장치를 다시 확인했다. 자신이 잘못 보았기를 기도하는 심정이었다. 하지만 그가 사용한 적도 없고 열쇠도 없는 세 번째 잠금장치가 잠겨 있었다. KGB가 그를 쫓고 있다는 뜻이었다. 「끝장이야.」 식은땀이 등을 타고 흘러내렸다. 「곧 죽은 목숨이 되겠군.」 KGB는 직접 적당한 순간을 골라 그를 체포한 뒤, 그에게서 모든 비밀을 남김없이 짜낼 때까지 심문할 것이다. 그리고 〈궁극의 처벌〉로 그를 죽일 것이다. 처형인의 총알이 머리에 박힌 채 아무 표시도 없는 무덤에 묻히는 결말.

하지만 이런 무시무시한 생각들이 머릿속에서 질주하는 와중에도 고르디옙스키가 그동안 받은 훈련이 활동을 시작했다. KGB가 어떻게 돌아가는지 그는 잘 알고 있었다. 만약 K부가 그의 첩보 활동을 모조리 밝혀냈다면 그는 이렇게 집까지 오지도 못했을 것이다. 공항에서 체포되어 지금쯤 루뱐카의 지하 감방에 갇혀 있어야 했다. KGB는 모두를 염탐했다. 어쩌면 그의 아파트에 침입한 것도 일상적인 염탐에 불과한 것인지도 모른다. 만약 그가 의심의 대상이라

해도, 조사관들이 아직 증거를 충분히 모으지 못했음이 분명했다.

도덕적인 구속을 전혀 받지 않기 때문에 KGB는 역설적으로 법을 강렬히 따지는 조직이었다. 현재 고르디옙스키는 KGB 대령이었다. 반역이 의심된다는 이유만으로 구금할 수 있는 지위가 아니었다. 대령을 고문할 때는 엄격한 규칙을 지켜야 했다. 1936년부터 1938년까지 숙청이 자행되면서 무고한 사람이 너무나 많이 스러졌기 때문에, 그때의 그림자가 지금도 남아 있었다. 1985년 당시에는 먼저 정보를 모은 뒤 재판을 열어 정당한 절차를 통해 선고를 내려야 했다. KGB의 조사관 빅토르 부다노프는 마이클 베터니 사건 때 MI5가 했던 행동을 그대로 하고 있었다. 그것은 유능한 방첩 기관이라면 모두 하는 행동이기도 하다. 용의자를 감시하고 도청하면서 그가 실수를 저지르거나 담당관과 접촉할 때를 기다렸다가 덮치는 것. 차이점은 하나 있었다. 베터니는 자신이 감시받는다는 사실을 몰랐지만 고르디옙스키는 안다는 것. 적어도 고르디옙스키 본인이 생각하기에는 그랬다.

어쨌든 고르디옙스키는 아파트 안으로 들어가야 했다. 이 건물의 주민 중 한 명이 필요한 도구를 갖고 있는 KGB의 열쇠 전문가였다. 그는 열쇠를 잃어버린 이웃이자 같은 KGB 요원인 고르디옙스키를 흔쾌히 도와주었다. 안으로 들어간 뒤 고르디옙스키는 KGB가 다녀간 증거가 더 있는지 신중히 살펴보았다. 이곳에 도청 장치가 설치되었음은 의심의 여지가 없었다. 카메라도 어딘가에 심어 두었다면, 지금쯤 그들이 그의 행동을 꼼꼼히 감시하며 수상한 구석을 찾고 있을 터였다. 예를 들어 도청 장치를 찾으려고 하는 행동 같은 것. 이제부터 그는 자신이 하는 말이 한 마디도 남김없이 저들의 귀에 들어가고, 자신의 일거수일투족이 감시당하고, 모든 전화 통화가 녹음된다고 가정해야 했다. 하지만 아무 일도 없는 것처럼 행동하면서, 차분하고 태평하고 자신 있게 보여야 했다. 실제로는 전혀 그렇지 않은데도. 아파트는 깔끔해 보였다. 그는 약장 안에서 포일이 뚜껑처럼 덮여 있는 물티슈 상자를 발견했다. 누군가가 포일 봉인을 뚫고 손가락을 집어넣은 흔적이 있었다. 「레일라인지도 몰라.」 그는 혼자 중얼거렸다. 「저 구멍이 몇 년 전부터 있던 건지도 몰라.」 하지만 KGB 직원이 단서를 찾아 기웃거리다가 그 구멍을 뚫어 놓은 것일 수도 있었다. 고르디옙스키가 쓰는 침대 밑 상자 안에는 소련 검열관들이 선동적이라고 생각하는 저자들의 책이 있었다. 오웰, 솔제니친, 막시모프. 예전에 류비모프가 이런 책들을 책꽂이에 버젓이 꽂아 놓는 것은 위험한 일이라고 조언해 준 적이 있었다. 책 상자에는 누가 손을 대지 않은 것 같았다. 고르디옙스키는 책꽂이를 눈으로 훑다가 셰익스피어 소네트집이 아직 고스란히 꽂혀 있는 것을 보았다.

그는 상사인 니콜라이 그리빈의 집으로 전화를 걸었다. 그리빈의 목소리가 이상했다. 〈따스함도, 들뜬 기운도 전혀 없는 목소리였다.〉

그날 밤 고르디옙스키는 거의 잠을 이루지 못했다. 두려움과 의문들이 소용돌이쳤다. 「누가 나를 밀고했을까? KGB가 어디까지 알고 있는 거지?」

다음 날 아침 그는 중앙으로 향했다. 감시가 붙은 기색은 없었지만, 그것 자체만으로는 아무 의미도 없었다. 그리빈이 제3부에서 그를 맞아주었다. 평소와 거의 똑같이 행동했지만, 아주 똑같지는 않았다. 「준비를 시작하는 게 좋겠습니다.」 그리빈이 말했다. 「높은 분 두 사람이 당신을 불러 이야기를 나눌 겁니다.」 두 사람은 체브리코프와 크류치코프가 신임 런던 레지덴트에게 무엇을 물어볼지에 관해 산만한 대화를 나눴다. 고르디옙스키는 지시대로 영국의 경제, 대미 관계, 과학과 기술 발전 등에 대해 광범위한 자료를 준비해 가져왔다고 말했다. 그리빈은 고개를 끄덕였다.

한 시간 뒤 고르디옙스키는 이제 제1주요부의 차장이 된 빅토르 그루시코의 방으로 불려갔다. 평소 대단히 붙임성 있는 성격인 그루시코가 긴장한 기색으로 〈가차 없이 꼬치꼬치 질문을〉 던졌다.

「마이클 베터니는 어떻게 된 건가?」 그가 물었다. 「우리랑 진심으로 협력하고 싶어 했던 것 같은데. 그가 제2의 필비가 됐을지도 몰라.」

「물론 그는 진짜였습니다.」 고르디옙스키가 대답했다. 「필비보다 훨씬 더 나았을 겁니다. 훨씬 더 가치가 높았을 거예요.」 (터무니없는 과장이었다.)

「우리가 어쩌다 그런 실수를 한 건가?」 그루시코가 압박하듯 물었다. 「처음부터 진짜였어?」

「그런 것 같습니다. 국 동지는 왜 다르게 생각했는지 이해가 안 갑니다.」

잠시 침묵이 흐른 뒤 그루시코가 말을 이었다.

「국은 추방되었네. 하지만 국은 베터니에 대해 아무 일도 하지 않았어. 심지어 접촉도 하지 않았다고. 그런데 왜 국이 쫓겨난 건가?」

그루시코의 표정을 보니 고르디옙스키의 가슴이 덜컹 내려앉았다.

「국 동지의 실수는 항상 메르세데스 벤츠를 타고 돌아다니고, KGB에 대해 자랑하고, 장군 행세를 하며 지나치게 KGB 사람처럼 군 것인 듯합니다. 영국인들은 그걸 좋아하지 않았습니다.」

이 이야기는 여기서 끝났다.

몇 분 뒤 공항에서 고르디옙스키를 마중하는 일을 맡았던 장교가 그루시코에게 불려와 큰 소리로 질책당했다. 「어떻게 된 거야? 고르디옙스키를 만나서 집으로 데려갔어야지. 어디 있었어?」 그 직원은 공항에서 엉뚱한 곳에 가 있었다고 더듬더듬 대답했다. 마치 연기를 하는 것 같은 광경이었다. KGB가 공항에 도착한 고르디옙스키의 움직임을 추적하기 위해 일부러 마중할 사람을 보내지 않은 걸까?

고르디옙스키는 자신의 사무실로 돌아와 준비해 온 자료를 만지작거리며 KGB 높은 분의 부름을 기다렸다. 그런 부름이 온다면 그가 안전하다는 뜻이고, 방첩부에서 온 누군가가 그의 어깨를 두드린다면 그가 끝났다는 뜻이었다. 하지만 둘 다 오지 않았다. 그는 집으로 가서 또 고민 속에 저녁을 보내고, 두려운 상상을 하며 밤을 보냈다. 다음 날도 마찬가지였다. 두려운 마음만 아니라면 지루하다고 해도 될 일상이었다. 사흘째 되던 날 그리빈은 일찍 퇴근할 예정이라면서 자기 차로 바래다주겠다고 제의했다.

「내가 퇴근한 뒤에 부름이 오면 어쩝니까?」 고르디옙스키가 물었다.

「오늘 밤에 당신을 부르러 오지는 않을 겁니다.」 그리빈이 대답했다.

빗속에서 꽉 막힌 도로를 기어가듯 움직이는 차 안에서 고르디옙스키는 런던에서 해야 하는 중요한 일이 있다고 최대한 무심하게 말했다.

「내가 모스크바에 꼭 있어야 할 이유가 없다면 돌아가서 그 일을 하고 싶습니다. 곧 중요한 나토 회의가 있고, 의회도 1년을 마감하는 시기예요. 직원들에게 접촉자 관리에 대한 지침을 주어야⋯⋯.」

그리빈이 손사래를 쳤다. 조금 지나치게 가벼워 보였다. 「아이고, 무슨 소리! 사람들이 한 번에 한 달씩 자리를 비울 때가 얼마나 많은 데요. 절대 없어서는 안 되는 사람은 없습니다.」

다음 날도 소용돌이치는 내면과 연기하듯 꾸며 낸 겉모습이 섞여 똑같이 흘러갔다. 그다음 날도 마찬가지였다. 서로를 속이는 이상한 연극 속에서 고르디옙스키와 KGB는 모두 서로 보조를 맞추는 척하면서 상대가 발을 헛디디는 순간을 기다리고 있었다. 누구에게도 말할 수 없는 긴장감이 계속 이어졌다. 감시자가 붙은 것 같지는 않은데도, 고르디옙스키는 사방에, 모든 구석과 그림자 속에 눈과 귀가 있음을 육감으로 느꼈다. 빅 브라더가 그를 지켜보고 있었다. 아니, 정확하게 말하자면 버스 정류장에서 옆에 있던 남자가, 거리에서 마주친 이웃이, 사모바르[1]를 들고 로비에 있던 할머니가 그를 지켜보았다. 어쩌면 이 모든 것이 그의 상상일 수도 있었다. 아무 일 없이 며칠이 흐르자 고르디옙스키는 괜한 두려움을 품었던 건가 하는 생각이 들었다. 하지만 곧 그것이 아니라는 증거가 나타났다.

제3부의 복도에서 그는 제5부(불법 스파이망 담당)의 동료 보리스 보차로프와 우연히 마주쳤다. 「올레크, 영국에 무슨 일이 있는 거야? 왜 불법 스파이들을 전부 빼낸 거지?」 보차로프의 말에 올레크는 충격을 감추느라 애를 먹었다. 신분을 위장하고 깊숙이 침투한 스파이들을 빼내라는 명령의 의미는 하나뿐이었다. 영국의 스파이망이 손상되었음을 KGB가 알아차리고 다급히 해체 중이라는 것. 현금을 채운 벽돌의 수신자인 다리오는 런던에서 신분을 위장한 스파이로 일주일을 채 채우지 못했다. 그의 신원은 끝내 밝혀지지 않

1 러시아식 주전자 — 옮긴이주.

았다.

고르디옙스키의 책상에 〈그루시코 씨만 볼 것〉이라고 적힌 이상한 꾸러미가 놓여 있었다. 런던 레지덴투라에서 외교 행낭에 넣어 보낸 물건이었다. 현재 런던 레지덴트가 고르디옙스키이므로, 직원들은 그가 이 꾸러미를 먼저 받아 보아야 하는 사람이라는 논리적 결론을 내린 모양이었다. 손을 덜덜 떨면서 꾸러미를 흔들어 보니, 안에서 달각거리는 소리와 쇰쇠가 쨍쨍 부딪히는 소리가 들렸다. 그가 런던의 책상 위에 두고 온 가방임이 분명했다. 중요한 문서들이 들어 있는 가방. KGB가 증거를 모으고 있다는 뜻이었다. 침착해. 평소처럼 행동해. 그는 속으로 이렇게 자신을 타이르면서 꾸러미를 그루시코의 사무실로 전달한 뒤 자기 자리로 돌아왔다.

〈포격이 시작되는 소리를 들으면 군인들이 일종의 패닉 상태가 된다고 한다. 내 상태가 그러했다. 심지어 탈출 계획도 기억나지 않을 정도였다. 그러다 이런 생각이 들었다. 《어차피 그 계획은 믿을 만하지 않아. 그건 그냥 잊어버리고 목덜미에 총알이 박히는 순간이나 기다려야겠네.》 나는 완전히 굳어 버렸다.〉

그날 저녁 그는 켄싱턴의 아파트로 전화를 걸었다. 레일라가 전화를 받았다. 런던과 모스크바에서 모두 녹음 장치가 돌아가기 시작했다.

「애들은 유치원 잘 다녀?」 그가 분명한 발음으로 물었다.

레일라는 이상한 낌새를 전혀 느끼지 못하고, 아이들은 잘 지낸다고 대답했다. 고르디옙스키는 몇 분 동안 아내와 가벼운 이야기를 나누다가 전화를 끊었다.

그리빈이 온화한 사람인 척 굴면서, 자기 시골 별장으로 가서 주말을 함께 보내자고 고르디옙스키를 초대했다. 고르디옙스키가 실수로라도 뭔가 말을 흘릴 가능성이 있으니 반드시 그의 옆에 바짝 붙어 있으라는 지시를 받았음이 분명했다. 고르디옙스키는 모스크바로 돌아온 뒤 아직 어머니와 여동생 마리나도 만나러 가지 못했다며 정중하게 초대를 거절했다. 그리빈은 반드시 그와 만나야 한다고 고집을 피우면서 아내와 함께 그의 집으로 가겠다고 선언했다. 그들은 가짜 대리석 상판의 커피 탁자에 둘러앉아 몇 시간 동안 런던 생활에 대해 이야기를 나눴다. 아이들이 잘 자라고 있으며 영어를 모국어처럼 구사한다는 얘기였다. 그의 딸 마리아는 심지어 영어로 된 주기도문도 배웠다고 했다. 아무것도 모르는 사람의 귀에는, 고르디옙스키가 절친한 동료와 다정하게 차 한 잔을 마시면서 해외 근무의 즐거움을 이야기하며 딸들을 자랑하는 것처럼 들렸을지도 모른다. 하지만 실제로는 둘 다 인정하지 않는 가운데, 잔인한 심리적 주먹다짐이 벌어지고 있었다.

5월 27일 월요일 아침에 고르디옙스키는 수면 부족과 스트레스로 너덜너덜한 상태였다. 집을 나서기 전 그는 베로니카 프라이스가 준 각성제 한 알을 삼켰다. 학생들이 밤샘 공부를 할 때 정신을 차리려고 자주 사용하는 카페인 성분의 약으로, 처방전 없이도 살 수 있는 각성제였다. 중앙에 도착했을 때, 고르디옙스키는 피곤해서 곤두섰던 신경이 조금 가라앉아서 한결 상태가 좋았다.

그가 자리에 앉은 지 몇 분밖에 되지 않았을 때 전화벨이 울렸다. 부장의 사무실과 연결된 전용 전화였다.

희망이 조금 솟아올랐다. 오랫동안 기다리던 KGB 고위층과의 만남이 곧 성사되려나 싶었다. 「윗분들이십니까?」 그는 전화를 받아 빅토르 그루시코에게 이렇게 물었다.

「아직 아냐.」 그루시코가 덤덤하게 말했다. 「영국에 고위급 첩자를 침투시키는 문제에 관해 자네와 이야기하고 싶어 하는 사람이 두 명 있네.」그는 외부에서 만남이 이루어질 것이라면서, 자신도 함께 갈 것이라고 덧붙였다. 모두 대단히 이례적이었다.

두려움이 커진 고르디옙스키는 서류 가방을 책상 위에 두고 로비로 내려갔다. 잠시 뒤 그루시코가 나타나 길가에 세워 둔 자동차로 그를 데려갔다. 운전기사는 뒷문으로 휙 빠져나가 1.5킬로미터도 되지 않는 거리를 달린 뒤 담장이 높은 건물 단지 옆에 차를 세웠다. 제1주요부의 방문객과 손님을 위한 곳이었다. 그루시코는 친절하게 가벼운 수다를 떨면서 고르디옙스키를 작은 방갈로로 이끌었다. 쾌적해 보이는 건물 주위에 울타리가 둘러져 있고, 경비병은 없는 것 같았다. 벌써 날씨가 후텁지근했지만, 건물 내부는 시원하고 상쾌했다. 침실들을 지나니 길쭉한 중앙실이 나왔다. 가구가 많지는 않았지만 우아한 새것이었다. 문 앞에 서 있는 두 접대 직원은 50대 남자와 젊은 여자였다. 두 사람 모두 소련을 방문 중인 외국 귀빈을 대하듯이 고르디옙스키에게 지극히 정중한 인사를 건넸다.

자리에 앉은 뒤 그루시코가 병을 하나 꺼냈다. 「봐, 내가 아르메니아 브랜디를 좀 가져왔네.」그는 쾌활하게 말하고 나서, 잔 두 개에 술을 따랐다. 두 사람은 술을 마셨다. 접대 직원들이 샌드위치, 치즈, 햄, 붉은 연어 캐비어를 담은 큰 접시 하나와 앞접시를 놓아 주었다.

그 순간 두 남자가 방으로 들어왔다. 둘 다 고르디옙스키가 모르는 사람들이었다. 둘 중 나이가 많은 쪽은 어두운색 양복을 입었고, 술 담배를 많이 하는 사람 특유의 주름지고 거친 얼굴이었다. 젊은 남자는 키가 크고 길쭉한 얼굴에 이목구비가 뾰족뾰족했다. 두 사람 모두 웃음기가 없었다. 그루시코는 소개의 말도 없이, 두 사람이

〈영국에서 아주 중요한 첩자를 관리하는 방법에 대해 자네와 이야기를 나누고 싶어 한다〉는 말만 했다. 고르디옙스키의 불안감이 한 단계 더 높아졌다. 〈이런 생각이 들었다. 《말도 안 되는 소리. 영국에 중요한 첩자는 없어. 이런 자리를 만든 데에는 다른 이유가 있다.》〉 그루시코가 유쾌하게 말을 이었다. 「일단 음식부터 먹지.」 마치 회의를 겸한 점심을 쾌활하게 주재하는 사람 같았다. 남자 접대 직원이 브랜디를 잔에 또 따랐다. 나중에 들어온 두 남자가 잔을 쭉 비우자, 고르디옙스키도 그 뒤를 따랐다. 술이 한 병 더 나왔다. 또 다 같이 술을 따라 마셨다. 두 남자는 가벼운 잡담을 전혀 하지 않았다. 나이가 많은 쪽은 줄담배를 피웠다.

그러다 갑자기 현실이 환각 같은 꿈의 세계로 빠져드는 것 같은 느낌에 고르디옙스키는 충격을 받았다. 반만 깬 상태로 아주 멀리서 빛을 굴절시키고 일그러뜨리는 렌즈를 통해 자신의 모습을 지켜보고 있는 것 같았다.

고르디옙스키는 술에 모종의 자백제가 들어 있었음을 깨달았다. KGB가 만든 향정신성 약일 가능성이 높았다. SP-117이라고 불리는 이 약은 티오펜탈나트륨에 효과가 빠른 바르비투르산염 마취제를 섞은 것으로, 냄새도, 맛도, 색도 없었다. 마음속의 장벽을 없애 혀를 자유로이 놀리게 만드는 것이 이 약의 목적이었다. 접대 직원이 세 남자의 잔에는 첫 번째 병의 술을 따르고, 고르디옙스키의 잔에는 몰래 두 번째 병의 술을 따른 모양이었다.

두 남자 중 나이가 많은 쪽은 KGB의 내부 방첩 담당 부서인 K부를 이끄는 세르게이 골루베프 장군이었다. 젊은 남자는 KGB의 최고 조사관인 빅토르 부다노프 대령이었다.

두 사람이 질문을 던지기 시작하자 고르디옙스키는 자기도 모르는 사이에 대답을 내놓았다. 자기가 무슨 말을 하는지 의식이 흐릿했다. 그래도 뇌의 일부가 아직 깨어 있어서 스스로를 지키려고 했다. 〈정신 차려.〉 그는 속으로 되뇌었다. 지금 그는 약을 탄 술 때문에 몽롱해진 정신으로 식은땀과 두려움의 독기 속에서 목숨을 건 싸움을 하는 중이었다. KGB가 비밀을 캐내기 위해 고문 대신 약을 사용할 때가 가끔 있다는 말은 들었지만, 화학 물질이 이렇게 갑자기 신경계를 공격하는 상황에는 전혀 대비가 되어 있지 않았다.

고르디옙스키는 그 뒤 다섯 시간 동안 정확히 무슨 일이 있었는지 영원히 알지 못했다. 그래도 나중에 드문드문 기억이 떠오르기는 했다. 산산이 부서진 악몽 조각들이 희미하게 기억에 남아 있다가 약으로 인한 안개를 뚫고 조립되는 것 같았다. 갑자기 생생히 떠오르는 장면들, 뚝뚝 끊어진 대화 조각들, 거대하게 보이는 조사관들의 얼굴.

다른 사람도 아닌 킴 필비가, 즉 모스크바로 망명해 아직도 살아 있는 영국의 늙은 스파이가 그에게 도움이 되었다. 「절대 자백하지 마.」[2] 필비는 과거에 KGB 제자들에게 이렇게 조언했다. 약이 고르디옙스키의 정신을 장악하면서, 필비의 말이 되살아났다. 〈필비처럼 나도 모든 것을 부인했다. 부인하고, 부인하고, 부인했다. 본능이었다.〉

부다노프와 골루베프는 문학에 대해, 오웰과 솔제니친에 대해 이야기하고 싶은 것 같았다. 「왜 그런 반(反)소련 서적들을 잔뜩 갖고 있는 거지?」 그들이 다그치듯 물었다. 「너는 불법인 줄 알면서도 외교관 지위를 이용해서 고의로 그것들을 들여왔어.」

「아냐, 아냐.」 고르디옙스키의 귀에 자신의 목소리가 들렸다. 「정

2 Kim Philby, *My Silent War*.

치 정보 장교로서 나는 그런 책을 읽을 필요가 있었어. 거기서 필수적인 배경 지식을 얻었어.」

이때 갑자기 그의 옆에 그루시코가 나타났다. 환히 웃는 얼굴이었다. 「잘했네, 올레크! 정말 좋은 대화를 하고 있군. 계속해! 이 사람들에게 모두 말하게.」 그러고 나서 그는 다시 사라지고, 조사관 두 명이 또 그를 내려다보고 있었다.

「네가 영국 첩자라는 걸 안다. 네 죄를 확실히 입증하는 증거가 있어. 자백해! 프리즈나이샤!³」

「아냐! 난 자백할 것이 없어.」 땀에 흠뻑 젖은 채 늘어진 그의 의식이 오락가락했다.

부다노프가 말 안 듣는 아이를 달래는 듯한 목소리로 말했다. 「몇 분 전에 자백을 잘했잖아. 이제 그 말을 다시 해볼까? 네가 한 말을 확인하는 거야. 다시 자백해!」

「난 아무것도 안 했어.」 그는 물에 빠져 죽어 가는 사람이 지푸라기라도 잡듯이 자신의 거짓말을 부여잡고 애원했다.

도중에 벌떡 일어서서 화장실로 달려가 세면대에 속을 온통 게워 낸 기억도 났다. 두 접대 직원은 구석에서 고약한 표정으로 그를 노려보는 것 같았다. 정중한 태도는 온데간데없었다. 그는 물을 달라고 해서 게걸스레 마셨다. 셔츠 앞섶이 온통 물로 젖었다. 그루시코는 옆에 있는가 하면 또 사라져 보이지 않았다. 두 조사관은 그를 달래다가 비난하기를 번갈아 반복하는 것 같았다. 때로는 부드럽게 나무라기도 했다. 「공산주의자인 네가 어떻게 딸이 주기도문을 외울 줄 안다고 자랑할 수 있어?」 그러고는 곧바로 그를 함정에 빠뜨리려고 스파이들과 망명자들의 암호명을 줄줄 늘어놓았다. 「블라

3 자백하라는 뜻 — 옮긴이주.

디미르 베트로프는 어때?」 부다노프가 다그치듯 물었다. 프랑스 정보기관에 협력한 혐의로 1년 전 처형당한 KGB 장교의 이름이었다. 「그자를 어떻게 생각하지?」

「무슨 말인지 모르겠어.」 고르디옙스키가 말했다.

그때 골루베프가 자신의 카드를 내밀었다. 「코펜하겐에서 누가 널 포섭했는지 알아.」 그가 으르렁거렸다. 「리처드 브롬헤드지.」

「헛소리! 그렇지 않아.」

「네가 그자에 대한 보고서를 썼잖아.」

「당연하지. 그자와 한 번 만난 뒤 그 만남에 대한 보고서를 썼어. 하지만 그자는 나한테 별로 관심이 없었어. 원래 안 만나는 사람이 없는 자라…….」

부다노프는 방법을 바꿨다. 「네가 아내에게 건 전화가 영국 정보기관에 보내는 신호였다는 걸 알아. 인정해.」

「아냐.」 고르디옙스키는 고집스러웠다. 「그렇지 않아.」 부정하고, 부정하고, 부정하라.

두 조사관도 포기하려 하지 않았다. 「자백해! 이미 한번 자백했잖아. 다시 자백해!」

고르디옙스키는 의지력이 점점 약해지는 것을 느끼고 반항심을 화르르 불러내, 두 KGB 조사관에게 무고한 사람에게서 거짓 자백을 받아 내려는 스탈린의 비밀경찰보다 나을 것이 없다고 말했다.

브랜디를 처음 한 모금 마신 때로부터 다섯 시간 뒤, 방 안의 불빛이 갑자기 희미해지는 것 같았다. 죽을 것 같은 피로감이 고르디옙스키를 집어삼키면서 그의 고개가 뒤로 꺾이고, 그의 정신은 암흑 속으로 미끄러졌다.

고르디옙스키는 깨끗한 침대에서 깨어났다. 아침 햇빛이 창문으로 쏟아지고, 몸에 걸친 옷은 속셔츠와 팬티뿐이었다. 입안이 바짝 말랐다. 지끈거리는 두통은 지금까지 겪어 본 적이 없다고 해도 될 만큼 지독했다. 순간적으로 여기가 어디인지, 무슨 일이 있었던 건지 전혀 알 수 없었다. 하지만 천천히 조각조각 기억이 떠오르면서 그는 점점 경악했다. 전날의 사건 중 일부가 차츰 되살아났다. 침대에서 몸을 똑바로 일으키는데 구역질이 덮쳤다. 〈난 끝났어.〉 그는 속으로 생각했다. 〈저들이 모든 걸 알아.〉

하지만 이런 결론과는 반대로, KGB가 딱히 모든 걸 알지는 못하는 것 같다고 짐작하게 해주는 자명한 사실이 하나 있었다. 그가 아직 살아 있다는 것.

남성 접대 직원이 다시 굽실거리는 태도로 돌아와 커피를 들고 나타났다. 고르디옙스키는 커피를 몇 잔이나 계속 마셨다. 욱신거리는 두통에 계속 시달리면서, 문에 깔끔하게 걸려 있던 양복을 입고 구두끈을 매는데, 두 조사관이 다시 나타났다. 고르디옙스키는 마음의 각오를 다졌다. 커피에 약을 탔나? 약에 취해 몽롱한 상태로 다시 떨어지는 건가? 아니었다. 안개가 낀 것처럼 흐릿하던 머릿속이 시시각각 맑게 개는 듯했다.

두 조사관이 놀리듯이 그를 바라보았다.

「우리한테 아주 무례하게 굴었소, 고르디옙스키 동무.」 젊은 조사관이 말했다. 「우리더러 1937년 공포 시대의 정신을 되살린다고 비난했어요.」

부다노프는 뚱한 얼굴로 화를 내고 있었다. 스탈린 시대의 도살자보다 나을 것이 없다는 고르디옙스키의 비난이 법적 타당성을 중시하는 그를 건드린 모양이었다. 그는 자신이 법을 수호하는 조사관이며, 진실을 좇는 자이고, 거짓이 아니라 진실을 다루는 탐구자이지 심문관은 아니라고 생각했다. 「당신 말은 틀렸소, 고르디옙스키 동무. 내가 증명할 거요.」

고르디옙스키는 기가 막혔다. 조사관들이 사냥감을 궁지로 몰아넣고 이제 목숨을 끊어 버리려고 달려드는 사냥꾼처럼 의기양양하게 우쭐거릴 줄 알았는데. 하지만 그들은 속이 상한 것 같았다. 당황한 와중에도 고르디옙스키는 갑자기 머리가 맑아지는 느낌이었다. 동시에 작은 희망도 솟아났다. 두 조사관이 원하는 것을 얻어 내지 못했다는 깨달음 덕분이었다.

「내가 무례했다면 사과하겠소.」 그는 말을 더듬었다. 「기억이 나지 않지만.」

어색한 침묵이 흐르다가 부다노프가 다시 입을 열었다. 「당신을 집으로 데려다줄 차가 오고 있소.」

한 시간 뒤 고르디옙스키는 추레한 꼴을 하고 당혹스러운 기분으로 레닌스키 대로에 있는 아파트 앞에 서 있었다. 열쇠를 사무실 책상에 두고 왔기 때문에 이번에도 잠긴 문을 열 수 없어서 다시 이웃에 사는 열쇠장이의 도움을 얻었다. 오전 중반이었다. 고르디옙스키는 의자에 쓰러지듯 앉으면서도 감시당한다는 사실을 그 어느 때보다 분명히 의식했다. 그 상태로 전날 밤의 기억을 불러내려고 시도했다.

조사관들은 리처드 브롬헤드에 대해 알고 있는 것 같았다. 그가 레일라에게 건 전화가 영국 정보기관에 보내는 신호라는 사실도 깨달은 것 같았다. 하지만 그가 어디까지 첩보 활동을 했는지는 아직 완전히 모르고 있음이 분명했다. 고르디옙스키는 그들이 성난 목소리로 자백하라고 다그치는데도 자신이 고집스레 부정했을 것이라고 확신했다. 자백제가 제대로 작동하지 않았다. 아마 그가 그날 아침에 먹은 각성제 한 알이 티오펜탈나트륨의 효과를 충분히 상쇄한 모양이었다. 이건 그 약을 그에게 준 베로니카 프라이스도 전혀 짐작하지 못한 뜻밖의 부수 효과였다. 그래도 자신이 의심의 대상이 아닐 것이라는 희망은 이제 모두 사라졌다. KGB가 그를 뒤쫓고 있었다. 곧 조사관들이 다시 나타날 것이다.

약 기운이 점차 사라지면서 구역질은 없어졌지만, 대신 두려움이 계속 커졌다. 오후 중반쯤에는 긴장감을 더 이상 참을 수가 없었다. 그는 그루시코의 사무실로 전화를 걸어 평범한 목소리를 내려고 애썼다.

「제가 그 사람들에게 무례하게 굴었다면 미안한 일이지만, 아주 이상한 사람들이었습니다.」 그가 말했다.

「아냐, 아냐.」 그루시코가 말했다. 「아주 뛰어난 친구들이야.」

고르디옙스키는 그리빈에게도 전화를 걸었다.

「좀 이상한 일이 일어나서 몹시 걱정스럽습니다.」 그는 작은 방갈로로 끌려가 낯선 사람 둘을 만나고 의식을 잃은 과정을 설명했다. 심문에 대해서는 전혀 기억나지 않는 척했다.

「걱정 마세요.」 그리빈이 매끄럽게 거짓을 말했다. 「별로 중요한 일은 아닐 겁니다.」

런던에서 레일라는 남편에게서 왜 다시 전화가 걸려 오지 않는지 조금 의아해졌다. 그런데 그 이유를 설명해 줄 사람이 나타났다. 5월 28일 아침에 대사관 직원 한 명이 연락도 없이 아파트에 불쑥 나타나, 올레크가 심장에 가벼운 문제가 있어 좀 아팠다고 설명했다. 「심각한 건 아닙니다만, 아이들과 함께 즉시 모스크바로 돌아가셔야겠습니다. 대사관 운전기사가 모시러 올 겁니다. 레지덴트의 부인이시니 일등석을 이용하실 거예요. 곧 런던으로 다시 돌아올 테니 기내용 가방만 챙기시고요.」 레일라가 급히 짐을 싸는 동안 대사관 관리는 복도에서 기다렸다. 〈당연히 나는 올레크를 걱정했다. 괜찮다면 왜 직접 전화해서 그렇다고 말해 주지 않는 걸까? 이상한 일이었다.〉 심장에 생긴 문제가 대사관 직원이 말한 것보다 더 심각한 것인지도 모른다는 생각이 들었다. 아이들은 모스크바로 깜짝 휴가를 가게 됐다며 좋아했다. 건물 정문 앞에서 기다리고 있는 그들 앞에 대사관 차량이 섰다.

거의 한숨도 자지 못하고 밤을 보낸 뒤 고르디옙스키는 옷을 입고, 각성제 두 알을 먹고, 중앙으로 향했다. 오늘이 마지막 날이 될지도 모른다는 사실을 알면서도, 겉으로는 평범하게 출근하는 사람처럼 굴었다. 그가 책상 앞에 앉은 지 몇 분밖에 안 됐을 때 전화벨이 울렸다. 다시 그루시코의 방으로 오라는 연락이었다.

그 방의 육중한 책상 뒤에 KGB 법정이 준비되어 있었다. 그루시코 양편에 각각 돌처럼 굳은 얼굴의 그리빈과 K부 부장 골루베프가 앉아 있었다. 고르디옙스키에게는 누구도 의자에 앉으라는 말을 하지 않았다.

이때부터 훌륭한 첩보극 한 편이 펼쳐졌다.

「네가 오랫동안 우리를 기만해 왔다는 걸 우리는 잘 알고 있다.」 그루시코가 선고를 내리는 판사처럼 단언했다. 「하지만 우리는 널 KGB 안에 남겨 두기로 결정했지. 너의 런던 근무는 끝났다. 비(非)작전 부서로 널 옮길 것이다. 밀린 휴가가 있다면 다 써라. 네 집에 있는 반(反)소련 서적들을 제1주요부 도서관으로 가져와야 한다.

명심해라. 앞으로 며칠 동안, 그리고 영원히 런던에는 전화할 수 없다.」

그루시코는 잠시 쉬었다가, 거의 음모를 꾸미는 것 같은 말투로 말을 이었다. 「우리에게 네 이야기를 해준 정보원이 얼마나 이례적인지 너도 알아야 하는 건데.」

고르디옙스키는 너무 놀라서 잠시 말을 잊었다. 지금 이 광경이 너무나 이상해서 그 자신도 뭔가 극적인 연기를 보여야 할 것 같았다. 그는 이미 느끼고 있는 당혹감을 두 배로 과장해서 드러냈다. 「월요일에 있었던 일은 정말 유감입니다. 술에 문제가 있었던 것 같습니다. 아니면 음식이거나……. 제가 심각한 상태였습니다. 몸이 정말 안 좋았어요.」

조사관 골루베프가 이 말을 듣고 퍼뜩 정신을 차린 사람처럼 단언하는 모습이 현실 같지 않았다. 「헛소리. 음식에는 아무 문제 없었어. 맛있기만 했지. 연어알이 들어간 샌드위치는 훌륭했고, 햄이 들어간 것도 마찬가지였다.」

고르디옙스키는 또 환각을 보는 건가 싶었다. 반역을 저질렀다고 그를 비난하는 자리에서 수석 조사관은 KGB 샌드위치의 품질을 옹호하고 있었다.

고르디옙스키는 그루시코에게 말했다. 「빅토르 표도로비치, 제가 오랫동안 여러분을 속였다고 말씀하셨는데, 그게 무슨 소리인지 정말 모르겠습니다. 하지만 장교이자 신사로서 어떤 결정이든 따르겠습니다.」

그리고 나서 그는 부당한 의심을 받아 상처받은 심정과 명예로운 군인 같은 태도를 있는 대로 드러내며 돌아서서 씩씩하게 밖으로 나갔다.

자기 자리로 돌아오고 나니, 머리가 빙빙 도는 것 같았다. 적국의 정보기관에 협력했다는 비난이라니, 그것보다 훨씬 덜한 일을 저지른 KGB 장교들도 총살당한 적이 있었다. 그런데 저들은 그를 계속 직원으로 남겨 두겠다면서 휴가를 쓰라고 말했다.

잠시 뒤 그리빈이 들어왔다. 그루시코의 방에서 그 기괴한 일이 벌어지는 동안 그리빈은 한 마디도 하지 않았다. 그가 슬픈 얼굴로 고르디옙스키를 바라보았다.

「내가 무슨 말을 할 수 있을까요?」

고르디옙스키는 이것이 함정임을 간파했다.

「콜랴, 이게 다 무슨 일인지 모르겠습니다만, 내가 당 지도자들을 비판하는 걸 누가 엿들은 것 같습니다. 거대한 음모가 진행 중인 것 같아요.」

「그런 거라면 오죽 좋겠습니까.」 그리빈이 말했다. 「당신의 경솔한 말이 마이크에 녹음됐을 뿐이라면 좋을 텐데. 하지만 그보다는 훨씬, 훨씬 더 심각한 일인 것 같습니다.」

고르디옙스키는 다시 당황한 표정을 지었다. 「내가 무슨 말을 할 수 있겠습니까?」

그리빈이 그를 강렬하게 바라보았다. 「모든 걸 철학적으로 받아들여요.」 사형 선고처럼 들리는 말이었다.

아파트로 돌아온 뒤 고르디옙스키는 낮에 있었던 일을 해석해 보았다. KGB는 자비를 베푸는 취미가 없었다. 그들이 진실을 손톱만큼만 안다 해도 그는 죽은 목숨이었다. 하지만 그가 아직 루뱐카 지하실로 끌려가지 않은 것을 보면, 조사관들이 결정적인 증거를 확보하지 못했음이 분명했다. 〈KGB가 아는 것과 모르는 것이 무엇인지 알 수 없었지만, 내가 사실상 사형 선고를 받은 상태임은 분명했다. 비록 그 선고가 추가 조사 때까지 중지된 상태이기는 해도.〉

KGB는 장기적인 게임을 계획하고 있었다. 〈그들이 날 데리고 놀기로 한 거야. 고양이가 쥐를 가지고 놀듯이.〉 그는 속으로 생각했다. 고양이는 한참 놀다가 싫증이 나면 쥐에게 겁을 줘서 지레 죽게 만들거나 직접 쥐를 죽인다.

빅토르 부다노프는 아직 고르디옙스키의 범죄를 입증하지 못했다. 고르디옙스키는 베로니카의 각성제가 자신의 목숨을 구했다고 믿었다. 하지만 심문 도중 그가 조사관들을 스탈린의 도살자와 비교하며 도전적인 말을 던진 덕분에 아직 살아 있는 것 같기도 했다. 부다노프는 그 말을 듣고 화를 냈다. 그에게는 증거가 필요했다. 그는 고르디옙스키가 안전해졌다고 착각하게 해놓고 계속 그를 감시할 것이다. 마침내 그가 입을 가볍게 놀리거나, 자백하거나, MI6에 연락하려 할 때까지. 그 순간 부다노프가 그를 덮칠 것이다. 서두를 필요는 없었다. 고르디옙스키가 도움을 청할 수 있는 곳이 어디에도 없었으니까. 첩자로 의심받는 자가 KGB의 감시를 받으면서 소련을 탈출한 적은 한 번도 없었다. 평소 같으면 제7부의 감시 요원들이 용의자를 미행했겠지만, 이번 경우에는 제1주요부의 팀을 투입하기로 결정되었다. 그루시코의 강력한 주장 때문이었다. 그는 이것이 자기 부서의 문제니까 해결도 자기 부서에서 해야 하며, 부서 외부의 사람들이 이 일을 모르면 모를수록 더 좋다고(다른 것도 있지만 그루시코의 인사 고과 면에서도) 말했다. 고르디옙스키가 얼굴을 알아볼 수 있는 사람들을 감시자로 붙일 수는 없었으므로, 중국 담당 부서의 감시 팀에 그 일을 맡겼다. 그들에게 용의자가 정확히 누구인지 그의 혐의가 무엇인지는 알려 주지 않고, 그저 그를 미행하면서 그의 움직임을 보고하고 그를 절대 시야에서 놓치지 말라고만 지시해 두었다. 고르디옙스키의 가족이 모스크바로 돌아오면 그가 도망치려 할 가능성이 훨씬 줄어들 터였다. 레일라와 두 딸을 인질로 잡을 수 있으니까. KGB는 낮에 고르디옙스키의 아파트에 다시 들어가서 신발과 옷에 방사성 가루를 또 뿌려 두었다. 육안으로는 보이지 않지만 특수 안경을 쓰면 볼 수 있는 가루였다. 개조한 방사능 측정기로도 추적이 가능했다. 고르디옙스키가 어디에 가든 방사성 흔적이 남는다는 뜻이었다.

부다노프는 자백제가 제대로 작동하지 않은 것에 실망했다. 비록 고르디옙스키는 심문 중에 자신이 무슨 말을 했는지 전혀 기억하지 못하는 것 같았지만. 어쨌든 조사는 계획대로 진행되고 있었다.

런던의 녹턴 팀은 이때쯤 깊이 걱정하고 있었다. 〈길고 긴 2주였다.〉 사이먼 브라운은 이렇게 말했다. MI5는 고르디옙스키가 모스크바에서 아내에게 전화를 걸었지만 대화가 온전히 녹음되지 않았고, 도청하던 사람들도 고르디옙스키가 딸의 유치원 생활에 대한 중요한 말을 했는지 확인하는 데 실패했다고 알려 왔다. 고르디옙스키가 문제가 생겼다는 신호를 보낸 걸까? 〈확실한 결론을 내릴 수 있는 증거가 부족했다.〉 MI5 도청 팀과 연락을 맡은 선임 MI6 요원은 고르디옙스키가 보낸 경고를 어떻게 놓칠 수 있었느냐는 질문에 호라티우스의 시를 인용했다. Indignor quandoque bonus dormitat Homerus. 흔히 〈심지어 호메로스도 꾸벅거린다〉고 번역되는 구절이다. 아무리 고도의 훈련을 받은 전문가라도 잠깐 눈을 붙이다가 잡힐 수 있다는 뜻이다.

곧 강력한 일격이 날아왔다. 보안국은 레일라와 두 딸이 모스크바행 비행기표를 예매했다고 보고했다. 〈그 말을 듣고 내 피가 차갑게 식었다.〉 브라운은 이렇게 회상했다. 고르디옙스키 가족의 갑작스러운 소환에는 한 가지 의미밖에 없었다. 그가 KGB의 손에 있고, 영국이 끼어들기는 불가능하다는 것. 〈그들이 소련으로 돌아가지 못하게 막는다면, 그것은 곧 고르디엡스키의 사형 선고였다.〉

다급한 전문이 MI6 모스크바 지부로 날아갔다. 핌리코 작전 활성화를 대비해서 최고 경계 상태를 유지하라는 내용이었다. 그러나 런던의 팀 분위기는 몹시 비관적이었다. 고르디엡스키 작전은 이미 끝났다는 생각이 만연했다. 〈가족을 모스크바로 불러들이는 것을 보니, 고르디엡스키는 이미 체포되었다는 확신이 들었다. 탈출 가능성은 몹시 희박했다.〉 고르디엡스키가 첩자임이 발각되었다. 어떻게? 뭐가 잘못된 거지?

브라운은 이렇게 회상했다. 〈끔찍한 시간이었다. 녹턴 팀 전체가 충격을 받았다. 나는 사무실로 들어가지 않았다. 모두들 좀비처럼 돌아다니고 있어서. 시간이 흐르면서 나는 일이 엉망진창으로 잘못되었고 올레크는 이미 죽었다고 마음을 굳혔다.〉

모든 MI6 요원 중에서 고르디엡스키와 감정적으로 가장 가까운 사람은 베로니카 프라이스였다. 1978년부터 그를 보호하는 것이 그녀의 가장 중요한 임무였고, 그 임무에 대한 생각이 매일 머릿속을 가득 채웠다. 겉으로는 여전히 씩씩하게 업무를 처리했지만, 속으로는 깊이 걱정하고 있었다. 〈우리가 최선을 다해 계획을 세웠다고 생각했다. 이제 모스크바 지부 사람들이 나서 줄 차례였다.〉 프라이스는 걱정만 하지 않았다. 그녀가 특별히 책임져야 하는 사람이 사라졌지만, 그를 찾아내서 구출할 수 있을 것이라는 자신감이 있었다.

프라이스는 초여름 소련-핀란드 국경의 모기떼가 사납다는 말을 들었다. 그래서 모기 쫓는 약을 샀다.

MI6 모스크바 지부장은 나중에 백작이 된 로이 애스콧 자작이었다. 아마 영국이 만들어 낸 스파이 중 가장 귀족적인 사람일 것이다. 그의 증조부는 영국 총리를 지냈다. 그에게 이름을 물려준 친할아버지는 학자 겸 법률가였으며, 당대의 가장 총명한 사람 중 한 명이었으나 제1차 세계 대전 때 목숨을 잃었다. 2대 백작인 그의 아버지는 식민지 행정가였다. 사람들은 귀족 혈통 앞에서 아부를 떨거나 아예 그 혈통을 무시해 버리고, 우아한 행동거지는 스파이 활동을 훌륭하게 가려 준다. 애스콧 자작은 뛰어난 실력을 지닌 스파이였다. 1980년 MI6에 들어온 그는 러시아어를 배워 1983년 서른한 살 때 모스크바에 배치되었다.

애스콧과 그의 아내 캐럴라인은 영국을 떠나기 전 핌리코에 대한 브리핑을 들었다. 요원들의 아내는 MI6 지부의 무급 추가 직원으로 간주되었으므로, 필요한 경우 그들에게도 고급 기밀을 공유했다. 건축가의 딸인 캐럴라인 애스콧 자작 부인은 박학하고, 상상력이 뛰어나고, 언제나 흔들림 없이 신중한 사람이었다. 애스콧 부부는 고르디옙스키의 사진으로 그의 얼굴을 익히고, 스치는 접선과 탈출 계획을 실행하는 연습을 했다. 베로니카 프라이스가 그들을 직접 만나, 고르디옙스키의 이름은 밝히지 않은 채 그가 어떤 사람인지, 어디서 그를 찾을 수 있을지, 그가 어떤 일을 했는지 설명해 주었다. 모두가 그를 핌리코라고 불렀다. 〈베로니카는 존 르 카레의 소설에서 그대로 빠져나온 사람 같았다. 특유의 얼굴, 습관, 태도로 그녀는 그를 아주 간단히 영웅으로 묘사했다. 그를 완벽히 우러러보면서, 뭔가 독특한 사람으로 생각하고 있었다. 그녀는 우리에게 이렇게 말했다. 「핌리코는 정말로 대단한 사람입니다.」〉

애스콧 부부는 모스크바에서 근무하는 2년 동안 자동차로 헬싱키를 여러 차례 오갔다. 탈출로와 접선 지점을 미리 익혀 두기 위해 서였다. 모스크바에 그 탈출 계획을 아는 사람은 딱 다섯 명뿐이었 다. 애스콧 부부, 곧 애스콧의 뒤를 이어 지부장이 될 노련한 요원이 자 부지부장인 아서 지와 그의 아내 레이철, MI6 사무원인 바이얼 릿 채프먼. 다섯 명 모두 쿠투좁스키 대로에 있는 외국인 단지에 살 았다. 매달 그들 중 한 명이 중앙 시장으로 가서 세이프웨이 봉지를 든 남자가 있는지 살펴보았다. 고르디옙스키가 휴가를 위해 귀국할 때마다, 그리고 그 시기를 전후해서 여러 주 동안에는 그들 중 한 명 이 매일 저녁 비가 오나 눈이 오나 대로 맞은편의 빵집 앞을 확인했 다. 확인하러 나가는 순서는 일부러 불규칙하게 짰다. 바이얼릿은 자기 아파트 밖의 계단에서 신호 장소를 볼 수 있었다. 애스콧과 지 는 걸어서 그 장소를 확인하거나, 차를 몰고 집으로 돌아가는 길에 확인했다. 〈순서를 짤 때 상당한 상상력을 발휘해야 했다. 일정한 패턴이 쌓이면, 틀림없이 우리를 감시하고 도청하는 사람들 눈에 띌 수 있었다. 이 작전을 위해 우리가 인위적으로 만들어 낸 대화와 인위적으로 끊어 버린 대화가 얼마나 될지 상상이 갈 것이다.〉 그들 은 언제든 고르디옙스키가 보내는 신호를 알아보았다는 신호를 보 낼 수 있게 초콜릿을 가지고 다녔다. 〈오래된 초코바들이 우리 외투 주머니, 가방, 자동차 글러브 박스에 대량으로 쌓였다.〉 애스콧은 평생 킷캣 초코바라면 질색하게 되었다.

애스콧은 탈출 계획을 완전히 외우고 있었지만, 그리 중요하게 생각하지는 않았다. 〈복잡한 계획이었지만, 그 모든 것이 얼마나 보 잘것없는지 우리는 잘 알고 있었다. 그 일이 실제로 일어날 것 같지 않았다.〉 핌리코 작전은 최대 네 명까지 탈출시킬 수 있었다. 어른 두 명과 여자아이 두 명. 애스콧도 여섯 살이 안 된 세 자녀를 키우는 처지였는데, 자동차 뒷좌석에 조용히 앉아 있게 하는 것만도 만만치 않은 일이었다. 그런데 아이들을 자동차 트렁크에 구겨 넣는다면 과연 어떻게 반응할지 생각도 할 수 없었다. 그 첩자가 감시를 따돌리고 국경까지 오는 게 가능할 것 같지는 않지만, 설사 정말로 국경까지 오더라도 MI6 요원들이 KGB의 감시를 피해 접선 장소까지 가는 데 성공할 가능성은 0에 가깝다는 것이 그의 계산이었다.

〈KGB는 우리의 모든 것을 감시했다.〉 외교관들의 아파트에는 도청 장치가 설치되어 있었다. 자동차와 전화기도 마찬가지였다. KGB는 아예 한 층 위의 아파트를 차지했다. 〈매일 저녁 그들이 적십자 상자에 테이프를 넣어 들고 나오는 것을 볼 수 있었다. 위층에 앉아 우리 말을 녹음한 테이프였다.〉 여러 군데에 카메라가 숨겨져 있을 가능성도 아주 높았다. 캐럴라인이 장을 보러 갈 때마다 KGB 차량 세 대가 기다리고 있었다. 애스콧에게 따라붙는 감시자는 때로 무려 다섯 명이나 되었다. MI6 요원으로 의심되는 사람의 자동차에는 고르디옙스키의 신발과 옷에 뿌린 것과 똑같은 방사성 가루가 뿌려졌다. 만약 그들이 영국 첩자로 의심하는 사람의 옷에서 그 가루가 발견된다면, 그건 곧 양측이 접촉했다는 증거였다. KGB는 때로 첩자로 의심되는 사람의 신발에 화학적인 냄새를 뿌려 두기도 했다. 사람은 맡을 수 없지만 개는 쉽게 추적할 수 있는 냄새였다. MI6 요원들은 모두 필요할 때 가루나 냄새가 뿌려지지 않은 신발로 갈아 신기 위해 똑같은 신발을 두 켤레씩 갖고 있었다. 대사관 지부 사무실에는 비닐봉지로 단단히 봉인해 둔 신발이 한 켤레 더 있었다. 이것을 〈개 방지용〉 신발이라고 불렀다. 집에서 부부가 중요한 이야기를 전달하려면, 침대에서 이불을 덮어쓰고 메모를 써서 교환해야 했다. 보통은 물에 녹는 잉크를 넣은 만년필로 화장지에 메모를 적은 뒤, 메모를 변기에 넣고 물을 내렸다. 〈우리는 항상 감시당했다. 언제 어디서든 프라이버시는 거의 존재하지 않았다. 기운이 빠지고 스트레스가 심했다.〉 심지어 대사관 안에서도 도청 걱정 없이 대화할 수 있는 곳은 지하의 〈안전 회의실〉뿐이었다. 〈텅 빈 공간 안에서 소음에 에워싸인 이동식 사무실 같은 곳〉이었다.

템포의 변화가 처음으로 감지된 때는 5월 20일 월요일이었다. 핌리코가 최고 경계 상태로 발령되었다는 전문이 날아온 날. 〈뭔가가 잘못됐다는 느낌이 들었다.〉 애스콧은 이렇게 썼다. 〈우리는 그런 느낌을 무시하려고 했지만, 지난 3년과는 대조적으로 매일 밤 그것이 현실이 될 수 있음을 느꼈다.〉 2주가 지난 뒤, 레일라가 딸들을 데리고 런던을 떠났을 때 본부에서는 신호 장소를 더욱더 주의 깊게 지켜보라는 메시지를 보냈다. 〈그 전문에는《걱정할 것 없다》고 적혀 있었다. 따라서 걱정할 것이 있음이 분명했다.〉 애스콧은 이렇게 회상했다.

고르디옙스키는 공항에서 아내와 딸들을 마중했다. KGB도 공항에 나와 기다리고 있었다. 레일라는 기분이 좋았다. 아에로플로트 직원 한 명이 런던에서 레일라와 아이들을 비행기까지 안내해 주었고, 모스크바에서도 역시 직원이 나와 일등석에 앉은 그들이 밖으로 나올 때까지 동행했다. 눈 깜짝할 사이에 그들은 입국 심사 줄의 맨 앞에 서 있었다. 레지덴트의 아내라서 이런 특권을 누리는 것 같았다. 레일라는 도착 출구 앞에서 기다리는 고르디옙스키를 보고 마음이 놓였다. 「다행이야. 무사해.」 그녀는 속으로 생각했다.

그러나 고르디옙스키의 수척한 얼굴과 귀신이라도 본 것 같은 표정을 보니 생각이 바뀌었다. 〈스트레스와 긴장 때문에 얼굴이 말이 아니었다.〉 차 안에서 그는 이렇게 설명했다. 「큰 문제가 생겼어. 우린 영국으로 돌아갈 수 없어.」

레일라는 깜짝 놀랐다. 「아니, 왜요?」

고르디엡스키는 깊이 숨을 한 번 쉬고 거짓말을 했다.

「날 잡아넣으려는 음모가 있어. 사람들이 혀를 마구 놀리고 있지만 나는 무고해. 막후에서 나를 겨냥한 음모가 꾸며지고 있어. 내가 레지덴트로 임명됐기 때문에, 그게 좋은 자리라서 원하는 사람이 아주 많기 때문에, 몇몇 사람이 날 잡으려고 나섰어. 지금 내 상황이 아주 힘들어. 나에 대해 어떤 말을 들어도 믿지 마. 난 아무 죄도 없으니까. 난 정직한 요원이고, 소련 국민이고, 충성스러운 사람이야.」

레일라는 KGB 가정에서 자랐으므로, 중앙에서 소용돌이치는 악의적인 뒷공론과 음모에 대해 잘 알고 있었다. 그녀의 남편은 조직 내에서 아주 빠르게 높은 자리까지 올라갔으니, 못된 동료들이 시기심에 그를 잡으려고 나서는 건 당연한 일이었다. 처음에 느낀 충격이 지나가자 레일라의 낙천적인 기질이 다시 고개를 들었다. 〈나는 현실적이고 실용적인 사람이다. 가끔은 지나치게 순진한지도 모르겠다. 나는 그냥 그 상황을 받아들였다. 그의 아내니까.〉 그를 노린 음모는 결국 가라앉을 것이고, 그의 직장 생활도 다시 원래 궤도로 돌아올 것이다. 예전에 그랬던 것처럼. 그러니 위기가 지나갈 때까지 긴장을 풀고 기다리면 될 것 같았다. 모든 일이 잘 풀릴 것이다.

레일라는 공항에서부터 뒤를 따라오는 KGB 차량을 알아차리지 못했다. 고르디엡스키도 굳이 그 차의 존재를 알려 주지 않았다.

그는 외교관 여권을 반납하라는 지시가 내려왔다는 사실, 무기한 휴가 상태라는 사실도 아내에게 말하지 않았다. 서방의 책들이 들어 있는 상자를 압수당했다는 사실도, 반(反)소련 서적을 소지했다고 시인하는 문서에 서명하라는 지시를 받았다는 사실도 말하지 않았다. 숨겨진 마이크와 레일라를 위해서 그는 연극을 계속하며, 자신을 노린 음모가 부당하고 근거도 없다는 불평을 큰 소리로 늘어놓았다. 「KGB 대령을 이런 식으로 취급하다니 말도 안 돼.」 레일라는 그의 동료들이 이제 그와 눈을 마주치지 않는다는 사실, 그가 하루 종일 텅 빈 책상 앞에 앉아 있다는 사실을 몰랐다. 그는 아파트에 도청 장치가 되어 있다거나, 24시간 KGB의 감시를 받고 있다는 말을 아내에게 하지 않았다. 그는 그녀에게 아무것도 말해 주지 않았고, 그녀는 그를 믿었다.

그래도 레일라는 남편이 심리적으로 심한 스트레스를 받고 있음을 알 수 있었다. 얼굴이 형편없었으며, 충혈된 눈은 공허했다. 그는 매일 밤 쿠바산 럼주를 멍해질 때까지 마셔야만 잠들 수 있었다. 날뛰는 신경을 가라앉히려고 심지어 흡연도 시작했다. 2주 만에 그는 몸무게가 6.3킬로그램이나 빠졌다. 레일라가 가족들과 잘 아는 사이인 의사에게 그를 억지로 데려갔더니, 의사는 그의 몸에 청진기를 대보고 충격을 받았다. 「무슨 일이에요?」 의사가 다그치듯 물었다. 「심장 박동이 불규칙해요. 겁에 질렸잖아요. 뭐가 그렇게 무서운 거예요?」 의사는 진정제를 처방해 주었다. 〈남편은 우리에 갇힌 짐승 같았다.〉 레일라는 이렇게 회상했다. 〈그를 진정시키는 것이 내 역할이었다. 「난 당신의 반석이에요. 걱정 마요. 원한다면 술을 마셔도 돼요. 난 괜찮으니까.」 나는 이렇게 말했다.〉

밤이면 고르디옙스키는 럼주에 흠뻑 취한 머리로 공황 상태에 빠져 자신의 제한적인 선택지를 곱씹었다. 레일라에게 말해야 할까?

MI6에 연락해 볼까? 탈출 계획에 시동을 걸어 도망치려 해도 될까? 만약 도망친다면 레일라와 아이들도 데려가야 하나? 하지만 그는 자백제를 동원한 심문에서 무사히 빠져나왔고, 아직 체포되지도 않았다. KGB가 정말로 뒷걸음을 치고 있는 걸까? 그를 잡아들일 증거를 그들이 아직 확보하지 못했다면, 탈출 시도는 어리석고 조급한 선택이 될 것이다. 그는 어떤 결론도 내리지 못한 채 기진맥진한 상태로 잠에서 깨곤 했다. 머리가 지끈거리고 심장이 벌렁거렸다.

좀 쉬어야 한다고 그를 설득한 사람은 어머니였다. KGB의 일원으로서 누릴 수 있는 많은 특권 중에는 여러 온천과 휴양 센터 이용 권한이 있었다. 그런 곳 중에서도 가장 이용하기 어려운 곳이 세묘놉스코예에 있는 휴양소였다. 모스크바에서 남쪽으로 약 96킬로미터 떨어진 이곳은 1971년 안드로포프 KGB 국장이 〈공산당과 소련 정부 지도자들의 휴식과 치료〉[4]를 위해 지은 곳이었다. KGB 당국은 여전히 변한 것은 하나도 없다는 연기를 지속하며, 고르디옙스키에게 온천에서 2주간 머물러도 좋다는 허가를 내주었다.

떠나기 전 그는 오랜 친구인 미하일 류비모프에게 전화를 걸었다. 과거 KGB 코펜하겐 지부장이었던 그는 현재 글 쓰는 일을 직업으로 삼으려고 애쓰는 중이었다. 「돌아왔어요. 영구 귀국인 것 같습니다.」 고르디옙스키는 〈고르지 않은〉 목소리로 말했다. 두 사람은 만날 약속을 했다. 〈그의 몰골을 보고 나는 완전히 기가 막혔다.〉 류비모프는 이렇게 썼다. 〈죽은 사람처럼 창백하고, 신경이 곤두서서 움직임이 호들갑스럽고, 말의 내용은 혼란스러웠다. 그는 솔제니친 등 몇몇 망명자의 책이 자신의 런던 집에서 발견되었으며, 레지덴투라 내에서 자신과 사이가 안 좋은 사람들이 그 사실을 보고했다

---

4 『뉴욕 타임스』, 1993년 2월 8일 자.

는 말로 상황을 설명했다. 모스크바로 돌아와 보니 그 일이 아주 심각하게 부풀려져 있었다고.〉 언제나 활기가 넘치는 류비모프는 그의 기운을 북돋우려고 했다. 「잊어버려. 이참에 KGB를 그만두고 책을 쓰는 건 어때? 항상 역사에 관심이 있었잖아. 머리도 좋고.」 하지만 고르디옙스키에게는 무슨 말도 먹히지 않는 것 같았다. 그는 보드카만 내리 마셔 댔다(〈새로운 현상이었다〉). 류비모프는 이렇게 적었다. 〈나는 그가 KGB 내에서 술을 마시지 않는 소수파에 속한다고 항상 생각했다.〉 고르디옙스키는 〈신경계를 수리하러〉 휴양소에 갈 거라고 말하고는 모스크바의 밤거리로 휘청휘청 사라졌다. 류비모프는 오랜 친구의 상태가 너무 걱정스러워서 니콜라이 그리빈에게 전화를 걸었다. 그는 그리빈과 여전히 좋은 사이를 유지하고 있었다. 「올레크한테 무슨 일이 생긴 건가? 옛날의 올레크가 아니던데. 도대체 무슨 일 때문에 사람이 이 지경이 된 거야?」 그리빈은 〈세묘놉스코예의 KGB 휴양소에 대해 뭐라고 중얼거렸다. 실적을 내지 못한 레지덴트가 치유될 수 있는 곳이라고〉. 그러고 나서 그는 이렇게 덧붙였다. 「곧 그리로 가게 될 겁니다.」 그는 전화를 끊었다.

출발 날짜가 다가오자 고르디옙스키는 결정을 내렸다. 휴양소로 떠나기 전 중앙 시장으로 나가 메시지를 전달해야 한다는 신호를 보내기로. 그곳에서 돌아온 뒤, 지금으로부터 세 번째 일요일에 스치는 접선 장소인 성 바실리 성당에 들르면 될 것이다. MI6에 어떤 메시지를 보낼지는 아직 결정하지 않았다. 그냥 자신이 미치기 전에 그쪽과 접촉해야 한다는 확신이 있을 뿐이었다.

한편 KGB 조사관들은 그를 지켜보면서 그의 파일을 샅샅이 훑고, 그와 함께 일한 적이 있는 사람들을 모조리 면담했다. 그의 유죄를 입증해 그의 운명을 결정해 버릴 단서를 찾아내기 위해서였다.

부다노프는 참을성을 가져야 한다고 마음을 다졌다. 하지만 오래 기다릴 필요가 없었다.

1985년 6월 13일, 올드리치 에임스는 첩보 역사에서 가장 화려한 축에 속하는 반역 행위를 저질렀다. 무려 스물다섯 명이나 되는 서방 정보기관 첩자들의 이름을 소련에 알려 준 것이다.

KGB에서 처음 돈을 받은 뒤 한 달 동안 에임스는 잔인할 정도로 논리적인 결론에 이르렀다. 소련 정보기관 내에서 활약하는 CIA의 수많은 첩자 중 누가 그의 꿍꿍이를 알게 되면 그의 정체를 폭로해 버릴 것이라는 결론이었다. 따라서 그가 스스로를 보호하는 유일한 방법은 자신을 밀고할 가능성이 있는 모든 첩자의 신원을 KGB에 알려 주는 것뿐이었다. 그러면 소련이 그들을 모조리 잡아들여 처형해 버릴 것이다. 〈그러면 나한테 위협이 되지 않겠지.〉 에임스는 자신이 이름을 알려 준 모든 사람에게 사실상 사형 선고를 내렸음을 알고 있었다. 하지만 자신이 안전해지는 길, 그리고 부자가 되는 길은 그것뿐이었다.

〈나의 6월 13일 명단에 있는 사람들은 모두 자신이 위험한 일을 한다는 사실을 알고 있었다. 만약 그들 중 한 명이라도 내 존재를 알아차린다면 CIA에 그 사실을 알릴 것이고, 나는 체포되어 교도소에 갇힐 것이다. (……) 개인적인 감정은 없었다. 그냥 그 바닥이 원래 그런 곳이었다.〉

그날 오후 에임스는 조지타운의 인기 있는 식당인 채드윅스에서 세르게이 추바힌을 만나 쇼핑백에 넣어 가져온 3킬로그램 남짓의 정보 보고서를 건넸다. 그가 지난 몇 주 동안 수집한 엄청난 양의 기밀들이었다. 이 자료는 나중에 〈대형 쓰레기〉라는 아름답지 못한 이름을 얻게 된다. 기밀 전문, 내부 메모, 첩자 보고서, 〈미국을 위해 일하는 소련의 중요 정보 요원 전원의 신원을 밝힌 첩보 백과사전, 일종의 인명사전〉이 그 가방 안에 있었다. 영국을 위해 일하는 첩자 한 명, 에임스가 추바힌을 처음 만난 날 거의 확신을 갖고 암시했던 그 사람의 이름도 있었다. CIA가 석 달 전 찾아내서 티클이라는 암호명을 붙인 MI6 스파이의 이름 올레크 고르디옙스키. 버턴 거버는 에임스가 그 이름을 〈우연히〉 알아냈다고 주장했다. 오래지 않아 소련과에서 거버의 부관이 된 밀턴 비어든은 에임스가 직접 조사해서 그 이름을 알아냈다고 주장한다.

에임스의 정보 노다지는 신속히 모스크바에 전달되었고, 곧 엄청난 청소 작업이 시작되었다. 에임스가 신원을 밝힌 스파이 중 적어도 열 명이 KGB의 손에 사라졌고, 100건이 넘는 정보 작전이 위태로워졌다. 대형 쓰레기를 전달하고 얼마 되지 않아 에임스는 추바힌을 통해 모스크바의 메시지를 받았다. 「축하합니다. 이제 백만장자가 됐습니다!」

이건 부다노프가 그동안 기다리던 증거였다. 고르디옙스키의 반역을 분명히 밝혀 주는 증거가 CIA에서 곧바로 날아온 셈이었다. 그래도 KGB는 당장 달려들지 않았다. 그 이유는 지금도 분명히 알 수 없지만, 안심과 부주의, 그리고 지나친 포부가 어우러진 결과였다고 보는 것이 가장 맞을 듯하다. 방첩부는 에임스가 알려 준 20여 명의 스파이를 잡아들이느라 여념이 없었고, 부다노프는 고르디옙스키가 MI6와 접촉하는 현장을 붙잡아 영국에 최대한 망신을 주고 싶다는 생각을 여전히 버리지 못했다.

어쨌든 그는 항상 감시하에 있었으므로 탈출이 불가능했다.

1985년 6월 15일, 그달의 셋째 토요일 아침에 고르디옙스키는 세이프웨이 봉지를 들고 집을 나섰다. 머리에는 덴마크에서 가져온 회색 가죽 모자를 썼고, 옷은 회색 바지였다. 그는 가장 가까운 쇼핑가까지 500미터를 걸어가면서 뒤를 돌아보며 미행을 확인하는 짓을 하지 않으려고 애썼다. 그것이 감시를 따돌리는 첫 번째 법칙이었다. 그가 23년 전 101 학교에서 배운 것들이 되살아나고 있었다. 그는 약국에 들어가 진열대를 살피는 척하면서 무심하게 진열창으로 밖을 내다보았다. 그다음 행선지는 2층에 있는 저축 은행이었다. 도중에 계단에서 거리를 내다볼 수 있었다. 그다음에는 분주한 식료품점으로 갔다. 거기서 나온 뒤에는 두 아파트 건물 사이의 길고 좁은 골목을 걷다가 모퉁이에서 방향을 꺾어 한쪽 건물 안으로 들어간 다음, 공동 계단으로 두 개 층을 올라가 거리를 살폈다. 감시자는 보이지 않았지만, 그것이 곧 감시가 없다는 뜻은 아니었다. 그는 계속 걷다가 버스에 올라 몇 정거장 뒤에 내렸다. 그리고 택시를 잡아타서 여동생 마리나가 얼마 전에 결혼한 남편과 함께 사는 아파트까지 에둘러 가는 길을 택했다. 그는 중앙 계단을 올라가 여동생의 아파트 문을 노크하지도 않고 그냥 지나쳐 뒷계단으로 내려와서, 느긋하게 지하철역으로 들어가 동쪽으로 가는 열차에 올랐다. 그러나 곧 열차에서 내려 플랫폼을 건너가서 다시 서쪽으로 가는 열차를 탔다. 그렇게 해서 마침내 중앙 시장에 도착했다.

오전 11시, 그는 시계탑 아래에 자리를 잡고 친구를 기다리는 척했다. 토요일 오전이라 장을 보러 나온 사람들로 혼잡했지만, 해로즈 백화점 쇼핑백을 든 사람은 보이지 않았다. 10분 뒤 그는 자리를 떴다. 앞으로 세 번째 돌아오는 일요일에 성 바실리 성당에서 스치는 접선을 해야 한다는 그의 신호를 MI6 요원이 알아차렸을까? 앞으로 2주 뒤에야 그 답을 알 수 있을 터였다.

이틀 뒤 고르디옙스키는 소련에서 가장 호화로운 공식 휴양지 중한 곳에서 로파스나야강을 굽어보는 널찍한 방에 있었다. 하지만그 방에는 그 혼자만 있는 게 아니었다. 그의 룸메이트인 60대 중반의 남자는 계속 그를 졸졸 따라다녔다. 손님들 중에 감시를 위해 심어 놓은 스파이와 끄나풀이 아주 많은 것은 확실했다. 고르디옙스키는 세이프웨이 봉지를 가방 안에 챙겨 왔다. 탈출 신호인 그 봉지를 두고 오기 싫다는 미신적인 마음이 어느 정도 작용했지만, 실용적인 목적도 있었다. 서둘러 신호 장소로 가야 하는 일이 생길지도모르니까. 어느 날 오후 그는 룸메이트가 그 귀한 봉지를 조사하는광경과 맞닥뜨렸다. 「왜 외국 비닐봉지를 갖고 있나?」 그가 물었다.고르디옙스키는 봉지를 낚아채듯이 빼앗아 왔다. 「상점에 살 만한물건이 언제 나올지 알 수 없잖소.」 그는 이렇게 쏘아붙였다.

다음 날 숲에서 달리기를 하던 그는 덤불 속에 숨은 감시자를 발견했다. 감시자들은 재빨리 돌아서서 소변을 보는 척했다. 세묘놉스코예 휴양소는 사실 아주 편안한 교도소였다. 이곳에서 KGB는고르디옙스키를 계속 감시하면서 그가 긴장을 풀 때를 기다릴 수있었다.

휴양소에는 지도책이 많은 훌륭한 도서실이 있었다. 고르디옙스키는 소련과 핀란드 사이 국경 지대의 지도를 은밀히 찾아내서 지리를 외우려고 애썼다. 체력을 기르기 위해 매일 달리기도 했다. 탈출에 대해 생각하면 할수록 비현실적으로 보였다. 두려움에 머리가멍하니 마비되는 와중에 그는 서서히 결론에 이르렀다. 「대안이 없어. 여기서 나가지 않으면 죽을 거야. 난 지금 휴가를 온 시체나 마찬가지야.」

참조

고르디옙스키의 당시 마음 상태에 대해서는 류비모프의 회고록 『불한당 레지덴트의 기록』과 『내가 사랑하고 싫어한 스파이들』을 참고할 것.

13
드라이클리닝

고르디옙스키는 세묘놉스코예 휴양소에서 휴식을 취했으나 두려움을 안고 돌아왔다. 하지만 반드시 탈출하겠다는 결심도 단단했다. 소련으로 돌아온 뒤 처음이었다. 먼저 그는 성 바실리 성당에서 스치는 접선을 할 때 메모를 전달해 KGB에 쫓기고 있다는 사실을 영국의 친구들에게 알릴 생각이었다. 그다음에는 핌리코 탈출 신호를 날린 뒤 도망칠 것이다. 성공 가능성은 희박했다. 만약 MI6 내부의 첩자가 그의 신원을 알린 것이라면, KGB가 도망치는 그를 잡으려고 기다리고 있을 터였다. 그가 바로 이렇게 움직일 것을 그들이 예상하고 함정을 준비 중인지도 몰랐다. 하지만 죽을 때 죽더라도, 감시와 의심이라는 지옥의 거미줄에 붙잡혀 조사관들이 먼저 움직이기를 기다리느니 시도라도 해보는 편이 나았다.

자신의 목숨을 거는 것은 그래도 쉽게 결정할 수 있었다. 하지만 가족은 어떻게 해야 할까? 레일라와 딸들을 데려가야 하나, 아니면 두고 가야 하나? 10년 동안 첩보원으로 일하면서 그는 어려운 결정을 수없이 내렸지만, 이번만큼 고통스러운 결정은 없었다. 가족에 대한 신의와 신중함, 생존과 사랑 중에 하나를 택해야 했다.

그는 이제 다섯 살, 세 살이 된 딸들을 자기도 모르게 열심히 살 펴면서 기억 속에 그 모습을 새겨 두려고 했다. 이제 마샤라는 이름 으로 불리는 마리아는 활동적이고 똑똑했으며, 아버지처럼 운동 능 력이 뛰어났다. 통통한 안나는 동물과 곤충에 잔뜩 흘려 있었다. 밤 이면 아이들이 침대에서 영어로 떠드는 소리가 들렸다. 「난 여기 싫 어.」 마샤가 동생에게 말했다. 「우리 런던으로 돌아가자.」 그가 탈출 할 때 감히 저 아이들을 데려갈 수 있을까? 레일라는 남편에게 깊은 고민이 있음을 느꼈으나 그 원인은 모른 채, 올레크가 직장 문제로 일종의 위기를 겪고 있는 것 같다고 시어머니에게 말했다. 언제나 실용적인 사람인 올가 고르디옙스키는 며느리에게 사소한 일들, 간 단한 집안일과 자동차 수리 등으로 그의 신경을 분산시키라고 며느 리에게 조언했다. 레일라는 남편에게 설명을 요구하며 압박을 가하 지도 않고, 술을 많이 마신다고 잔소리하지도 않았다. 하지만 속으 로는 깊이 걱정하고 있었다. 사랑하는 남편이 말할 수 없는 문제로 지옥을 겪고 있음을 그녀가 본능적으로 느끼는 것 같다는 점, 그리 고 부드럽게 배려하는 태도 때문에 고르디옙스키는 곧 결정을 내려 야 하는 순간을 앞두고 더욱더 견디기가 힘들었다.

탈출 계획에 레일라와 아이들을 포함시킨다면 실패 확률이 급격 히 높아졌다. 고르디옙스키는 감시를 피하는 훈련을 받았지만 가족 들은 아니었다. 4인 가족은 혼자 여행하는 독신 남자보다 훨씬 더 눈에 띄었다. 또한 아무리 진정제를 많이 투여하더라도 딸들이 자 동차 트렁크 안에서 깨어날 가능성이 있었다. 그러면 그 안에서 울 거나 질식할지도 모르고, 무엇보다 겁에 질릴 것은 분명했다. 탈출 하다 붙잡힌다면 아무 죄도 없는 레일라까지 간첩 활동의 공범으로 몰릴 터였다. 심문을 당하고 구금 생활을 하거나 그보다 더 심한 일을 당할 수도 있다는 뜻이었다. 주변 사람들에게 따돌림을 당할 것은 확실했다. 딸들도 천민 같은 처지가 될 터였다. 그는 이 길을 직접 선택했지만 가족들은 아니었다. 그가 무슨 권리로 가족을 그런 위험에 노출시키겠는가? 고르디옙스키는 퉁명스러운 아버지이자 요구 많은 남편이었지만 가족에 대한 애정만은 넘칠 정도로 많았다. 가족을 버린다는 생각만 해도 너무나 괴로워서 그는 숨을 쉴 수 없었다. 실제로 몸이 아파 와서 허리를 반으로 접을 정도였다. 만약 그가 어찌어찌 탈출에 성공한다면, 영국이 크렘린을 설득해 가족을 서방으로 데려올 수 있을지도 몰랐다. 스파이 교환은 냉전 시대의 확실한 계산법 중 일부였다. 하지만 이것이 실제로 가능할지 장담할 수 없고, 가능하더라도 시간이 오래 걸릴 수 있었다. 위험을 무릅쓰고 결과가 어떻게 되든 가족이 함께 탈출하는 편이 더 나을 것 같기도 했다. 그러면 최소한 성공하든 실패하든 가족은 함께일 테니까.

하지만 이런 생각 속으로 미심쩍은 느낌이 꿈틀꿈틀 스며들었다. 스파이들은 신뢰를 거래하는 사람들이다. 평생 스파이로 살아온 고르디옙스키는 의리, 의심, 신념, 믿음을 감지하는 요령이 생겼다. 그는 레일라를 사랑했지만 전적으로 믿지는 않았다. 마음속 한구석에서는 그녀를 두려워하고 있었다.

KGB 장군의 딸이며 어려서부터 선전 선동에 흠뻑 젖은 레일라는 아무런 의문도 품지 않고 소련에 충성하는 국민이었다. 서방 생활을 경험하며 즐거워하기는 했으나, 올레크처럼 그 생활에 완전히 푹 빠진 적은 한 번도 없었다. 그녀는 결혼 생활의 신의보다 정치적 책임을 우선할 사람인가? 전체주의 문화에서는 개인적인 안녕보다 사회의 이익을 우선하는 것이 장려된다. 나치 독일에서 공산 국가 소련, 크메르 루주 시대의 캄보디아, 현재의 북한에 이르기까지 공익을 위해 자신과 가장 가까운 사람까지도 기꺼이 배신하는 태도는 헌신적인 애국심과 이념적 순수성의 궁극적인 표시였다. 만약 고르디옙스키가 레일라에게 사실을 털어놓는다면, 그녀는 그와 관계를 끊을까? 탈출 계획을 말하고 함께 가자고 하면, 그녀는 거절할까? 그를 비난할까? 고르디옙스키가 아내의 사랑이 공산주의 이념보다 더 강한지 아니면 그 반대인지 확신하지 못했다는 사실은 이념과 정치가 인간의 본능을 얼마나 망가뜨릴 수 있는지를 잘 보여 준다. 그는 리트머스 시험을 시도했다.

어느 날 저녁 마이크가 소리를 잡아내지 못하는 아파트 발코니에서 그는 KGB의 고전적인 〈미끼〉로 아내의 충성심을 가늠해 보려고 시도했다.

「런던 생활이 즐거웠지?」 그가 말했다.

레일라는 런던에서 마법 같은 시간을 보냈다고 말했다. 에지웨어 로드의 중동식 카페, 공원, 음악이 벌써 그립다는 말도 했다.

그는 대화를 밀어붙였다. 「아이들이 영국 학교에 다녔으면 좋겠다고 했잖아.」

레일라는 남편이 왜 이런 이야기를 꺼낸 건지 궁금해하면서 고개를 끄덕였다.

「여기에 나를 적대시하는 사람들이 있어. 우리는 두 번 다시 런던으로 돌아가지 못할 거야. 하지만 나한테 생각이 하나 있는데, 휴가 때 아제르바이잔으로 가서 당신 가족들을 만날 수는 있어. 그때 산을 살짝 넘어서 튀르키예로 들어가는 거야. 그렇게 도망쳐서 영국으로 돌아가는 거지. 어때, 레일라? 우리 도망칠까?」

아제르바이잔과 튀르키예의 국경은 약 18킬로미터 길이의 좁은 지역으로, 단단히 무장한 군대가 지키고 있었다. 물론 고르디옙스키는 그 국경을 실제로 넘을 생각이 없었다. 이건 시험일 뿐이었다. 〈나는 아내의 반응을 가늠해 보고 싶었다.〉 만약 아내가 동의한다면, 그녀 역시 어느 정도까지는 소련의 법에 반항하며 함께 도망칠 용의가 있다는 징후였다. 그렇다면 아내에게 핌리코 계획을 말해 주고, 자신이 왜 탈출해야 하는지 진실을 밝힐 수 있을 터였다. 하지만 아내가 탈출을 거부한다면, 그가 사라진 뒤 심문당할 때 그의 탈출로에 대해 잘못된 단서를 제공해서 사냥꾼들을 아제르바이잔과 튀르키예의 국경으로 보내는 결과를 낳을 수 있었다.

레일라는 헛소리하지 말라는 듯이 남편을 바라보았다. 「바보 같은 소리 마요.」

그는 재빨리 화제를 바꿨다. 그의 마음속 깊은 곳에서 무서운 확신이 뿌리를 내렸다. 〈가슴이 너무 아파서 그 일에 대해서는 더 이상 생각조차 할 수 없었다.〉 이제 아내를 믿을 수 없게 되었으므로, 계속 그녀를 속이는 수밖에 없었다.

이 결론이 어쩌면 틀렸을 수도 있다. 세월이 흐른 뒤 레일라는 만약 그때 탈출 계획에 대해 알았다면 당국에 알렸겠느냐는 질문에 이렇게 대답했다. 〈그 사람이 탈출하게 했을 것이다. 올레크는 자신이 도덕적이라고 생각하는 결정을 내렸으므로, 그것만으로도 존경받을 자격이 있다. 좋든 나쁘든 그는 자신의 인생에 대한 결정을 내렸다. 그것이 꼭 필요한 일이라고 생각했기 때문에. 그의 목숨이 위험하다는 사실을 알았다면, 내 영혼은 그를 죽음의 길로 보내는 죄를 감당하지 못했을 것이다.〉[1] 하지만 그녀 자신이 탈출 시도에 동

1 이고르 포메란체프와의 라디오 인터뷰, 「라디오 리버티」, 2015년 9월 7일 자 방송.

참했을지에 대해서는 대답하지 않았다. 그날 아파트 발코니에서 그는 아내에게 다시 말했다. 「음모가 있어. 내가 레지던트로 임명된 걸 사람들이 심하게 질투하거든. 만약 나한테 무슨 일이 생기거든 누가 무슨 말을 해도 믿지 마. 나는 긍지 높은 소련 장교이고, 아무 잘못도 하지 않았어.」 그녀는 이 말을 믿었다.

고르디옙스키는 자기 성찰에 빠지는 편이 아니었지만, 밤에 레일라가 옆에서 평온하게 자고 있을 때면 자신이 어떤 사람으로 변해 버린 건지, 이런 이중생활이 〈정서적 발달을 크게 저해한〉 건지 생각에 빠졌다. 그는 자신이 사실은 어떤 사람인지 레일라에게 한 번도 말하지 않았다. 〈이건 필연적으로 우리가 평범한 부부처럼 가까워지지 못했다는 뜻이었다. 나는 항상 나의 생활에서 가장 핵심적인 부분을 아내에게 숨겼다. 배우자를 지적으로 기만하는 것이 육체적 기만보다 더 잔인한가, 아니면 덜 잔인한가? 누가 대답할 수 있을까?〉

하지만 그의 마음은 정해졌다. 〈내게 무엇보다 중요한 일은 내 목숨을 구하는 것이었다.〉 그는 혼자 탈출을 시도하기로 했다. 그러면 적어도 레일라는 KGB에 자신이 아무것도 몰랐다고 정직하게 말할 수 있을 것이다.

가족을 두고 떠나기로 한 것은 엄청난 자기희생이거나 자기 보호를 위한 이기적인 행동일 수 있었다. 어쩌면 둘 다일 수도 있었다. 그는 선택의 여지가 없다고 속으로 되뇌었다. 무서운 선택을 할 수밖에 없는 상황에서 우리 모두가 속으로 되뇌는 말이다.

이제 연로한 KGB 장군인 레일라의 아버지는 아제르바이잔 카스피해 바닷가에 별장을 갖고 있었다. 레일라가 어린 시절 휴가를 보내던 곳이었다. 고르디옙스키와 레일라는 그녀가 아이들을 데리고 아제르바이잔의 그 별장으로 가서 친정 식구들과 함께 긴 여름휴가를 보내기로 결정했다. 마샤와 안나는 할아버지의 별장에서 한 달 동안 수영도 하고 햇빛 속에서 놀이도 할 생각에 들떴다.

가족과 헤어지는 것이 고르디옙스키에게는 괴롭기 그지없었다. 레일라와 딸들이 이 헤어짐의 의미를 전혀 모른다는 사실도 적잖은 영향을 미쳤다. 그의 인생에서 가장 슬픈 일이 분주한 슈퍼마켓 입구에서 평범하게 서두르는 분위기 속에 이루어졌다. 레일라는 남쪽으로 가는 기차 여행에 필요한 옷가지와 뒤늦게 생각난 물건들을 사러 빨리 가야 한다는 생각에 정신이 팔려 있었다. 아이들은 그가 안아 주기도 전에 벌써 상점 안으로 사라져 버렸다. 레일라는 그의 뺨에 재빨리 입을 맞추고 기분 좋게 손을 흔들었다. 「조금만 더 다정하게 해주지.」 그는 반쯤은 혼잣말로 이렇게 말했다. 곧 가족을 버릴 남자의 불평이었다. 이렇게 헤어지면 잘해야 무기한 이별이 될 것이고, 최악의 상황에는 그가 체포되어 불명예 속에 처형될 수도 있었다. 레일라는 그의 말을 듣지 못했다. 딸들의 뒤를 쫓아 북적거리는 상점 안으로 사라지면서 뒤도 한 번 돌아보지 않았다. 그의 심장이 조금 부서졌다.

6월 30일 일요일, 세 시간 동안의 드라이클리닝으로 기진맥진한 상태지만 긴장감에 뻣뻣이 굳은 몸으로 고르디옙스키는 붉은 광장에 도착했다. 놀러 나온 소련 사람들이 광장에 가득했다.

레닌 박물관에서 그는 지하 화장실의 한 칸으로 들어가 문을 잠그고, 주머니에서 펜과 봉투를 꺼냈다. 그리고 덜덜 떨리는 손으로 봉투를 열어 대문자로 다음과 같이 썼다.

강한 의심으로 심각한 문제. 최대한 빨리 탈출 필요. 방사성 가루와 자동차 사고 주의.

고르디옙스키는 자신의 몸에 그 가루가 뿌려져 있지 않은지 의심했다. KGB가 첩보 작전에 관련되었을 가능성이 있는 자동차를 일부러 박아 사람들을 밖으로 끌어내는 고약한 수법을 쓴다는 사실도 알고 있었다.

감시를 피하기 위한 마지막 조치로 그는 붉은 광장 한쪽 편에 길게 자리 잡은 거대한 백화점인 GUM으로 들어가 재빨리 움직였다. 한 판매대에서 다른 판매대로 이동하고, 계단을 올라갔다 내려오고, 이쪽 통로를 걷다가 저쪽 통로로 옮겨 갔다. 영락없이 백화점에 나와 신이 났지만 어떤 물건을 살지 도무지 결정을 내리지 못하는 우유부단한 사람의 모습이었다. 하지만 누군가는 미행을 따돌리려고 애쓰는 사람 같다는 생각을 했을지도 모른다.

그는 스치는 접선 계획에 문제가 하나 있다는 사실을 그제야 알아차렸다. 머리에 쓴 모자로 상대에게 자신을 알리기로 되어 있는데, 성 바실리 성당 안에서 남자들은 모자를 쓸 수 없었다(소련에서 종교는 금지되어 있었지만, 종교를 존중하는 행동들은 이상하게도 계속 유지되었다). 그러나 잠시 후 오후 3시가 되기 몇 분 전에 넓디넓은 성당 안으로 들어서자 계획의 사소한 문제를 깨닫고 놀란 것이 무색해졌다. 계단 쪽으로 가보니 길이 막혀 있고, 그 옆에 커다란 공고문이 붙어 있었다. 〈내부 수리로 위층 폐쇄.〉

계단에서 메시지를 전달해야 하는데, 계단 앞에 테이프가 둘러져 있었다. 당혹스러움과 두려움 때문에 셔츠가 땀으로 흠뻑 젖은 채 그는 주위를 두리번거리며 성당의 내부 장식에 감탄하는 척했다.

속으로는 이런 상황에서도 회색 옷을 입은 부인이 계속 이곳에 남아 있을지 궁금했다. 많은 사람 가운데 그가 찾는 사람의 특징과 부합하는 인물은 하나도 없었다. 사람들이 그를 마주 빤히 바라보는 것 같았다. 지하철을 타고 돌아오면서 그는 주머니 안의 봉투를 공들여 갈기갈기 찢은 다음, 한 조각씩 입에 넣고 흐물흐물해질 때까지 씹어서 차례로 뱉었다. 집을 나선 지 세 시간 만에 다시 집으로 돌아온 그는 거의 절망하고 있었다. KGB 감시 팀이 언제 그를 놓쳤다가 다시 찾았는지, 아니 놓친 적이 있기는 한 건지 알 수 없었다.

스치는 접선은 실패했다. 그가 6월 15일 중앙 시장에서 날린 신호를 모스크바의 MI6 팀이 포착하지 못한 것 같았다.

이유는 간단했다. MI6는 성 바실리 성당의 꼭대기 층이 수리 때문에 폐쇄되었다는 사실을 이미 알고 있었다. 〈우리는 그가 중앙 시장에서 신호를 날리기 전에 성 바실리를 확인해 보고 이 방법은 안 되겠다는 사실을 알아차릴 것이라는 가정을 바탕으로 작업할 수밖에 없었다.〉

세월이 흐른 뒤 애스콧은 그때 신호를 놓친 것이 축복이었다고 회상했다. 〈천만다행이었다. 붉은 광장에는 KGB가 가득해서 스치는 접선에 전혀 맞지 않았다. 나는 그곳에서 만나는 것을 금지하려고 했다. 만났다면 붙잡혔을 것이다.〉

KGB는 가만히 기다리며 계속 지켜보았다.

런던의 MI6는 자기들의 첩자가 어떻게 됐을지 상상해 보면서, 희망을 점점 잃었다.

그들은 탈출 신호를 보내는 장소를 계속 확인했다. 매일 저녁 7시 30분이면 애스콧이나 지나 사무원 바이얼릿이 그 빵집 앞으로 갔다. 자동차로 그 앞을 통과할 때도 있고(연락 시각이 그들의 평범한 퇴근 시간에 맞춰 편리하게 정해져 있었다), 걸어서 지날 때도 있었다. 그러면서 다 먹지도 못할 만큼 엄청난 양의 빵을 샀다. 만약 누구라도 세이프웨이 봉지를 든 남자를 보면, 애스콧에게 연락해서 테니스와 관련된 메시지를 남기기로 미리 약속이 되어 있었다. 그 메시지가 바로 픔리코 작전이 시작되었다는 신호였다.

시내 반대편에서 고르디옙스키는 자기 인생이 어쩌다 여기까지 오게 되었는지 모르겠다고 생각했다. 이제 곧 가족을 버릴 예정인 인민의 적. 술을 지나치게 마시고, 처방받은 진정제를 꿀꺽꿀꺽 삼키고, 아무래도 자살 행위가 될 가능성이 높은 계획을 시작할 용기를 내려고 애쓰는 상황. 그가 다시 미하일 류비모프를 만나러 갔을 때, 류비모프는 그의 행동이 크게 변한 것을 보고 또다시 충격을 받았다. 〈지난번보다도 훨씬 더 안 좋아 보였다. 서류 가방에서 수출용 스톨리치나야를 한 병 꺼냈는데, 이미 마개를 따서 마신 흔적이 있었다. 그는 떨리는 손으로 그 술을 잔에 따랐다.〉 마음이 아파진 류비모프는 그에게 즈베니고로드에 있는 자기 별장에 같이 가자고 권유했다. 「수다나 떨면서 좀 쉬자고.」 류비모프가 보기에는 이 오랜 친구가 금방이라도 자살할 것 같았다.

잔뜩 지쳐서 만취한 채 아파트로 돌아온 고르디옙스키의 머릿속에서 의문들이 마구 날아다녔다. 스치는 접선이 왜 실패했지? MI6가 날 버린 건가? KGB는 왜 아직도 날 가지고 노는 거지? 누가 내 정체를 알렸을까? 내가 도망칠 수는 있을까?

윌리엄 셰익스피어는 살면서 겪는 문제 대부분에 답을 내놓았다. 영어권의 가장 위대한 작가인 그는 『햄릿』에서 인생이 내민 도전이 압도적으로 보일 때 운명과 용기의 본질에 대해 숙고했다. 〈슬픔이 올 때는 스파이 하나가 아니라 대부대로 온다.〉[2]

1985년 7월 15일 월요일, 올레크 고르디옙스키는 자신이 갖고 있는 셰익스피어 소네트집에 손을 뻗었다. 그는 부엌 개수대에 옷을 한 아름 쌓아 두고 물에 흠뻑 적신 다음, 책을 그 아래의 비눗물 속에 슬쩍 밀어 넣었다. 10분 뒤 책이 흠뻑 젖었다.

아파트에서 그가 비밀 카메라를 걱정하지 않아도 되는 유일한 장소는 복도 옆의 작은 방뿐이었다. 그곳에서 촛불을 하나 켜놓고 고르디옙스키는 젖은 책의 면지를 벗겨, 그 안의 얇은 셀로판지를 꺼내서 탈출을 위한 지시 사항을 읽었다. 〈파리〉에서 〈마르세유〉까지 기차로, 이동 거리, 836킬로미터 표지판. 만약 그가 다음 날인 화요일에 신호를 날리고 상대가 그것을 받는다면, 토요일에 그들을 만날 수 있었다. 이 지시 사항들이 아주 친숙하게 느껴져서 마음이 놓였다. 그는 흠뻑 젖은 소네트집을 쓰레기 투입구에 넣었다. 그리고 그날 밤 잠자리에 들면서 협탁의 작은 쟁반에 놓인 신문 밑에 셀로판지를 놓아두었다. 그 옆에는 성냥 한 상자가 있었다. 설사 그날 밤에 KGB가 쳐들어오더라도, 그 증거를 파괴할 시간이 있을 것이다.

다음 날인 7월 16일 화요일 아침에 그는 복도 옆의 어두운 작은 방에서 탈출 계획을 마지막으로 한 번 더 읽은 다음, 셀로판지에 불을 붙여 그것이 매캐한 섬광을 내며 타오르는 모습을 지켜보았다. 전화벨이 울렸다. 레일라의 아버지이자 은퇴한 KGB 장군인 알리 알리예프였다. 그는 사위가 직장에서 어려움을 겪고 있다는 것을 알고 있었다. 딸이 아이들과 함께 별장으로 가면서 아버지에게 남편을 부탁한 것도 있었다. 「저녁 7시에 식사하러 오게.」 알리예프가 말했다. 「내가 마늘을 넣은 닭 요리를 맛있게 해주지.」

2 윌리엄 셰익스피어, 『햄릿』, 박우수 옮김(파주: 열린책들, 2010), 제4막 제5장. 〈불행이 닥쳐올 땐 혼자가 아니라 무더기로 오는 법이오.〉

고르디옙스키는 재빨리 머리를 굴렸다. 7시라면 탈출 계획 신호를 보내는 시각과 일치했다. 만약 그가 이 초대를 거절한다면 전화를 도청하고 있는 KGB 요원들은 수상쩍게 생각할 것이다. 만약 그가 초대를 받아들인다면, 그들은 그가 7시에 도시 외곽인 다빗코바의 장인 집에 가 있는 줄 알 것이다. 즉 운이 따른다면 그 시각에 쿠투좁스키 대로의 신호 장소로 감시 없이 나갈 수 있다는 뜻이었다. 「감사합니다. 기대가 되는데요.」 그는 장인에게 말했다.

설사 KGB가 기다리고 있다 해도, 고르디옙스키는 MI6와의 만남에 말쑥한 모습으로 나가고 싶었다. 그래서 정장에 넥타이를 매고, 십중팔구 방사성 가루가 뿌려졌을 구두를 신고, 덴마크에서 가져온 가죽 모자를 챙겼다. 그다음에는 책상 서랍에서 독특한 빨간색 로고가 새겨진 세이프웨이 비닐봉지를 꺼냈다.

다시 전화벨이 울렸다. 다음 주에 자기 별장에서 며칠 지내다 가라고 권유하는 미하일 류비모프의 전화였다. 고르디옙스키는 또 재빨리 머리를 굴려 그의 초대를 받아들였다. 그는 월요일 11시 13분에 즈베니고로드에 도착하는 기차를 탈 것이며, 맨 뒤 칸에 자리를 잡겠다고 말했다. 그리고 전화기 옆 수첩에 〈즈베니고로드 11:13〉이라고 적었다. 이것 역시 KGB를 위해 흘려 놓은 가짜 단서였다. 다음 주 월요일이면 그는 교도소에 있거나, 영국에 가 있거나, 이미 죽었을 것이다.

오후 4시에 그는 아파트를 나섰다. 그리고 두 시간 45분 동안 그때까지 시행했던 모든 드라이클리닝 작전 중에서도 가장 혹독한 작전을 수행했다. 상점, 버스, 지하철, 아파트 건물에 들어갔다 나오기, 걸음을 멈추고 먹을 것을 좀 사서 세이프웨이 봉지를 통통하게 만들기, 미행을 체계적으로 따돌리기, 누구도 그의 뒤를 따라오기가 거의 불가능할 만큼 빠르고 변칙적으로 움직이면서도 의도가 뻔히 드러날 만큼 지나치게 서두르지는 않기. 최고의 추적 솜씨를 지닌 사람이 아니라면, 그가 만들어 낸 이 인위적인 미로에서 누구도 끝까지 그를 따라올 수 없었을 것이다. 6시 45분에 그는 키옙스키 지하철역에서 밖으로 나왔다. 누가 미행하는 기색은 전혀 없었다. 그는 자신이 〈블랙〉이 되었기를 온 마음으로 바랐다.

7월 16일 화요일 저녁, 맑고 화창한 아름다운 여름 날씨였다. 고르디옙스키는 천천히 빵집을 향해 걸어가다가 담배 한 갑을 사며 시간을 죽였다. 연락 시각인 7시 30분보다 10분 일찍 그는 빵집 앞 길가에 자리를 잡았다. 대로를 가득 메운 자동차들 가운데에는 정치국원들과 KGB 관리들을 태운 관용 리무진이 많았다. 그는 담배에 불을 붙였다. 자신이 서 있는 길가가 갑자기 어이가 없을 정도로 눈에 잘 띄는 곳이 된 것 같았다. 너무나 많은 사람이 북적거리며 게시판과 버스 시간표를 읽었다. 아니면 그냥 읽는 척하는 것일 수도 있었다. 아무래도 사람이 너무 많은 것이 수상쩍었다. KGB가 선호하는 차량인 검은색 볼가가 도로에서 빠져나와 인도로 올라왔다. 그리고 어두운색 정장을 입은 두 남자가 뛰어나왔다. 고르디옙스키는 움찔했다. 운전자가 자신을 노려보고 있는 것 같았다. 두 남자는 상점들에 들어가 금고를 들고나왔다. 일상적으로 현금을 수거하러 온 사람들이었다. 고르디옙스키는 다시 숨을 쉬려고 애쓰면서 새 담배에 불을 붙였다.

그날 신호 장소를 확인하는 일은 아서 지의 몫이었다. 하지만 도로의 차들이 너무 느렸다.

로이 애스콧과 캐럴라인 애스콧은 전직 외교관인 소련 지인과의 저녁 식사 약속 장소로 가는 중이었다. 그들이 사브 자동차를 몰아

쿠투좁스키 대로로 들어서서 동쪽으로 가고 있는데, 여느 때처럼 감시 차량이 뒤로 끼어들었다. KGB 차량은 쉽게 알아볼 수 있었다. 이유는 알 수 없지만 어쨌든 KGB 세차장의 솔들이 엔진 덮개 한복판의 특정 지점에는 닿지 못하기 때문에, 모든 차의 그 지점에 먼지와 때가 확연한 삼각형을 이루고 있었다. 애스콧은 넓은 대로 저편을 흘깃 보았다가 그대로 얼어붙었다. 어떤 남자가 〈우중충한 소련 쇼핑백들 사이에서 횃불처럼〉 보이는 빨간색 로고가 새겨진 봉지를 들고 빵집 앞에 서 있었다. 시각은 7시 40분. 고르디옙스키가 그 자리에 서 있을 수 있는 시간은 길어야 30분이었다.

「아서가 놓쳤구나.」 애스콧은 이런 생각을 하며 혼자 속으로 욕설을 중얼거렸다. 〈심장이 발바닥까지 덜컹 내려앉았다.〉 그는 캐럴라인의 옆구리를 찌르면서 길가를 가리킨 다음, 대시 보드에 핌리코를 뜻하는 P자 모양을 그렸다. 캐럴라인은 홱 몸을 돌려서 그쪽을 보고 싶은 충동을 참았다. 〈남편이 무슨 말을 하려는 건지 정확히 알아들었다.〉

애스콧이 차를 돌려 인식 신호를 보낼지 말지 결정할 시간은 단 10초뿐이었다. 킷캣 초코바는 글러브 박스에 있었다. 하지만 KGB가 이미 뒤에 바짝 붙어 있으니, 여기서 길을 바꾸면 즉시 의심을 살 터였다. KGB는 전화 도청으로 그들이 저녁 식사를 하러 나가는 길이라는 사실을 알고 있을 텐데, 여기서 갑자기 유턴한 다음 차에서 뛰어내려 초코바를 먹으면서 길을 걷는다면 KGB에게 핌리코 작전을 직접 알려 주는 꼴이었다. 〈계속 차를 몰고 가는데 마치 세상이 전부 무너진 것 같았다. 이유는 옳았지만, 내 행동이 잘못된 것 같았다.〉 저녁 식사는 지옥 같았다. 그들을 초대한 사람은 공산주의를 여전히 신봉하는 기관원으로, 저녁 내내 〈스탈린이 얼마나 위대한 사람인지에 대한 이야기〉만 늘어놓았다. 애스콧의 머릿속에는 세이프웨이 봉지를 든 채 초코바를 든 사람을 헛되이 기다리고 서 있는 그 남자에 대한 생각뿐이었다.

하지만 사실 애스콧이 쿠투좁스키 대로에서 동쪽으로 향하고 있을 때, 아서 지는 포드 시에라를 타고 빵집 앞을 지나면서 속도를 살짝 늦추고 길가를 훑어보았다. 수많은 사람이 북적거리고 있었다. 평일 저녁치고는 유난히 사람이 많았다. 그런데 길가에 뾰족한 모자를 쓰고, 이곳에서는 보기 드문 비닐봉지를 든 남자가 분명히 있었던 것 같았다. 그러나 그 봉지에 커다란 S자가 빨간색으로 그려져 있었는지는 확실하지 않았다.

지는 두근거리는 가슴을 안고 조금 더 나아가 대로 끝에서 유턴을 한 뒤 주거 단지 안으로 들어가 차고에 차를 세웠다. 그리고 서두르지 않는 척하려고 애쓰면서 엘리베이터를 타고 자신의 아파트로 올라가 서류 가방을 던져 놓고 큰 소리로 아내 레이철을 불렀다. 「가서 빵 좀 사올게.」

레이철은 무슨 일인지 즉시 알아차렸다. 〈사실은 이미 빵이 산더미만큼 많았다.〉

지는 재빨리 회색 바지로 갈아입은 다음, 해로즈 쇼핑백을 들고, 부엌 서랍에서 마스 초코바를 하나 꺼냈다. 7시 45분이었다.

엘리베이터를 타고 내려가는 시간이 영원처럼 길었다. 그는 뛰어가고 싶은 충동을 힘들게 억누르며 지하보도로 걸어갔다. 그 남자는 사라지고 없었다. 하지만 사실 그 남자가 있었어도 얼굴을 알아볼 수 있었을지 의문이었다. 덴마크 교외의 정육점 앞에 서 있는 핌리코를 찍은 흐릿한 사진으로만 그의 얼굴을 익혔기 때문이었다. 〈나는 틀림없이 사람을 보았다고 확신했다.〉 지는 이렇게 회상했다.

그는 빵집에 줄을 서서 차례를 기다리며 계속 길에서 눈을 떼지 않았다. 길에 사람이 조금 전보다 훨씬 더 많아진 것 같았다. 지는 주머니 속에 든 해로즈 쇼핑백에 한 손을 얹은 채 빵집 앞을 한 번 더 걸어 보기로 했다. 그때 그가 보였다.

중간 키의 남자가 세이프웨이 봉지를 들고 어느 상점의 그림자 속에 서서 담배를 피우고 있었다. 지는 잠시 망설였다. 베로니카는 핌리코가 흡연자라는 말을 한 번도 한 적이 없었다. 이런 사실을 그녀가 빠뜨릴 리가 없는데.

고르디옙스키도 동시에 지를 발견했다. 자리를 떠야겠다는 생각에 그는 길가에서 뒤로 물러나 있던 참이었다. 가장 먼저 그의 시선을 끈 것은 지의 회색 바지도, 주머니에서 초록색 봉투를 꺼내는 모습도, 초코바를 꺼내 검은 포장지를 찢듯이 벗기는 모습도 아니었다. 그의 전체적인 분위기였다. 고르디옙스키의 굶주린 눈이 보기에, 초코바를 씹으며 자신을 향해 걸어오는 남자는 어디를 어떻게 봐도 영국인이었다.

두 사람의 눈이 마주친 순간은 1초도 채 되지 않았다. 고르디옙스키는 자신이 목청껏 〈소리 없이 고함치는〉 소리가 들리는 것 같았다. 「그래요! 내가 그 사람이야!」 지는 일부러 마스 초코바를 한입 더 베어 물고는 천천히 시선을 돌리며 계속 걸어갔다.

한쪽에서 날린 신호를 상대가 받았음을 두 사람 모두 더할 나위 없이 굳게 확신했다.

고르디옙스키가 마침내 알리예프 장군의 아파트에 도착했을 때 장군은 화가 나 있었다. 거의 두 시간이나 늦게 나타난 고르디옙스키는 땀에 흠뻑 젖은 얼굴로 미안한 표정을 지었다. 장군이 특별히 준비한 마늘 닭 요리는 이미 너무 익어 버렸다. 그런데도 장군의 사위는 이상하게 〈들뜬〉 얼굴로 불에 탄 고기를 맛있게 먹어 치웠다.

로이 애스콧과 캐럴라인 애스콧은 고통스러웠던 저녁 식사를 마치고 자정쯤 돌아왔다. 감시 차량 다섯 대가 그들을 따라왔다. 전화기 옆에 놓인 보모의 메모에는 아서 지가 전화를 걸어 메시지를 남겼다고 적혀 있었다.

독일의 테니스 선수 보리스 베커는 열일곱 살 때 처음으로 윔블던을 제패했다. 지의 메시지는 다음과 같았다. 「이번 주말쯤에 그 테니스 경기 비디오를 보러 오시겠습니까?」

애스콧은 활짝 웃으며 이 메시지를 아내에게 보여 주었다. 지가 탈출 신호를 포착했다는 뜻이었다. 〈그가 신호를 보았다는 사실에 마음이 놓였다. 하지만 아마겟돈이 다가오는 것 같았다.〉

핌리코가 발동되었다.

KGB 감시 팀은 이미 두 번이나 고르디옙스키를 놓친 적이 있었다. 두 번 다 그가 곧 다시 모습을 드러냈지만, 이제부터는 감시 팀이 훨씬 더 주의를 기울일 것이 분명했다. 감시자들이 조금이라도 실력이 있는 사람들이라면. 그런데 이상하게도 그들은 실력이 없었다.

제7부의 노련한 전문가들 대신 제1주요부의 감시 팀을 투입하자는 결정이 내려진 것은 내부의 정치 싸움 때문이었다. 빅토르 그루시코는 고르디옙스키의 반역 이야기가 널리 퍼지는 것을 원하지 않았다. 제1주요부 차장은 망신스러울뿐더러 어쩌면 부서에 피해를 입힐 수도 있는 이 내부 문제를 기필코 내부에서 해결할 생각이었다. 하지만 용의자 미행에 투입된 팀은 중국 외교관들을 미행하는 데 익숙했다. 상상력이나 전문적인 솜씨가 별로 필요 없는 지루한

일이었다. 그들은 고르디옙스키가 누구인지, 그가 무슨 짓을 저질 렀는지 알지 못했다. 자신들이 미행하는 사람이 훈련된 스파이이자 위험한 반역자라고는 짐작도 하지 못했다. 따라서 고르디옙스키가 시야에서 사라지자 그들은 그것을 우연으로 치부했다. 실패를 인정 하는 것은 KGB 내에서 출세에 이로운 행동이 아니었다. 따라서 그 들은 사냥감이 두 번이나 사라졌다는 사실을 보고하지 않고, 그가 다시 나타났을 때 그냥 가슴을 쓸어내리며 입을 다물어 버렸다.

7월 17일 수요일 아침에 고르디옙스키는 아파트를 나섰다. 그리 고 감시 대응 매뉴얼에 적혀 있는 모든 수법을 이용해 가며 콤소몰 스카야 광장의 레닌그라드역으로 가서 표를 샀다. 먼저 그는 은행 에 들러 300루블을 현금으로 인출했다. KGB가 이 계좌를 감시하 고 있는지 궁금하다는 생각이 들었다. 그는 어느 쇼핑센터를 천천 히 통과해서 인근 주거 단지로 향했다. 세 동씩 두 단지로 나눠져 있는 높은 아파트 건물들 사이로 좁은 길이 나 있었다. 그는 그 길 의 끝에서 방향을 꺾은 다음, 가장 가까운 계단까지 약 30미터를 전 력 질주해서 계단으로 한 층을 올라갔다. 층계참 창문으로 밖을 보 니, 재킷에 넥타이를 맨 뚱뚱한 남자가 빠르게 달려서 갑자기 시야 에 나타났다. 걸음을 멈추고 길을 이쪽저쪽 훑어보는 남자는 분명 히 당황한 기색이었다. 고르디옙스키는 그림자 속으로 몸을 움츠렸 다. 남자는 옷깃의 마이크를 향해 뭐라고 말하고는 계속 뛰어갔다. 잠시 뒤 KGB가 선호하는 또 다른 차종인 베이지색 라다[3]가 덜컹거 리며 기운차게 그 길을 달려왔다. 앞좌석의 남자와 여자는 모두 마 이크를 향해 뭐라고 말하고 있었다. 고르디옙스키는 두려움의 비명 을 찍어 눌렀다. KGB가 자신을 미행한다는 사실은 이미 알고 있었

3 러시아의 소형 자동차 브랜드 — 옮긴이주.

400

지만, 그들을 이렇게 밝은 곳으로 끌어낸 것은 이번이 처음이었다. 그들은 KGB의 고전적인 감시 패턴을 따르는 것 같았다. 차 한 대가 맨 앞에 서고, 두 대는 근처에 있다가 지원한다. 각각의 차에는 요원 두 명이 타고 있으며, 연락은 무전으로 주고받는다. 필요한 경우 두 요원 중 한 명은 걸어서 사냥감을 미행하고, 다른 하나는 차를 이용한다. 고르디옙스키는 5분 동안 가만히 있다가 내려가서 기운찬 걸음으로 대로에 나가 버스를 탔다. 그다음에는 택시로, 그다음에는 지하철로 갈아타 마침내 레닌그라드역에 도착했다. 그리고 가명을 이용해 7월 19일 금요일에 출발하는 레닌그라드행, 오후 5시 30분 기차의 4등석 표를 예매하고 현금으로 값을 치렀다. 집에 도착해 보니 베이지색 라다가 조금 떨어진 도로에 주차되어 있었다.

사이먼 브라운은 휴가 중이었다. 고르디옙스키의 담당관인 그는 작금의 우울한 상황을 받아들이려고 여전히 애쓰고 있었다. 영국 정보기관이 포섭한 첩자 중 가장 유능한 인물이 모스크바로 소환되었는데, 아무래도 매복하고 있던 KGB의 손에 곧장 떨어진 것 같았다. 필연적인 의문들이 머릿속에 떠올랐다. 고르디옙스키의 정체가 어떻게 발각되었을까? MI6 내부에 첩자가 또 있나? 내부자의 반역이라는 익숙하고 묵직한 두려움이 다시 마음을 좀먹었다. 고르디옙스키는 이미 죽었거나, 아니면 틀림없이 KGB 교도소에서 시들어 가고 있을 것 같았다. 첩자와 담당관의 관계에는 직업적인 측면과 감정이 독특하게 섞여 있다. 뛰어난 담당관은 심리적 안정, 경제적 지원, 격려, 희망, 독특한 애정뿐만 아니라 보호받을 수 있다는 안정감도 제공해 준다. 첩자를 포섭해서 관리하는 데에는 그를 보살펴야 한다는 의무가 따른다. 첩자의 안전이 언제나 가장 우선이며, 위험이 보상을 능가하게 두지 않겠다는 암묵적인 약속이다. 모든 담당관은 이 약속의 무게를 느낀다. 감수성이 예민한 성격인 브라운은 그 무게를 특히 더 강렬하게 느꼈다. 그는 언제나 옳은 결정을 내렸는데도, 작전이 잘못되었다. 궁극적인 책임은 그의 몫이었다. 브라운은 고르디옙스키가 지금 어떤 일을 겪고 있을지 생각하지 않으려고 했지만, 다른 생각을 하기가 힘들었다. 관리하던 첩자를 잃어버리면 마치 친밀한 사람을 배신한 것 같은 기분이 된다.

소련 작전을 담당하는 P5 팀장은 7월 17일 수요일 아침 7시 30분에 센추리 하우스에 있는 자기 사무실에 있었다. 그때 전화벨이 울렸다. 모스크바 지부가 이중 암호를 설정해서 밤사이에 보낸 전문이 외무부의 일상적인 전문들 사이에 묻혀 있었다고 했다. 그 내용은 이러했다. 〈핌리코 발동. 심한 ㄱㅅ[감시]. 탈출 진행 중. 조언.〉 P5는 계단을 뛰어 내려가 C의 사무실로 갔다. 크리스토퍼 커웬은 이 작전에 대해 완전한 브리핑을 들었는데도, P5가 가져온 소식에 순간적으로 멍한 표정을 지었다.

「계획이 있나?」 그가 말했다.

「네.」 P5가 말했다. 「있습니다.」

브라운은 햇빛 속에서 책을 읽으며 고르디옙스키가 아닌 다른 생각을 해보려고 정원에 나가 있다가 P5의 전화를 받았다. 「당신이 뛰어 오면 좋을 것 같네요.」 침착한 목소리였다.

전화를 끊고 1분 뒤 브라운은 퍼뜩 깨달았다. 〈그날은 수요일이었다. 그렇다면 화요일에 무슨 일이 있었다는 뜻이었다. 탈출 신호가 왔음이 분명했다. 갑자기 희망이 솟았다.〉 고르디옙스키가 살아 있는 것 같았다.

길퍼드에서 런던까지 기차를 타고 가는 시간이 영원처럼 길게 느껴졌다. 브라운이 12층에 도착해 보니 팀이 정신없이 움직이고 있었다.

〈잠시도 쉴 틈이 없었다.〉 브라운은 이렇게 회상했다.

다급한 회의가 연달아 열린 뒤에, 마틴 쇼퍼드가 코펜하겐으로 날아가 덴마크 정보기관에 상황을 알리고 계획을 조정한 다음 헬싱키로 가서 기반 작업을 하면서 그곳의 MI6 지부와 접촉하고, 차량을 구하고, 핀란드 국경 근처의 접선 장소를 미리 정찰했다.

고르디옙스키와 가족들이 소련 국경을 몰래 넘는 데 성공했다는 가정하에 계획의 두 번째 단계가 발동될 예정이었다. 핀란드에 도착했다고 해서 고르디옙스키의 안전이 보장되지는 않기 때문이었다. 애스콧은 이렇게 말했다. 〈핀란드는 소련에서 온 도망자가 자기들 손에 떨어지는 경우 반드시 KGB에 넘기기로 소련과 조약을 맺은 상태였다.〉 그래서 〈핀란드화〉라는 말은 작은 나라가 자기보다 훨씬 강대한 이웃 나라 앞에서 이론적으로는 주권을 유지하면서도 사실은 협박에 무릎을 꿇어 굴복한 상태를 뜻하게 되었다. 핀란드는 냉전에서 공식적으로는 중립을 지켰지만, 소련이 많은 조건을 걸어 이 나라를 통제하고 있었다. 그래서 핀란드는 나토에 가입할 수 없었고, 서방 군대나 무기 체계를 자기 영토에 들여놓을 수도 없었다. 소련에 반대하는 책이나 영화도 금지되었다. 핀란드인들은 〈핀란드화〉라는 말에 크게 분개했지만, 서방 국가로 보이고 싶은 마음이 간절한데도 소련을 외면할 의지도 능력도 없어서 어쩔 수 없이 좌우를 다 살펴야 하는 나라의 상황을 그 말이 정확하게 표현해 주었다. 핀란드의 만화 작가 카리 수오말라이넨은 자기 나라의 불편한 처세를 〈서쪽을 모욕하지 않으면서 동쪽에 절하는 기술〉[4]이라

4 Kari Suomalainen, https://www.visavuori.com/fi/taiteilijat/kari-suomalainen.

고 표현한 적이 있다.

몇 달 전 MI6의 소련 블록 담당자가 핀란드에 와서 핀란드 보안 정보국(SUPO로 불렸다) 국장인 세포 티티넨을 만난 적이 있었다. MI6의 방문자는 가정법 질문을 하나 던졌다. 「만약 우리가 핀란드를 통해 망명자를 데려올 일이 생긴다면, 당신을 끌어들이지 않고 우리가 알아서 하는 편이 낫겠죠?」 티티넨은 이렇게 대답했다. 「맞습니다. 우리에게는 일이 끝난 뒤에 알려 주세요.」

핀란드는 어떤 것도 미리 알고 싶어 하지 않았다. 만약 고르디옙스키가 핀란드에서 핀란드 당국에 붙잡힌다면, 소련으로 송환될 것이 거의 확실했다. 만약 핀란드 당국이 그를 붙잡은 것이 아니라 그가 핀란드에 있다는 사실을 소련이 알아낸 경우라면, 핀란드는 그를 붙잡으라는 엄청난 압박에 시달릴 것이다. 만약 핀란드가 그를 붙잡지 않는다면, KGB는 얼마든지 특수 부대를 보내 일을 완수할 수 있는 기관이었다. 소련이 핀란드 공항을 감시한다고 알려져 있었으므로, 헬싱키에서 비행기로 고르디옙스키 가족을 빼내는 방법은 고려할 필요도 없었다.

그래서 대신 자동차 두 대에 망명자들을 태워 핀란드 북단까지 1,280킬로미터를 이동하기로 했다. 차 한 대는 베로니카와 사이먼이 운전하고, 다른 한 대는 덴마크 정보 요원 두 명이 운전할 예정이었다. 〈아스테릭스〉라는 별명으로 불리며 10년 전 리처드 브롬헤드와 일한 적이 있는 엔스 에릭센과 그의 파트너인 비외른 라르센이 그들이었다. 노르웨이 트롬쇠의 남동쪽, 핀란드의 외진 마을인 카리가스니에미에서 국경을 넘으면 나토의 영역인 노르웨이 땅이었다. 팀원들은 C-130 허큘리스 군 수송기를 보내 고르디옙스키 일행을 데려올 것인지를 두고 토론을 벌였으나, 결국 노르웨이에서 출발하는 정기 항공편이 관심을 덜 끌 것이라는 결론을 내렸다. 유럽의 최북단 도시로 북극권 안에 위치한 함메르페스트에서 오슬로까지 비행기로 온 다음, 거기서 다른 민항기로 갈아타 런던까지 오는 일정이었다. 처음부터 고르디엡스키 작전에서 필수적인 역할을 한 나라 덴마크의 두 PET 요원들은 탈출용 차량을 운전하면서 함메르페스트까지 탈출 팀과 동행할 예정이었다. 〈어느 정도는 덴마크의 역할을 인정하는 조치였지만, 노르웨이로 들어갈 때 덴마크인들의 도움이 필요할 수도 있었다. 만약 우리가 암초를 만난다면, 같은 스칸디나비아 사람이 도움이 될 테니까.〉

베로니카 프라이스는 핌리코라고 적힌 구두 상자를 다시 꺼냈다. 고르디엡스키와 그의 가족을 위해 한센이라는 이름으로 만들어 둔 가짜 덴마크 여권 네 개가 그 안에 들어 있었다. 그녀는 모기 퇴치제, 깨끗한 옷, 면도 도구를 짐 가방에 넣었다. 고르디엡스키가 반드시 면도를 해야 하는 상태일 것 같았다. 타이어에 펑크가 날지도 모르니, 모스크바 팀이 상태 좋은 예비 타이어를 잊지 말고 챙겨 오면 좋을 텐데. 그것도 탈출 계획에 들어 있는 항목이었다.

녹턴 팀(이제 핌리코로 이름이 바뀌었다)은 거의 두 달 동안 우울하게 불안에 떨면서 대기 상태를 유지했다. 이제 그들은 잔뜩 흥분해서 갑자기 정신없이 일에 몰두하고 있었다.

〈분위기가 완전히 달라졌다.〉 브라운은 이렇게 회상했다. 〈초현실 세계에 들어온 것 같은 느낌이었다. 몇 년 동안 이 일을 연습해 왔는데, 지금 우리 모두가 하는 생각은 이거였다. 《어떡해, 지금은 진짜로 하는 거야. (……) 이게 제대로 돌아갈까?》〉

모스크바 주재 영국 대사관의 안전 회의실에서 MI6 지부 직원들은 과장된 아마추어 연기를 연습했다.

외교관 차량 두 대로 핀란드까지 가려면 도청 중인 KGB 요원들이 믿어 줄 만한 구실이 필요했다. 하지만 설상가상으로 신임 영국 대사인 브라이언 카틀리지 경이 목요일에 모스크바에 도착하기 때문에 다음 날 저녁 대사관에서 그를 위한 리셉션이 열릴 예정이었다. 두 대의 외교관 차량은 정확히 토요일 오후 2시 30분에 핀란드 국경 남쪽 접선 장소에 가 있어야 했지만, 명목상 카틀리지 휘하의 고위급 외교관인 애스콧과 지가 그를 환영하는 건배에 참석하지 않는다면 KGB가 즉시 의심을 품을 터였다. 그러니 저들이 믿어 줄 만한 응급 사태를 꾸며 낼 필요가 있었다. 지는 집을 나서기 전 화장지에 적은 메모를 아내에게 건넸다. 「당신이 아파 누워야겠어.」

그들이 꾸며 낸 이야기는 이러했다. 레이철 지가 갑자기 극심한 허리 통증을 호소한다. 레이철은 상당히 활기찬 여성이었지만 과거 천식을 비롯한 여러 질병에 시달린 적이 있었다. 모든 대화를 엿듣는 KGB도 이 사실을 알게 될 것이다. 지 부부는 전문의를 만나러 헬싱키에 가야겠다고 의견을 모은다. 레이철의 절친한 친구인 캐럴라인 애스콧은 자신도 남편과 함께 가겠다면서 〈즐거운 주말을 보낼 것〉이라고 말한다. 두 쌍의 부부는 각자 차를 몰고 가서 핀란드 수도에서 함께 쇼핑을 하기로 한다. 애스콧 부부는 생후 15개월인 딸 플로렌스만 데려가고, 다른 자녀 두 명은 보모에게 맡길 것이다. 〈우리가 아기를 데려가면 우리 이야기가 더 진짜처럼 보일 것 같았다.〉 그들은 금요일에 열리는 대사의 환영 파티에 참석한 뒤 파티가 끝나자마자 출발해 밤새 레닌그라드까지 간 다음, 핀란드 국경을 넘어 토요일 오후 늦게 예약이 잡혀 있는 헬싱키의 의사에게 갈 것이다.

그들의 연기는 오후에 시작되었다. 먼저 아파트에서 레이철 지가 몰래 숨겨진 KGB 마이크에 잘 들리도록 허리가 타는 듯이 아프다고 호소하기 시작했다. 그녀의 목소리는 시간이 갈수록 꾸준히 커졌다. 〈내가 공을 좀 들였다.〉 그녀는 이렇게 말했다. 그녀의 친구 캐럴라인 애스콧이 혹시 도울 일이 있나 하고 그녀를 만나러 왔다. 〈나는 계속 앓는 소리를 내고, 캐럴라인은 《이를 어째》라는 소리를 계속 반복했다.〉 레이철은 이렇게 회상했다. 그녀의 환자 연기가 어찌나 그럴듯했는지, 마침 아들을 만나러 와 있던 시어머니도 며느리를 걱정하기 시작했다. 지는 어머니를 모시고 마이크가 없는 곳을 찾아 산책을 나가서, 사실 레이철은 전혀 아픈 곳이 없다고 설명했다. 〈레이철은 아주 뛰어난 배우였다.〉 애스콧은 이렇게 말했다. 아서 지는 도청 장치가 설치된 전화기로 핀란드의 의사 친구에게 전화를 걸어 조언을 구했다. 항공사 여러 곳에도 전화해서 비행기 편을 알아보았지만, 돈이 너무 많이 든다는 이유로 포기했다. 「우리도 같이 가는 게 어때?」 캐럴라인은 레이철에게서 차를 몰고 핀란드로 갈 것이라는 말을 듣고 이렇게 말했다. 이제 장면은 애스콧 부부의 아파트로 바뀌었다. 캐럴라인은 남편에게 아기를 데리고 밤새 차를 운전해서 아픈 레이철을 핀란드 의사에게 데려다준 뒤 쇼핑을 좀 하자고 말했다. 애스콧은 전혀 내키지 않는 척 연기를 했다. 「아이고, 그런 거 재미없어요. 꼭 그렇게 해야겠소? 신임 대사가 올 텐데. 내가 할 일이 아주 많아요…….」 이런 말을 늘어놓다가 결국 그는 아내의 제안을 받아들였다.

러시아 문서 보관소 어딘가에 이날의 도청 자료가 있을 것이다. 이것은 MI6가 순전히 KGB를 위해 연출한 기묘한 멜로드라마였다.

애스콧과 지는 이 연극이 시간 낭비가 아닌지, 탈출 계획이 결국 실패할 운명은 아닌지 걱정했다. 〈뭔가가 마음에 걸렸다.〉 지는 이렇게 말했다. 두 사람 모두 화요일 저녁에 신호 장소가 유난히 북적거리는 것을 알아차렸다. 자동차와 행인이 그렇게 많다는 것은, 감시 인원이 늘었다는 뜻일 수 있었다. 만약 KGB가 핀란드 국경까지 내내 그들 일행을 면밀히 감시한다면, 접선 장소로 살짝 빠져나가서 탈출한 사람들을 태울 때 눈에 띌 수밖에 없을 것이다. 작전이 실패한다는 뜻이었다. 지는 세이프웨이 봉지를 들고 있던 남자가 정말로 핌리코인지도 확신할 수 없었다. 혹시 KGB가 이 탈출 계획을 알아내고 핌리코를 이미 잡아들인 뒤 대역을 그 자리에 보낸 것이 아닐까.

대사관과 외교관 단지 주변의 감시도 더욱 삼엄해진 것 같았다. 〈이것이 모두 함정일까 봐 무서웠다.〉 지는 이렇게 말했다. 어쩌면 KGB도 연극을 하는 것일 수 있었다. MI6를 함정으로 끌어들여 그들의 정체를 폭로하고, 두 요원을 〈양립할 수 없는 활동〉 혐의로 추방하려는 것인지도 모른다. 그러면 외교적인 대폭발이 일어나 영국 정부가 망신을 당하고, 중요한 순간에 영소 관계가 뒷걸음을 칠 터였다. 〈설사 우리가 적이 매복한 장소에 발을 들여놓는 꼴이 된다해도, 계속 밀고 나아가는 것 외에는 달리 방법이 없었다. 탈출 신호가 이미 날아왔으니까.〉 여전히 핌리코의 신원을 모르는 애스콧을 위해 런던 본부가 결단을 내려 그가 KGB 대령이며 오랫동안 첩자로 활동했고 엄청난 위험을 감수할 만큼 가치 있는 인물임을 밝혔다. 〈그것이 사기를 북돋웠다.〉 애스콧은 이렇게 썼다.

MI6 지부는 센추리 하우스에 준비 상황을 착실하게 알렸다. 런던과 모스크바 사이의 통신이 증가하면 KGB가 의심을 품을까 봐 연락을 주고받는 횟수를 최소한으로 유지하면서도 보고를 빠뜨리지는 않았다.

핌리코가 시작되었음을 알고 있는 런던 본부 사람들, 몇 명 되지도 않는 그들도 불안해하고 있었다. 〈너무 위험한 작전이라는 목소리들이 있었다. 일이 잘못되면 영소 관계가 완전히 뒤집힐 일이었다.〉 외무부의 여러 고위 관리는 이 탈출 계획에 대해 지극히 회의적이었다. 제프리 하우 외무 장관, 모스크바 주재 신임 영국 대사 브라이언 카틀리지 경도 여기에 속했다.

카틀리지는 7월 18일 목요일 소련에 도착할 예정이었다. 그는 두 달 전 핌리코에 관한 브리핑을 받았지만, 이 계획이 실행될 가능성은 아주 희박하다는 말을 함께 들었다. 그런데 그가 모스크바에 도착하고 이틀 뒤에 MI6가 KGB의 고위급 요원을 자동차 트렁크에 실어 소련 국경 밖으로 몰래 빼낼 계획이라는 소식이 이제 들려왔다. MI6는 이 탈출 계획을 아주 꼼꼼하게 짜서 연습을 거쳤다고 설명했지만, 그래도 몹시 위험한 작전임은 분명했다. 이 계획이 성공하든 실패하든, 외교적으로도 커다란 반향이 있을 터였다. 학자 출신 직업 외교관인 브라이언 경은 스웨덴, 이란, 소련에서 근무한 뒤 대사로서는 헝가리에서 처음으로 근무했다. 모스크바 주재 영국 대사로 임명된 것은 그의 경력에서 대단한 순간이었다. 하지만 그는 기뻐하지 않았다. 〈브라이언 카틀리지가 안타까웠다.〉 애스콧은 이렇게 회상했다. 〈막 새로운 임지에 왔는데, 연기가 피어오르는 폭탄을 건네받은 격이었으니……. 그는 자신의 마지막 대사 근무가 수렁으로 빠져드는 모습을 보았을 것이다.〉 만약 탈출 팀이 작전 중에 붙잡히기라도 한다면, 신임 대사가 크렘린에 신임장을 제출하기도 전에 외교상 기피 인물로 선포될 가능성까지 있었다. 외교사에 유례가 없는 굴욕적인 일이었다. 신임 대사는 강력한 반대 의견을 내면서 작전을 중지해야 한다고 주장했다.

외무부에서 회의가 소집되었다. 이 자리에 참석한 MI6 대표단은 크리스토퍼 커웰 국장과 부국장, P5, 소련 블록 담당자로 구성되었다. 외무부 관리 중에는 브라이언 카틀리지와 데이비드 구달 차관보도 포함되었다. 그날 참석자 중 한 명의 말에 따르면, 구달은 〈엄청난 공황 상태에 빠져서〉 계속 〈어떡하지?〉라는 말만 중얼거렸다. 카틀리지는 여전히 열을 내고 있었다. 「이건 완전히 재앙입니다. 난 내일 모스크바로 떠나야 합니다. 그런데 일주일 만에 여기로 돌아오게 생겼어요.」 MI6 부국장도 주장을 굽히지 않았다. 「우리가 이 계획을 진행하지 않으면, 우리 국은 두 번 다시 고개를 들고 다니지 못할 겁니다.」

이때 로버트 암스트롱 내각 장관이 다우닝가에서 길을 건너와 회의에 합류했다. 그는 탁자 위에 가죽 서류 가방을 쿵 하고 내려놓았다. 「우리에게는 이 사람을 구해야 할 압도적인 도덕적 의무가 있다는 것이 총리님의 생각일 것이라고 저는 확신합니다.」 이것으로 토론이 끝났다. 브라이언 카틀리지 경은 〈교수대로 걸어가는 사람 같은〉 표정을 지었고, 외무부 참석자들은 방금 누군가의 추도식에 참석했다 돌아온 외무 장관에게 회의 결과를 알리러 갔다. 하우 장관은 계속 망설였다. 「만약 일이 잘못되면요?」 그가 물었다. 「자동차가 수색당한다면?」 이때 신임 대사가 목소리를 냈다. 「그러면 우리는 터무니없는 도발이라고 말할 겁니다. 그들이 그 남자를 자동차 트렁크 안에 집어넣은 거라고 말할 겁니다.」

「흠.」 장관은 여전히 미심쩍은 얼굴이었다. 「그렇겠지요…….」

핌리코 작전에는 아직 최고위 책임자의 승인이 떨어지지 않았다. 대처 총리가 이 탈출 계획에 직접 승인 도장을 찍어 주어야 했으나, 그녀는 여왕과 함께 스코틀랜드에 가 있었다.

고르디옙스키는 탈출을 목전에 둔 사람이 하지 않을 법한 일을 하는 척하면서 탈출 준비를 했다. 세세한 부분에 주의를 기울이다 보니 두려움이 조금 수그러들었다. 이제 그는 보잘것없는 사냥감이 아니라 다시 전문가가 되어 임무를 준비하고 있었다. 그의 운명이 다시 그의 손안에 들어왔다.

목요일에는 모스크바의 아파트에 사는 여동생 마리나의 가족들과 많은 시간을 보냈다. 다정하고 상대를 의심할 줄 모르는 마리나가 이제 하나밖에 남지 않은 오빠가 스파이였다는 사실을 알았다면 완전히 경악했을 것이다. 고르디옙스키는 홀로 되신 어머니 올가도 찾아뵈었다. 일흔여덟 살이 된 올가는 많이 쇠약한 상태였다. 어린 시절 내내 어머니는 조용한 반항의 정신을 상징하는 사람이었다. 소심하게 순응하던 아버지와는 대조적이었다. 모든 가족 중에서 어머니야말로 고르디옙스키의 행동을 이해해 줄 가능성이 가장 높았다. 그녀가 사실을 알았다면 아들을 결코 비난하지 않았을 것이다. 하지만 모든 어머니가 그렇듯이, 그녀 역시 아들이 그 길을 가는 것을 말리려고 시도했을 것이다. 그는 어머니를 안아 주었을 뿐 아무 말도 하지 않았다. 탈출에 성공하든 실패하든, 두 번 다시 어머니를 만나지 못할 가능성이 높다는 것을 알면서도. 집에 돌아온 그는 마리나에게 전화를 걸어 다음 주 초에 한 번 더 모이는 자리를 마련해 보라고 말했다. 이것도 그가 주말 이후에 계속 모스크바에 있을 것처럼 보이기 위한 거짓말이었다. 그가 많은 약속을 잡고 많은 계획을 세울수록, KGB의 주의를 다른 데로 돌릴 수 있는 가능성이 커졌다. 가족과 친구를 교란 작전에 이용하는 것 같았지만, 그들도 틀림없이 이해해 줄 터였다. 설사 평생 그를 용서해 주지는 못한다 할지라도.

그다음에 고르디엡스키는 몹시 무모하고 웃기는 행동을 했다.

미하일 류비모프에게 전화를 걸어 다음 주에 그의 별장으로 놀러가는 계획을 다시 확인했을 때였다. 류비모프는 몹시 기대된다고 말했다. 새로 사귄 여자 친구 타냐도 함께 갈 예정이라면서, 그는 고르디엡스키에게 월요일 11시 13분에 즈베니고로드역에서 만나자고 말했다.

고르디엡스키는 화제를 바꿨다.

「서머싯 몸의 〈해링턴 씨의 세탁물〉 읽어 보셨습니까?」

이것은 어셴든 시리즈의 단편 중 하나였다. 류비모프는 고르디엡스키와 함께 덴마크에 근무하던 10년 전 몸의 작품들을 그에게 소개해 준 사람이었다. 고르디엡스키는 그가 몸의 전집을 갖고 있다는 사실을 알고 있었다.

「아주 좋은 작품입니다. 다시 읽어 보세요.」 고르디엡스키가 말했다. 「4권에 있습니다. 찾아서 읽어 보세요. 제 말이 무슨 뜻인지 아실 겁니다.」

그 뒤로도 조금 더 이야기를 나누다가 그는 전화를 끊었다.

이 통화에서 고르디엡스키는 류비모프에게 암호처럼 변형한 작별 인사와 뜻이 아주 명확한 문학적 단서를 하나 전달했다. 「해링턴 씨의 세탁물」은 영국 스파이가 러시아 혁명 때 핀란드를 통해 탈출하는 이야기다.

1917년을 배경으로 한 이 단편에서 영국의 비밀 요원 어셴든은 임무를 위해 시베리아 횡단 열차를 타고 러시아로 향한다. 여행 중 그와 같은 칸을 사용하게 된 미국인 사업가 해링턴 씨는 기분 좋게 수다를 떠는 사람이지만, 한편으로는 너무 꼼꼼해서 화가 치밀 정도다. 혁명이 러시아를 집어삼키자, 어셴든은 해링턴에게 혁명 세력을 피해 기차를 타고 북쪽으로 가라고 촉구하지만, 해링턴은 호텔 세탁실에 맡긴 자신의 옷을 찾기 전에는 떠날 수 없다고 말한다. 그러나 그는 옷을 찾은 직후 거리에서 혁명 군중이 쏜 총에 맞아 숨을 거둔다. 이 소설은 위험 부담(〈사람들은 항상 구구단을 배우기보다 자신의 목숨을 희생하는 편이 더 쉽다고 생각한다〉[5])과 늦기 전에 탈출하는 것에 관한 이야기다. 어셴든은 기차를 타고 핀란드를 통해 빠져나온다.

전화를 도청하던 KGB 직원들이 20세기 영국 문학에 통달했을 가능성은 아주 희박했다. 그러니 그들이 24시간 안에 고르디옙스키의 단서를 해석해 낼 가능성은 그보다 더 희박했다. 그래도 그것이 장차 문제의 빌미가 될 가능성은 남아 있었다.

고르디옙스키의 반항 중 일부는 항상 문화적인 것이었다. 소련의 속물근성에 대한 반항. 서구 문학을 이용해 어렴풋한 힌트를 남겨 놓은 것은 마지막으로 이별의 말을 쏘아 보내면서 동시에 자신의 문화적 우월성을 보여 주는 행위였다. 그가 탈출에 성공하든 실패하든, KGB는 나중에 그의 전화 통화 내용을 샅샅이 훑다가 자기들이 조롱당했음을 깨달을 것이다. 그래서 그를 더욱더 미워하게 될 테지만, 동시에 어쩌면 경탄하게 될 가능성도 있었다.

매년 여왕과 함께 밸모럴성[6]에 머무르는 것은 마거릿 대처가 총리로서 수행해야 하는 일 중에 몹시 싫어하는 일이었다. 매년 여름 총리가 스코틀랜드의 이 성에 가서 손님으로 며칠간 머물러야 하는 전통은 〈따분한 시간 낭비〉[7]라는 것이 대처의 단언이었다. 여왕도

---

5 서머싯 몸, 「해링턴 씨의 세탁물」, 『어셴든, 영국 정보부 요원』.
6 스코틀랜드에 있는 영국 왕실 휴양지 — 옮긴이주.

대처에게 별로 시간을 내주지 않았다. 중산층 출신인 대처의 말씨를 가리켜 〈1950년경부터 표준이 된 로열 셰익스피어 발음〉이라고 놀릴 뿐이었다. 대처는 성의 본채에 머무르지 않고, 경내의 오두막에 묵었다. 거기서 비서 한 명만 데리고 빨간 상자에 든 서류들과 씨름하며, 백파이프와 무릎까지 오는 장화와 웰시 코기가 있는 궁중 세계와는 최대한 거리를 유지했다.

7월 18일 목요일에 크리스토퍼 커웬이 다우닝가 10번지에서 대처의 개인 비서인 찰스 파월과 만나기로 급히 약속을 잡았다. 그 자리에서 커웬은 핌리코 작전이 시작되었으며, 총리의 직접 승인이 필요하다고 설명했다.

찰스 파월은 대처가 가장 신뢰하는 보좌관으로서 대처 정부의 내밀한 비밀들을 잘 알고 있었다. 녹턴 작전에 대해 브리핑받은 소수의 관리 중 한 명이기도 한 그는 나중에 핌리코 탈출 시도를 가리켜 〈내가 들어 본 것 중 가장 비밀스러운 일〉이었다고 묘사했다. 대처가 〈콜린스 씨〉라고 부르는 그 사람의 본명이 뭔지는 파월도 대처도 들은 적이 없었다. 파월은 대처가 틀림없이 승인해 줄 것이라고 확신했지만, 탈출 계획은 〈전화로 이야기하기에는 너무 민감한〉 주제였다. 대처가 직접 얼굴을 맞대고 승인해 줘야 할 텐데, 그걸 총리에게 요구할 수 있는 사람은 파월뿐이었다. 〈내가 하려는 일이 무엇인지 다우닝가 10번지 사람 중 누구에게도 말할 수 없었다.〉

그날 오후 파월은 어디로 가는지 누구에게도 말하지 않고 다우닝가를 나서서 히스로 공항에서 애버딘행 비행기에 올랐다. 비행기표 구입도 그가 직접 했다(〈워낙 비밀스러운 일이었기 때문에 나중에 경비를 돌려받는 데 애를 먹었다〉). 파월은 애버딘에서 렌터카를 빌

---

7 『데일리 익스프레스』, 2015년 6월 14일 자.

414

려 폭우 속에서 서쪽으로 향했다. 왕가가 1852년부터 여름 저택으로 사용하고 있는 밸모럴성은 2만여 헥타르 규모의 스코틀랜드 황무지에 세워진 거대한 화강암 더미로, 작은 탑들로 장식되어 있다. 어둡고 습한 스코틀랜드의 저녁에는 그 건물을 찾기가 상당히 어렵다. 시간은 자꾸 가는데, 파월은 기진맥진한 상태였다. 성의 육중한 문 앞에 마침내 자그마한 렌터카를 세웠을 때 그는 초조했다.

경비 초소의 시종무관은 통화 중이었다. 왕실과 관련된 중요한 문제에 관해 고위급 논의를 하는 듯했다. 여왕이 시트콤 「아빠의 군대」를 보기 위해 모후의 비디오 녹화기를 빌리고 싶어 하신다는 내용이었다. 그런데 여왕의 뜻을 이루어 드리기가 쉽지 않은 모양이었다.

파월은 대화 중간에 끼어들려고 시도해 보았지만, 시종무관의 차가운 눈짓에 입을 다물었다. 시종무관 학교에서 가르치는 차가운 눈짓이었다.

그 뒤 20분 동안 파월은 발을 까딱거리면서 계속 손목시계를 확인했다. 시종무관은 왕실의 비디오 녹화기에 대해, 그 물건의 행방에 대해, 그리고 그것을 성의 한 방에서 다른 방으로 옮겨야 할 필요성에 대해 계속 의견을 나눴다. 마침내 문제가 해결되자, 파월은 자신의 신분을 밝히고, 급히 총리를 만나야 한다고 말했다. 그러고 나서 또 한참 동안 기다린 끝에 그는 여왕의 개인 비서인 필립 무어 경 앞으로 안내되었다. 훗날 올버코트의 무어 남작이 되는 그는 여왕의 비밀을 지키는 최고의 문지기로, 조심성이 몸에 밴 궁정 신하였다. 그에게 의전은 불변의 것이었다. 그러니 급하다고 보채는 사람을 좋아하지 않았다. 그는 나중에 은퇴한 뒤에도 상임 시종이 되었다.

「왜 대처 부인을 만나려는 겁니까?」 그가 물었다.

「경에게는 말할 수 없습니다.」파월이 말했다. 「기밀입니다.」

이 말이 예의를 중시하는 무어를 자극했다. 「당신이 여기에 온 용건도 모르는 채 이 밸모럴 경내를 돌아다니게 할 수는 없습니다.」

「허락하셔야 합니다. 저는 꼭 총리님을 뵈어야 하니까요. 지금 당장.」

「왜 총리를 만나야 합니까?」

「경에게는 말할 수 없습니다.」

「말해야 합니다.」

「못 합니다.」

「당신이 총리에게 무슨 이야기를 하든 총리가 여왕 폐하께 말할 것이고, 폐하는 내게 말할 겁니다. 그러니 용건을 내게 말하세요.」

「아뇨. 총리께서 폐하께 이야기를 하는 것이나 폐하께서 경에게 이야기를 하는 것은 그 두 분이 결정할 일입니다. 나는 경에게 말할 수 없습니다.」

무어는 불을 뿜었다. 누군가의 개인 비서에게 자신보다 더 정통한 개인 비서를 만나는 것만큼 짜증나는 일은 없다.

파월은 벌떡 일어섰다. 「나가서 총리님을 찾아봐야겠습니다.」

무어는 참을 수 없을 만큼 무례한 사람을 목격하고 상처받은 표정으로 하인을 불러 파월을 안내하게 했다. 하인은 옆문을 통해 습한 정원으로 나가서 오솔길을 따라 〈정원 헛간 같은 곳〉으로 파월을 이끌었다.

마거릿 대처는 서류에 둘러싸여 침대에 앉아 있었다.

〈총리께서는 나를 보고 몹시 놀라셨다.〉

파월은 겨우 몇 분 만에 상황을 설명했다. 대처가 핌리코 작전을 승인하는 데에는 그보다 훨씬 더 짧은 시간이 걸렸다. 그 이름 모를 스파이는 대처가 총리로 재직하는 동안 개인적으로 큰 위험을 무

416

릅쓰고 아주 중요한 역할을 했다. 「우리 사람에게 우리가 한 약속을 지켜야지요.」 대처는 이렇게 말했다.

파월은 나중에 이렇게 논평했다. 〈총리는 자신의 원칙을 일부 어기면서까지 그를 크게 우러러보았다. 원래 총리는 반역자를 싫어했다. 하지만 그는 달랐다. 차원이 달랐다. 총리는 그 정권에 맞선 사람들을 깊이 존경했다.〉

〈콜린스 씨〉가 누군지는 몰라도, 그는 서방을 위해 커다란 일을 해주었고 지금은 위험에 처해 있었다. 그러니 영국이 어떤 외교적 후폭풍을 겪게 되더라도 수단과 방법을 다해 그를 구해야 했다.

그러나 당시 대처 총리가 몰랐던 것, 그리고 끝까지 알지 못했던 것은 자신이 이미 시작된 작전을 승인했다는 사실이었다. 만약 총리가 승인을 거부했다면, 고르디옙스키에게 접선 장소에 가도 기다리는 사람이 없을 것이라고 알릴 길이 없었을 것이다. 그를 그대로 버리는 수밖에 없다는 뜻이었다.

핌리코를 중단하는 것은 불가능했다.

14
7월 19일 금요일

오전10시, 모스크바 주재 영국 대사관

출발 시각이 다가오자 로이 애스콧의 마음속에서는 점점 커지는 흥분과 두려움이 서로 경쟁을 벌였다. 그는 간밤에 밤새 기도를 했다. 〈우리가 아무리 단단히 준비해도 오로지 기도만이 이 작전을 끝까지 도와줄 것이라고 나는 확신했다.〉 MI6는 소련에서 국경을 넘어 사람을 몰래 빼오는 작전을 시도한 적이 한 번도 없었다. 만약 핌리코가 혼자 접선 장소에 나타난다 해도 일이 힘들 판에, 예상대로 아내와 아이들까지 데리고 온다면 성공 가능성은 무한히 줄어들었다. 〈그 사람이 총에 맞아 쓰러질 것이라는 생각이 들었다. 이 계획은 성공할 수 없었다. 계획 전체가 얼마나 허약한지 우리 모두 알고 있었다. 그래도 우리는 약속을 지켜야 했다. 성공할 수 없는 일에 스스로 발을 들여놓게 되더라도. 나는 성공 가능성을 20퍼센트 이하로 보았다.〉

센추리 하우스에서 전문이 도착했다. 런던의 윗사람들이 대사관 관리 쪽에서 〈불안정한 징후를 감지〉하고 〈단단히 힘을 주기〉 위해 메시지를 보낸 것이다. 〈총리가 이 작전을 직접 승인하시고, 그대들의 수행 능력에 대한 완전한 신뢰를 표하셨다. 우리 모두 100퍼센트 그대들을 응원하며 성공을 자신한다.〉 애스콧은 〈런던 최고위층의 승인이 지속되고 있음〉을 증명하기 위해 카틀리지에게 이 전문을 보여 주었다.

곧이어 치명적일 수도 있는 장애물이 하나 더 등장했다. 외국 외교관들이 자동차로 소련 영토를 벗어나려면 공식적인 허가와 특수 자동차 번호판이 필요했다. 그런데 번호판 교체를 담당한 정부 공식 정비소가 금요일이면 정오에 문을 닫았다. 지의 포드 번호판은 아무 문제 없이 교체되었으나 애스콧의 사브는 이런 메시지와 함께 되돌아왔다. 「죄송합니다. 당신 아내에게 운전면허가 없어서 이 차에 번호판을 달 수 없습니다.」 캐럴라인은 소련에서 받은 운전면허증이 든 핸드백을 한 달 전에 도난당했다. 그리고 영국 면허증은 새 소련 면허증을 발급받기 위해 당국에 제출한 상태였다. 외교관에게 혼자 운전하는 것은 허락되지 않았다. 정당한 소련 면허증을 소지한 보조 기사가 없으면 애스콧은 공식 번호판을 발급받을 수 없었고, 그 번호판이 없으면 소련 영토 밖으로 나갈 수 없었다. 소련의 관료주의라는, 아주 작지만 절대 움직이지 않는 돌멩이 하나 때문에 핌리코 작전이 거꾸러지기 직전이었다. 정비소가 주말을 맞아 문을 닫기 한 시간 전인 오전 11시에도 애스콧은 여전히 방법을 찾지 못해 머리를 쥐어짜고 있었다. 바로 그때 캐럴라인의 영국 면허증과 새 소련 면허증이 소포로 도착했다. 소련 외무부가 보낸 것이었다. 〈자동차 번호판을 교체할 수 있는 시간이 아직 한 시간 남아 있었다. 이런 엄청난 행운을 믿을 수가 없었다.〉 하지만 다시 생각해 보니, 면허증이 딱 맞는 때에 뜻하지 않게 도착한 것이 과연 행운

인지 아니면 KGB의 함정 중 일부인지 판단하기 어려웠다. 〈여행의 마지막 장애물이 제거되었지만, 모든 것이 너무 잘 들어맞은 것 같았다.〉

오전 11시, 모스크바 레닌스키 대로

고르디엡스키는 아파트를 샅샅이 청소하는 데 오전 시간을 쏟았다. 곧 KGB가 이 아파트를 한바탕 뒤집어 놓을 터였다. 바닥 널을 뜯어내고, 그의 책들을 한 페이지씩 해체하고, 가구를 조각조각 분해할 것이다. 하지만 묘한 자존심 때문에 그는 그들이 이곳을 파괴하려고 왔을 때 이 집이 반드시 〈깨끗하게〉 보여야 한다고 결정했다. 그래서 설거지해서 사기그릇들을 정리하고, 개수대에서 옷을 빨아 줄에 널었다. 조리대에는 레일라를 위해 220루블을 놓아두었다. 며칠 동안 생활비로 쓰기에 충분한 액수였다. 하지만 이 작은 행동은…… 무엇을 위한 거지? 가족을 계속 아낀다는 뜻? 사과? 후회? 이 돈은 십중팔구 아내의 손에 들어가지 못할 터였다. KGB가 몰수하거나 훔쳐 갈 테니까. 그래도 아파트를 꼼꼼히 청소한 것과 마찬가지로 이 돈 또한 그가 어떤 사람인지를 잘 보여 주었다. 어쩌면 그 자신도 깨닫지 못할 만큼 많이. 그는 좋은 사람으로 여겨지기를 원했다. 그동안 자신이 전적으로 기만했던 KGB가 자신을 존중해 주기를 바랐다. 그는 자신의 행동을 정당화하는 글이나 소련을 왜 배신했는지 설명하는 글을 전혀 남기지 않았다. 만약 체포된다면 KGB가 그에게서 그런 얘기를 전부 끌어낼 것이다. 자백제처럼 온화한 수단이 아니라 다른 방법으로. 그는 티끌 하나 없이 깨끗한 아파트와 깨끗한 세탁물을 두고 길을 나섰다. 해링턴 씨와 마찬가지로 빨래도 하지 않고 도망칠 수는 없었다.

고르디엡스키는 이제 네 번째이자 마지막으로 KGB 감시 팀을 따돌릴 준비를 했다. 타이밍이 무엇보다 중요했다. 그가 너무 일찍 감시자들을 떨어뜨린다면, 그들이 낌새를 알아채고 경보를 울릴 가능성이 있었다. 하지만 너무 늦게 길을 나선다면 드라이클리닝을 다 끝내지 못해 KGB 미행자들을 여전히 꼬리에 매단 채 기차역에 도착하게 될 가능성이 있었다.

그는 몇 개 되지 않는 소지품을 평범한 비닐봉지에 넣었다. 가벼운 재킷 하나, 덴마크에서 가져온 가죽 모자, 진정제, 핀란드 국경 지역이 그려진 소련제 도로 지도책 한 권. 국경 지역은 군사적으로 민감한 곳이므로, 지도는 틀림없이 부정확할 터였다.

코담배는 깜박 잊고 챙기지 못했다.

오전 11시, 핀란드 발리마 모텔

핌리코 작전에서 핀란드 쪽 작업은 예정대로 이뤄지고 있었다. 작전 팀은 국경에서 약 16킬로미터 떨어진 작은 모텔에 모였다. 베로니카 프라이스와 사이먼 브라운은 위조 여권을 이용해 전날 저녁 헬싱키에 도착해서 공항 호텔에서 밤을 보냈다. 그들이 모텔 주차장에 차를 세우자, 핀란드에서 현지 조정 업무를 맡은 젊은 MI6 요원 마틴 쇼퍼드가 이미 와서 기다리고 있었다. 몇 분 뒤 덴마크 PET 소속인 에릭센과 라르센이 나타났다. 공교롭게도 그들이 사용한 모든 차가 공항의 같은 렌터카 회사에서 빌린 것이었다. 쇼퍼드는 똑같은 자동차 석 대가 주차장에 서 있는 것을 보고 경악했다. 밝은 빨간색의 최신형 볼보 세 대, 게다가 순서대로 이어지는 자동차 번호라니. 〈무슨 회합이라도 벌어진 것 같았다. 그보다 더 눈에 띄기도 어려웠을 것이다.〉 날이 바뀌기 전에 한 대만이라도 다른 걸로 바꿔

야 했다.

국경을 넘어 핀란드 영토로 들어온 뒤의 접선 장소는 베로니카 프라이스가 처음 이 계획을 세울 때부터 정해져 있었다. 국경을 넘은 뒤 북서쪽으로 8킬로미터를 가면 임도(林道)가 오른쪽으로 꺾어져 숲으로 이어졌다. 그 길을 따라 1.5킬로미터를 더 가면 왼쪽에 작은 공터가 나왔다. 벌목 트럭들이 방향을 돌리는 곳으로 이용되는 이 공터는 나무들에 에워싸여 도로에서 보이지 않았다. 또한 국경과도 가까워서, 올레크와 그 가족들이 비좁은 자동차 트렁크 안에서 필요 이상 시간을 보내지 않아도 되었다. 하지만 국경 경비 구역에서는 충분히 떨어져 있었다.

MI6-PET 합동 팀은 접선 장소 인근 지역을 철저히 정찰했다. 핀란드 소나무 숲이 사방으로 한없이 뻗어 있었다. 주택은 한 채도 보이지 않았다. 그들은 이곳에서 탈출 팀을 만나, 탈출자들을 MI6 차량에서 핀란드의 렌터카로 재빨리 이동시킨 다음, 두 무리로 갈라질 예정이었다. 핀란드 팀은 숲속으로 16킬로미터쯤 더 들어간 두 번째 접선 장소에 다시 모여, 탈출자들의 건강 상태를 확인하고, 옷을 갈아입게 하고, 도청 걱정 없이 자유로이 이야기를 나눌 것이다. 그동안 모스크바 팀은 헬싱키로 이어진 도로를 따라 달리다가 첫 번째 주유소에서 대기한다. 핀란드-노르웨이 국경을 향해 북쪽으로 가는 긴 여행은 그때부터 시작이었다. 레일라와 아이 한 명은 덴마크 요원들의 차로 이동하고, 고르디옙스키와 다른 아이 한 명은 브라운과 프라이스가 모는 차에 오른다. 쇼퍼드는 주유소에서 대기 중이던 MI6 모스크바 팀과 다시 합류해 애스콧과 지에게 상황을 설명하고, 주유소 앞마당의 공중전화로 중요한 전화를 한다.

이 전화는 센추리 하우스에서 P5 팀과 함께 기다리던 소련 블록 담당자에게 자동으로 연결될 것이다. 주유소 공중전화를 KGB나 핀란드 정보기관이 감시할 가능성이 있어, 핌리코 작전 결과를 전달할 때는 모호하게 위장된 표현을 사용해야 했다. 고르디옙스키와 그 가족들이 무사히 탈출했다면, 쇼퍼드는 낚시 여행 결과가 아주 좋았다고 말할 것이다. 탈출이 실패했다면, 그는 낚시로 아무것도 잡지 못했다고 말할 것이다. 접선 장소 인근을 철저히 조사한 핀란드 팀은 헬싱키로 돌아와 볼보 한 대를 다른 모델로 교환한 뒤, 여러 호텔로 흩어졌다.

낮 12시, 모스크바 쿠투좁스키 대로

외교관 단지에서는 캐럴라인 애스콧과 레이철 지가 짐 싸기 담당이었다. 개인 옷가지는 전혀 가져갈 수 없었다. 핌리코와 그 가족들을 위해 트렁크 공간을 완전히 비워 두어야 했기 때문이다. 그래서 그들은 쿠션을 쑤셔 넣어 진짜 여행 가방처럼 꾸몄다가 쿠션을 비워 납작하게 접을 수 있는 가방 여러 개를 모았다. 영국 대사관 금고에 보관되어 있던 탈출 세트, 7년 전에 처음 모아 두었던 그 세트도 가져왔다. 물병과 어린이용 플라스틱 〈빨대 컵〉(비좁은 트렁크에서 아이들이 비교적 쉽게 사용할 수 있는 컵), 소변용 커다란 빈 병 두 개, 열기를 반사하는 얇은 비닐로 만들어져 저체온증이나 탈진 환자의 체온 손실을 막는 데 이용되는 〈우주 담요〉 네 개가 그 세트의 내용물이었다. 소련 국경에 설치된 열 감지기와 적외선 카메라는 숨어 있는 사람도 찾아낼 수 있는 것으로 알려졌으나, MI6에는 그 기술의 작동 원리를 정확히 아는 사람이 하나도 없었다. 심지어 그런 장비가 실제로 존재하는지도 분명치 않았다. 탈출자들은 먼저 속옷만 남기고 옷을 모두 벗은 다음 담요로 몸을 감싸야 했다. 트렁크 안은 온도가 높을 테니 체온을 낮출수록 냄새 맡는 경비견들과 열 감지기에 들킬 가능성이 작아졌다.

캐럴라인은 바구니, 담요, 샌드위치, 감자칩 등 접선 장소인 차량 대피소에서 소풍 흉내를 낼 물건들을 챙겼다. 탈출자들이 숨은 곳에서 나오는 데에는 시간이 걸릴 수도 있었다. 접선 장소에 늦게 도착할 수도 있었다. 차량 대피소에 다른 사람들이 있을 수도 있었다. 외국인 네 명이 이렇다 할 목적 없이 무작정 그 자리에 나타난다면, 다른 사람들이 의심할 가능성이 있었다. 애스콧과 지 부부에게는 도로에서 벗어나 그 차량 대피소로 들어온 이유를 설명할 핑곗거리가 필요했다. 영국식 소풍이라면 완벽한 핑계가 될 것이다. 캐럴라인은 딸 플로렌스의 옷, 이유식, 기저귀 등도 가방에 넣어 준비했다. 레이철 지는 아이 둘과 시어머니를 공원으로 데려갔다. 가는 길에 자주 걸음을 멈추고 통증이 심한 사람처럼 허리를 붙잡았는데 연기가 어찌나 그럴듯했는지, 지의 어머니가 지에게 이렇게 물을 정도였다. 「그 애 정말로 어디 아픈 것 아니니? 몸이 안 좋은 것 같던데.」

오후 3시, 모스크바 주재 영국 대사관

대사관에 근무 중인 여러 군사 전문가 중 한 명인 해군 무관보(補)가 핀란드 여행을 마치고 모스크바로 돌아왔다. 자기도 모르는 사이 계획에 엄청난 찬물을 끼얹은 여행이었다. 그는 소련을 떠날 때와 다시 들어올 때 비보르크에서 KGB 국경 경비대에 시달렸다고 보고했다. 경비대는 모든 외교적 규칙을 무시하고, 그의 차를 수색하겠다고 나섰다. 해군 무관보는 항의하지 않았다. 「놈들이 개를 데리고 차를 수색하는 걸 그 멍청이가 가만뒀어.」 애스콧은 불을 뿜었다. 만약 국경 경비대가 관례를 우습게 여기고 개를 동원해 영국 외교관 차량들을 수색한다면, 탈출 계획은 끝난 거나 마찬가지였다. 두 자동차의 트렁크에 비좁게 누워 있는 네 사람의 뜨거운 몸에서는 강렬한 냄새가 발산된다. 해군 무관보는 자기도 모르는 사이 최악의 순간에 위험한 전례를 만들어 준 꼴이었다.

애스콧은 대사의 이름으로 외무부에 보내는 공식적인 항의 서한을 급히 작성했다. 해군 무관보의 자동차가 수색당한 것에 대해 불만을 제기하고, 영국의 외교적 면책 특권이 무시되었다고 주장하는 내용이었다. 이 서한을 실제로 보내지는 않았지만, 애스콧은 보낸 것처럼 꾸미기 위해 서한 사본 한 부와 빈 협약 관련 조항의 러시아어 번역본을 챙겨서 가져가기로 했다. 만약 국경에서 KGB가 자동차 수색을 시도한다면, 이 가짜 편지를 꺼내서 휘두를 작정이었다. 하지만 이 방법이 효과가 있을 것이라는 보장은 없었다. 국경 경비대가 자동차 트렁크 안을 기어코 살펴봐야겠다고 나선다면, 공식적인 항의를 아무리 많이 해도 그들을 막을 수 없었다.

마지막으로 처리해야 할 서류 작업이 하나 남아 있었다. MI6의 사무원 바이얼릿은 물에 녹는 종이에 탈출 지시 사항을 타자로 쳐서 정리했다. 기억을 돕기 위해 작성된 문서지만, KGB에 체포되는 경우 〈물에 녹이거나, 몹시 불편하더라도 입에 넣고 녹여〉 처리할 수 있었다. 즉 극단적인 응급 상황에서 MI6 팀이 핌리코 작전을 먹어 치울 수 있다는 뜻이었다.

오후 4시, 모스크바 레닌스키 대로

고르디옙스키는 얇은 초록색 스웨터와 색 바랜 초록색 코듀로이 바지를 입고, 낡은 갈색 신발을 신었다. 경비견들이 냄새를 쉽게 알아볼 수 있게 해주는 화학 물질이나 방사성 가루가 묻지 않았을지도 모른다는 희망을 안고 신발장 뒤편에서 꺼낸 신발이었다. 이런 옷차림이라면 초록색 운동복과 상당히 비슷하기 때문에 아파트 관리인(과 KGB 감시자들)의 눈에 달리기하러 나가는 사람처럼 보일 것 같았다. 고르디옙스키는 아파트 문을 잠갔다. 몇 시간 뒤 KGB가 이 문을 다시 열 것이다. 〈내 집과 내 물건, 그리고 내 가족과 내 인생이 그 문 뒤로 사라졌다.〉 그는 기념이 될 만한 사진 같은 추억의 물건을 하나도 가져오지 않았다. 어머니나 여동생에게 작별의 전화도 하지 않았다. 십중팔구 두 사람을 두 번 다시 만날 수 없을 것이라는 사실을 알면서도. 자신의 행동을 설명하거나 정당화하는 글도 전혀 남기지 않았다. 그의 인생에서 가장 평범하지 않았던 그날에 그는 평범하지 않게 보일 것 같은 행동을 전혀 하지 않았다. 그가 아파트 로비를 가로질러 걸어갈 때 아파트 관리인은 고개를 들어 그를 보지 않았다. 그는 정확히 한 시간 반 동안 모스크바 시내를 가로질러 레닌그라드역까지 가면서 마지막으로 미행을 따돌려야 했다.

전에 드라이클리닝을 할 때 그는 근처 쇼핑가를 이용했다. 이번에는 대로를 건너 대로 옆에 나란히 뻗은 숲으로 들어갔다. 일단 도로에서 보이지 않는 곳까지 들어온 뒤에는 가볍게 달리기를 시작해서 점점 속도를 높였다. 나중에는 거의 전력 질주를 하는 것 같은 속도가 나왔다. 뚱뚱한 KGB 감시자는 결코 그 속도를 따라오지 못할 것이다. 숲이 끝나는 곳에서 그는 길을 건너, 오던 방향으로 거슬러 올라갔다. 그리고 숲 맞은편의 상점들로 들어갔다. 비닐봉지는 희귀해서 눈에 잘 띄었기 때문에, 그는 싸구려 인조 가죽 가방을 사서 몇 개 안 되는 소지품을 쑤셔 넣은 뒤 뒷문을 통해 밖으로 나왔다. 그다음에는 감시를 피하는 모든 방법을 체계적으로 꼼꼼하게 따랐다. 지하철 문이 닫히는 순간 열차에 올라타서 두 정거장 뒤에 내리고, 다음 열차가 오면 플랫폼에서 기다리던 사람들이 모두 거기에 탔는지 확인하고는 그대로 차를 보낸다. 그리고 맞은편 플랫폼에서 열차에 오른다. 고개를 숙인 채 길을 걷다가 다른 길로 들어서서 오던 방향으로 거슬러 올라가고, 상점 정문으로 들어갔다가 뒷문으로 나온다.

레닌그라드역에는 사람이 가득했다. 경찰도 가득했다. 공교롭게도 157개국에서 온 좌익 청년 2만 6천 명이 제12회 세계 청년·학생 축전을 위해 모스크바로 쏟아져 들어오고 있었다. 다음 주부터 시작되는 이 축전은 〈반제국주의 연대, 평화, 우정〉을 축하하는 행사로 홍보되었다. 이 기간 중 대규모 대중 집회에서 고르바초프는 청년들을 향해 이렇게 말했다. 「여기, 위대한 레닌의 고향에서 여러분은 우리 젊은이들이 인류애, 평화, 사회주의라는 고귀한 이상에 얼마나 깊이 헌신하고 있는지 직접적으로 느끼게 될 겁니다.」[1] 그러나 축전 참가자 대부분이 원한 것은 레닌이 아니라 음악이었다. 이때 공연에 나선 사람들은 미국 태생의 친(親)소련 가수로 철의 장막 뒤에 정착한 딘 리드, 영국의 팝 듀오 에브리싱 벗 더 걸, 밥 딜런(소련 시인 안드레이 보즈네센스키의 초대를 받았다)이었다. 청년 대표단 중에는 핀란드를 경유해서 들어오는 스칸디나비아 젊은이들이 많았다. 고르디옙스키는 전투 경찰이 역을 순찰하는 것을 보고 긴장했으나, 곧 마음을 가라앉히려고 애썼다. 이렇게 많은 사람이 북쪽에서 국경을 넘어오고 있으니, 경비대는 반대 방향으로 국경을 넘어가는 외교관 차량에 신경 쓸 여력이 없을 것이다. 그는 노점에서 빵과 소시지를 샀다. 그가 아는 한, 지금 그를 미행하는 사람은 없었다.

레닌그라드행 야간열차에서 큰 부분을 차지하는 것은 4등 침대

1 제12회 세계 청년·학생 축전에서 고르바초프가 한 연설, 1985년 7월 27일.

칸이었다. 침상이 여섯 개씩 설치된 각각의 칸은 복도를 향해 문이 나 있었다. 어쩌다 보니 가장 높은 곳의 침상을 사용하게 된 고르디옙스키는 깨끗한 침대보와 이불을 가져와 잠자리를 마련했다. 방학기간 아르바이트 중인 여성 차장은 그에게 특별히 주의를 기울이는 것 같지 않았다. 정확히 5시 30분에 기차가 출발했다. 고르디옙스키는 몇 시간 동안 침상에 누워 빈약한 저녁 식사를 우물거리며 마음을 차분히 하려고 애썼다. 아래층 침상에서는 승객들이 함께 십자말풀이를 하고 있었다. 고르디옙스키는 진정제 두 알을 먹고 곧 깊은 잠에 빠졌다. 정신적인 탈진, 두려움, 진정제의 합작이었다.

저녁 7시, 모스크바 주재 영국 대사관

대사의 취임 축하 파티는 큰 성공을 거뒀다. 전날 밤에 도착한 브라이언 카틀리지 경이 짤막한 연설을 했지만, MI6 팀은 단 한 단어도 기억하지 못했다. 레이철은 집에 남아 도청 마이크에 잘 들리게 계속 앓는 소리를 내면서 가끔 〈흐느끼는 소리〉를 섞었다. MI6의 두 정보 요원은 샹들리에 아래에서 한 시간 동안 외교적인 잡담을 나눈 뒤, 레이철을 핀란드의 의사에게 데리고 가야 하기 때문에 밤새 레닌그라드까지 차를 몰아야 한다는 핑계를 대고 그 자리에서 빠져나왔다. 파티 참석자 중 그들이 핀란드까지 가는 진짜 목적을 아는 사람은 대사, 데이비드 래트퍼드 공사, MI6 사무원인 바이얼릿 채프먼뿐이었다. 파티가 끝난 뒤 바이얼릿은 대사관 내의 MI6 금고에서 핌리코 〈의약품 세트〉를 꺼내 애스콧에게 넘겨주었다. 어른들을 위한 진정제, 겁에 질린 두 아이에게 진정제를 투여할 주사기 두 대가 그 안에 들어 있었다.

쿠투좁스키 대로에서 남자들이 자동차에 짐을 싣는 동안 레이철은 아이들이 자고 있는 침실로 들어가 잘 자라고 입을 맞춰 주었다. 이 아이들을 언제 다시 볼 수 있을지 모르겠다는 생각이 들었다. 「만약 우리가 붙잡힌다면, 아주 오랫동안 억류될 거야.」 지는 허리에 뻣뻣하게 힘을 주고 절룩거리는 아내 레이철을 부축해 포드 시에라 앞좌석에 앉혔다.

밤 11시 15분경, 자동차 두 대가 큰 길로 접어들어 북쪽으로 향했다. 지가 운전대를 잡은 포드가 앞에 서고, 애스콧의 사브가 그 뒤를 따랐다. 헬싱키를 향한 긴 여행에 대비해서, 두 차량에는 모두 음악이 녹음된 카세트테이프가 잔뜩 실려 있었다.

KGB 감시 차량 한 대가 도시 외곽의 소콜까지 그들을 따라온 뒤 사라졌다. 널찍한 고속 도로에 들어선 뒤에는 미행하는 차가 눈에 띄지 않았다. 그렇다고 안심해도 된다는 뜻은 아니었다. KGB가 차량을 감시하는 방법이 미행뿐인 것은 아니니까. 모든 대로에는 국가 자동차 조사 초소(GAI 초소)가 일정한 간격으로 배치되어, 요주의 대상인 자동차를 인지하고 다음 초소에 무전으로 그 사실을 알렸다. 필요한 경우에는 시야에 닿지 않는 곳에 배치되어 있는 감시 차량과 계속 연락을 주고받기도 했다.

자동차 안의 분위기는 초현실적이었다. 긴장감도 넘쳤다. 차량에 도청 장치가 설치되어 차 안의 소리를 녹음하거나 어딘가로 전송할 가능성이 있기 때문에, 사람들은 연기를 멈출 수 없었다. 이동 중인 지금은 연극의 2막에 해당했다. 레이철은 허리가 아프다고 투덜거렸다. 애스콧은 막 신임 대사가 도착한 시기에 아기를 데리고 수백 킬로미터나 차를 운전해야 하는 것에 대해 불평을 늘어놓았다. 탈출이라는 말은 아무도 입에 담지 않았다. 지금쯤 기차를 타고 덜컹덜컹 레닌그라드를 향해 달려오고 있을, 제발 그렇게 오고 있기를 그들 모두가 바라는 그 남자에 대해서도 언급하지 않았다.

「이거 아무래도 함정 같아.」레이철이 잠든 뒤 지는 혼잣말을 했다. 「우리는 절대 무사히 빠져나가지 못할 거야.」

7월 20일 토요일

오전 3시 30분, 모스크바발 레닌그라드행 기차

고르디옙스키는 아래층 침상에서 깨어났다. 머리가 쪼개질 듯 아프고, 현실처럼 느껴지지 않는 긴 순간 동안 여기가 어디인지 전혀 알 수 없었다. 위층 침상에서 젊은 남자가 이상한 표정으로 그를 내려다보았다. 「아저씨가 떨어졌어요.」청년이 말했다. 진정제 때문에 너무나 깊은 잠에 빠진 고르디옙스키가 기차가 급정거할 때 침상에서 바닥으로 굴러떨어진 모양이었다. 그 충격으로 관자놀이가 찢어져 옷이 온통 피범벅이었다. 그는 바람을 쐬려고 비틀비틀 복도로 나갔다. 옆 칸에서 카자흐스탄 출신의 젊은 여자들이 신나게 수다를 떨고 있었다. 그는 그 대화에 끼어들려고 입을 열었지만, 그 순간 한 여자가 경악한 표정으로 몸을 움츠렸다. 「한 마디만 해봐요. 비명 지를 거예요.」그제야 그는 자신의 몰골을 깨달았다. 흐트러진 옷에 피가 튀어 있고, 휘청거리는 꼴이라니. 그는 뒷걸음으로 물러나 가방을 쥐고 복도 끝까지 후퇴했다. 레닌그라드까지는 아직 한 시간 넘게 더 가야 했다. 다른 승객들이 그를 만취자로 신고할까? 그는 여성 경비원을 찾아가 5루블을 건네며 이렇게 말했다. 「도와줘서 고맙습니다.」하지만 그녀가 해준 일은 침대보와 이불을 내준 것뿐이었다. 그녀는 살짝 나무라는 듯한 얼굴로 그를 기묘하게 바라보았지만, 돈을 거절하지는 않았다. 기차는 점점 흐려지는 어둠 속을 계속 덜컹덜컹 달려갔다.

오전 4시, 모스크바에서 레닌그라드로 이어진 고속 도로

레닌그라드까지 가는 길의 중간쯤에 있는 발다이 구릉에서 탈출 팀은 화려한 여명을 맞았다. 애스콧의 마음이 서정으로 물들었다. 〈강과 호수에서 짙은 안개가 피어올라 구릉 너머로 길게 뻗은 지대로 뻗어 나가 나무들과 마을들을 감쌌다. 보라색과 장미색 거품이 이는 물가에서 서서히 주변 풍경이 드러났다. 아주 밝은 행성 세 개가 완벽한 대칭을 이루며 반짝였다. 하나는 왼쪽, 하나는 오른쪽, 하나는 똑바로 앞쪽. 우리는 벌써 혼자 나와 건초를 베고, 허브를 따고, 공유지의 능선과 협곡을 따라 소를 몰고 가는 사람들을 지나쳤다. 말문이 막히는 광경이었다. 목가적인 순간이었다. 이렇게 시작하는 하루가 해롭게 끝날 수도 있다고는 믿기 힘들었다.〉

플로렌스는 뒷좌석의 카 시트에서 행복하게 잠들어 있었다.

독실한 가톨릭 신자로서 영적인 면을 중시하는 애스콧은 이렇게 생각했다. 〈우리는 이 길에 마음을 바쳤다. 길은 하나뿐이니 계속 이 길로 나아가야 한다.〉

아서 지와 레이철 지도 역시 그들 나름의 초월적인 순간을 경험하고 있었다. 지평선 위로 해가 솟아오르고, 안개에 감싸인 풍경을 빛이 흠뻑 적셨다.

다이어 스트레이츠의 앨범 「브라더스 인 암스」가 카세트 플레이어에서 재생되고 있었다. 마크 노플러의 훌륭한 기타 소리가 새벽을 가득 채우는 것 같았다.

안개에 덮인 저 산이
이제 나의 집.
하지만 내 고향은 낮은 땅이지.
앞으로도 영원히
언젠가 네가 너의 계곡과 밭으로
돌아오는 날.
너는 더 이상 전우가 되겠다고
타오르지 않으리.

이 파괴의 벌판
불의 세례 속에서
나는 너희의 모든 고통을 지켜봤어.
전투가 더욱 격렬해질 때
몹시 아픈 경험이었지만
두려움과 긴장 속에서도
너희는 날 버리지 않았지.
내 전우들이여.

〈모두 잘될 거라는 생각이 처음으로 들었다.〉 레이철은 이렇게 회
상했다.

그 순간 코가 뭉툭한 소련제 갈색 피아트, KGB의 일반적인 감시
차량이며 지굴리라고 불리는 그 차가 약 60미터 뒤에 나타났다. 〈우
리를 미행하는 차량이었다.〉

오전 5시, 레닌그라드 기차역

기차가 멈추자 고르디옙스키는 일찌감치 밖으로 나왔다. 서둘러 출구로 걸어가는 동안 그는 감히 뒤를 돌아보지 못했다. 열차 안의 그 여성 경비원이 벌써 역무원에게 다가가 이상한 남자가 침상에서 자다가 떨어진 뒤 자신에게 과한 팁을 주었다며 그를 손으로 가리키고 있을 것 같았다. 역 앞에는 택시가 전혀 없었다. 대신 승용차를 몰고 나온 많은 운전자가 호객을 하고 있었다. 고르디옙스키는 그중 한 대에 올라타 이렇게 말했다. 「핀란드역으로 갑시다.」

그가 핀란드역에 도착한 시각은 5시 45분이었다. 거의 인적이 없는 역 앞 광장을 지배하는 것은 거대한 레닌 동상이었다. 위대한 혁명 이론가인 그가 1917년 볼셰비키를 지휘하려고 스위스에서 귀국한 순간을 기념하기 위해 세운 것이었다. 공산당 민담에서 핀란드역은 혁명적인 자유와 소련의 탄생을 상징한다. 그러나 고르디옙스키에게 이 역은 자유로 향하는 길을 상징했다. 모든 의미에서 레닌과는 반대 방향이었다.

국경으로 향하는 첫 기차는 7시 5분에 출발했다. 레닌그라드에서 북서쪽으로 48킬로미터 떨어진 젤레노고르스크까지 이 기차로 갈 수 있었다. 핀란드 국경까지 이르는 여정에서 3분의 1을 조금 넘긴 지점이었다. 거기서 버스를 타면 대로를 따라 비보르크까지 갈 수 있었다. 고르디옙스키는 기차에 올라 자는 척했다. 기차 속도가 너무 느려서 고통스러웠다.

오전 7시, KGB 본부, 모스크바 중앙

고르디옙스키가 사라졌다는 사실을 KGB가 정확히 언제 알아차렸는지는 분명치 않다. 그러나 7월 20일 동이 틀 무렵, 제1주요부

(중국과)의 감시 팀은 틀림없이 심각한 근심에 싸여 있었을 것이다. 고르디옙스키의 모습이 마지막으로 목격된 때는 금요일 오후. 비닐 봉지를 하나 들고 레닌스키 대로에서 숲속으로 뛰어 들어간 것이 마지막이었다. 그전에도 세 번 그가 자취를 감춘 적이 있지만, 매번 몇 시간 안에 다시 모습을 드러냈다. 그런데 이번에는 그가 아파트로 돌아오지 않았다. 동생이나, 장인이나, 친구 류비모프와 같이 있지도 않았다. KGB가 주소를 알고 있는 어느 장소에도 그는 없었다.

이때 경보를 울리는 것이 아마 가장 현명한 행동이었을 것이다. 그러고는 곧장 추적에 나서서 고르디옙스키의 행방에 대한 단서를 찾기 위해 그의 아파트를 샅샅이 분해하고, 그의 친구와 친척을 모조리 데려와 심문하고, 영국 외교관들에 대한 감시를 강화하고, 공중이든 바다든 육지든 모든 탈출로를 봉쇄하면 되었을 것이다. 하지만 7월 20일 아침에 감시 팀이 이런 조치를 취했다는 증거가 전혀 없다. 그들은 모든 독재 국가에서 기회주의자들이 하는 행동을 했다. 문제가 저절로 사라지기만 바라면서 아무 행동도 하지 않았다는 뜻이다.

오전 7시 30분, 레닌그라드

MI6 탈출 팀은 레닌그라드의 아스토리야 호텔 앞에 차를 세웠다. KGB의 갈색 감시 차량은 레닌그라드 중심가까지 내내 그들을 미행한 뒤에야 사라졌다. 〈나는 우리에게 새로운 꼬리가 붙었을 것이라고 가정했다.〉 애스콧은 이렇게 썼다. 그들은 자동차 트렁크를 열어 〈일부러 보란 듯이 그 안을 뒤적거렸다. 우리에게 감출 것이 하나도 없고 안에는 순전히 여행 가방만 가득하다는 것을 감시자에게 보여 주기 위해서였다〉. 지가 두 여자와 함께 호텔 안으로 들어가 아기에게 음식을 먹이고 자신들도 아침 식사(〈속이 뒤집어질 것 같은 맛이 나는 삶은 달걀과 나무처럼 딱딱한 빵〉)를 하는 동안 애스콧은 차 안에 남아 잠든 척했다. 〈KGB가 킁킁거리며 돌아다니고 있는 상황에서 사람들이 차 안을 들여다보게 할 수는 없었다.〉 남자 두 명이 각각 따로 다가와 차창으로 안을 들여다보았다. 애스콧은 두 번 다 화들짝 놀라서 깬 척하면서 그들을 노려보았다.

차량 대피소까지 북쪽으로 160킬로미터를 달려가는 데에는 약 두 시간이 걸릴 것 같았다. 오후 2시 30분으로 예정된 접선 시각보다 넉넉히 앞서서 도착하려면 11시 45분에 레닌그라드를 출발해야 했다. 레닌그라드까지 미행이 있었다는 점과 지금도 호기심 많은 사람들이 주변을 맴돌고 있다는 점을 감안할 때, KGB의 관심이 걱정스러운 수준에 이른 것 같았다. 〈그 시점에서 나는 그들이 국경까지 우리를 따라올 것이라고 확신했다. 내게 남아 있던 열정이 수그러들었다.〉 서방에서 제작된 힘센 차량들로 소련제 KGB 자동차 한 대를 따돌리고 한참 앞서 달려 나가 그들 모르게 접선 장소로 꺾어져 들어가는 것이 가능할 수는 있었다. 하지만 KGB 감시 차량이 앞에도 배치되어 있다면? 간혹 그런 경우가 있었다. 이런 상황에서 핌리코 팀이 감시자를 따돌리는 데 실패한다면, 매복하고 있는 적의 품으로 뛰어드는 꼴이 될 수 있었다. 〈가장 두려운 것은 KGB의 두 감시 팀이 접선 장소에서 협공을 펼치는 경우였다. 아직 남아 있던 낙관적 생각이 빠르게 증발했다.〉

애스콧은 출발 때까지 남은 두 시간 동안 공산주의자들이 가장 귀하게 여기는 장소 중 하나인 스몰니 학원과 수도원으로 역설적인 순례를 다녀오자고 제안했다. 원래 귀족 아가씨들을 위한 스몰니 학원으로 불리던 이곳은 러시아 최초의 여성(귀족만) 교육 기관 중 하나였으나, 10월 혁명 때 레닌이 팔라디오 양식의 학원 건물을 본부로 사용한 뒤 볼셰비키 정부 청사가 되었다. 정부는 나중에 모스크바의 크렘린으로 옮겨 갔다. 스몰니 학원 건물에는 애스콧의 말처럼 〈레닌 시리즈〉가 가득했다.

네 사람은 스몰니의 정원에서 벤치에 모여 앉아 보란 듯이 여행 안내서를 들여다보았다. 〈그것은 모든 것을 점검하는 마지막 전략 회의였다.〉 애스콧은 이렇게 말했다. 접선 장소까지 무사히 도착한다면, 자동차 트렁크 안의 물건들을 옮겨 사람을 태울 공간을 만들어야 했다. 레이철이 소풍 분위기를 연출하는 동안 남자들은 트렁크에서 짐 가방을 내리기로 했다. 캐럴라인은 플로렌스를 품에 안고 차량 대피소 입구까지 걸어가 도로를 살필 것이다. 〈조금이라도 이상한 점이 보이면 머리의 스카프를 벗기로 했다.〉 하지만 아무 이상이 없으면 지가 자동차 엔진 덮개를 열어 핌리코에게 모습을 드러내도 좋다는 신호를 보낼 것이다. 도청 마이크에 대화 소리가 잡힐 수 있으므로, 핌리코를 태울 때는 아무 말도 하지 말아야 했다. 만약 핌리코가 혼자 나타난다면, 지의 자동차 트렁크에 숨을 것이다. 포드의 서스펜션이 사브보다 높아서 한 사람의 몸무게가 추가되었다는 사실이 조금 덜 눈에 띌 수 있었다. 〈아서가 앞장서서 접선 장소를 떠나기로 했다.〉 애스콧은 이렇게 썼다. 〈나는 혹시 누가 트렁크를 들이받으려 시도하는 경우에 대비해서 뒤쪽을 보호할 예정이었다.〉

레닌의 혁명 본부는 이런 음모를 꾸미기에 적절한 장소 같았다. 〈사실상 KGB를 향해 손가락 욕을 하는 것과 같았다.〉

마지막 여정을 위해 다시 차에 오르기 전에 그들은 네바강 변으로 내려가, 버려진 부두를 지나 강물이 흘러가는 것을 지켜보았다.

〈바퀴도 사라진 채 녹슬어 가는 버스들이 여기저기 흩어져 있고, 찢어진 셀로판 꾸러미들이 물풀 속으로 둥둥 떠갔다.〉 애스콧은 전능하신 분과 잠깐 이야기를 나누기에 좋은 기회인 것 같다고 말했다. 〈우리 넷은 잠시 성찰의 시간을 가졌다. 초월적인 어떤 것과 정말로 연결된 것 같았다. 우리에게 꼭 필요한 일이었다.〉

레닌그라드 외곽에서 그들은 감시탑이 있는 커다란 GAI 초소를 지나쳤다. 조금 뒤 높은 무선 안테나가 달리고 남자 두 명이 탄 파란색 지굴리 한 대가 뒤에 나타났다. 〈우울해지는 광경이었다.〉 애스콧은 이렇게 썼다. 〈하지만 더 나쁜 일이 기다리고 있었다.〉

오전 8시 25분, 젤레노고르스크

고르디옙스키는 기차에서 내려 주위를 둘러보았다. 1948년까지 핀란드 이름인 테리요키로 불리던 젤레노고르스크가 이제 잠에서 깨어나고 있었다. 역에도 사람들이 북적거렸다. 여기까지 누가 그를 미행하는 것은 불가능한 일일 것 같았지만, 모스크바의 감시 팀이 이미 경보를 울렸을 터였다. 북서쪽으로 80킬로미터 떨어진 비보르크의 국경 초소에 이미 비상이 걸렸을 가능성도 있었다. 탈출 계획에 따르면, 그는 버스를 타고 목적지까지 가다가 표시 기둥 836 앞에서 내려야 했다. 모스크바에서 836킬로미터 떨어진 지점이자, 국경 도시까지 약 26킬로미터 남은 지점이었다. 버스 터미널에서 그는 비보르크행 표를 샀다.

낡아 빠진 버스의 좌석은 절반쯤 차 있었다. 버스가 젤레노고르스크를 씨근거리며 빠져나가는 동안 고르디옙스키는 딱딱한 좌석에서 최대한 편안한 자세를 잡고 눈을 감았다. 그의 앞좌석에 앉은 젊은 커플이 친절하게 자꾸 말을 걸었다. 그들은 아침 9시부터 만취한 상태였다. 거의 소련에서만 볼 수 있는 독특한 광경이었다. 「어디로 가세요?」 그들이 딸꾹거리며 물었다. 「어디서 오셨어요?」 고르디옙스키는 중얼거리듯이 대답을 내놓았다. 자꾸 옆 사람에게 말을 거는 주정뱅이들이 으레 그렇듯이, 그들도 같은 질문을 더 큰 소리로 또 던졌다. 고르디옙스키는 비보르크 인근 마을에 사는 친구 집에 가는 길이라며, 소형 지도책을 열심히 연구할 때 본 마을 이름을 간신히 떠올렸다. 그 자신이 듣기에도 새빨간 거짓말 같은 이야기였지만, 젊은 커플은 만족했는지 맥락도 없이 계속 떠들어 대다가 약 20분 뒤 비틀비틀 일어나서 즐겁게 손을 흔들며 버스에서 내렸다.

길 양편에 울창한 숲이 이어졌다. 자작나무와 사시나무가 섞인 침엽수림 사이로 가끔 소풍 테이블이 놓인 공터가 나타났다. 길을 잃기도 쉽지만, 몸을 숨기기에도 좋은 곳 같았다. 관광버스들이 축전에 가는 스칸디나비아 젊은이들을 태우고 반대편에서 줄줄이 달려왔다. 장갑 수송 차량을 포함한 군용 차량도 많이 눈에 띄었다. 국경 지역에 군대가 많이 배치되어 있었다. 일종의 훈련 같은 것이 진행 중인 듯했다.

길이 오른쪽으로 휘어지더니, 베로니카 프라이스가 그에게 자주 보여 주었던 사진들이 갑자기 현실이 되어 나타났다. 모스크바에서 여기까지 거리를 표시한 기둥은 발견하지 못했지만, 틀림없이 여기가 그곳 같았다. 그는 벌떡 일어나 차창 밖을 보았다. 이제 버스 안에는 승객이 거의 없었다. 운전기사가 백미러 속에서 묘한 표정으로 그를 보고 있었다. 그가 버스를 세웠다. 고르디옙스키는 머뭇거렸다. 그러다 버스가 다시 움직이려고 하자 그는 한 손으로 입을 막고 서둘러 통로를 걸어갔다. 「미안해요. 속이 안 좋아서. 내려 주겠소?」 운전기사는 짜증을 내며 다시 차를 세우고 문을 열어 주었다. 버스가 멀어지는 동안 고르디옙스키는 길가 도랑 위로 허리를 숙이고 토하는 척했다. 지나치게 눈에 띄는 모습이었다. 적어도 여섯 명쯤 되는 사람들이 이제 그를 똑똑히 기억할 것이다. 기차의 여성 경비원, 침대칸 바닥에 그가 기절해 있는 것을 발견한 남자, 만취한 커플, 버스 기사. 특히 버스 기사는 자기가 어디로 가는지도 모르는 사람 같은 얼굴로 토하기 직전이던 승객을 분명히 기억할 터였다.

차량 대피소 입구가 300미터 앞에 있었다. 독특한 바위를 보니 확실했다. 길은 100미터 길이의 널찍한 D 자형 곡선을 그리며 갈라져 나갔다. 길가의 나무들과 덤불이 시야를 가렸다. D 자형 곡선 중 가장 넓은 지점에서 오른쪽의 숲속으로 군사 도로가 깊숙이 뻗어 있었다. 차량 대피소 노면에서는 흙먼지가 풀풀 날렸지만, 주변의 땅은 여기저기 물웅덩이가 있는 습지였다.

기온이 점점 올라가면서, 땅에서 강한 악취가 올라왔다. 모기가 윙윙거리는 소리가 들리더니, 곧 따끔하게 물리는 느낌이 났다. 연달아 두 번이나. 숲이 조용해서 소리가 울리는 것 같았다. 시각은 이제 10시 30분에 불과했다. MI6 탈출 차량은 네 시간 뒤에나 도착할 것이다. 아예 안 올 수도 있고.

두려움과 흥분은 식욕과 정신에 기묘한 영향을 미칠 수 있다. 고르디옙스키는 덤불 속에 계속 숨어 있었어야 했다. 재킷을 머리 위로 뒤집어쓰고 모기들이 마구 날뛰게 두었어야 했다. 거기서 기다렸어야 했다. 하지만 그는 다른 행동을 했다. 나중에 돌이켜 보니 거의 미친 짓이었다.

그는 비보르크로 들어가 술을 한잔하기로 했다.

낮 12시, 레닌그라드에서 비보르크로 이어진 고속 도로

MI6의 차량 두 대가 KGB의 파란색 지굴리를 뒤에 매달고 레닌그라드 외곽을 빠져나가고 있을 때, 소련 경찰차 한 대가 애스콧의 사브 앞에 나타나 이 작은 행렬의 선두 자리를 차지했다. 조금 뒤 또 다른 경찰차가 반대 방향으로 달려가다가 신호를 보내더니 유턴을 해서 KGB 차량 뒤로 끼어들었다. 그다음에는 겨자색 지굴리가 새로 나타나 이 행렬의 맨 뒤에 합류했다. 〈앞뒤로 포위당했네.〉 애스콧은 캐럴라인과 불안한 시선을 교환했지만 아무 말도 하지 않았다.

약 15분 뒤 맨 앞의 경찰차가 갑자기 속도를 높였다. 동시에 KGB 차량도 속도를 높여 영국 차 두 대를 추월해서 맨 앞에 자리를 잡았다. 먼저 달려간 경찰차는 1.5킬로미터 앞의 샛길에서 기다리고 있었다. 그 차는 행렬이 지나가고 난 뒤 다시 큰길로 나와 맨 뒤에 자리를 잡았다. 행렬은 다시 앞뒤로 포위되었다. 이번에는 KGB 차량이 맨 앞에 서고 경찰차 두 대가 뒤에 있다는 점만 다를 뿐이었다. 이건 소련 사람들이 힘을 자랑할 때 사용하는 고전적인 방법이었다. 그들은 서로 무전을 주고받으며 기괴한 안무를 추듯이 이런 움직임을 실행했다. 〈KGB가 경찰차에 이렇게 말했을 것이다. 「원한다면 계속 따라와도 되지만, 작전 지휘는 우리 몫이야.」〉

그들이 어떤 자리에서 달리기로 했든 상관없이, 이건 감시한다는 사실을 감추려고 하지도 않는 강력한 감시였다. 애스콧은 우울하게 계속 차를 몰았다. 〈그 시점에서 나는 우리가 협공을 당하고 있다고 생각했다. 우리가 약속 장소로 들어가면, 제복을 입고 덤불 속에 매복해 있던 사람들이 환영 위원회처럼 나올 것 같았다.〉

모스크바에서부터 거리가 얼마나 되는지를 표시한 기둥들의 숫자가 목적지에 점점 가까워졌다. 〈이런 상황에 대비한 계획이 전혀 없었다. 우리가 앞뒤에 몇 미터 간격으로 KGB 차량을 매단 채 접선 장소로 이동하게 될 줄은 상상도 하지 못했다.〉맨 앞에 한 대, 뒤에 석 대가 그들을 포위하고 있으니, 차량 대피소로 들어갈 수는 없었다. 애스콧은 속으로 생각했다. 「접선 장소에 도착할 때까지 저들이 계속 쫓아온다면 작전을 중지해야 할 거야.」핌리코(그리고 만약 그가 가족을 데려왔다면 가족들도)는 앞이 막막한 상태가 될 것이다. 물론 그가 애당초 모스크바를 떠날 수 있었을 때의 얘기지만.

낮 12시 15분, 비보르크 남쪽의 카페

비보르크 쪽 도로에 가장 먼저 나타난 차는 라다였다. 고르디옙스키가 엄지손가락을 쭉 내밀자마자 그 차가 얌전히 멈춰 섰다. 아브토스톱이라고 불리는 히치하이킹은 소련에서 흔한 일이었다. 정부 당국이 권장하는 행위이기도 했다. 군사 지역에서도 혼자 히치하이킹을 하려는 사람이 반드시 의심의 대상이 되지는 않았다. 라다의 젊은 운전자는 말쑥한 민간인 복장을 하고 있었다. 아마도 군인이거나 KGB일 것 같다는 생각이 들었지만, 만약 고르디옙스키의 이 판단이 옳다면 그는 놀라울 정도로 호기심이 없는 사람이었다. 그는 질문을 하나도 던지지 않고, 비보르크 외곽까지 가는 동안 내내 서방의 팝 음악을 크게 틀었다. 고르디옙스키가 잠시 차를 태워준 삯으로 3루블을 내밀자, 그는 아무 말 없이 돈을 받고는 뒤도 한번 돌아보지 않고 가버렸다. 몇 분 뒤 고르디옙스키는 훌륭한 점심 식사를 앞에 두고 앉아 있었다. 맥주 두 병과 프라이드치킨 한 접시였다.

일단 맥주 한 병을 매끄럽게 비우고 나니 흥분이 가라앉으면서 기분 좋은 졸음이 몰려왔다. 닭 다리를 먹어 보니, 그가 지금껏 먹어 본 음식 중에 가장 맛있었다. 비보르크 외곽의 이 텅 빈 카페테리아는 이렇다 할 특징이 전혀 없었으며, 유리와 플라스틱으로 이루어진 거품 같았다. 웨이트리스는 주문을 받는 동안 고르디옙스키를 거들떠보지도 않았다. 딱히 마음이 놓인다고 할 정도는 아니어도, 묘하게 차분해지면서 갑자기 엄청난 피로가 몰려왔다.

비보르크는 수백 년 동안 스웨덴, 핀란드, 러시아, 소련, 다시 핀란드, 다시 소련으로 계속 소속이 바뀌었다. 1917년에 레닌은 볼셰비키 대표단을 이끌고 이 도시를 지나갔다. 제2차 세계 대전 이전에 이 도시의 인구 8만 명 중 대다수는 핀란드인이고, 나머지는 스웨덴인, 독일인, 러시아인, 집시, 타타르인, 유대인이었다. 핀란드와 소련 사이의 겨울 전쟁(1939~1940) 때 사실상 주민 전체가 소개되고, 건물 중 절반 이상이 파괴되었다. 격렬한 전투 끝에 붉은 군대가 이 도시를 점령했고, 소련은 1944년에 이 도시를 합병하면서 핀란드인 주민들을 모조리 추방하고 그 자리에 소련 국민들을 채워 넣었다. 이 도시는 파괴와 인종 청소를 겪은 뒤 신속하게 싸구려로 재건된 도시 특유의 황량하고 무기력한 분위기를 지니고 있었다. 현실과는 완전히 동떨어진 곳 같았다. 하지만 카페 안은 따뜻했다.

고르디옙스키는 화들짝 깨어났다. 그새 잠들었던 건가? 시간이 훌쩍 지나가 오후 1시였다. 그동안 카페에 들어온 남자 세 명이 그를 빤히 쳐다보고 있었다. 고르디옙스키가 느끼기에는 그를 수상쩍게 보는 것 같았다. 세 사람 모두 옷차림이 말쑥했다. 고르디옙스키는 서두르는 것처럼 보이지 않으려고 애쓰면서, 남은 맥주 한 병을 가방 안에 넣고 테이블 위에 돈을 놓은 뒤 밖으로 나갔다. 그리고 마음을 다스리면서 아무렇지 않은 척 남쪽으로 걸었다. 그렇게 400미터쯤 간 뒤에 용기를 내 뒤를 돌아보았다. 세 남자는 계속 카페 안에 있었다. 도대체 어쩌다 시간이 그렇게 흘렀을까? 거리에는 이제 인적이 없었다. 점심때가 되면서 차량들이 녹듯이 사라져 버렸다. 고르디옙스키는 뛰기 시작했다. 고작 몇백 미터 만에 땀이 줄줄 쏟아졌지만 그는 더 속도를 높였다. 그의 달리기 솜씨는 여전했다. 지난 두 달 동안 시련을 겪었는데도 몸 상태는 좋았다. 두려움과 운동 때문에 심장이 쿵쾅거리는 것을 느끼며 달리기의 리듬 속으로 빠져들었다. 히치하이커는 눈에 띄는 존재가 아닐지 몰라도, 텅 빈 길에서 전력 질주를 하는 남자라면 확실히 관심을 끌 수 있었다. 하지만 적어도 그는 국경에서 멀어지는 방향으로 뛰고 있었다. 속도를 더 높였다. 그냥 접선 장소에 계속 있을걸. 한 시간 20분 만에 그 차량 대피소까지 26킬로미터를 달려갈 수 있을까? 거의 불가능했다. 그래도 그는 뛰었다. 있는 힘껏 빨리. 목숨을 걸고 뛰었다.

오후 1시, 핀란드 발리마 마을 북쪽 약 3킬로미터 지점

핀란드 쪽에서 탈출자를 맞을 MI6 팀은 일찌감치 자리를 잡았다. 전날 저녁 애스콧과 지가 모스크바를 정시에 출발했다는 말은 들었지만, 그 뒤로 아무 소식이 오지 않았다. 프라이스와 브라운은 도로를 벗어나 공터 가장자리에 빨간색 볼보를 세웠다. 쇼퍼드와 덴마크 요원들은 각각 도로 양편에 자리를 잡았다. 만약 MI6의 두 차량이 나타났을 때 KGB가 열심히 그 뒤를 쫓고 있다면, 에릭센과 라르센이 자기들 차량을 이용해 KGB 차량을 막거나 들이받으려고 시도할 것이다. 그들은 그런 상황을 예상하며 무척 즐거워하는 것 같았다. 지난 나흘이 정신없이 바쁘게 흘러간 탓인지, 덥고 조용한 이날은 묘하게 평화로웠다.

〈정신없이 돌아가는 세상의 한복판에서 유난히 조용한 순간을 경험했다.〉 사이먼 브라운은 이렇게 회상했다. 그는 애니타 브루크너의 부커상 수상작인 소설 『호텔 뒤락』을 가져왔다. 〈두꺼운 책을 가져가면 감히 운명을 시험하는 짓이 될 것 같아서 얇은 책을 가져갔다.〉 덴마크 요원 두 명은 꾸벅꾸벅 졸았다. 베로니카 프라이스는 머릿속으로 탈출 계획의 세세한 부분들을 일일이 점검했다. 브라운은 최대한 느릿느릿 책을 읽으면서 〈똑딱똑딱 흘러가는 시간을 생각하지 않으려고 했다〉. 그래도 어둡고 불길한 생각이 자꾸만 비집고 들어왔다. 〈우리가 아이들에게 약을 주사하는 것이 사실상 아이들을 죽이는 짓이 아닐까 싶었다.〉

오후 1시 30분, 레닌그라드에서 비보르크로 이어진 고속 도로

소련의 도로 건설 담당자들은 레닌그라드에서 스칸디나비아와 소련의 주요 관문인 핀란드 국경까지 뻗은 고속 도로를 자랑스러워했다. 가운데가 볼록한 모양에 아스팔트도 제대로 깔려 있고, 폭도 넓어서 자랑할 만한 도로였다. 각종 표지판도 깔끔했다. 영국인과 소련인의 작은 차량 행렬은 시속 120킬로미터로 씽씽 달리고 있었다. KGB 차량이 맨 앞에 서고, MI6 차량들은 중간에 갇혔으며, 경찰차 두 대와 또 다른 KGB 차량은 조금 떨어진 거리에서 따라오고 있었다. KGB 감시 팀이 너무 편안한 것 같아서 애스콧은 그들의 일을 조금 힘들게 만들어 주기로 했다.

〈나는 오랫동안 감시받으며 살았다. 그러니 우리도 KGB 제7부의 사고방식에 대해 나름대로 아는 것이 있었다. 그들의 감시를 우리가 안다는 사실을 그들 역시 알 때가 많았지만, 그들이 정말로 당황해서 화를 내는 것은 상대가 일부러 그들의 존재를 알아차렸다고 표시할 때였다. 심리적으로 어떤 감시 팀도 감시 대상에게서 눈

에 잘 띄는 무능력한 감시자라는 지적을 받고 싶어 하지 않는 법이다. 상대가 손가락질을 하면서 사실상 이렇게 말하는 것 같은 상황을 그들은 몹시 싫어한다. 「네가 거기 있는 걸 우리가 알지. 네 꿍꿍이가 뭔지도 알아.」〉 원칙적으로 애스콧은 아무리 노골적인 감시를 당해도 항상 그들을 무시했다. 하지만 이번에는 스스로 정한 이 원칙을 처음으로 깨뜨리기로 했다.

우리의 스파이 애스콧 자작은 속도를 시속 55킬로미터까지 줄였다. 그러자 행렬의 다른 차량들도 덩달아 속도를 줄였다. 거리 표시 기둥 800 지점에서 애스콧은 또 속도를 줄였다. 나중에는 모두들 고작해야 시속 45킬로미터의 속도로 기듯이 움직이게 되었다. 맨 앞의 KGB 차량은 속도를 줄이고 영국 차들이 따라오기를 기다렸다. 다른 차들이 행렬 뒤에 차곡차곡 쌓이기 시작했다.

KGB 차량의 운전자는 이 상황이 싫었다. 영국인들이 일부러 진행을 방해하며 그를 놀리고 있었다. 〈결국 열이 받은 앞차 운전자가 최고 속도로 쌩 하니 달려갔다. 상대에게 감시 사실을 지적받는 것이 싫어서였다.〉 그 파란색 지굴리는 몇 킬로미터 앞에서 카이모보 마을로 이어진 샛길에 들어가 기다리고 있다가 다른 감시 차량들 뒤에 붙었다. 애스콧의 사브가 다시 선두가 되었다.

애스콧은 점차 속도를 높였다. 지도 사브와 딱 15미터 간격을 유지하면서 함께 속도를 높였다. 뒤따라오던 차량 석 대가 뒤처지기 시작했다. 앞에는 도로가 직선으로 뻥 뚫려 있었다. 애스콧은 다시 가속 페달을 밟았다. 이제 그들의 속도는 약 시속 140킬로미터였다. 지와 소련 차량들 사이의 간격은 800미터 넘게 벌어졌다. 거리 표시 기둥 826이 옆을 휙 스쳐 지나갔다. 접선 장소까지 남은 거리는 고작 10킬로미터.

애스콧은 커브 길을 휙 돌아서 브레이크를 밟았다.

군대 행렬이 왼쪽에서 오른쪽으로 길을 건너가고 있었다. 탱크, 곡사포, 로켓탄 발사기, 장갑 수송 차량. 빵 배달 승합차 한 대가 벌써 저 앞에 멈춰 서서 행렬이 지나가기를 기다리는 중이었다. 애스콧은 그 승합차 뒤에 차를 세웠다. 지는 애스콧 뒤에 차를 세웠다. 감시 차량들이 그들을 따라잡아 뒤에 줄지어 섰다. 탱크 위에 탄 소련 군인들이 외국 차량을 알아보고 주먹을 치켜들며 소리를 질렀다. 냉전 시대의 얄궂은 인사법이었다.

〈끝났네. 우린 끝났어.〉 애스콧은 속으로 생각했다.

오후 2시, 레닌그라드 고속 도로, 비보르크에서 남동쪽 16킬로미터

뒤에서 트럭이 묵직한 소리를 내며 다가오는 소리에 고르디엡스키는 눈으로 보기도 전에 엄지손가락부터 내밀었다. 트럭 기사가 올라타라고 손짓했다. 「거긴 왜 가시려고? 아무것도 없는 곳인데.」 고르디엡스키가 거리 표시 기둥 836에서 내려 달라고 숨을 몰아쉬며 말하자 기사는 이렇게 대꾸했다.

고르디엡스키는 음모를 꾸미는 사람처럼 보이기를 바라면서 애써 표정을 지어 기사를 바라보았다. 「숲속에 별장이 몇 채 있어요. 거기서 멋진 여성이 날 기다리고 있지.」 트럭 기사는 마음에 든다는 듯 콧바람을 내뿜더니 음모에 동참한 사람처럼 히죽 웃었다.

「귀엽기도 하지.」 10분 뒤 접선 장소에 도착해 트럭에서 내린 고르디엡스키는 속으로 생각했다. 트럭 기사는 주머니에 3루블을 받아 챙기고 호색적인 표정으로 윙크를 하며 멀어져 갔다. 「귀여운 러시아 남자야.」

차량 대피소에 도착한 그는 덤불 속으로 기어 들어갔다. 굶주린

모기들이 그를 환영했다. 군사 기지로 가는 여자들을 태운 버스가 차량 대피소로 들어왔다가 계속 길을 따라 달려갔다. 고르디옙스키는 축축한 땅에 몸을 납작하게 붙이고, 혹시 저들 눈에 자신이 보였을지 걱정했다. 침묵이 내려앉았다. 모기들이 붕붕거리는 소리와 쿵쾅거리는 그의 심장 소리뿐이었다. 수분이 부족해진 그는 가져온 맥주를 마셨다. 2시 30분이 지나갔다. 2시 35분도 지나갔다.

2시 40분에 또 한 번 광기의 순간이 왔다. 그는 벌떡 일어서서 도로로 걸어 나가, MI6의 도주 차량이 올 방향으로 향했다. 길까지 그들을 마중 나간다면 몇 분쯤 시간을 절약할 수 있을 것 같았다. 하지만 몇 걸음 만에 제정신이 돌아왔다. 만약 MI6 차량에 KGB의 감시가 붙었다면, 탁 트인 곳에서 KGB에 현장을 딱 들킬 것이다. 고르디옙스키는 차량 대피소로 뛰어가 다시 덤불 속으로 몸을 숨겼다.

「기다려.」그는 혼잣말을 했다. 「정신 똑바로 차리고.」

오후 2시 40분, 거리 표시 기둥 826, 레닌그라드에서 비보르크로 이어진 고속 도로

군대 행렬의 마지막 차량이 마침내 덜컹덜컹 길을 건너갔다. 애스콧은 사브에 시동을 걸고, 가만히 서 있는 빵 배달 승합차 옆을 돌면서 가속 페달을 세게 밟았다. 지가 겨우 몇 미터 뒤에서 따라왔다. 그들이 100미터쯤 앞서 나갔을 때 KGB 차량에 시동이 걸렸다. 도로는 뻥 뚫려 있었다. 애스콧은 발을 바닥에 내려놓았다. 헨델의 「메시아」가 카세트테이프 플레이어에서 흘러나왔다. 캐럴라인이 음악 소리를 끝까지 키웠다. 〈흑암에 행하던 백성이 큰 빛을 보고 사망의 그늘진 땅에 거하던 자에게 빛이 비춰도다.〉[2] 애스콧은 우울

2 「이사야서」 9장 2절 — 옮긴이주.

하게 속으로 되뇌었다. 「이럴 수만 있으면…….」

　MI6 요원들은 차를 몰고 이 길을 이미 여러 차례 오간 적이 있기 때문에 차량 대피소가 겨우 몇 킬로미터 앞에 있다는 사실을 알고 있었다. 순식간에 속도가 시속 140킬로미터까지 다시 올라오고 이미 500미터나 뒤처진 감시 차량들과의 거리가 꾸준히 더 벌어졌다. 표시 기둥 836이 나타나기 직전, 길이 곧게 펴지면서 완만한 내리막길이 800미터쯤 이어지다가 다시 오르막이 되면서 오른쪽으로 급격하게 꺾어졌다. 차량 대피소는 약 200미터 앞 오른쪽에 있었다. 그곳에 소풍 나온 소련 사람들이 가득할까? 캐럴라인 애스콧은 남편이 탈출자를 태우려고 할지 아니면 그냥 차량 대피소를 지나칠지 여전히 알 수 없었다. 모르기는 지도 마찬가지였다. 사실 애스콧 본인도 몰랐다.

　완만한 내리막길이 끝나는 지점에서 애스콧이 커브 길로 접어드는 순간, 지는 백미러를 흘긋 보았다. 파란색 지굴리가 곧게 뻗은 도로에서 800미터쯤 뒤에 막 모습을 드러내는 참이었다. 30초면 좁혀질 거리였다. 어쩌면 그보다 덜 걸릴 수도 있었다.

　표식으로 삼은 바위가 시야에 들어왔다. 자신이 무슨 짓을 했는지 인식하기도 전에 애스콧은 브레이크를 콱 밟으면서 차량 대피소 안으로 쌩 하니 들어가 끽 소리를 내며 멈춰 섰다. 지가 겨우 몇 미터 뒤에 있었다. 두 자동차의 타이어들이 길 위로 미끄러지며 흙먼지가 구름처럼 일었다. 나무와 바위 덕분에 도로에서는 그들의 모습을 볼 수 없었다. 차량 대피소에는 인적이 없었다. 시각은 2시 47분. 〈하느님, 제발, 저들이 먼지구름을 못 보게 해주세요.〉 레이철은 속으로 생각했다. 함께 차에서 내리는데 지굴리 석 대의 엔진이 항의하듯 비명을 지르는 소리, 바퀴가 고속 도로를 맹렬히 달려

가는 소리가 들렸다. MI6 팀이 나무에 가려져 서 있는 곳에서 15미
터도 채 떨어지지 않은 곳이었다. 〈지금 저들 중 한 명이라도 백미
러를 본다면 우리를 발견할 거야.〉 애스콧은 속으로 생각했다. 엔진
소리가 점차 희미해졌다. 흙먼지도 가라앉았다. 캐럴라인은 스카프
를 단단히 묶고, 플로렌스를 품에 안고, 망을 보기로 한 차량 대피소
입구 쪽으로 걸어갔다. 레이철은 미리 정한 대로 바구니를 꺼내 소
풍용 깔개를 펼쳤다. 애스콧은 트렁크 안의 짐 가방을 뒷좌석으로
옮기기 시작했다. 지는 캐럴라인이 아무 이상 없다는 신호를 보내
는 즉시 엔진 덮개를 열기 위해 사브 앞쪽으로 이동했다.

그 순간 덤불 속에서 어떤 부랑자가 튀어나왔다. 수염도 깎지 않
고, 헝클어진 머리에는 진흙, 고사리, 흙먼지, 마른 피가 묻어 있고,
한 손에는 싸구려 갈색 가방을 꼭 쥐고, 얼굴에는 반쯤 정신이 나간
것 같은 표정을 한 사람이었다. 〈사진하고는 닮은 구석이 하나도 없
잖아.〉 레이철은 생각했다. 〈말쑥한 스파이를 만나는 환상 같은 것
은 그 즉시 모조리 사라졌다.〉 애스콧은 그 남자가 〈그림 형제의 동
화책에 나오는 숲속 트롤이나 나무꾼〉을 닮았다고 생각했다.

고르디옙스키는 마스 초코바를 들고 있던 지를 기억했다. 지는
빵집 앞에서 고르디옙스키를 얼핏 본 것이 전부였기 때문에, 이 꾀
죄죄한 사람이 과연 동일 인물인지 순간적으로 헷갈렸다. 소련 숲
속의 비포장길 위에서 스파이와 그를 구하러 온 사람들은 잠시 어
쩔 줄을 모르고 서로를 빤히 보기만 했다. MI6 팀은 어린이 두 명을
포함한 네 명의 탈출을 준비했으나 핌리코는 혼자 온 것 같았다. 고
르디옙스키는 정보 요원 두 명이 자신을 데리러 올 것이라고 생각
했다. 베로니카에게서 여자들이 올 거라는 얘기는 들은 적이 없
다. 하물며 진짜 영국식 소풍 깔개 위에 찻잔까지 잘 차리고 있는 여

자들에 대해서는 말할 것도 없었다. 게다가 저기 있는 건 갓난아기인가? MI6가 위험한 탈출 작전에 정말로 아기를 데려왔다고?

고르디옙스키는 두 남자를 번갈아 바라보다가 영어로 툴툴거리듯이 말했다. 「어느 차입니까?」

15
「핀란디아」

애스콧은 열려 있는 지의 자동차 트렁크를 가리켰다. 캐럴라인은 차량 대피소 입구에서 아기와 함께 서둘러 돌아왔다. 레이철은 진흙이 덕지덕지 묻고, 악취가 나고, 어쩌면 방사성 가루가 뿌려져 있을지도 모르는 신발을 비닐봉지에 넣고 묶어서 자동차 앞좌석 밑에 던져 넣었다. 고르디옙스키는 트렁크 안으로 들어가 누웠다. 지가 그에게 물, 의약품 세트, 빈 병을 건네고는, 트렁크 안에서 옷을 벗어야 한다는 뜻을 손짓으로 전달했다. 고르디옙스키의 몸 위에 알루미늄 우주 담요가 덮였다. 여자들은 소풍 세트를 정리해 뒷좌석에 놓았다. 지가 트렁크를 부드럽게 닫자 고르디옙스키의 모습이 어둠 속으로 사라졌다. 애스콧이 먼저 차를 출발시켰다. 두 자동차는 다시 고속 도로로 나와 속도를 올렸다.

고르디옙스키를 태우는 데 걸린 시간은 도합 80초였다.

거리 표시 기둥 852에서 GAI 초소가 시야에 들어왔다. 그 옆에 기억에 남을 만한 광경이 펼쳐져 있었다. 겨자색 지굴리와 경찰차 두 대가 길 오른편에 서서 문을 활짝 열어 놓고 있었다. 사복 차림의

KGB 요원 한 명은 민병대원 다섯 명과 열심히 대화를 나누는 중이었다. 〈우리가 나타나자 그들은 모두 재빨리 고개를 돌려 우리를 보았다.〉 영국 자동차 두 대가 지나가는 동안 입을 떡 벌리고 빤히 바라보는 그들의 얼굴에는 혼란과 안도가 뒤섞여 있었다. 〈우리가 지나가자마자 운전자가 자기 차로 서둘러 뛰어갔다.〉 애스콧은 이렇게 썼다. 〈어찌나 당혹스러운 표정인지 나는 그가 우리를 멈춰 세우고 우리의 움직임에 대해 최소한의 질문이라도 던질 줄 알았다.〉 하지만 감시 차량들은 전처럼 그냥 뒤를 따라왔다. 저들이 국경에 미리 무전을 쳐서, 경비대에게 외국인 외교관 일행을 주의해서 보라고 경고해 두었을까? 자기들이 영국 외교관들을 몇 분 동안 시야에서 놓쳤다고 시인하는 보고서를 보낼까? 아니면 전통적인 소련 방식대로, 이 외국인들이 그냥 길가에 차를 세우고 소변을 봤으려니 하면서 입을 다물어 버릴까? 그들이 실제로 어떤 행동을 했는지 알아내는 것은 불가능하지만, 짐작하기는 어렵지 않다.

레이철과 아서 지가 탄 차의 트렁크 안에서 쿵쿵거리는 소리와 툴툴거리는 소리가 작게 들렸다. 고르디옙스키가 좁은 공간에서 힘들게 옷을 벗으며 내는 소리였다. 곧이어 분명하게 쏴 하는 소리가 났다. 그가 점심때 마신 맥주를 비워 내는 소리였다. 레이철은 음악 소리를 키웠다. 미국 록 밴드 닥터 훅의 히트곡집. 여기에는 「온리 식스틴」, 「당신이 아름다운 여자와 사랑할 때」, 「실비아의 어머니」가 들어 있었다. 닥터 훅의 음악은 흔히 〈듣기 편한 음악〉으로 분류된다. 하지만 고르디옙스키에게는 편하지 않았다. 찜통 같은 자동차 트렁크 안에 갇혀 목숨을 건 탈출을 하면서도 그는 수준 낮고 감상적인 팝 음악에 짜증이 났다. 〈끔찍하기 짝이 없는 음악이었다. 정말 싫었다.〉

하지만 레이철에게 가장 걱정스러운 것은 비밀 승객이 트렁크 안에서 내는 소리가 아니었다. 냄새였다. 땀, 싸구려 비누, 담배, 맥주 냄새가 뒤섞여 자동차 뒤쪽에서부터 퍼지고 있었다. 딱히 불쾌한 냄새는 아니었지만, 아주 뚜렷하고 강렬했다. 〈소련의 냄새였다. 평범한 영국 자동차 안에서는 맡을 수 없는 냄새.〉 냄새 맡는 개들이라면 이 자동차 뒤쪽에서 앞좌석 승객들과는 확연히 다른 냄새가 난다는 사실을 반드시 알아차릴 것이다.

고르디옙스키는 몸을 이리저리 뒤틀어 가며 셔츠와 바지를 벗는 데 성공했지만, 너무 힘들어서 숨이 가빴다. 그렇지 않아도 더워서 견딜 수가 없는데, 한 번 숨을 몰아쉴 때마다 트렁크 안의 공기가 더 탁해지는 것 같았다. 그는 진정제를 한 알 삼켰다. 만약 국경 경비대가 그를 발견한다면 어떤 장면이 펼쳐질지 상상이 갔다. 영국인들은 깜짝 놀란 척하면서 자기들을 도발하려고 누가 이 도망자를 일부러 이 차에 실어 놓았다고 주장할 것이다. 그리고 모두 함께 어딘가로 끌려갈 것이다. 특히 고르디옙스키 자신은 루뱐카로 끌려가 강압적인 심문을 받고 자백한 뒤 죽임을 당할 것이다.

모스크바의 KGB는 이때쯤 문제가 발생했음을 알아차렸음이 분명하다. 하지만 여전히 가장 가까운 국경을 닫으려 하지도 않았고, 전날 저녁 핀란드까지 차를 몰고 가야 한다며 대사관 행사장을 빠져나간 영국 외교관 두 명과 고르디옙스키의 잠적을 서로 연결시키지도 않았다. 대신 그들은 고르디옙스키가 모스크바강에 몸을 던져 자살했거나 어딘가의 술집에서 술에 취해 널브러져 있을 것이라고 보았다. 대규모 관료 제도가 형성된 곳에서 주말은 항상 느릿느릿 흘러간다. 높은 사람들이 휴식을 취하는 동안 하급 관리들이 직장에 나와 일을 처리하기 때문이다. KGB는 고르디옙스키를 찾기 시작했지만 특별히 다급하게 서두르지는 않았다. 그가 가면 어디로 가겠는가? 만약 그가 자살했다면 그보다 명확한 유죄의 증거가 또 어디 있겠는가?

외무부의 정보 담당 차관보인 데릭 토머스는 센추리 하우스 12층에 있는 P5의 사무실에서 핌리코 팀과 합류해, 쇼퍼드의 전화를 기다렸다. 핀란드 〈낚시 여행〉의 결과에 대한 소식을 듣기 위해서였다. 외무부에서는 데이비드 구달 차관이 상급 보좌관들을 한자리에 모아 놓고 토머스의 연락을 기다렸다. 오후 1시 30분, 소련 시각으로 3시 30분에 독실한 가톨릭 신자 구달은 자신의 손목시계를 보며 단언했다. 「신사숙녀 여러분, 지금쯤 국경을 넘고 있을 겁니다. 짧게 기도를 드리는 것이 좋을 것 같군요.」 여섯 명의 공무원이 함께 고개를 숙였다.

비보르크에서는 자동차들이 기어가고 있었다. 만약 KGB가 일부러 자동차를 들이받아 교통사고를 일으켜서 영국 외교관들을 빼돌릴 작정이었다면, 시내 중심부에서 작전을 벌였을 것이다. 지굴리는 이미 어디로 사라져 버렸다. 곧 경찰차들도 떨어져 나갔다. 〈저들이 우리를 잡을 생각이라면, 국경에서 잡겠군.〉 지는 속으로 생각했다.

레이철은 베로니카의 고집으로 길퍼드 숲에서 받은 훈련을 떠올렸다. 우주 담요를 덮고 좁은 트렁크 안에 누워 엔진 소리와 카세트 플레이어의 음악 소리를 듣던 일. 자동차는 갑자기 덜컹거리기도 하고, 멈추기도 했다. 그리고 러시아어로 말하는 목소리들이 들려왔다. 〈그때는 미친 짓 같았다.〉 하지만 이제 보니 앞을 내다본 훈련이었다. 〈그가 어떤 일을 겪고 있는지 우리 모두 알았다.〉

고르디옙스키는 진정제를 한 알 더 삼켰다. 몸과 마음에서 긴장이 조금 풀리는 것이 느껴졌다. 그는 우주 담요를 머리 위까지 올렸다. 속옷만 입고 있는데도 등을 타고 흘러내린 땀이 트렁크의 금속 바닥에 고였다.

비보르크에서 서쪽으로 16킬로미터, 그들은 무장 국경 지대의 경계에 도착했다. 철망 울타리 위에 가시철사가 달려 있었다. 국경 지대의 폭은 대략 20킬로미터였다. 여기서부터 핀란드 사이에 차단문이 다섯 개 있는데, 세 개는 소련 것, 두 개는 핀란드 것이었다.

첫 번째 국경 검문소에서 경비병은 일행에게 〈엄격한 시선〉을 보냈지만, 서류를 확인하지 않고 그냥 손짓으로 통과시켰다. 외교관 일행이 올 것이라는 말이 국경에 미리 전달되었음이 분명했다. 그다음 검문소에서 애스콧은 경비병들의 얼굴을 훑어보았으나 〈특별히 우리를 겨냥한 긴장감은 느껴지지 않았다〉.

아서 지는 자신의 차 안에서 다른 불안감에 빠져 있었다. 이를테면 〈내가 집에 다리미를 켜둔 채 나왔던가?〉 하고 불안해지는 심리와 비슷했다. 아까 서두르는 와중에 자신이 트렁크를 확실히 잠갔는지 기억나지 않았다. 아니, 트렁크를 제대로 닫기나 했는지도 확실치 않았다. 국경을 지나는 동안 트렁크 뚜껑이 저절로 열려서 태아처럼 몸을 웅크리고 그 안에 숨어 있는 스파이의 모습이 드러나는 무시무시한 환상이 갑자기 눈앞에 나타났다. 지는 차를 세우고 뛰어내려 숲 가장자리로 가서 덤불에 소변을 보았다. 그러고는 돌아오는 길에 아무 일도 아닌 것처럼 트렁크를 확인했다. 트렁크는 잠겨 있었다. 집에 두고 온 다리미가 항상 꺼져 있는 것처럼. 이렇게 트렁크를 다시 확인하는 데 걸린 시간은 1분이 채 되지 않았다.

그다음 검문소는 바로 국경에 있었다. 남자들은 출입국 관리소 구역의 주차장에 나란히 차를 세우고, 출국 수속 키오스크 앞에 줄을 섰다. 소련을 떠나기 위한 서류 작성은 시간이 아주 많이 걸리는 일이었으므로, 레이철과 캐럴라인은 한참 동안 기다릴 준비를 했다. 트렁크에서는 아무 소리도 나지 않았다. 레이철은 조수석에 앉아서 지루하고 아픈 표정을 지으려고 애썼다. 아기 플로렌스가 까다롭게 굴면서 울어 대는 덕분에 혹시 트렁크에서 들릴 수도 있는 소리를 감추고 사람들의 주의를 분산시킬 수 있었다. 캐럴라인은 차 밖에 서서 카 시트에 앉은 아기를 안아 올린 뒤 부드럽게 흔들어 주면서 열린 창문을 통해 레이철과 이야기를 나눴다. 국경 경비대원들이 줄지어 선 자동차들 사이를 지나가며 좌우를 살폈다. 레이철은 만약 그들이 차를 수색하려 할 경우 버럭 화를 내려고 마음의 준비를 했다. 그래도 그들이 수색을 고집하면, 애스콧이 항의 서한 사본과 빈 협약 조항들을 내밀 것이다. 그래도 그들이 기어코 트렁크를 열어 보겠다고 하면 애스콧이 외교관답게 버럭 화를 내면서 이대로 곧장 모스크바로 돌아가 공식적인 항의를 제기하겠다고 고집을 피울 것이다. 일이 이쯤에 이르면, 일행이 모두 체포될 가능성이 높았다.

관광버스 두 대가 근처에 서 있었다. 승객들은 자고 있거나 창밖을 한가로이 바라보았다. 철망 울타리로 에워싸인 주차장 가장자리에 야생 분홍바늘꽃이 보라색으로 흐드러지게 피어 있었다. 신선한 건초 냄새가 주차장 저편에서 흘러왔다. 출국 수속 키오스크 안의 여성 관리는 세계 청년·학생 축전으로 술에 취한 젊은 외국인들이 몰려오는 바람에 일이 늘어났다고 맹렬히 투덜거리면서 심술궂은 표정으로 꾸물거렸다. 애스콧은 서두르라고 말하고 싶은 충동과 싸우며 그녀에게 소련식 잡담을 건넸다. 경비병들은 다른 자동차들을 꼼꼼히 수색했다. 주로 모스크바에서 활동하는 상공인들과 집으로 돌아가는 핀란드 사람들이었다.

공기가 뜨겁고 바람 한 점 없었다. 트렁크 안에서 작은 기침 소리가 들리더니 고르디옙스키가 자세를 바꾸는 바람에 차가 아주 살짝 흔들렸다. 차가 이미 국경 지대에 들어왔음을 모르고 헛기침하는 중이었다. 레이철은 음악 소리를 키웠다. 콘크리트 주차장과는 어울리지 않는 닥터 훅의 「온리 식스틴」이 울려 퍼졌다. 개 조련사가 나타나더니 8미터쯤 떨어진 곳에 서서 셰퍼드의 목을 쓰다듬으며 영국 자동차들을 강렬하게 바라보았다. 또 다른 개는 컨테이너 트럭을 수색 중이었다. 셰퍼드가 목줄을 잡아당기며 열성적으로 다가왔다. 레이철은 아무렇지도 않게 과자 봉지를 열어 과자 하나를 캐럴라인에게 건네고, 두어 개를 땅바닥에 떨어뜨렸다.

영국의 치즈와 양파칩에는 독특한 냄새가 있었다. 아일랜드 출신의 감자칩 거물인 조 〈스퍼드〉 머피가 1958년에 개발한 이 과자는 양파 가루, 유청 가루, 치즈 가루, 포도당, 소금, 염화 칼륨, 향료, MSG, 5-리보뉴클레오티드 나트륨, 이스트, 구연산, 색소를 인위적으로 섞어 자극적인 맛을 내게 만든 것이었다. 캐럴라인은 대사관 상점에서 수입산 골든 원더 과자를 샀다. 상점에서는 그 밖에도 마마이트,[1] 소화가 잘되는 비스킷, 마멀레이드 등 소련에서는 구할 수 없는 영국 특산물을 팔았다.

냄새를 맡는 훈련이 된 소련 개들은 치즈와 양파칩 같은 냄새를 맡아 본 적이 한 번도 없을 것이다. 레이철이 과자 하나를 개에게 내밀자 녀석은 게걸스레 삼켰다. 딱딱한 표정의 조련사가 미처 줄을 잡아당기기도 전이었다. 하지만 또 한 마리의 개가 자동차 트렁크에서 냄새를 맡고 있었다. 고르디옙스키의 머리 위에서 러시아어를

1 영국에서 주로 빵에 발라 먹는 제품 — 옮긴이주.

말하는 목소리들이 작게 들려왔다.

개가 차를 한 바퀴 도는 동안 캐럴라인 애스콧은 냉전 이전에도 다른 시대에도 배치된 적이 없는 무기를 향해 손을 뻗었다. 그녀는 스파이가 숨어 있는 트렁크 위에 플로렌스를 내려놓고 기저귀를 갈기 시작했다. 마침 아기가 시간을 딱 맞춰 기저귀를 푸짐하게 채워 준 참이었다. 캐럴라인은 냄새 나는 더러운 기저귀를 호기심 많은 셰퍼드 옆에 떨어뜨렸다. 〈개는 당연히 기겁하며 뒤로 물러났다.〉 이렇게 후각을 교란하는 것은 원래 계획에 포함되어 있지 않았다. 기저귀를 이용하는 것은 즉석에서 생각해 낸 방법인데 효과가 아주 좋았다.

남자들이 수속을 마치고 돌아왔다. 15분 뒤 경비병 한 명이 네 사람의 여권을 들고 나타나 일일이 실물과 대조하며 건네주고는 예의 바르게 작별 인사를 했다.

마지막 차단 문 앞에 자동차 일곱 대가 늘어서 차례를 기다리고 있었다. 가시철망 띠 위에 감시 초소가 있고, 경비병들이 기관총을 들고 그곳을 지켰다. 일행은 약 20분 동안 기듯이 앞으로 나아갔다. 감시 초소의 경비병들이 쌍안경으로 그들을 면밀히 지켜보고 있었다. 이번에는 지가 애스콧보다 앞에 있었다. 〈신경이 너덜너덜해지는 순간이었다.〉

소련 국경의 마지막 장애물은 여권 검사 그 자체였다. 소련 관리들이 영국 외교관들의 여권을 샅샅이 살피는 시간이 영원처럼 길었다. 마침내 차단기가 올라갔다.

이제 그들은 엄밀히 말해서 핀란드 땅에 있었지만, 아직 장애물이 두 개 더 남아 있었다. 핀란드 출입국 관리소와 여권 검사. 소련에서 전화만 한 통 걸려 와도 핀란드 당국이 그들을 돌려세울 수 있었다. 핀란드 출입국 관리가 지의 서류를 살펴보더니, 그의 자동차 보험 만료 날짜가 며칠밖에 남지 않았다고 지적했다. 지는 그전에 소련으로 돌아갈 것이라고 이의를 제기했다. 관리는 어깨를 으쓱하며 도장을 찍어 주었다. 고르디옙스키는 운전석 문이 닫히고 차가 다시 움직이는 것을 느꼈다.

자동차들이 마지막 차단 문을 향해 이동했다. 그 너머에 핀란드가 있었다. 지는 격자창 너머로 여권을 건넸다. 핀란드 관리는 천천히 여권을 검사한 뒤 다시 돌려주고는, 차단기를 올리려고 키오스크에서 나왔다. 그때 전화기가 울렸다. 관리는 키오스크로 돌아갔다. 아서와 레이철은 아무 말 없이 앞만 빤히 바라보았다. 영원처럼 길게만 느껴지는 시간이 흐른 뒤 경비병이 하품을 하며 나타나 차단기를 올려 주었다. 모스크바 시각으로 오후 4시 15분, 핀란드 시각으로 3시 15분이었다.

트렁크 안에서 고르디옙스키는 따뜻하게 달궈진 아스팔트 위에서 타이어가 쉭 하고 미끄러지는 소리를 들었다. 곧 차가 한 번 부르르 떨리더니 속도가 높아졌다.

카세트테이프 플레이어에서 클래식 음악이 갑자기 최고 볼륨으로 터져 나왔다. 닥터 훅의 감상적인 팝송이 아니라, 고르디옙스키가 잘 아는 풍부한 오케스트라 소리였다. 아서와 레이철은 그가 자유의 땅에 들어섰음을 아직 말로 전해 줄 수 없었으나, 소리로 전할 수는 있었다. 핀란드 작곡가 잔 시벨리우스가 조국을 찬양하기 위해 지은 교향시의 유명한 첫 선율로.

「핀란디아」였다.

20분 뒤 영국 자동차 두 대는 숲으로 들어갔다. 애스콧이 런던에서 열심히 외워 둔 사진 속 풍경과는 완전히 다른 곳 같았다. 〈숲에 새로운 길들이 여러 개 생겨났고, 인근의 여러 차량 대피소에 주차된 말쑥한 신형 자동차들도 너무 많았다. 내가 한 번도 본 적이 없는 남자들이 무뚝뚝한 표정으로 우리를 빤히 바라보았다.〉 그들은 〈소련의 적대적인 추적자를 들이받을 준비〉를 한 덴마크 요원 에릭센과 라르센이었다. 평소 인적이 드문 이곳이 갑자기 분주해진 모습에 놀란 사람은 애스콧만이 아니었다. 낡은 갈색 미니 한 대가 나타났다. 버섯을 따러 나온 것으로 보이는 핀란드 노부인이 탄 차였다. 〈노부인은 당연히 겁을 먹고 현명하게 다른 곳으로 가버렸다.〉 나무들 사이로 마틴 쇼퍼드의 〈틀림없는 금발〉이 보였다. 베이지색 볼보 옆을 지나가면서 차를 세울 준비를 하는데, 프라이스가 차창에 얼굴을 딱 대고 있는 것이 보였다. 그녀가 입으로 말했다. 「몇 명?」 애스콧은 손가락 하나를 들어 보였다.

고르디옙스키는 숲속 길에서 차가 덜컹거리는 것을 느꼈다.

이때부터 꿈같은 광경이 침묵 속에서 슬로 모션으로 펼쳐졌다. 브라운과 프라이스가 앞으로 달려왔다. 덴마크 요원들은 뒤에 남았다. 브라운이 자동차 트렁크를 열었다. 땀에 흠뻑 젖은 고르디옙스키가 거기 누워 있었다. 의식은 있었지만 멍한 상태였다. 〈그는 반라의 몸으로 웅덩이 속에 누워 있었다. 그를 보자마자 양수에 젖은 신생아 같다는 느낌이 들었다. 정말 굉장한 재탄생이었다.〉

고르디옙스키는 햇빛 때문에 순간적으로 눈이 부셨다. 보이는 것이라고는 파란 하늘, 구름, 나무뿐이었다. 그는 휘청휘청 밖으로 나와 브라운의 부축을 받으며 섰다. 베로니카 프라이스는 감정을 드러내는 것을 좋아하는 성격이 아닌데도 눈에 띄게 격동하고 있었다. 〈나를 알아본 기색과 애정이 뒤섞인 표정〉이었다. 그녀가 짐짓 꾸짖

듯이 손가락을 흔들었다. 〈세상에, 정말로 대단한 일을 꾸미고 있었네요〉라고 말하는 것 같았다.

고르디옙스키는 그녀의 양손을 잡고 들어 올려 입을 맞췄다. 감사와 해방을 뜻하는 확실한 러시아식 몸짓이었다. 그러고 나서 그는 나란히 선 캐럴라인 애스콧과 레이철 지를 향해 비틀비틀 걸어갔다. 그리고 허리를 숙여 그들의 손에도 차례로 입을 맞췄다. 〈처음에 덤불 속에서 나온 사람은 커다란 황소 같았는데, 갑자기 이렇게 정중하고 섬세한 몸짓이라니.〉 그는 어깨에 여전히 우주 담요를 걸친 채였다. 〈방금 마라톤을 마친 선수 같았다.〉

베로니카 프라이스는 그의 팔을 잡고 조심스레 10여 미터 떨어진 숲속으로 이끌었다. 영국 자동차 안에 설치된 도청 마이크를 피하기 위해서였다.

이제야 마침내 그는 입을 열 수 있었다. 그는 그녀가 항상 사용하던 가명으로 그녀를 불렀다. 「진, 누가 내 정체를 알렸어요.」

더 자세한 이야기를 할 시간은 없었다.

두 번째 접선 장소인 이곳에서 고르디옙스키는 재빨리 새 옷으로 갈아입었다. 원래 입었던 더러운 옷, 신발, 가방, 소련 신문은 하나로 묶어 쇼퍼드의 자동차 트렁크에 넣었다. 레일라와 아이들을 위해 준비한 가짜 여권, 주사기, 옷도 그곳에 두었다. 프라이스가 핀란드 렌터카의 운전대를 잡았고, 브라운과 고르디옙스키는 뒷좌석에 올라탔다. 그녀는 북쪽으로 향하는 고속 도로로 차를 몰았다. 고르디옙스키는 프라이스가 정성 들여 싸온 샌드위치와 과일 주스를 손짓으로 물렸다. 〈나는 위스키를 원했다.〉 그는 나중에 이렇게 말했다. 〈왜 나한테 위스키를 안 준 거지?〉 브라운은 그가 탈진해서 히스테리 상태일 거라고 예상했지만, 〈완전히 차분해〉 보였다. 그는 그

간의 일을 이야기하기 시작했다. 약물이 사용된 심문, 감시를 따돌린 경위, KGB가 그를 미행하면서도 이상하게 체포하지는 않은 것. 〈말을 할 수 있게 되자마자 그는 곧장 이 작전을 분석하면서 우리가 어떤 부분에서 판단을 잘못했는지 말해 주었다.〉 브라운은 그의 가족에 대해 조심스레 물었다. 「가족을 데려오는 건 너무나 위험했습니다.」 고르디옙스키는 간단히 이렇게만 말하고는, 창밖을 스쳐 지나가는 핀란드 시골 풍경을 빤히 바라보았다.

헬싱키로 이어진 도로의 주유소에서 쇼퍼드는 애스콧과 지를 만나 탈출 과정에 대한 간단한 설명을 듣고 공중전화로 향했다. 센추리 하우스의 P5 책상 위 전화기가 울리자 핌리코 팀 전원이 그 책상 주위로 모여들었다. 소련 블록 담당자가 낚아채듯 수화기를 들었다.

「날씨는 어떻습니까?」 그가 물었다.

「날씨는 아주 좋습니다.」 쇼퍼드가 말했다. 소련 블록 담당자는 책상 주위에 모여 있는 팀원들에게 이 말을 그대로 되풀이했다. 「낚시도 아주 좋았어요. 햇빛이 쨍쨍합니다. 추가 손님이 한 명 있습니다.」

이 메시지를 듣고 사람들은 잠시 혼란에 빠졌다. 4인 가족 외에 탈출자가 한 명 더 늘어났다는 건가? 고르디옙스키가 다른 사람을 한 명 더 데려온 거야? 그러면 지금 다섯 명이 노르웨이로 가는 중인가? 만약 그렇다면 그 〈손님〉은 여권도 없이 어떻게 국경을 넘지?

쇼퍼드가 말했다. 「아뇨. 손님은 한 명입니다. 도합.」

통화가 끝난 뒤 팀원들은 한목소리로 환호했다. 하지만 모두가 똑같이 기뻐한 것은 아니었다. 이 작전의 나사들을 잘 조이는 데 많은 기여를 했으며 지금은 임신 6개월인 MI6의 사무원 세라 페이지는 레일라와 아이들을 생각하며 울컥했다. 「그 아내와 딸들은 어쩌

나. 뒤에 남은 그 사람들은 어떻게 될까?」 그녀는 다른 사무원에게 이렇게 중얼거렸다.「사람의 희생은 어쩌고?」

P5는 C에게 전화하고, C는 다우닝가로 전화했다. 찰스 파월이 마거릿 대처에게 상황을 알렸다. 소련 블록 담당자는 켄트에 있는 외무 장관의 시골 별장인 세브닝 하우스로 차를 몰고 가서 제프리 하우 장관에게 고르디옙스키가 소련 국경을 넘었다고 알렸다. 그는 이곳으로 떠나기 전 마지막 순간에 샴페인을 가져가지 않기로 결정했는데, 현명한 결정이었다. 제프리 하우는 처음부터 핌리코를 전적으로 지지하지 않았기 때문에 소식을 듣고도 그다지 기뻐하지 않았다. 그의 탁자 위에 커다란 핀란드 지도가 펼쳐졌다. 소련 블록 담당자는 고르디옙스키가 북쪽으로 가기 위해 지금쯤 달리고 있을 도로를 손가락으로 짚었다.「KGB 저격 부대가 그를 쫓아오는 경우 어떤 계획을 갖고 있습니까?」 외무 장관이 물었다.「혹시 일이 잘못되면요? 핀란드 쪽은 어쩔 겁니까?」

그날 밤 헬싱키에서 가장 세련된 호텔인 클라우스 쿠르키의 꼭대기 층에서 쇼퍼드는 MI6 탈출 팀을 위한 만찬을 열었다. 구운 뇌조와 적포도주가 만찬 메뉴였다. 도청 마이크의 위험에서 벗어난 MI6 모스크바 직원들은 처음으로 핌리코의 본명과 그의 업적에 대한 이야기를 들었다. 만약 KGB가 이때도 그들을 감시했다면, 레이철 지의 허리 통증이 기적처럼 다 나아 버렸음을 알게 되었을 것이다.

탈출 차량 두 대는 밤새 도로를 달려 북극권 쪽으로 향했다. 도중에 잠깐 차를 세워 기름을 채웠고, 어느 산속 개울가에서 고르디옙스키가 자동차 사이드 미러를 보며 사흘 치 수염을 깎을 때 한 번 더 차를 세웠다. 그러나 그는 수염을 절반밖에 깎지 못하고 모기 때문에 다시 차 안으로 들어가야 했다.〈우리는 아직 반쯤 적대적인 나라에 있었다. 소련이 원한다면 모종의 작전을 벌일 수 있을 것이다. 그들에게는 그럴 능력이 얼마든지 있었다. 그러나 국경에서 멀어질수록 우리의 자신감이 커졌다.〉 덴마크의 PET 요원들은 계속 가까이에서 따라왔다. 북극의 태양이 지평선 아래로 살짝 잠겼다가 다시 올라왔다. 고르디옙스키는 수염을 반만 깎은 채로 꾸벅꾸벅 선잠을 자며 거의 입을 열지 않았다. 일요일 아침 8시 직후, 그들은 카리가스니에미에 있는 핀란드-노르웨이 국경에 도착했다. 도로에 한 단짜리 차단기가 내려져 있었다. 국경 경비병은 덴마크인 세 명과 영국인 두 명의 여권을 제대로 살펴보지도 않고 그냥 지나가라며 손을 흔들었다. 함메르페스트에서 그들은 공항 호텔에 들어가 밤을 보냈다.

　다소 지친 얼굴의 덴마크인 신사 한센 씨와 그의 영국인 친구들이 다음 날 오슬로행 비행기에 오를 때 누구도 그들에게 주의를 기울이지 않았다. 그들이 런던행 비행기로 갈아탈 때도 마찬가지였다.

　월요일 저녁에 고르디옙스키는 사우스옴스비 홀에 있었다. 링컨셔 월즈에 있는 이 웅장한 시골 저택에는 하인들, 촛불, 화려한 방, 그에게 감탄하며 열심히 축하 인사를 보내려는 사람들이 가득했다. 1638년부터 매싱버드먼디 가문의 본거지였던 이 홀 주위에는 1천2백 헥타르 규모의 정원이 펼쳐져 있어서 호기심을 품고 기웃거리는 이웃이 전혀 없었다. 이 집의 주인인 에이드리언 매싱버드먼디는 MI5의 접촉자였으므로, MI5의 귀빈을 위해 기꺼이 환영 파티를 열었다. 이 귀빈의 정체를 듣고 깜짝 놀란 그는 늙은 하인을 자전거에 태워 인근 마을로 보내서 주점에 들어가 빈둥거리며 〈혹시 쓸데없는 이야기들이 돌아다니지 않는지 확인해 보라〉고 시켰다.

　겨우 48시간 전만 해도 고르디옙스키는 반라의 몸으로 진정제에 취해 자동차 트렁크 속에 누워서 자신이 흘린 땀에 흠뻑 젖어 있었다. 두려움에 속이 뒤집히는 것 같았다. 그런데 지금은 집사가 그의 시중을 들고 있었다. 급격한 변화를 감당하기 힘들었다. 그는 소련에 있는 아내에게 전화해도 되느냐고 물었다. MI6는 안 된다고 했다. 그 전화로 그가 영국에 있음을 KGB가 알게 될 텐데, 영국은 적절한 때에 미리 준비를 갖춘 뒤에야 이 정보를 알리고 싶었다. 피로와 불안감에 지친 고르디엡스키는 자기가 왜 이 외진 곳의 영국 저택으로 끌려온 건지 의아해하며 기둥이 네 개나 달린 화려한 침대에 누웠다.

그날 저녁 MI6는 핀란드의 스파이 대장 세포 티티넨에게 전문을 보내, 영국 정보 요원들이 소련 망명자 한 명을 핀란드를 경유해서 서방으로 몰래 빼냈음을 알렸다. 답장이 날아왔다. 〈세포는 만족했다. 그러나 무력이 사용되었는지 궁금하다.〉 MI6는 폭력적인 수단 없이 탈출이 이루어졌다고 분명히 밝혔다.

냉전 시대에 영국이 가장 성공적으로 운용한 스파이 작전의 결과와 혜택은 고르디엡스키의 놀라운 탈출에 관한 뉴스가 터져 나오기 한참 전부터 벌써 감지되기 시작했다.

헬싱키에서 하루를 보내는 동안 탈출 팀은 고르디엡스키가 지의 자동차 트렁크에 탔다는 증거를 모두 제거하기 위해 차를 철저히 세차했다. 그러고 나서 서둘러 차를 몰고 모스크바로 돌아갔다. KGB가 사실을 알게 되는 즉시 그들은 외교상 기피 인물로 선포되어 소련에서 추방될 것이다. 그 사실을 알면서도 그들은 들떠 있었다. 〈내 평생 그렇게 완전히 기분이 들뜬 적이 없다.〉 애스콧은 이렇게 말했다. 〈우리는 악의 제국으로 돌아가는 중이었으나, 그들에게 크게 한 방을 먹인 뒤였다. 항상 승리가 예정되어 있는 체제 속에서

2년 반 동안 위협을 느끼며 살던 우리가 기적처럼 그들을 속여 넘겼다.〉 데이비드 래트퍼드 대사 대리는 기쁨에 들떠 5분 동안 대사관 주위에서 조깅을 했다. 대사는 하지 않았다.

며칠 뒤 브라이언 카틀리지 경이 크렘린에 정식으로 신임장을 제출했다. 대사관 직원들은 외교관 제복을 완전히 차려입은 신임 대사를 둘러싸고 기념사진을 찍었다. 애스콧과 지도 그 자리에 있었다. 그들이 모스크바를 떠날 날이 곧 올 것임을 그들도 대사도 잘 알고 있었다.

미하일 류비모프는 월요일 오전 즈베니고로드역에서 11시 13분 열차를 기다렸다. 하지만 고르디옙스키는 약속했던 마지막 칸에 타고 있지 않았다. 모스크바발 다음 열차에도 그는 없었다. 류비모프는 짜증과 걱정을 동시에 느끼며 별장으로 돌아갔다. 고르디옙스키가 곤드레만드레 취해서 아파트에 누워 있는 건가, 아니면 언제나 시간을 잘 지키던 이 오랜 친구에게 나쁜 일이 생긴 건가? 〈음주에는 임의성이 수반되지.〉 그는 이런 생각을 하며 슬퍼했다. 며칠 뒤 그는 KGB 본부로 불려가 심문받았다.

고르디옙스키가 사라졌다는 소문이 KGB 주변에서 소용돌이치고, 터무니없는 추측이 함께 돌아다녔다. 개중에는 일부러 퍼뜨린 거짓 정보도 있었다. K부는 그가 술에 취했든 죽었든 틀림없이 소련 내에 있을 것이라고 몇 주 동안 확신했다. 모스크바 일대에 대한 수색이 시작되었다. 호수와 강도 수색 범위였다. 어떤 사람들은 고르디옙스키가 완벽하게 변장하고 위조 신분증을 이용해서 이란을 통해 빠져나갔을 것이라고 말했다. 부다노프는 고르디옙스키가 KGB 휴양소에서 탈출한 뒤 영국 안가로 끌려갔을 것이라고 주장했다. 그가 사라지기 몇 주 전에 세묘놉스코예에서 돌아왔음을 잘 알면서도 하는 소리였다. 레일라는 카스피해에서 불려와 레포르토보 교도소로 끌려가서 심문을 당했다. 첫 심문은 여덟 시간 동안 계속되었다. 그 뒤로도 수많은 심문이 이어졌다. 「네 남편은 어디 있나?」 그들은 같은 질문을 몇 번이나 던졌다. 레일라는 신랄하게 대답했다. 「남편은 당신들의 요원이잖아요. 당신들이 더 잘 알겠죠.」 고르디옙스키가 영국 정보기관을 위해 일한 것으로 의심된다는 말을 심문관들이 해주었을 때 그녀는 믿으려 하지 않았다. 〈너무 터무니없는 소리 같았다.〉 하지만 며칠이 몇 주가 되도록 그의 행방이 묘연하자, 무자비한 진실이 뿌리를 내렸다. 그녀의 남편은 사라졌다. 그래도 레일라는 남편이 반역을 저질렀다는 말을 단호히 거부했다. 「남편에게서 직접 듣기 전에는 안 믿을 거예요.」 그녀는 KGB 심문관들에게 이렇게 말했다. 〈난 아주 차분하고 강인했다.〉 고르디옙스키가 자신에 대한 어떤 비난을 듣더라도 믿지 말라고 그녀에게 미리 말해 두었기 때문에, 그녀는 남편의 말을 따랐다.

고르디옙스키는 사우스옴스비 홀에서 포트 몽크턴(1MTE, MTE는 군사 훈련 시설Military Training Establishment의 약어)으로 옮겨졌다. 고스포트에 있는 MI6 훈련 기지였다. 나폴레옹 시대에 지어진 이 요새의 경비 초소 위에 있는 손님용 스위트룸이 그의 숙소였다. 훈련소장이 자주 사용하는 이 스위트룸은 소박하지만 편안했다. 고르디옙스키는 환대에 길들여지고 싶지 않았다. 빨리 일을 시작해서, 자신이 치른 희생이 가치 있는 것이었음을 누구보다도 자신에게 증명하고 싶었다. 하지만 처음에는 상실감이 그를 거의 압도할 것 같았다. 네 시간 동안 이어진 첫 보고에서 그는 탈출의 정황, 아내와 자식들의 운명에만 거의 전적으로 초점을 맞췄다. 그는 진한 차와 적포도주를 쉬지 않고 마셨다. 그러면서 가족들의 소식을 계속 물었다. 소식은 전혀 없었다.

그 뒤 넉 달 동안 그는 포트 몽크턴에 머무르며 혼자 고립된 생활을 했다. 이곳은 안전했다. 손님용 숙소에 머무르는 정체불명의 손님 신원은 꼭 알아야 하는 사람에게만 공개되었으나, 곧 많은 직원이 그가 귀빈으로 대접해야 하는 중요한 사람임을 알게 되었다.

작전의 암호명도 새로 바뀌었다. 기쁨의 순간과 잘 맞는 이름으로. 선빔이었다가 녹턴이었다가 핌리코였던 작전명은 이제 오베이션[2]이 되었다. 선빔일 때 고르디옙스키는 KGB의 스칸디나비아 작전에 대한 정보를 제공했다. 런던에서 활동하던 녹턴 시절에는 다우닝가와 백악관의 전략적 사고에 의미심장한 영향을 미친 정보를 생산했다. 이제 마지막 이름 오베이션에 이르러, 작전은 가장 가치 있는 단계에 접어들 것이다. 고르디옙스키가 지난 세월 동안 생산한 많은 정보는 너무 훌륭해서 사용하기 힘들었다. 아주 구체적인 정보라서 그의 정체가 들통날 위험이 있기 때문이었다. MI6는 그를 보호하기 위해 정보를 잘게 쪼개서 다른 모습으로 다시 조합해, 아주 제한적인 상대에게만 극도로 인색하게 나눠 주었다. 고르디옙스키가 런던에서 근무하던 시절만 따져도, 장문의 문서에서부터 정치 보고서와 상세한 방첩 브리핑에 이르기까지 수백 건의 보고서가 생산되었으나 영국 정보기관 밖으로 공유된 것은 그중 소수에 불과했다. 그나마도 다시 편집한 형태로 공유되었다. 하지만 이제는 프랑스와 직접 관련된 모든 정보를 프랑스에 알려 줄 수 있었다. 에이블 아처 사건 때 세계의 재앙이 얼마나 가까웠는지를 독일에 말해 줄 수도 있었다. 트레홀트, 호비크, 베릴링이 의심을 받게 된 경위도 스칸디나비아 국가들에 모두 자세히 밝힐 수 있었다. 고르디옙스키

2 〈열렬한 갈채〉라는 뜻 — 옮긴이주.

가 이제 안전한 영국에 있고 작전에는 종지부가 찍혔으므로, 지난 11년 동안 수집된 방대한 정보를 온전히 이용할 수 있었다. 영국이 다른 나라와 거래할 기밀이 아주 풍부하다는 뜻이었다. 포트 몽크턴의 스위트룸은 MI6 역사상 가장 광범위한 정보 수집, 대조, 분배의 장이 되어 MI6의 요원, 분석가, 사무원 등이 연달아 드나들며 고르디옙스키의 첩보 활동이 낳은 과실을 수확했다.

탈출 작전이 성공하면서 새로이 고려해야 할 문제들이 생겨났다. CIA를 비롯한 서방 동맹국 정보기관들에 MI6의 대성공을 언제 알려야 할까? 언론에도 알려야 할까? 알려야 한다면 어떻게? 하지만 무엇보다 중요한 문제는 이거였다. 소련과의 관계를 어떻게 관리할 것인가? 고르디옙스키의 비밀스러운 도움으로 애써 구축한 대처와 고르바초프의 우호적인 상호 이해가 스파이 전쟁의 이 극적인 반전에도 살아남을 수 있을까? MI6는 또한 레일라와 두 딸을 어떻게 해야 할지 고민했다. 신중한 외교전을 펼친다면, 소련 당국을 설득해 그들을 데려올 수도 있을 것 같았다. 고르디옙스키와 가족의 재회를 위해 오랫동안 비밀리에 맹렬히 추진된 캠페인에는 헤트만(카자흐의 지도자를 뜻하는 역사 용어)이라는 암호명이 붙었다.

MI6는 고르디옙스키의 정직성을 한 번도 의심하지 않았지만, 일부 사람들은 그의 이야기에 선뜻 받아들이기 힘든 부분이 있다고 생각했다. 영국 관가에서 소수의 회의론자들은 〈고르디옙스키가 모스크바에 있는 동안 이중 첩자로 변신해 일부러 영국으로 다시 파견된〉 건 아닌지 의심을 품었다. 그가 모스크바에 도착하는 즉시 체포, 구금되지 않은 이유가 무엇이겠는가? 분석가들은 KGB의 자기만족, 법률 중심 접근, 첩자와 담당관을 현장에서 덫으로 잡겠다는 결의, 두려움을 원인으로 꼽았다. 〈KGB 요원으로서 누군가를 총으로 쏘아야 하는 상황이라면, 절대적인 증거가 필요할 것이다. 총을 맞는 대상이 다음번에는 내가 될 수도 있기 때문이다. 그들이 확실한 증거를 확보하는 데 지나치게 공을 들인 덕분에 그가 목숨을 건졌다. 그 자신의 순전하고 필사적인 용기도 한몫했다.〉 하지만 제1주요부의 별장에서 자백제를 투여받고 심문을 당했다는 고르디옙스키의 진술에는 믿음이 가지 않았다. 〈사건의 경위에 관한 의심이 있었다. 너무 극적으로 보였다.〉 마지막으로, 무엇보다 마음을 불편하게 하는 의문 하나가 이 작전 전체에 그림자를 드리웠다. 그의 정체를 폭로한 배신자가 누구인가?

고르디옙스키의 이야기가 진실이라고 일주일 뒤에 확인해 준 곳은 뜻밖에도 KGB였다.

8월 1일, 비탈리 유르첸코라는 KGB 요원이 로마 주재 미국 대사관에 걸어 들어와 망명하고 싶다고 선언했다. 유르첸코의 사례는 첩보 역사에서도 이상한 일이었다. 25년 동안 KGB에서 근무한 베테랑인 유르첸코 장군은 제1주요부 K부의 제5부 부장까지 승진했다. KGB 요원 중 첩자로 의심되는 사람들을 조사하는 것이 그의 임무였다. 또한 그는 〈해외 특수 작전〉과 〈특수 약물〉 사용에도 관여했다. 1985년 3월에 그는 미국과 캐나다에서 첩자를 포섭하기 위한 KGB 활동을 조정하는 제1부의 차장이 되었다. 그의 후임으로 제5부 부장이 된 세르게이 골루베프는 고르디옙스키를 심문했던 사람 중 하나였다. 유르첸코는 K부의 활동과 계속 연결되어 있었으며 골루베프와도 좋은 관계를 유지했다.

유르첸코의 망명 동기는 지금도 불확실하지만, 소련 외교관의 아내와 불륜을 저지르다 어긋난 일이 망명에 박차를 가한 것으로 보인다. 그는 4개월 뒤 소련으로 재망명했는데, 그 이유는 지금도 불

분명하다. 나중에 소련은 그가 미국인들에게 납치당한 것이라고 주장했지만, 그들 역시 유르첸코의 행동을 어떻게 해석해야 할지 잘 모르기는 마찬가지였다. 어쩌면 유르첸코의 정신에 문제가 있었는지도 모른다. 하지만 그가 아주 중요한 기밀을 많이 알고 있는 것은 사실이었다.

유르첸코의 망명은 CIA가 거둔 커다란 승리로 찬사받았다. 지금까지도 유르첸코는 CIA가 잡은 KGB 인물 중 최대어로 꼽힌다. 유르첸코의 진술을 받는 일을 맡은 사람은 CIA의 소련 방첩 전문가인 올드리치 에임스였다.

처음에 에임스는 고위급 KGB 요원의 망명 소식에 걱정이 되었다. 자신이 소련의 첩자라는 사실을 유르첸코가 알고 있다면? 하지만 그가 에임스의 간첩 활동에 대해 모르고 있다는 사실이 금방 분명해졌다. 〈그는 나에 대해 아무것도 몰랐다.〉 나중에 에임스는 이렇게 말했다. 〈만약 그가 알았다면, 로마에서 가장 먼저 나부터 지목했을 것이다.〉

에임스는 8월 2일 오후 이탈리아에서 비행기로 날아오는 유르첸코를 마중하려고 워싱턴 근처 앤드루스 공군 기지에 대기하고 있었다.

그가 공항 활주로를 벗어나기도 전에 가장 먼저 유르첸코에게 물어본 것은 모든 정보 요원이 자발적인 스파이에게 물어봐야 한다고 훈련받은 질문이었다. 「CIA에 KGB 첩자가 있다는 징후로 아는 것이 있습니까?」

유르첸코는 나중에 미국 정보기관 내의 스파이 두 명(한 명은 CIA 요원)을 지목했지만, 도착한 날 저녁에 바로 그가 밝힌 사실 중 가장 중요한 것은 예전 동료이자 KGB 런던 레지덴트였던 올레크 고르디옙스키에 관한 정보였다. 그는 그가 반역자로 의심받아 모스크바로 소환된 뒤 자백제가 투여된 상태에서 K부의 조사관들에게 강도 높은 심문을 받았다고 말했다. KGB 내의 입소문으로 알려진 사실에 따르면, 고르디옙스키는 현재 가택 연금 상태이며 자칫하면 처형당할 수도 있다고 했다. 유르첸코는 고르디옙스키가 이미 영국으로 탈출했다는 사실을 아직 모르고 있었다. 물론 에임스도 몰랐다. 유르첸코는 또한 KGB에 고르디옙스키의 정체를 알린 사람이 누구인지도 몰랐다. 하지만 에임스는 알았다.

고르디옙스키가 가택 연금 상태라는 소식에 에임스가 보인 반응은 그의 이중생활이 완전히 하나로 융합되어 그조차도 그 둘을 구분하기 힘들 정도였음을 보여 준다. 고르디옙스키를 KGB에 팔아넘긴 사람은 바로 에임스였다. 그런데도 자기 행동이 어떤 결과를 낳았는지 듣고 그가 가장 먼저 본능적으로 생각한 것은 영국에 그들의 스파이가 곤경에 처했음을 알려 줘야 한다는 것이었다.

〈가장 먼저 든 생각은 이랬다. 《맙소사, 그를 구하기 위해 조치를 취해야 돼! 런던에 전문을 보내 알려야 해.》 KGB에 고르디옙스키의 이름을 알려 준 사람이 나였다. 그가 구금된 것은 내 책임이었다. (……) 나는 그를 진심으로 걱정하면서도, 동시에 내가 그의 정체를 폭로했음을 알고 있었다. 미친 소리처럼 들리는 걸 안다. 나 역시 KGB 첩자였으니까.〉 어쩌면 그는 일부러 표리부동하게 행동한 건지도 모른다. 아니면 아직 절반만 반역자가 된 것일 수도 있었다.

CIA는 MI6에 메시지를 보냈다. 최근에 도착한 소련 망명자의 보고에 따르면, KGB 요원인 올레크 고르디옙스키가 영국 첩자로 의심받아 약물을 투여받고 심문당했다고. MI6가 이에 대해 아는 것이 있는가? CIA는 고르디옙스키가 영국의 첩자라는 사실을 이미 잘 알고 있음을 드러내지 않았다. 랭글리의 CIA 본부에서 보낸 이 전문이 오베이션 팀에게는 안도감을 주었다. 고르디엡스키의 진술이 사실이라는 독자적인 증거였으니까. 하지만 이 전문은 또한 그의 탈출 사실을 미국에도 알려야 한다는 것을 뜻했다.

MI6 요원 두 명이 그날 오후 워싱턴으로 날아갔다. CIA 사람이 공항까지 마중 나와 그들을 랭글리로 데려갔다. 그다음에는 CIA의 소련 작전 담당자인 버턴 거버와 함께 빌 케이시 CIA 국장의 집이 있는 메릴랜드주로 가서 케이시의 아내 소피아가 준비한 이른 저녁을 먹었다. 케이시 부부는 그날 저녁 극장에 갈 예정이었다. MI6 요원 두 명은 고르디엡스키 작전을 상세히 설명했다. 그를 포섭한 경위부터 10년이 넘는 기간 동안 그가 보여 준 훌륭한 실적을 거쳐 숨막히는 탈출까지. 그들은 미국도 그에게 엄청난 신세를 졌다고 말했다. 동서 관계가 위험에 처했을 때 크렘린의 과도한 의심을 정확히 짚어 준 라이언 첩보가 고르디엡스키에게서 나왔음을 밝힌 것이다. 설명이 중간쯤 이르렀을 때, 소피아가 끼어들어 극장에 갈 시간이 되었다고 말했다. 「당신은 극장으로 가요.」 케이시가 말했다. 「지금 나는 이 도시에서 가장 재미있는 공연을 보고 있으니.」 그날 저녁 내내 케이시는 영국 요원들의 이야기를 들으며 감탄하고, 감사하고, 경탄했다. 그가 느낀 감사는 진심이었으나, 놀란 표정은 진짜가 아니었다. 빌 케이시는 CIA가 이미 티클이라는 암호명으로 고르디엡스키에 관한 파일을 갖고 있다는 사실을 밝히지 않았다.

9월 16일에 군용 헬리콥터 한 대가 바다 위를 낮게 날아 포트 몽크턴으로 향했다. C를 비롯한 소수의 고위 관리가 헬리콥터 착륙장에서 기다리고 있었다. 헬리콥터에서 빌 케이시가 내렸다. 베테랑

CIA 국장인 그는 영국이 얼마 전 탈출시킨 스파이의 머릿속을 들여다보기 위해 비밀리에 영국으로 날아왔다. 뉴욕 출신의 법률가인 케이시는 제2차 세계 대전 때 CIA의 전신인 전략 사무국(OSS) 요원으로 런던에서 근무하며 유럽의 스파이들을 지휘했기 때문에 영국에 대해 잘 알고 있었다. 로널드 레이건의 대선 캠프에서 활약한 뒤 그는 CIA 국장으로 임명되었다. 레이건의 표현에 따르면, 〈미국의 정보 역량을 재건하는 것〉이 그의 임무였다. 구부정한 몸에 블러드하운드[3]의 얼굴을 지닌 그는 영국을 다녀간 직후 이란-콘트라 사건에 휘말렸으며, 2년이 채 안 돼서 뇌종양으로 세상을 떠났다. 하지만 영국을 비밀리에 방문한 이 순간 그는 세계에서 가장 강력한 스파이라고 할 만했다. 그도 자신의 능력을 정확하게 인식하고 있었다. 〈나는 이 업계의 모든 측면에서 가장 꼭대기에 있다.〉[4] 레이건이 재선 임기를 시작한 초기에 그는 이렇게 단언했다. 〈일단 사실들을 손에 넣으면 상황을 평가해서 결정을 내릴 능력이 있다.〉 케이시가 포트 몽크턴에 온 것은 고르디옙스키에게서 몇 가지 사실을 손에 넣어 결정을 내리기 위해서였다. 레이건은 곧 제네바에서 열릴 초강대국 정상 회담에서 미하일 고르바초프를 처음으로 만날 예정이었다. 케이시는 그가 고르바초프에게 무슨 말을 해야 하는지에 대해 KGB 전문가의 의견을 듣고 싶었다.

손님용 스위트룸에서 C만이 참석한 가운데 오찬을 들면서 케이시는 고르바초프의 협상 스타일, 서방에 대한 태도, KGB와의 관계에 대해 고르디옙스키에게 질문을 던졌다. 그리고 파란 줄이 쳐진 커다란 노란색 종이철에 메모를 갈겨썼다. 케이시의 미국식 발음과

3 후각이 발달한 경찰견 — 옮긴이주.
4 『뉴욕 타임스』, 1987년 5월 7일 자.

의치 때문에 가끔 고르디옙스키가 당황하면, C는 소련 사람을 위해 미국 영어를 영국 영어로 번역해 줘야 하는 이상한 처지가 되었음을 실감했다. 케이시는 〈학생처럼〉 주의 깊게 귀를 기울였다. 그가 무엇보다도 궁금해한 것은 핵 억지력에 대한 소련의 태도, 특히 전략 방위 구상의 미사일 방어 시스템에 대한 소련의 시각이었다. 과거 안드로포프는 스타워즈 계획에 대해 세계의 안정을 깨뜨려 서방이 보복에 대한 걱정 없이 소련을 공격할 수 있게 만들려는 고의적인 시도라고 비난했다. 고르바초프도 같은 생각일까? 케이시는 일종의 역할 놀이를 제안했다. 그렇게 해서 MI6의 비밀 훈련 기지에서 기묘한 냉전 연극이 펼쳐지게 되었다.

「당신이 고르바초프고, 내가 레이건입니다.」 케이시가 말했다. 「우리는 핵무기를 없애고 싶어 해요. 자신감을 불어넣기 위해 우리가 당신에게 스타워즈에 접근할 권한을 드리겠습니다. 어떻습니까?」

핵무기를 통해 서로를 확실히 파괴하는 시나리오 대신, 케이시는 핵무기에 대해 서로를 확실히 방어하는 방법을 제안하고 있었다.

고르바초프 역할을 맡은 고르디옙스키는 잠시 생각에 잠겼다가 단호하게 대답했다. 러시아어로.

「니옛!」[5]

레이건(케이시)은 당황했다. 이 상상 속의 대화에서 미국은 핵무기를 시대에 뒤떨어진 것으로 만들어 버릴 기술을 공유해 핵전쟁의 위협에 종지부를 찍자는 제안을 한 거였는데.

「왜 니옛입니까? 우리가 당신에게 모든 걸 주겠다는데.」

「난 당신을 믿지 않아요. 절대 우리에게 모든 걸 주지 않을 겁니

5 〈싫소〉라는 뜻 — 옮긴이주.

다. 당신들이 우위를 유지할 수 있게 해줄 뭔가를 뒤로 빼놓겠죠.」

「그럼 어떻게 할까요?」

「당신이 스타워즈 계획을 완전히 폐기한다면, 소련도 당신을 믿을 겁니다.」

「그건 불가능합니다.」 케이시는 레이건 역에서 순간적으로 빠져나왔다. 「그건 레이건 대통령이 아끼는 프로젝트예요. 우리가 어떻게 하면 되겠습니까?」

「좋습니다. 그럼 그걸 계속 추진하세요. 압박도 계속하고요. 고르바초프와 그의 부하들은 자기네가 당신보다 더 많은 돈을 쓸 수 없다는 걸 압니다. 당신 기술이 그들의 기술보다 더 좋아요. 계속 추진하세요.」 그는 소련이 결코 이길 수 없는 기술 군비 경쟁에 돈을 쏟아부어 스타워즈와 맞서려고 애쓰느라 스스로 거지가 될 거라는 말을 덧붙였다. 「장기적으로 SDI가 소련 지도부를 붕괴시킬 겁니다.」

어떤 역사가들은 포트 몽크턴에서 있었던 이 만남을 냉전 시대의 가장 중요한 순간 중 하나로 보고 있다.

11월에 제네바에서 열린 정상 회담에서 미국 대통령 레이건은 고르디엡스키가 조언한 대로 스타워즈 프로그램을 〈국방에 꼭 필요한 것〉이라고 말하면서 꿈쩍도 하지 않았다. 그 프로그램의 첫 시험 계획이 정상 회담 기간 중에 발표되기도 했다. 두 지도자 사이의 열기를 반영해서 나중에 〈노변(爐邊) 정상 회담〉이라고 불리게 된 이 회담에서 레이건은 자신이 아끼는 프로젝트에 대해 〈단호한 태도를 취했다〉. 고르바초프는 제네바를 떠날 때 세상이 〈전보다 더 안전해졌다〉고 믿었으나, 동시에 소련이 서방을 따라잡으려면 개혁해야 한다고, 그것도 서둘러 개혁해야 한다고 확신했다. 곧 글라스노스트와 페레스트로이카가 이어지면서 생겨난 격렬한 변화의 물결

은 결국 고르바초프도 제어할 수 없을 정도로 강력해졌다. 고르디
엡스키가 1985년에 크렘린의 심리를 정확히 해석했기 때문에 소련
이 붕괴한 것은 아니지만, 십중팔구 일조하기는 했을 것이다.

　빌 케이시와의 점심 식사 이후로도 CIA와 많은 만남이 이어졌다.
겨우 몇 달 뒤에 고르디엡스키는 삼엄한 경호를 받으며 워싱턴으로
날아가 국무부, 국가 안보 회의, 국방부, 정보기관 등의 고위 관료들
과 비밀회의를 했다. 그는 마구 쏟아지는 질문에 참을성 있게 전문
가다운 태도로 대답했다. 유례없이 상세한 대답이었다. 그는 단순
한 망명자가 아니라, 오랫동안 깊숙한 곳에 침투해 활동한 스파이
였으므로 KGB에 대해 백과사전 같은 지식을 갖고 있었다. 미국 관
리들은 그에게 감탄하며 고마워했다. 영국 쪽 관계자들은 자기들이
보유한 최고 스파이의 전문적인 지식을 나눠 주며 뿌듯해했다. 〈고
르디엡스키가 제공한 정보는 아주 좋았다.〉[6] 레이건 정부의 국방 장
관 캐스퍼 와인버거의 말이다.

　하지만 그가 답할 수 없는 질문이 하나 있었다. 누가 그의 정체를
알린 배신자인가?

　랭글리의 CIA 본부에서 고르디엡스키는 고위 관리들에게 연달
아 브리핑을 했다. 한번은 키가 크고 안경을 쓰고 연한 콧수염을 기
른 남자를 소개받았는데, 그는 유난히 친절하게 굴면서 고르디엡스
키의 말 한 마디 한 마디에 〈조용히 참을성 있게 귀를 기울이는〉 것
같았다. 고르디엡스키가 보기에 CIA 관리 대부분은 다소 형식적인
태도를 취했고, 심지어 조금 의심하는 것처럼 보일 때도 있었다. 하
지만 이 남자는 〈다른 것 같았다. 그의 얼굴에서 온화함과 친절함이
뿜어져 나왔다. 나는 너무 인상이 깊어서 미국의 가치를 보여 주는

6 Nate Jones (ed.), *Able Archer 83*.

산증인을 만났다고 생각했다. 그는 내가 그동안 그토록 많이 들어본 개방성, 정직성, 품위 그 자체였다〉.

고르디옙스키는 10여 년 동안 이중생활을 했다. 국가에 헌신하는 직업 정보 요원이면서 다른 편에게도 비밀리에 충성하는 생활이었다. 이런 생활을 해내는 솜씨도 아주 좋았다. 그건 올드리치 에임스도 마찬가지였다.

참조

치즈와 양파칩에 관한 더 자세한 설명을 원한다면 카렌 혹먼이 쓴 「감자칩의 역사」(http://www.thenibble.com/reviews/main/snacks/chip-history.asp)를 참고할 것. 사우스옴스비 홀은 대중에게 공개되어 있다(http://www.southormsbyestate.co.uk). 유르첸코에 대해서는 「추운 나라에서 돌아온 스파이The Spy Who Returned to the Cold」, 『타임』, 2005년 4월 18일 자 기사를 참고할 것.

1   (위) KGB 가족. 안톤 고르디옙스키와 올가 고르디옙스키, 그리고 마리나와 열 살 무렵의 올레크.
2   (아래) 고르디옙스키 남매. 왼쪽부터 바실리, 마리나, 올레크. 1955년 무렵.

3   (위) 모스크바 국제 관계 대학교 육상 팀. 맨 왼쪽이 고르디옙스키이고, 오른쪽 두 번째가 훗날 체코
슬로바키아 정보 요원이 된 카플란이다. 그는 나중에 서방으로 망명해 고르디옙스키를 포섭하는
데 핵심적인 역할을 했다.

4   (아래) 흑해 해안에서 훈련 중인 장거리 육상 선수들.

5   모스크바 국제 관계 대학교 시절의 고르디옙스키. 대학 시절 KGB가 처음으로 그에게 접근했다.

6   (위 왼쪽) KGB 제복 차림의 안톤 고르디옙스키. 항상 제복을 즐겨 입던 그는 〈당은 언제나 옳다〉고
    주장했다.

7   (위 오른쪽) KGB 〈불법 스파이〉로 큰 성공을 거둔 바실리 고르디옙스키. 그는 유럽과 아프리카에
    서 신분을 감추고 활동했으나, 술을 너무 마셔서 서른아홉 살에 세상을 떠났다.

8   (아래) 루뱐카. 〈중앙〉으로 불리던 KGB 본부인 이곳은 교도소와 문서 보관소를 겸했으며, 소련 첩
    보 활동의 중추였다.

9   KGB 제복 차림의 올레크 고르디옙스키. 야망 있고, 충성스럽고, 고도의 훈련을 받은 요원이었다.

10 (위) 1961년 8월, 베를린 장벽 건설. 물리적 장벽이 동서 사이에 세워지는 광경이 당시 스물두 살이
    던 고르디엡스키에게 깊은 인상을 남겼다.
11 (아래) 1968년 프라하의 봄. 시위자가 혼자서 소련 탱크와 맞서고 있다. 소련군 20만 명이 체코슬
    로바키아를 침공해 개혁 운동을 분쇄하는 것을 보고 고르디엡스키는 경악했다.

12   고르디엡스키가 코펜하겐에서 근무할 때 덴마크 안보 정보국(PET)이 그를 비
      밀리에 감시하며 찍은 사진들. MI6가 선빔이라는 암호명을 붙인 소련 정보 요
      원과 관련해서 확보한 사진은 오랫동안 이것뿐이었다.

13 (위) 고르디옙스키가 코펜하겐에서 신원을 알 수 없는 파트너와 복식 배드민턴을 치는 모습. 그가 배드민턴장에 있을 때 MI6가 처음으로 그와 직접 접촉을 시도했다.

14 (아래) 발트 해안에서 미하일 류비모프와 함께. KGB 코펜하겐 레지덴트였던 류비모프는 고르디옙스키의 절친한 친구 겸 후원자였다.

15 류비모프(서 있는 사람)와 타마라(왼쪽) 부부. 고르디옙스키의 첫 번째 아내 옐레나(오른쪽)와 함께 여행 중에 찍은 사진.

16   (위) 노르웨이 노동당의 떠오르는 별이었던 아르네 트레홀트(왼쪽)와 그를 담당한 KGB 요원 겐나디
     〈악어〉티토프(가운데)가 점심을 먹으러 가는 길. 그들은 도합 쉰아홉 번 점심 식사를 함께했다.

17   (아래 왼쪽) 스웨덴 경찰관이자 정보 요원으로 1973년에 소련 스파이가 된 스티그 베릴링.

18   (아래 오른쪽) 노르웨이 외무부에서 눈에 띄지 않는 사무원으로 일하며 30년이 넘도록 KGB 스파
     이 활동을 한 군보르 갈퉁 호비크. 암호명은 그레타. 이 사진은 1977년 체포 직후에 찍은 것이다.

19 (위 왼쪽) 에임스가 KGB 담당관들에게 정보를 숨겨 둘 장소를 의논하기 위해 직접 손으로 쓴 쪽지.

20 (위 오른쪽) CIA에 입사하던 무렵의 올드리치 에임스. 나중에 그는 소련 내의 CIA 첩보망 전체를 소련에 넘겨 많은 스파이를 죽음으로 몰았다.

21 (아래) 에임스와 그의 두 번째 아내 마리아 델 로사리오 카사스 두퓨. 〈그녀는 한 줄기 신선한 바람이었다.〉에임스는 이렇게 말했다. 그녀는 또한 요구가 많고 사치가 심해서 지극히 돈이 많이 드는 사람이었다.

22 (위) 에임스가 워싱턴 주재 소련 대사관에서 첫 접촉자로 선택한 소련 군축 전문가 세르게이 추바
   힌. 에임스는 나중에 〈돈 때문에 한 일이다〉라고 말했다.
23 (아래) 소련 대사관의 방첩대장이자 에임스의 첫 KGB 담당관인 빅토르 체르카신 대령.

24 (위) 제1주요부 부장 블라디미르 크류치코프. 나중에 KGB 국장이 되었다.

25 (아래) KGB 국장 유리 안드로포프. 극단적인 의심증으로 라이언 작전에 시동을 걸어, 서방의 〈선제공격〉 증거를 가져오라고 요구하다가 하마터면 전 세계에 핵전쟁을 일으킬 뻔했다. 1982년 레오니드 브레즈네프의 뒤를 이어 소련 지도자가 되었다.

26 (위 오른쪽) 방첩을 담당하는 K부의 빅토르 부다노프 대령. 〈KGB에서 가장 위험한 남자〉로 꼽힌 그가 1985년 5월에 고르디옙스키를 직접 심문했다.

27 (왼쪽) 카리스마 있고 기타를 즐겨 치던 니콜라이 그리빈. KGB에서 영국-스칸디나비아과를 이끌던 그는 고르디옙스키의 직속 상사였다.

28 (아래 오른쪽) 우크라이나 출신의 제1주요부 차장 빅토르 그루시코. 고르디옙스키를 심문한 사람 중 가장 직급이 높았다.

쿠투좁스키 대로
신호 장소

①	우크라이나 호텔
②	쿠투좁스키 대로 7/2 (외교관들은 〈쿠츠〉라고 불렀다) 외교관 단지
③	민병대 초소-KGB 경비병
④	빵집
⑤	신문 광고판=신호 장소
⑥	〈라즈〉 지점 (유턴이 허용된 곳)
⑦	나무들
⑧	〈베리오즈카〉-환전소

모스크바 강

정부 청사 (러시아 백악관)

크렘린과 대사관 방향 →

쿠투좁스키 대로

아파트 단지

쿠츠 주차장

N

쿠투좁스키 대로 7/2
〈쿠츠〉
외국인 거주 단지

우크라이나 호텔

MI6
아파트

신호 장소

빵집

29 쿠투좁스키 대로의 신호 장소

30 고르디옙스키의 두 번째 아내 레일라 알리예바. 두 사람이 코펜하겐에서 처음 만났을 무렵의 사진
이다. KGB 요원 부부의 딸로 스물여덟 살이던 그녀는 세계 보건 기구에서 타이피스트로 일하고 있
었다. 두 사람은 1979년 모스크바에서 결혼했다.

31 (위) 레일라와 두 딸. 1982년 런던에 도착한 직후 트라팔가 광장 국립 미술관 앞 카페에서.

32 (아래) 켄싱턴 팰리스 가든스 13번지의 소련 대사관. KGB 런던 지부, 즉 레지덴투라는 맨 꼭대기 층에 있었다. 지구상에서 가장 의심증이 깊은 곳 중 하나였다고 할 수 있다.

33 고르디옙스키의 두 딸 마리아와 안나. 고르디옙스키 일가는 런던에서 행복하게 자리를 잡았고, 아
    이들은 유창한 영어를 구사하며 성공회에서 운영하는 유치원에 다녔다.

34   (위) 마이클 베터니. MI5 요원인 그는 런던에서 KGB에 접근해 소련의 스파이가 되겠다고 제의했다. 그는 스탈린의 별명 중 하나인 〈코바〉를 암호명으로 사용했다.

35   (아래) 일라이자 매닝엄불러. 영국 보안국 내의 스파이를 찾아내기 위해 만들어진 MI5-MI6 비밀 태스크포스이자 〈내저스〉라는 별명으로 불리던 팀의 핵심 멤버였다. 2002년 MI5 국장이 되었다.

36 (위) 오른쪽부터 KGB 레지던트인 아르카디 국 장군 부부와 경호원. 고르디옙스키는 그를 〈거대하게 부풀어 오른 덩어리 같은 남자. 머리는 평범하고 질 낮은 잔꾀만 풍부하다〉고 묘사했다.

37 (아래 왼쪽) 홀랜드 파크 42번지에 있던 국의 집. 1983년 4월 3일, 베터니는 MI5의 최고 기밀문서와 KGB에 더 많은 정보를 제공하겠다는 제안을 담은 꾸러미를 이 집의 편지함 속으로 밀어 넣었다. 국은 이것을 MI5의 〈도발〉로 보고 무시했다.

38 (아래 오른쪽) 1994년까지 MI6의 런던 본부였던 센추리 하우스. 별로 눈에 띄지 않는 건물이지만 런던에서 가장 비밀스러운 장소였다.

39 (위 왼쪽) 노동당 의원으로 나중에 당 대표가 된 마이클 풋. 그는 붓이라는 암호명을 지닌 KGB 접촉자였다.

40 (위 오른쪽) 잭 존스. 영국 총리 고든 브라운은 그를 가리켜 〈세계에서 가장 위대한 노조 지도자 중 한 명〉이라고 말했다. 그도 KGB 첩자였다.

41 (아래) 올레크 고르디옙스키와 에든버러 리스에서 당선된 노동당 의원 론 브라운(가운데). 오른쪽은 미래의 노동당 지도자 제러미 코빈을 만난 적이 있는 체코슬로바키아 스파이 얀 사르코치다. 고르디옙스키는 브라운을 포섭하려고 여러 차례 시도했으나, 그의 스코틀랜드 발음을 전혀 알아듣지 못했다.

42 (위) 1983년 9월, 소련 전투기가 KAL 007편 여객기를 격추하는 사건이 벌어지자 각지에서 시위
    가 발생했다. 이 사건으로 냉전 시대의 긴장도가 새로운 차원으로 높아졌다.

43 (아래) 1984년 2월 14일, 모스크바에서 열린 소련 지도자 유리 안드로포프의 장례식에 참석한 마
    거릿 대처. 영국 총리인 그녀는 고르디엡스키가 부분적으로 기여한 대본에 따라 〈자리에 알맞게 엄
    숙한〉 연기를 했다.

44 (위) 미래의 소련 지도자 미하일 고르바초프가 1984년 12월 체커스에서 대처와 만났다. 대처는 나
    중에 그를 가리켜 〈함께 일할 수 있는 사람〉이라고 말했다.

45 (아래 왼쪽) 영국을 사랑하는 KGB 요원 미하일 류비모프가 트위드 재킷을 입고, 파이프 담배를 피우
    고 있다. MI5는 그를 〈스마일리 마이크〉라는 별명으로 부르면서, 이중 첩자로 포섭하려 시도했다.

46 (아래 오른쪽) 내각 장관 로버트 암스트롱 경. 정보기관들을 감독하는 것이 그의 임무였다. 그는 마
    이클 풋이 한때 KGB의 돈을 받는 접촉자였다는 사실을 대처에게 알리지 않기로 결정했다.

47 쿠투좁스키 대로의 신호 장소를 우크라이나 호텔 앞에서 본 모습. 왼쪽의 나무들 사이로 빵집이 언
    뜻 보인다.

48 (위) 붉은 광장의 성 바실리 성당. 올레크 고르디옙스키가 탈출 계획인 핌리코 작전을 즉시 개시해 달라는 메시지를 MI6에 전달하려 시도한 곳이다. 그 〈스치는 접선〉은 실패로 돌아갔다.

49 (아래 왼쪽) 세이프웨이 슈퍼마켓 봉지. 고르디옙스키가 1985년 7월 16일 화요일 저녁 7시 30분에 쿠투좁스키 대로의 신호 장소에서 보낸 탈출 신호다.

50 (아래 오른쪽) 신호를 받았다는 표시로 MI6 요원 한 명이 고르디옙스키 옆을 스쳐 지나가면서 짧게 눈을 마주친 뒤 마스 초코바를 먹기로 되어 있었다.

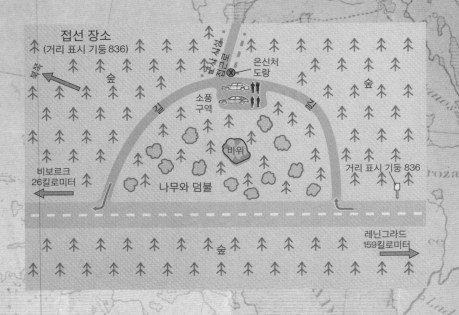

접선 장소
(거리 표시 기둥 836)

북쪽

숲

은신처
도랑

소풍
구역

바위

나무와 덤불

비보르크
26킬로미터

거리 표시 기둥 836

숲

레닌그라드
159킬로미터

51 (위) 비보르크 남쪽의 접선 장소. MI6 탈출 팀이 여기서 고르디옙스키를 차에 태워 핀란드 국경을
    넘기로 되어 있었다.

52 (아래) 탈출 차량 중 하나로, MI6 요원인 로이 애스콧 자작이 운전한 사브.

53 (위) 자유로 이어진 길. 탈출로를 따라 북쪽으로 향하면서 찍은 정찰 사진.

54 (아래) MI6 탈출 팀이 노르웨이로 가는 길에 기념사진을 찍으려고 포즈를 취했다. 도망치는 스파이 고르디옙스키가 국경을 넘어 핀란드 땅에 들어선 지 몇 시간 뒤였다. 왼쪽부터 고르디옙스키, MI6 요원 사이먼 브라운과 베로니카 프라이스, 덴마크 정보 요원 옌스 에릭센.

55 (위) 비보르크의 소련과 핀란드 국경에 설치된 군사 차단 문 세 곳 중 하나.

56 (아래) 핌리코 작전의 후속 조치로 소련에서 추방된 MI6 요원이 자동차 앞 유리창을 통해 본 광경.
      KGB 차량들의 감시하에 영국 자동차들이 3개월 전 고르디옙스키를 탈출 차량에 태웠던 접선 장
      소를 지나가고 있다.

57 (위) 1994년 2월 21일, 체포되는 올드리치 에임스. 그가 KGB의 스파이가 된 지 10년 뒤였다. 「당신들 지금 실수하는 거야!」 그는 이렇게 주장했다. 「엉뚱한 사람을 잡은 거라고!」

58 (아래) 로사리오 에임스와 올드리치 에임스의 체포 사진. 로사리오는 형기를 마치고 출소했으며, 죄수 번호 40087-083인 올드리치는 인디애나주 테러호트에 있는 연방 교도소에서 복역 중이다.

59 (위) 가족과 강제로 6년 동안 헤어져 있던 고르디엡스키가 영국에서 헬리콥터로 도착한 아내와 딸들을 반기고 있다.

60 (아래) 재회한 고르디엡스키 일가가 런던에서 포즈를 취했다. 그러나 그들의 결혼 생활은 급속히 무너졌다.

61 (위) 1987년 대통령 집무실에서 만난 고르디옙스키와 로널드 레이건. 「우리는 당신이 누군지 압니다.」 레이건은 이렇게 말했다. 「당신이 서방을 위해 한 일에 감사하고 있습니다.」

62 (아래 왼쪽) 2007년 여왕의 생일 행사에서 고르디옙스키는 ⟨영국의 안보에 기여한 공로⟩로 세인트 마이클 앤드 세인트 조지 훈장 3등급(CMG)을 받았다.

63 (아래 오른쪽) CIA 국장 빌 케이시는 고르디옙스키가 탈출하고 몇 주 뒤 영국으로 날아와 그를 만났다.

64   은퇴한 스파이. 올레크 고르디옙스키는 소련에서 탈출한 직후 이사한 영국의 어느 근교 도시, 별 특징 없는 거리에 있는 안가에서 가명으로 살고 있다.

에필로그
핌리코를 위한 여권

고르디옙스키가 탈출하고 한 달 뒤, 파리 주재 소련 대사관의 과학 담당 참사관은 잘 모르는 영국 외교관에게서 알리앙스 프랑세즈에서 열리는 차 모임에 초대를 받고 깜짝 놀랐다. 그가 8월 15일 오후에 그 장소로 나가 보니, 한 번도 만난 적이 없는 영국인이 그를 맞이했다. 「당신네 KGB 지부장에게 전달해 줬으면 하는 아주 중요한 메시지가 있습니다.」 낯선 영국인이 말했다.

참사관은 얼굴이 하얗게 질렸다. 이제부터 아주 어두운 어딘가로 끌려갈 것 같았다.

영국인은 최근까지 런던의 레지덴트였던 고위급 KGB 요원이 영국에서 철저한 보호를 받으며 잘 살고 있다고 차분하게 말했다. 「아주 행복하게 살고 있지만, 가족을 다시 만나고 싶어 합니다.」

레일라와 두 딸을 영국으로 데려와 고르디옙스키와 재회시키려는 헤트만 작전은 이렇게 시작되었다.

MI6 내부에서는 이 상황을 어떻게 요리할 것인지를 두고 토론이 벌어졌다. KGB에 거래를 제안하는 공식 서한을 보내는 방안은 너무 위험하다는 이유로 거부되었다. 〈서면으로 된 문서는 어떤 식으로든 변조되어 우리에게 불리하게 이용될 가능성이 있었다.〉 그래서 영국 밖에서 진짜 소련 외교관에게 구두로 메시지를 전달하는 방법이 선택되었고, 여기에 가장 적합한 인물로 선정된 것이 바로 그 불운한 참사관이었다.

〈나는 그렇게 겁에 질린 사람을 본 적이 없다.〉 그날 메시지를 전달한 MI6 요원은 이렇게 말했다. 〈그는 덜덜 떨면서 자리를 떴다.〉

조건은 간단했다. 고르디옙스키 덕분에 영국은 이제 영국에서 활동하는 KGB와 GRU 요원의 신원을 모조리 파악하고 있었다. 이들은 반드시 영국을 떠나야 했다. 하지만 소련 당국이 〈고르디옙스키의 가족을 풀어준다면, 이들을 오랜 기간에 걸쳐 점진적으로 철수시킬 수 있게〉 해주겠다는 것이 영국의 제안이었다. 그러면 크렘린은 체면을 지킬 수 있고, 스파이들은 외교적인 소란 없이 조용히 영국에서 퇴출될 것이며, 고르디옙스키의 가족은 다시 모여 살 수 있었다. 만약 소련이 이 제안을 거부하고 레일라와 딸들을 석방할 수 없다고 나온다면, 런던에서 활약하는 소련 스파이들이 대거 한꺼번에 추방될 것이다. 영국은 KGB에 2주 동안 생각해 보고 답을 달라고 말했다.

고르디옙스키의 가족 걱정은 날마다 커져만 갔다. KGB를 이겼다는 그의 자부심에는 영혼을 짓누르는 죄책감이 따라다녔다. 그가 세상에서 가장 사랑하는 사람들이 지금 소련에 갇혀 있었다. 소련과 비밀 거래를 하려는 마거릿 대처의 제안은 대단히 이례적인 일이었다. 고르디옙스키 본인도 총리에게 보낸 편지에서 이 점을 인정했다. 「절차를 제쳐 두고 비공식적인 접근을 허락하신 것은 엄청난 너그러움과 인류애를 보여 주는 유일무이한 행동이었습니다.」

하지만 이 방법은 효과가 없었다.

소련은 이 비밀 거래 제안에 믿을 수 없다는 반응을 보였다. 나중에는 격분하기까지 했다. 고르디엡스키가 사라진 뒤 한 달 동안 KGB는 그가 탈출했을 가능성을 믿기 싫어서 전국을 샅샅이 뒤졌다. 레일라는 남편의 행방에 대해 몇 번이나 심문받았다. 고르디엡스키의 여동생과 어머니 등 다른 가족들도 마찬가지였다. 여동생 마리나는 망연자실했다. 어머니 올가도 말문이 막혔다. 고르디엡스키의 동료들과 친구들도 잔뜩 시달렸다. 레일라는 품위 있는 겉모습을 계속 유지하면서, 남편이 모종의 음모나 끔찍한 실수에 희생된 거라고 주장했다. 그녀가 어디에 가든 KGB 감시 요원 여섯 명이 따라다녔다. 딸들은 심지어 학교 운동장에서도 감시의 대상이었다. 거의 매일 그녀는 레포르토보 교도소로 끌려가 심문받았다. 「남편이 영국의 첩자인 걸 당신이 어떻게 모를 수 있나?」 그들은 몇 번이나 이렇게 물었다. 결국 그녀는 쏘아붙였다. 「이봐요, 분명히 합시다. 나는 주부였어요. 청소하고, 요리하고, 장을 보고, 남편과 자고, 아이를 낳고, 침대를 함께 쓰고, 남편의 친구가 되어 주는 것이 내 일이었다고요. 난 그 일을 잘했어요. 남편이 나한테 아무 말도 안 한 것이 고맙네요. 6년 동안 나는 완벽한 아내였어요. 남편을 위해 모든 일을 했어요. 여기 KGB에는 남을 감시하는 일을 하면서 월급을 받는 사람이 수천 명이나 있잖아요. 그 사람들이 남편을 몇 번이나 확인하고서 아무 문제 없다는 결론을 내렸어요. 그런데 이제 와서 날 비난해요? 좀 멍청한 소리 같지 않아요? 당신들이 일을 제대로 못 한 거잖아요. 그걸 확인하는 건 내 일이 아니라 당신들 일이었다고요. 당신들이 내 인생을 망가뜨렸어요.」

시간이 흐르면서 그녀는 심문관들에 대해 조금씩 알게 되었다.

어느 날 그녀에게 비교적 연민을 보이던 심문관이 이렇게 물었다. 「만약 남편의 탈출 계획을 미리 알았다면 당신은 어떻게 했겠습니까?」 한참 침묵이 흐른 뒤 레일라가 대답했다. 「그 사람을 보내 줬을 거예요. 남편에게 사흘의 말미를 준 다음, 충성스러운 국민으로서 당국에 신고했을 겁니다. 하지만 신고하기 전에 그 사람이 확실히 떠났는지 먼저 확인했을 거예요.」 심문관은 펜을 내려놓았다. 「이 말은 보고서에 넣지 말아야겠네요.」 레일라는 이미 충분히 힘든 처지였다.

미하일 류비모프는 K부에 불려가 심문받았다. 「그자가 어디 있을 것 같습니까?」 그들이 다그치듯 물었다. 「여자랑 같이 있을까요? 쿠르스크 지역 어딘가의 오두막에 틀어박혀 있을까요?」 물론 류비모프는 아무것도 몰랐다. 〈그들은 나와 고르디옙스키의 관계를 샅샅이 훑으면서 그의 반역에 대한 단서를 찾으려 했다.〉 하지만 어리둥절하기는 류비모프도 다른 사람들과 마찬가지였다. 〈내 가설은 간단했다. 마지막으로 만났을 때 그의 외모를 근거로, 나는 그가 틀림없이 신경 쇠약 발작을 일으켰을 것이라고 생각했다. 자살했을 가능성도 있었다.〉

파리에서 참사관이 영국인을 만나고 열흘 뒤, 중앙에서 메시지가 왔다. 그 불운한 과학 참사관이 〈긴 욕설 장광설〉의 형태로 이 답변을 전달했다. 고르디옙스키는 반역자이니 그의 가족은 소련에 머무를 것이다, 거래는 없다는 내용이었다.

영국은 이에 대한 대응으로 엠베이스 작전을 준비했다. 9월에 외무부는 고르디옙스키의 망명을 발표했다(하지만 그의 파란만장한 탈출 과정에 대해서는 아직 자세히 밝히지 않았다). 극적인 기사 제목들이 모든 신문을 장식했다. 〈그물에 걸린 최대어〉, 〈친구 올레크,

최고의 스파이〉, 〈소련의 에이스 스파이, 서방으로 온 슈퍼 스파이〉, 〈KGB의 우리 편〉. 같은 날 영국 정부는 고르디옙스키가 KGB와 GRU 요원이라고 지목한 사람 스물다섯 명을 추방했다. 전면적인 소련 스파이 청소였다. 그날 대처는 로널드 레이건에게 편지를 보냈다. 〈나의 직접적인 승인으로 우리는 고르디옙스키가 밝힌 첩보 활동을 용인할 수 없지만 그들과의 건설적인 관계를 계속 원한다는 뜻을 소련에 분명히 밝히고 있습니다. 한편 KGB가 서방 국가들에서 벌인 일들의 성격과 규모에 대해 어떤 대가를 치러야 하는지를 그[고르바초프]가 집권 초기에 이처럼 적나라하게 대면하게 된 것이 나쁜 일 같지는 않습니다.〉

　소련은 즉각 대응했다. 외국 대사관을 담당하는 부서의 장인 블라디미르 파블로비치 수슬로프가 영국 대사 브라이언 카틀리지 경을 외무부로 부른 것이다. 수슬로프의 책상 위에는 신임 대사가 직원들에게 둘러싸여 찍은 사진이 놓여 있었다. 그가 굳은 얼굴로 로이 애스콧과 아서 지의 머리에 손가락 두 개를 놓았다. 「이 두 사람은 정치적인 산적들입니다.」 그가 말했다. 이제 KGB가 정황을 꿰어 맞추기 시작했다는 뜻이었다. 카틀리지는 아무것도 모르는 척했다. 「이게 다 무슨 일입니까?」 수슬로프는 대사관에 근무하는 영국 정보 요원들의 〈뻔뻔한 행동〉을 비난한 뒤, 소련 당국은 〈지와 애스콧이 이번 일에서 어떤 역할을 맡았는지 안다〉고 덧붙였다. 수슬로프는 레이철 지가 허리가 아픈 〈역할을 한 것〉에 대해 특히 분노했다. 이어 그는 영국 관리 스물다섯 명의 이름을 읽었다. 앞서 지적한 MI6 요원 두 명과 그들의 사무원 바이얼릿 채프먼의 이름도 거기 있었다. 그는 이들이 10월 셋째 주까지 소련을 떠나야 한다고 말했다. 대처 총리가 런던에서 KGB 직원들을 추방하면서 제시한 기한

과 똑같았다. 그가 읽은 명단 속 사람들은 대부분 탈출 작전은 고사하고 정보 업무와도 전혀 관련이 없었다.

브라이언 카틀리지 경은 안전 회의실에서 애스콧을 만나 쌓인 화를 폭풍처럼 분출했다. 총리가 탈출 작전에 직접 승인 도장을 찍어 주었다는 사실은 그도 알고 있었지만, 외교적 파장은 이제 막 시작되었을 뿐이었다. 〈그는 완전히 격분했다.〉 애스콧은 이렇게 회상했다. 〈대처 총리가 고르바초프와 잘 지내고 있는 시기(우리 친구가 여기에 어느 정도 기여했으나 브라이언에게 이 말을 할 수는 없었다)에 우리가 자신의 대사관을 초토화했다고 말했다. 격분했을 때 말이 가장 유창해지는 사람들이 있다. 그는 총리를 지낸 자신의 증조부가 지금쯤 무덤에서 돌아눕고 계실 거라고 말했다.〉 하지만 만약 애스콧의 유명한 증조부님이 무덤에서 어떤 행동을 하고 있었다면, 기쁘고 자랑스러워서 환성을 질렀을 가능성이 높았다.

카틀리지는 전혀 외교적이지 않은 전문을 런던으로 보내, 눈에는 눈 식의 추방전(戰)을 그만두라고 촉구했지만 소용없었다. 「스컹크와 방귀 경쟁을 벌이면 안 됩니다. 녀석은 선천적으로 중요한 이점을 지니고 있으니까요.」(이 메시지가 고스란히 총리의 책상까지 전달되었음을 알았을 때 그의 분노는 한층 더 높아졌다.) 하지만 대처는 소련과의 방귀 경쟁을 끝내지 않았다. 내각 장관 로버트 암스트롱 경이 네 명을 더 추방하자고 제안했을 때, 대처는 이것이 〈적절하지〉 않다면서 소련 관리 여섯 명을 더 쫓아내야 한다고 고집했다. 물론 이로 인해 영국 외교관 여섯 명이 추가로 즉시 추방되면서 양국에서 추방된 사람의 수가 도합 예순두 명에 이르렀다. 각각 서른한 명씩이었다. 카틀리지의 걱정이 그대로 현실이 된 것이다. 〈나는 러시아어를 할 줄 아는 직원들을 모두 한 방에 잃었다. (……) 대사

관 직원이 절반으로 줄어들었다.〉

　고르디엡스키는 계속 포트 몽크턴에 숨어 있었다. 가끔 숙소에서 나와 주변을 돌아다니기는 했으나, 항상 삼엄한 경호를 받았다. 그가 매일 조깅을 하며 포트 몽크턴 외곽을 한 바퀴 돌거나 뉴 포레스트를 가로지를 때도 MI6의 마틴 쇼퍼드가 동행했다. 이곳에서 그는 새로운 사람을 사귀거나 영국에 있는 옛 친구들과 연락할 수 없었다. MI6는 이곳에서 그가 거의 정상적인 생활을 할 수 있게 해주려고 했지만, 그가 연락할 수 있는 사람들은 정보 관련자들과 그 가족들뿐이었다. 그는 항상 바쁘게 지내면서도 외로움이 깊었다. 가족과의 이별은 언제나 괴로웠고, 가족의 소식을 전혀 알 수 없다는 점이 새로운 고통을 몰고 와 가끔 신랄한 비난으로 폭발했다. 불행을 극복하기 위해 그는 자신이 아는 정보를 관계자들에게 진술하는 데 전념하며 밤늦게까지 고집스레 일에 몰두했다. 그의 감정은 체념과 희망 사이를 오갔다. 자신이 지금까지 이룬 성취에 대해서는 자부심을 느꼈지만, 개인적으로 치른 희생을 생각하면 절망적이었다. 그는 대처에게 편지를 썼다. 〈제 아내와 자식들을 빨리 만날 수 있게 해달라고 기도했지만, 단호한 조치를 취해야 하는 이유를 이해하기 때문에 전부 받아들이고 있습니다. (······) 그러나 가족이 없다면 제 인생에는 아무 의미도 없으므로, 가족의 석방을 확보할 수 있는 방법을 찾을 수 있을 것이라고 계속 희망을 품는 수밖에 없습니다.〉

　대처는 이렇게 답장했다. 〈당신 가족에 대해 우리는 계속 걱정하고 있습니다. 앞으로도 그분들을 잊어버리는 일은 없을 겁니다. 저도 자식이 있으니, 당신이 매일 어떤 생각을 하고 어떤 감정을 느낄지 잘 압니다. 인생에 의미가 없다는 말씀은 하지 말아 주세요. 희망은 언제나 있습니다.〉 총리는 언젠가 그를 직접 만나고 싶다면서 이런 말을 덧붙였다. 〈자유와 민주주의를 위해 일어선 당신의 용기를 항상 생각하고 있습니다.〉

KGB 내에서는 고르디옙스키가 영국으로 탈출했다는 소식에 관계자들이 서로를 비난하며 책임을 떠넘기는 사태가 발생했다. 체브리코프 KGB 국장과 제1주요부의 크류치코프 부장은 제2주요부를 비난했다. 원칙적으로 내부 보안과 방첩 작전을 담당하는 부서이기 때문이었다. 제1주요부의 간부들은 K부를 비난하고, 그루시코는 그리빈을 비난했다. 감시 팀은 모두의 비난 대상이었다. 하지만 위계질서에서 가장 낮은 자리에 있는 감시 팀은 달리 비난할 대상이 없었다. 영국 외교관들의 감시를 책임진 레닌그라드 KGB는 직접적인 책임을 피할 길이 없어서, 많은 고위 간부가 해고되거나 강등되었다. 이때 영향을 받은 사람 중에는 블라디미르 푸틴도 있었다. 레닌그라드 KGB의 산물인 그는 많은 친구, 동료, 후원자가 고르디옙스키의 탈출에 직접적인 영향을 받아 숙청되는 것을 보았다.

KGB는 창피함과 분노를 느끼면서도, 고르디옙스키가 어떻게 도망쳤는지 여전히 정확히 알지 못했다. 그래서 그가 외교적인 리셉션 도중에 전혀 알아볼 수 없는 변장을 하거나 가짜 신분증을 이용해서 대사관을 몰래 빠져나갔다는 가짜 뉴스를 퍼뜨리는 방식으로 대응했다. 그의 계급과 중요성도 실제보다 축소되었다. 나중에 KGB는 (예전에 MI6가 필비에 대해 주장했던 것처럼) 처음부터 고르디옙스키의 충성심을 의심했다고 주장했다. 외무 장관을 역임한 예브게니 프리마코프는 회고록에서 고르디옙스키가 심문 중에 다시 편을 바꾸겠다는 제안을 했다고 암시했다. 〈자백하기 직전까지 간 고르디옙스키는 영국을 상대로 적극적인 작전을 펼칠 수 있는지

가능성을 탐색하기 시작했으며, 심지어 자신이 이중 첩자로서 성공적으로 활동할 수 있음을 보장해 주는 다양한 조건들을 내세우기도 했다. KGB 고위층은 바로 그날 이 소식을 들었다. 해외 방첩 요원들은 그가 다음 날 모든 죄를 인정할 것이라고 자신했다. 그러나 진술을 중단하고, 외부 감시를 철수시키고, 고르디옙스키를 휴양소로 보내라는 지시가 갑자기 위에서 내려왔다. (……) 거기서 그는 핀란드 국경을 넘어 도주했다.〉[1] 프리마코프의 설명은 말이 되지 않는다. 만약 고르디옙스키가 자백하기 〈직전〉이었다 해도, 실제로는 자백하지 않았음이 분명하다. 그런데 영국 첩자라는 사실을 인정하지 않은 그가 어떻게 이중 첩자가 되겠다고 제안할 수 있었겠는가?

에임스의 첫 KGB 담당관이었던 빅토르 체르카신과 프리마코프는 모두 고르디옙스키가 모스크바로 돌아오기 몇 달 전에 익명의 정보원에게서 그의 반역 사실이 KGB에 전달되었다고 주장했다. 그러나 온갖 가식과 거짓으로 허세를 부리면서도 KGB 고위층은 진실을 알고 있었다. 냉전 시대를 통틀어 가장 중요한 스파이를 손에 쥐고 있었으면서 그가 손가락 사이로 빠져나가는 것을 막지 못했다는 진실.

영국과 소련이 외교적인 혈전을 치르고 이틀 뒤 도합 스무 대가량의 승용차가 레닌그라드에서 비보르크로 이어지는 고속 도로에 길게 늘어섰다. 여덟 대는 영국 외교관 차량이었고, 한 대 걸러 한 대씩 KGB 감시 차량이 끼어 있었다. 핀란드를 경유해 본국으로 추방되는 이 외교관 일행 중 애스콧과 지는 사실상 탈출 경로를 다시 따라가는 중이었다. 다만 이번에는 〈개선 행진에 동원된 포로들처럼〉 나라 밖으로 호송되고 있었다. 지는 짐 가방 속에 해로즈 백화

---

1 Yevgeny Primakov, *Russian Crossroads* (New Haven: Yale University Press, 2004).

점 쇼핑백과 시벨리우스의 「핀란디아」 테이프를 잊지 않고 챙겨 넣었다. 뚜렷한 특징을 지닌 바위가 있는 그 차량 대피소에 도달했을 때, KGB 차량들이 속도를 늦추더니 소련 요원들이 모두 앉은 채 몸을 홱 돌려 서서히 차창 밖을 스쳐 가는 그 장소를 빤히 바라보았다. 〈그들도 알아낸 모양이었다.〉

마지막 순간까지 법을 곧이곧대로 지킨 KGB와 고르디옙스키의 대결은 이것으로 끝난 게 아니었다. 1985년 11월 14일에 열린 궐석 군사 재판에서 그는 반역 혐의로 사형 선고를 받았다. 크류치코프의 후임으로 제1주요부의 부장이 된 레오니드 셰바르신은 7년 뒤 한 인터뷰에서 고르디옙스키가 영국에서 암살되기를 바란다면서 공개적인 위협처럼 들리는 말을 했다. 〈엄밀히 말해서 그건 그리 특별한 일이 아니다.〉[2]

올레크 고르디옙스키는 1인 순회공연을 다니는 정보 전문가가 되었다. MI6의 보호자들과 함께 전 세계를 돌아다니며, 모든 조직 중에 가장 신비에 싸여 있던 KGB의 신비를 벗겨 내는 것이 바로 그의 공연 내용이었다. 그가 여행한 나라를 꼽자면 뉴질랜드, 남아프리카공화국, 오스트레일리아, 캐나다, 프랑스, 서독, 이스라엘, 사우디아라비아, 스칸디나비아 전역 등이 있다. 탈출 3개월 뒤 센추리 하우스에서 모임이 열렸다. 이 자리에는 모든 정보기관의 대표들뿐만 아니라 엄선된 정부 관리들과 동맹국 관리들도 초대되었다. 고르디옙스키가 가져온 정보를 살펴보고, 그 정보가 군축, 동서 관계, 미래의 정보 계획에 어떤 의미가 있는지 의논하는 자리였다. 한데 모인 스파이들과 스파이 지휘자들은 〈거대한 뷔페 같은〉 회의 탁자에 쌓

2 『더 타임스』, 2018년 3월 10일 자.

인 수백 건의 보고서를 훑어보면서 꼬박 이틀 동안 그 내용을 실컷 빨아들였다.

고르디옙스키는 MI6가 런던 교외에 사준 집에서 가명으로 살았다. MI6와 MI5는 그의 목숨에 대한 위협을 허투루 넘기지 않았다. 그는 강연을 하고, 음악을 듣고, 역사가 크리스토퍼 M. 앤드루와 함께 책을 썼다. 상세한 연구 결과를 담은 그의 저서들은 지금도 소련 정보기관에 대한 가장 포괄적인 자료로 꼽힌다. 그는 심지어 텔레비전 인터뷰에도 응했다. 조금 웃기게 보이는 가발을 쓰고 가짜 수염을 붙여 변장한 모습이었다. KGB는 그의 생김새를 이미 알고 있었지만, 공연히 위험을 무릅쓸 필요는 없었다. 고르바초프의 개혁이 소련을 휩쓸고 공산주의 제국이 휘청거리기 시작하면서, 그의 전문 지식을 찾는 사람이 더욱더 많아졌다.

1986년 5월에 마거릿 대처가 그를 자신의 공식 시골 별장인 체커스로 초대했다. 총리는 콜린스 씨라는 이름으로 부르던 그와 거의 세 시간 동안 이야기를 나눴다. 군축, 소련의 정치 전략, 고르바초프가 대화 주제였다. 1987년 3월 그는 다시 총리에게 브리핑을 했다. 이번에는 장소가 다우닝가였다. 이 대화 이후 다시 모스크바를 방문한 총리는 또 성공을 거뒀다. 같은 해에 고르디옙스키는 백악관 대통령 집무실에서 로널드 레이건을 만나 소련 첩보망에 대해 이야기하고 카메라 앞에서 포즈를 취했다. 두 사람이 만난 시간은 22분이었다(고르디옙스키는 노동당의 닐 키넉 당수와 레이건의 만남보다 4분 더 길었다는 점을 크게 기뻐했다). 「우리는 당신이 누군지 압니다.」 레이건은 고르디옙스키의 어깨에 한 팔을 얹으며 말했다. 「당신이 서방을 위해 한 일에 감사하고 있습니다. 고맙습니다. 당신의 가족들도 잊지 않고 있으니, 그들을 위해 싸울 겁니다.」

자유를 찾은 뒤 처음 몇 년 동안 그는 무지하게 바빴지만, 말도 못하게 불행할 때가 많았다.

고르디옙스키의 가족들은 앙심을 품은 KGB의 포로 신세에서 벗어나지 못했다. 그는 아내와 딸들이 히스로 공항에 도착해 즐겁게 재회하는 꿈을 꾸다가 깨어나 자신이 혼자라는 사실을 깨닫곤 했다.

모스크바에서 레일라는 사실상 가택 연금 상태로 살면서, 혹시 그녀까지 어떻게든 도망칠지 모른다고 생각하는 당국의 면밀한 감시를 받았다. 전화는 도청되고, 편지는 감시자들이 먼저 빼돌렸다. 취직도 할 수 없어서 레일라는 부모의 지원에 의지해 살아갔다. 친구들도 한 명씩 차례로 사라지는 것 같았다. 〈절대적인 진공 상태였다. 모두들 나를 만나는 것을 무서워했다. 나는 아이들의 성을 알리예프로 바꿨다. 고르디옙스키는 너무나 눈에 띄는 이름이니까. 이름을 바꾸지 않았다면 아이들은 완전히 따돌림을 당했을 것이다.〉 그녀는 남편과 다시 만날 때까지 절대 머리를 자르지 않겠다고 선언하고, 이 말을 지켰다. 세월이 흐른 뒤 어떤 기자가 그녀에게 남편이 영국으로 망명했다는 말을 들었을 때의 기분을 묻자 그녀는 이렇게 말했다. 〈그 사람이 살아 있다는 사실이 반가울 뿐이었다.〉 고르디옙스키가 반역 혐의로 유죄 선고를 받으면서 부부의 재산은 몰수되었다. 아파트, 자동차, 짐 가방, 덴마크에서 가져온 비디오 녹화기까지 모두. 〈매트리스에 여기저기 구멍이 난 캠핑 침대, 다리미. 그들은 특히 다리미를 좋아했다. 수입산인 후버 제품이라서.〉

고르디옙스키는 아내에게 전보를 보내려고 해봤지만, 단 한 통도 레일라에게 닿지 않았다. 그는 아이들을 위한 값비싼 옷가지 등의 선물을 애정을 담아 포장해서 모스크바로 보냈다. 모두 KGB에 압수되었다. 마침내 레일라에게서 편지 한 통이 도착했을 때, 그는 처음 몇 줄을 읽어 보고는 KGB가 구술한 편지임을 깨달았다. 〈여기 분들이 당신을 용서했어요. 쉽게 다른 일자리를 찾을 수 있을 거예요.〉 이건 그를 꾀어서 다시 불러들이려는 뻔한 함정인가? 아내가 KGB와 공모한 건가? 그는 소련 관리를 통해 간신히 몰래 아내에게 전달한 편지에서 자신이 KGB 음모의 희생자라는 주장을 고수했다. 이것이 아내를 보호해 줄 것이라는 생각을 했는지도 모른다. 레일라는 경악했다. 편지의 주장이 사실이 아님을 이제는 그녀도 알고 있었다. 〈남편은 이렇게 말했다. 《난 아무 죄도 짓지 않았어. 난 정직한 요원이고 충성스러운 국민이야. 외국으로 도망칠 수밖에 없었소.》그 사람이 왜 또 내게 거짓말을 한 건지 모르겠다. 현실 같지 않았다. 나는 이해하려고 애썼다. 그 사람은 아이들에 대해 몇 마디 적은 뒤, 아직도 나를 사랑한다고 말했다. 하지만 나는 이런 생각이 들었다. 《당신은 당신이 하고 싶은 일을 했잖아. 난 아이들과 함께 여전히 여기에 있는데. 당신이 도망치고 우리는 포로가 되었어.》》 그들은 서로를 속이고 있었다. 어쩌면 각자 자신마저 속이고 있었던 건지도 모른다. KGB는 레일라에게 남편이 〈젊은 영국인 사무원과 바람을 피우고〉 있다고 말했다.

KGB는 레일라에게 만약 고르디옙스키와 정식으로 이혼한다면, 다리미를 포함해서 그녀의 재산을 돌려받을 수 있다고 알렸다. 〈그들은 내게 아이들을 생각하라고 했다.〉 그녀는 이 제안을 받아들였다. KGB는 택시를 보내 그녀를 이혼 법정에 데려다주고, 이혼세도 내주었다. 그녀는 결혼 전의 성을 되찾았다. 두 번 다시 남편을 만날 수 없을 것이라고 믿었다. 〈삶은 계속되었다.〉 그녀는 이렇게 말했다. 〈아이들은 학교에 다녔고, 가끔 즐거워 보였다. 나는 단 한 번도 감히 아이들 앞에서 울거나, 내 영혼을 드러내지 못했다. 항상 자랑스러운 마음가짐으로 얼굴에 미소를 지었다.)[3] 하지만 어찌어찌 그녀와의 짧은 인터뷰를 따내고 그녀에게 연민을 표시한 서방 기자에게 그녀는 아직도 남편을 사랑하며, 남편과의 재회를 갈망한다고 말했다. 「서류상으로는 그의 아내가 아닐지라도, 내 영혼은 아직도 그의 아내입니다.」

고르디옙스키의 가족을 데려오려는 노력은 6년 동안 가차 없이 지속되었지만 결실을 맺지 못했다. 〈우리는 핀란드와 노르웨이를 통해 그들과 접촉하려 했으나, 우리가 내놓을 수 있는 카드가 없었다.〉 헤트만 작전을 맡은 MI6 요원 조지 워커는 이렇게 말했다. 그는 고르디옙스키가 MI6와 연락할 때 주로 접촉하는 사람이기도 했다. 〈우리는 중립국 사람들, 인권을 다루는 사람들과 이야기해 보았다. 프랑스인, 독일인, 뉴질랜드인 등 수많은 사람을 설득해 그들의 석방을 위해 조직적으로 압력을 넣게 했다. 외무부는 모스크바 주재 대사들을 통해 끊임없이 그 문제를 제기했다.〉 마거릿 대처는 1987년 3월 고르바초프를 만났을 때 즉시 고르디옙스키의 가족 이야기를 꺼냈다. 찰스 파월은 고르바초프의 반응을 지켜보았다. 〈그는 분노로 얼굴이 하얗게 질려서 아예 대답을 하지 않았다.〉 대처와 고르바초프는 그 뒤로 몇 년 동안 두 번 더 만났다. 두 번 모두 대처는 그 문제를 다시 꺼냈고, 또 퇴짜를 맞았다. 〈하지만 총리는 굴하지 않았다. 결코 굴하지 않았다.〉

KGB는 절대로 물러서지 않을 기세였다. 〈올레크는 그들을 완전히 바보로 만들었다.〉 워커는 이렇게 말했다. 〈그들이 올레크에게 내릴 수 있는 유일한 처벌이 아내와 아이들을 붙잡아 두는 거였다.〉

탈출 2년 뒤 레일라의 편지가 런던에 도착했다. 핀란드 트럭 기

3 이고르 포메란체프와의 라디오 인터뷰, 「라디오 리버티」, 2015년 9월 7일 자 방송.

사가 헬싱키에서 런던으로 부쳐 준 편지였다. 대형 인쇄 용지 석 장에 러시아어로 적은 그 편지는 KGB의 지시로 작성된 것이 아니었다. 솔직한 심정과 분노가 거기 담겨 있었다. 워커는 편지를 읽었다. 〈매우 강인하고, 유능하고, 크게 분노한 여성이 《왜 내게 말하지 않았나? 어떻게 나를 버릴 수 있나? 우리를 구하기 위해 지금 무엇을 하고 있는가?》하고 묻는 편지였다.〉이 이야기가 동화 같은 결말을 맞을 수 있을 것이라는 희망이 점점 희미해지기 시작했다. 배신, 오랜 이별, KGB의 거짓 정보로 그나마 남아 있던 부부간의 신뢰가 이미 무너진 뒤였다. 가끔 간신히 전화가 연결되기는 했지만, 두 사람의 대화는 매끄럽지 못했다. 물론 도청과 녹음도 여전히 이루어졌다. 아이들은 수줍어하며 단답형 대답만 했다. 음질이 좋지 않은 전화선을 통해 오가는 딱딱한 대화는 두 사람의 거리를 더 벌려 놓기만 하는 것 같았다. 물리적으로도 심리적으로도. 워커는 이렇게 말했다. 〈화해가 쉽지 않을 것임을 나는 처음부터 알고 있었다. 어떤 상황에서든 몹시 힘들었을 것이다. 하지만 그 편지를 읽고 나니 두 사람이 재결합할 가능성은 희박하다는 것을 분명히 알 수 있었다.〉그래도 헤트만 작전은 계속되었다. 〈우리가 그 여성을 계속 기억한다는 점을 분명히 하는 것이 내 임무였다.〉

고르디옙스키의 탈출은 KGB에 충격과 깊은 창피를 안겨 주었다. 하지만 머리가 잘리는 쪽은 항상 잔챙이들이었다. 고르디옙스키의 직속 상사였던 니콜라이 그리빈은 그의 탈출에 전혀 책임이 없는데도 강등되었다. 반면 제1주요부의 부장인 블라디미르 크류치코프는 1988년 KGB 국장이 되었다. 그의 밑에서 차장으로 일한 빅토르 그루시코도 그와 함께 승진했다. 고르디옙스키의 조사를 이끈 빅토르 부다노프는 K부 부장으로 임명되고, 계급도 장군에 이르렀다. 부다노프는 공산주의가 붕괴한 뒤에는 엘리트 보안이라는 회사를 설립했다. 2017년에 나온 발표에 따르면, 엘리트 보안은 모스크바 주재 미국 대사관을 경비하는 280만 달러짜리 계약을 따냈다. 미하일 류비모프는 이 역설적인 상황을 재미있어 하면서, 워싱턴 주재 러시아 대사관이 CIA와 관련된 경비 회사를 고용할 가능성은 아주 희박하다고 지적했다.

고르디옙스키의 반항심을 처음으로 건드렸던 베를린 장벽은 동유럽과 중부 유럽에서 반(反)공산주의 혁명의 물결이 일어나면서 1989년에 무너졌다. 글라스노스트와 페레스트로이카 때문에 점점 해체되는 소련에 대한 KGB의 장악력도 느슨해지기 시작했다. 크렘린의 강경파들은 고르바초프의 개혁에 점점 큰 불만을 품었고, 1991년 8월에는 크류치코프가 이끄는 집단이 음모를 꾸며 권력을 장악하려 시도했다. 그는 모든 KGB 직원의 봉급을 두 배로 올리고, 휴가를 떠난 사람들에게 귀환을 명령했으며, 비상을 발령했다. 이 쿠데타 시도는 사흘 만에 무너졌다. 크류치코프는 국가에 대한 반역죄 혐의로 그루시코와 함께 체포되었다. 고르바초프는 정보기관 내의 적들에게 신속한 조치를 취했다. KGB 직원 23만 명을 국방부가 통제하게 하고, K부를 해산하고, 최고위 간부들 대부분을 해고했다. 겐나디 티토프 장군만 예외였다. 〈악어〉라는 별명을 지닌 그는 쿠데타가 시작되었을 때 마침 휴가 중이었기 때문에, 방첩부장으로 승진되었다. 〈첩보 활동이 과거에 비해 훨씬 더 힘들어졌다.〉[4] 그는 쿠데타 시도 며칠 뒤, 그리운 듯이 이렇게 말했다.

크류치코프의 후임으로 임명된 사람은 바딤 바카틴이었다. 민주적인 개혁가인 그는 오랫동안 소련을 공포로 몰아넣은 방대한 첩보

4 『로스앤젤레스 타임스』, 1991년 8월 30일 자.

보안 시스템을 해체하기 시작했다. 〈나는 이 조직의 해체 계획을 대통령에게 제시하고 있다.〉 바카틴 신임 KGB 국장은 이렇게 말했다. 그는 KGB의 마지막 국장이기도 했다. 그가 취임한 뒤 가장 먼저 한 일 중 하나는 고르디옙스키 가족이 재결합할 것이라는 발표였다. 〈나는 그것이 오래된 문제라고 생각했다. 그런 문제는 해결해야 한다.〉 바카틴은 이렇게 말했다. 〈휘하 장군들에게 의견을 물으니 그들 모두 단호하게 안 된다고 말했지만 나는 그들을 무시하고, 이것을 KGB에서 내가 가장 먼저 거둔 큰 승리로 생각하기로 했다.〉

레일라 알리예바 고르디옙스키, 그리고 두 딸 마리아(마샤)와 안나는 1991년 9월 6일 히스로 공항에 도착해 헬리콥터를 타고 포트 몽크턴으로 이동했다. 고르디옙스키가 그들을 집으로 데려가려고 거기서 기다리고 있었다. 꽃, 샴페인, 선물이 준비되었다. 고르디옙스키는 귀향을 뜻하는 미국식 상징인 노란 리본을 온 집 안에 묶어 두고, 아이들의 침대에 깔 새 침구를 사고, 〈즐겁고 환한 분위기〉를 만들기 위해 램프란 램프를 모두 켰다.

가족이 재회하고 석 달 뒤, 소련은 해체되었다. 신문들은 고르디옙스키 가족이 포즈를 취하고 찍은 사진들을 게재했다. 그들이 행복하게 런던을 산책하는 모습은 소련이 정치적으로 격변을 겪고 있던 시기에 가정의 조화와 사랑의 힘을 보여 주었다. 공산주의의 종말을 때마침 상징해 주는 낭만적인 광경이 거기 있었다. 그러나 강제로 떨어져 지낸 세월이 6년이라, 그들 사이에는 깊은 고통도 존재했다. 이제 열한 살이 된 마샤는 아버지를 거의 기억하지 못했다. 열 살인 안나에게는 아버지가 낯선 사람이었다. 올레크는 레일라가 예전과 같은 결혼 생활로 돌아올 것이라고 기대했으나, 그녀는 비판적이고 적대적인 태도로 해명을 요구했다. 그는 그녀가 일부러 아이들을 엄마에게만 의존하게 만들었다고 비난했다. 레일라에게 영국 귀환은 자신이 전혀 손을 쓸 수 없었던 일련의 상황에서 가장 최근에 일어난 일에 불과했다. 그녀의 인생은 깊이 사랑하고 전적으로 믿었으나 결코 온전히 알지 못했던 남자의 비밀스러운 선택과 정치로 인해 파괴되었다. 〈그는 자신의 신념을 실천했다. 그 점은 존경한다. 하지만 그는 내게 미리 묻지 않았다. 나를 휘말리게 만들면서 내게 선택권을 주지 않았다. 선택할 기회를 주지 않았다. 그는 자신이 나를 구원했다고 생각했다. 하지만 애당초 나를 그 구렁텅이에 밀어 넣은 사람이 누구인가? 그는 이 부분을 잊어버렸다. 사람을 발로 차서 절벽 아래로 떨어뜨리고는, 손을 내밀면서 《내가 널 구했어!》라고 말할 수는 없는 법이다. 그는 정말 지독히 러시아적인 사람이었다.〉 레일라는 자신이 겪은 일을 잊을 수도, 극복할 수도 없었다. 그들은 가정을 다시 추스르려고 해보았지만, 탈출 전에 존재했던 결혼 생활은 다른 시대, 다른 세계에 속했으므로 원하는 마음만으로 되살려 낼 수 없었다. 결국 그녀는 고르디옙스키가 아내를 사랑하는 마음보다 신념을 우선한 것 같다고 생각하게 되었다. 〈사람과 국가의 관계, 서로 사랑하는 두 사람의 관계는 완전히 다른 것이다.〉 오랜 세월이 흐른 뒤 그녀는 이렇게 말했다. 소련의 법으로는 이미 끝난 상태이던 두 사람의 결혼 생활은 아주 빠르게 아픈 결말을 맞았다. 〈남은 것이 하나도 없었다.〉 올레크는 이렇게 썼다. 그들은 1993년에 완전히 헤어졌다. KGB와 MI6의 싸움, 공산주의와 서방의 싸움으로 파괴된 관계였다. 냉전 시대 첩보 세계의 모순 속에서 잉태된 결혼 생활이 냉전의 종말과 함께 죽음을 맞았다.

레일라는 러시아와 영국을 오가며 생활한다. 마리아와 안나는 대학까지 영국 학교를 다녔고 지금도 영국에 산다. 고르디옙스키라는 이름은 사용하지 않는다. MI6는 이 가족을 돌보는 의무를 계속 수행하고 있다.

고르디옙스키의 KGB 동료들과 친구들도 그를 용서하지 못했다. 막심 파르시코프는 런던에서 소환되어 KGB의 조사를 받은 뒤 해고되었다. 그리고 평생 고르디옙스키가 왜 국가를 배신했는지 고민하며 살았다. 〈올레크가 반체제였던 것은 사실이다. 하지만 1980년대에 소련에서 정신이 제대로 박힌 사람이라면 누군들 적어도 어느 정도까지는 반체제가 아니었을까. 런던 레지덴투라의 직원 대다수도 각각 정도는 다르지만 반체제였다. 우리 모두 서방 국가에 사는 것을 좋아했다. 하지만 반역자가 된 사람은 올레크뿐이었다.〉 미하일 류비모프는 그의 반역을 개인적인 상처로 받아들였다. 고르디옙스키는 그의 친구였다. 함께 비밀을 공유하고, 음악을 듣고, 서머싯 몸의 작품을 이야기했다. 〈고르디옙스키가 도망친 직후 나는 KGB의 힘을 느꼈다. 거의 모든 옛 동료가 즉시 나와 연락을 끊고 만남을 피했다. (……) KGB가 나를 고르디옙스키 반역 사건의 주요 범인으로 언급하며 위협적인 지시를 내렸다는 소문이 들려왔다.〉 그제야 그는 고르디옙스키가 탈출하기 전날 저녁에 「해링턴 씨의 세탁물」을 언급하며 주었던 암시를 이해할 수 있었다. 류비모프는 비록 소련의 서머싯 몸이 되지는 못했지만, 소설, 희곡, 회고록을 집필했으며 냉전 시대의 가장 독특한 혼종으로 남았다. 소련에 충성하며 구식 영국인 같은 태도를 유지했다는 뜻이다. 그는 탈출 계획에서 중요한 순간에 자신이 KGB의 주의를 교란하는 데 이용되었다는 사실에 깊이 분노했다. 고르디옙스키가 영국식 페어플레이를 중시하는 그의 감정을 건드린 것이다. 두 사람은 두 번 다시 서로 이야기를 나누지 않았다.

브라이언 카틀리지 경은 눈에는 눈 식의 추방전 이후 영국과 소련의 관계가 급속히 예전의 온기를 회복하는 것을 보고 깜짝 놀랐다. 그는 1988년에 소련 주재 대사 근무를 마쳤다. 그는 고르디엡스키의 탈출을 회상하면서 〈대단한 승리〉라고 지칭했다. 고르디엡스키가 〈KGB의 구조와 작업 방식에 대해 개략적인 지식〉을 제공해서 〈아마도 여러 해 동안 우리가 그들을 포괄적으로 좌절시킬 수 있게〉 해주었다는 것이다. 보수당 중앙국의 연구원 로즈메리 스펜서는 자신이 MI5의 간곡한 부탁으로 아주 가까워졌던 그 매력적인 소련 외교관이 처음부터 MI6를 위해 일하고 있었음을 알고 충격을 받았다. 그녀는 덴마크인과 결혼해 코펜하겐으로 이주했다.

고르디엡스키를 담당한 MI6 요원들은 그와 계속 유대 관계를 유지했다. 비밀스러운 세계 속의 비밀스러운 세포 조직이었다. 다른 요원들, 즉 리처드 브롬헤드, 베로니카 프라이스, 제임스 스푸너, 제프리 거스콧, 마틴 쇼퍼드, 사이먼 브라운, 세라 페이지, 아서 지, 바이얼릿 채프먼, 조지 워커는 계속 그림자 속에 남았다. 지금도 스스로의 요청으로 그림자 속에 있다. 이 책에 사용된 그들의 이름은 본명이 아니다. 애스콧과 지는 여왕을 비밀리에 알현한 자리에서 OBE[5]가 되었다. 채프먼은 MBE[6]가 되었다. 고르디엡스키의 첫 담당관이었던 스코틀랜드인 필립 호킨스는 탈출 소식을 듣고 그답게 건조한 반응을 보였다. 「아, 그 사람 정말 진짜였군, 그렇지? 난 한 번도 그렇게 생각하지 않았는데.」

K부의 존 데버렐은 북아일랜드에서 MI5를 이끌게 되었다. 1994년 치누크 헬기를 타고 가다가 킨타이어 곶에서 헬기가 추락하는 바람

---

5 대영 제국 4등 훈장 수훈자 — 옮긴이주.
6 대영 제국 훈작사 — 옮긴이주.

에 북아일랜드에서 활약하던 영국의 정보 전문가 대다수와 함께 목숨을 잃었다. 2015년 3월, 로이 애스콧이 상원 의원이 된 이후 같은 상원 의원이자 역사가인 피터 헤네시가 화려하게 그의 과거를 폭로해 버렸다. 〈비록 그가 신중한 사람이라 입에 담지는 않지만, 저 고상한 백작은 용감하고 놀라운 사람인 올레크 고르디옙스키를 소련에서 핀란드로 빼낸 요원으로서 첩보 역사에 특별한 자리를 차지하고 있다.〉 냉전 시대에 차고 있던 기저귀가 몹시 기묘한 역할을 했던 애스콧의 딸은 러시아 예술의 권위자가 되었다. KGB는 탈출 작전 때 MI6가 위장을 위해 정말로 아기를 데려갔다는 사실을 끝내 믿지 못했다.

마이클 베터니는 23년의 형기 중 14년을 복역하고 1998년에 가석방되었다. 스웨덴 스파이 스티그 베릴링은 1987년에 아내를 만나기 위해 잠시 귀휴를 허락받았을 때 모스크바로 도망쳐 매달 500루블이라는 상당한 연금을 받으며 살았다. 1년 뒤에는 부다페스트로, 그다음에는 레바논으로 이주해 드루즈 민병대 지도자인 왈리드 줌블라트의 보안 자문으로 일했다. 1994년에는 스웨덴 보안국에 전화를 걸어 고국으로 돌아가고 싶다고 말했다. 그는 3년을 더 복역한 뒤 건강을 이유로 석방되었다. 2015년에 요양원에서 공기총으로 간호사를 쏘아 부상을 입히는 일을 저질렀으며, 그 직후 파킨슨병으로 사망했다. 아르네 트레홀트는 경비가 가장 삼엄한 교도소에서 8년을 복역한 뒤 석방되었으며, 노르웨이 정부는 많은 논란을 무릅쓰고 그를 사면했다. 그의 사례는 지금도 노르웨이에서 논란의 대상이다. 노르웨이 형사 사건 검토 위원회는 이 사건에 대한 재조사를 벌여 2011년에 트레홀트 지지자들의 주장처럼 증거가 조작되었다고 볼 근거가 전혀 없다는 결론을 내렸다. 석방 뒤 트레홀트는 러시아에 정착했다가 키프로스로 옮겨 가 사업가 겸 컨설턴트로 일하고 있다. 마이클 풋은 1995년 『선데이 타임스』를 상대로 소송을 제기했다. 그는 이 신문사가 고르디옙스키의 회고록을 연재하면서 〈KGB: 풋은 우리 공작원이었다〉라는 제목을 붙인 것을 문제 삼으면서, 이 기사를 〈매카시즘을 연상시키는 비방〉이라고 표현했다. 상당한 배상금을 받은 그는 그중 일부를 『트리뷴』의 운영 자금으로 썼다. 2010년에 아흔여섯 살의 나이로 세상을 떠났다.

서방의 정보기관들에게 고르디옙스키의 사례는 스파이를 포섭해서 관리하는 법, 정보를 이용해서 국제 관계를 향상시키는 법, 그리고 가장 극적인 상황에서 위험에 처한 스파이를 구하는 법을 보여 주는 교과서적인 예가 되었다. 그러나 누가 그의 정체를 소련에 알렸는가 하는 의문이 아직 남아 있었다. 고르디옙스키는 나름대로 가설을 세워 첫 아내인 옐레나나 체코인 친구인 스탄다 카플란이 비밀을 폭로했을지도 모른다고 생각했다. 어쩌면 베터니가 MI5 내부의 첩자라는 자신의 정체를 폭로한 사람을 스스로 알아냈을 수도 있고, 아르네 트레홀트가 체포되면서 KGB가 경계심을 품었을 수도 있었다. 하지만 고르디옙스키도 MI6도 그가 장시간에 걸쳐 CIA에 브리핑을 하는 동안 탁자 맞은편에 자주 앉아 있던 친절한 미국 요원을 의심할 생각은 하지 못했다.

올드리치 에임스는 로마 근무를 마친 뒤 CIA 방첩 센터 분석 그룹에 배속되어 CIA 소련 첩자들에 관한 신선한 정보에 접근할 권한을 얻게 되자 그 정보를 곧장 KGB에 넘겼다. 사망자가 늘어 가면서, 스위스와 미국 은행에 있는 그의 계좌 잔고도 올라갔다. 그는 최신형 은색 재규어를 샀다가 알파 로메오로 바꿨다. 새집을 사면서 50만 달러를 현금으로 지불하기도 했다. 니코틴 물이 든 치아에는 캡을

씌웠다. 로사리오의 귀족적인 분위기가 그의 이런 씀씀이를 해명해 주었다. 그는 그녀의 부유한 친척들이 돈을 제공해 주었다고 주장했다. KGB는 만약 그가 의심받게 된다면 탈출을 도울 수 있다고 그를 안심시켰다. 〈우리는 영국이 모스크바에서 고르디옙스키에게 한 일을 워싱턴에서 할 준비가 되어 있었다.〉 KGB에서 에임스를 담당하던 사람의 말이다. 에임스가 소련으로부터 받은 돈은 도합 460만 달러였다. 그의 고급 셔츠와 반짝이는 새 치아가 그토록 오랫동안 CIA 동료들의 의심을 받지 않고 넘어간 것에 비하면 이 금액은 아주 조금만 더 놀라울 뿐이다.

　고르디옙스키와 에임스의 행동은 겉모습만 보면 비슷했다. 두 사람 모두 자신이 속한 조직과 나라에 등을 돌렸고, 정보 전문가로서 상대편의 첩자들을 지목해 주었다. 두 사람 모두 직장 생활을 시작할 때 했던 맹세를 배반했고, 두 사람 모두 비밀스러운 이중생활을 철저히 감췄다. 하지만 비슷한 점은 여기까지다. 에임스는 돈을 위해 첩자가 되었고, 고르디옙스키는 이념적인 신념을 따라 움직였다. 에임스의 희생자들은 KGB의 손에 단속되어 대부분 목숨을 잃었으나, 고르디옙스키가 폭로한 베터니나 트레홀트 같은 사람들은 감시 끝에 체포되어 정당한 재판을 받고 복역한 뒤 석방되어 다시 사회로 돌아왔다. 고르디옙스키는 대의를 위해 목숨을 걸었지만, 에임스는 더 큰 차를 원했다. 그는 전혀 호감을 느끼지 못하는 잔혹한 전체주의 정권, 단 한 번도 직접 가서 살아 볼 생각을 하지 않은 나라를 위해 일하는 길을 스스로 선택했다. 고르디옙스키는 민주주의 체제의 자유를 맛본 뒤 그런 생활 방식과 문화를 보호하고 지지하는 것을 자신의 임무로 삼았으며, 결국 개인적으로 엄청난 희생을 치르고 서방에 정착했다. 이 둘 사이의 차이는 궁극적으로 도덕적 판단의 문제다. 고르디옙스키는 선(善)을 좇았고, 에임스는 오로지 자신만 위했다.

　처음에 CIA는 소련 내 첩자들이 그토록 탄로 난 이유로 내부 스파이를 생각하지 못했다. CIA 본부에 버그가 있거나 상대방이 암호를 해독했을 것이라고 생각했다. 1960년대와 1970년대에 앵글턴의 첩자 사냥이 남긴 트라우마 때문에 너무 고통스러워서 그들은 내부자의 배신 가능성을 생각하지 못했다. 그러나 결국 내부자의 배신만이 상황을 설명할 수 있음이 분명해졌다. 그리고 1993년 무렵 에임스의 사치스러운 생활이 마침내 주의를 끌게 되었다. CIA는 그에게 감시를 붙여 그의 움직임을 추적하고 그가 내놓은 쓰레기를 뒤졌다. 1994년 2월 21일, 올드리치와 로사리오는 FBI에 체포되었다. 「당신들 지금 실수하는 거야!」 올드리치는 이렇게 주장했다. 「엉뚱한 사람을 잡은 거라고!」 두 달 뒤 그는 스파이 혐의에 유죄를 인정하고 종신형을 선고받았다. 로사리오는 형량 거래를 통해 탈세 혐의와 간첩 행위 공모 혐의로 5년을 선고받았다. 법정에서 에임스는 자신이 〈CIA를 비롯한 미국 기관과 해외 정보기관의 소련 첩자 중 내가 아는 사람을 거의 모두〉 위험에 빠뜨렸으며, 소련과 러시아에 〈미국의 대외, 국방, 보안 정책에 관한 대량의 정보〉를 제공했음을 인정했다. 그는 죄수 번호 40087-083을 달고 지금도 인디애나주 테러호트에 있는 연방 교도소에서 복역 중이다.

　고르디옙스키는 자신이 모범적인 미국 애국자로 생각했던 사람이 자신을 죽이려 했음을 알고 기가 막혔다. 〈에임스는 내 경력과 인생을 산산조각 냈다.〉 그는 이렇게 썼다. 〈하지만 나를 죽이지는 못했다.〉

　1997년 미국의 방송 언론인 테드 코펠은 교도소에 있는 에임스를 인터뷰했다. 그전에 미리 영국에서 고르디옙스키를 인터뷰한 코펠은 인터뷰 영상을 에임스에게 보여 주며 반응을 살폈다. 밀고당한 고르디옙스키는 밀고자 에임스를 향해 직접 이렇게 말했다. 「올드리치 에임스는 반역자입니다.」 죄수복 차림의 에임스는 강렬한 눈빛으로 화면을 바라보았다. 「그는 오로지 돈을 위해 일했습니다. 그냥 탐욕스러운 놈이었습니다. 생애 마지막 날까지 그의 양심이 그를 벌할 겁니다. 〈고르디옙스키 씨는 당신을 거의 용서했다!〉고 가서 말을 전하셔도 됩니다.」

인터뷰 영상이 끝난 뒤 코펠은 에임스에게 시선을 돌렸다. 「그가 당신을 거의 용서했다는 말을 믿습니까?」

「그런 것 같습니다.」 에임스가 말했다. 「그의 말이 모두 아주 강렬하게 들립니다. 예전에 저는 제가 밀고한 사람들이 저와 비슷한 위험을 무릅쓰고 비슷한 선택을 했다고 말했습니다. 분별 있는 사람이 그 말을 듣는다면 이렇게 말할 겁니다. 〈저렇게 오만할 데가!〉 하지만 그건 오만한 말이 아니었습니다.」 자신과 다른 스파이들의 행동이 도덕적으로 동등했다고 주장하는 에임스의 모습은 자신을 정당화하다 못해 거의 독선적으로 보였다. 그러나 고르디옙스키의 모습을 보고는 에임스도 후회 비슷한 말을 했다. 「제가 느끼는 수치심과 후회는 지금도 앞으로도 수그러들지 않을 겁니다.」

올레크 고르디옙스키는 소련에서 탈출한 직후 이사한 영국의 어느 근교 도시, 별 특징 없는 거리의 외딴집에서 가명으로 살고 있다. 그의 집은 정말이지 눈에 띄는 구석이 거의 없다. 집을 둘러싼 높은 산울타리와 평소에는 전혀 눈에 보이지 않다가 사람이 가까이 다가가면 확실히 핑 소리를 내는 전선만이 이 집이 이웃집들과는 다를지도 모른다고 짐작케 하는 특징이다. 처형 명령은 지금도 유효하기 때문에 MI6는 냉전 시대 가장 귀한 스파이였던 그를 계속 보호하고 있다. KGB의 분노는 좀처럼 쉽게 사라지지 않는다. 2015년에 블라디미르 푸틴의 비서실장이던 세르게이 이바노프는 고르디옙스키 때문에 자신의 KGB 경력이 망가졌다고 비난했다. 〈고르디옙스키가 내 이름을 넘겼다. 그가 영국 정보기관에 포섭되어 파렴치하게 조국을 배신하는 바람에 내 인생이 망가졌다고 말할 수는 없어도 일터에서 문제를 겪은 것은 확실하다.〉 2018년 3월 4일, 전직 GRU 요원인 세르게이 스크리팔이 딸 율리아와 함께 러시아산 신경독에 중독되었다. 고르디옙스키처럼 스크리팔도 MI6를 위해 스파이로 활동했으나, 고르디옙스키와 달리 러시아에서 체포되어 재판을 받고 복역하다가 2010년 스파이 교환으로 서방에 넘어와 살고 있었다. 전직 KGB 경호원으로 10년 전에 망명자 알렉산드르 리트피넨코를 살해한 혐의를 받는 안드레이 루고보이는 스크리팔을 중독시킨 것도 역시 러시아의 소행이냐는 질문에 흥미로운 반응을 보였다. 〈만약 우리가 누군가를 꼭 죽여야 한다면 그 대상은 바로 고르디옙스키다. 그가 이 나라를 몰래 빠져나간 뒤 궐석 재판에서 사형이 선고되었다.〉[7] 푸틴과 그의 부하들은 잊지 않는다. 스크리팔 사건이 있은 뒤 고르디옙스키를 에워싼 보안 조치들이 강화되었다. 그의 집은 24시간 내내 경비 대상이다.

현재 고르디옙스키는 집에서 잘 나오지 않는다. MI5와 MI6의 옛 동료들 및 친구들이 그를 자주 방문할 뿐이다. 가끔 선배들이 신입 요원을 데려와 정보 업계의 전설적인 존재를 직접 소개해 주기도 한다. 지금도 그를 향한 보복이 실행될 가능성이 잠재하는 것으로 간주된다. 그는 책을 읽고, 글을 쓰고, 클래식 음악을 듣고, 정치 상황을 주의 깊게 살핀다. 특히 모국의 정치 상황에 관심이 많다. 그

7 안드레이 루고보이와의 인터뷰, 『선데이 타임스』, 2018년 3월 11일 자.

는 1985년에 핀란드 국경을 넘은 뒤로 러시아에 한 번도 돌아가지 않았다. 돌아가고 싶은 마음도 없다고 한다. 〈난 이제 영국인이다.〉 그는 어머니를 두 번 다시 만나지 못했다. 올가 고르디옙스키는 1989년에 여든두 살의 나이로 눈을 감았다. 마지막 순간까지도 그녀는 아들이 무고하다는 주장을 굽히지 않았다. 〈내 아들은 이중 첩자가 아니라, 지금도 KGB를 위해 일하는 삼중 첩자다.〉 고르디옙스키는 어머니에게 사실을 말할 기회를 끝내 얻지 못했다. 〈어머니에게 상황을 내 시각에서 설명해 줄 수 있었다면 정말 좋았을 텐데.〉

수많은 스파이의 여생을 보면 알 수 있듯이, 첩보 활동에는 무거운 대가가 따른다.

올레크 고르디옙스키는 지금도 이중생활을 하고 있다. 그가 살고 있는 근교 도시의 이웃들에게, 높은 산울타리로 에워싸인 집에서 조용히 살고 있는 구부정한 턱수염 노인은 그냥 연금을 받아 살아가는 평범한 노인일 뿐이다. 별로 중요한 인물이 아니다. 하지만 사실 그는 역사적으로 엄청난 중요성을 지닌 놀라운 인물이다. 긍지 높고, 예리하고, 성미가 급하고, 음울한 성격이지만 갑자기 터져 나오는 반어적인 유머가 빛을 비추는 역할을 한다. 때로 그는 호감을 품기가 어려운 사람이지만, 그래도 그에게 경탄하는 것을 멈출 수는 없다. 그는 아무 후회가 없다고 말한다. 하지만 때로 대화를 하다 말고 자기 눈에만 보이는 먼 곳 어딘가를 어두운 얼굴로 빤히 바라보곤 한다. 그는 내가 만난 사람 중에 가장 용감한 사람이자 가장 고독한 사람이다.

2007년 여왕의 생일 행사 때 고르디옙스키는 〈영국의 안보에 기여한 공로〉로 세인트 마이클 앤드 세인트 조지 훈장 3등급(CMG)을 받았다. 그는 가상 인물인 제임스 본드도 바로 이 훈장을 받았다고 즐겨 지적한다. 모스크바의 언론 매체들은 고르디옙스키 동무가 이제부터 〈올레크 경〉으로 불릴 것이라고 잘못 보도했다. 포트 몽크턴에는 고르디옙스키의 사진이 걸려 있다.

2015년 7월 탈출 30주년 때 고르디옙스키 작전과 탈출 작전에 관련되었던 사람들이 모두 한자리에 모여 일흔여섯 살이 된 소련 스파이에게 축하 인사를 건넸다. 그가 핀란드로 탈출할 때 갖고 있던 싸구려 인조 가죽 여행 가방은 현재 MI6 박물관에 있다. 30주년 기념 모임에서는 그에게 새 여행 가방이 기념품으로 증정되었다. 그 안에 든 물건은 다음과 같았다. 마스 초코바, 해로즈 백화점 쇼핑백, 러시아 서부 지도, 〈근심, 짜증, 불면증, 스트레스를 완화해 주는〉 알약, 모기 퇴치제, 차가운 맥주 두 병, 닥터 훅의 「히트곡 모음집」과 시벨리우스의 「핀란디아」 카세트테이프.

가방 안에서 마지막으로 나온 물건은 치즈와 양파칩 한 봉지와 아기 기저귀였다.

참조

마거릿 대처와 고르디옙스키가 주고받은 서한은 영국 국립 기록 보존소의 문서를 참고할 것. 외교적인 결과와 파장에 대해서는 브라이언 카틀리지 경의 인터뷰(https://archives. chu.cam.ac.uk/wp-content/uploads/sites/2/2022/01/Cartledge.pdf)를 참고할 것. 바딤 바카틴이 KGB를 해체한 것에 대해서는 J. 마이클 월러가 쓴 「러시아: KGB의 죽음과 부활Russia: Death and Resurrection of KGB」, 『민주화Demokratizatsiya』, 12권 3호(2004년 여름호)를 참고하라. 올드리치 에임스와 테드 코펠의 ABC 뉴스 인터뷰(http://www.abcnews.go.com/us/video/feb-11-1997-aldrich-ames-intervies-21372948)도 참고하라. 고르디옙스키가 세르게이 이바노프의 정체를 폭로한 것에 대해서는 『더 타임스』, 2015년 10월 20일 자를 참고할 것.

후기

2018년 9월, 『스파이와 배신자』가 출간된 뒤 나는 이 이야기와 직접 관련된 세 정보기관, 즉 MI6, CIA, KGB의 전직 요원들에게서 많은 편지와 이메일, 그리고 전화를 받았다. 그들은 이 책을 읽고 한 마디씩 이야기를 하고 싶어 했다. 책에 찬사를 보내며 책의 내용을 뒷받침하는 이야기를 해준 사람이 많았지만 그렇지 않은 사람도 있었다. 이야기의 핵심 요소들에 대한 반박은 없었다. 그러나 스파이들이 사용하는 방법의 세세한 부분은 물론 나의 해석과 결론에 문제를 제기한 전직 요원이 여럿 있었다. 올레크 고르디옙스키는 지금도 논란의 대상이다. 노동당 지도자 마이클 풋과 KGB의 접촉 사실을 밝힌 것이 여기에 적잖은 영향을 미쳤다. 이 책에 묘사된 사건들로부터 30년이 넘는 세월이 흘렀지만, 영국, 미국, 러시아는 당시 상황에 대해 지금도 아주 다른 시각을 갖고 있다. 어떤 면에서는 그들의 견해가 서로 대립하기도 한다. 일부 러시아 사람, 특히 소련의 해체를 아쉬워하는 사람들에게 소련의 해체에 기여한 고르디옙스키는 여전히 증오의 대상이다. 그의 행동, 동기, 영향, 유산은 과거 냉전 시대의 전사들 사이에서 지금도 논쟁을 일으킨다. 이것 또한 그가 오래도록 독특한 의미를 지닌 인물이라는 증거다.

과거의 정보 요원 중 일부의 이름은 이 책 도입부에 밝혀져 있지만, 요원들 대부분은 반드시 익명의 존재로 남아 있어야 한다. 나는 고르디옙스키 작전의 핵심적인 측면들을 다룰 때 그들의 서로 다른 견해를 제시했다.

책이 출간된 뒤의 열기 속에서 가장 먹음직스러운 논쟁거리는 아마 올드리치 에임스가 고르디옙스키를 밀고한 사람이 맞는지, 그렇다면 언제 어떻게 했는지일 것이다. CIA는 고르디옙스키가 모스크바로 소환되기 전인 1985년 5월에 고르디옙스키의 정체를 밝힌 사람은 십중팔구 에임스가 아닐 것이라고 주장한다. 한 CIA 소식통은 에임스가 체포된 뒤 작성된 CIA-FBI 합동 피해 보고서를 인용했다. 그 보고서는 〈6월에 문제의 정보를 전달했다는 에임스의 설명을 받아들였다.〉 6월이라면 고르디옙스키가 이미 모스크바로 돌아가 KGB의 엄밀한 감시를 받던 시기다. 그러나 MI6 소식통들 대부분은 이런 견해를 반박한다. 한 전직 요원은 〈그 보고서는 에임스가 올레크 고르디옙스키에 대한 정보를 5월에 넘겼는지 확신할 수 없지만 6월에 넘긴 것은 확실하다는 결론을 내렸다〉고 말했다. 하지만 내가 연락해 본 CIA 요원 중 누구도 기존의 시각을 대체할 대안을 내놓지 않았다. 반역자가 에임스만이 아니었을 것이라고 생각하는 편이 CIA 입장에서는 받아들이기 쉽다. 최초의 정보 누출이 영국에서 발생했을 가능성을 암시하기 때문이다.

고르디옙스키 작전에 깊숙이 관련되었던 한 MI6 요원은 KGB 조사관들이 노르웨이 스파이인 아르네 트레홀트의 재판 결과에서 확증을 얻었을 가능성이 있다고 본다. 그 재판은 비공개로 이루어졌지만, 고르디옙스키가 KGB와 트레홀트의 관계를 알렸다는 증거가 소련 대사관에 비밀리에 누출되어 모스크바로 전달되었을 가능성이 있다. 그러나 영국 쪽 사람들은 대부분 나처럼 에임스가 KGB에 고르디옙스키의 정체를 밝혔음이 분명하다고 본다.

흥미로운 것은, 내게 연락한 전직 KGB 요원 중 누구도 에임스가 문제의 정보원임을 부정하지 않았다는 점이다. 그들은 KGB가 다른 정보원을 통해 이미 고르디옙스키를 찾아냈다는 주장을 선전하지도 않았다. 전직 KGB 요원 미하일 류비모프는 고르디옙스키가 첩자임을 밝혀낸 공로는 에임스의 것이라고 주장한다. 하지만 에임스의 정보가 자세하지 않았을 가능성이 있다. 〈에임스가 정확히 무엇을 보고했는지는 모르지만, 그를 즉시 체포할 만큼 증거가 충분하지 않았음이 분명하다.〉 이 말이 내 주장을 뒷받침해 주는 것 같다. 고르디옙스키 작전에 관련되었던 사람들 대다수도 나처럼 에임스가 워싱턴에서 KGB와 처음 만났을 때 충분한 정보를 제공했기 때문에 빅토르 부다노프가 조사에 나서고 고르디옙스키가 소환되었다고 보고 있다. 하지만 에임스의 정보가 고르디옙스키를 구금할 수 있을 정도는 아니었던 것 같다.

스파이들이 사용하는 방법들과 관련해서, 한 CIA 소식통은 고르디옙스키가 코펜하겐에서 카플란을 만났을 때의 상황이 정말로 내 묘사와 같았는지 의문을 제기했다. 「정보기관이 (특정 행인들이 알아볼 수 있는) 접촉 대상을 만날 장소로 왜 창문이 있는 곳을 지정하겠습니까?」 그러나 MI6는 만약 KGB가 감시하고 있었다면 비밀스러운 만남이 수상쩍게 보였을 것이라고 주장한다. 반면 카페 창문에 가까운 자리에서 공개적으로 만나는 것은 그저 옛 친구 두 명이 재회하는 자리로만 보였을 것이다. 〈마이크 스토크스[그 접촉을 감독한 MI6 고위 요원]라면 그 만남을 볼 수 있는 시야를 확보하는 편이 유용하다고 보았을 것이다.〉한 전직 MI6 요원은 이렇게 말했다.

암호명도 논란의 대상이 되었다. CIA는 MI6의 암호명이 업타이트라는 주장을 부인했다. 〈영국적 요소들에 대한 암호 작명 패턴과 맞지 않는다.〉한 상급 요원은 이렇게 말했다. 그러나 한 영국 요원은 CIA 런던 지부가 실수로 MI6를 업타이트로 지칭하면서 자신에게 〈개인적인 업타이트 번호〉를 부여한 문서를 보냈다고 회상했다. 〈나는 그 문서를 돌려보냈다. 언젠가 업타이트라는 단어의 뜻과 관련해서 그들을 놀려 주고 싶었다. 하지만 그 암호명은 CIA 런던 지부가 만들어 낸 것일 뿐 랭글리의 본부가 딱히 인정하지는 않았을 가능성도 있다.〉

마이클 풋이 KGB와 얼마나 접촉해서 어떤 이득을 얻었는지가 밝혀지자 영국 언론에서는 짧지만 격렬한 폭풍이 일었다. 노동당 지도자 제러미 코빈을 비롯한 풋의 지지자들은 존경받는 좌파 인물이 더 이상 스스로를 변호할 수 없게 된 상황에서 비방을 당하고 있다고 주장했다. 우파의 일부 인물들은 풋의 행동이 반역이라고 볼 여지가 상당했다고 말했다. 양측이 내 글을 실제로 읽어 보았는지는 불분명하다. 물론 진실은 양극단 사이 어딘가에 존재한다. 풋은 반역자도 무고한 사람도 아니었다. 지극히 영리한 사람이었으나, KGB와 오랫동안 어울리며 이득을 취한 행위는 몹시 어리석었다.

나는 러시아에서 선동가로 비난받거나 아니면 최소한 무시당할 것이라고 생각했다. 그러나 전직 KGB 요원들의 반응은 놀라울 정도로 정중했다. 〈고르디옙스키 작전은 엄청난 성공이었다.〉과거 PR 라인의 요원이었던 막심 파르시코프는 이렇게 썼다. 〈하지만 자진해서 스파이가 되겠다고 나타난 사람이 있었다는 점에서 그들이 운이 좋았다고 말할 수도 있을 것이다. 그와 달리 케임브리지 5인방의 경우에는 소련이 그들을 찾아내서 계발하고 포섭하는 데 훨씬 더 품이 들었다.〉 류비모프는 오랜 친구에게 개인적으로 배신을 당한 처지였지만, 핌리코 작전의 대담성은 물론 고르디옙스키의 생생한 용기에도 찬사를 보냈다. 〈KGB의 손아귀에 붙잡힌 첩자에게 그런 탈출 계획을 제시하는 것은 처형을 자초하는 것과 같았다. (……) 그보다 더 단도직입적이고 《인간적》인 미국인들은 실패할 경우에 대비해서 스파이들에게 치명적인 독약을 제공하는 편을 선호한다.〉 그러나 파르시코프와 류비모프 모두 소련을 문화적 황무지로 묘사한 고르디옙스키의 말에 화를 냈다. 〈내가 기억하는 한, 전국 어디서나 클래식 음악을 들을 수 있었다.〉 파르시코프는 이렇게 썼다. 류비모프는 고르디옙스키가 런던에서 근무할 때 보낸 편지를 인용했다. 그도 영국의 문화에 크게 감탄하지 않는 듯한 내용의 편지였다. 〈당신이 말한 매력적인 모습이 제게는 보이지 않습니다. 연극, 박물관 등등. 저의 유일한 위안은 진지한 음악만을 방송하는 라디오 3입니다. 그 방송을 항상 듣습니다.〉 오히려 류비모프는 영국에 대한 애정을 조금도 잃은 적이 없다. 〈셰익스피어에서 루이스 캐럴과 르 카레에 이르기까지 영국 문학, 고양이, 위스키(특히 글렌리벳), 아기 곰 푸, 헨리 조정 경주, 애스콧의 경마, 런던의 공원, 코번트 가든, 테이트 미술관을 사랑한다. 심지어 킴 필비와 조지 블레이크로 대표되는 영국의 정보 세계도 좋아한다. 트위드 재킷과 플란넬 바지를 입고 시가 연기 속에 푹 빠지는 것은 정말 근사하지 않은가?〉

올레크의 옛 KGB 동료들은 그가 MI6에 넘긴 정보가 미친 영향에 의문을 제기한다. 〈코펜하겐이나 런던에서 활동하는 중요한 첩자의 정체를 그가 넘겼을 리가 없다. 안타깝게도 당시 우리는 《빈털터리》라서 첩자가 한 명도 없었기 때문이다.〉 류비모프는 이렇게 썼다. 〈고르디옙스키는 최고 당국인 정치국에서 벌어지는 일을 알 수 없었다.〉 그러나 러시아 사람들은 고르디옙스키가 정체를 폭로했다는 소련 스파이 한 명을 내게 알려 주었다. 그때까지 내가 모르고 있던 그 사람은 알렉세이 코즐로프라는 소련 정보 요원으로 1981년 남아프리카공화국에서 체포되었으며, 나중에 신원이 밝혀지지 않은 서방 사람 여덟 명과 교환되었다. 류비모프는 과거 올레크와 같은 시기에 모스크바 국제 관계 대학교에 다닌 코즐로프가 남아프리카공화국의 교도소에서 고문을 당했다고 썼다. 파르시코프는 그로 인해 그가 장애인이 되었다고 주장했다.

일부 러시아인들이 고르디옙스키가 영국의 스파이가 된 동기의 순수성을 의심하는 것은 놀랄 일이 아니다. 류비모프는 이렇게 썼다. 〈고르디옙스키를 MI6 쪽으로 밀어 보낸 가장 중요한 요인은 허영심이었을 것이라고 나는 확신한다. 감히 말하지만, 그는 서방 세계에서 평범한 망명자가 아니라 소련에 반대하는 구세주처럼 보이고 싶다는 무한한 갈망을 갖고 있었다.〉 파르시코프도 KGB의 많은 동료 요원들이 〈딱딱하게 굳어 버린〉 크렘린의 지도력에 회의적이었지만, 적국을 위해 일하는 길을 선택한 사람은 고르디옙스키뿐이었음을 지적한다. 〈비록 그는 자신의 행동을 공산주의와 소련에 맞선 투쟁으로 정당화했지만, 올레크가 조국을 정말로 싫어했을까?〉

파르시코프는 〈1983년 올레크가 라이언 작전의 배경이 된 소련의 사고방식을 밝혀 《세계를 구한》 것은 확실하다〉고 인정했다. 〈하지만 올레크가 과연 평생의 목표를 이뤘는지 궁금하다. 소련은 이제 존재하지 않고, 러시아에 사는 우리는 이미 공산주의를 잊어버렸다. 하지만 그것으로 세상이 더 좋고 안전한 곳이 되었는가?〉

러시아와 서방의 긴장, 특히 첩보 세계의 긴장이 점점 고조되는 현재, 세계는 또다시 불안과 상호 불신의 시대에 접어들고 있다. 어떤 사람들은 이것을 신냉전이라고 부르기도 한다. 고르디옙스키를 바라보는 러시아와 서방의 시선이 전반적으로 다른 이유가 바로 이것이다. 서방 사람들 대부분은 그를 뛰어난 스파이로 보고, 많은 러시아 사람들은 그를 야비한 반역자로 본다. 이런 시각의 차이는 결코 좁아지지 않을 것이다.

이 책에 대한 반응 중에서 고르디옙스키 본인의 반응이 가장 만족스럽고 가장 짧았다. 그는 출간 전에 책을 미리 읽지 않고 출간 뒤 두 번 읽고서 흔들리는 글씨로 딱 한 줄짜리 평가를 내게 보냈다. 〈흠잡을 데가 없습니다.〉 물론 이 책은 흠잡을 데가 없지 않지만, 대단하고 용감하고 복합적이었던 한 남자와 최근의 역사 중 중요한 시기에 세상 사람들이 관심을 갖게 하는 데 도움이 되었다면 목적을 다 성취한 것이다.

감사의 말

    당사자의 전폭적인 지지와 협조가 없었다면 이 책은 완성되지 못했을 것이다. 지난 3년 동안 나는 안가에서 스무 번 넘게 올레크 고르디옙스키를 인터뷰해, 100시간이 넘는 분량의 대화를 녹음했다. 그는 무한한 친절과 인내심을 보여 주었으며, 기억력은 비범했다. 그의 협조에는 어떠한 조건도 없었고, 이 책의 방향을 마음대로 정하려는 시도도 없었다. 사건들에 대한 해석과 해석상의 실수는 전적으로 나의 것이다. 고르디옙스키를 통해 나는 그와 관련되었던 모든 MI6 요원과 대화할 수 있었다. 그들의 도움에 크게 감사한다. 그들은 익명을 유지해 주는 조건으로 자유로이 대화를 나누는 데 동의했다. 살아 있는 전직 MI6 요원들, 그리고 소련과 덴마크의 일부 전직 정보 요원들이 이 책에 가명으로 등장한다. 여기에는 이미 공개적으로 신원이 밝혀진 사람들도 여러 명 포함되어 있다. 그 밖의 이름은 모두 실명이다. 나는 고르디옙스키와 관련된 KGB, MI5, CIA 전직 요원들에게서도 많은 도움을 받았다. 그러나 MI6가 이 책을 승인하거나 돕지는 않았다. 아직 기밀로 분류되어 있는 파일들에도 접근할 수 없었다.

특히 큰 도움을 준 두 사람이 있다. 다양한 사람들과 만남을 주선하고, 고르디옙스키와의 인터뷰에 참석하고, 원고에 담긴 사실들이 정확한지 확인하고, 영적인 영양분과 신체적인 영양분을 제공해 주고, 복잡할 뿐만 아니라 어쩌면 위험할 수도 있었던 작전이 효율적으로 유쾌하게 끝날 수 있게 해준 사람들이다. 내가 표현할 수도 없을 만큼 커다란 공을 인정받아야 마땅하지만, 그들답게 공을 원하지 않는다.

감사하고 싶은 사람은 또 있다. 크리스토퍼 M. 앤드루, 키스 블랙모어, 존 블레이크, 밥 북먼, 캐런 브라운, 브니샤 버터필드, 알렉스 캐리, 찰스 코언, 고든 코레라, 데이비드 콘월, 루크 고리건, 찰스 커밍, 루시 도너휴, 세인트 존 도널드, 케빈 도우튼, 리사 드윈, 찰스 엘턴, 나타샤 페어웨더, 엠 페인, 스티븐 개럿, 티나 고도인, 버턴 거버, 블랑슈 지루아르, 클레어 해거드, 빌 해밀턴, 로버트 핸즈, 케이트 허바드, 린다 조던, 메리 조던, 스티브 카파스, 이언 캐츠, 데이지 루이스, 클레어 롱리그, 케이트 매킨타이어, 매그너스 매킨타이어, 로버트 매크럼, 클로에 맥그리거, 올리 맥그리거, 길 모건, 비키 넬슨, 리베카 니컬슨, 롤런드 필립스, 피터 포메란체프, 이고르 포메란체프, 앤드루 프레비테, 저스틴 로버츠, 펠리시티 루빈슈타인, 멜리타 사모일리스, 마이클 실즈, 몰리 스턴, 앵거스 스튜어트, 제인 스튜어트, 케빈 설리번, 매트 화이트맨, 데이미언 휘트워스, 캐럴라인 우드.

『더 타임스』의 친구들과 동료들은 한없는 지지와 영감을 주었으며, 내가 들어 마땅한 조롱도 주었다. 25년 동안 나의 눈부신 대리인이었던 고(故) 에드 빅터는 이 책을 처음 구상할 때 옆에 있었고, 조니 겔러가 그 뒤를 이어 훌륭하게 고삐를 잡았다. 바이킹과 크라운의 팀원들은 최고였다. 마지막으로 내 아이들 바니, 핀, 몰리, 내가 아는 가장 친절하고 가장 재미있는 사람들인 그들에게 감사와 사랑을 바친다.

참고 문헌

Andrew, Christopher, *The Defence of the Realm: The Authorized History of MI5* (London: Random House, 2009).

_____, *Secret Service: The Making of the British Intelligence Community* (Portsmouth: Heinemann, 1985).

Andrew, Christopher, and Oleg Gordievsky (eds.), *Instructions from the Centre: Top Secret Files on KGB Foreign Operations 1975–1985* (London: Hodder & Stoughton, 1991).

_____, *KGB: The Inside Story of Its Foreign Operations from Lenin to Gorbachev* (London: Hodder & Stoughton, 1991).

Andrew, Christopher, and Vasili Mitrokhin, *The Mitrokhin Archive: The KGB in Europe and the West* (London: Allen Lane, 1999).

_____, *The World was Going Our Way: The KGB and the Battle for the Third World* (New York: Basic Books, 2005).

Barrass, Gordon S., *The Great Cold War: A Journey through the Hall of Mirrors* (Stanford: Standford University Press, 2009).

Bearden, Milton, and James Risen, *The Main Enemy: The Inside Story of the CIA's Final Showdown with the KGB* (London: Random House, 2003).

Borovik, Genrikh, *The Philby Files: The Secret Life of Master Spy Kim Philby – KGB Archives Revealed* (Boston: Little Brown, 1994).

Brook-Shepherd, Gordon, *The Storm Birds: Soviet Post-War Defectors* (London: Weidenfeld & Nicolson, 1988).

Carl, Leo D., *The International Dictionary of Intelligence* (McLean: International Defense Consultant Services, 1990).

Carter, Miranda, *Anthony Blunt: His Lives* (London: Pan Books, 2001).

Cavendish, Anthony, *Inside Intelligence: The Revelations of an MI6 Officer* (London: Bloomsbury Publising, 1987).

Cherkashin, Victor, with Gregory Feifer, *Spy Handler: Memoir of a KGB Officer* (New York: Basic Books, 2005).

Corera, Gordon, *MI6: Life and Death in the British Secret Service* (London: Weidenfeld & Nicolson, 2012).

Earley, Pete, *Confessions of a Spy: The Real Story of Aldrich Ames*, (London: Putnam, 1997).

Fischer, Benjamin B., 'A Cold War Conundrum: The 1983 Soviet War Scare', CIA Center for the Study of Intelligence, https://www.cia.gov/library/center-for-the-study-of-intelligence/csi-publications/books-and-monographs/a-cold-war-conundrum/source.htm.

Gaddis, John Lewis, *The Cold War* (London: Penguin Publishing Group, 2007).

Gates, Robert M., *From the Shadows: The Ultimate Insider's Story of Five Presidents and How They Won the Cold War* (New York: Simon & Shuster, 1996).

Gordievsky, Oleg, *Next Stop Execution: The Autobiography of Oleg Gordievsky* (London: MacMillan, 1995).

Grimes, Sandra, and Jeanne Vertefeuille, *Circle of Treason: A CIA Account of Traitor Aldrich Ames and the Men He Betrayed* (Annapolis: Naval Institute Press, 2012).

Helms, Richard, *A Look Over My Shoulder: A Life in the Central Intelligence Agency* (London: Random House, 2003).

Hoffman, David E., *The Billion Dollar Spy: A True Story of Cold War Espionage and Betrayal* (New York: Doubleday, 2015).

Hollander, Paul, *Political Will and Personal Belief: The Decline and Fall of Soviet Communism* (New Haven: Yale University Press, 1999).

Howe, Geoffrey, *Conflict of Loyalty* (London: Pan Books, 1994).

Jeffery, Keith, *MI6: The History of the Secret Intelligence Service 1909–1949* (London: Bloomsbury Publishing, 2010).

Jones, Nate (ed.), *Able Archer 83: The Secret History of the NATO Exercise That Almost Triggered Nuclear War* (New York: The New Press, 2016).

Kalugin, Oleg, *Spymaster: My Thirty-Two Years in Intelligence and Espionage against the West* (New York: Basic Books, 2009).

Kendall, Bridget, *The Cold War: A New Oral History of Life between East and West* (London: BBC Books, 2017).

Lyubimov, Mikhail, *Записки непутевого резидента* (Moscow: Khudozhestvennaya Literatura 1995).

_____, *Шпионы, которых я люблю и ненавижу* (Moscow: Olympus, 1997).

Moore, Charles, *Margaret Thatcher: The Authorized Biography*, vol. II: *Everything She Wants* (London: Allen Lane, 2015).

Morley, Jefferson, *The Ghost: The Secret Life of CIA Spymaster James Jesus Angleton* (London: St. Martin's Griffin, 2017).

Oberdorfer, Don, *From the Cold War to a New Era: The United States and the Soviet Union, 1983–1991* (Baltimore: Johns Hopkins University Press, 1998).

Parker, Philip (ed.), *The Cold War Spy Pocket Manual* (Oxford: Casemate, 2015).

Philby, Kim, *My Silent War* (London: MacGibbon & Kee, 1968).

Pincher, Chapman, *Treachery: Betrayals, Blunders and Cover-Ups. Six Decades of Espionage* (Edinburgh: Mainstream Publishing, 2012).

Primakov, Yevgeny, *Russian Crossroads: Toward the New Millennium* (New Haven: Yale University Press, 2004).

Sebag Montefiore, Simon, *Stalin: The Court of the Red Tsar* (London: Weidenfeld & Nicolson, 2003).

Trento, Joseph J., *The Secret History of the CIA* (New York: MJF Books, 2001).

Weiner, Tim, *Legacy of Ashes: The History of the CIA* (London: Allen Lane, 2007).

Weiner, Tim, David Johnston and Neil A. Lewis, *Betrayal: The Story of Aldrich Ames, an American Spy* (London: Random House, 1996).

Westad, Odd Arne, *The Cold War: A World History* (London: Random House, 2017).

West, Nigel, *At Her Majesty's Secret Service: The Chiefs of Britain's Intelligence Agency, MI6* (London: Greenhill Books, 2006).

Womack, Helen (ed.), *Undercover Lives: Soviet Spies in the Cities of the World* (London: Weidenfeld & Nicolson, 1998).

Wright, Peter, and Paul Greengrass, *Spycatcher: The Candid Autobiography of a Senior Intelligence Officer* (London: Viking, 1987).

사진 출처

1 481면, 개인 소장.
2 481면, 개인 소장.
3 482면, 개인 소장.
4 482면, 개인 소장.
5 483면, 개인 소장.
6 484면, 개인 소장.
7 484면, 개인 소장.
8 484면, Avalon.
9 485면, 개인 소장.
10 486면, World History Archive/Alamy Stock Photo.
11 486면, akg-images/Ladislav Bielik.
12 487면, 개인 소장.
13 488면, 개인 소장.
14 488면, 개인 소장.
15 489면, 개인 소장.
16 490면, Ritzau Scanpix/TopFoto.
17 490면, Bettmann Archive/Getty Images.
18 490면, Ritzau Scanpix/TopFoto.
19 491면, Time Life Pictures/FBI/The LIFE Picture Collection/Getty Images.
20 491면, Jeffrey Markowitz/Sygma/Getty Images.
21 491면, 출처 미상.
22 492면, Jeffrey Markowitz/Sygma/Getty Images.
23 492면, 출처 미상.
24 493면, 출처 미상.

25 493면, TASS/TopFoto/Getty Images.

26 494면, EAST₂WEST.

27 494면, 개인 소장.

28 494면, EAST₂WEST.

29 495면, 신호 장소.

30 496면, 개인 소장.

31 497면, 개인 소장.

32 497면, *The Times*.

33 498면, 개인 소장.

34 499면, 출처 미상.

35 499면, Topfoto.

36 500면, Tom Stoddart Archive/Hulton Archive/Getty Images.

37 500면, PA Images.

38 500면, PA Images.

39 501면, Popperfoto/Getty Images.

40 501면, PA Images.

41 501면, Stewart Ferguson/Forth Press.

42 502면, Allan Tannenbaum/Archive Photos/Getty Images.

43 502면, PA Images/TASS/Getty Images.

44 503면, Peter Jordan/The LIFE images Collection/Getty Images.

45 503면, EAST₂WEST.

46 503면, *The Times*.

47 504면, 개인 소장.

48 505면, PA Images/TASS/Getty Images.

49 505면, © News Group Newspapers Ltd.

50 505면, Robert Opie archive.

51 506면, 접선 장소.

52 506면, 개인 소장.

53 507면, 개인 소장.

54 507면, 개인 소장.

55 508면, Sputnik/TopFoto.

56 508면, 개인 소장.

57 509면, Ctsy. John Hallisey/FBI/The LIFE Picture Collection/Getty Images.

58 509면, Jeffrey Markowitz/Sygma/Getty Images.

59 510면, 개인 소장.

60 510면, Neville Marriner/ANL/REX/Shutterstock.

61 511면, Courtesy Ronald Reagan Library.

62 511면, PA Images.

63 511면, Diana Walker/The LIFE Images Collection/Getty Images.

64 512면, llpo Musto/REX/Shutterstock.

찾아보기

지은이 **벤 매킨타이어** Ben Macintyre 1963년 영국 옥스퍼드에서 태어났다. 케임브리지 대학에서 역사학을 전공했고, 『더 타임스』에서 기자 생활을 하며 뉴욕, 워싱턴, 파리 지국장으로 근무했다. 현재는 『더 타임스』의 칼럼니스트로 일하고 있다. 현대사, 특히 냉전 시대 스파이에 관한 〈실화를 바탕으로 한 첩보물에 누구보다 뛰어난 작가〉로 찬사받는다. 2007년 발표한 『지그재그 요원』은 이듬해 코스타 전기상과 갤럭시 내셔널 북 어워드 전기 부문 최종 후보에 올랐다. 뒤이어 출간한 2010년 『민스미트 작전』, 2014년 『친구 사이의 스파이』, 2016년 『SAS: 로그 히어로즈』는 BBC Two에서 다큐멘터리로 방영되었고, 매킨타이어는 이 프로그램의 진행자를 맡았다. 이들 작품은 최근 영화와 드라마로도 제작되었다. 2018년 KGB의 이중 스파이 올레크 고르디옙스키를 다룬 『스파이와 배신자』는 그해 『선데이 타임스』 베스트셀러 1위를 기록하였고, 2020년 베일리 기퍼드상과 영국 내셔널 북 어워드의 후보작으로 선정되었다. 이 책은 2019년 첫 방영한 다큐멘터리 시리즈 「스파이들의 전쟁」 첫 번째 에피소드 〈세상을 구한 남자〉의 원작이기도 하다.

옮긴이 **김승욱** 성균관대학교 영문학과를 졸업하고 뉴욕 시립대학교 대학원에서 여성학을 전공했다. 동아일보 문화부 기자로 근무했으며 현재 전문 번역가로 활동 중이다. 옮긴 책으로는 존 르 카레의 『완벽한 스파이』, 『스파이의 유산』, 『모스트 원티드 맨』, 존 윌리엄스의 『스토너』, 아서 C. 클라크의 『2001 스페이스 오디세이』, 프랭크 허버트의 『듄』, 에이모 토울스의 『우아한 연인』, 리처드 플래너건의 『먼 북으로 가는 좁은 길』, 도리스 레싱의 『19호실로 가다』, 『사랑하는 습관』, 콜슨 화이트헤드의 『니클의 소년들』, 『제1구역』 등이 있다.

스파이와 배신자

발행일	2023년 7월 15일 초판 1쇄
	2023년 8월 25일 초판 5쇄

지은이	벤 매킨타이어
옮긴이	김승욱
발행인	홍예빈 · 홍유진
발행처	주식회사 열린책들

경기도 파주시 문발로 253 파주출판도시
전화 031-955-4000 팩스 031-955-4004
홈페이지 www.openbooks.co.kr 이메일 humanity@openbooks.co.kr